생각의 요새

생각의 요새

사유의 미로를 통과하는 읽기의 모험

고명섭 지음

교양인
GYOYANGIN

6장 지혜의 시대

궁핍한 시대의 책읽기와 생각하기

삶의 고비 혹은 생의 험로를 생각할 때면 두 통의 편지가 떠오른다. 하나가 사마천이 친구 임안에게 쓴 편지다. 사마천은 흉노와 싸우다 투항한 이릉을 변호하다 무제의 미움을 샀다. 사형을 당할 처지에 놓였을 때 '이대로 죽을 것인가, 수치스럽더라도 살 길을 찾을 것인가'를 놓고 고뇌하다 궁형을 받고 목숨을 구하기로 선택했다. 편지에서 사마천은 그렇게 결심한 이유를 밝힌다. 부친의 유업을 이어받아 역사책을 완성해야 하는데, 그러려면 목숨을 지켜야 하고 목숨을 지키려면 치욕을 견딜 수밖에 없었다는 것이다. 이대로 죽는다면 그 죽음은 아홉 마리 소에서 터럭 하나 빠지는 것과 다를 바 없고, 그런 죽음으로 끝나는 삶이라면 땅강아지나 개미의 삶과 무엇이 다르겠는가. "사람은 한 번 죽지만 어떤 죽음은 태산보다 무겁고 어떤 죽음은 터럭만큼이나 가볍다." 궁형을 받은 사마천의 처지는 궁을 청소하는 노복이나 왕을 시중드는 환관의 처지와 다를 것이 없었다. 그러나 살아야 한다. 임안에게 보내는 편지에서 사마천은 비통하고도 웅대한 문장으로 자기에게 남은 삶의 목표를 겨냥해 이렇게 쓴다.

"문왕은 갇힌 몸이 되어 《주역》을 풀이했고, 공자는 곤란한 처지를 겪고 돌아와 《춘추》를 지었습니다. 굴원은 쫓겨나서 《이소》를 지었으며, 좌구명은 눈을 잃은 뒤에야 《국어》를 지었습니다. 손자는 발이 잘리고 《병법》을 편찬했고, 여불위는 촉에 유배되어 세상에 《여람》을 남겼습니다. 한비자는 진에 갇혀서야 《세난》과 《고분》을 지었으며 《시경》 300편도 대개 성현이 발분하여 지은 것입니다. 이 사람들은 모두 가슴속에 맺힌 바가 있고 자신의 이상을 실현할 수 없었기에 지나간 일을 서술하여 후세 사람들이 자신의 뜻을 알아주길 바랐던 것입니다. 좌구명처럼 실명을 하거나 손빈처럼 발이 잘린 사람은 세상에 쓰일 희망이 없었기에 물러나 책을 지어 울분을 토하고 문장을 남겨 자신을 세상에 드러냈던 것입니다."

곤경에 처하여 무너지지 않고 발분하여 쓴 것이 위대한 고전이 되었으니, 자신도 그런 마음으로 울분을 누르고 《사기》 130편을 써 "하늘과 인간의 관계를 탐구하고 고금의 변화에 통달하여 일가의 학설을 이루고자 했다"는 것이다. 분노의 응어리에서 뽑아낸 씨실과 날실을 엮어 《사기》라는 불후의 대작을 짜낸 것이다.

사마천이 그 편지를 쓰고 1600년 뒤, 그러니까 1513년 12월 10일, 저 먼 피렌체의 니콜로 마키아벨리도 친구에게 편지를 썼다. 로마 교황청 대사로 나가 있던 프란체스코 베토리에게 보낸 편지다. 피렌체의 공화

정부에서 외교를 담당하던 마키아벨리는 전해에 메디치 가문이 복귀해 권력을 장악한 뒤 제2서기장직에서 쫓겨난 터였다. 환란은 거기서 그치지 않았다. 반메디치 모반에 가담했다는 혐의로 체포돼 극심한 고문을 당하고 투옥됐다. 빛도 들지 않고 악취가 진동하는 지하 감옥에서 정치범 마키아벨리는 벼룩과 함께 뒹굴었다. 얼마 뒤 메디치 가문의 조반니 데 메디치 추기경이 로마 교황으로 선출돼 특사로 풀려났지만 마카아벨리에게 돌아온 것은 주변의 무관심과 무일푼의 빈궁이었다. 마키아벨리는 피렌체 인근 산탄드레아의 허름한 시골집으로 들어가 은거했다. 베토리에게 보낸 편지에는 그 시골의 거친 사내들과 술집에 모여 앉아 카드놀이를 하며 시간을 보내는 실업자의 누추한 나절이 묘사돼 있다. "이 와중에 수없이 오가는 말다툼과 욕설들. 그뿐인가. 돈 한 푼을 두고 종종 드잡이판을 벌이는 바람에 고함소리가 멀리 산카시아노에서도 들릴 정도라네. 이 기생충 같은 인간들 틈에 끼어 나는 곰팡내 나는 머리를 씻고 내가 처한 이 불운을 잠시나마 잊어버리려 하지."

사마천이 자기 처지를 묘사하는 문체는 유례를 찾을 수 없이 비장한데 반해, 마키아벨리의 편지는 그 자신의 성격대로 익살스러운 아이러니로 가득하다. 그러나 두 사람이 모두 쓰라린 비애와 울분 속에 잠겨 있다는 점에선 다르지 않다. 이어지는 단락에서 마키아벨리는 어조를 바꿔 사뭇 진지하게 곤고한 생활 중에 자신이 하는 일을 고백한다.

"저녁이 오면 나는 집으로 돌아와 서재로 들어가네. 문 앞에서 온통 흙먼지로 뒤덮인 일상의 옷을 벗고 왕궁과 궁중의 의상으로 갈아입지.

우아하게 성장을 하고는 나를 따뜻하게 반겨주는 고대인의 옛 궁전으로 들어가, 나를 이 세상에 나오게 한 이유이자 오직 나만을 위해 차려진 음식을 맛보면서 그 사람들과 스스럼없이 이야기하고 그 사람들이 왜 그렇게 행동했던가를 물어본다네. 물론 그 사람들도 친절히 답해주지. 이 네 시간 동안만은 나에게 아무런 고민도 없다네. 모든 근심 걱정을 잊어버린다는 말일세. 쪼들리는 생활도, 나아가 죽음까지도 나를 두렵게 하지는 못하네."

이 고독과 곤궁의 한가운데서 로마와 그리스의 옛사람들이 남긴 글들을 만찬장의 음식을 먹듯이 탐독하는 것, 이것이 밤의 시간에 마키아벨리가 하는 일이다. 옛 현인들이 쓴 글을 읽고 그 글에 담긴 뜻을 생각하는 것을 두고 마키아벨리는 '나를 이 세상에 나오게 한 이유'라고 말한다. 키케로나 리비우스 같은 사람들과 대화하며 지혜를 얻고 그 지혜를 질료로 삼아 글을 쓰는 것이 산탄드레아의 은둔자 마키아벨리가 하는 일이다. 그 밤의 노동 속에서 태어난 것이 서양 근대 정치사상의 문을 연 《군주론》이다. 이 책자는 《사기》의 한 챕터에 지나지 않을 정도로 소략하지만, 그 조그만 책이 근대의 정치세계와 정치사상에 준 충격은 《사기》가 동아시아 정치세계와 정신세계를 규정한 힘에 버금간다.

사마천의 《사기》와 마찬가지로 《군주론》은 고통과 비애의 산물이다. 불운이 이 비범한 인간들을 헤어날 길 없는 삶의 낭떠러지로 밀어 떨어뜨리지 않았다면, 《사기》도 《군주론》도 지금과 같은 모습으로 세상에 나오지 못했을 것이다. 예외가 없는 것은 아니지만, 역사에 남는 작품은 대개 불행한 환경의 소산이다. 투키디데스가 《펠로폰네소스 전쟁사》를 써 역사가들의 역사가가 된 것도 스파르타와 벌인 전쟁에서 패해 장군직에서 쫓겨나고 아테네에서 추방당하지 않았더라면 일어날 수 없었을 것이다. 플라톤이 '일곱 번째 서한'에서 상세히 밝힌 대로 흠모하던 스승 소크라테스가 아테네 정치의 혼란 속에 누명을 쓰고 죽임을 당하지 않았더라면, 그리하여 정치가가 되고자 하던 젊은이를 아테네 바깥으로 내몰지 않았더라면, 비감 속에 지중해를 떠돌 일도 없었을 것이고, 고향에 돌아와 학교를 세워 철학을 가르칠 일도 없었을 것이다. 또 그랬더라면 서양 철학 2천 년의 근간이 된 그 놀라운 저작들도 모태 밖으로 나오지 못했을 것이다. 마키아벨리의 선배 단테 알리기에리가 피렌체의 총리직에서 쫓겨나 죽음의 위협 속에서 끝없이 세상을 방랑하지 않았더라면 《신곡》이라는 희대의 시편은 지상에 남지 못했을 것이다. 《신곡》의 바탕이 된 단테의 정치사상도 베아트리체의 영혼과 함께 단테의 마음속에만 머물다 죽음과 함께 흩어졌을 것이다.

하이데거가 횔덜린의 시구에서 가져온 말로 하면, '궁핍한 시대'가 생각을 불러낸다. 그러나 시대 자체가 직접 생각을 만들어내는 것은 아니다. 시대가 궁핍한 시대임을 알아보려면 그 시대를 궁핍한 것으로 절감하는 정신이 필요하다. 궁핍한 정신만이 자기 시대를 궁핍한 시대로 인지한다. 그러므로 생각은 궁핍한 시대에 처한 궁핍한 정신이 창출한다. 궁핍한 정신은 다른 말로 하면 굶주리는 정신이고 그리움으로 사무치는 정신이다. 플라톤은 《향연》에서 그 정신을 '에로스'라고 부른다. 에로스는 지혜 혹은 진리를 향한 허기와 갈증으로 속이 비틀어지는 정신이다. 왜 그런가? 플라톤은 에로스가 '페니아'의 아들이기 때문이라고 말한다. 페니아는 굶주린 배를 움켜쥐고 구걸하는 가난과 결핍의 여신이다. 그 페니아의 아들 에로스는 페니아의 피로 혈관을 채우고 있어서 영혼의 기갈에 시달린다. 플라톤은 에로스를 이렇게 묘사한다. "에로스는 언제나 가난하며, 많은 사람들이 생각하듯 부드럽고 아름답기는커녕 사실은 딱딱하고 거칠고 맨발이고 집도 없다. 거적도 없이 늘 맨땅에서 자며, 대문 밖이나 길바닥에서 노숙한다. 어머니의 본성을 타고난 에로스에게는 늘 결핍이 따라다니기 때문이다."

그 에로스가 사랑하는 것이 아름다움이다. 왜 에로스는 아름다움을 사랑하는가? 플라톤은 소크라테스의 입을 빌려 에로스가 아프로디테의 생일잔치 때 잉태되었기 때문이라고 말한다. 아름다움의 여신 아프로디테의 기운을 받은 에로스는 아프로디테를 따르는 정령, 아름다운 것을 사랑하고 찾는 정령이다. 아름다운 것은 훌륭한 것을 포함하므로 거기에는 지혜도 포함돼 있을 것이다. 지혜야말로 가장 아름다운 것 가운데 하나다. 그러므로 에로스는 아름다움을 사랑하는 자로서 지혜를 사랑하는 자다. 플라톤은 그 에로스가 페니아와 포로스가 동침하여 태어났다고 말한다. 페니아의 짝이 된 포로스는 '방도의 신'이다. 방도의 신이란 길 없는 곳에서 길을 찾아내는 신이라는 뜻이다. 에로스의 어머니 페니아는 결핍 속에서 그 결핍에서 벗어날 길을 찾지만 혼자 힘으로는 길을 열 수 없다. 그 길을 여는 신이 포로스다. 페니아와 포로스를 부모로 둔 에로스는 결핍 속에서 온갖 궁리를 다해 지혜로 난 길을 뚫는다. 이것이 '철학'(φιλοσοφία, philosophia) 곧 '지혜를 향한 사랑'에 대한 플라톤의 정의다. 결핍이 없다면 우리는 철학하지 않을 것이고, 길을 뚫지 못한다면 지혜 곧 '진리에 대한 앎'에 다가가지 못할 것이다. 그러므로 철학하기(Philosophieren)란 굶주린 정신이 그 굶주림을 견딜 수 없어 은산철벽 같은 막다른 길을 뚫고 나가 참된 앎에 이르려는 몸부림이다.

그러니까 '지혜를 향한 사랑'은 막다른 길에서 시작한다. 왜 막다른 길인가? 당대에 유행하는 생각들이 답을 주지 못하기 때문이다. 어떤 주장도, 어떤 담론도, 어떤 체계도 진리를 향한 굶주림에서 벗어나게 해주지 못하기 때문이다. 진리란 우리 자신과 세계 전체를 환히 밝히는 빛이다. 모든 것을 한눈에 볼 수 있게 해주는 빛이 진리다. 그런데 진리라고 부르는 온갖 사상과 담론을 헤매고 다녀도 어둠을 뚫고 나갈 길이 보이지 않는다. 정신은 아포리아에 갇힌다. 그 아포리아가 막다른 길이고 은산철벽이다. 여기 이곳에서 정답인 듯 보였던 것이 다른 곳에서는 거짓으로 드러난다. 이 문의 자물쇠를 열어주는 열쇠가 저 문의 자물쇠 앞에서는 쓸모없는 것이 되고 만다. 열쇠들이 저마다 진리로 자부하며 경합을 벌이지만 어느 열쇠도 전체를 해명할 문을 열어주지 못한다. 아포리아에 빠진 정신이 이 궁지를 빠져나가려면 그렇게 서로 다투는 열쇠들의 세계를 뛰어넘어 밖으로 나가는 수밖에 없다. 세계 밖으로 나가려면 이제까지 진리로 군림해 온 생각의 세계를 부수고 떨쳐내야 한다. 정신 내부에서 기간토마키아(gigantomachia), 신들과 거인들의 싸움이 벌어진다.

그 싸움을 프리드리히 니체는 항해에 비유했다. 진리를 향해 항해하는 자는 먼저 오래 머물던 익숙한 대지와 결별해야 한다. 니체는《즐거운 학문》에서 말한다. "우리는 대지를 떠나 출항했다! 우리는 건너온 다리를 태워버렸다. 게다가 우리는 뒤에 남아 있는 대지까지 불살라버렸다!" 이렇게 된 이상, 파도가 덮치든 폭풍이 몰아치든 항해의 끝을 보아야 한다. 니체는 말한다. "위험하게 살아라! 지도에 표시돼 있지 않은 대양으로 너의 배를 띄워라!" 그러나 이 배는 정신 속에서 정신의 대양을 건너는 배다. 니체가 불사른 대지는 정신의 대지다. 정신을 내리누르던 진리들에 불을 지르고 그 익숙한 것들 너머로 나아가는 모험은 느긋하고 평온하기만 한 정신으로는 할 수 없는 일이다. 일상인의 눈에 과도하고 기괴하고 낯설어서 미친 것으로 보이는 정신, 그러나 동시에 투명하게 깨어 사태를 있는 그대로 꿰뚫어 보려는 정신만이 할 수 있는 일이다. 그런 정신을 가리켜 니체는 광기라고 부른다. "거의 모든 곳에서 새로운 사상에 길을 열어주면서 존중되던 습관과 미신의 속박을 부수는 것은 광기다."(《아침놀》) 익숙한 것을 부수는 짓은 그 익숙한 것들에 붙들려 있는 사람들의 의혹과 반감과 비난을 부른다. 주위의 압박과 위협은 불안을 낳는다. 불안은 외부에서만 오는 것이 아니다. 불안은 내부에서도 온다. 익숙한 것을 깨뜨리는 정신은 익숙한 것을 깨뜨리며 불안에 떤다. 과연 이것이 옳은 일인가? 사람들의 비웃음만 받고 끝날 짓은 아닌가? 말 그대로 미친 짓은 아닌가? 안팎에서 위협해 오는 불안을 잠재울 길이 없다. 그리하여 니체는 한 번 더 광기를 달라고 소리친다.

"아아, 그대 하늘에 있는 자들이여, 광기를 주소서! 마침내 내가 나를 믿을 수 있도록 광기를 주소서! …… 의심이 나를 파먹어 갑니다. 나는 법을 파괴했습니다. 시체가 사람들을 불안하게 하는 것처럼 법이 나를 불안하게 합니다." 불안을 이겨내지 못하면 항해는 좌초로 끝나고 말 것이다. 정신은 난파당한다. 진리를 향한 격투는 난파당할 각오로 벌이는 싸움이다.

젊은 나이에 바젤대학 고전문헌학 교수가 된 니체는 《비극의 탄생》 발표 후 독일 문헌학계의 신랄한 비판을 받았다. 비판의 가시에 찔려 욱신거리는 심장을 안고 니체는 독일 문화 바깥을 떠도는 영원한 방랑자가 됐다. 독일과 독일어를 사랑하던 니체가 자기 뜻을 거슬러 이방인이 되지 않았더라면, 불안의 한계 상황에 몰려 그토록 집요하고도 처절한 사유의 전쟁을 벌이지 못했을 것이다. 또 그렇게 추방당한 자로 살지 않았더라면 당대의 진리를 그토록 무참하게 깨부수는 사상의 모험을 감행하지 못했을 것이다. 사정은 마르틴 하이데거의 경우도 그리 다르지 않다. 하이데거가 나치 참여의 후과로 사방에서 비난을 받고 우울의 수렁에 빠지지 않았더라면, 서양 형이상학의 바벨탑을 쓸어버리는 사유의 해일을 일으키지 못했을 것이다.

어느 시대든 생각하는 사람에게 자기 시대는 궁핍한 시대일 수밖에 없다. 궁핍한 시대는 시대의 궁핍에서 벗어날 길을 찾아내라고 사람들을 부른다. 그 시대의 부름에 응답하려면 정신은 궁핍한 정신이어야 한다. 자기 내부가 한없이 가난하다고 느끼지 않고서는 자기를 둘러싼 시대의 가난을 볼 수 없고, 그 가난을 볼 수 없으면 가난을 이겨내려는 투지를 불러일으킬 수 없다. 가난이 견딜 수 없는 가난으로 다가와야만 그 가난을 뚫고 나가려는 의지가 발동할 수 있다. 이 반도의 역사를 보면 사상의 새벽을 연 원효가 그런 사람이었고 그 새벽을 다시 불러낸 수운이 그런 사람이었다. 두 사람 다 통상의 기준으로 보면 광인이었다. 파계한 원효는 북을 치고 노래하며 세상을 돌아다녔고, 수운은 하늘의 소리를 듣고 놀라 자빠졌다. 그 소리를 뿌리치지 못한 수운은 사람들을 모아 소리의 뜻을 전하다 죽음 속으로 들어갔다. 안락함 가운데서 사상은 나오지 않는다. 사상의 옷을 입은 생각의 덩어리는 나올지언정, 시대를 흔들어 깨우는 광인의 사상은 나오지 않는다. 하이데거는 말한다. "잠든 사람은 깨울 수 있어도, 잠든 척하는 사람은 깨울 수 없다." 우리가 잠들어 있다면 우리를 깨우는 소리에 놀라 눈을 뜰 수 있을 것이다. 그러나 우리가 잠든 척하고 있다면 우리는 우리를 깨우는 소리를 듣고도 눈을 뜨지 않을 것이다.

책읽기는 생각 읽기이고 마음 읽기다. 책읽기는 저자의 생각을 따라 들어가 내면의 마음을 읽어내는 일이다. 마음 안에 펼쳐진 깊고도 넓은 세계를 답사하고 풍광과 지형을 탐색하는 일이다. 어떤 저자의 마음에서는 어두운 밤의 짐승처럼 폭풍우가 울부짖으며 몰아친다. 어떤 저자의 마음에서는 들판 너머 열린 맑은 하늘로 새들이 노래하며 날아오른다. 마음이 생각을 낳고 생각이 마음을 물들인다. 생각을 깨뜨리는 생각, 낯선 것을 불러들여 익숙한 것을 치는 생각은 한가로운 봄날 아지랑이 같은 마음에서는 일어나지 않는다. 검은 숲속을 헤매는 배고픈 여행자와도 같은 마음, 깊이를 모를 어둠 위로 파도가 으르렁거리는 난바다 같은 마음에서 생각을 도발하는 생각, 생각을 붙들어 깨우는 생각은 일어난다. 오지 아니면 심연에서 태어난 생각이 우리를 흔들고 세상을 흔든다. 두려운 마음으로 지하세계를 다녀온 오디세우스처럼 책읽기는 저자의 마음 깊은 곳으로 들어가 거기서 솟아 나오는 생각을 보고 겪고 느끼고 그 생각에 놀라는 일이다. 그런 책읽기는 책읽기로 끝나지 않고 생각을 잉태해 출산할 것이다. 오디세우스의 책읽기야말로 곤궁한 마음에 생각의 씨를 뿌리는 일이다. 오래 굶주린 생각이여, 어둠 속에 뿌리를 내리고 하늘에 닿도록 자라 올라라.

1장
사유의 숲길

마비된 자아에서 빠져나오기

—

《탈합치》_ 프랑수아 줄리앙

프랑스 철학자 프랑수아 줄리앙(François Jullien)은 남다른 이력의 소유자다. 파리고등사범학교에서 고대 그리스 철학을 연구한 줄리앙은 교수 자격을 얻은 뒤 돌연 중국으로 건너가 베이징대학과 상하이대학에서 중국학을 연구했다. 40여 년에 걸친 중국 사상 연구는 줄리앙의 사유에 독특한 입각점을 마련해주었다. 서양 바깥에서 서양을 볼 수 있는 눈을 키워줌과 동시에 동서 사유를 아우르는 시야를 열어준 것인데, 이런 전망 안에서 산출된 40여 종의 책 가운데 10여 종이 국내에도 번역돼 있다. 2017년 프랑스에서 출간된 《탈합치》는 줄리앙의 철학적 사유가 응집된 저작이다.

'탈합치'(De-coincidence)란 인간 삶의 근본적 작동방식을 '합치(coincidence)에서 이탈함(de)'으로 이해하는, 줄리앙 자신이 창안한 개념이다. 이 탈합치의 단적인 사례를 이 책은 예술의 역사에서 찾는다. 입체파 창시자 파블로 피카소(1881~1973)를 보자. 바르셀로나 피카소

미술관에서 이 화가의 회화를 초기부터 관람하던 줄리앙은 〈바르셀로네타 해변〉(1896)이라는 작품 앞에서 걸음을 멈췄다. 이 그림이 앞의 진부한 초기작들과는 사뭇 다른 형식을 보여준 것인데, 미완성인 듯 캔버스의 가장자리 바탕이 색칠 없이 그대로 노출된 작품이었다. 그림이 캔버스와 합치하지 않고 어긋나 있는 것이다. 줄리앙은 이 그림의 어긋남에서 기존의 회화 체제를 해체하기 시작하는 첫 일탈을 목격한다. 이 회화가 벌려놓은 작은 틈새로부터, '재현'이라는 종래의 회화 관념을 깨부수는 새로운 화법이 자라났다. 20세기 회화에 혁명을 일으킨 이 어긋남을 줄리앙은 '탈합치'라고 명명한다.

이런 탈합치는 인간 실존에서도 발견된다. '실존하다'(exister)라는 말의 라틴어 어원은 '엑스-시스테레'(ex-sistere)인데, 이 말을 곧이곧대로 옮기면 '바깥에 서다'라는 뜻이다. 실존한다는 것은 바깥에 서는 것이다. 무엇의 바깥에 서는 것인가? '기존의 세계에 대한 적응'의 바깥에 서는 것이다. 그러므로 실존한다는 것은 탈합치일 수밖에 없다. "탈합치는 자신과 자신의 일치, 자신에 대한 자기적응에 균열을 냄으로써 '자아'의 마비에서 빠져나오는 것이다." 우리가 여행을 떠나는 이유도 여기에 있다. 집을 떠나는 것은 바깥에 서기, 곧 실존하기를 가로막는 기존의 자기적응에서 벗어나는 것을 뜻한다. 그러므로 자기 자신에 대해 탈합치를 실행하는 것이야말로 관성대로 살지 않고 진정으로 실존하는 삶을 사는 길이다. "우리가 환경, 집단, 군집에 퍼져 있는 암묵적인 합의의 결속에서 풀려나지 않는다면 우리는 실존의 요청을 포기하는 셈이다." 낡은 것과 결별하는 창조적인 삶을 살려면 탈합치의 실존을 선택

집을 떠나는 것은 바깥에 서기,
곧 실존하기를 가로막는 기존의 자기적응에서
벗어나는 것을 뜻한다. 그러므로 자기 자신에 대해
탈합치를 실행하는 것이야말로 관성대로 살지 않고
진정으로 실존하는 삶을 사는 길이다.

하지 않으면 안 된다.

줄리앙은 인간 실존의 이런 조건을 기독교 성서의 창세기 신화를 끌어들여 설명하기도 한다. 에덴동산에서 아담과 이브는 '합치하는' 삶을 살았다. 최초의 남녀는 자신들의 존재에 의문을 품지 않았고 에덴동산이라는 완벽한 적응의 세계와 분리되지도 않았다. 그들은 모험하고 실존할 '바깥'을 볼 수 없었다. 사과를 먹고 난 뒤에야 인류의 조상은 처음으로 의식의 길에 접어들었고 자신들이 벌거벗고 있다는 것을 자각했다. 아담과 이브는 낙원에서 추방당함으로써 비로소 실존하기 시작했다. 이렇게 신의 질서에서 이탈함으로써 그 균열 속에서 자유가 드러났다. 이 자유의 결과로 인간은 스스로 자신을 규정하게 됐으며 역사의 주체로 일어섰다.

줄리앙은 더 나아가 기독교의 신도 '탈합치' 개념으로 설명할 수 있다고 말한다. 신, 곧 성부는 자기 자신과 합치하는 존재다. 그 성부가 자기에게서 벗어나 아들(성자)로 탈합치함으로써 성령으로서 자기 자신을 활성화한다. 다시 말해 신은 자기합치에서 이탈함으로써 자기 자신과 긴장관계를 이루고 스스로 신으로서 활동한다. 그러므로 〈요한복음〉의 첫 구절은 '태초에 탈합치가 있었다'라는 문장으로 다시 쓰여야 한다고 줄리앙은 말한다.

이런 탈합치가 작동하는 또 다른 중요한 사례는 사고의 영역에서 발견된다. 줄리앙은 '정신'과 '의식'을 분리해 대립시킨다. 여기서 정신은 외부 사물을 파악하는 사고 능력을 가리키고, 의식은 그 정신의 활동을 자각하는 능력을 가리킨다. 정신은 사물에 주의를 집중하고 사물을 정확히 인식해 '합치'에 이르려고 한다. 반면에 의식은 그런 정신의 작용에서 벗어나 그 작용을 거리를 두고 살핌으로써 '자각'에 이르려고 한다. 우리 정신은 사물을 인식하는 데 골몰해 있기 때문에 의식의 반수면 상태를 벗어나지 못한다. 서양 전통 철학은 이 정신을 해명하는 데 집중했다. 그러나 줄리앙이 보기에 정말로 중요한 것은 이 정신의 합치 상태에서 벗어나는 의식의 각성이다. 그런 의식의 각성을 촉구하는 것이 말하자면 선불교다. 줄리앙은 선불교의 유명한 '구지 선사의 손가락' 일화를 소개한다. 구지 선사는 누가 찾아와 무엇을 묻든 손가락 하나를 세워 보였다. 구지 선사가 없을 때 선사의 어린 시자가 질문을 받고 똑같이 손가락 하나를 세워 보였다. 이 사실을 안 선사는 시자의 손가락을 잘라버렸다. 없어진 손가락을 버릇처럼 다시 세우려고 하는 순간, 시자는 "홀연히 깨달았다." 코드화한 행위를 반복하던 시자가 합치 상태를 깨고 의식의 각성에 이른 것이다.

줄리앙은 이 의식의 탈합치야말로 기존 질서에서 벗어나 새로운 것을 창안하게 하는 힘이라고 말한다. 탈합치는 목적도 종결도 없는 탈결속의 운동이며, 자아를 열어놓는 끝없는 실존의 모험이다. 이렇게 자신을 열어놓을 때 우리는 타자와 참답게 만날 수 있다. 주체는 타자를 통해서 실존의 계기인 '바깥'을 경험할 수 있고 바깥에 설 수 있다. 타자를 소중히 여겨야 하는 이유가 여기에 있다. 탈합치는 윤리적 삶의 조건이다. 그렇다면 탈합치는 정치와 만날 수 없는가? 이 책의 '옮긴이 해제'는 줄리앙이 2020년 '탈합치 연합'이라는 조직을 꾸렸으며 일종의 선언문인 '탈합치의 정치'를 내놨음을 알려주면서, 그 내용을 상세히 정리해 보여준다. 요약하자면, 정치 영역에서 탈합치는 기존 질서에 고착된 '이데올로기적 합치 상태'에서 벗어나 새로운 삶과 역사의 가능성을 열고 '공통된 것'을 만들어 가는 실천을 가리킨다.

자유주의자와 아이러니스트

—

《우연성, 아이러니, 연대》_ 리처드 로티

리처드 로티(Richard Rorty, 1931~2007)는 20세기 미국의 자유주의 사상을 대표하는 철학자 가운데 한 사람이다. 동시대 독일 철학과 프랑스 철학의 깊은 영향 아래 자신의 철학적 사유를 담금질했다는 점에서 로티의 사유는 듀이나 롤스 같은 앞 시대 자유주의 철학 거인들의 사유와는 사뭇 다른 색조를 띤다. 더구나 로티는 철학을 문학과 엄격히 구분하는 전통적인 태도에서 벗어나 철학과 문학이 근본적으로 다르지 않으며 더 나은 세상을 만드는 데 둘이 보완재 구실을 할 수 있다고 주장했는데, 이런 생각이 잘 나타난 저서가 《우연성, 아이러니, 연대》(1989)다. 이 책에는 니체·하이데거·푸코·데리다 같은 철학자들뿐만 아니라 프루스트·나보코프·오웰 같은 소설가들이 핵심 인물로 등장해 로티 자신의 철학적 구상을 뒷받침한다.

이 책은 개인의 창조적 자율성 보호와 사회의 도덕적 정의 구현이라는 두 가지 가치를 어떻게 하면 동시에 충족시킬 수 있을 것인가 하는 물음에서 출발한다. 로티는 창조적 자율성을 가장 중요한 가치로 생각하는 개인을 아이러니스트(ironist)라고 부르고, 더 자유롭고 정의로운 사회를 만드는 데 관심의 초점을 두는 사람을 자유주의자(liberal)라고 부른다. 서로 섞이기 어려운 이 두 인간형이 어떻게 조화를 이룰 수 있는지, 혹은 왜 조화를 이뤄야만 하는지를 설득해 가는 것이 이 책이다.

로티는 '우연성'이라는 제목을 단 이 책의 제1부에서 자신이 옹호하는 자유주의가 어떤 철학을 배경으로 한 것인지 먼저 상세히 설명한다. 로티가 말하는 '우연성'을 명료하게 이해하려면 우연성에 대립하는 것을 살펴볼 필요가 있다. 로티는 우연성의 대척점에 있는 것으로, 전통 형이상학에서 주장하는 '불변하는 실체·본질·본성'을 제시한다. 우리가 아는 어떤 것도 불변의 본질로 이루어진 것은 없다는 것이 로티 철학의 출발점이다. 모든 것이 역사적 과정을 거쳐 우연의 중첩을 통해 형성된 것이다. 우리의 자아, 우리의 언어가 그렇게 형성됐고 우리의 공동체가 그렇게 형성됐다. 따라서 로티의 철학에는 본질이나 실체에서 시작해 이 현상세계를 설명하는 전통 형이상학의 구도가 들어설 여지가 없다. 종교의 절대자나 형이상학의 제1원인 같은 것을 인정하지 않는 것이다. 그런 형이상학적인 토대가 없는 상태에서 불완전한 인간들이 불완전한 도구들을 가지고 만들어 가는 것이 인간 사회다. 로티는 이런 조건에서 우리 인류가 지난 수백 년 동안 투쟁을 통해 구축한 상대적으로 가장 좋은 사회가 자유주의 사회라고 말한다. 이 자유주의는 비교적 품이 넓어서 사회민주주의 혹은 민주사회주의를 포괄한다.

이런 전제 위에서 로티가 그려내는 자유주의자는 '잔인성이야말로 우리가 범할 수 있는 가장 나쁜 행위'라고 생각하는 사람이다. 자유주의 자가 바라는 사회는 잔인성이 최소화한 사회, 인간의 고통과 굴욕이 최소화한 사회다. 자유주의자는 이런 사회를 만들어 가는 것이 공적 영역에서 가장 중요한 과제라고 생각한다. 그러나 자유주의자는 이런 신념을 다른 사람에게 일방적으로 강요하지 않으며 초월적인 원리에 입각해 명령하지도 않는다. 자유주의자가 쓸 수 있는 사회 개혁 방안은 잔인성으로 고통받는 인간의 모습을 가능한 한 생생히 알려주는 작업을 통해 다른 사람들을 설득하는 것뿐이다.

로티가 생각하는 자유주의 사회의 또 다른 주인공은 사적 영역을 무대로 삼는 아이러니스트다. 아이러니스트란 새로운 어휘, 새로운 언어를 창조함으로써 자기의 자아를 새롭게 창조하는 사람이다. 이런 아이러니스트의 전형으로 로티가 꼽는 사람이 소설가 프루스트·나보코프, 철학자 니체·하이데거·푸코·데리다다. 이 아이러니스트들의 상상력은 때때로 사회가 수용할 수 없는 위험한 곳으로 비약하기도 한다. 로티는 니체나 푸코를 그런 위태로운 경지를 보여준 사람으로 꼽는다. 자유주의 사회는 개인의 자율성을 보호해주어야 하지만, 동시에 아이러니스트 자신도 그런 위험한 상상력을 사적인 영역 안에 머물게 하는 자제력을 발휘해야 한다. 로티가 이런 인간형을 아이러니스트라고 부르는 것은 이들이 자신의 창조적 열정에 몰두하면서도 그 열정에 의심의 시선을 거두지 않는 사람이라고 보기 때문이다.

로티는 자유주의를 '마지막 어휘'라는 용어로 설명하기도 한다. '마지막 어휘'란 모든 인간이 인생의 궁극 목적으로 여기는 어휘를 말한다.

로티는 이상적인 자유주의 사회라면
누구나가 자유주의자이면서 동시에 아이러니스트일 것이라고,
다시 말해 '자유주의 아이러니스트'일 것이라고 말한다.
자유주의 아이러니스트는 자신의 사적인 영역에서는
새로운 어휘와 언어를 창안함으로써 자기창조에 몰두하고,
공적인 영역에서는 이 세계에서 고통과 굴욕이
사라질 날을 희망하며 노력하는 사람이다.

그리스도, 공산주의, 조국, 혁명, 평화, 자유, 행복 같은 것이 마지막 어휘가 될 수 있다. 자유주의자는 이 어휘들을 통일하거나 그 어휘들의 옳음과 그름을 판정해줄 최종 심급, 곧 초월적 진리는 없다고 믿는 사람이다. 자유주의 사회는 각자가 고결한 희망을 담아 가슴에 품은 이 마지막 어휘들이 경합하는 사회이며, 그 안에서 누구의 어휘가 더 설득력 있는지 보여주어 동의를 얻어 가는 사회다.

로티는 이상적인 자유주의 사회라면 누구나가 자유주의자이면서 동시에 아이러니스트일 것이라고, 다시 말해 '자유주의 아이러니스트' (liberal ironist)일 것이라고 말한다. 자유주의 아이러니스트는 자신의 사적인 영역에서는 새로운 어휘와 언어를 창안함으로써 자기창조에 몰두하고, 공적인 영역에서는 이 세계에서 고통과 굴욕이 사라질 날을 희망하며 노력하는 사람이다. 바로 이런 노력을 할 때 필요한 것이 공감적 상상력이다. 이 공감적 상상력이 커질수록 낯선 사람을 동료로 받아

들이는 포용력도 그만큼 커질 것이다. 낯선 사람을 동료로 받아들이는 것, 이것이 바로 로티가 말하는 '연대'다.

로티의 자유주의 철학은 인간과 세계의 근원적 진리를 추구하는 사람에게는 너무 얄팍한 철학으로 비칠 수 있다. 또 급진적인 변화를 추구하는 사람에게는 너무 온건한 철학으로 보일 수 있다. 그러나 세상에는 절대적 기준이 없어서 불완전한 인간들끼리 조금씩 사회를 개선해 나갈 수밖에 없다고 믿는 사람이라면, 로티가 그리는 '자유주의 아이러니스트'의 초상에서 자신과 가까운 모습을 발견할 수 있을 것이다.

죽음에 맞서는 자기수련의 의지

—

《너는 너의 삶을 바꿔야 한다》_ 페터 슬로터다이크

페터 슬로터다이크(Peter Sloterdijk)는 1983년《냉소적 이성 비판》출간으로 유명해진 독일 철학자다. 그 책에서 슬로터다이크는 프랑크푸르트학파의 비판이론가들을 강도 높게 비판했다. 비판이론이 젖줄을 댄 계몽주의가 1960년대 학생운동의 해체 이후 냉소주의로 변질했다고 지적하고, 새로운 비판 모델로 냉소주의의 원형인 고대 견유학파를 내세웠다. '거리의 철학자' 디오게네스가 아테네 법질서에 도발을 감행했던 대로 부정과 거부의 야성을 되찾아야 한다는 것이었다. 제도권 철학에 대한 이런 반항적 태도는 슬로터다이크가 자신을 '철학자'가 아니라 '자유저술가'라고 부르는 데서도 드러난다. 어떤 면에서 이 철학자는 비슷한 연배의 철학자 슬라보예 지젝을 연상시킨다. 지젝처럼 슬로터다이크도 재기발랄하고 까다로우면서도 생기 넘치는 상상력으로 온갖 방면으로 사유를 펼쳐낸다. 1년에 책을 두 권씩 낸다는 점에서도 다산성 저술가 지젝을 떠올리게 한다.

2009년에 출간된 《너는 너의 삶을 바꿔야 한다》에서도 낯설고 기이한 슬로터다이크 철학의 풍경을 확인할 수 있다. 이 책은 한마디로 요약하면, 세계 종교의 역사를 독특한 시각에서 살펴 들어가 거기서 뽑아낸 '자기수련'(Askese)이라는 개념으로 우리 시대의 문제를 조망하는 저작이라고 할 수 있다. 그러나 이런 설명만으로는 슬로터다이크가 말하고자 하는 것이 제대로 드러나지 않는다. 700쪽이 넘는 이 두꺼운 철학서의 핵심으로 들어가려면 먼저 책의 제목으로 쓰인 '너는 너의 삶을 바꿔야 한다'라는 문장부터 이해해야 한다. 이 문장은 독일 시인 라이너 마리아 릴케가 파리 루브르 박물관에서 만난 고대 아폴론의 토르소, 곧 '머리와 사지가 없고 몸통만 있는 조각상'을 보고 쓴 시의 마지막 구절에 등장한다. 이 조각상이 시인에게 '네 삶을 바꾸라'는 명령을 내린 것이다. 삶을 바꾸라니 도대체 어떻게 바꾸란 말인가? 그런 의문에 대한 답을 이 책의 부제 '인간공학에 대하여'에 나오는 인간공학(Anthropotechntik)이라는 말이 알려준다. 인간공학은 슬로터다이크가 다른 책 《인간농장을 위한 규칙》에서 사용한 뒤로 널리 알려진 말인데, 그 내용을 보면 '공학'과는 직접적인 관련이 없다. 오히려 말뜻을 알려면 공학으로 번역된 테크니크(Technik)의 어원을 살피는 것이 낫다. 뿌리를 더듬어보면 이 말은 기예 또는 기예를 다루는 능력을 가리킨다. 따라서 인간공학이란 '인간이 기예를 통해 자기 자신을 개조하는 것'을 뜻하며, 이 책에 등장하는 쓰임새로 말하면 '인간이 자신을 환경에 적응시키기 위해 행하는 자기수련'을 뜻한다. 자기수련을 통해 자기 자신을 바꾸는 것이 바로 인간공학의 목표라고 할 수 있다. 따라서 이 책이 말

슬로터다이크는 생물학적 면역체라는 인간 규정을
사회와 정신의 영역으로 확장한다. 다시 말해 인간을
사회적 면역체로, 나아가 정신적 면역체로 이해한다.
사회적 차원에서 보면 외부의 위협으로부터
자신을 보호하기 위해 '법률'을 만들고
'연대'를 이루어내는 것이 인간이라는 얘기다.

하려는 것은 '네 삶을 자기수련을 통해 환경에 가장 잘 어울리는 상태
로 바꾸라'는 것이 된다.

그리하여 슬로터다이크는 이 책을 《공산당 선언》 첫 문장의 패러디로
시작한다. "종교라는 유령이 세계 주변을 떠돌고 있다." 계몽주의 시대
이래로 점점 힘을 잃어 온 종교가 소멸의 벼랑 끝에서 다시금 귀환하고
있다는 이야기다. 그러나 슬로터다이크는 이 종교의 귀환을 종교 자체
의 귀환으로 보지 않는다. 왜냐하면 그가 보기에 애초부터 종교란 존재
하지 않기 때문이다. 돌아온 것은 종교라는 외피를 쓴 '자기수련', 다른
말로 하면 '수행'(修行)이다. 일신교가 탄생한 이래 고대로부터 종교라는
것의 핵심은 자기수련 또는 수행이었지, 다른 것이 아니었다는 것이 슬
로터다이크의 확고한 전제다.

여기서 더 주목할 것은 인간을 '호모 이무놀로기쿠스'(homo
immunologicus), 곧 '면역학적 존재'로 보는 슬로터다이크의 독특한 인
간 규정이다. 19세기 생물학의 발전으로 인간이 바이러스와 같은 외부

환경의 위협으로부터 자신을 보호하는 면역체라는 사실이 밝혀졌다. 슬로터다이크는 생물학적 면역체라는 인간 규정을 사회와 정신의 영역으로 확장한다. 다시 말해 인간을 사회적 면역체로, 나아가 정신적 면역체로 이해한다. 사회적 차원에서 보면 외부의 위협으로부터 자신을 보호하기 위해 '법률'을 만들고 '연대'를 이루어내는 것이 인간이라는 얘기다. 법률로 이웃의 가해자를 제지하고 연대로 외부의 침략자에 대항하는 것이다. 가장 고차적인 면역은 정신의 영역에서 나타났다. 죽음이라는 궁극의 위협으로부터 자신을 보호하기 위해 이 죽음을 다스리는 종교적 체계, 슬로터다이크의 표현으로는 자기수련의 체계를 만들어낸 것이다. 이 책은 바로 이 세 번째 정신적 면역체계에 관심을 집중해 기독교·불교·힌두교를 비롯한 동서양의 모든 주요 종교의 초기 형태를 탐사하며 그 실천 양상을 검토한다. 이런 검토 끝에 찾아내는 것이 '자기수련을 통한 자기극복의 의지'다. 슬로터다이크는 이 자기극복의 의지가 오늘날 온갖 영역의 활동과 훈련에서도 발견된다고 말한다.

그렇다고 해서 이 책이 요즘 유행하는 '자기계발'의 역사를 살피자는 것은 아니다. 오히려 슬로터다이크의 강조점은 '전 지구적 차원의 위기에 대한 자기수련적 공동 대응'에 놓여 있다. 여기서 자기수련으로 번역된 아스케제(Askese)에는 '고행·금욕'이라는 의미도 들어 있다. 온난화라는 전 지구적 차원의 재앙에 맞서려면 자본주의적 과잉 생산과 과잉 소비에서 후퇴하는 일종의 금욕적 수행이 필요하다는 것이다. 그리하여 슬로터다이크는 지구 온난화라는 미증유의 위험에 맞선 전 지구적 차원의 공-면역 질서를 창출해야 한다고 제안한다. 요컨대 '공-면역주의

(co-immunism) 선언'이 이 책의 결론인 셈이다. 이 공-면역주의, 곧 코-이뮤니즘이라는 말에서 공산주의 곧 코뮤니즘(communism)이라는 말이 울려 나온다. 말하자면 코-이뮤니즘이란 코뮤니즘의 새로운 판본이다. 코뮤니즘이 "보편적인 협력의 자기수련 지평"에서만 실현될 수 있듯이, 온난화라는 재앙에서 인류를 구해내려면 공-면역주의라는 자기수련의 공동 질서가 필요하다고 보는 것이다. 인간을 '면역학적 존재'라고 칭하고, 모든 역사를 '면역체계의 투쟁사'라고 부르는 슬로터다이크는 지구가 인류를 향해 '공-면역체계 구축을 위해 삶의 방식을 바꾸라'는 절대명령을 내린다고 말한다.

바보와 앵무새들의
철학에 관하여

—

《아리스토텔레스의 악어》_ 미셸 옹프레

미셸 옹프레(Michel Onfray)는 '우리 시대의 가장 위험한 철학자 가운데 한 사람'으로 꼽히는 프랑스 철학자다. 니체를 따르는 이 반역의 철학자는 2002년 '인민대학'을 설립해 대중을 상대로 하여 철학을 알리고 있으며, 2020년에는 무크 〈인민전선〉을 창간했다. 옹프레는 100권이 넘는 책을 쓴 다작의 작가이기도 한데, 이번에 번역된《아리스토텔레스의 악어》는 옹프레의 최근 저서 가운데 하나다.

이 책은 2500년 서양철학사를 종단하는 옹프레식 개괄서다. 소크라테스 이전 철학자부터 21세기 문턱에서 세상을 떠난 자크 데리다까지 33인의 사상과 행적을 엮어 속도감 있게 전달한다. 이 책의 독특함은 등장인물들의 초상화를 앞에 세워놓고 그 초상화에서 드러난 묘사의 특성을 포착해 주인공의 삶과 생각을 소개한다는 데 있다. 초상화를 중심에 놓다 보니, 유명한 철학자라 하더라도 초상화 감상자 곧 옹프레자신에게 이야깃거리를 제공해주지 않는 철학자는 빼놓았다. 그런 선별

기준에 따라 소크라테스·아퀴나스·칸트 같은 철학자는 이 책에 들어와 있지만, 라이프니츠·셸링·헤겔 같은 철학자는 논평에서 제외됐다.

텍스트 안으로 들어가면 논평자 옹프레의 성격이 더 분명해진다. 철학자들을 보는 옹프레의 시선에는 호오가 뚜렷하다. 비판의 펜은 날카로워서 신랄하다 못해 잔인하기까지 하다. 그런가 하면 아주 따뜻한 눈으로 응대하는 철학자도 있다. 16세기 작가 미셸 드 몽테뉴(1533~1592)가 옹프레의 그런 대접을 받는 사람이다. 몽테뉴가 환대를 받는 것은 《수상록(Essains)》이라는 전례를 찾기 어려운 새로운 형식의 책을 썼기 때문이다. 옹프레가 '엄청난 책', '백과사전적인 책'이라고 부르는 《수상록》은 "유럽의 다른 철학들을 위한 길을 마련해주는 모든 프랑스 철학을 가능케 한" 책이다. 이 작품은 프랑스 철학에 어떤 원칙을 세워주었는데, 옹프레는 그 원칙을 다음과 같이 나열한다. "간결하고 명쾌한 글, 일인칭으로 사고하는 것을 마다하지 않는 주관성의 수사학, 교수들이나 대학의 엘리트가 아닌 최대 다수를 위해 사고하려는 마음, 인간 본성에 대한 올바른 이해를 가능케 하는 심리학에 대한 날카로운 감각……." 옹프레 자신에 대한 묘사라고 해도 좋을 말이다.

옹프레의 냉소적인 시선은 주로 현대 사상가들을 거론할 때 뚜렷하게 드러난다. 특히 20세기 프랑스 앙가주망의 상징과도 같은 장폴 사르트르와 동반자 시몬 드 보부아르를 비판할 때 옹프레의 펜 끝은 칼날처럼 서늘해진다. 옹프레는 사르트르와 보부아르가 성적 착취자였다는 사실에 주목한다. "보부아르는 평생 자신의 동성애 성향을 감췄지만 양성애자였다. 고등학교에서 철학 선생으로 있을 때 보부아르는 자기 제자들을 사르트르의 침대 속으로 밀어 넣었다." 바로 그런 이유로 보부아르는 공교육에서 퇴출됐지만, 독일 점령기의 비시 정부가 보부아르를 정치적 이유로 쫓아냈다는 주장으로 이 사실을 묻어버렸다. "많은 여자들이 두 사람의 노리개화로 인한 고통을 증언해준다. 이 성 약탈자 커플은 페미니스트라기보다는 봉건주의자였다. 영주들은 가신들의 육체를 마음껏 탐했다." 비앙카 랑블랭의《점잖지 못한 소녀의 회상》이 사르트르-보부아르 커플의 성적 쾌락에 동원된 노리개의 실상을 상세히 알려준다고 옹프레는 쓴다.

미셸 푸코를 이야기하는 장에서 옹프레는 미국을 거쳐 세계적으로 유행한 '프랑스 이론'이라는 것이 '철학적 횡설수설'이라고 직격한다. 그 '프랑스 이론'으로 거명되는 것이 라캉의《에크리》(1966), 들뢰즈와 가타리의《안티오이디푸스》(1972),《천 개의 고원》(1980) 따위다. "그런데 이처럼 억지로 고안해낸 언어는 대가의 말을 바보처럼 반복하거나 멍청하게 모방하는 광신적 신봉자들을 양산하게 된다. 예술에서 소위 '예술을 위한 예술'의 시기가 있었던 것처럼, 철학에서도 '텍스트를 위한 텍스트'의 시기, 따라서 '철학을 위한 철학'의 시기가 있는 것이다. 이 시기가 바로 '텍스트 종교'가 나타나는 시기이며 이 시기에 글쓰기는 기도가 되고 사고는 주문이 되며 방법은 비이성이 된다." 옹프레는 들뢰즈와 가타리의 글을 받드는 사람들을 겨냥해 "들뢰즈와 가타리에게서 빌린 한 줌의 개념들을 가지고 유희하는 앵무새들" 나아가 "바보로 여겨질까 봐 두려워 아무것도 이해하지 못했다는 것을 고백하지 못하는 앵무새들"이라고 부른다.

"억지로 고안해낸 언어는 대가의 말을 바보처럼 반복하거나
멍청하게 모방하는 광신적 신봉자들을 양산하게 된다.
예술에서 소위 '예술을 위한 예술'의 시기가 있었던 것처럼,
철학에서도 '텍스트를 위한 텍스트'의 시기,
따라서 '철학을 위한 철학'의 시기가 있는 것이다.
이 시기가 바로 '텍스트 종교'가 나타나는 시기이며
이 시기에 글쓰기는 기도가 되고 사고는 주문이 되며
방법은 비이성이 된다."

이런 독한 말을 뿜어내는 중에 다시 뜨겁게 껴안는 사람도 나타나는데, 아나키즘의 창시자라 할 피에르 조제프 프루동(1809~1865)이 바로 그 사람이다. 프루동은 카를 마르크스(1818~1883)의 혹독한 비판을 받고 반자본주의 혁명 전선에서 축출되다시피 한 사람이다. 하지만 옹프레는 마르크스야말로 문제투성이 인물이라고 지적한다. 두 사람이 결별한 계기가 된 것이 1846년 마르크스의 협력 요청을 거부하는 프루동의 편지였다. 이 편지에서 프루동은 마르크스의 사회주의가 '민중을 세뇌하고 이단을 파문하여 배척하는 새로운 교조, 새로운 신학, 새로운 종교'가 될 수밖에 없다고 비판했다. 마르크스 사상은 '기존의 불관용을 다른 불관용으로' 대체할 뿐이다. 마르크스가 세운 공산주의 이념이 현실에서 어떤 모습을 띨지 미리 예견한 셈이다.

옹프레는 마르크스가 부르주아 집안 자식으로서 평생 부르주아 생활 습관을 버리지 못했지만, 프루동은 가난한 부모에게서 자란 '가난한 자들의 철학자'였다고 말한다. 마르크스의 혁명 사상은 책 속에서 건져낸 이념이었지만, 프루동의 '자유사회주의' 사상은 삶의 실천 속에서 길어 올린 것이었다. 관념 속에서만 혁명적이었던 마르크스는 엥겔스가 소유한 맨체스터 방적 공장 하나도 바꾸지 못하고 엥겔스의 돈에 의존해 살았다. 모든 형태의 지배를 반대한 프루동은 《소유란 무엇인가》에서 이렇게 썼다. "통치당하는 것, 그것은 감시받고 조사받고 염탐당하고 지도받고 규제당하고 조종당하고 감금당하고 교화당하고 통제받고 평가받고 감정당하고 검열받고 명령을 받는 것이다. 자격도, 학문도, 덕성도 없는 자들에게." 옹프레가 프루동의 '자유주의적 사회주의'를 사유와 실천의 바탕으로 삼고 있음을 이 책의 흐름은 선명히 보여준다.

철학과 수학은 어떻게 만나는가

—

《수학 예찬》_ 알랭 바디우

프랑스 철학자 알랭 바디우(Alain Badiou)는 플라톤을 모범으로 삼아 형이상학적 존재론을 구축한 우리 시대의 고전적 철학자다. 독특한 것은 통상의 철학자들과 달리 바디우가 수학을 토대로 삼아 자신의 존재론을 세웠다는 사실이다. 바디우의 대표작 《존재와 사건》(1988)이 수학, 그중에서도 '집합론'에 바탕을 두고 축조된 철학적 구조물이다. 이 존재론에서 바디우는 자신이 '진리 사건'이라고 부르는 것을 과학·예술·정치·사랑의 네 영역으로 나누어 살폈는데, 이 영역을 각각 주제로 삼은 대담집을 내놓은 바 있다. 《수학 예찬》은 앞서 한국어로 출간된 《사랑예찬》에 이어 두 번째로 번역된 대담집이다. 바디우에게 수학은 자신의 철학을 구성하는 골조이자 과학 영역을 떠받치는 기반이다.

대화의 출발점에서 바디우는 자신이 출생도 하기 전부터 수학과 인연을 맺었다고 이야기한다. 아버지가 수학을 사랑하는 수학 교사여서 태중에서부터 수학에 관한 대화를 무수히 듣고 자랐다는 것이다. 바디우는 중학생 시절에 벌써 수학적 증명을 스스로 해낸 뒤 말할 수 없는 기쁨을 느꼈고, 대학에 들어간 뒤에도 수학이 주는 희열을 잊지 않았다. 흥미로운 것은 수학에 대한 사랑이 젊은 시절 사르트르 철학에 대한 사랑과 함께했다는 사실이다. 사르트르의 '철학적 낭만주의'는 수학을 전적으로 무시했지만, 바디우에게 사르트르는 '철학의 스승'이었다. '확신에 찬 사르트르주의자'로서 바디우는 철학이 '사회에 참여하는 주체'를 창출해야 한다고 생각함과 동시에 '수학의 사도'로서 철학과 수학이 통합돼야 한다고 생각했다. '수학'과 '주체'라는 이 분열된 두 힘을 하나로 결합하는 것이 이후 바디우 철학의 과제가 됐음을 이 대담집은 알려준다.

오늘날 철학은 수학과 거의 무관한 것으로 인식되고 있다. 바디우는 그런 통념을 단호히 부정한다. 서양사상사를 돌아보면, 수학과 철학이 한몸에서 태어나 친밀한 관계 속에 자랐음을 알 수 있다. 근대 철학의 문을 연 데카르트는 수학자로서 해석기하학을 창시했고, 라이프니츠는 미분방정식을 발명했다. 라이프니츠의 동시대인 스피노자는 주저 《에티카》를 유클리드 기하학의 증명 방식을 모델로 삼아 구성했다. 한 세기 뒤 칸트도 《순수이성비판》 서문에서 '비판철학'에 수학이 필수적이라고 확언했다. 철학의 시원으로 거슬러 올라가면 철학과 수학의 밀접한 관계는 더욱 분명해진다. 플라톤은 자신의 학교 입구에 '기하학을 모르면 누구도 여기 들어올 수 없다'고 써 붙였다. 이때의 기하학, 곧 수학은 인간의 '합리적-이성적 추론 능력'을 가리킨다. 수학의 증명은 어떤 종교적·정치적 권위로도 무효화할 수 없고 오직 이성에 합당한 반증을 바디우가 말하는 진리는 어떤 돌발적 우연으로 출현해 지속성을 지니는 것을 뜻한다. 수학에서 난제의 해법은 지난한 탐구 끝에 어느 한순간에 계시처럼 들이닥친다. 예술 작품도 번득이는 영감 속에 빚어진다. 사랑이라는 열정도 두 사람의 우발적인 만남에서 비롯하며, 정치적 진리도 '바스티유 함락'처럼 돌연한 사건으로 시작해 돌이킬 수 없는 변화로 이어진다.

통해서만 논박될 수 있다. 신의 계시도 왕의 명령도 수학에서는 통하지 않는다. "수학자는 신화나 종교의 전제에서 풀려나, 증명의 형식을 취하는 보편성을 처음 도입한 사람들이다." 인간에게 보편적으로 내재하는 이성의 힘을 믿는 수학은 모든 인간은 본디 평등하다는 민주주의 정신과 병행한다.

그렇다면 수학이란 무엇인가? 바디우는 수학이 무엇인지를 놓고 학자들 사이에서 크게 두 가지 주장이 대립한다고 말한다. 하나가 실재론적 관점이다. 수학은 우리의 인식 바깥에 실재하는 것들과 관련을 맺고 있다. 수학은 실재하는 모든 것의 보편적 구조에 대한 연구다. 요컨대, 수학에서 말하는 수리나 법칙은 실재한다. 플라톤이 바로 실재론의 대표자다. 수학의 본질에 관한 두 번째 관점은 형식론적 관점이다. 수학의 대상은 실재하는 것이 아니라 실재하는 것들을 설명하려고 논리적으로 고안한 허구적 형식이라는 것이다. 수학을 일종의 '언어 게임'으로 본 비트겐슈타인이 형식론의 대표자다. 바디우는 대다수 수학자들과 함께 단호하게 실재론을 옹호하는 쪽에 선다. 수학은 실재의 보편적 구조를 드러내는 학문이다. 우주를 탐구하는 물리학이 수학을 동반자로 삼을 수 있는 것도 수학적 진리가 실재하기 때문이다. 수학은 실재하는 것들의 존재 구조를 설명하는 학문이기에 존재론의 바탕이 된다.

바디우는 이 수학 가운데 특히 19세기 말에 게오르크 칸토어가 창안하고 20세기에 큰 발전을 이룬 '집합론'에 입각해 자신의 형이상학적 존재론을 구축했다. 이 집합론에서 주목할 것이 '칸토어의 정리'다. 칸토어의 정리는 '멱집합의 크기가 원래의 집합의 크기보다 크다'는 명제로 요약된다. 멱집합이란 '어떤 집합(S)의 모든 부분집합을 원소로 하는 집합'이다. 이때 이 부분집합에는 개별 원소들의 집합도 포함될 뿐만 아니라 '공집합'(∅)과 '원래의 집합'(S)도 포함된다. 그러므로 어떤 경우에도 멱집합은 원래의 집합보다 크다. 이 사실에서 바디우는 정치적인 함의를 읽어낸다. 어떤 집합 안의 '원소 개수'보다 '부분집합의 개수'가 더 많다는 것은 개체보다 집단이 더 풍부하다는 뜻이다. "칸토어의 정리는 추상적인 층위에서 개인주의의 지배를 논박한다." 개체를 단순히 합산한 것보다 전체가 더 크다는 것, 그러므로 개인주의로는 전체 집단의 문제를 해결할 수 없다는 논리가 이 정리에서 도출된다. 이런 논리 위에 바디우는 자신이 신봉하는 코뮌주의(공산주의)의 철학적 근거를 마련한다.

바디우의 존재론은 과학·예술·정치·사랑이라는 네 영역에서 일어나는 '진리 사건'을 조건으로 삼는다. 바디우가 말하는 진리는 어떤 돌발적 우연으로 출현해 지속성을 지니는 것을 뜻한다. 수학에서 난제의 해법은 지난한 탐구 끝에 어느 한순간에 계시처럼 들이닥친다. 예술 작품도 번득이는 영감 속에 빚어진다. 사랑이라는 열정도 두 사람의 우발적인 만남에서 비롯하며, 정치적 진리도 '바스티유 함락'처럼 돌연한 사건으로 시작해 돌이킬 수 없는 변화로 이어진다. 더 중요한 것은 이 모든 진리 과정에 인간들이 참여한다는 사실이다. 인간은 사건에 참여함으로써 주체가 되고 그 진리를 향유하는 자가 된다. 그리하여 젊은 바디우에게 분열된 힘으로 다가왔던 수학과 주체가 여기서 마침내 그 이원성을 극복한다. 수학은 진리의 존재론의 바탕이 되며, 주체는 그 진리 과정에 참여함으로써 참된 주체가 되는 것이다.

진리의 주체와 해방의 정치

—

《철학을 위한 두 번째 선언》_ 알랭 바디우

모로코 출신 프랑스 철학자 알랭 바디우는 존재 · 진리 · 주체 같은 고전적 개념을 거점으로 삼아 플라톤주의 철학을 오늘의 철학으로 되살려내려 하는 사유의 고전주의자다. 그런가 하면 진즉 사멸한 것으로 취급받는 공산주의를 무덤에서 불러내 새 생명을 불어넣으려고 하는 정치적 급진주의자이기도 하다. 가장 고전적인 언어로 가장 급진적인 사유를 감행하는 철학자가 바디우다. 2009년 프랑스에서 출간된 《철학을 위한 두 번째 선언》은 이 급진 철학자의 사상 구도를 간명하게 살펴볼 수 있는 저작이다.

이 책은 그 20년 전 출간한 《철학을 위한 선언》(1989)과 나란히 놓고 볼 때 그 성격이 분명해진다. '두 번째 선언'은 '첫 번째 선언'의 속편인 셈이다. 또 이 두 편의 선언문은 바디우의 대표작으로 꼽히는 《존재와 사건》(1988)과 《세계의 논리》(2006)의 자매편 성격을 띤다. 《철학을 위한 선언》이 《존재와 사건》을 해설하고 보충하며 그 철학적 · 정치적 함의를 선언의 형식으로 내놓은 책이라면, 《철학을 위한 두 번째 선언》은 《세계의 논리》에 대해 같은 구실을 하는 선언문이다. 《존재와 사건》과 《철학을 위한 선언》, 《세계의 논리》와 《철학을 위한 두 번째 선언》이 각각 짝을 이루는 것이다.

그러므로 이 두 선언문을 이해하려면, 앞서 출간한 《존재와 사건》과 《세계의 논리》를 머릿속에 그림으로 그려 두어야 한다. 《존재와 사건》은 '사건'이라는 바디우의 고유한 개념을 중심에 놓고 존재론을 펼치는 저작이다. 또 《존재와 사건》 제2권으로 나온 《세계의 논리》는 그 존재론을 바탕에 깔고 '사건'을 통해 '진리'가 출현하는 양상에 주목하는 저작이다. 이 주요 저작들에 이어 쓴 두 편의 '선언'은 '선언'이라는 표현에서 짐작할 수 있듯, 당대 현실에 개입해 발언하려는 실천적 의도를 좀 더 분명하게 드러내는 저작이다. 두 선언문 가운데 '첫 번째 선언'은 현실 사회주의가 몰락하던 시점(1989)에 프랑스를 휩쓸던 탈근대주의(포스트모더니즘)에 맞서 철학의 임무를 환기하려는 저작이다. 탈근대 철학이 '철학의 죽음'과 '진리의 죽음'을 유포하던 그 시기에 바디우는 철학이 죽지 않았으며 진리도 살아 있다고 단언한다. 그렇다고 해서 옛 진리를 무조건 옹호하는 것은 아니다. 바디우는 진리가 플라톤이 생각했던 대로 '하나(일자)의 진리'가 아니라 '여럿(다수)의 진리'로 존재하며, 그 진리들이 하늘에서 강림하는 것이 아니라 세계 내부의 존재 영역에서 창출된다고 말한다. 이때 진리가 창출되는 영역으로 바디우가 제시하는 것이 정치·과학·예술·사랑이라는 영역이다. 이 영역마다 각각의 진리가 사건을 통해 출현한다는 것이다.

《철학을 위한 두 번째 선언》은 이 첫 번째 선언의 논의를 이어받되, 그 20년 사이에 변화한 시대 상황을 염두에 두고 그 상황에 대응한다. 바디우가 보기에 철학은 여전히 '실존의 위기'를 겪고 있으나 그 위기의 양상은 아주 달라졌다. 20년 전에 철학의 위기는 '철학은 죽었다'는 주장으로 나타났지만, 오늘의 경우에는 철학이 도처에서 넘쳐나는 방식으로 위기를 겪는다. 철학은 카페와 클럽과 미디어를 비롯한 온갖 곳에서 성행한다. 이런 과잉이 철학의 위기를 방증한다. 왜 그런가? 거기서 오가는 철학은 철학의 본질을 배반한 철학이기 때문이다. 다시 말해 지극히 안온한 도덕주의를 설교하는 철학에 머무르기 때문이다. 바디우에게 특히 거북하게 다가오는 것은 '인권의 철학'이라는 이름으로 신자유주의적 자본주의를 방어하고 부르주아 의회 민주주의를 변호하는 철학이다. 이 철학은 인권과 민주주의를 명분으로 삼아, 서구에 동조하지 않는 지역을 부정하고 침탈하는 제국주의 행태에 도덕적 정당성의 성수를 뿌려준다. 미국의 이라크 침공을 지지한 철학자들이 그런 사람들이다.

《철학을 위한 두 번째 선언》은 바디우 자신의 철학적 비전을 명료히 드러냄으로써 이런 반동의 물결에 맞서고자 한다. 이 철학적 비전은 '의견'에서 시작해 '주체'와 '이념'으로 끝나는 여덟 가지 개념의 사슬을 거쳐 분명해진다. 바디우가 출발점에서 검토하는 '의견'(opinion)이란 오늘날 정치 영역에서 지배권을 휘두르는 '여론'(opinion publique)을 가리킨다. 이른바 민주주의자들은 의견 곧 여론을 모든 정치 행위의 근거로 내세운다. '우리는 여론에 반해 정치하지 않는다'는 말이 이 민주주의자

어떤 사태가 바디우가 말하는 사건이 되려면
'실존의 최댓값'을 얻어야 한다.
요컨대 사건이란 기존의 지배적 질서를 돌연히 뚫고 나와
새로운 보편성을 창출하는 사태를 뜻한다.
바디우는 이런 사건의 정치적 사례로 프랑스혁명,
러시아혁명, 68혁명 같은 시대를 바꾸는 격변을 든다.

들이 섬기는 금과옥조다. 플라톤주의자답게 바디우는 의견이 진리에 대립하는 것임을 강조한다. 여론이 지배하는 곳에는 '다수의 주장' 말고는 어떤 근본적 원칙도 들어설 여지가 없다. 유럽에서 난민 입국을 거부하는 극우 정당이 여론의 힘으로 지배권을 얻는 것이야말로 진리 없는 여론 정치의 실상을 보여준다.

바디우가 말하는 진리는 이런 여론의 지배를 깨뜨리는 사건과 함께 출현한다. 어떤 사태가 바디우가 말하는 사건이 되려면 '실존의 최댓값'을 얻어야 한다. 요컨대 사건이란 기존의 지배적 질서를 돌연히 뚫고 나와 새로운 보편성을 창출하는 사태를 뜻한다. 바디우는 이런 사건의 정치적 사례로 프랑스혁명, 러시아혁명, 68혁명 같은 시대를 바꾸는 격변을 든다. 진리란 이런 사건을 통해 출현하는 보편성의 빛이다. 그 진리는 언제나 세계 내부의 몸체에 깃드는데, 이를테면 혁명 집단이나 혁명 정당이 그런 몸체에 해당한다. 이 진리의 몸체에 다른 몸체가 연결될 때

'주체화'가 이루어진다. 쉽게 말해서 개인들이 혁명 집단이라는 진리의 몸체에 합류해 들어갈 때 개인의 차원을 넘어 진리의 주체가 된다.

개인이 이렇게 진리의 몸체에 참여해 진리의 주체로 일어서려면 그 개인 내부에 이념이 들어서야 한다. 플라톤이 말한 이데아, 곧 가장 완전하고 가장 아름다운 이상을 마음에 품어야 하는 것이다. 이 이상을 품고서 진리의 주체로 나아가는 것을 가리켜 바디우는 '이념화' (idéation)라고 부른다. 이렇게 자신을 주체로 일으켜 이념의 빛을 따라 나아가는 삶이 참된 삶이다. 이 영원한 진리의 이념 속에 머묾으로써 인간은 '불멸자'가 된다고 바디우는 말한다. 이념을 따르는 삶이 우리를 불멸로 이끌어 가는 것이다.

포격 속에 써 내려간 철학 일기

—

《전쟁 일기》_ 루트비히 비트겐슈타인

20세기 영미 언어철학의 태두 루트비히 비트겐슈타인(Ludwig Wittgenstein, 1889~1951)의 전기 철학을 대표하는 저서는 《논리철학논고》다. 100쪽 남짓밖에 안 되는 이 저작은 논증이나 해설을 생략하고 단정적인 선언으로만 쓰인 탓에 가장 이해하기 어려운 저작 가운데 하나로 꼽힌다. 이 엄격한 책 속으로 들어가는 데 길잡이 노릇을 해줄 것이 없을까. 비트겐슈타인이 제1차 세계대전 중 전장에서 쓴 《전쟁 일기》가 이 단단한 책 속으로 들어갈 문을 열어줄 수 있다. 일기 형식으로 쓴 이 기록은 《논리철학논고》의 본문을 이루는 철학적 사유의 최초 자료여서 본문 명제들의 발원처를 그린 지도 구실을 한다. 《논리철학논고》 출간에 다리를 놓아준 버트런드 러셀도 이 일기를 참조해 그 책의 '서문'을 썼다.

《전쟁 일기》는 애초 노트 일곱 권 분량이었던 것으로 알려져 있다. 자폐증 성향이 있었던 데다 결벽증을 앓았던 비트겐슈타인은 《논리철학

논고》를 완성한 뒤 이 일기를 없애버리려고 했다. 러셀에게 보낸 편지에서도 "내 일기장과 노트들은 제발 부탁이니 불쏘시개로만 쓰라"고 한 데서도 비트겐슈타인의 생각을 읽을 수 있다. 하지만 일곱 권 가운데 네 권만 소실되고 나머지 세 권은 비트겐슈타인 사후에 발견됐다. 이 남은 노트만으로도 비트겐슈타인의 철학 작업이 어떤 방식으로 이루어졌으며 어떤 경로로 《논리철학논고》의 명제가 도출됐는지 알아볼 수 있다.

오스트리아 시민이었던 비트겐슈타인은 1914년 여름 제1차 세계대전이 일어나자마자 자원입대해 포병 부대 소속으로 동부 전선에 배치됐다. 전쟁 후반기에는 이탈리아 전선으로 옮겨 간 뒤 포로가 돼 1919년에야 귀향했다. 전쟁터에 있던 이 5년 동안 노트 왼편에는 개인적 일기를 기록하고 오른편에는 철학적 일기를 기록했다. 1914년 8월 9일 폴란드 도시 크라쿠프에 배속된 날 시작되는 일기는 이틀 뒤 "아직까지 작업하지 못했다"는 문장으로 끝난다. 비트겐슈타인에게 '작업'(Arbeit)은 철학적 사유 작업을 가리킨다. 비트겐슈타인이 전쟁에 참가한 이유가 전쟁터의 한계 상황에서 실존의 고통을 잊으며 철학적 작업을 하는 데 있었음을 짐작하게 해주는 구절이다.

비트겐슈타인은 정찰선을 타고 크라쿠프와 바르샤바를 관통하는 비스와강을 오르내리며 러시아군의 포격 속에서 철학적 작업을 해 나갔다. 개인적 일기에는 이런 표현이 나온다. "하루 종일 극도로 격렬한 포격. 많이 작업했다. 나는 아직 근본적인 생각을 얻지 못하고 있다."(1914년 10월 9일) 철학적 작업은 참전 뒤 두 달이 지나면서 본격화하는데, 비

"나는 절망에 빠진 채로 문제를 향해 돌격했다!
제대로 해결하지 못하고 후퇴하느니,
이 요새 앞에서 피를 뿌리고 죽는 편을 택하리라.
최대의 난점은 정복한 거점들을 그 안에서
편히 앉아 지낼 수 있을 때까지 방어해내는 것이다.
도시 전체가 함락되기 전에는 언제고 거점에서
편히 지낼 수 없는 것이다."

트겐슈타인은 이때의 상황을 공성전에 비유한다. "아직까지도 성과는 없지만 강한 확신이 있다. 이제 내 문제를 둘러싸고 공성전에 들어갔다."(10월 24일) "아직도 내 문제와 공성전을 벌이고 있다. 벌써 여러 거점을 점령했다."(10월 29일) 이틀 뒤에는 이렇게 쓴다. "나는 절망에 빠진 채로 문제를 향해 돌격했다! 제대로 해결하지 못하고 후퇴하느니, 이 요새 앞에서 피를 뿌리고 죽는 편을 택하리라." 그러면서 이렇게 덧붙인다. "최대의 난점은 정복한 거점들을 그 안에서 편히 앉아 지낼 수 있을 때까지 방어해내는 것이다. 도시 전체가 함락되기 전에는 언제고 거점에서 편히 지낼 수 없는 것이다."

여기서 '도시 전체'는 비트겐슈타인이 설정한 철학적 구도 전체를 뜻한다. 비트겐슈타인의 작업의 핵심은 《논리철학논고》의 머리말에 나오는 다음과 같은 말이다. "말해질 수 있는 것은 명료하게 말해질 수 있다. 그리고 이야기할 수 없는 것에 관해서 우리는 침묵해야 한다." 이때 '말해질 수 있는 것'이 뜻하는 것은 이 세계, 더 정확히 말하면 이 세계의 표면이다. 세계의 표면은 논리적·과학적 언어로 기술될 수 있지만, 그 세계 너머의 '의미'는 논리적·과학적 언어로는 기술할 수 없다는 것이 비트겐슈타인의 가장 근본적인 생각이다. 비트겐슈타인이 《논리철학논고》에서 구명하려는 것이 바로 이 '세계'와 '의미'의 명확한 구분인데, 일기에서 그 구분이 명료해지는 과정을 볼 수 있다.

전쟁터의 일기는 비트겐슈타인이 철학적 작업을 하지 않는 시간에 톨스토이의 《복음서 해설》과 에머슨의 《에세이집》 같은 영성 깊은 책을 읽고 정신적 힘을 얻었음을 알려준다. 니체의 《안티크리스트》를 읽고는 "그리스도교에 대한 적개심에 감정이 크게 동했다"(1914년 12월 8일)고 밝히면서도 "그리스도교는 행복으로 이끄는 유일하며 확실한 길"이라고 단언한다. 일기장의 내밀한 기록들을 보면 그리스도교 신앙이 비트겐슈타인을 떠받친 마음의 지주였음을 알 수 있다. 하지만 병영 생활은 비트겐슈타인의 신경이 감당하기엔 너무 거친 곳이었다. 일기 속의 비트겐슈타인은 "상스럽고 악랄한" 동료 병사들에게 둘러싸여 이해받지 못한 채 모욕당하는 사람이다. 고통을 못 견딘 비트겐슈타인은 1916년 5월 "어쩌면 죽음과 가까운 거리가 삶의 빛을 가져다줄지 모른다"는 기대를 안고 최전방 정찰대로 자원한다.

적군의 총탄이 귓전을 스치는 관측 망루에 배치된 비트겐슈타인은 비로소 철학적 작업의 본령으로 진입한다. 이해 겨울 '개인적 일기'는 죽음의 두려움과 삶의 본능을 기록한다. "총격을 받고 있다. 총성이 날 때마다 영혼이 움찔거린다. 계속 살고 싶은 마음이 얼마나 간절한지 모른다!" 동시에 같은 날 '철학적 일기'는 이렇게 기록한다. "윤리와 미학은 하나다." 이어 다음과 같은 문장이 등장한다. "올바른 철학의 방법은 말해질 수 있는 것 외에는 아무것도 말하지 않는 것이며, 오직 자연과학적인 것 즉 철학과 전혀 관계가 없는 것만을 말하는 것이다. 그리고 누군가가 형이상학적인 것을 말하려 한다면 그럴 때마다 그가 자신이 사용한 문장의 몇몇 기호에 아무런 의미도 부여하지 않았음을 증명하는 것이다." 비트겐슈타인의 이 문장은 그대로 《논리철학논고》의 소절을 이룬다. 이 소절만 읽으면 비트겐슈타인이 형이상학적인 사유를 부정하고 거부한 것처럼 보인다. 하지만 이 일기는 비트겐슈타인의 진정한 관심사가 '형이상학적인 것', 곧 삶의 의미를 찾는 데에 있었음을 알려준다. 《전쟁 일기》는 비트겐슈타인의 마음속으로 다가가는 길이다.

비트겐슈타인 철학의 열쇠

—

《비트겐슈타인 새로 읽기》_ 이승종

《비트겐슈타인 새로 읽기》는 20세기 언어철학의 거인 루트비히 비트겐슈타인(1889~1951)의 후기 철학에 대한 새로운 해석을 담은 이승종(연세대 철학과 교수)의 저작이다. 비트겐슈타인 전문가인 이승종은 2016년에 비트겐슈타인 후기 철학을 대표하는 《철학적 탐구》를 상세한 주석을 달아 번역 출간한 바 있다. 이 번역·주석 작업을 할 때 이승종이 해석의 틀로 삼은 것이 '사람의 얼굴을 한 자연주의'인데, 이 책은 후기 비트겐슈타인 철학의 바탕을 이루는 이 자연주의의 양상을 세밀하게 추적한다.

비트겐슈타인 철학을 한마디로 요약하면 '언어 비판'이라고 할 수 있다. 칸트가 이성을 사용해 이성의 한계를 규명하는 '이성의 자기비판'을 감행했듯이, 비트겐슈타인은 언어를 사용해 언어의 한계를 드러내는 '언어의 자기비판'을 탐구의 본령으로 삼았다. 철학자들이 골몰하는 철학적 문제라고 하는 것이 대개 언어의 잘못된 사용으로 빚어진 일종의 질병이라고 보고 언어의 사태를 있는 그대로 드러냄으로써 이 질병을 치료하는 것이 비트겐슈타인의 목표였다. 이런 목표를 향해 나아갈 때 보여준 태도의 차이가 전기와 후기를 가른다. 전기 비트겐슈타인은 언어로 이루어진 명제와 세계의 개별 사태가 일대일 대응을 이룬다고 보았던 데 반해, 후기 비트겐슈타인은 언어와 세계가 일대일로 대응하지 않는다는 것, 다시 말해 언어의 사용이 인간의 삶의 맥락 속에서 무수히 다양하게 이루어진다는 데 주목했다. 언어의 의미가 삶의 문맥, 혹은 삶의 흐름과 연관돼 있음을 밝히려 한 것이 비트겐슈타인의 후기 작업이다.

이 삶의 문맥이라는 것은 언어를 사용하는 사람들 사이의 관계에서 형성된다. 이때 비트겐슈타인에게 원초적인 것은 '참과 거짓'의 문제가 아니라 '의미와 무의미'의 문제다. 어떤 것이 참이냐 거짓이냐를 판별하는 것보다, 어떤 것이 의미가 있느냐 무의미하냐를 판별하는 것이 더 앞선 문제라는 것이다. 이 사태를 이승종은 '빛'과 '사랑'이라는 현상을 사례로 들어 설명한다. '빛이 입자인가 파동인가' 하는 물음은 사람들 사이에 의견의 일치 또는 불일치를 낳을 수 있다. 그렇다면 '사랑이 입자인가 파동인가' 하는 물음은 어떨까? 이런 물음은 애초에 의견의 일치나 불일치가 생겨날 수 없는 물음이다. 왜냐하면 그런 물음은 '무의미한' 물음이기 때문이다. 빛과 달리 사랑은 입자냐 파동이냐를 물을 수 있는 대상이 아니다. 이것이 '참/거짓'을 판단하기에 앞서 인간의 언어생활에 전제돼 있는 '의미/무의미'의 문제다. 무의미한 문제는 판단의 대상이 될 수 없다. 우리가 언어로써 의사소통하고 '참이냐 거짓이냐'를 두고 논쟁할 수 있으려면 먼저 '의미/무의미'를 가르는 차원이 공유돼야 한다. 이렇게 의미와 무의미를 원초적으로 결정하는 가장 기본적인 차원을 비트겐슈타인은 '삶의 형식'(Lebensform)이라고 불렀다.

이 삶의 형식은 모든 인간, 곧 인간이라는 종 전체에 공통된다고 비트겐슈타인은 생각했다. 그런 공통성의 토대 위에서 언어의 차이나 문화의 차이도 나타난다. 이 원초적인 삶의 형식을 채우는 것이 '자연사적 사실'이다. 이때 이승종이 주목하는 '자연사'란 자연세계의 모든 것을 포함하는 자연사가 아니라 '사람과 관련된 자연사'다. 언어를 사용하는 원초적인 인간의 자연스러운 삶의 모습이 바로 자연사적 사실이다. 비트겐슈타인이 말하는 '자연'이란 객관적으로 존재하는 자연세계, 곧 3인칭 자연이 아니라 사람과 사람 사이에 펼쳐지는 자연, 곧 어떤 본성적인 삶의 상태를 뜻한다.

후기 비트겐슈타인은 우리 인간의 '언어게임', 곧 온갖 종류의 언어 활동이 이 자연을 가장 근본적인 토대로 삼아 이루어지고 있다고 생각했다. 그렇게 언어 행위의 최종 근거가 원초적인 자연 상태에 있다고 본다는 점에서 후기 비트겐슈타인의 언어철학은 일종의 '자연주의'라고 할 수 있다. 이 자연주의를 이승종은 '사람의 얼굴을 한 자연주의'라고 부른다. 왜 '사람의 얼굴을 한 자연주의'인가? 비트겐슈타인이 말하는 자연이 인간 생활 바깥의 어떤 객관적 자연이 아니라 '나'와 '너'의 무수한 관계로 이루어진 사람들 사이 삶의 사태를 뜻하기 때문이다. 이 원초적 공통성이 인간의 모든 언어게임의 토대를 이루며 언어게임은 이 토대 위에서만 펼쳐질 수 있다는 것이 비트겐슈타인의 통찰이다.

'빛이 입자인가 파동인가' 하는 물음은
사람들 사이에 의견의 일치 또는 불일치를 낳을 수 있다.
그렇다면 '사랑이 입자인가 파동인가' 하는 물음은 어떨까?
이런 물음은 애초에 의견의 일치나 불일치가 생겨날 수 없는 물음이다.
왜냐하면 그런 물음은 '무의미한' 물음이기 때문이다.

이승종은 비트겐슈타인 후기 철학에 대한 이런 해석을 바탕에 깔고 비트겐슈타인의 종교철학도 상세히 살핀다. 비트겐슈타인은 종교와 신앙의 문제에 관해 극도로 말을 아꼈다. 하지만 이런 침묵에 가까운 자제는 무관심의 증거가 아니다. 비트겐슈타인은 《철학적 탐구》 '머리말'에서 과학이 종교를 대체하는 시대 상황에 절망한 나머지 자신의 시대를 암흑기로 표현한 바 있다. 종교와 신앙의 문제야말로 비트겐슈타인에게는 핵심적인 문제였다. 그 비트겐슈타인이 신과 세계의 관계에 관해 밝힌 핵심 명제가 젊은 날 노트에 쓴 "신은 …… 세계다"라는 간명한 문장이다.

비트겐슈타인이 동일시한 '신과 세계'를 어떻게 이해할 수 있을까? 이승종은 비트겐슈타인이 사용한 적 있는 '토끼-오리 그림'을 빌려 온다. 이렇게 보면 토끼인 그림이 다르게 보면 오리로 드러나는 것과 같이, 비종교인에게는 그저 자연적 세계일 뿐인 이 세계, 곧 나를 포함한 우주 전체가 종교인에게는 신의 절대성 안에 있는 세계로 나타난다. 신은 세계를 초월해 있는 또 하나의 특수한 존재자가 아니라 이 세계와 함께 이 세계에 의미를 주는 어떤 절대성을 가리키는 이름이다. 토끼로 보이던 그림이 오리로 보이는 그림으로 바뀌듯이 시각의 전환, 곧 '삶의 방향 전환'과 함께 이 세계가 전혀 다른 의미를 띤 세계로 나타나는 것이다.

이승종은 '기적'이라는 것도 그런 식으로 이해할 수 있다고 말한다. 기적이란 데이비드 흄이 말한 대로 '인과적 자연법칙에 어긋나는 사건'을 뜻하는 것이 아니라, 이 세계의 현상을 종교적 태도로 본다는 뜻이다. 세속의 눈으로 보면 자연법칙에 지나지 않는 것이 종교인의 눈으로 보면 기적이 되는 것이다. 이를테면 이 세계가 존재한다는 사실 자체가 그 눈으로 보면 가장 놀라운 기적일 것이다.

"찰나의 순간에 영원을 보라"

—

《우리와의 철학적 대화》_ 이승종

《우리와의 철학적 대화》는 이승종의 저작이다. 이승종은 미국에서 비트겐슈타인의 분석철학으로 박사학위를 받았지만, 영미 철학에 탐구 범위를 한정하지 않고 프랑스 철학자 자크 데리다와 독일 철학자 마르틴 하이데거를 함께 공부했다. 또 서양 철학을 연구하는 중에도 동아시아 전통 철학에 대한 관심의 끈을 놓지 않았다. 영미-유럽-동아시아로 이어지는 이런 공부 이력은 《데리다와 비트겐슈타인》《비트겐슈타인이 살아 있다면》《크로스오버 하이데거》《동아시아 사유로부터》 같은 저작들로 그때그때 갈무리됐다. 《우리와의 철학적 대화》는 이런 탐구 여정을 거치는 동안 이승종이 참여한 토론의 장에서 이루어진 철학적 대화를 엮은 책이다. 해당 주제에 대한 이승종의 논문을 앞세우고 그 뒤에 반론이나 토론을 붙인 뒤 다시 이승종의 보론을 다는 식으로 꾸몄다.

제목에서 드러나듯 이승종은 이 책에서 '우리'를 특별히 강조하는데, 우선은 이 책의 내용이 국내 학자·지식인 들과 대화하고 토론하는 것이 중심이기 때문이다. 더 중요한 이유는 우리 철학계가 그동안 서양 철학 따라 배우기에만 급급하다 보니 국내 철학 연구자들의 학문적 성취를 평가하고 비판적으로 계승하는 작업에는 소홀했다는 반성적 인식에 있다. 그리하여 이 책에는 여러 영역의 철학 연구자들이 등장해 이승종과 대화하거나 이승종의 비판적 논평의 대상이 된다. 특히 이승종은 근년에 타계한 김형효와 박이문을 '우리 시대를 대표하는 한국 철학자'로 제시하면서 '두 거장의 철학'을 논평한다. 또 일제강점기 예술사가 고유섭의 저술과《사막을 건너는 법》《먼 그대》를 쓴 소설가 서영은의 작품을 철학적 비평의 대상으로 삼기도 한다.

그러나 '우리와의 대화'가 목적이라고 하더라도 이승종이 서양 철학을 전공한 이상, 서양 철학이 논의의 바탕이 되는 것은 어쩔 수 없는 일이다. 이 책 전체의 서막에 해당하는 제1장에서 이승종은 먼저 자신이 공부한 비트겐슈타인·하이데거·데리다에 기대어 서양 철학의 역사를 '동일자의 탄생과 성장과 해체'의 역사로 개괄한다. 서양 철학이 동아시아 철학과 극명하게 다른 것은 철학적 사유가 '자기 자신에 대한 자기 규정'에서 시작한다는 점이다. 그 점을 이승종은 '모든 존재자는 자기 자신과 동일하다'는 '자기동일성' 명제로 제시한다. 나는 나 자신과 동일하다는 것인데, 이런 자기동일성 인식은 나 아닌 것을 타자로 규정하는 것과 동전의 양면을 이룬다. 내가 나를 나로 인식하려면 나 아닌 것을 타자로 인식하는 것과 함께 가지 않으면 안 된다.

이런 동일자의 이념이 '세계 인식'으로 나아가면 본체와 현상이라는 이분법으로 나타난다. 영원히 변치 않는 자기동일적인 본체가 있고 끊

"시인은 고립된 각자성의 표상인 한 알의
모래에서 세계라는 전체를, 현상계의 상징인
한 송이 들꽃에서 초월성의 상징인 천국을 꿰뚫어 보며,
유한성의 상징인 손바닥으로 무한을,
찰나의 순간에 영원을 보듬는다."

임없이 변하는 현상이 있다는 것이다. 이런 이분법은 '이성은 본체를 인식하고 감성은 현상을 인식한다'는 근대 철학의 이분법으로 이어진다. 동일자의 이념은 언어 영역에서도 나타나는데, 언어에서 '의미'가 본체에 해당한다면 '소리'는 현상에 해당한다. 의미는 '침묵 속의 독백'에서, 다시 말해 자기가 자기와 하는 대화에서 자기동일성을 유지한다. 그러나 이 의미가 소리가 돼 밖으로 나가면 그 의미의 동일성은 왜곡된다. 타인이 내 말을 내가 뜻하는 그대로 이해하지 못하는 것이다. 음성언어가 문자언어로 옮겨지면 오해와 왜곡은 더 심해진다.

사태의 실상이 그렇다 해도, 19세기까지는 언어와 의미, 언어와 세계가 정확하게 대응한다는 생각이 견고하게 유지됐다. 소쉬르의 언어학에 이르러 이 대응관계가 깨졌다. 언어의 의미는 언어 바깥의 사실들과 일대일로 대응하는 데서 성립하는 것이 아니라, 언어 내부의 차이의 체계로서 성립한다. 언어는 음소들의 차이의 체계이지 세계와의 일대일 대응체계가 아니다. 이것이 소쉬르의 언어학이다. 소쉬르를 이어받은

데리다에게 언어는 세계의 실재를 향해 육박해 가지만 그 만남과 일치는 끝없이 연기되는 것으로 나타난다. 언어와 세계의 차이는 좁혀지지 않는다. 그것을 두고 데리다는 차이와 연기가 함께한다는 뜻으로 '차연'(differance)이라고 불렀다.

그리하여 동일자는 서양철학사 속에서 해체의 운명을 맞게 됐다고 이승종은 말한다. 우리의 언어는 실재 자체에 이르지 못한 채로 불완전한 체계 안에서 맴돌 수밖에 없다. 그렇다면 언어체계 바깥으로 나가 실재 그 자체와 만나는 길은 없는가? 현대 언어철학을 주도한 비트겐슈타인·하이데거·데리다 모두 언어 바깥에 있는 그 실재를 손가락으로 달을 가리키듯 가리켜 보이기는 했다. 비트겐슈타인은 이름 붙일 수 없는 그것을 '신비스러운 것'이라고 불렀고 하이데거는 자신을 은폐하는 그것을 '존재'라고 불렀다. 데리다가 '차연'이라는 말로 가리켜 보인 것도 바로 그것이다. 이승종은 철학의 언어가 다룰 수 없고 다다를 수 없는 이 '취급 불가능한 것'이 실은 이 세 사람이 진실로 관심을 품었던 것이라고 말한다.

이승종은 철학이 얻고자 하는 진리 혹은 도(道)는 철학적 사유 자체로는 얻을 수 없으며, 삶의 실천 속에서 길을 닦아 나가는 가운데서만 체득할 수 있다고 말한다. "도는 선험적으로 주어지는 것이 아니라 현실의 지평을 떠나지 않는 지속적인 실천을 통해 자연스레 형성된다." 그러면서 이 책의 맺음말에 윌리엄 블레이크의 시 〈순수의 전조〉를 소개한다. "한 알의 모래에서 세계를 보고/ 한 송이 들꽃에서 천국을 보라./ 그대의 손바닥에 무한을 쥐고/ 찰나의 순간에 영원을 담아라." 이 시를 이승종은 이렇게 이해한다. "시인은 고립된 각자성의 표상인 한 알의 모래에서 세계라는 전체를, 현상계의 상징인 한 송이 들꽃에서 초월성의 상징인 천국을 꿰뚫어 보며, 유한성의 상징인 손바닥으로 무한을, 찰나의 순간에 영원을 보듬는다." 구체적인 실천·실행으로 삶의 길을 닦으며 그 구체성 위에서 영원을 보려고 노력하는 것이 철학하는 삶이라는 이야기다. 이 책은 '우리와 나눈 대화'의 기록이지만, 뒤집어서 보면 '나 자신과 나눈 대화'의 기록이다.

로고스중심주의와 해체의 철학

—

《그라마톨로지》_ 자크 데리다

《그라마톨로지》는 프랑스 철학자 자크 데리다(Jacques Derrida, 1930~2004)의 주저다. 번역자 김성도(고려대 교수)는 1996년에 데리다의 이 저서를 우리말로 옮긴 바 있다. 그러나 데리다 철학의 광대한 배경과 난해한 주장을 다 소화하지 못해, 김성도 자신의 표현을 빌리면 "절반의 성공, 절반의 실패"로 그쳤다. 결국 모든 것을 원점에서 재검토해 미완의 번역 과제를 완수한다는 심정으로 사실상 다시 번역했다. 《그라마톨로지》는 2004년에 동문선 출판사에서 《그라마톨로지에 대하여》(김웅권 옮김)라는 제목으로도 출간된 바 있다. 독자는 김성도와 김웅권의 두 판본의 번역서를 비교해 가면서 읽어볼 수 있다.

이 번역판은 매우 꼼꼼한 옮긴이 주석과 해제를 달고 있다. 또 데리다 철학의 핵심 어휘 600여 개를 뽑아 프랑스어·한국어·영어·독일어·이탈리아어·중국어·일본어 번역어 대조표를 만들어 부록으로 실었다. 데리다 철학에 관한 국내 연구 목록도 정리했다. 그리하여 이 번역판은 1000쪽 가까운 두꺼운 책이 됐다. 프랑스어 원서의 두 배가 넘는 분량이다.

데리다 저술 작업의 출발점이 된 '기적의 해'는 1967년이었다. 이해에 데리다는《그라마톨로지》《글쓰기와 차이》《목소리와 현상》세 권을 한꺼번에 출간하면서 '철학계의 혜성'으로 등장했다. 이후 2004년 췌장암으로 죽기까지 80권이 넘는 저서를 남겼다. 이 수많은 저서들 중에서도 가장 많이 인용되는 데리다의 대표작이《그라마톨로지》다. 20세기 인문학의 가장 중대한 성과 가운데 하나로 꼽히는 것도 이 책이다.

《그라마톨로지》는 에크리튀르 · 해체 · 차연 · 대리보충 같은 데리다의 서명이 담긴 여러 독창적 개념어들이 처음 출현한 장소이기도 하다. 이 가운데 가장 빈번하게 등장하는 말이 '에크리튀르'(écriture)라는 단어다. 무려 1000번이 넘게 사용되는 이 단어는 이 책의 주제를 요약하는 말이기도 하다. 에크리튀르는 사전상으로는 문자 · 글쓰기 · 문체를 뜻하는 말인데, 이 책에서는 특히 '음성언어'와 대비하여 '문자언어'라는 의미로 사용된다. '그라마톨로지'란 에크리튀르를 다루는 학문, 곧 문자학을 뜻하는 신조어다.

이 책은 음성언어와 문자언어를 대비해 서양 형이상학의 2000년 역사가 음성언어 중심의 역사였음을 밝히고 그런 규명을 통해 서양 형이상학의 토대를 해체하는 작업을 목표로 삼는다. 서양 형이상학의 일반적인 인식은 음성언어가 1차 언어이며 문자언어는 그 언어를 대리하고 보충하는 2차 언어라는 것이다. 데리다는 그것을 음성언어중심주의, 다른 말로 로고스중심주의라고 부른다. 소크라테스가 글을 쓰지 않고 제자들 혹은 시민들 앞에서 말로써 대화했던 것, 《신약 성서》〈요한복음〉 1장 1절에서 "태초에 말씀(로고스)이 계셨다"라고 한 것은 음성언어의 1차성을 보여주는 상징적인 사례다.

데리다는 이 책에서 그 인식을 반대로 뒤집는다. 음성언어 이전에 문자언어, 곧 에크리튀르가 있었다는 것이다. 데리다는 당대에 밝혀진 분자생물학의 DNA 염기 구조나 인공지능 프로그램이 일종의 문자로 돼 있다는 점에 주목해 문자의 보편성을 발견해낸다. 여기에 더해 선사인류학의 도움을 받아, 음성언어를 사용하기 이전에 사람의 표정을 읽고 자연의 변화와 하늘의 별자리를 독해하던 원시 인류의 삶에서 문자언어의 1차성을 찾아낸다. 그는 이 원시의 문자를 '원문자'라고 부른다. 이렇게 문자언어의 선차성을 규명함으로써 로고스중심주의를 해체하는 것이 이 책이다.

더 중요한 것은 해체라는 말 자체에 있다. 데리다 하면 곧 해체의 철학자로 알려져 있고, 이 책이 그 해체의 철학을 세운 저작으로 알려져 있으나, 정작 《그라마톨로지》에서 데리다는 '해체'라는 말을 아홉 번밖에 쓰지 않았다. 그러나 이 책의 전체 전략은 해체라는 철학 방법에 복무하고 있고, 그런 만큼 이 책에서 가장 중요한 개념의 지위를 차지하는 것이 해체라는 말이다. 데리다가 사용하는 해체라는 말은 단순히 대상을 분쇄하거나 철거한다는 뜻이 아니다. 텍스트의 내적 구조를 살펴 그 모순을 드러내는 것, 그런 모순을 안고 있는 텍스트의 무의식을 파헤치는 것이 해체다.

데리다는 이 책의 1부에서 언어학자 페르디낭 드 소쉬르를 택해 해체

데리다가 사용하는 해체라는 말은
단순히 대상을 분쇄하거나 철거한다는 뜻이 아니다.
텍스트의 내적 구조를 살펴 그 모순을 드러내는 것,
그런 모순을 안고 있는 텍스트의 무의식을
파헤치는 것이 해체다.

의 대상으로 삼는다. 소쉬르는 서양의 전통 형이상학과 마찬가지로 음성언어를 문자언어보다 자연적으로 더 우월한 것으로 보았다. 동시에 소쉬르는 모든 언어적 기호가 자의적인 것임을 강조한다. 기의(의미·내용)와 기표(문자·음성) 사이의 관계에 아무런 내적 필연성이 없고, 따라서 문자든 음성이든 모든 기호는 평등하게 자의적이다. 그렇다면 음성언어가 문자언어보다 본디 더 우월하다는 판단은 모순이다. 이런 분석 작업을 통해 소쉬르 텍스트의 내적 모순이 드러난다. 데리다는 이 책의 2부에서 장 자크 루소의 《언어의 기원에 관한 시론》을 분석 대상으로 삼아 그런 내적 모순을 드러내는 해체 작업을 행한다. 그 과정에서 루소가 문자언어를 음성언어의 '대리보충'으로 이해하고 있음이 드러난다.

사르트르와 카테일의 현상학

—

《현상학 입문》_ 단 자하비

단 자하비(Dan Zahavi)는 우리 시대 현상학 연구의 최전선에 있는 철학자 가운데 한 사람이다. 덴마크 출신으로 코펜하겐대학과 옥스퍼드대학에 동시에 적을 두고 있다. 국내에는 자하비 저서 가운데《후설의 현상학》,《현상학적 마음》,《자기와 타자》가 출간돼 있다.《현상학 입문》은 네 번째 번역서다.

20세기 철학사는 현상학 운동을 빼놓고 이야기할 수 없다. 에드문트 후설(1859~1938)의 현상학 창시 이후 마르틴 하이데거, 장폴 사르트르, 모리스 메를로퐁티, 에마뉘엘 레비나스 같은 걸출한 철학자들이 현상학의 토대 위에 자신들의 철학을 구축했다. 특히 20세기 후반에 후설의 방대한 유고가 출간되기 시작한 뒤로 현상학 운동이 새로운 국면에 접어들었고 현상학 르네상스라고 할 만한 사태가 빚어졌다. 현상학은 철학뿐만 아니라 정치학·사회학·심리학·인류학·교육학 같은 여러 학문 분야에 드넓은 영향을 주고 있다.

자하비의 《현상학 입문》은 후설 현상학의 기본 주제에서 시작해 현상학이 응용되는 상황까지를 두루 포괄해 살핀다. '입문'이라고는 하지만 내용이 압축적이어서 읽기에 그리 만만한 책은 아니다. 통상의 현상학 안내서가 후설 현상학의 구조를 설명하는 것과 달리, 자하비는 이 책에서 후설의 저작을 바탕으로 삼되 하이데거의 《존재와 시간》, 메를로퐁티의 《지각의 현상학》을 수시로 인용하고 사르트르의 《존재와 무》도 끌어들여 현상학의 쟁점을 파고든다. 특히 현상학에 대한 흔한 오해를 제시한 뒤 그 오해를 털어내는 방식으로 현상학의 본령을 설명하는 데 논의를 집중한다.

이 책은 현상학의 기본 주제를 이야기하기에 앞서 사르트르의 동반자 시몬 드 보부아르의 자서전에 등장하는 에피소드를 끄집어내 이야기 실마리로 삼는다. 1930년대 초 사르트르의 친구 레몽 아롱이 독일에서 현상학을 연구하고 막 돌아와 레스토랑에서 사르트르와 보부아르를 만났다. 아롱은 자신이 주문한 '살구 칵테일'을 가리키며 사르트르에게 말했다. "이보게, 친구! 자네가 현상학자라면, 이 칵테일에 대해서 말할 수 있을 것이네. 그리고 그것이 철학이지!" 이 일화는 현상학이 말하는 '현상'이 무엇을 뜻하는지 알려준다. 우리의 의식에 잡히는 일상의 대상들이 현상학이 말하는 현상이다. 그 대상들이 우리의 의식에 현상하는 대로 기술하는 것이 현상학의 가장 기초적인 과제다. 아롱의 얘기에 자극받은 사르트르는 곧바로 현상학 연구에 뛰어들었다.

후설의 현상학에서 핵심이 되는 개념은 '지향성'이다. 지향성이란 우리의 마음이 언제나 무언가를 지향하면서 의식한다는 것을 가리키는 말이다. 우리의 의식은 언제나 지향적 의식이다. 아무것도 지향하지 않는 의식이란 없다. 다시 말해 우리는 언제나 무언가를 특정한 지향적 관점에서 보거나 생각하거나 기억하는 방식으로 의식한다. 그런 지향적 관점 속에서 우리는 우리 바깥의 세계를 의식 속에 구성한다. 여기서 현상학이 '실재론인가 관념론인가' 하는 문제가 불거진다. 세계가 지향적 태도를 통해서 구성된다고 하면, 언뜻 현상학은 관념론인 것처럼 여겨진다. 그러나 외부세계가 존재함을 인정하는 것이 실재론이라면 현상학은 실재론이라고 불러야 한다. 동시에 그 외부세계가 우리의 지향적 의식을 통해서 나타난다는 점에 주목한다면 현상학을 그저 실재론이라고만 부를 수는 없다.

우리의 의식, 우리의 마음과 외부세계는 불가분하게 연결돼 있고 얽혀 있다. 그러므로 현상학의 틀에서 보면 세계는 우리 마음과 무관하게 독립적으로 존재하는 것이 아니다. 그러나 이 사실에만 눈길을 모을 경우 '현상학은 외부세계가 실재함을 부정한다'는 잘못된 견해로 이어질 수 있다. "현상학자로서 나는 내가 레몬을 경험한다고, 레몬이 나타난다고, 마치 내 앞에 레몬이 있는 것처럼 보인다고 주장할 수는 있지만, 나는 현상학자로서 레몬이 실제로 존재한다고 단언할 수는 없다." 이것이 현상학에 대해 흔히 불거지는 오해다. 레몬이 우리의 지향적 의식 속에서 구성된다고 해서 레몬이 실재하는 것이 아니라고 말할 수는 없다. 레몬은 실재한다. 다만 우리의 지향적 의식을 통과해 어떤 의미를 지닌 레몬으로 나타나는 것이다.

이 대목에서 자하비는 후설이 '에포케'(epoche, 판단 중지)라고 부른

레몽 아롱이 독일에서 현상학을 연구하고
막 돌아와 레스토랑에서 사르트르와 보부아르를 만났다.
아롱은 자신이 주문한 '살구 칵테일'을 가리키며
사르트르에게 말했다.
"이보게, 친구! 자네가 현상학자라면,
이 칵테일에 대해서 말할 수 있을 것이네.
그리고 그것이 철학이지!"

것을 거론한다. 에포케란 우리가 사태 자체를 경험하기에 앞서 수행해야 하는 절차다. 사태를 있는 그대로 이해하는 데 방해가 되는 선입견을 괄호로 묶어서 배제하는 것이 후설이 말하는 에포케다. 더 좁혀서 말하면, 외부세계에 대한 특정한 독단적 태도, 곧 '자연적 태도'를 거부하는 것이 에포케다. 이때 자연적 태도란 "우리가 경험에서 마주하는 세계가 우리와 무관하게 독립적으로 존재한다는 것을 당연하게 여기는 것"을 뜻한다. 우리가 경험하는 실재는 언제나 우리의 지향성 속에서 경험되는 것일 수밖에 없다. 이런 지향성을 거치지 않은 어떤 경험도 존재할 수 없다. 이런 사실을 알지 못하는 태도가 자연적 태도다. 이 자연적 태도, 다시 말해 세계 인식에 관한 '소박한 태도'를 단호하게 물리쳐야만 우리는 '사태 자체'를 경험할 수 있다.

자하비는 여기서 현상학이 관심을 두는 것이 '존재론'임을 특별히 강조한다. 현상학은 단순히 현상을 올바르게 기술하는 데 그치는 것이 아니다. 판단 중지를 통해 우리의 선입견을 치워버림으로써 세계의 존재 실상이 올바르게 드러나도록 해주는 것이 현상학이다. 자하비는 후설이 이 점을 명료하게 서술하지 않아 오해를 불렀지만, 후속 세대 곧 하이데거와 메를로퐁티를 통해서 현상학의 목표가 존재론임이 분명하게 드러났다고 말한다. 물론 이때의 존재가 우리의 마음과 무관하게 '객관적으로' 존재하는 것은 아니다. 존재는 언제나 지향성과 관계 맺는 가운데 존재로서 나타난다. 현상학은 바로 그 존재를 정립한다. 요컨대 현상학은 사태 자체를 탐구하는 방법적 루트를 열어주는 절차이자 그 사태 자체의 존재를 드러내는 것을 목표로 삼는 존재론적 기획이다.

사랑은 왜 깨지기 쉬운가

—

《사랑의 현상학》_ 헤르만 슈미츠

《사랑의 현상학》은 독일 현대 철학자 헤르만 슈미츠(Hermann Schmitz, 1928~2021)의 1993년 저작이다. 슈미츠는 국내에는 많이 알려지지 않았지만 독일에서는 철학의 여러 영역에서 주목할 만한 업적을 쌓은 사유의 거인으로 꼽힌다. 1960년대부터 16년에 걸쳐 쓴 10권 분량의 《철학의 체계》가 그의 대표작이다. 이 대작 말고도 파르메니데스와 아리스토텔레스부터 후설과 하이데거까지 철학사를 자신의 고유한 시각으로 재해석한 10여 권의 저작을 냈고, 자유·논리·의식·신체·시간과 같은 철학적 주제를 해명한 저작을 다수 썼다. 《사랑의 현상학》도 그런 '주제 연구'의 성과물 가운데 하나다.

'사랑의 현상학'이라는 제목에서 드러나듯이 슈미츠의 철학 방법론은 현상학이다. 현상학은 전통적 이론이나 관습적 사유의 틀을 모두 배제한 채 '사태 자체'로 다가가 그 사태가 현상하는 대로 포착하고 기술하는 것을 목표로 삼는다. 그러나 현상학 창시자 후설의 현상학은 '의식'

이라는 형이상학적 전통의 굴레에 갇혀 있었으며 후설 이후의 현상학도 그 굴레를 벗지 못했다고 슈미츠는 비판한다. 현상학이 사태 자체에 다가가려면 '의식의 차원'에서 벗어나 '신체의 차원'으로 내려와야 한다. 우리 인간이 의식의 존재이기 이전에 신체의 존재라는 사실에서 탐구를 시작해야 한다는 것이 슈미츠의 생각이다. 이 '신체 현상학'의 방법론을 적용해 사랑이라는 현상을 독특하고도 독창적으로 분석한 것이 이 책이다.

슈미츠가 여기서 다루는 '사랑'은 두 사람이 만나 이루는 '성적인 파트너 사랑'이다. 이 사랑의 내적인 구조와 역사적 변모를 살피는 것이 이 책의 주요 내용이다. 통상의 철학서와 달리 이 책은 철학·신학 저술뿐만 아니라 《트리스탄》 같은 중세 운문소설부터 톨스토이의 《안나 카레니나》 같은 근대 소설까지 두루 아우르며 사랑이라는 사태를 파고들어 간다. 그리하여 이 책의 첫머리는 괴테의 소설 《친화력》의 주인공 오틸리에의 일기 한 구절로 시작한다. "사랑이 없는 삶, 사랑하는 사람의 가까움이 없는 삶이란 일종의 삼류 희극, 즉 서랍 속에 내버려진 형편없는 작품에 지나지 않을 것이다."

그 사랑의 역사와 관련해 이 책이 먼저 주목하는 것이 고대 그리스-로마의 사랑이다. 고대 그리스에서 '파트너 사랑'은 필리아(philia)와 에로스(eros)로 나뉘어 있었다. 슈미츠는 필리아를 '혼인으로 가정을 이룬 남녀의 친밀한 관계'로 이해한다. 반면에 에로스는 '유혹적인 자극과 열광적인 흥분이 어우러진 황홀감'의 사랑이다. 그리스인들에게 필리아적 사랑과 에로스적 사랑은 분리돼 있었고 자주 갈등을 빚었다. 에우리피

> "사르트르의 의미에서 사랑은 병 속에 갇힌
> 두 마리 문어가 벌이는 싸움과 흡사하다.
> 두 마리 문어는 스스로 신이 되려는 분투 속에서
> 상대방에게 최면을 거는 것과 같은 영향력을
> 행사하면서 서로 잡아먹으려고 한다."

데스의 비극 《알케스티스》에는 필리아와 에로스 사이의 갈등이 선명하게 드러나 있다. 주인공 아드메토스는 자신의 죽음을 피하려고 부인 알케스티스가 대신 죽어 저승에 가는 것을 받아들인다. 그런데 부인이 죽음을 받아들이자, 뒤늦게 아드메토스는 아내를 향한 자신의 다정다감한 사랑을 발견한다. 필리아와 에로스는 로마제국 시대에 이르러 아모르(amor)라는 이름의 사랑으로 통합됐다. 아모르 안에 친애와 성애가 합쳐진 것인데, 이렇게 통합된 아모르는 현대적 의미의 사랑과 그리 다르지 않다. 그러나 하나로 합쳐졌다고는 해도 필리아적 요소와 에로스적 요소 사이의 긴장과 불화가 아주 사라지지는 않는다.

슈미츠가 특히 주목하는 것이 사랑의 구조 안에 깃든 이런 갈등의 성격이다. 이를테면 슈미츠는 사랑을 한편으로는 '감정'으로 보고 다른 한편으로는 '상황'으로 보는데, 이 두 가지 사랑의 양상은 원천적으로 충돌 가능성을 지니고 있다. 분명히 사랑은 '사랑하는 사람' 곧 당사자가 느끼는 '감정'이다. 그러나 동시에 사랑은 '사랑하는 두 사람'을 둘러싼

'상황'이기도 하다. 사랑의 감정은 내밀한 것이어서 당사자는 자주 그 감정에 매달리고 매몰된다. 동시에 사랑은 파트너들에게 공동의 상황에 충실할 것을 요구한다. 이렇게 감정과 상황은 '존재 층위'가 다르다. 그리하여 감정-사랑에만 빠져들면 상황-사랑에서 벗어나 표류할 수 있고, 반대로 상황-사랑만 앞세우면 감정-사랑이 짓눌려 꺼져버릴 수 있다. 이것이 '사랑의 딜레마'다.

이런 딜레마적 상황은 슈미츠가 '응축 영역'과 '정박 지점'이라고 부르는 것에서도 찾아볼 수 있다. '응축 영역'이란 사랑의 감정이 응집되는 대상 곧 사랑의 파트너를 말한다. '정박 지점'이란 사랑이 닻을 내리는 지점 곧 사랑하는 이유다. 문제는 응축 영역과 정박 지점이 항상 일치하는 건 아니라는 데 있다. 슈미츠는 '먼저 죽은 파트너를 생각나게 한다'는 이유로 어떤 여자를 사랑하는 남자를 사례로 든다. 그 경우에 사랑의 대상은 현재의 여자이지만 그 사랑의 목표는 과거의 여자다. 응축 영역 곧 사랑의 대상과, 정박 지점 곧 사랑의 이유가 분리돼 있는 것이다. 이런 사랑은 파국으로 끝날 가능성이 크다.

슈미츠가 '변증적 사랑'과 '연합적 사랑'이라고 부르는 것도 선명한 대조를 보여준다. '변증적 사랑'은 두 파트너 사이의 대결적 관계에 주목하는 사랑이고, 반대로 '연합적 사랑'은 두 파트너가 맺는 공통의 관계에 주목하는 사랑이다. 프랑스에서는 사랑을 주로 변증적으로 이해하는 경향이 있고 반대로 독일에서는 사랑을 연합적으로 이해하는 경향이 있다고 슈미츠는 지적한다. 이 책은 변증적 사랑의 대표적인 경우로 사르트르가 《존재와 무》에서 분석한 사랑을 꼽는다. "사르트르의 의미에서 사랑은 병 속에 갇힌 두 마리 문어가 벌이는 싸움과 흡사하다. 두 마리 문어는 스스로 신이 되려는 분투 속에서 상대방에게 최면을 거는 것과 같은 영향력을 행사하면서 서로 잡아먹으려고 한다." 변증적이기만 한 사랑, 곧 도전과 응전이 반복되는 대립적 사랑은 일면적인 사랑이고 그래서 실패로 끝날 수밖에 없다.

슈미츠는 사랑에 관한 긴 현상학적 분석을 마친 뒤 마지막에 "사람들이 깨어 있는 마음으로 사랑하는 일을 돕는 것"이 책을 쓴 이유라고 밝힌다. 사랑은 구조상 깨지기 쉬운 것이기에 원숙한 사랑에 이르려면 환상의 베일을 벗고 사랑의 취약성을 잘 들여다보아야 하며, 그렇게 들여다보는 데 현상학적 사유와 훈련이 도움을 줄 수 있다는 얘기다.

신유물론, 급진 생태학적 상상력

—

《신유물론 입문》_ 문규민

신유물론(neo-materialism)은 21세기 철학 최전선을 밀고 나가는 새로운 철학 이론이다. 멀게는 스피노자, 가깝게는 들뢰즈의 철학에 뿌리를 댄 이 최신 이론은 브뤼노 라투르, 도나 해러웨이를 거쳐 1990년대 중반 이후 신유물론을 주창하고 나온 일군의 철학자들을 몸통으로 삼아 뻗어 나가고 있다. 문규민(중앙대 교수)이 쓴 《신유물론 입문》은 신유물론의 구도와 개념을 해설한 뒤, 신유물론 전선에 선 마누엘 데란다, 제인 베넷, 로지 브라이도티, 캐런 바라드의 이론을 소개한다. 이 철학자들의 신유물론 철학은 존재론의 혁신을 꾀하는 차원을 넘어 페미니즘과 생태주의의 실천적 사유로 이어지고 있다는 점에서 주목할 만하다.

신유물론의 '새로움'을 명확히 보려면 종래의 유물론과 대비해보는 것이 좋다. 고대 이래 유물론은 물질이 자기 내부의 힘과 역량 없이 외부의 영향을 받아 작용하고 변화한다는 가정을 공통 토대로 삼는다. 이

유물론의 눈에 비친 물질은 수동적이고 무력하며 비창조적이다. 신유물론은 과거 유물론의 이런 가정을 정면으로 반박한다. 물질의 작용과 변화는 외부에서 오는 영향만으로 결정되지 않으며, 물질이 자신의 역량을 능동적으로 발휘함으로써 작용과 변화를 일으킨다고 보는 것이다. 능동성과 창조성이야말로 신유물론이 주시하는 물질의 새로운 특성이다.

문규민은 이런 물질의 특성을 물 분자(H_2O)를 사례로 들어 설명한다. 물 분자들은 기체 상태와 액체 상태에서는 병진운동과 회전운동을 하며 고체 상태에서는 진동운동을 한다. 이런 운동은 외부의 영향을 받아서 일어나는 것이 아니라 분자들 사이의 인력과 척력을 통해 일어나며, 인력과 척력은 분자 내부 이온들 사이에서 생성되는 전자기력에서 생긴다. 내부에서 만들어진 힘이 물 분자들을 움직이게 하는 것이다. 이 물 분자들은 온도가 어는점 아래로 내려가면 스스로 힘을 조절해 고체 상태가 되고 끓는점 이상으로 올라가면 기체 상태로 변한다. 이런 변화는 물의 상태와 상관없이 끊이지 않고 일어난다. "물 분자들은 말 그대로 자강불식, 쉬지 않고 스스로 힘써 행하고 있다."

이런 자기운동은 생명의 최소 단위인 세포에서도 발견된다. 세포의 대사 활동은 세포를 구성하는 분자들이 서로 협력하여 에너지를 만들어내는 활동이다. 동시다발로 일어나는 무수한 화학반응으로 격렬하게 들끓는 세계가 세포의 세계다. 이런 활동은 마치 자동화한 공장에서 쉼 없이 돌아가는 기계의 운동과 같다. 세포 내 분자는 '분자 기계'다. 그러므로 "세포의 사례는 언뜻 비물질적인 것으로 보이는 신비로운 생명 현상도 알고 보면 물질이 스스로 힘써 행한 결과라는 사실을 드러낸다." 물 분자든 단백질 분자든 스스로 알아서 활동하고 창조한다는 점에서는 조금도 다르지 않다.

이렇게 분자들의 능동적이고 창조적인 특성에 주목하면 물질을 '행위자'라고 불러도 이상할 것이 없다. 나아가 분자들이 행위자라면 분자보다 작은 원자들도 행위자일 것이고 눈에 보이는 사물도 행위자일 것이다. 물론 이런 행위자를 인간과 동일한 행위자라고 할 수는 없다. 인간은 사물과 달리 의도와 욕망 같은 뚜렷한 지향적 특성을 지닌다. 그런 점을 염두에 두고 문규민은 인간을 '두꺼운 행위자', 사물을 '얇은 행위자'라고 부른다. 이를테면 스마트폰은 설정된 알람으로 정해진 시간에 사람을 깨워준다는 점에서 '얇은 행위자'라고 할 수 있다. 이렇게 개념을 확장하면 행위자는 인간을 넘어 모든 곳에서 발견할 수 있다. 인간을 둘러싼 환경은 "도구나 자원의 저장고가 아니라 얇은 행위자들이 우글거리는 사물들의 서식지"가 된다. 인간과 사물이 동종의 행위자로서 세계를 함께 만들어 가는 것이다.

더 눈여겨볼 것은 신유물론의 다른 한 축을 이루는 '횡단성' 개념이다. 신유물론은 사물의 물질성을 사유의 거점으로 삼고 있지만, 동시에 인간이 사물에 부여하는 '의미'의 차원을 주목한다. 이 책이 사례로 드는 것이 물로 가득 찬 호수다. 호수는 호수이기만 한 것이 아니라, 어떤 사람에게는 식수원이 되고 어떤 사람에게는 낚시터가 된다. 같은 사물이 의미에 따라 다른 사물로 나타나는 것이다. 여기서 알 수 있는 것이 '물질은 단순히 물질로만 있는 것이 아니라 의미를 품은 기호로도 있다'

물질은 자연에만 속하는 것도 아니고
문화에만 속하는 것도 아니다.
물질은 '자연문화'다. 대표적인 것이 인간의 신체다.
어떤 문화 속에서 특정한 신체가 정상으로 규정될 경우,
그런 신체가 아닌 신체는 비정상이 된다.
반대로 문화가 바뀌어 비정상이 정상이 되면
이제껏 정상이었던 신체가 비정상으로 떨어진다.

는 사실이다. 물질이 변하면 의미가 변하고 의미가 변하면 물질도 변한다. 호수가 얼면 그 빙판은 놀이터가 된다. 그러나 물을 길으려는 사람은 그 빙판을 깨뜨려야 한다. 물질과 의미는 서로 영향을 주고받는다.

물질과 의미의 이 넘나듦과 가로지름이 바로 '횡단성'이라는 말이 뜻하는 것이다. 물질과 의미, 자연과 문화는 이런 횡단성 속에서 서로를 함께 규정하고 구성한다. 물질은 자연에만 속하는 것도 아니고 문화에만 속하는 것도 아니다. 물질은 '자연문화'다. 대표적인 것이 인간의 신체다. 어떤 문화 속에서 특정한 신체가 정상으로 규정될 경우, 그런 신체가 아닌 신체는 비정상이 된다. 반대로 문화가 바뀌어 비정상이 정상이 되면 이제껏 정상이었던 신체가 비정상으로 떨어진다. 신체는 그저 자연적인 것이기만 한 것이 아니라 문화적인 것이기도 하다. 그러므로 사물도 인간도 자연과 문화, 물질과 의미의 '교차점'에서만 온전히 이해

될 수 있다.

신유물론의 이런 사유는 '포스트휴머니즘'의 사유로도 이어진다. 포스트휴머니즘은 단일한 보편적 인간이라는 동일성을 해체하고, 다원적이고 다중심적인 인간을 '인간 이후의 인간'으로 제시한다. 신체와 의미, 자연과 문화를 어떻게 횡단하느냐에 따라 인간은 수없이 다양하게 이해될 수 있다. 동시에 포스트휴머니즘은 '탈인류중심주의'를 뜻하기도 한다. 인간을 특권적인 지위에 놓은 근대 존재론을 해체하여 사물과 인간의 지위를 평등화하는 것이다. 그렇다고 해서 인간이 동물과 똑같다는 주장을 하는 것은 아니다. 인간과 비인간 사이에는 분명히 역량의 차이가 있다. 탈인류중심주의가 강조하려는 것은 인간과 비인간을 존재론적으로 동일 차원에 놓음으로써, 한쪽이 다른 한쪽을 일방적으로 지배하는 근대의 인간중심주의 존재론을 넘어서자는 것이다. 이 지점에서 신유물론은 급진적인 생태학적 상상력을 품은 새로운 윤리학으로 등장한다.

신적 폭력과 신화적 폭력

—

《폭력이란 무엇인가》_ 슬라보예 지젝

이야기는 독일 문예비평가 발터 베냐민(1892~1940)이 1920년에 쓴 짧은 에세이 〈폭력비판을 위하여〉에서 시작된다. 당시 유행하던 조르주 소렐의 《폭력에 대한 성찰》을 지적 배경으로 깔고 있는 이 에세이는 폭력을 '신화적 폭력'과 '신적 폭력'으로 나누어 고찰한다. 베냐민이 말하는 신화적 폭력의 '신화'는 그리스 신화를 가리키고, 신적 폭력의 '신'은 유대교의 신, 곧 야훼를 가리킨다. 베냐민은 그리스 신화 속의 '니오베 이야기'를 사례로 든다. 테베의 왕비 니오베는 아들 일곱 명과 딸 일곱 명을 두었는데, 그 다복을 무척 자랑스러워했다. 니오베는 자기가 여신 레토보다 더 훌륭하다고 뽐냈다. 레토에게는 아들(아폴론), 딸(아르테미스) 한 명씩밖에 없었다. 화가 난 레토는 아폴론을 시켜 니오베의 아들들을 죽이게 하고 아르테미스를 시켜 딸들을 죽이게 하였다. 자식을 모두 잃은 니오베는 울며 세월을 보내다 돌이 되고 말았다. 여기서 레토의 분노가 바로 신화적 폭력이다.

베냐민은 신적 폭력의 사례로 《구약 성서》의 〈민수기〉에 나오는 '고라의 반역'을 든다. 고라는 모세의 사촌이었는데, 무리를 지어 모세의 지도력에 반기를 들었다. 모세가 분수에 넘치도록 교만하고 독선적이라는 것이 명분이었지만 실상은 같은 레위지파 후손으로서 모세에게만 영광이 돌아가는 데 대한 질투가 진짜 이유였다. 모세에 대한 반역은 모세에게 권위를 준 야훼에 대한 반역과 다르지 않았다. 모세가 야훼의 공정한 심판을 요청하자, 땅이 갈라지고 불길이 솟아 고라의 무리는 한꺼번에 소멸당했다. "신은 레위족 사람들(고라의 무리)을 경고도 위협도 하지 않은 채 내리치고 주저 없이 말살했다." 이것이 신적 폭력이다. 그렇다면 신화적 폭력과 신적 폭력은 어떻게 다른 것인가? 베냐민은 신화적 폭력이 법을 정립하고 보존하는 폭력, 다시 말해 지배를 구축하고 유지하려는 폭력인 데 반해, 신적 폭력은 그런 법을 파괴하고 해체하는 폭력이라고 말한다. "신화적 폭력이 법 정립적이라면 신적 폭력은 법 파괴적이고, 신화적 폭력이 경계들을 설정한다면 신적 폭력은 경계를 파괴한다." 베냐민은 이 신적 폭력을 '순수한 폭력'이라고 옹호한다.

슬로베니아 철학자 슬라보예 지젝(Slavoj zizek)의 2008년 저작 《폭력이란 무엇인가》는 베냐민의 이 폭력론을 핵심 논점으로 삼아 결론을 끌어내는 책이다. 지젝의 이 책이 직접 언급하지는 않지만, 베냐민의 '폭력에 관한 성찰'이 철학적 논쟁의 중심으로 진입한 데는 프랑스 철학자 자크 데리다의 노력이 결정적인 구실을 했다. 데리다는 1994년에 출간한 《법의 힘》에 실은 논문에서 베냐민의 〈폭력비판을 위하여〉를 심층적으로 분석했다. 주목할 것은 여기서 데리다가 베냐민의 논리에 호의적

신적 폭력은 그 내부에 뜨거운 사랑을 간직하고 있다고
지젝은 단언한다. 체 게바라가 "진정한 혁명가는
위대한 사랑의 감정에 이끌린다"고 했던 것과 같은 맥락이다.
그리하여 지젝은 칸트의 명제를 비틀어 이렇게 말한다.
"잔혹함이 없는 사랑은 무력하며 사랑이 없는 잔혹함은 맹목이다."

이지만은 않았다는 사실이다. 베냐민의 에세이의 배경이 된 조르주 소
렐이 나중에 파시즘으로 기울어진 데서도 엿볼 수 있듯, 베냐민의 폭력
론은 좌파와 우파가 뚜렷하게 구분되기 이전의 "혼란스러운 근친성" 속
에서 저술된 것이며, 그런 만큼 어떤 위험을 내장하고 있다는 것이 데리
다의 논점이었다. 더 나아가 데리다는 베냐민이 말하는 신적 폭력, 피도
흘리지 않고 한꺼번에 내리치며 휩쓸어버리는 신의 폭력이 '최종 해결'
이라는 나치의 유대인 대학살을 암시하는 것으로 읽힐 가능성을 거론
했다. "이 텍스트에서 발견하는 가장 가공할 만한 것은 …… (하나의) 유
혹이다. 어떤 유혹 말인가? 대학살을 신적 폭력의 해석 불가능한 발현
의 하나로 사고하려는 유혹이다." 아우슈비츠 가스실 학살이 베냐민이
발설한 '신적 폭력'이라는 관념과 내적 관련을 맺고 있다는 해석이다.

이런 위태로운 논쟁적 방식을 통해 베냐민의 폭력론은 단숨에 뜨거
운 쟁점으로 떠올랐다. 이탈리아 철학자 조르조 아감벤은 1995년에 펴
낸 《호모 사케르》에서 즉각 "신적 폭력을 '최종 해결'과 비슷하다고 생

각하는 데리다"의 주장이 "정말 독특하다고 할 수밖에 없는 오해"라고 비판했다. 지젝은 《폭력이란 무엇인가》에서 아감벤과 같이 데리다의 '오해'를 기각하고 베냐민의 '신적 폭력'을 유보 없이 옹호하는 자리에 선다. 급진 혁명론의 새로운 주창자답게 지젝은 베냐민의 신적 폭력의 구체적 사례로 프랑스 대혁명의 자코뱅 공포 정치, 그리고 1919년 러시아 내전 때 붉은 군대의 '테러리즘'을 거론한다. "신적 폭력을 실제로 존재했던 역사적 현상과 등치시키는 것을 두려워해서는 안 된다. 그래야 모호함을 피할 수 있다."

이렇게 지젝의 이 책은 신적 폭력이라는 이름의 '순수한 혁명적 폭력'을 변호한다. 이 폭력은 자본주의 세계체제가 저지르는 거대한 구조적 폭력에 맞서는 대항 폭력이다. 이 신적 폭력은 그 내부에 뜨거운 사랑을 간직하고 있다고 지젝은 단언한다. 체 게바라가 "진정한 혁명가는 위대한 사랑의 감정에 이끌린다"고 했던 것과 같은 맥락이다. 그리하여 지젝은 칸트의 명제를 비틀어 이렇게 말한다. "잔혹함이 없는 사랑은 무력하며 사랑이 없는 잔혹함은 맹목이다." 진정한 사랑, 진정한 혁명은 잔혹, 곧 폭력 없이는 이룰 수 없다는 것이 이 급진 철학자의 결론이다.

라캉 정신분석 최종장

—

《상식을 넘어선 현실계》_ 니콜라 플루리

프랑스 정신분석학자 자크 알랭 밀레(Jacques-Alain Miller)는 자크 라캉(1901~1981)과 떼려야 뗄 수 없는 관계에 있다. 라캉은 프로이트가 창시한 정신분석학을 구조주의 언어학으로 재해석해 프로이트 이론과는 아주 다른 모습의 정신분석학을 세웠다. 정신분석학의 라캉적 단계라 할 만한 것이 라캉 이론이다. 밀레는 그 라캉의 수제자이자 사위로서 라캉 정신분석 이론을 정리하고 다듬어 널리 퍼뜨린 사람이다. 바울이 예수의 가르침을 기독교로 체계화해 보편적 종교로 세웠듯이, 라캉 교의를 알리는 데 평생을 바친 라캉의 사도가 밀레다. 프랑스 정신분석가 니콜라 플루리(Nicolas Floury)가 쓴 《상식을 넘어선 현실계》는 밀레의 삶과 사상을 간추려 소개하는 책이다. 밀레의 관심이 온통 라캉을 해석하고 대중화하는 데 놓였던 만큼, 밀레 사상 소개는 사실상 라캉 정신분석 이론의 소개와 다르지 않다. 그리하여 이 책은 밀레를 통해 들여다본 라캉 이론, 특히 전기 라캉과 뚜렷이 대비되는 '최후기' 라캉의 핵심을 전하는 책이 됐다.

밀레가 학문 이력을 시작한 곳은 철학이다. 1962년 파리고등사범학교에 입학한 밀레는 철학을 전공으로 삼아 존 로크 연구로 박사학위를 받았다. 이 시기에 밀레는 급진 좌익운동에도 열성적으로 참여했는데, 특히 프랑스 공산당의 이론가였던 고등사범학교 교수 루이 알튀세르의 영향을 깊이 받았다. 1963년 알튀세르는 젊은 밀레에게 '라캉 읽기'를 임무로 맡겼다. 밀레는 그동안 발표된 라캉의 모든 글을 읽고 라캉이 말하는 '주체'를 구조주의 이론과 연결해 깔끔하게 해석해냈다. 이 작업이 밀레의 삶에 결정적 변화를 안겼다. 같은 해에 밀레는 라캉의 '세미나'에 참여해 정기적으로 글을 발표하기 시작했다. 1966년에는 라캉의 요청을 받아 라캉이 생전에 펴낸 유일한 저서인 《에크리》의 색인 작업을 했다. 이로써 '라캉 사도 밀레'의 길이 열렸다.

이후 밀레는 라캉의 어지러운 사유를 체계를 잡아 정리함으로써 보통사람들이 알아들을 수 있는 모습으로 만들어내는 데 특출한 능력이 있음을 보여주었다. 특히 라캉이 27년 동안 계속한 세미나의 내용을 편집해 출간한 데서 밀레의 역량이 극명하게 드러난다. 밀레는 자신이 한 작업을 이렇게 묘사했다. '라캉의 문체는 말라르메처럼 응축돼 있다. 나는 라캉의 문체를 볼테르적인 명료한 문체로 번역해 독자가 읽을 수 있는 것으로 만들었다. 라캉은 헤라클레이토스처럼 어둡고 난해한 존재였다. 나는 거기에 빛을 비추어주었다.' 밀레는 자신을 완전히 비워버리고 라캉으로 자기 내부를 채우는 방식으로 이 모든 작업을 해냈다. 이런 작업 방식을 두고 밀레는 "나는 나의 특수성을 말살했다"고 표현한

나는 다른 어떤 사람과도 닮지 않은 존재다.
그런 내가 고통스럽고 괴로운 증상을 안고
살아간다고 하더라도 나는 그 존재를 긍정한다.
이런 자기수용과 자기향유가 정신분석을 통해
주체가 도달하게 되는 상태다.

다. 1981년에 라캉이 세상을 떠난 후 밀레는 라캉의 법통을 이어받았고 라캉 이론에 토대를 둔 세계정신분석협회를 세웠다. 분명한 것은 밀레의 그런 헌신적인 작업이 없었다면 라캉의 이론이 그토록 큰 위력을 발휘하기 어려웠을 것이라는 사실이다.

그 라캉의 정신분석 이론을 알려주는 명제 가운데 가장 유명한 것이 '무의식은 언어와 같은 구조로 이루어져 있다'일 것이다. 이 명제는 1960년대에 정점에 이른 구조주의 시기에 정립된 라캉 이론을 요약하는 말이다. 이 책이 주목하는 것은 구조주의를 지나 라캉이 말년에 도달한 이론이다. 밀레의 작업을 통해 선명해진 라캉 최후기 이론은 '라캉에게 대항하는 라캉'이라고 부를 만큼 '반(反)라캉적'이다. 요컨대, 구조주의 시기의 라캉을 정면으로 거부하는 라캉이 말년의 라캉이다. 구조주의자 라캉은 인간을 둘러싼 세계를 상상계와 상징계와 실재계(현실계)로 나누고, 그 가운데 상징계를 해석하는 데 특히 몰두했다. 상상계가 분열된 주체가 자신을 통합해 만들어낸 나르시시즘적 자아상을 가리킨다면, 상징계는 우리를 둘러싼 언어적 질서를 가리킨다. 언어로써 우리는 이 세계를 이해하고 해석하고 받아들인다. 그 언어적 질서 너머에 있는 세계가 실재계인데, 이 실재계는 우리 언어가 가닿을 수 없고, 그래서 끝내 알 수 없는 세계다. 알 수는 없지만 우리의 생각과 행동을 지배하는 무의식의 세계가 실재계다. 말년의 라캉은 이 실재계를 이론적 탐사의 초점으로 삼았다.

이 책은 라캉 사유의 그런 전환을 '증상과 환상'이라는 정신분석 개념을 통해 설명한다. 증상(symptome)이란 정신병을 앓는 사람이 겪는 고통을 말한다. "증상은 견뎌내기 힘든 것이어서 분석가에게 상담을 받도록 이끈다." 반면에 환상(fantasme)은 '주체가 스스로 만족하는 장소', 곧 주체가 자신을 자랑스러워하는 지점을 뜻한다. 환상 안에서 주체는 자신의 존재를 향락(향유)할 수 있게 된다. 구조주의적 라캉 이론에서 정신분석 작업은 '증상'을 통해서 주체, 곧 환자가 자신의 환상을 들여다보고 그 환상을 횡단함으로써 종료된다. 환상을 횡단하면 증상은 완화되고 환자는 '새로운 주체의 모습'을 갖추게 된다.

그러나 말년에 이르러 라캉의 생각은 큰 변화를 겪는다. 최후기 라캉은 증상과 환상을 '증상'으로 통합한다. 이렇게 통합된 증상을 표현하려고 라캉이 끌어다 쓴 말이 증상(symptome)의 고어 '생톰'(sinthome)이다. 환자가 분석 치료를 통해 증상이 완화됐을 때 환자 안에 남는 증상이 바로 '생톰'이다. 이 생톰, 곧 잔여 증상은 여전히 고통스럽지만 향락할 만한 것이다. 생톰은 고통의 원인이자 향락의 토대다. 이 생톰과 친해지는 것이 말년의 라캉이 제시한 정신분석의 목표다. 생톰을 다스리고 생톰과 함께 살아가는 것, 이것을 두고 이 책은 '생톰을 향한 동일화'라고 부른다.

생톰을 안은 주체는 어떤 일반적인 동일성으로 자신을 해소하지 않고 자신의 독특한 존재 자체를 긍정하는 주체다. 곧 '나는 누구의 자식이다' '나는 의사다' '나는 공산주의자다' 따위의 일반적 규정은 주체의 고유성을 드러낼 수 없다. 나는 다른 어떤 사람과도 닮지 않은 존재다. 그런 내가 고통스럽고 괴로운 증상을 안고 살아간다고 하더라도 나는 그 존재를 긍정한다. 이런 자기수용과 자기향유가 정신분석을 통해 주체가 도달하게 되는 상태다. 밀레의 연구는 이 말년의 라캉 이론을 특화하여 정신분석의 영토를 넓힌다.

2장

생각의 요새

체계이론과 주체 없는 사회학

—

《사회적 체계들》_ 니클라스 루만

니클라스 루만(Niklas Luhmann, 1927~1998)은 지그문트 바우만과 함께 근년에 가장 많이 소개되고 연구되는 사회학자이다. 루만의 이름은 사후에 오히려 더 높아지고 있으며, 학자들 사이에선 20세기 최고의 사회학자라는 평가도 나오고 있다. 국내에는 루만의 마지막 주저《사회의 사회》를 비롯해 여러 종의 저작이 번역돼 있다. 《사회적 체계들》도 루만을 알려면 반드시 읽어야 하는 주저 가운데 하나다. 이 책은 이미 2007년에 《사회체계이론》이라는 이름으로 번역된 바 있다. 그러나 루만의 까다로운 용어를 제대로 소화하지 못했다는 지적이 잇따르자《사회적 체계들》이라는 제목으로 전면 개역판이 다시 나왔다. 루만 사회학에서 '사회적 체계'(soziales System)와 '사회체계'(Gesellschaftssystem)는 그 함의가 아주 다르다. 개역판이 책 제목을 '사회적 체계들'이라고 한 것은 루만의 원제를 충실히 따른 것이다.

독일 북부 뤼네부르크에서 태어난 루만은 대학에서 법학을 공부한 뒤 마흔이 될 무렵까지 법원·정부·대학에서 행정 관료로 일한 독특한 이력의 소유자다. 이 시기에 낮에는 행정 업무를 하고 밤에는 학문을 연구했다. 1960년 루만은 하버드대학 단기 연수 과정에 참여했는데, 이때 미국 사회학을 이끌던 탤컷 파슨스로부터 구조기능주의 이론을 배우고 큰 자극을 받았다. 루만은 1965년에야 뮌스터대학 사회학과에 등록해 박사학위를 받고, 1968년에 신설 빌레펠트대학의 사회학부 정교수가 됐다. 이후 루만 사회학의 체계적 구축 작업이 본격화했다. 대학 임용 때 루만은 연구 계획을 제출하라는 대학 당국의 요구를 받고, '연구 대상: 사회이론, 연구 기간: 30년, 비용: 없음'이라고 짧게 답했다. 이 답변 그대로 루만은 이때부터 세상을 떠난 1998년까지 30년 동안 성실하고도 일관성 있게 연구를 계속해 70여 권의 저작과 450여 편의 논문을 써내며 독자적인 사회이론을 구축했다.

이렇게 세워진 루만 사회학은 흔히 '체계이론' 또는 '사회적 체계이론'이라고 불린다. 루만의 체계이론이 구축되는 과정은 3단계로 나뉘는데, 첫 번째 단계를 이루는 것이 1984년에 출간된 《사회적 체계들》이다. 이후 1990년대 중반까지 정치·경제·법률·학문·가족·종교·예술을 포함한 근대 사회의 개별적 기능체계들을 탐사하는 책을 쓰고, 마지막으로 1997년 《사회의 사회》를 펴냄으로써 자신의 사회이론을 완성했다. 말하자면 《사회적 체계들》을 토대로 놓은 뒤 여러 사회적 체계들을 분석한 책들을 기둥으로 세우고 그 위에 《사회의 사회》라는 지붕을 덮은 셈이다. 이렇게 체계적으로 자신의 이론을 정립해 완결하고 세상을 떠난 사람도 루만 말고는 달리 찾아보기 어렵다.

《사회적 체계들》은 부제가 '일반이론의 개요'인데, 여기서 '일반이론'
은 '체계에 관한 일반이론'을 뜻한다. 따라서 이 책은 일차적으로 루만
자신이 생각하는 '체계'를 먼저 제시하고, 그 체계에 입각해 '사회적 체
계'를 설명하는 방식을 따른다. 이 책에서 이야기하는 대로, 루만은 세
상 모든 것을 '체계'라는 틀로 설명한다. 세상은 체계로 이루어져 있다.
이 체계를 루만은 크게 네 가지, 곧 '기계' '유기체' '사회적 체계' '심리적
체계'로 나눈다. 여기서 '심리적 체계'란 '의식을 지닌 인간'을 가리키는
루만식 표현이다. 체계를 쉽게 이해하려면 생명체를 떠올려보는 게 좋
다. 루만은 현대 수학·물리학·생물학에서 중요한 아이디어를 얻었는
데, 특히 1970년대 칠레의 생물학자 움베르토 마투라나가 내놓은 '자기
생산'(Autopoiesis)이라는 개념은 루만 사회학에 중대한 통찰을 주었다.

마투라나는 생명체의 근본 특성을 '자기생산'으로 보았다. 자기가 자
기를 생산하면서 자기를 유지해 가는 것이 생명체다. 이 생명체는 외부
환경의 영향을 받지만 그 환경과는 분리된 자율적 체계다. 체계로서 생
명체는 매 순간 신진대사를 하면서 자기의 구조를 스스로 재생산해 나
간다. 이 반복되는 신진대사 활동이 멈추면 생명체는 소멸한다. 체계도
이 생명체와 유사한 방식으로 자기동일성을 유지한다. 이런 자기생산적
인 자율적 체계는 인간의 심리적 체계에서도 발견되며, 사회적 체계도
자기생산의 방식으로 작동한다. 이렇게 루만의 체계이론은 세상 모든
것을 포괄하는 보편이론의 성격을 띠고 있다. 모든 것을 체계로 설명하
려는 이런 야심 때문에 루만은 '사회학의 헤겔'이라고도 불린다. '정신'
으로 모든 것을 설명한 헤겔 철학의 거대 기획을 사회학에서 해낸 사람

이 루만이라는 얘기다.

그렇다면 '사회적 체계'란 무엇인가. 사회적 체계는 사회관계에서 형성되는 온갖 형태의 체계를 가리키는 말이다. 이 사회적 체계를 루만은 '상호작용' '조직' '사회' 세 가지로 구분한다. 여기서 짐작할 수 있듯이 루만이 말하는 '사회적 체계'는 거시적 구조만을 가리키는 게 아니다. 아주 짧은 순간이라도 관계가 형성되면 '사회적 체계'라고 부를 수 있다. 가령 상점에 들러 물건을 살 때 점원과 손님 사이의 관계도 '사회적 체계'이며, 길거리에서 길을 묻는 사람과 길을 가르쳐주는 사람의 짧은 만남도 '사회적 체계'를 이룬다. '상호작용'은 이런 관계를 가리킨다. 두 사람 이상이 만나 일시적이나마 동일한 관심사로 엮이는 것이 '상호작용'이다. 그 관심사가 끝나면 상호작용은 해체된다. 마찬가지로 '조직'은 동호회부터 기업체까지 아우르며, 가입과 탈퇴의 방식으로 구성된다. 이런 온갖 사회적 체계를 포괄하는 것이 사회다. 루만은 이 사회를 '사회체계'라고도 부른다. 따라서 '사회적 체계'와 '사회체계'는 루만의 이론 안에서 엄연히 위상이 다르다.

여기서 중요한 것이 사회적 체계의 작동 방식이다. 루만은 사회적 체계가 '소통'(커뮤니케이션)의 방식으로 작동한다고 말한다. 소통은 정보를 알려주고 그 정보를 이해하는 과정을 가리키는 말이다. 소통은 '정보-통보-이해'의 세 단계로 이루어진다. 누군가 생각 곧 정보를 다른 사람에게 통보하면, 그것을 받아들여 이해하는 순간에 소통이 성립한다. 생명체가 끊임없는 신진대사로 자기를 유지해 가듯이, 사회적 체계도 끊임없는 소통의 반복으로 자기를 유지해 간다. 만약 소통이 사라지

마투라나는 생명체의 근본 특성을 '자기생산'으로 보았다.
자기가 자기를 생산하면서 자기를 유지해 가는 것이 생명체다.
이 생명체는 외부 환경의 영향을 받지만
그 환경과는 분리된 자율적 체계다.
체계로서 생명체는 매 순간 신진대사를 하면서
자기의 구조를 스스로 재생산해 나간다.

면 사회적 체계는 소멸한다. 물건을 사고 나면 손님-점원의 '상호작용'
이 끝나는 것과 같다. 루만의 사회적 체계는 구조를 이루고 있지만, 이
구조는 구조주의의 구조처럼 확고하지는 않다. 이 사회적 체계의 총합
으로서 '전체 사회'를 지구적 차원에서 보면 '세계사회'가 된다. 루만은
진화론적 관점에 서서, 사회가 성장하고 진화하며 그 결과로 세계사회
가 필연적으로 성립할 수밖에 없다고 말한다.

　더 생각해볼 것은 루만의 사회적 체계에서 인간의 위상이다. 루만 이
전의 사회학에서 인간은 사회를 능동적으로 만들어 가는 '주체'로 설정
되는 경우가 많았다. 동시대 독일 사회학자 위르겐 하버마스의 '의사소
통행위 이론'이 인간을 행위의 주체로 그리는 것이 대표적이다. 그러나
루만의 인간은 주체가 아니라 체계를 구성하는 '기능적 요소'일 뿐이다.
인간은 수많은 사회적 체계 속에서 그 체계를 구성하는 요소로서 역할
을 한다. 집에서는 부모인 사람이 직장에서는 직원이고, 동호회에서는

회원이며, 정당에서는 당원이다. 따라서 이렇게 다른 사회적 체계에 놓일 때마다 개인의 기능과 성격도 달라질 수밖에 없다. 루만의 사회학은 주체를 기능으로 대체한, 주체 없는 사회학이다. 그런 점에서 루만은 하버마스로 대표되는 주체의 패러다임을 체계의 패러다임으로 바꾼 사람이라고 할 수 있다. 그러나 체계 안에서 주체를 배제함으로써 역설적으로 루만은 개인들의 고유한 개성을 구출한다. 사회적 체계의 눈으로 보면 개인은 체계를 이루는 요소에 지나지 않지만, 개인 그 자체로 보면 각자가 고유한 개성과 인격을 지닌 존재다. 따라서 개인은 체계와 마찰을 빚을 수도 있고 체계에 반기를 들 수도 있으며 체계 안에서 다른 꿈을 꿀 수도 있다. 젊은 날 루만이 관료 생활을 하면서 학자의 꿈을 키워 간 것이 단적인 사례라고 할 수 있다.

건조한 정신과 시적 상상력

—

《아르키메데스와 우리》_ 니클라스 루만

'이념 요새'(Ideenfestung). 독일 사회학자 니클라스 루만을 따라다니는 별명이다. 사회학 이론의 영역에서 난공불락의 성채를 구축한 사람이라는 뜻이다. 이 별명에 걸맞게 니클라스 루만은 위르겐 하버마스와 함께 20세기 후반 독일 사회학을 양분했다. 하버마스가 '의사소통 이론'으로 사회학의 지평을 넓혔다면, 루만은 '사회체계이론'으로 또 다른 지평을 열었다. 1987년 출간된 《아르키메데스와 우리》는 루만이 학자·언론인 10명과 나눈 대담을 모은 책이다. 대담 대부분이 루만의 첫 번째 주저인 《사회적 체계들》(1984)이 나온 뒤 진행된 것이어서 루만 이론을 둘러싼 쟁점이 내용의 중심을 이룬다. 또 대담 가운데 일부는 학자 루만이 아닌 인간 루만에게 초점을 맞추는데, 루만의 자기고백은 사회학 저서 뒤편에 머물러 있던 개인 루만을 엿볼 수 있는 기회를 준다. 특히 한국어판은 상세한 역주를 덧붙여서 대담의 배경이 되는 루만 이론과 관련 지식을 동시에 음미할 수 있게 해준다.

이 책에서 먼저 눈길을 끄는 것은 독일 언론인 발터 판 로숨과 한 대담이다. 이 대화에서 로숨은 '지식인' 문제를 꺼내 집요할 정도로 루만의 생각을 캐물어 들어간다. 로숨이 생각하는 지식인은 "자신의 지식을 넘어 가치를 지향하며 이런 가치를 보편화하려는 사람"이다. 앞 시대 사르트르가 보여주었던 지식인, 곧 총체적 세계상을 품고 사회 변혁을 향해 자신을 던지는 지식인에 가까운 사람이 로숨의 지식인이다. 루만은 그런 지식인으로 자처할 생각이 전혀 없다고 잘라 말하면서, 지식인의 정의를 바꾸어 자기 생각을 풀어놓는다. "나는 지식인을 서로 다른 것끼리 비교할 수 있는 능력을 갖춘 사람이라고 생각한다." 그러면서 루만은 이 비교의 대상이 서로 멀수록 그것이 일으키는 효과가 크다고 말한다. 루만의 이런 생각은 '멀리 떨어져 있는 것을 가까이 연결하는 시적 작업'을 연상시키는데, 실제로 루만은 사물을 결합함으로써 '낯설게 하기 효과'를 일으키는 '시적 메타포'를 거론한다. 말하자면 루만은 지식인을 '지성을 사용하는 사람'으로 재정의하고 나서 그 지성의 핵심을 시적 상상력에서 찾는 것이다.

주목할 것은 루만이 그런 시적 작업을 하는 사람으로 카를 마르크스를 거명한다는 사실이다. 마르크스는 헤겔 변증법의 '정신'을 '물질'로 바꾼 다음, 그 물질을 정치경제학과 결합해 정치적 변혁 추구로 나아갔다는 점에서 '시적 메타포의 지성'을 보여준 적실한 사례라고 할 만하다. 루만은 이 지식인 개념을 이야기하는 중에 칠레 생물학자 움베르토 마투라나를 거론하기도 한다. 마투라나는 '자기생산'(Autopoiesis)이라는 개념을 창안한 사람이다. 자기생산이란 자기를 스스로 생산하면서

"좋은 정신은 건조하다"가 낮의 모토라면,
"잘 숨어서 산 인생이 잘산 인생이다"가 밤의 모토다.
남들 눈에 띄지 않게 숨어서 건조한 정신으로
이론을 생산하는 작업에 모든 것을 바친 것이
자기의 삶이라는 애기다.

자기를 유지해 나가는 생명체의 특성을 뜻한다. 루만은 마투라나의 개념을 가져와 자신의 '체계이론'을 세우는 데 적용했다. 체계는 생명체처럼 스스로 자기를 생산하고 유지하다가 소멸한다는 것이다. 이렇게 루만이 마투라나를 거론하는 데서 어떤 자부심을 읽어낼 수 있다. 생물학 개념을 사회학 개념으로 전용한 것이야말로 '시적 상상력'을 보여주는 분명한 사례 아니겠느냐는 자부심이다.

이 대담집은 당대 사회학의 맞수로서 루만과 하버마스가 대립하는 지점도 선명하게 보여준다. 두 사람의 논쟁은 1960년대 말로 거슬러 올라가는데, 하버마스는 이 대담들이 벌어질 무렵 펴낸 《현대성의 철학적 담론》에서 루만 이론을 두고 '주체 철학의 유산을 체계이론으로 모방한 것'이라고 차갑게 평가했다. 이런 평가에 맞서 루만은 하버마스가 이론적 철저성이 부족하다고 공박한다. 하버마스와 루만의 충돌은 두 사람의 이론 특성상 거의 필연적인 일이다. 하버마스의 '의사소통'은 주체에서 출발하는 데 반해, 루만은 주체를 배제하고 '체계'에서 출발한다. 루만에게 주체란 기껏해야 체계 안에서 그 체계를 떠받치는 기능적 요소일 뿐이다. 루만은 다른 책《사회이론 입문》에서 하버마스가 주체를 강조하는 것을 두고 '부재하는 것의 이상화'라고 지적하기도 한다. 주체는 지금 여기에 있지도 않은데 그 주체의 이념을 붙들고 이상화하고 있다는 것이다. 사회학자로서 올바로 세계를 인식하려면 먼저 사회를 '주체 없는 체계'로 보아야 한다는 것이 루만의 생각이다.

루만의 체계이론이 주체를 배제한다고 해서 개인의 의지나 욕망을 지워버리는 것은 아니다. 루만 자신부터가 행정 공무원으로 10여 년을 살다가 뒤늦게 사회학 박사학위를 받고 사회학 교수가 된 사람이다. 그런 이력에 관한 루만 자신의 증언을 이 대담집에서 확인할 수 있다. 특히 눈길을 끄는 것이 루만의 엄청난 이론적 생산성의 비밀을 알려주는 대목이다. 루만은 평생 70권의 저서와 450편의 논문을 썼다. 이런 초인적인 작업을 떠받친 것이 25살 무렵부터 해 온 '메모 카드' 작성이었다. 책을 읽고 얻은 생각들을 그때그때 메모 카드에 써 넣어 상자에 모아두고, 필요할 때 이 메모들을 엮어 책으로 완성한 것이다. 메모 상자는 생각의 창고이자 이론의 공장이었다. 동시에 이 책은 루만이 근면의 화신이었음도 알려준다. 남들이 하루를 24시간으로 살았다면 자신은 하루를 30시간으로 살았다는 것인데, 그 말은 남들이 잠을 잘 시간에 자신은 책을 읽고 글을 썼다는 얘기다. "내가 모든 것을 하는 동안 사람들은 늘 자고 있는 셈이다."

대담자가 루만에게 '삶의 모토'가 무엇인지 묻자 루만은 낮과 밤을 나눠 둘로 답한다. "좋은 정신은 건조하다"가 낮의 모토라면, "잘 숨어서 산 인생이 잘산 인생이다"가 밤의 모토다. 남들 눈에 띄지 않게 숨어서 건조한 정신으로 이론을 생산하는 작업에 모든 것을 바친 것이 자기의 삶이라는 얘기다. 루만은 빌레펠트대학에 임용될 때 연구 계획서에 '대상: 사회이론, 기간: 30년, 비용: 없음'이라고 간명하게 썼는데, 이 계획서대로 연구 작업을 계속해 30년 뒤 《사회의 사회》라는 최후의 주저를 내고 세상을 떠났다. 거의 컴퓨터와 같은 정확성으로 건조한 삶을 반복했기에 보통의 학자들은 따라올 수 없는 업적을 남길 수 있었던 것이리라.

유동성의 사상가 바우만

—

《지그문트 바우만》_ 이자벨라 바그너

지그문트 바우만(Zygmunt Bauman, 1925~2017)은 21세기 학문세계에서 가장 주목받는 사회학자다. 학자들이 학문 활동에서 물러나거나 죽음을 준비하는 70대에 들어서야 바우만은 대중의 환호를 받는 저작들을 써내기 시작했다. 폴란드 사회학자 이자벨라 바그너(Izabela Wagner)가 쓴 《지그문트 바우만》은 폴란드에서 태어나 뒤늦게 영국에 정착한 이 유대계 사상가의 일생을 그린 첫 전기다. 바그너는 바우만이 남긴 자전적 기록과 바우만 생전에 직접 만나 행한 장시간 인터뷰, 그리고 바우만의 주변 사람들이 남긴 증언을 토대로 삼아 이 열정적이고 독창적인 학자의 초상을 그려냈다.

현대성을 탐사하는 바우만 저작들을 시종 관류하는 핵심 개념은 '유동성'(Liquidity)이다. 이 전기는 이 개념이 유대인으로서 바우만이 겪은 쓰라린 경험에서 발효된 것임을 알려준다. 20세기 유럽 사회를 휘저은 반유대주의 광기를 빼놓고는 바우만을 설명할 수 없다. 반유대주의야말로 바우만의 삶을 난타한 포악한 힘이었다. 바우만은 폴란드인의 정체성을 지키려고 분투했으나 폴란드 내부의 완강한 반유대주의는 끝내 바우만을 나라 밖으로 내동댕이쳤다. 바우만은 조국에서 버림받고서야 자신이 유대인일 수밖에 없다는 사실을 마지못해 받아들였다.

바우만이 태어난 곳은 독일과 맞닿은 폴란드 서부 포즈난이다. 바우만 출생 당시 폴란드 도시 인구의 3분의 1이 유대인이었다. 포즈난은 유대인 인구가 1.2퍼센트에 지나지 않았는데도 반유대주의가 가장 기승을 부리는 곳이었다. 유대인 혐오는 어린 바우만도 비껴가지 않았다. 총명한 두뇌로 차별을 뚫고 들어간 김나지움(인문계 중등학교)에서 바우만은 교실 뒤쪽 끝 '게토 의자'에 앉아야 했고, 성적과는 상관없이 1등 자리를 폴란드인 학생에게 내주어야 했다. 10대 초반에 바우만은 청소년 시온주의(유대민족주의) 단체에 가입해 민족 차별이 없는 나라를 꿈꾸며 사회주의 사상을 받아들였다.

환란은 1939년 일어난 제2차 세계대전과 함께 벌어졌다. 독일이 폴란드를 점령한 6년 동안 폴란드 땅에 남아 있던 유대인 90퍼센트가 홀로코스트 희생자가 됐다. 바우만 가족은 동부로 피신해 소련이 점령한 폴란드 땅에 머물다 1941년 6월 독일이 소련을 침공하자 다시 소련 국경을 넘어 시골 마을의 콜호스(집단농장)에 정착했다. 유대인 차별이 없던 그 시절의 소련에서 바우만은 만인 평등의 공산주의 이념을 받아들였다. 1942년 17살에 고리키대학 물리학과에 입학하고, 1년 뒤 입대해 소련군 휘하의 폴란드 인민군에 들어갔다. 폴란드인으로서 조국을 해방하는 일을 하고 싶었기에 스스로 선택한 길이었다. 폴란드 인민군 제

4보병사단에 배속된 바우만은 고등 교육을 받았다는 이유로 정치 장교가 됐다. 바우만이 속한 군대는 소련군과 함께 폴란드 탈환에 앞장섰다.

더 큰 변화는 폴란드 해방과 함께 찾아왔다. 바우만은 1945년에 신설된 국내 보안대 장교가 돼 군인들의 정치 교육을 담당했다. 바우만은 사회주의 건설이 가장 중요하다는 판단에 따라 폴란드노동자당에 가입하고 공산주의를 실현하는 일에 힘을 쏟았다. 1952년 소련과 동유럽에서 일어난 반유대주의 물결이 폴란드에 닥쳤다. 이 물결에 휩쓸려 바우만은 군복을 벗어야 했다. 유대인이라는 표지는 공산주의 체제에 헌신하는 정치 장교의 삶으로도 지워지지 않았다. 학업으로 발길을 돌린 바우만은 1956년 바르샤바대학에서 박사학위를 받고 교수가 됐다.

이 무렵 소련과 동유럽을 뒤흔든 사건이 일어났다. 소련 공산당 서기장 니키타 흐루쇼프가 1956년 2월 비공개 당 대회에서 '개인 숭배와 그 결과'라는 제목의 스탈린 범죄 고발 연설을 했다. 공산주의 체제에 대한 바우만의 신념이 깨져 나가기 시작했다. 이 변화의 물결을 타고 브와디스와프 고무우카가 새로 폴란드 실권자가 되자 바우만은 새 체제에 한 번 더 기대를 걸었다. 그해 11월에는 '학문의 독점을 반대한다'라는 제목의 글을 발표했다. "모든 꽃이 피어나게 하라. …… 학계에서 벌어지는 논쟁이 과학적 방법론으로 해결되게 하라. 학문에서 행정이 특권을 누리지 않게 하라." 마르크스주의만 가르쳐서는 안 되며 당이 학문 위에 군림해서는 안 된다는 선언이었다. 이 선언과 함께 바우만은 폴란드 학계의 '수정주의 진지' 구축자가 됐다.

바우만은 75살이 된 2000년에 《액체 현대》를 펴내
세계 대중의 사랑을 받는 지식인으로 떠올랐다.
액체의 유동성을 '모든 고정된 것이 녹아내려 사라지는'
근대성의 핵심 이미지로 삼은 책이었다.
이후 바우만은 죽을 때까지 유동성 개념으로
현대 세계를 분석하는 책들을 방출하듯 써냈다.

비교적 순탄하게 학문 생활을 하던 바우만에게 또다시 시련이 닥쳤다. 이스라엘과 아랍이 맞붙은 1967년 제3차 중동전쟁이었다. 사회주의 이집트를 지지하던 동유럽에서 반유대주의 불길이 타올랐고 고무우카 정권은 유대인들을 '시오니스트'로 규정해 탄압하기 시작했다. "히틀러가 누가 유대인이고 아닌지를 정의했듯이 고무우카도 '시온주의자'라는 꼬리표를 스스로 정의했다." 바우만은 모든 것을 국가에 빼앗긴 채 가족과 함께 폴란드에서 추방당했다. 폴란드인이 되고자 그토록 노력했으나 조국은 바우만을 국경 밖으로 밀어냈다. 바우만 가족은 폴란드 탈출에 도움을 준 이스라엘로 갔다. 그러나 여기서도 경계 바깥 이방인의 삶은 끝나지 않았다. 이스라엘인 대다수 생각에 맞서 바우만은 이스라엘인과 아랍인이 똑같이 평화롭게 공존해야 한다는 신념을 굽히지 않았다. 바우만은 3년 뒤 영국 리즈로 거주지를 옮겼다. 바우만은 40대 후반에 리즈대학에서 처음으로 견딜 만한 안식처를 찾았다.

바우만이 '글 쓰는 학자'로서 국제적 명성을 얻기까지는 그 뒤로도 20년 가까운 세월이 걸렸다. 영어가 모국어가 아니었다는 것이 가장 결정적인 이유였다. 외국어로 자신의 생각을 정교하게 표현하는 데는 긴 훈련의 시간이 필요했다. 바우만은 1989년 《현대성과 홀로코스트》를 출간했다. 유대인으로서 유대인이 겪은 일을 기억하고 해석하는 데 바친 책이었다. 이 책으로 이름을 알리기 시작한 바우만은 75살이 된 2000년에 《액체 현대》를 펴내 세계 대중의 사랑을 받는 지식인으로 떠올랐다. 액체의 유동성을 '모든 고정된 것이 녹아내려 사라지는' 근대성의 핵심 이미지로 삼은 책이었다. 이후 바우만은 죽을 때까지 유동성 개념으로 현대 세계를 분석하는 책들을 방출하듯 써냈다. 끝없이 유동하지 않을 수 없었던 유대인이라는 운명이 바우만의 삶을 짓밟아 사상의 수액을 뽑아낸 것이다.

베버 이해사회학 탄생사

—

《이해사회학》_ 막스 베버

막스 베버(Max Weber, 1864~1920)는 독일 현대 사회학의 창설자 가운데 한 사람이다. 베버가 후대에 끼친 영향은 광대해서 인문사회과학의 주요 분야에 두루 미친다. 베버의 사회학은 '이해사회학'으로 불리는데, 베버의 저술 네 편을 묶어 옮긴 《이해사회학》은 이해사회학이 세상에 나오기까지 전체 과정을 압축해서 보여주는 베버 사회학 탄생사다. 베버 전문가 김덕영(독일 카셀대학 교수)이 편집·번역하는 '막스 베버 선집' 10권 가운데 세 번째 권이다.

이해사회학은 '인간의 사회적 행위를 이해하고 설명하는 학문'을 뜻한다. 그런데 베버 사회학의 논의를 보면, 개인들의 행위 자체에 대한 미시적 이해보다는 국가·도시·종교·관료제·자본주의 같은 거시적 차원의 분석에 중점을 둔다. 여기서 오해가 빚어진다. 이 오해를 씻으려면, 이해사회학이 거시적 차원의 구조를 설명하는 것을 목표로 하되 그 출발점을 개인의 사회적 행위에 두고 있다는 점을 명확히 해 두어야 한다. 개인들의 사회적 행위가 관계로서 체계를 이룬 것이 거시적 차원의 구조들이며, 이해사회학은 인간의 사회적 행위를 이해함으로써 그 거시적 구조를 설명한다.

베버가 처음부터 사회학자의 정체성을 지녔던 것은 아니다. 베버는 대학에서 법학·경제학·역사학·철학을 공부해 법학으로 박사학위를 받은 뒤 고대 로마 농업사 연구로 '교수 자격'(하빌리타치온)을 얻었다. 1894년 프라이부르크대학, 1897년 하이델베르크대학에 임용될 때 베버의 담당은 경제학·재정학이었다. 베버는 죽기 1년 전 뮌헨대학에 임용될 때에야 사회학 정교수가 됐다. 법학과 경제학에서 시작해 사회학으로 영역을 넓힌 것이 베버의 연구 인생이다. 이 책에 실린 논문들은 1908년부터 1920년 사이에 쓴 것들인데, 하나로 연결하면 베버가 자신을 사회학자로 세우기까지 걸은 긴 전환의 여정을 이룬다. 〈한계효용이론과 정신물리학의 기본법칙〉(1908) 〈에너지론적 문화이론들〉(1909) 〈이해사회학의 몇 가지 범주에 대하여〉(1913) 〈사회학의 기본개념들〉(1920) 이 그것들이다.

이 논문들 가운데 앞의 두 편은 베버의 사회학이 막 태동하던 때의 학문적 태반을 들여다볼 수 있는 글이다. 가장 먼저 쓴 〈한계효용이론과 정신물리학의 기본법칙〉은 독일 역사학파 경제학자 루요 브렌타노의 저서 《가치이론의 발전》에 대해 서평 형식으로 쓴 글이다. 브렌타노는 경제학의 '한계효용 이론'을 실험심리학의 '자극과 반응'으로 설명할 수 있다고 주장했다. 베버는 브렌타노가 '자극'과 '욕구'를 구별하지 못한다고 비판한다. 욕구라는 포괄적이고 복잡한 개념으로 설명해야 할

브렌타노는 경제학의 '한계효용 이론'을
실험심리학의 '자극과 반응'으로 설명할 수 있다고 주장했다.
베버는 브렌타노가 '자극'과 '욕구'를 구별하지 못한다고 비판한다.
욕구라는 포괄적이고 복잡한 개념으로 설명해야 할 것을
자극이라는 단순한 개념으로 환원한다는 지적이다.
베버 주장의 핵심은 심리학을 기초로 삼아
경제학을 설명해서는 안 된다는 데 있다.
심리학은 경제학의 토대가 아니다.

것을 자극이라는 단순한 개념으로 환원한다는 지적이다. 베버 주장의
핵심은 심리학을 기초로 삼아 경제학을 설명해서는 안 된다는 데 있다.
심리학은 경제학의 토대가 아니다. 경제학은 심리학과는 다른 별개의
학문이다. 이 논의를 연장하면 다른 사회과학, 이를테면 사회학도 심리
학에서 독립해 스스로 서야 한다는 주장으로 이어진다.

베버의 이런 생각은 앞 시대 사회학에 대한 단호한 비판을 함축한다.
이 사태를 이해하려면 19세기 철학자 오귀스트 콩트(1798~1857)의 사
상을 떠올려보는 것이 필요하다. 사회학의 창시자인 콩트는 인간 정신
의 발전 단계를 '신학적 단계' '형이상학적 단계' '실증과학 단계'로 나누
었다. 이 세 단계 가운데 마지막 실증과학 단계에 이르러 인간은 관찰
과 증명을 통해 법칙을 이끌어냄으로써 세상을 제대로 이해한다. 콩트
는 실증과학도 위계를 설정해 수학-물리학-화학-생물학-사회학 순

으로 피라미드처럼 쌓아 올렸다. 콩트의 위계에서 생물학은 사회학의 기초가 되므로, 생물학적 선이해가 있어야만 사회도 이해할 수 있다. 브렌타노의 주장은 콩트 사상을 충실히 이어받은 것이었다. 베버는 여기에 단호히 반대한다.

베버의 콩트주의 비판은 두 번째 글 〈에너지론적 문화이론들〉에서 더 분명히 드러난다. 이 글은 당대 화학자이자 철학자였던 빌헬름 오스트발트의 《문화과학의 에너지론적 기초》를 겨냥한 서평이다. 오스트발트의 책은 모든 사회 현상의 바탕을 '에너지'에서 찾는다. '자연은 에너지의 효율적 사용을 최대화하려 한다'는 법칙을 통해 모든 사회 현상을 설명할 수 있다는 것이 오스트발트의 주장이다. 베버는 오스트발트가 사회적 현상을 그 자체로 이해하는 것이 아니라 자연주의적 에너지론에 입각해 분석하는 '환원주의 오류'를 범한다고 비판한다. 이런 비판을 통해 베버는 사회이론의 고유성과 독립성을 더 분명히 드러낸다.

이어 4년 뒤에 쓴 논문 〈이해사회학의 몇 가지 범주에 대하여〉에 이르러 베버 사회학의 본령이 그 윤곽을 내보인다. 그러나 이 논문은 너무 압축적인 데다 용어 사용이 번잡해 베버의 구상이 선명히 들어오지 않는다는 약점이 있다. 그런 사실은 베버를 따르던 사회학자 헤르만 칸토로비츠의 편지에서 확인할 수 있다. 칸토로비츠가 내용의 어려움을 토로하자 베버는 "제가 아주 난삽하게 쓴 것이 틀림없군요!"라는 답신을 보냈다. 이런 '난삽함'을 줄이고 개념 구조를 명확하게 드러내려 분투한 끝에 완성한 것이 〈사회학의 기본개념들〉이다.

이 두 논문을 순조롭게 이해하려면, 사회학자 페르디난트 퇴니에스(1855~1936)가 제시한 '공동사회(Gemeinschaft, 공동체)와 이익사회 (Gesellschaft, 결사체)'라는 개념을 먼저 알아 두어야 한다. 퇴니에스는 사회가 공동사회에서 이익사회로 나아간다고 보았는데, 베버는 퇴니에스의 개념을 빌려 와 자신의 생각을 구축하는 데 적용했다. 퇴니에스는 공동사회와 이익사회를 대등한 관계로 보았다. 그러나 베버의 1913년 논문은 공동사회(공동체)를 상위에 두고 그 아래에 이익사회(결사체)를 배정했다. 그러다 보니 퇴니에스의 개념에 익숙한 사람들에게 혼란을 주었다. 베버는 두 번째 논문에서 '사회적 행위'를 상위에 두고 그 아래 '공동사회적 행위'와 '이익사회적 행위'를 나란히 놓았다. 또 퇴니에스의 '공동사회-이익사회'를 '공동사회화-이익사회화'로 재구성해, 인간의 사회적 행위와 관계를 역동적이고 과정적인 것으로 그려냈다. 이로써 베버의 이해사회학이 명확한 꼴을 갖추었다.

대표제의 길, 민주주의의 길

—

《대표》_ 모니카 브리투 비에이라 · 데이비드 런시먼

오늘날 민주주의는 유권자가 선거로 대표를 뽑는 '대표제 민주주의'(대의민주주의)를 뜻한다. 그러나 대표제 민주주의는 '인민의 직접 통치'라는 민주주의의 본질을 제대로 구현하지 못한 열등한 민주주의라는 평가를 받는다. 직접민주주의를 실행할 여건이 돼 있지 않기 때문에 어쩔 수 없이 채택한 차선의 민주주의라는 것이다. 그러나 과연 대표제 민주주의는 열등한 민주주의에 불과한 것일까. 《대표》는 이런 통념에 강력하게 이의를 제기하는 책이다. 책을 함께 쓴 정치학자 모니카 브리투 비에이라(Monica Brito Vieira)와 데이비드 런시먼(David Runciman)은 대표제 민주주의를 직접민주주의의 아류나 유사품으로 보는 시각을 정면으로 거부하고, 대표제 민주주의의 특징과 장점을 전면에 내세운다. 더 정확히 말하면, 대표제 민주주의라는 말에 담긴 '대표'라는 제도의 고유한 성격이 이 책이 주목하는 대상이다.

'대표'라는 개념의 영어 낱말은 레프리젠테이션(representation)이다.

그런데 이 말은 쓰임새가 매우 다양하다. 레프리젠테이션은 마음속 생각을 말로 드러낼 때는 '표상'으로 번역되고, 사물의 이미지를 그림으로 그려낼 때는 '재현'으로 번역된다. 연극에서 인물을 연기하는 것도 레프리젠테이션이며, 변호사가 소송을 대리하는 것도 레프리젠테이션이다. 특히 근대 정치에서 이 단어는 유권자를 대표하는 행위를 가리킨다. 이 책은 레프리젠테이션이라는 말의 이런 다양한 뜻을 염두에 두면서 이 말의 정치적 함의를 입체적으로 조명한다. 제1부에서는 이 말의 역사적 전개를 살피고 제2부에서는 이 말의 의미를 분석적으로 탐사하며 제3부에서는 대표라는 개념이 지닌 현재적·미래적 의미를 짚는다. 특히 제1부의 역사적 탐사는 대표 개념이 진화해 온 과정을 명료하게 설명하고 있어 책의 백미를 이룬다.

대표제의 정치적 함의와 관련해 이 책이 가장 주목하는 인물은 17세기 영국 내전과 청교도혁명이 낳은 정치철학자 토머스 홉스(1588~1679)다. 홉스야말로 '대표'의 정치적 함의에 혁명적인 변화를 일으킨 철학자라고 이 책은 말한다. 홉스의 주장은 '국가란 대표 행위를 통해, 대표 행위와 함께 탄생한다'는 명제로 요약할 수 있다. 《리바이어던》에서 홉스는 자연 상태에 있는 개인들은 그저 군중에 지나지 않으며, 이들은 '만인이 만인에게 늑대인 상태'에 있다고 간주했다. 이 자연 상태를 끝내려면 개인들이 사회계약을 맺고 자신들의 모든 권한을 단일한 대표자에게 위임해야 한다. 그렇게 해서 탄생하는 것이 주권권력이다. 이렇게 주권권력이 탄생할 때 개인들의 집합체에 지나지 않았던 군중 곧 다중이 정치적 통일체로서 '인민'이 된다. 주권자의 탄생과 함께 인민도 탄생하는 것이다. 이 인민이 바로 '리바이어던' 곧 국가를 이룬다. 그런데 여기서 한발 더 나아가 《대표》는 다음과 같은 의미심장한 주장을 한다. "흩어진 개인들이 뜻을 하나로 모아 사회계약을 한다는 것은 불가능한 일이다. 따라서 다중의 총의로 주권적 대표자가 탄생한다는 것은 가상이고 허구다." 홉스의 논리는 이렇게 허구 위에서 대표자가 탄생해 주권을 행사한다는 주장을 내포하고 있는데, 이것은 대표자가 인민의 의지에서 독립한 존재임을 암시한다. 그리하여 대표자는 인민의 뜻과는 무관한 자의적 통치자가 될 수도 있고, 인민의 직접적 간섭을 받지 않은 채 진정으로 인민을 위하는 더 높은 차원의 통치자가 될 수도 있다. 이렇게 홉스의 대표론은 반동적인 방향과 진보적인 방향을 모두 가리키고 있다.

홉스의 '대표' 사상은 100년 뒤에 가장 강력한 반대자를 만난다. 18세기 프랑스 사상가 장자크 루소다. 루소는 홉스가 상정한 '대표' 개념을 거부했다. 대표자를 선출함과 동시에 인민은 자유를 잃고 타인의 의지에 휘둘리는 노예가 된다는 것이 루소의 생각이었다. 대표제와 민주주의는 물과 기름처럼 섞일 수 없다. 루소는 1767년 미라보에게 보낸 편지에서 '가장 엄격한 민주주의와 가장 완전한 홉스주의 사이에 절충은 있을 수 없다'고 말했다. "홉스의 관점에서 볼 때, 인민은 대표돼야만 비로소 의지를 지닐 수 있었다. 그러나 루소의 관점에서는 자신의 의지를 남에게 대표하게 하는 인민은 인민이 아니었다." 홉스와 루소의 차이를 메우려고 한 사람이 프랑스혁명 시기에 《제3신분이란 무엇인가》를 쓴 시에예스였다고 이 책은 말한다. 시에예스는 홉스를 따라 대표만이 정

대표제는 다수의 의지로부터 떨어져서 대표자가 독자적으로
행동할 가능성을 허용한다. 나아가 스스로 의지를
드러낼 수 없는 것을 대표해서 행동하는 것도 대표제에서는 가능하다.
그런 차원의 대표제가 적용될 수 있는 사례로
이 책은 환경·생태 문제와 미래 세대 문제를 든다.
지구를 대표해 온난화 문제를 제기하고 싸우는 것,
멸종 위기에 처한 동식물을 대표해 보호를 요구하는 것이다.

치를 할 수 있다고 주장함과 동시에 루소를 따라 국민의 정치적 의지만
이 대표에게 정당성을 준다고 주장했다. 다시 말해 국민이 행동하려면
대표자가 필요하고, 대표자가 행동할 권한을 누리려면 국민의 동의가
필요하다고 보았다. 바로 여기서 대표제와 민주주의가 하나로 연결되
는 '대표제 민주주의'가 등장했다. 시에예스의 생각은 비슷한 시기에 독
립혁명을 일으킨 미국 연방주의자들의 생각으로 이어졌다. 19세기를 거
치면서 대표제 민주주의는 점차로 확고한 것이 됐고 민주주의의 표준
모델로 정착했다.

그러나 이 책이 정작 강조하는 것은 이렇게 역사적으로 형성된 대표
제 민주주의 자체가 아니라 이 역사를 통해 살필 수 있는 '대표제'의 정
치적 기능이다. 분명한 것은 대표제는 민주주의와 성격이 아주 다른 제
도라는 사실이다. 민주주의는 그 본질상 다수의 의지와 필연적으로 결
부돼 있다. 다시 말해 다수의 의지를 따라야 한다. 그러나 홉스의 논리

가 암시하는 대로 대표제는 다수의 의지로부터 떨어져서 대표자가 독자적으로 행동할 가능성을 허용한다. 나아가 스스로 의지를 드러낼 수 없는 것을 대표해서 행동하는 것도 대표제에서는 가능하다. 그런 차원의 대표제가 적용될 수 있는 사례로 이 책은 환경·생태 문제와 미래 세대 문제를 든다. 지구를 대표해 온난화 문제를 제기하고 싸우는 것, 멸종 위기에 처한 동식물을 대표해 보호를 요구하는 것이다. 또 태어나지 않은 미래 세대를 대표해 지금 세대에게 문제를 제기하는 것도 가능하다. 대표의 의미를 이렇게 확장함으로써, 민주주의 원리가 구현하지 못하는 근본적인 정치적 변화를 대표제를 통해 가져올 수 있다고 이 책은 말한다.

낭만주의와 정치의 잘못된 만남

—

《정치적 낭만주의》_ 카를 슈미트

카를 슈미트(Carl Schmitt, 1888~1985)는 '정치란 적과 친구를 나누는 것'(《정치적인 것의 개념》)이라는 불온한 명제로 유명한 독일의 법학자·정치학자다. 히틀러 집권 뒤 나치당에 가입해 활동한 이력 때문에 위험한 사상가의 대표자로 꼽히기도 한다. 슈미트는 이 정치 이력 탓에 패전 뒤 수감 생활을 하고 공적인 무대에서 물러났지만, 그가 제출한 개념들은 살아남아 여전히 위력을 발휘하고 있다. 특히 위기 상황에서 주권자의 결단을 강조하는 '예외 상태'와 같은 개념은 조르조 아감벤을 비롯한 급진 좌파 일군의 정치적 상상력 발화에 밑불이 되기도 했다. 《정치적 낭만주의》는 슈미트가 1917~1918년에 집필해 이듬해 출간한 청년기 저작이다. 이 책은 출간 당시 빛을 보지 못했지만 이어 펴낸 《독재》(1921), 《정치신학》(1922) 같은 저작이 슈미트의 이름을 널리 알린 뒤 1925년 개정판으로 다시 나와 주목을 받았다. 이 책에서 슈미트는 '정치적 낭만주의'라는 현상의 본질을 특유의 직관력으로 포착해 당대 독일 현실을 비판한다.

슈미트는 '정치적 낭만주의'를 해부하기에 앞서 먼저 이 현상을 낳은 독일 낭만주의 운동을 역사적으로 분석한다. 프리드리히 폰 슐레겔이 제창한 낭만주의는 18세기 말에 등장해 이후 수십 년 동안 유럽 전역에서 맹위를 떨쳤다. 낭만주의 운동은 예술사조에 머물지 않고 정치운동의 성격도 강하게 띠었는데, 슈미트가 주목하는 것도 이 정치적 낭만주의다. 낭만주의는 그 파장의 범위가 넓고 역사도 길어서 간명하게 성격을 규정하기가 쉽지 않다. 때로는 모든 낡은 것에 대항해 약동하는 힘을 표현하는 것으로 이해되기도 하고, 때로는 현실을 회피해 과거와 먼 곳으로 달아나는, 병적이고 퇴락한 것으로 이해되기도 한다. 낭만주의가 이렇게 상반된 평가를 받는 것은 이 운동의 역사가 그런 경로를 거쳤기 때문이다. 낭만주의는 탄생 초기에는 프랑스혁명이 남긴 열기 속에서 혁명적인 것을 찬양했지만, 곧이어 복고주의로 회귀해 반동적인 이념으로 변했고, 그 뒤에도 똑같은 진자운동을 되풀이했다. 도대체 왜 낭만주의는 이렇게 정치적으로 극과 극을 오간 것일까?

슈미트가 여기서 낭만주의의 이런 자기배반적 행보를 해명해주는 열쇳말로 제시하는 것이 '기연주의'(occasionalism)라는 말이다. 기연주의는 철학사에서는 '기회원인론'이라는 말로 더 알려져 있는데, 그 출발이 된 것은 데카르트의 철학이다. 데카르트는 정신과 육체를 분리해 서로 완전히 다른 실체로 이해했다. 데카르트의 이원론은 '이렇게 분리된 정신과 육체의 연동관계를 어떻게 설명할 것이냐' 하는 문제를 낳았다. 가령, 글을 쓰려는 정신의 의지가 어떻게 손을 움직이는가 하는 물음이었

슈미트는 정치적 낭만주의의 치명적인 취약점으로
'수동성'을 찾아낸다. 낭만주의는 스스로 일관성 있는 이념을 제시해
세상을 적극적으로 바꿔 나가는 내적인 힘이 없어,
그때그때 위세를 떨치는 정치 세력에 들러붙는다.
낭만주의자는 상상 속에서는 세계를 창조하는
절대자가 되지만, 현실에서는 더 큰 힘에 무릎 꿇고
그 힘에 봉사하는 무력한 자로 드러난다.

다. 철학자 말브랑슈는 이 문제의 해결책으로 '신'을 불러들였다. 정신
이 의지를 발동할 때마다 신이 개입해 그 의지에 맞춰 신체가 행동하게
끔 해준다는 것이다. 절대자가 우리의 모든 행위의 계기이자 원인이 된
다는 것, 이것이 기회원인론, 곧 이 책에서 말하는 기연주의다. 어떤 사
태의 참된 원인을 찾지 않고 신이라는 제3의 절대자를 끌어들여 해결하
는 것이다. 기연주의란 '사이비-원인주의'다.

이런 환상적인 기연주의적 사고방식이 낭만주의에서 만발했다. 다만
말브랑슈가 신을 제시한 것과 달리 낭만주의는 '주관' 혹은 '자아'를 해
결자로 제시했다. 개인의 주관성이 모든 사태를 일으키는 신적인 힘, 세
계의 중심이 된 것이다. 이 주체는 낭만주의 예술에서 모든 창조의 원천
이 되고 모든 창조물을 주재하는 절대자가 된다. 신이 세상을 만들어내
듯 자아는 몽상 속에서 세계를 창조하는 것이다. 이런 낭만주의의 '주

관적 기연주의'가 예술의 영역에서만 나타난다면 미적인 성취로 인정받을 수도 있다. 그러나 이런 주관적 낭만주의는 예술을 넘어 정치의 영역에까지 발을 담갔다. 그렇게 하여 탄생한 것이 '정치적 낭만주의'라고 슈미트는 말한다. 정치적 낭만주의는 신을 대신하는 지상의 해결자로 어떤 때는 국가권력을, 어떤 때는 종교권력을 제시했다.

슈미트는 여기서 정치적 낭만주의의 대표자로 19세기 초에 활동한 아담 뮐러(1779~1829)를 불러낸다. 하층 시민계급의 아들로 태어난 뮐러는 뛰어난 필력과 달변으로 밑바닥에서 일어나 마지막에는 귀족 작위까지 받은 사람이다. 이 책은 뮐러라는 문제적 인간의 생애와 저술을 상세히 살핀다. 뮐러는 괴팅겐대학 시절에 정치적 반항아의 모습을 보이기도 했지만, 머잖아 보수주의로 방향을 틀었다. 프로이센의 수도 베를린으로 간 뒤 그곳에서 봉건적 지배계급에 아부하는 책을 썼으나 주목을 받지 못하자, 다시 오스트리아 빈으로 가서 당시 유럽의 반동적 질서의 중심에 있던 메테르니히의 수족이 된 뒤 출세 가도를 달렸다. 뮐러의 일생은 눈앞의 강력한 힘에 봉사하는 낭만주의의 정치적 변덕을 여실히 보여준다. 자아의 우월성이라는 주관적 환상을 만족시켜주기만 하면 어떤 정치 이념이 됐든 상관하지 않고 추종한 것이다.

뮐러의 이런 행보를 범례로 삼아 슈미트는 정치적 낭만주의의 치명적인 취약점으로 '수동성'을 찾아낸다. 낭만주의는 스스로 일관성 있는 이념을 제시해 세상을 적극적으로 바꿔 나가는 내적인 힘이 없어, 그때그때 위세를 떨치는 정치 세력에 들러붙는다. 낭만주의자는 상상 속에서는 세계를 창조하는 절대자가 되지만, 현실에서는 더 큰 힘에 무릎 꿇고 그 힘에 봉사하는 무력한 자로 드러난다. 낭만주의의 수동적 성격을 제대로 보여준 사람이 뮐러였다. 그런데도 뮐러는 슈미트 당대까지 살아남아 '낭만주의의 가장 성숙한 정치적 지성'으로 불렸다. 슈미트가 보기에, 뮐러가 이렇게 부당하게 높은 대접을 받은 것은 당대 독일 정치의 병증과 무관하지 않다. 정치적으로 결정해야 할 시점에 아무것도 결정하지 못한 채 '토론'과 '대화'만 되풀이하는 그 시절 독일의 정치적 무기력증이야말로 낭만주의적 수동성과 다를 바 없다는 진단이다. 결단을 미루며 '끝없는 대화'만 되풀이하는 정치는 아무것도 생산하지 못한다는 슈미트의 결단주의 사상이 여기서 얼굴을 내민다.

신자유주의와 정체성 정치를 넘어
—

《자유주의와 그 불만》 _ 프랜시스 후쿠야마

프랜시스 후쿠야마(Francis Fukuyama)는 《역사의 종말》이라는 책으로 이름을 널리 알린 미국 정치학자다. 그 책에서 후쿠야마는 1990년대 초 냉전의 종식과 소련의 해체로 공산주의 대 자유주의의 싸움이 자유주의의 승리로 끝났으며 이로써 이념 투쟁의 역사가 사실상 종말에 이르렀다는 논쟁적인 주장을 폈다. 하지만 이후 역사는 자유주의 이념의 승리가 자유주의 체제의 위기를 종식시킨 것이 아님을 보여주었다. 후쿠야마의 관심도 자유주의 체제의 결함을 어떻게 극복할 것인가로 쏠렸다. 2022년에 미국에서 출간된 《자유주의와 그 불만》은 그런 고민의 연장선에서 나온 저작이다. 오늘날 자유주의가 그 본디 이상에 부응하지 못한 탓에 우파 포퓰리즘과 좌파 급진주의의 도전으로 위기에 처했다고 진단하고 이런 도전을 이겨내고 자유주의 이념을 진전시킬 방도를 찾는 것이 이 책이다.

후쿠야마는 자신이 생각하는 자유주의를 '고전적 자유주의'라고 부른다. 이 자유주의는 미국식 중도 좌파 이념과 유럽식 중도 우파 이념을 포함해 역사적으로 전개돼 온 자유주의 전체를 아우른다. 그 자유주의 이념은 17세기 홉스·로크의 정치사상으로 등장해 18세기 프랑스혁명으로 '생동하는 이념'이 됐으며, 20세기에 민족주의·공산주의 같은 경쟁 이념을 물리치고 지배적 이념으로 올라섰다. 이 책은 자유주의 이념의 근본 특성으로 개인주의·평등주의·보편주의·개량주의를 든다. 이 자유주의는 현실에서 '법의 지배' 아래 정부권력을 제한하는 규칙들의 체계로 나타난다. 그러나 자유주의는 그 자체만으로는 불완전한 것이어서 민주주의 곧 '인민의 지배'와 손을 잡고 '자유민주주의'로 자신을 구현했다. 이때의 자유민주주의는 북유럽식 사회민주주의를 포괄한다.

이 책은 자유주의를 위기로 몰아넣는 현실적 힘들을 분석하는 데 논의를 집중한다. 이 힘들은 자유주의에서 태어났으나 스스로 극단으로 치달음으로써 자유주의 자체를 위기에 빠뜨린다. 후쿠야마가 먼저 지목하는 것이 신자유주의다. 신자유주의는 '소유와 거래의 자유'라는 자유주의 원칙을 절대화한 경제사상이다. 이 경제사상은 국가의 개입을 반대하고 시장의 자유를 신봉한다. 더 나아가 신자유주의는 모든 것을 개인의 책임으로 돌리고 복지국가의 해체를 주장한다. 하지만 후쿠야마는 삶에는 개인이 통제할 수 없는 상황도 있으며 그런 상황에 국가가 개입하는 것은 자유주의 신념에 어긋나지 않는다고 반박한다. 복지국가야말로 자유주의 이념의 구현이다. 신자유주의자들은 시장이 국가의 엄격한 규제 속에서만 올바르게 작동할 수 있다는 사실을 이해하지 못했다. 그 결과로 신자유주의는 거대한 불평등만 남긴 채 자멸의 길을 가고 있다. 후쿠야마는 신자유주의 폐해가 영국의 브렉시트 결정과 미국의 트럼프 당선이라는 포퓰리즘의 반발을 낳았으며, 이 포퓰리즘이 자유주의를 위기로 밀어 넣는다고 말한다.

우파 자유주의의 극단화가 낳은 재앙이 신자유주의라면, 좌파 자유주의의 극단은 '정체성 정치'의 오류로 나타난다. 후쿠야마는 정체성 정치가 애초 자유주의의 약속, 곧 모든 인간의 존엄을 보장한다는 약속을 이행하려는 노력의 결과임을 먼저 강조한다. "그러나 현실에서 자유주의 사회는 이런 (보편적 평등의) 사상을 실현하는 데 처참하게 실패했다." 인종·민족·성차에 따른 차별은 자유주의 사회에 엄존한다. 정체성 정치는 특수한 집단의 정체성을 앞세워 이 절망적 사태를 바꾸려고 한다. 문제는 정체성 정치가 제어하기 어려울 정도로 급진화했다는 데 있다. 모든 인간의 보편적 평등이라는 자유주의 이념을 일종의 사회적 기만으로 보고 자유주의 자체를 거부하는 방향으로 질주한 것이다. "여기서 우리는 자유주의 아이디어들이 스스로 붕괴하는 지점까지 확장되는 것을 목도한다." 정체성 정치의 급진화가 자유주의의 자기파멸을 부른다는 얘기다.

후쿠야마의 정체성 정치 비판은 좌파 급진주의의 탈근대 사상에 대한 비판으로도 이어진다. 프랑스에서 시작된 탈근대 철학의 위험은 자유주의가 기반으로 삼고 있는 '과학적 합리주의'를 부정하는 데서 분명하게 드러난다. 과학적 합리주의는 인간이 과학적 방법론을 통해 객관적 사태를 올바르게 인식하고 그 인식을 통해 세계를 개선해 나갈 수 있다는 믿음을 바탕에 깔고 있다. 그러나 미셸 푸코, 자크 데리다, 에드

니체는 "사실은 존재하지 않고 오직 해석만 존재한다"고 주장했다.
이런 주장은 결국 "아무것도 사실이 아니고
모든 것이 가능하다"는 '인식의 황무지'를 열어놓는다.
더 나아가 니체는 인간의 '권력의지'를 모든 가치를 재는 척도로
제시했는데, 이런 상대주의적 태도가 극단화하면
권력 투쟁이 모든 것을 결정한다는 결론에 이르고 만다.
그런 사태의 결과 하나가 극우파 정체성 정치의 부상이다.

워드 사이드 같은 일군의 학자들이 주장한 탈근대 사상은 그런 인식의
객관성 자체를 문제로 삼았다. 자유주의가 가정하는 객관적이고 보편
적인 인식이라는 것이 결국은 유럽 백인 남성의 특수한 인식일 뿐이라
고 보는 것이다. 객관적 인식이라는 이름 아래 인종주의·가부장주의·
이성애주의·서구중심주의가 관철되고 있다는 비판이다.

　이런 비판의 배후에 있는 사람이 앞 시대 철학자 니체인데, 니체는
"사실은 존재하지 않고 오직 해석만 존재한다"고 주장했다. 이런 주장
은 결국 "아무것도 사실이 아니고 모든 것이 가능하다"는 '인식의 황무
지'를 열어놓는다. 더 나아가 니체는 인간의 '권력의지'를 모든 가치를
재는 척도로 제시했는데, 이런 상대주의적 태도가 극단화하면 권력 투
쟁이 모든 것을 결정한다는 결론에 이르고 만다. 그런 사태의 결과 하
나가 극우파 정체성 정치의 부상이다. 백인 국가주의자들은 급진 좌파

의 인식론적 상대주의를 모방해 과학적 사실 자체를 부정하고 모든 것을 음모론으로 몰아가며 자신들에게 유리한 것만 사실로 받아들인다. 이런 잘못된 인식 위에서 백인들은 자신들의 자리를 유색인들이 빼앗을 것이라는 공포 속에 자유주의 사회를 거부한다. 객관적 기준은 사라지고 모든 것이 '권력의지'의 싸움이 되는 전쟁 상태로 내달리는 것이다.

자유주의가 낳은 좌우의 극단주의는 자유주의의 기반 자체를 무너뜨리는 자기파멸적인 성격을 지녔다. 그럼 어떻게 해야 할까? 후쿠야마는 자유주의가 지켜야 할 마지막 원칙으로 고대 그리스 금언 '메덴 아간' (meden agan) 곧 '무슨 일이든 도를 넘지 말라'를 제시한다. 요컨대 '절제'(moderation)야말로 자유주의 사회를 지탱하는 최후의 원리라는 얘기다. 이 절제를 바탕으로 할 때만 자유주의가 인간의 보편적 평등과 존엄을 보장하는 세계로 나아가는 길을 제시할 수 있으리라는 충고다.

마르셀 모스의 하비투스

—

《몸 테크닉》_ 마르셀 모스

마르셀 모스(Marcel Mauss, 1872~1950)는 인류학의 기념비적인 저서 《증여론》(1925)의 저자로 널리 알려져 있다. 그러나 이 저서가 뿜는 빛은 모스의 다른 학문적 성취를 가리는 그림자가 되기도 했다. 《증여론》이 모스 학문과 동일시된 탓에 사회학자로서 모스의 활동이 합당한 조명을 받지 못한 것이다. 국내 모스 연구자들이 모스의 지적 유산을 체계적이고 종합적으로 조망하는 '마르셀 모스 선집'(전 6권)을 기획하고 그 첫 번째 책으로 《몸 테크닉》을 번역해 내놓았다. 이 책은 모스가 1921년에서 1934년 사이에 프랑스심리학회에서 발표한 네 편의 강연문을 묶은 것이다. 모스 사회학의 근본 구도를 확인할 기회를 주는 글 모음이다.

모스의 학문 이력에 출발점이 된 사람은 프랑스 현대 사회학의 창시자 에밀 뒤르켐(1858~1917)이다. 모스의 외삼촌이 바로 뒤르켐이었다. 모스는 뒤르켐이 가르치던 보르도대학에 입학해 뒤르켐의 지도를 받으며 사회학·심리학·철학을 공부했다. 뒤르켐의 경우와 마찬가지로 모스의 관심사는 넓어서 인류학·종교학·언어학을 두루 아울렀다. 모스는 젊은 시절부터 사회주의자로서 정치 활동에도 열성적으로 참여했는데, 장 조레스가 창간한 사회당 기관지 〈뤼마니테〉의 편집을 맡기도 했다. 이런 실천적 관심은 모스의 학문에도 뚜렷한 흔적을 남겼다. '미개사회'의 선물순환체계를 살핀 《증여론》에서 그런 관심의 발현을 볼 수 있다. 호혜성에 바탕을 둔 선물 경제에 대한 분석은 자본주의적 착취가 없는 다른 세상에 대한 꿈이 투영된 작업이기도 했다. 《증여론》은 미국 인류학자 프랜츠 보애스가 조사한 북아메리카 원주민들의 선물 의례 '포틀래치'와 영국 인류학자 브로니슬라브 말리노프스키가 목격한 멜라네시아 원주민의 교환 의례 '쿨라'를 바탕으로 삼은 것이었다. 이 선집의 첫 권 《몸 테크닉》도 《증여론》과 유사하게 수많은 인류학적 사실들을 자료로 활용한다.

뒤르켐이 사회학을 이웃 학문들과 구별되는 독자적 학문으로 세우는 데 힘을 썼다면, 모스는 사회학과 이웃 학문의 협동에 더 주목했다. 그런 태도가 잘 드러난 것이 '총체적 인간'이라는 모스의 개념이다. 뒤르켐이 인간의 사회적 차원에 시선을 모았던 것과 달리, 모스는 사회적 차원만 보아서는 인간의 구체적 삶의 양상을 포착할 수 없고 신체적·생리적 차원과 심리적·정신적 차원을 함께 보아야 그 총체성을 파악할 수 있다고 믿었다. 이 책에 묶인 첫 번째 강연문 〈감정 표현의 의무〉(1921)에서 모스의 '총체성' 관점을 명확히 볼 수 있다.

오스트레일리아 원주민의 장례 절차를 사례로 삼은 이 글은 뒤르켐

누군가 사회적 금기를 어기는 죄를 저질렀다고 해보자.
집단 구성원들이 그 사람을 향해 '너는 죽을 것이다'라는
암시를 보낸다. 그러면 그 사람은 아주 튼튼했는데도
시름시름 앓다 죽고 만다. 관건이 되는 사실은 집단 암시가
자기 암시로 바뀐다는 데 있다. 집단이 죽음의 암시를 보냈을 때,
그 암시가 곧바로 죽음을 가져오는 것이 아니다.
그 암시를 받은 사람이 스스로 '나는 죽을 것이다'라는
자기 암시를 걸어야만 죽음에 이른다.

의 주장과 선명한 대조를 이룬다. 뒤르켐은 《종교생활의 원초적 형태》
에서 "애도는 집단이 부과한 의무여서 대개 개인의 감정 상태와는 무관
하다"고 주장했다. 이렇게 뒤르켐이 애도의 의무적 차원에 시선을 한정
한 것과 달리 모스는 장례 절차라는 사회적 차원과 함께, 사람들이 느
끼는 슬픔이라는 심리적 차원, 비명과 울음이라는 신체적·생리적 차원
을 동시에 보려 한다. 망자를 두고 사람들은 집단적인 리듬과 운율에
맞춰 정해진 시간 동안 비명을 지르고 울음을 터뜨린다. 확실히 애도는
사회적 절차를 따른다. 그러나 그 절차가 눈물의 자발성과 슬픔의 진정
성을 배제하는 것은 아니다. 눈물의 생리와 슬픔의 심리는 사회적 절차
와 따로 떨어져 있지 않다. 그러면 왜 절차를 따라 애도하는가? 정해진
규칙 속에 애도 행위를 할 때 그 애도의 자발성과 진정성이 집단 안에서
공유될 수 있기 때문이다. 핵심은 사회적·심리적·생리적 차원이 한 덩

어리를 이룬다는 데 있다. 모스는 이렇게 세 차원을 하나로 묶어서 보아야만 인간을 구체적 총체로 이해할 수 있다고 말한다.

이 총체성을 보여주는 다른 사례를 두 번째 글 〈집단이 암시하는 죽음 관념이 개인에게 미치는 신체적 효과〉(1924)에서 찾아볼 수 있다. 모스는 오스트레일리아·뉴질랜드 원주민들에게서 발견되는 '기이한 죽음'을 거론한다. 누군가 사회적 금기를 어기는 죄를 저질렀다고 해보자. 집단 구성원들이 그 사람을 향해 '너는 죽을 것이다'라는 암시를 보낸다. 그러면 그 사람은 아주 튼튼했는데도 시름시름 앓다 죽고 만다. 관건이 되는 사실은 집단 암시가 자기 암시로 바뀐다는 데 있다. 집단이 죽음의 암시를 보냈을 때, 그 암시가 곧바로 죽음을 가져오는 것이 아니다. 그 암시를 받은 사람이 스스로 '나는 죽을 것이다'라는 자기 암시를 걸어야만 죽음에 이른다. 암시를 받은 사람은 자신의 생명을 유지해주던 성스러운 힘과 연결된 끈이 끊겼다고 생각하고 이제 죽을 수밖에 없다고 믿게 된다. 그러면 그 사람의 신체가 급속히 활력을 잃고 이내 죽게 되는 것이다. 이 기이한 죽음에서도 집단 암시라는 사회적 차원과 자기 암시라는 심리적 차원, 그리고 신체가 스스로 무너지는 생리적 차원이 하나로 이어져 있음이 확인된다.

이 책의 제목으로 쓰인 세 번째 글 〈몸 테크닉〉(1934)도 인간을 같은 관점으로 바라본다. 모스가 말하는 '몸 테크닉'이란 걷고 뛰고 팔을 흔드는 일상의 몸짓을 포함해 인간 신체에 부착된 의식적·무의식적 습관·예법·기능을 모두 포괄한다. 이 글에서 모스는 뉴욕의 병원에 입원했을 때 겪은 일을 이야기한다. 그곳 간호사들의 걸음걸이가 낯설면서도 친숙했는데, 곰곰이 생각해보니 할리우드 영화에서 본 것이었다. 프랑스에 돌아온 모스는 파리에서도 그런 걸음걸이를 목격했다. "프랑스 사람인데도 젊은 여성들이 그렇게 걸었다." 미국 여성들의 걷는 방식을 프랑스 여성들이 할리우드 영화를 통해 모방한 것이다. 여기서 걸음걸이라는 '신체'의 기능이 개인의 모방 '심리'와 결합해 '사회적으로' 전파된다는 사실이 드러난다. 모스는 이런 '몸의 테크닉'을 '하비투스' (habitus)라는 라틴어 낱말로 표현한다. 하비투스는 태도·외관·복장· 습관을 뜻하는 말인데, 모스는 하비투스가 교육·관습·유행·신분에 따라 달라진다고 말한다. 이 하비투스 개념이 훗날 이론적 정교화를 거쳐 피에르 부르디외의 통찰로 이어졌다. 여기서 엿보이듯 모스가 내놓은 개념들은 풍요로운 사회학적 상상력을 품은, 하지만 미처 만개하지 못한 봉오리라고 할 수 있다.

소모와 탕진의 경제학

—

《저주받은 몫》_ 조르주 바타유

조르주 바타유(Georges Bataille, 1897~1962)는 악과 죽음, 금기와 위반이라는 인간 삶의 어두운 뒷면을 천착한 프랑스 사상가다. 바타유의 글쓰기는 문학에서 철학까지 넓은 영역에 걸쳐 있어 한 분야를 깊이 파고드는 대다수 학자들의 경우와 극명하게 대비된다. 특정한 전문 영역 없이 온갖 분야를 독창적 사유로써 관통한 사람이 바타유인데, 이 독창성은 미셸 푸코, 르네 지라르, 자크 데리다, 장 보드리야르, 조르조 아감벤 같은 후대 철학자들에게 끼친 영향에서도 확인된다. 1949년에 펴낸 《저주받은 몫》은 바타유의 '잡종적' 글쓰기의 바탕에 깔린 사상의 지도를 읽을 수 있게 해주는 저작이자 바타유 나름의 일반이론을 세우려는 야심이 깔린 저작이다.

이 책은 제목('저주받은 몫')만으로는 무엇을 이야기하려는 것인지 언뜻 감 잡기 어렵다. 바타유가 시도하는 것은 '일반경제학의 구축'이다. 여기서 바타유가 말하는 '일반경제'는 우리 시대의 경제학이 말하는 경제와는 직접적인 관련이 없다. 바타유는 통상의 경제학이 다루는 경제를 '제한경제'라고 부른다. 왜 제한경제인가? 통상의 경제학은 부의 생산과 축적에 관심이 제한돼 있기 때문이다. 인간 삶의 총체적 양상을 보면, 생산과 축적은 삶의 일부에 지나지 않는다. 생산과 축적이라는 표면을 걷어내면, 우리의 삶은 과잉과 소모와 낭비와 탕진으로 점철돼 있다는 것이 드러난다. 통상적인 경제학의 눈에는 이 영역이 들어오지 않는다. 그러나 생산과 축적에 반대되는 이 낭비와 탕진의 영역을 함께 보지 않으면 우리 삶의 총체성을 그려낼 수 없다. '저주받은 몫'(La Part maudite)이란 바로 이 낭비와 탕진의 영역을 가리키는 말이다. 우리의 이성적 인식은 이 낭비와 탕진의 영역을 회피할 뿐만 아니라 도덕적으로 부정한 것으로 낙인찍는다. 그러나 이 영역까지 포괄할 때만 우리의 경제 인식은 온전해진다. 바타유가 말하는 '일반경제'는 생산과 축적 중심의 '제한경제'에 더해 낭비와 탕진이라는 삶의 '저주받은' 이면까지 모두 포괄하는 경제다.

이 일반경제를 설명하는 길목에서 바타유는 먼저 지구 표면을 뒤덮은 유기체의 생물학적 메커니즘에 주목한다. 전체 시야에서 보면, 유기체에게 가장 중요한 일 가운데 하나는 과잉 에너지를 소진하는 것이다. 생명체가 성장하고 있을 때는 에너지의 과잉 부분이 성장으로 흡수된다. 그러나 어느 한계에 이르면 에너지는 넘쳐나게 되고 이 넘쳐나는 에너지를 소모하는 것이 생물학적 과제가 된다. 그 과잉 에너지를 비워내는 방식으로 바타유는 '먹기'와 '죽음'과 '생식'을 제시한다. 먹기란 생명체가 다른 생명체를 잡아먹는 것을 말한다. 유기체 전체의 눈으로 보면 초식 동물이 식물을 먹고, 육식 동물이 초식 동물을 먹는 것은 에너지 낭비에 해당한다. 식물이 자라는 데 드는 에너지보다 동물이 살아가는 데 드는 에너지가 훨씬 크기 때문이다. 자연계 전체로 보면 동물이 존재한다는 것은 에너지를 낭비하는 일일 뿐이다. 유기체의 죽음도 바타유가 보기에는 일종의 과잉 에너지를 소진하는 일이다. 에너지로 넘치던 생명체가 그 에너지를 잃어버리는 것이 죽음이기 때문이다. 유성 생식도 마찬가지다. 성행위는 남아나는 에너지를 소모하는 행위다. 그렇게 보면 인간의 성행위는 끊임없이 반복되는 '작은 죽음'이라고 할 수 있다.

바타유의 시선은 생물학을 넘어 인류학으로 나아간다. 여기서 바타유가 주목하는 것이 멕시코 아즈텍 문명의 희생제의다. 희생제의의 제물이 되는 사람은 전쟁에서 잡은 포로인데, 이 포로는 노예로서 생산 활동에 투입되는 것이 그 사회에는 '유용한' 일이다. 하지만 아즈텍 문명에서는 이 포로를 노예로 두지 않고 제물로 썼다. 아무것도 생산하지 않는 무용한 일에 노예라는 유용한 힘을 소모한 것이다. 그런데 이런 무용한 희생제의는 겉으로 보면 단순한 학살이지만, 그 내면을 보면 '속'을 떠나 '성'에 입회하는 일이다. "희생제의는 노예적 사용이 속되게 만들어 타락시킨 것을 다시 성스러운 세계로 돌려놓는다." 그 희생제의에 참여함으로써 아즈텍인들은 성스러움을 경험했다. 바타유의 시선이 오래 머무는 곳이 바로 이 대목이다. 단순한 낭비나 탕진으로만 보였던 쓸모없는 행위들이 우리의 일상적인 세속의 삶을 초월해 성스러움의 세계로 들어가게 해주는 것이다. 아즈텍인들에게 생산보다 더 중요한 것은 바로 희생제의를 통한 성스러움의 경험이었다.

아즈텍 문명에서는 포로를 노예로 두지 않고 제물로 썼다. 아무것도 생산하지 않는 무용한 일에 노예라는 유용한 힘을 소모한 것이다. 그런데 이런 무용한 희생제의는 겉으로 보면 단순한 학살이지만, 그 내면을 보면 '속'을 떠나 '성'에 입회하는 일이다. "희생제의는 노예적 사용이 속되게 만들어 타락시킨 것을 다시 성스러운 세계로 돌려놓는다."

획득·생산·축적의 관점에서 보면 과잉·소모·탕진의 영역은 제거해야 할 영역, 다시 말해 '저주받은 영역'이다. 그러나 바로 이 저주받은 영역이야말로 성스러운 영역이다. 바타유가 구사하는 변증법은 헤겔 변증법처럼 하나가 다른 하나를 흡수하는 것이 아니라, 양자가 각각 고유성을 유지한 채로 그 둘 사이 긴장이 창출하는 제3의 효과를 지향한다. 바타유 사유의 그런 전형을 보여주는 것이 '금기와 위반의 변증법'이다. 바타유에게 위반은 위반으로 끝나지 않는다. 위반을 통해 금기가 금기로서 드러나고 금기가 금기로서 완성된다. 우리 삶은 금기를 위반함으로써 금기를 금기로 드러내고 다시 금기의 한계 안으로 돌아온다. 금기와 위반 사이 긴장은 지속된다. 소모·탕진이 생산·축적과 맺는 관계도 다르지 않다. 생산과 축적이 없다면 소모와 탕진도 없다. 이 양자가 일반경제의 두 축을 이루는 것이다.

바타유가 말하는 '자연과 인간의 사물화'도 주목할 만하다. 생산은 자연을 생산에 필요한 사물로 이용함으로써 그 고유한 존재를 상실시킨다. 인간도 생산의 노동 속에서 고유한 존재를 잃어버린다. 이성적 노동이 지배하는 '속'의 세계에는 성스러움이 없다. 이때 잃어버린 존재의 성스러움을 되찾게 해주는 것이 바로 소모와 탕진의 '저주받은 영역'이다. 우리는 저주받은 영역을 통해 성스러움의 세계로 들어간다. 그 세계에서 자연은 사물화의 질서에서 벗어나 성스러운 것으로 나타나고 인간도 '속'의 세계에서 잃어버린 성스러움을 되찾는다. 인간과 자연은 성스러움 속에서 하나가 된다. 여기서 저주를 축복으로 바꾸는 바타유식 사유의 역설이 빛난다. 이렇게 바타유가 구축하는 '일반경제' 시론은 인간 삶의 보편 문법을 새로 그려내는 시도가 된다.

헤게모니 투쟁과 대중문화

—

《문화와 사회를 읽는 키워드》_ 레이먼드 윌리엄스

영국의 문화이론가 레이먼드 윌리엄스(Raymond Williams, 1921~1988)는 리처드 호가트, 에드워드 파머 톰슨, 스튜어트 홀과 함께 '문화연구'(cultural studies)라는 새로운 학문 분야를 개척한 사람이다. 윌리엄스가 이끈 '문화연구'는 문화를 일상생활과 동떨어진 것으로 보는 전통적 관점을 거부하고, 사람들의 구체적인 삶에 스며들어 있는 일상의 문화에 주목했다. 여기서 '일상적인 것은 정치적인 것이다'라는 명제가 나왔다. 윌리엄스의 저술 활동은 출세작《문화와 사회》(1958) 이후 《기나긴 혁명》(1961)《텔레비전론》(1974)《마르크스주의와 문학》(1977)으로 이어지며 방대한 분량을 이루었다. 영국의 문화연구자 짐 맥기건(Jim McGuigan)이 편집한《문화와 사회를 읽는 키워드》는 윌리엄스의 생각이 응집된 글 20편을 뽑아 시대 순으로 묶은 '레이먼드 윌리엄스 선집'이다.

윌리엄스의 문화이론이 어디서 발원했는지 알려면 먼저 출신 배경을 살펴보는 것이 필요하다. 윌리엄스는 영국의 남서부 웨일스 지역의 시골 마을에서 농촌 프롤레타리아 집안의 아들로 태어났다. 할아버지는 나라에서 대로를 내는 통에 오두막집을 철거당한 뒤 도로 공사장 인부가 됐고, 아버지는 15살 때부터 철도에서 짐꾼으로 일하다가 철도 신호수가 됐다. 이 노동계급 가정에서 윌리엄스는 운 좋게 장학금을 받고 케임브리지대학에 들어가 문학을 전공했다. 대학 시절에 윌리엄스는 한편으로는 마르크스주의 영향을 짙게 받고, 다른 한편으로는 문학비평가 프랭크 레이먼드 리비스(1895~1978)의 치밀한 텍스트 읽기에 깊은 감명을 받았다. 그러나 뒤에 윌리엄스는 마르크스주의의 '경제 결정론'과 리비스의 비정치적인 엘리트주의를 모두 비판하고, 자신의 관점으로 두 사상의 장점을 결합해 독자적인 문화이론을 창출했다.

이 책의 맨 앞에 실린 에세이 〈문화는 일상적이다〉(1958)는 이렇게 형성된 문화관을 윌리엄스 자신의 삶과 엮어 서술하는 글이다. 길지 않은 이 글은 윌리엄스가 이후 내놓을 문화이론의 거의 모든 주요 주제를 품고 있어 이 선집의 총론과도 같은 성격을 띤다. 이 에세이에서 윌리엄스는 '문화는 일상적인 것이다'라는 명제를 되풀이하며 '우리는 바로 여기서 출발해야 한다'고 강조한다. 문화는 일상을 떠나 따로 있지 않고 인간 삶의 총체성 속에 모세혈관처럼 퍼져 있다는 주장이다. 윌리엄스는 이런 문화관과 대비되는 것으로 케임브리지대학 시절 학교 주변의 찻집에서 발견한 사례를 제시한다.

젊은 윌리엄스는 고풍스런 대학 건물이나 교정에서는 위축감을 느끼지 않았지만 인근의 고상한 찻집 앞에만 서면 주눅이 들었다고 한다.

젊은 윌리엄스는 고풍스런 대학 건물이나 교정에서는
위축감을 느끼지 않았지만 인근의 고상한 찻집 앞에만 서면
주눅이 들었다고 한다. 찻집은 그곳을 찾는 사람들이 스스로
'교양 있는 특별한 부류의 사람'임을 드러내 보여주는
일종의 '기호'였다. 찻집의 사람들은 학식이 높은 것도 아니었고
예술을 창작하는 사람들도 아니었다.
그런데도 이 사람들은 자신들이 특별한 문화를 지닌
사람들인 양 행동했다.

"찻집은 더 유서 깊고 품위 있는 부서 중 하나인 것처럼 보였다. 여기에
는 문화가 있었는데 내가 아는 그런 의미의 문화는 아니다." 찻집은
그곳을 찾는 사람들이 스스로 '교양 있는 특별한 부류의 사람'임을 드러
내 보여주는 일종의 '기호'였다. 찻집의 사람들은 학식이 높은 것도 아
니었고 예술을 창작하는 사람들도 아니었다. 그런데도 이 사람들은 자
신들이 특별한 문화를 지닌 사람들인 양 행동했다. 윌리엄스는 취향과
태도의 차이를 통해 우월성을 드러내려는 그 사람들의 '문화'를 정면으
로 거부한다. "만약 찻집을 좋아하는 사람들이 문화란 사소한 행동거
지의 차이, 언어 습관의 미세한 차이를 의미한다고 계속 우긴다면 말릴
수야 없겠지만 무시해버려도 된다."

이 상황은 후에 프랑스 사회학자 피에르 부르디외(1930~2002)가 '구
별 짓기'라는 말로 지적한 것을 떠올리게 한다. 윌리엄스와 비슷하게,

벽촌에서 자란 부르디외는 파리 부르주아의 일상에서 발견되는 특성에 주목해 그것을 문화적 하비투스라는 말로 설명했다. 윌리엄스는 찻집의 고상한 문화에 맞서 자신이 어린 시절 체험한 노동자 가족의 문화를 내세운다. "우리는 집 안에 모여 곡을 연주하고 듣기도 하고 시를 암송하거나 암송에 귀 기울이기도 하며 멋진 표현에 감탄하곤 했다. 그런 곳이야말로 우리가 기대서 살아가는 세상이다." 평범한 노동자들도 문화에 관심이 있고 문화를 누릴 역량도 있다는 것이다. 윌리엄스는 계속 말한다. "교육이나 예술에 흥미를 느끼는 것은 자연스러운 일이다. 최선의 지식을 갖추고자 하고 훌륭한 일을 하고 싶어 하는 욕망은 모든 인간의 긍정적인 본성이다."

여기서 엿볼 수 있듯이 윌리엄스는 이른바 '대중문화'라는 것을 낮추어보는 엘리트주의에 시종 비판적이다. 그 엘리트주의에는 지배계급의 보수적 엘리트주의뿐만 아니라 마르크스주의의 좌파적 엘리트주의도 포함된다. 이를테면 그 시절 마르크스주의자들은 '무지한 대중'이라는 말을 입버릇처럼 썼다. 대중은 무지해서 지배계급이 던져주는 아편 같은 대중문화에 젖어 산다는 얘기다. 윌리엄스가 보기에 마르크스주의자들의 이런 태도는 사회적 '토대'가 문화라는 '상부구조'를 결정한다는 마르크스의 '토대-상부구조' 정식을 무비판적으로 받아들인 데 따른 것이다. 문화가 사회적·경제적 토대의 영향과 압박을 받는 것은 사실이다. 하지만 토대가 상부구조를 직접 규정한다는 생각은 문화 이해를 잘못된 길로 이끈다.

이 문제를 상술하는 곳이 다른 글 〈마르크스주의 문화이론에서 토대와 상부구조〉다. 윌리엄스는 마르크스의 '토대-상부구조' 틀을 허물고 죄르지 루카치가 제시한 '사회적 실천의 총체성' 개념을 수용한다. 이어 안토니오 그람시의 '헤게모니' 개념을 받아들여 루카치의 총체성 개념을 구체화한다. 사회를 총체로서 바라보되 그 사회를 구성하는 힘들의 관계를 함께 살펴야 한다는 것이다. 이를테면 자본주의 사회의 문화에는 헤게모니를 쥔 부르주아의 '지배하는 문화'만 있는 것이 아니다. 그 체제에 패배했지만 아직 살아 있는 귀족계급의 '잔존하는 문화'도 있고, 그 지배문화에 맞서 일어서는 계급의 '떠오르는 문화'도 있다. 이 문화적 힘들이 겨루는 공간이 말하자면 대중문화라는 장이다. 그러므로 대중문화를 질 낮은 문화로만 보아서는 안 되며, 그 속에서 벌어지는 문화적 헤게모니 투쟁을 정밀하게 읽어내야 한다. 윌리엄스가 텔레비전 프로그램 같은 당대 대중문화 현상을 깊이 분석한 이유를 여기서 찾을 수 있다.

포스트모더니즘 담론의 탄생

—

《포스트모더니즘, 혹은 후기자본주의 문화 논리》_프레드릭 제임슨

포스트모더니즘 담론은 1980년대에 본격화해 한 세대 가까이 전 세계 지식계를 휩쓸었다. 이렇게 포스트모더니즘이라는 현상이 지식계의 최대 쟁점이 되는 데 동력 노릇을 한 것이 미국 문화이론가 프레드릭 제임슨(Fredric Jameson)의 1984년 논문 〈포스트모더니즘, 혹은 후기자본주의 문화 논리〉다. 이 논문은 몇 편의 관련 논문 그리고 200쪽에 이르는 결론과 함께 묶여 1991년에 같은 이름의 책으로 출간됐다. 이 책을 통해 포스트모더니즘은 20세기 후반 미국 대중문화를 넘어 현대 자본주의 문화 전반을 설명하는 용어로 올라섰다. 포스트모더니즘을 시대의 유행어로 만든 그 책이 30여 년 만에 번역됐다.

포스트모더니즘이란 말뜻 그대로 하면 '모더니즘에 뒤이어' 등장한 문예사조를 가리킨다. 제임슨은 자본주의 등장 이후의 근대 문예사조를 리얼리즘과 모더니즘과 포스트모더니즘으로 나눈다. 리얼리즘이 19세기 문예사조라면, 모더니즘은 대체로 20세기 초반에 세력을 떨친 문

화 전반의 사조를 가리킨다. 회화에서 파블로 피카소, 문학에서 제임스 조이스, 철학에서 실존주의 따위가 모더니즘의 주류를 이룬다. 이 모더니즘이 1950년대 말 이후 미국 교과서에 실려 정전(Canon)의 권위를 얻자 이 사조에 반항해 일어난 것이 포스트모더니즘이다. 미술에서 앤디 워홀과 팝아트, 음악에서 존 케이지, 영화에서 장뤼크 고다르, 문학에서 누보로망처럼 새로운 미학적 태도를 품은 문예 흐름을 가리키는 말이 포스트모더니즘이다.

모더니즘과 포스트모더니즘의 결정적인 차이 가운데 하나를 대중의 수용 방식에서 찾아볼 수 있다. 모더니즘 작품들은 당대 부르주아지의 격렬한 거부를 불러일으켰다. 피카소의 그림이나 조이스의 소설은 비도덕적이고 반사회적이라는 지탄을 받았다. 소변기를 미술 작품으로 내놓은 마르셀 뒤샹의 〈샘〉 같은 작품을 부르주아 대중은 결코 받아들일 수 없었다. 하지만 포스트모더니즘은 모더니즘처럼 당대 지배 질서의 거부를 산 것이 아니라 반대로 지배문화에 수용돼 서구 사회의 공식 문화와 한 묶음이 됐다고 제임슨은 말한다. 포스트모더니즘 건축 양식이 자본의 호응을 받아 유별나게 번창한 것이 대표적인 경우다.

제임슨의 분류법에서 더 주목할 것은 근대 이후 세 가지 문예사조가 근대 자본주의 탄생 이후 세 발전 단계에 상응한다는 점이다. 리얼리즘이 초기 시장자본주의 단계에 상응한다면, 모더니즘은 독점자본주의 혹은 제국주의 단계에 상응하고, 포스트모더니즘은 후기자본주의(Late Capitalism)에 상응한다. 후기자본주의는 경제학자 에르네스트 만델이 1972년 저서 《후기자본주의》에서 주장한 것인데, 자본주의가 제국주의 단계를 지나 이제 종말을 앞에 둔 최후의 단계에 이르렀다는 마르크스 주의적 진단을 담은 용어다. 후기자본주의는 앞 시대 자본이 식민화하지 못한 것을 모조리 식민화함으로써 앞 시대보다 훨씬 더 순수한 형태의 자본주의가 된다고 제임슨은 강조한다. 이를테면 자본이 광고 산업을 통해 인간의 무의식까지 장악하는 것이다.

포스트모더니즘과 모더니즘의 더 결정적인 차이는 포스트모더니즘 문화가 경제적 토대로 스며들어 둘 사이의 구분이 모호해졌다는 데 있다. 포스트모더니즘 문예는 건축 분야에서 명료하게 드러나듯이 자본과 분리되지 않는다. 과거 모더니즘 예술은 상품화를 격렬히 거부했지만, 포스트모더니즘 예술은 상품화에 대한 반감이 없고 스스로 상품이 된다. 예술이 경제와 통합된다. 그러다 보니 포스트모더니즘 시대에 문화는 앞 시대 문화가 지녔던 '상대적 자율성'을 상실하고, 자본의 지배에 저항할 '비판적 거리'를 확보할 수 없게 된다고 제임슨은 지적한다.

이런 포스트모더니즘을 어떻게 이해해야 할까? 여기서 제임슨은 카를 마르크스가 《공산당 선언》에서 자본주의의 역사적 발전을 묘사하는 방식을 끌어들인다. 마르크스는 자본주의 발전을 긍정적으로 사유함과 동시에 부정적으로 사유하라고 촉구했다. 자본주의는 인류에게 나타난 최고의 것이자 최악의 것이다. 자본주의의 명백한 해악과 자본주의에 잠재된 해방의 힘을 동시에 보는 것, 이것이 마르크스의 관점이다. 제임슨은 마르크스의 이 관점으로 후기자본주의와 포스트모더니즘을 파악해야 한다고 말한다. 다시 말해 포스트모더니즘을 후기자본주의가 낳은 필연적인 문화 양식으로 이해하고 그것을 '진보이자 파국'으로 보는

자본주의의 명백한 해악과 자본주의에 잠재된 해방의 힘을
동시에 보는 것, 이것이 마르크스의 관점이다.
제임슨은 마르크스의 이 관점으로 후기자본주의와
포스트모더니즘을 파악해야 한다고 말한다.
포스트모더니즘을 후기자본주의가 낳은 필연적인 문화 양식으로
이해하고 그것을 '진보이자 파국'으로 보는 '변증법적' 관점이
필요하다는 것이다. 여기서 포스트모더니즘을 긍정하면서
부정하는 제임슨의 이중적 태도가 나타난다.

'변증법적' 관점이 필요하다는 것이다. 여기서 포스트모더니즘을 긍정하면서 부정하는 제임슨의 이중적 태도가 나타난다.

그렇다면 이 포스트모더니즘 시대에 어떤 방식으로 대응할 수 있을까? 제임슨은 문화가 경제에 포위된 건 사실이지만 그렇게 포위된 중에도 세계를 총체적으로 보는 우리의 눈을 키워 갈 수 있다고 말한다. '인식의 지도 그리기'(cognitive mapping)라는 용어로 제임슨이 제안하는 것이 바로 그것이다. 세계 인식의 지도를 그림으로써 우리가 어디에 놓여 있는지 파악할 수 있고, 나아가 후기자본주의 세계체제를 넘어설 가능성을 찾을 수 있으리라는 전망이다. 하지만 제임슨의 이 전망은 너무 막연하다는 비판을 받는다.

이보다 더 중요한 비판이 탈식민주의 진영에서 나왔음을 이 책의 '옮긴이 후기'는 알려준다. 아이자즈 아마드 같은 탈식민주의 이론가는 제

임슨의 주장이 '백인 남성'의 관점에서 나온 서구중심주의적인 것이라고 매섭게 공격했다. 하지만 제임슨은 마르크스주의에 입각해 계급 문제를 앞세우고 경제적 토대에서부터 세계를 총체적으로 이해하려는 태도를 고수한다. 그런 관점은 인종·젠더·민족 같은 저항의 범주를 수용할 여지를 좁힌다. 제임슨이 이 책의 결론에서 '미시정치학'과 '정체성 정치'를 '극히 포스트모던한 현상'이라고 진단하고 비판하는 데서 그런 태도를 확인할 수 있다. 그리하여 좌파 내부의 논쟁은 이후 차츰 포스트모더니즘 영역을 넘어 계급에 기반을 둔 보편주의 정치학과 소수자에 기반을 둔 차이의 정치학 사이의 논쟁으로 옮겨 간다.

근대성 담론 해체하기
—

《단일한 근대성》_ 프레드릭 제임슨

프레드릭 제임슨은 마르크스주의의 영향을 깊이 받은 미국의 철학자다. 1980년대 포스트모더니즘 비판으로 문화이론가로서도 명성을 얻었다. 제임슨은 다작의 저술가이기도 한데, 《정치적 무의식》《후기 마르크스주의》를 비롯해 여러 종이 국내에도 번역돼 있다. 《단일한 근대성》은 2002년 출간될 당시 학계의 뜨거운 쟁점이었던 '근대성' 문제에 개입해 이 담론의 계보를 추적하고 해체하는 작업을 담은 저작이다.

제임슨의 기본 관점을 이해하려면 먼저 그의 대표작인 《정치적 무의식》(1982)의 논의를 살펴보는 것이 좋다. 마르크스주의자답게 제임슨은 사회를 떠받치는 토대로서 생산양식에 입각해 문학·예술 같은 상부구조를 이해한다. 마르크스의 고전적 정식을 따르면, 생산양식은 근본적인 모순을 안고 있으며, 그 생산양식이 극복되기 전까지는 모순이 사라지지 않고 오히려 깊어진다. 이런 모순된 현실에서 사회 구성원들은 그 모순에 집단적으로, 무의식적으로 반응하는데 이런 '무의식'이 드러나는 장이 바로 문학과 예술이다. 제임슨은 문학과 예술이 프로이트가 말한 '꿈 작업'과 유사한 방식으로 사회체제의 모순을 해소하려고 시도한다고 말한다. 우리가 현실에서 봉착하는 문제를 꿈을 꾸는 중에 무의식적으로 해결하려고 애쓰듯이, 문학과 예술도 그런 일을 한다는 것이다. 그리하여 문학과 예술은 한편으로는 현실의 모순을 이데올로기적으로 봉쇄하는가 하면, 다른 한편으로는 유토피아적으로 이 모순을 해결하려는 모습을 보인다. 이런 주장에서 짐작할 수 있듯이, 제임슨에게 중요한 것은 문학과 예술을 포함한 사회적 담론들을 근본적으로 규정하는 토대, 곧 생산양식을 논의의 바탕으로 삼는 것이다. 오늘날 전 세계를 장악한 자본주의 생산양식에 확고히 발을 딛고 서서 사회 담론들을 살펴야 한다는 것이 제임슨의 생각이다.

《단일한 근대성》에서도 제임슨은 이런 관점을 전제하고서, 근대성 담론을 분석의 대상으로 삼는다. 근대성 담론은 매우 복잡하고 혼란스러운 양상으로 전개돼 왔는데, 그 이유 가운데 하나를 근대(모던)의 기점을 언제로 잡느냐는 문제에서 찾을 수 있다. 독일에서는 16세기 루터의 종교개혁을 기점으로 삼는가 하면, 철학계에서는 17세기 데카르트의 인식론적 혁명을 기점으로 삼는다. 역사학에서는 계몽주의와 프랑스혁명을 근대의 시작으로 보는가 하면, 영국에서 일어난 산업혁명을 근대의 출발로 보기도 한다. 제임슨은 이 책의 1부에서 이런 근대성 담론들의 문제점들을 하나하나 비판적으로 검토한다. 제임슨이 보기에, 근대성을 이야기하는 숱한 담론들은 사태 자체를 적확한 개념으로 포착한 것이라기보다는 몇몇 사실들을 얼기설기 엮어 그럴듯하게 짜낸 서사(이

기든스의 주장은 결국 자본주의 질서 안에서
'제3의 길'을 찾자는 것과 다르지 않다.
또 위르겐 하버마스가 말하는 '미완의 근대성'이라는 담론도
근대성을 완성하자는 주장일 뿐이다. 이런 담론들은
근대성의 근본적 의미, 곧 '전 세계적 자본주의'를 간과하고 있다.
제임슨은 자본주의 체제 자체를 극복하는 문제를
건너뛰는 근대성 담론은 참된 대안이 될 수 없다며
"근대성 담론을 재발명하려는 쓸모없는 시도는
폐기해야 한다"고 주장한다.

야기)에 지나지 않는다. 제임슨이 바탕에 깔고 있는 생각은 근대라는 것은 단적으로 자본주의 자체이며, 따라서 자본주의 생산양식을 빼놓고 근대성을 논의하는 것은 옳지 않다는 것이다. 자본주의야말로 근대성의 핵심이다. 그러니 '다수의 근대성'이란 있을 수 없고 근대성이란 단일한 것일 수밖에 없다는 것이 제임슨의 근본 관점이다.

제임슨은 제2부에서 그 근대성 문제가 문학과 예술에서 나타난 양상, 다시 말해 '모더니즘'이라는 문예사조를 검토한다. 제임슨은 앞서 1980년대 초에 〈포스트모더니즘, 혹은 후기자본주의의 문화 논리〉라는 글을 통해 포스트모더니즘이 자본주의 생산양식의 후기에 나타난 모더니즘적 실천이라고 규정한 바 있다. 《단일한 근대성》에서 제임슨은 모더니즘을 세 시기로 구분한 뒤, 제임스 조이스나 버지니아 울프 같은 20

세기 초 제국주의 시기에 등장한 모더니즘을 '본격 모더니즘'이라고 부르고, 2차 세계대전 종결 이후 냉전과 함께 등장한, 《롤리타》를 쓴 블라디미르 나보코프나 《고도를 기다리며》를 쓴 사뮈엘 베케트의 모더니즘을 '후기 모더니즘'이라고 칭한다. 제임슨은 이어 1960년대 말 이후 포스트모더니즘이 등장했다고 말한다. 이 모더니즘 양식들 가운데 이 책에서 논의가 집중되는 것이 '후기 모더니즘'이다. 후기 모더니즘이 널리 알린 모더니즘 슬로건은 '예술의 자율성'이다. 제임슨은 예술의 자율성이란 후기 모더니즘이 앞 시기 '본격 모더니즘'을 모방하면서 자신들의 문학적 실천을 옹호하려고 만들어낸 이데올로기에 지나지 않는다고 말한다. 제임슨이 자율성 담론에 맞세우는 것은 '예술의 반(半)자율성'이다. 토대인 생산양식에서 완전히 벗어나 있지도 않고 토대에 완전히 얽매여 있지도 않은 중간 영역에 문학이 있다는 얘기인 셈이다.

이 책이 궁극적으로 주장하는 바를 요약하면, '근대성은 과거를 회상하면서 고찰하는 데는 어느 정도 수용할 만한 구석이 있지만, 그것을 미래의 기획으로 제시하는 것은 받아들일 수 없다'는 것이다. 이 책을 쓸 무렵 많이 등장했던 '대안 근대성' 같은 것이 이런 미래 기획인데, 영국 사회학자 앤서니 기든스가 말하는 '급진적 근대성'이 대표적인 경우다. 기든스는 이렇게 말한다. "우리는 근대성의 결과들이 전보다 한층 급진화하고 보편화하기 시작하는 시대로 옮겨 가고 있다." 기든스의 주장은 결국 자본주의 질서 안에서 '제3의 길'을 찾자는 것과 다르지 않다. 또 위르겐 하버마스가 말하는 '미완의 근대성'이라는 담론도 근대성을 완성하자는 주장일 뿐이다. 이런 담론들은 근대성의 근본적 의미,

곧 '전 세계적 자본주의'를 간과하고 있다. 제임슨은 자본주의 체제 자체를 극복하는 문제를 건너뛰는 근대성 담론은 참된 대안이 될 수 없다며 "근대성 담론을 재발명하려는 쓸모없는 시도는 폐기해야 한다"고 주장한다. 제임슨의 관심은 근대, 곧 자본주의를 넘어서는 데 필요한 상상력의 힘을 찾는 데 쏠려 있다. "우리에게 진정으로 필요한 것은 유토피아라고 불리는 욕망으로 근대성이라는 주제를 전면적으로 대체하는 일이다." 이것이 제임슨이 복잡한 논의 끝에 내놓는 마지막 결론이다.

백인은 어떻게 미의 표준이 되었나

—

《화이트》_ 리처드 다이어

서구 백인 사회가 자기 자신을 성찰의 대상으로 삼아 상대화하기 시작한 것은 1960년대 탈근대 철학의 등장 이후의 일이다. 1970년대 말 에드워드 사이드는 탈근대 철학의 논의를 이어받아 쓴 《오리엔탈리즘》으로 서구중심주의 해체에 중대한 전환점을 마련했다. 사이드는 이 책에서 서구가 동양을 왜곡한 뒤 이 왜곡된 상을 거울로 삼아 자기 자신의 '우월한' 정체성을 구성했음을 설득력 있게 보여주었다. 1990년에 나온 로버트 영의 《백색신화》는 사르트르 · 알튀세르 · 푸코 같은 가장 진보적인 이론가들조차 서구 중심의 '백색신화'에서 벗어나지 못했음을 보여줌으로써 서구 사회의 자기비판을 한 발 더 전진시켰다.

영국의 문화연구자 리처드 다이어(Richard Dyer)의 《화이트》는 서구 백인의 자기비판에서 또 한 번의 진전을 보여주는 저작으로 평가받은 책이다. 이 책에서 다이어는 백인이라는 인종이 서구의 예술 매체에서 다른 인종들과는 구별되는 특권적 지위를 누리면서 인류를 대표하는

'보편적 인간'으로 재현되는 양상을 추적한다. 다이어가 다루는 매체는 르네상스 시기 이래 서구의 회화, 19세기에 발명된 사진, 20세기에 대중화한 영화 들인데, 다이어는 특히 할리우드에서 제작된 영화를 통해 '백인성'이라는 기표가 어떻게 모든 인종을 초월한 보편적 기표로 나타나는지를 보여준다.

이 책이 처음 출간된 때는 1997년인데, 이 책 이전에도 영화를 비롯한 예술 매체의 인종주의를 분석하는 저작은 적지 않았다. 그러나 그 책들은 주로 '유색인'이 예술 매체에서 어떤 식으로 그려지는가를 탐색하는 데 중점을 두었다. 이 책은 그런 반인종주의 담론의 공백으로 남아 있던 '백인 자체'를 논의의 대상으로 삼았다는 점에서 이전의 책들과 구별된다. 말하자면 이 책은 백인이라는 인종이 재현되는 양상을 백인 자신의 눈으로 분석해 백인의 보편성을 해체한 최초의 저작이라고 할 수 있다. 이런 선구자적 역할 때문에 이 책은 지난 20여 년 사이 문화연구 분야에서 고전적 지위에 올랐다.

본론에 들어가기에 앞서 다이어는 성장 과정에서 겪은 내밀한 경험을 이야기한다. 어려서 인형을 가지고 놀기를 좋아했던 다이어는 이상하게도 백인이 아닌 친구들에게 유대감을 느꼈다고 한다. 이 친구들과 어울리면서 다이어는 그 친구들이 자신과 같은 종족이 아니라는 것을 알았고, 자신이 백인이라는 것을 새삼스럽게 깨달았다고 한다. 이어 다이어는 청소년기에 자신이 동성애자라는 사실을 알게 됐다고 고백한다. 아마도 동성애자라는 이 주변부성이 백인으로서 정체성에 균열을 일으켰고, 이 균열이 '백인성'을 성찰하도록 이끌었을 것이다.

이 책은 '유색인'(coloured)이라는 단어 대신에 '비백인'(non-white)이라는 단어를 사용한다. 유색인이라는 단어는 백인을 '무색인' 곧 '색이 없는 인종'으로 이해하도록 오도하기 때문이다. 이 책이 강조하는 대로 백인은 분명히 피부색이 있는 유색인이다. 더구나 피부색이 실제로 백색인 것도 아니다. 백인들이 다른 사람들을 '유색인'이라고 부르는 것은 '흰색은 색이 아니며 색을 초월해 있다'는 백인들의 관념이 반영된 것이며, '색이 없다'는 관념은 백인이 모든 유색인들과 다른 차원에 있다는 것을 암시한다. 동시에, 백인이 스스로 백인이라고 칭한 것은 단순히 살결이 상대적으로 밝기 때문이 아니라, 백색이라는 상징 속에 정신·순수·고결 따위의 의미가 배어 있기 때문임을 이 책은 역사적 문헌들을 통해 밝힌다.

백인 사회에서 '인종'이라는 말이 쓰이는 것도 '유색'이라는 말이 쓰이는 상황과 유사하다. 인종은 백인을 제외한 다른 모든 유색인종들을 가리킬 때 쓰는 말이지 백인 자신들을 향해 쓰이지 않는다. 백인은 인종의 하나가 아니라 인간이라는 종 그 자체. "다른 사람은 인종이고 우리는 그냥 인간이다." 이것이 백인들의 생각이다. 그리하여 백인은 언제나 특수성을 넘어선 보편성 자체로 자신을 드러낸다. 반면에 인종이라는 낙인이 찍힌 사람들은 오로지 자신들의 인종을 대변할 뿐이어서 인간으로서 보편성을 구현하지 못한다. 이런 백인 중심성은 숱한 할리우드 영화에서 되풀이하여 재현된다.

다이어는 이 책에서 백인이 아름다움의 전형으로 등장하게 된 것이 매체 기술을 선택적으로 발전시킨 결과임을 보여주는 데도 상당한 지

인종은 백인을 제외한 다른 모든 유색인종들을
가리킬 때 쓰는 말이지 백인 자신들을 향해 쓰이지 않는다.
백인은 인종의 하나가 아니라 인간이라는 종 그 자체다.
"다른 사람은 인종이고 우리는 그냥 인간이다."
이것이 백인들의 생각이다.
그리하여 백인은 언제나 특수성을 넘어선
보편성 자체로 자신을 드러낸다.

면을 할애한다. 19세기에 유럽에서 발명된 사진은 백인의 얼굴을 가장
아름답게 재현하는 데 기술 개발을 집중했고, 백인의 얼굴은 자연스럽
게 규범으로 정착했다. 백인을 표준으로 삼은 사진 기술은 20세기에 영
화 촬영 기술로 그대로 옮아갔다. 문제는 백인의 얼굴을 드러내는 데
최적화한 촬영 기술이 백인이 아닌 사람을 촬영할 때는 전혀 적합하지
못하다는 점이다. 그리하여 백인과 비백인이 함께 나올 경우 비백인은
잘 보이지 않거나 얼룩이 지거나 실제보다 못생겨 보이게 된다. 백인 중
심성은 이렇게 촬영과 조명 기술에 힘을 행사했고, 비백인은 이 보이지
않는 백인 중심성 아래서 미적으로 주변부에 놓일 수밖에 없게 됐다.

백인으로서 다이어가 이 책에서 강조하는 것은 '백인의 특수성에 대
한 자기인식'이다. 백인은 보편적 존재가 아니며, 백색은 여러 색깔 가
운데 하나일 뿐이다. 그러나 현실에서 백인은 자기 자신을 특수한 인종

으로 생각하지 않는다. 자신들이 만드는 기준을 인류의 보편적 기준으로 세우고 그 기준에 맞춰 자신들을 정상으로, 다른 인종은 그 정상에 미치지 못하는 것으로 본다. 이런 백인 중심성이 해체되지 않는 한, 인종적 다양성과 혼종성이 평등하게 어우러지기는 요원한 일이라고 이 책은 말한다. "백인은 스스로를 백인으로 보는 법을, 자신들의 특수성을 보는 법을 배워야 한다. 다시 말해 백인은 (백인 자신에게) 낯설어져야 한다."

엘렌 식수의 '여성적 글쓰기'

—

《엘렌 식수》_ 이언 블라이스·수전 셀러스

엘렌 식수(Hélène Cixous)는 뤼스 이리가레, 줄리아 크리스테바와 함께 '프랑스 페미니즘'을 대표하는 학자다. 식수의 이름을 알린 저작은 1975년에 발표한 《메두사의 웃음》과 《출구》인데, 여기서 식수는 '여성적 글쓰기'를 페미니즘 실천 전략으로 제시했다. 식수의 저작 활동은 이후 시·픽션·희곡을 비롯해 장르를 규정하기 어려운 수많은 종류의 작품으로 이어졌다. 70권에 이르는 이 저작들은 '여성적 글쓰기'라는 식수의 주제를 심화하고 변형하는 작업이기도 하다. 영국 학자 이언 블라이스(Ian Blyth)와 수전 셀러스(Susan Sellers)가 쓴 《엘렌 식수》는 '여성적 글쓰기'라는 식수의 개념이 어떤 경로로 탄생해 진화했는지를 알려주는 식수 사상 안내서다.

식수는 1937년 프랑스 식민지였던 알제리의 유대인 가정에서 태어났다. 어머니는 동유럽 '아슈케나지(Ashkenazi) 유대인' 출신이었고 아버지는 지중해 지역 '세파르디(Sephardi) 유대인'이었다. 어린 시절 식수 집안 문화의 풍경을 채색한 것은 '다중언어 사용'이었다. 어머니는 동유럽 유대인 언어인 독일어를 썼고 아버지는 주로 프랑스어를 썼다. 하지만 할머니가 독일어밖에 할 줄 몰랐기 때문에 독일어가 집안의 공용어가 됐다. 여러 언어에 능했던 어머니와 아버지는 대화 중에 프랑스어·독일어·스페인어·영어·아랍어·히브리어를 넘나들었다. 성인이 된 식수가 작가로서 채택한 언어는 프랑스어였다. 식수는 아웃사이더로서 프랑스어와 관계를 맺었고, 이 어색한 관계가 글쓰기를 오히려 자극했다고 말한다.

어린 시절의 식수를 규정한 또 하나의 힘은 반유대주의였다. 1940년 나치 독일이 프랑스를 점령한 뒤 의사였던 아버지는 병원에서 쫓겨났다. 식수 친척 가운데 많은 사람들이 강제수용소에 끌려가 죽음을 맞았다. 전쟁이 끝난 뒤에는 알제리 해방운동의 물결이 들이쳤다. 식민지 알제리 사람들 눈에 식수 가족은 프랑스 제국주의와 한통속이었다. 나중에 식수는 이 식민지 경험을 메타포로 활용해 '여성의 몸이 남성의 식민지가 됐다'고 쓴다. 성인이 된 식수는 프랑스로 건너가 영문학을 공부해 제임스 조이스 연구로 박사학위를 받았다. 그 프랑스에서 젊은 식수는 반여성주의라는 또 다른 차별에 맞닥뜨렸다. 그리하여 여성 억압을 어떻게 극복할 것인가가 식수 삶을 관통하는 과제가 됐다.

눈길을 끄는 것은 식수가 어린 시절에 여성의 출산을 가까이서 지켜보았다는 사실이다. 아버지가 젊은 나이로 세상을 떠난 뒤 식수의 어머니는 산파가 됐다. 11살 식수는 어머니를 따라 출산 현장을 다녔는데 "출산하는 여성을 보는 일이 즐거웠다"고 고백한다. 식수 자신도 1955

여성적 글쓰기에는 남성적 글쓰기가 지탱해 온
억압적인 질서를 해체하는 해방의 힘이 있다.
그러나 이때 식수가 말하는 여성적 글쓰기는
여성만이 할 수 있는 것이 아니다.
남성도 여성적 글쓰기를 할 수 있다.

년 이른 나이에 결혼해 몇 년 뒤 딸과 아들을 낳았다. 여성의 출산을 자
주 목격한 데 더해 그 자신이 아이를 임신해 출산한 경험은 글쓰기라는
산출 행위를 새로운 눈으로 볼 수 있는 시야를 열어주었다. '여성적 글
쓰기'의 바탕에 아이를 품어 낳는 경험이 놓인 것이다.

1960년대 프랑스의 학풍과 이론은 식수의 생각이 자라는 데 적잖은
자양분을 주었다. 특히 그 시기에 맹위를 떨친 자크 라캉의 정신분석
이론과 이제 막 세상에 알려지기 시작한 자크 데리다의 철학이 식수 사
유를 키운 둥지가 됐다. 데리다는 서양 전통 철학을 '로고스중심주의'라
는 말로 비판했는데, 그 비판은 '남성/여성, 문화/자연, 이성/감정' 같은
이분법을 겨냥했다. 전통 철학은 이 이분법의 두 항 가운데 앞엣것을
우위에 두고 뒤엣것을 폄하하거나 배제했다. 로고스중심주의는 남성성
을 우월하게 보는 남근중심주의로 이어진다.

식수는 데리다의 논의를 받아들여 거꾸로 뒤집었다. 로고스중심주의
가 남근중심주의를 낳는 것이 아니라, 반대로 남근중심주의가 로고스

중심주의를 낳는다는 것이다. 식수가 보기에 남근중심주의는 여성성이라는 미지의 대륙에 대해 남성이 느끼는 두려움의 산물이다. 《메두사의 웃음》에서 식수는 메두사의 얼굴을 보는 자를 모두 돌로 만드는 '메두사 신화'가 남성의 두려움을 분명하게 보여준다고 주장한다. 이 두려움이 남근중심주의를 낳고 이 남근중심주의가 로고스중심주의를 낳는다는 것이 식수가 데리다를 통해 얻어낸 생각이다. 이 로고스중심주의적 이분법을 깨뜨려야만 여성이 남성의 식민지 상태에서 해방될 수 있다. 여기에 식수는 라캉에게서 얻은 생각을 더한다. 라캉의 이론은 '상징계'를 중심으로 한다. 상징계는 언어로 이루어진 상징적 질서, 곧 우리가 살고 있는 세계를 뜻한다. 로고스중심주의는 상징계의 언어 구조 안에서 작동한다. 그러므로 로고스중심주의를 깨려면 이 언어 질서를 바꾸어야 한다. 바로 여기서 등장하는 것이 '여성적 글쓰기'다. 여성적 글쓰기는 남성적 언어 구조를 바꾸는 실천 전략이다.

그렇다면 여성적 글쓰기가 도대체 무엇인지 명확히 말할 수 있는가? 이런 물음에 답하는 곳이 대표작 《출구》다. 식수의 대답은 우선은 부정적이다. "오늘날 글쓰기의 여성적 실천을 규정하는 것은 불가능하며 앞으로도 그럴 것이다." 여성적 글쓰기는 명제와 논리를 쌓아 올려 이론화하거나 코드화할 수 없다. 그런 행위 자체가 로고스중심주의다. 그러나 여성적 글쓰기가 무엇인지 정확히 말할 수 없다고 해서 그것이 없다고 단정해서는 안 된다. 여성적 글쓰기는 분명히 존재한다. 이런 확신과 함께 식수의 이후 글쓰기는 장르를 가로지르는 문학적 작업에 집중되는데, 이 활동이 '여성적 글쓰기'의 사례가 됨은 더 말할 필요가 없다.

식수가 보기에 여성적 글쓰기에는 남성적 글쓰기가 지탱해 온 억압적인 질서를 해체하는 해방의 힘이 있다. 그러나 이때 식수가 말하는 여성성과 남성성은 생물학적으로 규정된 성에 한정되지 않는다. 여성적 글쓰기는 여성만이 할 수 있는 것이 아니다. 남성도 여성적 글쓰기를 할 수 있다. 식수는 여성적 글쓰기를 감행한 남성 작가로 윌리엄 셰익스피어와 하인리히 폰 클라이스트를 거명한다. "대가를 치르고서라도 전통과는 다른 것을 해낸 시인들이 있다. 사랑을 사랑할 수 있는 남성들, 그래서 타자들을 사랑하고 타자들을 원할 수 있었던 남성들." 관습에 저항한 이 남성들은 자기 안에서 타자, 곧 여성성을 발견해 회복한 사람들이다. 그렇게 보면 식수의 여성적 글쓰기는 여성과 남성을 모두 인간으로 해방하는 실천이라고 할 수 있을 것이다.

"철학자는 동물의 말에
응답했는가?"

—

《해러웨이, 공-산의 사유》_ 최유미

도나 해러웨이(Donna Haraway)는 학부에서 동물학·철학·영문학을 공부하고 생물학사와 생물철학 연구로 박사학위를 받은 뒤, 산타크루스 캘리포니아대학에서 과학사와 여성학을 가르친 학자다. 복잡한 이력에서 짐작할 수 있듯이, 학문의 장벽을 넘나드는 융합적 사유로 페미니즘 이론의 전선을 확장했다는 평가를 받는다. 최유미(연구공간 '수유너머'의 연구자)가 쓴 《해러웨이, 공-산의 사유》는 이 독특한 페미니즘 이론가의 저작들을 따라가며 그의 사상을 깊숙이 들여다보는 책이다.

이 책이 알려주는 해러웨이의 독특함은 이질적인 것들을 서로 연결해 기존의 사유를 전복하는 데서 확인된다. 가령, 해러웨이에게 명성을 안겨준 《사이보그 선언》(1985)은 인간과 기계가 하나로 연결된 존재임을 페미니즘 시각으로 드러낸 저작이다. 컴퓨터 단말기 앞에서 일하는 여성들은 하나의 정보 시스템에 접속돼 그 시스템과 함께 작업하는데, 이 접속을 통해 그 여성들은 일하는 동안 컴퓨터와 합체된 일종의 사이보

그가 된다. 이런 기이한 발상은 이 책의 제목에 등장하는 '공-산'의 사유로 이어진다.

'공-산'은 그리스어 낱말 '심포이에시스'(sympoiesis)의 번역어다. '심'(sym)은 '함께'를 뜻하며, '포이에시스'(poiesis)는 '제작·산출·생산'을 뜻한다. 함께 제작하고 함께 산출하고 함께 생산하는 것이 심포이에시스다. 해러웨이는 인간뿐만 아니라 기계와 같은 인공물과 자연의 모든 것들이 서로 연결돼 함께 생산한다는 사실을 이 '공-산'이라는 말로써 드러낸다. "혼자 일하는 장인도 도구들과 함께 제작하고, 홀로 선 소나무도 햇빛, 물, 땅 속의 균류·영양소와 함께 자신의 생명을 생산한다." 이런 '공-산'의 사유에서는 생명과 사회의 최소 단위로서 '개체/개인'(individual), 다시 말해 '더는 나눌 수 없는(in-dividual) 독자적 존재'는 인정되지 않는다. 예를 들어, 우리 몸의 90퍼센트는 박테리아를 비롯한 미생물로 이루어져 있다. 이것들이 없다면 인간은 생명을 유지할 수 없다. 모든 것이 다른 것들과 연결돼 '공-산' '공-생'의 관계를 이룬다는 것이 해러웨이의 주장이다.

이렇게 개체와 개인이라는 독자적 존재를 넘어 모든 것이 서로 연결돼 있다는 생각은 인간과 동물, 남성과 여성, 정신과 육체, 문명과 야만이라는 이분법에 대한 거부로 이어진다. 이런 이분법은 인간·남성·정신·문명을 중심에 놓고 다른 것을 배제하는 오래된 생각이 낳은 사고방식이다. 해러웨이에게서 이런 이분법 거부는 페미니즘의 '정체성 정치'에 대한 비판으로도 나타난다. 페미니즘이 여성이라는 정체성을 운동의 기반으로 삼는 한, 이분법의 올가미에서 벗어날 수 없다고 보는 것이다. 해러웨이는 '여성은 태어나는 것이 아니라 만들어지는 것이다'라는 시몬 드 보부아르의 선언도 이분법에 갇혀 있다고 단언한다. 보부아르의 주장에는 자연적으로 결정된 성(섹스sex)을 후천적으로 구성된 사회문화적인 성(젠더gerder)으로 극복할 수 있다는 생각이 깔려 있다. 육체라는 선천적 조건보다 후천적 능력을 중시하는 발상인 것이다. 반대로, 생명을 탄생시키는 모성에서 여성의 위대함을 찾는 페미니즘도 생물학적으로 결정된 육체의 자연성을 찬양한다는 점에서 종래의 이분법에서 벗어나지 못한 것이라고 해러웨이는 비판한다. 이런 주장은 페미니즘 내부에서 격한 논란을 불러일으켰다.

해러웨이의 이분법 거부는 모든 형태의 인간중심주의를 반대하는 것으로 이어지는데, 인간과 반려종의 관계를 다룬 〈반려종 선언〉에서 이런 생각이 가장 뚜렷하게 드러난다. 여기서 반려종이란 일차로 인간과 함께 사는 개나 고양이를 가리키지만, 더 크게는 인간과 '공-산', '공-생'의 관계에 있는 모든 종의 생명체를 가리킨다. 특이한 것은 개나 고양이의 편에서 보면 인간도 '반려종'이라는 주장이다. 개나 고양이가 인간에게 반려종이듯, 인간도 개나 고양이에게는 반려종이라는 것이다. 서로가 서로에게 대등한 존재라는 이런 발상은 우리의 익숙한 인간중심주의로는 받아들이기 어려운 생각이다.

인간중심주의에 대한 해러웨이의 이런 급진적인 거부는 철학자 자크 데리다를 비판할 때 흥미로운 장면을 연출한다. 데리다는 '그러면 동물은 응답했는가' 하고 물으며 동물에 대한 철학적 사유를 내놓은 바 있다. 전통 철학에서는 인간과 동물을 나누는 기준으로 '응답'과 '반응'이

어느 날 아침 고양이가 욕실에 따라 들어와
벌거벗은 데리다를 물끄러미 쳐다보았다. 데리다는 그때 고양이의
깊은 눈을 보았다면서 '그 눈이 데리다 자신을 비추는
첫 번째 거울이라면 어떨까' 하고 묻는다.
해러웨이는 데리다가 여기서 물음을 더 전진시키지
못하고 말았다고 지적하면서, 데리다의 말을 되받아 이렇게 묻는다.
"그렇다면 철학자는 동물의 말에 응답했는가?"

라는 구분을 든다. 인간은 언어로써 소통하기 때문에 응답할 수 있는 존재인 데 반해, 동물은 언어가 없기 때문에 응답하지 못하고 반응만 하는 일종의 '동물기계'라는 것이 전통 철학의 관점이다. 데리다는 이런 구분에 의문을 제기하면서 동물과 인간의 소통 가능성을 탐색한다.

데리다에게 이런 생각을 할 계기를 제공한 건 자신과 함께 사는 작은 암고양이였다고 한다. 어느 날 아침 고양이가 욕실에 따라 들어와 벌거 벗은 데리다를 물끄러미 쳐다보았다. 데리다는 그때 고양이의 깊은 눈을 보았다면서 '그 눈이 데리다 자신을 비추는 첫 번째 거울이라면 어떨까' 하고 묻는다. 전통 철학이 동물의 시선을 고려의 대상으로 삼아본 적이 없다는 점에서 데리다의 물음은 획기적인 데가 있다. 그러나 해러웨이는 데리다가 여기서 물음을 더 전진시키지 못하고 말았다고 지적하면서, 데리다의 말을 되받아 이렇게 묻는다. "그렇다면 철학자는 동물

의 말에 응답했는가?" 해러웨이가 보기에 데리다는 고양이의 응시에 제대로 응답하지 않았다. "만일 데리다가 고양이의 초대에 더 잘 응답하기를 원했다면 말이 아닌 방식으로 고양이에게 응답할 수 있는 방법들을 궁리했을 것이다."

해러웨이의 이런 논의는 인간과 동물의 차이를 넘어 전체 존재를 '공-산'과 '공-생'의 관점에서 볼 수 있는 새로운 시야를 제공한다. 인간이 인간을 넘어서 기계로, 동물로, 자연으로 나아갈 때 참다운 '공-산'의 세상을 만들 수 있다는 것이 해러웨이의 낯설고도 참신한 주장이다.

젠더와 섹스를 어떻게 볼 것인가

—

《상상적 신체》_모이라 게이튼스

모이라 게이튼스(Moira Gatens)는 페미니즘 이론의 발전에 나름의 중요한 기여를 한 오스트레일리아 철학자다. 특히 페미니즘 이론의 난점 가운데 하나인 '젠더-섹스' 이분법을 넘어서 양자를 통합적으로 이해할 수 있는 지평을 열었다. 이 이분법 너머의 지평을 그려내는 작업이 담긴 저작이 1996년 출간된《상상적 신체》다.

이 책에 서술된 게이튼스의 논의를 따라가려면, 먼저 '상상적 신체' (Imaginary Bodies)라는 말의 의미를 명확히 해 둘 필요가 있다. 게이튼스가 말하는 '상상'은 17세기 네덜란드 철학자 스피노자가《에티카》에서 말한 '상상' 개념과 통한다. 스피노자는 말한다. "상상이란 인간 신체의 현재 상태를 가리키는 관념이다. 예컨대 우리가 태양을 볼 때 우리는 태양이 우리로부터 200걸음쯤 떨어져 있다고 상상한다. 태양의 거리를 알게 되면 오류는 제거된다. 하지만 상상, 곧 태양에 관한 우리의 관념은 제거되지 않는다. 정신을 속이는 다른 상상도 마찬가지다." 태양이 실제로 얼마나 떨어져 있는지 알게 되더라도, 태양으로부터 열과 빛을 받는 우리의 신체는 태양이 가까이 있다는 상상을 벗어버릴 수 없다는 말이다.

게이튼스가 생각하는 상상은 이렇게 무의식적으로 그리고 지속적으로 우리 삶에 영향을 끼치는 이미지다. 그러므로 '상상적 신체'란 실재 그 자체의 신체가 아니라 우리가 실제 모습이라고 떠올리는, 이미지가 배어든 신체라고 할 수 있다. 이 상상적 신체는 우리의 현실적 삶을 규정하는 힘을 지니고 있다. 가령, '남성적 신체'나 '여성적 신체'를 떠올릴 때 우리는 이미 어떤 상상을 덧붙여 그 신체를 이해하고 거기에 가치를 매긴다. 우리는 모두 그렇게 상상된 신체로서 살아간다.

이런 전제 위에서 게이튼스가 살피는 것이 페미니즘 내부에서 가장 큰 쟁점이 된 '젠더냐 섹스냐' 하는 이분법이다. 초기 페미니즘은 여성의 생물학적 성, 곧 섹스를 해방운동의 토대로 삼았다. 그러나 1968년 정신분석학자 로버트 스톨러가 《섹스와 젠더》를 출간한 뒤 '후천적으로 구성된 성' 곧 젠더가 여성의 성 정체성을 규정하는 범주로 급부상했다.

그 책에서 스톨러는 트랜스섹슈얼 남성이 어머니의 양육 과정에서 성 정체성을 후천적으로 획득한다는 관찰을 근거로 삼아, 생물학적 성과 후천적 성의 분리 가능성을 처음 제시했다. 스톨러의 제안은 곧바로 급진주의 페미니스트들에게 '섹스-젠더 분리' 주장으로 받아들여졌다. 케이트 밀릿은 《성 정치학》에서 이렇게 썼다. "태어났을 때는 성심리학적으로 성별들 간의 차이는 없다. 따라서 성심리적 인격은 후천적으로 학습되는 것이다." 이렇게 후천적 젠더가 선천적 섹스와 완전히 분리된다

통상 가부장제 아래서 나타나는 이른바
'남성적 남성성'과 '여성적 여성성'은 신체가 지닌
생물학적 성의 자연스럽고 필연적인 결과가 아니라,
그 신체를 둘러싼 사회적·문화적 상황 속에서 형성되고
산출되는 것일 뿐이다. 사회적·문화적 상황이 달라진다면
남성성 혹은 여성성도 다른 모습으로 나타날 수 있다.

면, 가부장제 아래서 후천적으로 형성된 젠더 정체성을 사회적 교육을 통해 벗어버리는 것이 가능하다는 논리가 이끌려 나온다.

그러나 게이튼스가 보기에, 선천적 성과 후천적 성을 이분법적으로 이해하는 것은 중대한 오류다. 생물학적 성은 사회적·문화적 영향을 받지 않는 중립적인 것인 것이 아니다. 게이튼스가 말하는 '상상적 신체'라는 개념을 떠올려보자. 생물학적 성을 품은 여성의 신체 또는 남성의 신체는 백지상태의 자연이 아니다. 이 신체는 이미 문화적 '상상'이 배어든 신체다. 게이튼스는 어린 여성이 경험하는 '생리'를 예로 든다. 생리는 생물학적 현상이기만 한 것이 아니라 당사자에게 수치심이나 불안감 같은, 사회적·문화적 정서를 동반하는 현상이기도 하다. 또래 남성들은 경험할 수 없는 것을 어린 여성들은 경험하는 것이다. 생물학적인 것에 언제나 이미 문화적인 것이 스며들어 있다. '상상적 신체' 안에서 섹스와 젠더는 하나인 셈이다.

신체의 성적 차이에 주목하는 게이튼스의 이런 생각은 여성성이 생물학적 본질 속에 고정돼 있다는 '본질주의'로 후퇴하는 것 아니냐는 의문을 불러일으킨다. 이런 의문에 게이튼스는 생물학적 성이 그 자체로 여성성이나 남성성을 특정한 형태로 결정하는 것이 아니라고 답한다. 통상 가부장제 아래서 나타나는 이른바 '남성적 남성성'과 '여성적 여성성'은 신체가 지닌 생물학적 성의 자연스럽고 필연적인 결과가 아니라, 그 신체를 둘러싼 사회적·문화적 상황 속에서 형성되고 산출되는 것일 뿐이다. 사회적·문화적 상황이 달라진다면 남성성 혹은 여성성도 다른 모습으로 나타날 수 있다. 사태를 이렇게 보면, 생물학적 성을 거부할 필요도 없거니와 성적 차이의 발현 양상을 생물학적 결정론으로 이해할 이유도 사라진다. 중요한 것은 생물학적 성을 특정한 '남성성'이나 특정한 '여성성'으로 만들어내는 '상황'을 바꾸는 것이다. 상황이 바뀐다면 남성 신체가 반드시 가부장적 남성성을 체현할 이유가 없게 되고, 여성 신체가 가부장제 지배 아래서 조형된 여성성을 체현할 이유도 없게 된다.

여기서 게이튼스는 페미니즘 운동의 뜨거운 쟁점인 '성적 평등' 대 '성적 차이'의 대립으로 눈을 돌린다. '섹스-젠더 이분법'에 근거를 둔 페미니즘 운동은 여성이 가부장제 아래서 형성된 젠더를 극복함으로써 '성적 평등'으로 가는 문을 열 수 있다고 주장한다. 그러나 게이튼스가 보기에 이런 생각은 여성과 남성의 '성적 차이'를 무시한 전략이다. 슐라미스 파이어스톤이 《성의 변증법》에서 '생식 능력을 과학기술에 맡겨 여성을 출산에서 해방시키자'고 제안한 것이 그런 경우다. 성을 중립화하자는 파이어스톤의 이런 주장은 남성이 정상·표준이 된 사회에서 여성을 정상화·표준화, 곧 남성화하고자 하는 것일 뿐이라고 게이튼스는 반박한다.

이런 논의에 이어 이 책은 스피노자의 신체관이 지닌 정치적·윤리적 함의를 살피는 데 많은 지면을 할애한다. 스피노자는 이성 중심의 근대 주류 철학과 달리, 신체를 이성보다 열등한 것으로 보지도 않았고 '능동적 정신'이 지배해야 할 '수동적 자연'으로 보지도 않았다. 스피노자에게 신체는 생산적이고 창조적인 힘이다. 게이튼스는 스피노자의 이런 신체관을 수용해 새로운 정치학과 윤리학을 창출할 가능성을 타진한다. 남성과 여성의 신체적 차이에 주목할 경우, 남성 신체에 입각해 주조된 가부장제 정치학과는 다른 '차이의 정치학'이 나올 수 있으며, 더 나아가 남성 신체를 토대로 삼아 형성된 기존의 윤리학과는 다른 '차이의 윤리학'이 나올 수도 있다는 것이다.

정체성 정치에서 연대의 정치로

—

《연대하는 신체들과 거리의 정치》_ 주디스 버틀러

주디스 버틀러(Judith Butler)는 33살 때 펴낸《젠더 트러블》(1989)로 세계적 명성을 얻은 페미니즘철학자다. 그 자신 성소수자로서 '퀴어 이론'의 새 장을 연 버틀러는 이후 학문 활동을 정치적 영역으로 확장해 여러 권의 정치철학 저서를 펴냈다.《연대하는 신체들과 거리의 정치》(2015)는 버틀러의 이런 학문적 변모를 거듭 확인할 수 있는 저작이다. 특히 이 책에서 버틀러는 한나 아렌트의 저작을 끌어와 이 선배 여성 철학자의 이론과 집요하게 대결하며 정치에 대한 자신의 생각을 펼쳐 나간다. 아렌트의 계보를 잇는 정치철학자로서 버틀러의 위치가 드러나는 대목이라고 해도 좋을 것이다.

이 책이 관심을 기울이는 대상은 '정치적 주체'의 지위에서 배제돼 왔던 사람들이다. 다시 말해, 성·인종·계급을 비롯한 여러 영역에서 '불안정성'(precarity)에 노출된 사회적 약자들이 버틀러가 주목하는 사람들이다. 이 책은 주로 2010년에서 2014년 사이에 세계 곳곳에서 벌어진

집회와 시위를 자료로 삼아 이 사회적 약자들이 공적 공간에 출현하는 양상을 분석하고 있다. 이 양상을 살펴 나갈 때 버틀러가 대결의 카운터파트로 삼는 사람이 아렌트다. 아렌트는 《인간의 조건》에서 고대 그리스 민주주의를 모델로 삼아 '공적인 영역'과 '사적인 영역'을 엄격하게 구분했다. 공적인 영역은 정치가 실행되는 공간인데, 여기에는 '성인 남성 자유민'만이 들어올 수 있었다. 이 공간에서 자유민들은 말로써 정치적 주제를 토의하고 결정했다. 반면에 사적인 영역은 정치적 주체가 되지 못하는 사람들, 곧 여성·노예·외국인에게 할당된 공간이자 일상생활의 인프라가 제공되는 공간이었다. 아렌트는 이 사적 영역이 공적 영역과 분리돼 있다고 가정했을 뿐만 아니라 사적 영역이 공적 영역에 개입해서는 안 된다고 주장했다. 그러나 버틀러는 아렌트의 이런 구분에 단호하게 반대한다. 남성 자유민들이 공적 영역에 나와 정치 행위를 하려면 먼저 사적 영역의 뒷받침을 받으며 일상의 삶을 유지하지 않으면 안 되는데, 이 사적 영역을 배제하는 것은 그 삶의 토대를 부정하는 것과 다를 바 없다는 것이다. 더 본질적인 문제는 이렇게 배제된 사적 영역의 사람들이 공적으로 자신을 드러낼 공간이 없다는 사실이다.

버틀러는 성소수자, 흑인, 미등록 이주노동자, 하층 노동자 같은, 오늘날 '불안정 상태'에 처한 사람들이 과거의 '사적 영역'을 책임지던 사람들과 통한다고 말한다. 버틀러가 주목하는 것은 이 사회적 약자들이 집회와 시위의 방식으로 공적 공간에 참여해 자신들의 권리를 주장하는 상황이다. 이 사람들이 거리를 집회와 시위의 장소로 만듦으로써 '공적인 공간'을 창출하고 그런 공적 공간에서 자신들에게 '삶다운 삶을 살 권리'가 있다고 선언하는 것 자체가 정치적으로 의미심장한 일이다. 여기서 버틀러가 되풀이하여 사용하는 용어가 '신체'라는 말이다. 집회와 시위는 말의 문제이기 이전에 몸의 문제라는 것이다. 이렇게 버틀러가 '신체'라는 용어를 고수하는 데는 아렌트의 주장에 담긴 약점을 드러내려는 뜻도 있다. 아렌트는 신체적인 것, 다시 말해 생존과 생활을 책임지는 일상의 영역이 공적인 공간에 끼어들어 이 공간을 어지럽혀서는 안 된다고 보았다. 인간은 '정치적' 동물이자 '이성적' 동물이고, 정치란 이성의 언어를 사용하는 일이다. 그런 공간에 동물적인 것, 곧 신체를 돌보고 유지하는 문제가 끼어들면 그 이성의 언어가 교란될 수밖에 없다고 보았던 것이다. 버틀러는 아렌트의 이런 생각에 반대해, 인간이 이성적 언어를 쓰는 존재이기 이전에 살아 있는 신체로써 삶을 살아야 하는 존재임을 강조한다. 더 나아가 버틀러가 신체라는 표현을 고수하는 데는 신체의 활동이 우리의 정신과 사고를 규정하는 근원적 힘이 된다는 인식도 깔려 있다. 이런 생각을 버틀러는 자신이 《젠더 트러블》에서부터 사용한 '수행성'(performativity)이라는 용어로 설명한다. 어떤 행위를 직접 몸으로 수행함으로써 우리는 우리 자신의 정체성을 구성하기도 하고 우리의 사고방식을 바꾸기도 한다. 신체의 변화가 정신의 변화를 이끄는 것이다. 이렇게 집회와 시위에 몸으로 참여해 공동의 행동을 할 때 그 행위 자체가 우리의 의식을 형성하고 우리의 정체성을 재구성해준다는 것이 수행성 개념에 담긴 뜻이다.

여기서 버틀러는 논의를 연대의 문제로 확장한다. 배제된 자들이 각자 고립된 상태로 싸워서는 각개격파당할 수밖에 없다. 신체들은 서로 버틀러는 논의를 연대의 문제로 확장한다.
배제된 자들이 각자 고립된 상태로 싸워서는
각개격파당할 수밖에 없다. 신체들은 서로 연대해야 한다.
바로 이 지점에서 버틀러는 여성이나 흑인을 포함한
사회적 소수자들의 '정체성 정치'가 지닌 한계를 날카롭게 지적한다.
정체성 정치는 특정한 정체성을 공유한 사람들이 배타적으로
동맹을 결성해 자신들의 권리를 키우는 정치 방식이다.
그러나 이런 방식으로는 연대의 정치를 구현할 수 없다.

연대해야 한다. 바로 이 지점에서 버틀러는 여성이나 흑인을 포함한 사회적 소수자들의 '정체성 정치'가 지닌 한계를 날카롭게 지적한다. 정체성 정치는 특정한 정체성을 공유한 사람들이 배타적으로 동맹을 결성해 자신들의 권리를 키우는 정치 방식이다. 그러나 이런 방식으로는 연대의 정치를 구현할 수 없다. 더구나 그런 정체성 정치는 예기치 않은 반동적 효과를 내기도 한다. 버틀러는 그런 사례로 이스라엘 정부가 수도 텔아비브를 '동성애 친화 도시'로 내세우고 선전하는 것을 거론한다. 이스라엘 최대 도시가 동성애자에게 우호적인 곳임을 자랑함으로써 동성애 문제에 개방적인 서구 사회의 지지를 얻고 팔레스타인 주민들에 대한 참혹한 탄압을 지워버리려는 책략이다. 정체성 정치는 이스라엘의 이런 추악한 캠페인에 효과적으로 대항할 수 없다. 마찬가지로 여성 정체성을 최우선으로 내세우면서 트랜스젠더를 배제하는 페미니즘 일각

의 운동도 연대의 정치를 파괴한다. 버틀러는 성소수자를 부르는 별칭인 '퀴어'라는 용어가 "정체성을 뜻하는 것이 아니라 연대를 뜻한다"고 강조한다.

연대의 정치는 자유의 문제와도 맞닿아 있다. 한마디로 말해 자유는 연대의 산물이다. "자유란 나에게서 혹은 너에게서 비롯되는 것이 아니라 우리 사이에서 오는 것이자 우리가 자유를 함께 행사하는 그 순간에 우리가 만드는 유대로부터 오는 것이다." 차이를 가로질러 우리가 될 때 자유로워질 수 있다는 얘기다.

3장

사상의 기원

조로아스터와 윤리적 인간의 탄생

—

《조로아스터교의 역사》_ 메리 보이스

독일 철학자 카를 야스퍼스는 기원전 5세기를 전후한 수백 년의 역사를 '축의 시대'(Axial Age)라고 명명한 바 있다. 이 시대에 서쪽의 그리스에서 시작해 인도를 거쳐 동쪽의 중국에 이르는 '지식 벨트'에서 인류사에 처음으로 철학적 사유가 등장하고 보편적 종교가 탄생했다. 이 '축의 시대'의 서막을 알린 것이 지금의 이란 지역에서 일어난 조로아스터교다. 예언자 조로아스터가 창시한 이 종교는 세속적이고 구복적인 기존의 원시적 종교에서는 볼 수 없었던, 강렬한 윤리적 호소력을 품은 혁명적인 종교였다.

영국의 조로아스터교 연구 권위자 메리 보이스(Mary Boyce, 1920~2006)가 쓴 《조로아스터교의 역사》는 이 특별한 종교의 탄생 과정을 상세히 알려주는 책이다. 보이스는 방대한 초기 이란·인도 문헌을 샅샅이 뒤져 시간의 더께 속에 잠든 조로아스터교의 역사를 되살려냈다. 전체 3권 가운데 첫 권을 옮긴 한국어본 《조로아스터교의 역사》는 조로아스터교의 토대가 된 고대 인도-이란의 공통 신앙, 예언지 조로아스터의 활동, 조로아스터교의 초기 형태를 추적한다. 특히 보이스는 중앙아시아 초원지대에 살던 인도-이란의 공통 조상이 섬겼던 다신교 신앙을, 조로아스터교의 아베스타 경전과 고대 인도인들의 리그베다 경전을 비교해 가며 상세히 살핀다. 이 다신교 신앙 속의 여러 신들이 조로아스터교에서 선과 악을 대변하는 존재로 체계적으로 집결했다. 또 조로아스터교가 창안한 천국과 지옥, 최후의 심판, 육체의 부활, 영원한 생명은 후대에 유대교·기독교·이슬람교에 깊은 영향을 주었다.

조로아스터교의 탄생 시기는 기원전 1400년에서 1000년 사이로 추정된다. 아득한 옛날 사람이지만 조로아스터의 출생과 행적은 아베스타 경전에 기록된 것들을 통해 어느 정도 확인할 수 있다. 특히 아베스타의 핵심을 이루는 찬송가 〈가타〉는 조로아스터가 지은 것으로 추정되고 있어 이 노래를 통해 예언자의 '육성'을 들을 수 있다. 조로아스터라는 이름은 '낙타를 다룰 수 있는 사람'이라는 뜻이다. 유목민의 후손임을 짐작하게 하는 이름이다. 이 예언자의 가계도 어느 정도 확인되는데, 조로아스터는 아버지 포우르샤스파와 어머니 두그도바의 다섯 아들 가운데 셋째로 태어났다. 어린 조로아스터는 일곱 살 무렵부터 사제 양성 훈련을 받아 15살에 '완전한 지식을 갖춘 사제' 곧 '자오타르'가 됐다. 그러나 기존 지식에 만족하지 못한 젊은이는 20살 때 부모의 뜻을 거스르고 집을 떠났다. 삶의 의미를 물으며 세상을 떠돌던 방랑자는 10년 뒤 최고신 아후라 마즈다를 만나는 놀라운 계시 체험을 했다.

그 신은 조로아스터에게 자신을 위해 사역하라고 명했고, 새로 눈을

다신교 전통에서 신들의 세계에는 선신과 악신이 뒤섞여 있었고,
희생 제물을 드리기만 하면 무조건 복을 주는
신들을 따르는 숭배자들이 많았다. 인드라가 대표적이다.
이 신은 숭배자가 죄를 지었는지 올바르게 살았는지에는
신경 쓰지 않고 권력과 부를 베풀었다. 인간의 욕망에 봉사하는
비윤리적인 신이었던 셈이다. 조로아스터는 이 만신전의 신들을
둘로 나누어 한쪽은 선에, 다른 한쪽은 악에 배치했다.
조로아스터가 본 세상은 선과 악의 두 세력이 끝장을
볼 때까지 싸우는 거대한 전쟁터였다.

뜬 예언자는 이 부름에 마음으로 복종했다. 조로아스터는 고향으로 돌아와 신의 가르침을 열정적으로 설파하기 시작했다. 그러나 예언자의 말에 귀를 기울이는 사람은 없었고, 낯선 복음은 박대받기 일쑤였다. 10년 동안 사역에 힘썼으나 예언자는 사촌 한 명을 개종시키는 데 그쳤다. 박해를 못 견딘 조로아스터는 이렇게 절규했다. "나는 어느 땅으로 도망쳐야 합니까? 도대체 어디로 달아나야 합니까? 친척과 친구들이 나를 밀어냈습니다." 고향을 떠난 조로아스터는 이웃 나라에서 비로소 자기를 알아주는 이를 찾았다. 그 나라의 왕비가 조로아스터의 새로운 교리를 받아들였고 이윽고 그 나라 왕도 새 가르침으로 돌아섰다. 조로아스터교가 번창할 토대가 마련된 셈이다. 조로아스터는 77살이 되던 해에 기존 종교의 사제가 보낸 자객의 손에 암살당했다고 한다.

조로아스터의 가르침은 그 시대 신앙관의 일대 혁명이었다고 할 만하다. 이 예언자는 온갖 신들이 경합하던 다신교 전통에 맞서 아후라 마즈다를 최고 권위의 신으로 세웠다. 아후라 마즈다는 그 시기 언어로 '지혜'(마즈다)의 '주님'(아후라)을 뜻한다. 조로아스터의 가르침에서 더 중요한 것은 세상을 선과 악으로 선명하게 나누었다는 점이다. 다신교 전통에서 신들의 세계에는 선신과 악신이 뒤섞여 있었고, 희생 제물을 드리기만 하면 무조건 복을 주는 신들을 따르는 숭배자들이 많았다. 인드라가 대표적이다. 이 신은 숭배자가 죄를 지었는지 올바르게 살았는지에는 신경 쓰지 않고 권력과 부를 베풀었다. 인간의 욕망에 봉사하는 비윤리적인 신이었던 셈이다. 조로아스터는 이 만신전의 신들을 둘로 나누어 한쪽은 선에, 다른 한쪽은 악에 배치했다. 그리하여 선을 관장하는 아후라 마즈다 아래 선한 하위 신격들이 조력자로 들어섰다. 반대로 악의 편에는 우두머리 악령 '앙그라 마이뉴' 밑으로 여러 하위 악령들이 모였다.

조로아스터가 본 세상은 선과 악의 두 세력이 끝장을 볼 때까지 싸우는 거대한 전쟁터였다. 인간들은 이 싸움에서 한쪽을 선택해야 했다. 올바름, 곧 '아샤'를 선택하면 선한 신과 한편이 되는 것이고, 아샤를 저버리면 악령과 한패가 되는 것이었다. 인간의 선택이 중요했던 것은 선한 신들이 충분히 강력하지 않아서 악을 무찌르려면 인간의 힘을 빌려야 했기 때문이다. 선의 편에 선 사람은 악의 괴롭힘으로 인한 슬픔과 고난을 견뎌야 했다. 조로아스터는 이 싸움 끝에 선의 세력이 승리하리라고 확신했고, 마지막 날에 모든 죽은 자와 산 자가 선업과 악업에 따라 심판받고 선한 자들은 천상의 영원한 복락을 누리게 되리라고 예언했다.

조로아스터의 가르침을 따르는 인간은 자기 자신의 육체적·도덕적 상태를 보살펴 최고의 수준으로 이끌어 올릴 의무가 있었고, 마찬가지로 다른 인간들을 돕고 아낄 의무가 있었다. 더 나아가 '이 불완전한 세상에서 가능한 한 동물을 덜 괴롭히고, 식물과 나무가 잘 자라도록 북돋우고, 땅을 갈아 기름지게 하며, 물과 불을 오염시키지 않는 것'도 조로아스터교도의 의무에 속했다. 조로아스터의 가르침과 함께 '윤리적 종교'가 탄생했고 이 종교와 함께 인류가 '윤리적 삶'이라는 새로운 차원으로 도약했음을 이 책은 알려준다.

구약은 왜 인류의 고전이 되었나

—

《구약 읽기》_ 크리스틴 헤이스

인도의 베다, 중국의 사서오경, 그리스의 서사시가 위대한 인류 문화 유산이듯, 고대 이스라엘인들이 창출한 《구약 성서》도 인류문화의 보고에 속한다. 카를 야스퍼스가 말한 '축의 시대' 인류의 지적 투쟁이 응결된 정신의 총화가 이 고대의 문헌들이다. 더구나 《구약 성서》는 서구 3대 종교인 유대교·기독교·이슬람교의 공통 토대이기도 하다. 종교학자 크리스틴 헤이스(Christine Hayes) 미국 예일대 교수가 쓴 《구약 읽기》는 유대 민족 역사서이자 서양 종교의 원형인 이 방대한 문헌의 체계적인 안내서다.

크리스틴 헤이스는 먼저 《구약 성서》가 단일한 책이 아니라는 사실을 강조한다. 《구약 성서》는 성격이 아주 다른 책 24권이 묶인 일종의 선집이다. 이 텍스트에는 세상 창조 이야기가 있고 이스라엘 역사 기록이 있으며, 선지자들의 예언과 투쟁이 있고 시와 잠언과 지혜의 말씀이 있다. 《구약 성서》는 상이한 역사적 상황에서 상이한 관심을 품은 여러 저자와 편집자가 참여해 만든 공동 작품이다. 기원전 10세기부터 1천여 년에 걸쳐 형성된 것이 이 책이다. 특히 그 핵심을 이루는 텍스트들은 기원전 6세기를 전후한 정치적 격변기에 창출됐다.

《구약 성서》의 성립 경위를 알려면 고대 이스라엘의 역사를 먼저 알아 둘 필요가 있다. 고대 이스라엘인들은 기원전 1200년 무렵 가나안 지방에 정착해 12지파 족장 시대를 거쳐 기원전 1000년쯤 통일 이스라엘 왕국을 세웠다. 그러다 기원전 922년 북의 10지파와 남의 2지파가 분열해 각각 북부 이스라엘 왕국과 남부 유다 왕국으로 쪼개졌다. 기원전 722년 북왕국이 아시리아에 정복당하고, 남왕국도 기원전 586년 바빌로니아에 패배했다. 예루살렘 성전이 파괴되고 수많은 유대인들이 바빌론으로 끌려갔다. 고대 역사에서 한 민족의 정복과 유배는 대개 그 민족의 소멸을 뜻했다. 정복당한 민족은 자기들의 신을 버리고 정복자의 신을 받아들였다. 북왕국 이스라엘인들이 바로 그렇게 역사에서 사라졌다. 그런데 특이하게도, 남왕국의 유대인들은 정복당한 뒤에도 자신들의 신을 버리지 않았고 문화적 정체성을 지켜냈다. 헤이스는 이 유대인들이 그 시대의 다른 곳에서는 보기 어려운 "어떤 급진적이고 새로운 사상과 전승"을 지녔기에 시련을 딛고 일어설 수 있었다고 말한다. 헤이스가 말하는 '급진적이고 새로운 사상'이 바로 유일신 사상이다.

여기서 헤이스는 종교의 발전 경로에 대한 몇 가지 해석을 제시한다. 먼저 종교진화론이다. 종교는 자연의 힘을 신격화한 다신교에서 출발해 여러 신들 가운데 최고신을 섬기는 단일신교를 거쳐 하나의 신만을 믿고 따르는 유일신교로 진화한다는 것이 종교진화론이다. 이런 전통적인 해석에 맞서 등장한 것이 종교혁명론이다. 유일신교는 단순히 신들의 수가 줄어들어 하나가 된 결과가 아니라, 어떤 근본적인 변혁 속에 탄생한 것이라는 해석이다. 성서학자 예헤즈켈 카우프만(1889~1963)이 주창한 이 혁명론은 다신교 신과 일신교 신의 본질적 차이를 강조한다. 핵심은 이것이다. 다신교의 신들은 어떤 원계(원형적인 세계) 안에서 그 원계의 힘을 받아 탄생하는 데 반해, 유일신교의 신은 처음부터 스스로 존재한다. 또 다신교의 원계에서는 선한 신만 태어나는 것이 아니라 악한 신도 태어난다. 그리하여 선과 악이 끝없이 싸우는 '우주 전쟁'이 벌어진다. 그러나 유일신교에서는 신이 모든 것에 앞서 스스로 존재하고 그 신에게서 모든 것이 창출되므로 악한 신이 따로 있을 수 없다. 유일신교에서 악은 창조 후에야 출현한다. 신이 만든 인간이 신에게서 받은 자유의지를 잘못 사용해 죄를 범함으로써 악이 퍼지는 것이다.

카우프만은 고대 이스라엘인들의 유일신교는 당시 근동 지방의 다신교와 벌인 투쟁의 소산이라고 보았다. 헤이스는 카우프만의 이런 설명 구도를 대체로 받아들이면서도, 이런 혁명적 투쟁이 이스라엘 내부에서도 벌어졌음을 강조한다. 《구약 성서》는 아브라함 시대부터 유일신 신앙이 확립돼 있었던 것처럼 서술하지만 역사적 실상은 다르다. 후대의 소수 지식인들이 다신교를 믿던 이스라엘 내부 사람들을 향해 유일신 신앙을 요구했고, 치열한 '사상적 내전'을 거쳐 유일신교가 이스라엘의 종교로 확립됐음을 《구약 성서》의 여러 구절에서 확인할 수 있다. 《구약 성서》에는 고대 근동의 다신교 신앙이 변형된 채로 삽입돼 있을

"너희가 비참하게 되리라. 집을 연달아 차지하고
땅을 차례로 사들이는 자들아! 빈터 하나 남기지 않고
온 세상을 혼자 살듯이 차지하는 자들아! ……
새벽부터 독한 술을 찾아 나서고 밤늦게까지
술독에 빠져 있는 자들아! ……
너희가 비참하게 되리라. 뇌물에 눈이 어두워 죄인을
옳다 하고 옳은 사람을 죄 있다 하는 자들아!"
이사야는 지배자들의 범죄와 불의를 끝없이 질타했다.

뿐 아니라 그 다신교 신앙에 대한 이스라엘인들의 내전과 혁명의 기나
긴 투쟁이 담겨 있다.

《구약 성서》는 성격이 다른 수많은 자료로 구성돼 있다. 천지창조부
터가 판본이 두 가지며 노아의 홍수 이야기에도 두 가지 판본이 섞여 있
다. 헤이스는 이 사태를 '반복과 상충'이라는 말로 요약한다. 전승돼 오
던 여러 텍스트를 가져와 편집하다 보니 유사한 내용이 반복되거나 상
충하는 내용이 나란히 놓이는 경우가 많다는 것이다.

주목할 것은 이렇게 성립한 《구약 성서》가 전하는 메시지다. 헤이스
는 신이 역사를 통해 인간들에게 도덕적 명령을 내린다는 것이야말로
《구약 성서》의 핵심이라고 말한다. 그런 이유로 신의 도덕 명령을 대행
하는 선지자들의 이야기가 중심에 놓인다. 그러나 선지자라고 해서 모
두 신의 뜻을 대행하는 자들인 건 아니다. 《구약 성서》는 유다와 이스

라엘의 왕들이 예언자들을 고용해 통치를 정당화하는 데 써먹었음을 알려준다. 후대의 성서 편집자들은 궁정 예언자들의 거짓에 맞서 신의 뜻을 바르게 전하는 참된 선지자들을 부각했다. 그런 선지자를 대표하는 사람이 기원전 8세기 유다 왕국의 선지자 이사야다. 이사야는 말한다. "너희가 비참하게 되리라. 집을 연달아 차지하고 땅을 차례로 사들이는 자들아! 빈터 하나 남기지 않고 온 세상을 혼자 살듯이 차지하는 자들아! …… 새벽부터 독한 술을 찾아 나서고 밤늦게까지 술독에 빠져 있는 자들아! …… 너희가 비참하게 되리라. 뇌물에 눈이 어두워 죄인을 옳다 하고 옳은 사람을 죄 있다 하는 자들아!" 이사야는 지배자들의 범죄와 불의를 끝없이 질타했다. 이렇게 인간의 도덕적 타락이라는 문제를 신앙의 본질과 연결한 것이야말로 《구약 성서》가 인류의 고전으로 남은 이유라고 이 책은 말한다.

반영웅의 구약 성서 읽기

—

《처음 만나는 구약성서》_ 장 루이 스카

20세기 기독교 성서 해석 방법론의 주류를 이룬 것은 '역사 비평' (historical criticism)이다. 역사 비평이란 성서라는 텍스트 뒤에 있는 역사적 세계를 밝혀내는 비평 방식을 뜻한다. 텍스트의 역사적 기원을 드러냄으로써 텍스트가 지닌 의미를 더 명확하게 이해할 수 있다고 보는 것이 역사 비평이다. 역사 비평은 텍스트 성립의 역사적 배경을 전면에 끌어냄으로써 성서 해석에 큰 기여를 했다. 하지만 텍스트를 텍스트 자체로 이해한다는 '텍스트 읽기' 차원에는 충분히 주목하지 않았다는 약점이 있다. 이런 사실에 착안하여 1980년대 이후 등장한 것이 '설화 비평'(narrative criticism)이다. 벨기에 출신 성서학자 장 루이 스카(Jean Louis Ska)가 쓴 《처음 만나는 구약성서》는 이 설화 비평에 기반을 두고 《구약 성서》 읽기를 안내하는 책이다.

《구약 성서》는 고대 이스라엘 민족이 수집하고 기록하고 창작한 책들의 모음이다. 이 책 모음에는 그 시대 이스라엘 공동체가 공식적으로 받아들인 책, 그중에서도 가장 빼어난 작품만 수록돼 있다. 그러므로 장 루이 스카 말대로 《구약 성서》는 책으로 된 '국립도서관'이라고 할 만하다. 그 책은 세상 창조에서 시작해 고난의 역사를 관통한다. 《구약 성서》의 텍스트들은 여러 차례 수정·보완을 거쳐 오늘의 형태로 편집됐다. 설화 비평은 그 최종 편집자가 왜 그런 방식으로 이야기를 수집하고 변형하고 편집했는지를 알아내는 데 초점을 맞춘다. 이야기를 편집하는 방식에 깃든 고대 편집자의 의도를 파악하는 것이 설화 비평적 읽기의 관건이다.

성경의 수많은 이야기들에는 저마다 '공백'이 있고 '생략'이 있다. 그 공백과 생략은 책을 읽어 가는 이에게 물음을 남기지만 텍스트는 곧바로 답해주지 않는다. 그러므로 성서 읽기에서 중요한 것은 '독자의 능동적 참여'다. 공백과 생략 앞에서 독자는 스스로 묻고 답해야 한다. 이 책은 《신약 성서》〈루가복음〉의 '돌아온 탕자' 이야기를 사례로 든다. 재산을 탕진하고 거지가 돼 돌아온 작은아들에게 아버지가 잔치를 베풀자 화가 난 큰아들은 참석을 거부한다. 아버지는 큰아들에게 "너의 저 아우는 죽었다가 다시 살아났고 내가 잃었다가 되찾았으니 기뻐해야 한다"고 말한다. 이야기는 여기서 끝난다. 큰아들이 그 뒤 어떻게 했는지 텍스트는 말하지 않는다. 이야기가 완성되려면 독자가 그 빈칸을 채워 넣어야 한다. "독자가 이야기를 깨우러 올 때까지 이야기는 잠을 잔다."

설화 비평은 텍스트를 텍스트 자체로 해석하는 문학비평의 영향을 짙게 받았다. 이 책은 특히 20세기 문학사가 에리히 아우어바흐가 대표작 《미메시스》에서 보여준 《구약 성서》 해석에 주목한다. 아우어바흐는

다윗 이야기의 세속적 문체는 호메로스 영웅들을
묘사하는 웅장한 문체와 극명한 대비를 이룬다.
다윗이라는 인물 자체도 영웅과는 거리가 멀다.
왜소한 다윗은 정면으로 승부하기를 피하고 술책을 써서
골리앗을 넘어뜨린다. 부하를 속여 죽음으로 몰아넣고
아내를 빼앗은 사람도 다윗이다.
다윗은 영웅이 아니라 '반영웅'이다.

《미메시스》 첫 장에서 호메로스의 《오디세이아》 19장의 오디세우스 이
야기와 《구약 성서》 〈창세기〉의 아브라함-이삭 이야기를 비교한다. 호
메로스의 서술이 "구체적인 묘사, 균등한 조명, 중단 없는 연관, 거침없
는 표현, 모든 사건의 전경 배치, 의심의 여지 없는 의미의 전시" 따위
를 특징으로 한다면, 《구약 성서》의 서술은 "어떤 특정한 부분을 강력
히 조명하고 다른 것은 어둠 속에 버려 두는 수법, 갑작스러운 당돌함,
표현돼 있지 않은 것의 암시력" 따위의 특징이 두드러진다. 신이 아브라
함에게 이삭을 제물로 바치라고 할 때, 성서 텍스트는 아브라함의 심리
를 조명하지 않는다. 아브라함은 묵묵히 신의 명령을 따를 뿐이다. 이
런 공백이 독자에게 물음을 불러일으킨다.

《처음 만나는 구약성서》가 주목하는 두 문학 작품의 또 다른 차이
는 인물의 성격과 문체의 특성에 있다. 호메로스의 서사시가 귀족 계급

의 영웅적인 이야기를 숭고한 문체로 묘사하는 데 반해,《구약 성서》의 이야기는 영웅적이지 못한 인물들을 민중적 산문체로 간명하게 서술한다. 다윗이 단적인 경우다. 다윗 이야기의 세속적 문체는 호메로스 영웅들을 묘사하는 웅장한 문체와 극명한 대비를 이룬다. 다윗이라는 인물 자체도 영웅과는 거리가 멀다. 왜소한 다윗은 정면으로 승부하기를 피하고 술책을 써서 골리앗을 넘어뜨린다. 부하를 속여 죽음으로 몰아넣고 아내를 빼앗은 사람도 다윗이다. 다윗은 영웅이 아니라 '반영웅'이다. 다윗의 행동에는 숭고함이 없다. "다윗의 이야기는 서사시의 패러디다." 이런 반영웅적 면모는 성서의 다른 등장인물들에게도 거의 예외 없이 나타난다. "성서는 영웅들의 시대를 전혀 알지 못한다." 이스라엘의 역사는 '영광스러운 역사'가 아니라 쓰라린 패배의 역사다.《구약 성서》에서 진정한 '영웅'이 있다면 지상의 인간들이 아니라 하늘에 있는 신 야훼다.

이 책은《구약 성서》가 서로 충돌하는 내용들로 이루어져 있다고 강조한다. 이를테면 성서의 주인공 야훼는 여러 얼굴을 지닌 신이다.〈이사야〉45장에서 야훼는 이렇게 말한다. "빛을 만든 것도 나요, 어둠을 지은 것도 나다. 행복을 주는 것도 나요, 불행을 조장하는 것도 나다." 그 야훼는〈호세아〉11장에서는 다른 말을 한다. "아무리 노여운들 내가 다시 분을 터뜨리겠느냐. 에브라임을 다시 멸하겠느냐. 나는 사람이 아니고 신이다." 한쪽에는 행복과 불행, 선과 악을 주는 신이 있고, 다른 한쪽에는 어떤 경우에도 분노를 참는 신이 있다. 이 충돌을 해결하려면 야훼의 목소리가 어떤 맥락에서 나왔는지를 읽어내야 한다.〈이

사야〉 45장은 한계 없는 신의 능력을 강조하는 대목이다. 반면에 〈호세아〉 11장은 혹독한 시험에 든 백성에게 희망을 이야기하는 대목이다.

여기서 장 루이 스카는 성서를 일종의 교향곡으로 볼 것을 주문한다. 음표 하나하나는 충돌을 일으키기도 하고 엇갈리기도 하지만 그것들이 모두 모여 교향곡의 총체적 아름다움을 빚어내듯이, 성서도 그렇게 전체로서 이해해야 한다는 것이다. 진리는 개별적인 사실들에 있는 것이 아니라 전체를 통해서 존재한다는 헤겔의 말은 《구약 성서》에도 들어맞는다. 텍스트의 한 면을 절대화하는 것이야말로 독서를 위험에 빠뜨린다. 그 위험을 피하려면 전체를 보아야 한다. 스카는 거듭 말한다. "구약 성서의 이야기들이 우리가 던지는 모든 물음에 완전히 답하는 경우는 없다." 이야기들은 물음을 통해 독자에게 길을 제시하고 안내할 뿐이다. 그 길을 끝까지 걸어가 답을 찾는 것은 독자의 몫이다.

알렉산드로스 대왕의 휴머니즘

—

《그리스인 이야기 1·2·3》_ 앙드레 보나르

그리스 신화의 잔인한 이야기들은 그저 신화일 뿐일까? 가령, 아가멤논 왕이 아르테미스의 분노를 달래려고 딸 이피게네이아를 죽여 제물로 바쳤다는 이야기는 어떤가? 비극 작가 에우리피데스(기원전 484~406)가 《아울리스의 이피게네이아》에서 트로이 원정군 사령관 아가멤논의 친딸 살해를 극적으로 묘사했을 때, 에우리피데스는 그냥 신화를 되풀이한 것이 아니었다. 에우리피데스가 네 살 무렵 겪었던 페르시아 전쟁 때 이 신화와 거의 똑같은 일이 실제로 벌어졌다. 살라미스 해전이 벌어진 그 역사적인 날 아침에 그리스 연합군 사령관 테미스토클레스는 아테네 최고집정관의 친조카 세 사람을 목졸라 죽여 디오니소스 신에게 바쳤다. 그리스인의 '야만성'은 이뿐만이 아니었다. 그리스 모든 도시에서 가장인 아버지는 새로 태어난 아이를 버릴 권리가 있었다. 신화에서만 아비가 아들을 버리는 것이 아니었다. 또 그리스 도시에서 아버지는 다 큰 자식을 노예 상인에게 팔아먹어도 괜찮았다. 그렇다면 그렇게 잔인한 그리스 야만인들이 만들어낸 문명의 정체는 무엇일까?

세 권으로 된 《그리스인 이야기》는 이 질문으로 이야기를 시작해 그리스 문명의 그 정체 속으로 들어간다. 그리스인은 야만인으로 시작했고, 그 뒤로도 야만인의 흔적을 지니고 있었지만, 결국 문명인으로서 고대사에 유례를 찾기 어려운 업적을 남겼다. 저자 앙드레 보나르(Andre Bonnard, 1888~1959)는 스위스 로잔대학에서 그리스 문학을 가르친 고대 그리스 전문학자다. 보나르는 파시즘에 저항한 참여 지식인이었고, 전후에는 동서 냉전 체제 속에서 평화운동을 벌이다가 1952년 '소련의 스파이' 혐의로 체포돼 고초를 겪기도 했다. 《그리스인 이야기》는 말년의 보나르가 이런 사건을 겪으며 쓴, 이 분야의 고전이 된 저작이다. 원제가 '그리스 문명'인 이 책은 기원전 8세기에서 기원전 3세기 사이 그리스 역사의 흐름을 문제 중심으로 풀어 가는 일종의 문화사 저작이다. 문학·철학·역사·예술을 아울러 문명사적 통찰을 이끌어낸다.

이 책에서 보나르의 관심을 요약하는 말을 하나만 고르라면 '휴머니즘'이다. 보나르는 말한다. "그리스 문명의 목적은 하나다. 자연에 맞서 인간의 능력을 키우는 것, 인간다움을 완성하는 것. 우리는 이것을 휴머니즘이라고 부른다." 보나르는 또 문명이라는 것을 식물에 비유한다. "문명은 식물들과 같은 단계를 밟는다. 씨앗이 배태돼 싹이 나며, 성장하고, 흔히 문명의 고전 시대라고 하는 시기에 만개했다가 피었던 꽃이 시들고, 노화하며, 쇠락기에 접어들어 결국 죽는다." 보나르는 휴머니즘이라는 주제를 염두에 두고 이 문명의 성쇠를 따라가는데, 그의 관심이 특별히 집중되는 곳이 그리스 도시국가의 쇠락을 다룬 제3권, 그중에서도 도시국가 체제를 무너뜨리고 제국을 세운 알렉산드로스 대왕(기원전 356~323)의 대담하기 이를 데 없는 행로다.

"알렉산드로스는 플라톤이나 아리스토텔레스 같은 이들처럼 영광을 가져다준 예전의 사회 구조를 재건하려 들지 않았다. 이제는 너무 작아진 옷을 구차스럽게 늘리려고 안간힘을 쓰지 않았다." '고르디우스의 매듭'을 단칼에 쳐 끊어버렸다는 전설은 알렉산드로스의 결단력과 돌파력을 명징하게 보여준다. 그리스를 제압한 알렉산드로스는 기원전 334년 헬레스폰토스해협을 건넌다. 알렉산드로스는 페르시아제국의 땅으로 들어가 소아시아를 차지하고 이집트를 정복한 뒤 331년 페르시아의 다리우스 3세를 죽음으로 몰아넣고 327년에는 인더스강에 이르렀다. 이 책은 알렉산드로스의 인도 도달을 '그리스 인본주의와 불교 인본주의의 만남'이라고 묘사한다.

알렉산드로스가 인도에서 만난 금욕수행자들은 그리스 철학자들을 연상시켰다고 이 책은 말한다. "인간이 사랑받을 수 있는 가장 확실한 수단은 무엇인가?"라고 젊은 왕이 묻자 수행자는 "모든 이들 가운데에서 가장 권능 있는 자가 된 후에도 두려움의 대상이 되지 않는 자"라고 답한다. 알렉산드로스는 다른 고행자들도 만났는데, 벌거벗은 그 고행자들은 왕에게 소크라테스·피타고라스·디오게네스와 다르지 않은 권위를 지니고 말했다. 왕은 이 고행자들에게 애착을 느꼈다.

보나르가 여기서 강조하는 것이 알렉산드로스가 우정의 이름으로 유럽과 아시아, 그리스인과 비그리스인(바르바로스)을 통합하려 했다는 사

살라미스 해전이 벌어진 그 역사적인 날 아침에
그리스 연합군 사령관 테미스토클레스는 아테네 최고집정관의
친조카 세 사람을 목졸라 죽여 디오니소스 신에게 바쳤다.
그리스인의 '야만성'은 이뿐만이 아니었다. 그리스 모든 도시에서
가장인 아버지는 새로 태어난 아이를 버릴 권리가 있었다.
그렇게 잔인한 그리스 야만인들이 만들어낸
문명의 정체는 무엇일까?

실이다. 알렉산드로스 이전까지 그리스인들의 생각은 《아울리스의 이피게네이아》에서 여주인공이 한 말에 집약돼 있다. "바르바로스는 노예가 되기 위해 태어났으며, 그리스인은 자유를 위해 태어났다." 그러나 알렉산드로스는 이런 관념에서 벗어나 "모든 인간들은 그리스인이건 비그리스인이건 형제들이다"라는 생각에 도달했으며, 실제로 그 관념을 실천하려고 애썼다. 알렉산드로스가 요절하고 20년 뒤 스토아학파를 창시한 제논은 이렇게 말했다. "모든 인간들은 이 세계의 시민이다." 제논의 생각을 한 세대 먼저 실행에 옮긴 사람이 알렉산드로스였던 것이다. 알렉산드로스의 세계시민주의 이념은 이후 기독교의 창시자 파울루스(바울)에게 이어지고 1789년 프랑스혁명으로 폭발했다고 보나르는 말한다.

다시 쓰는 세계철학사

—

《세계철학사 1》_ 이정우

철학자 이정우가 쓴 《세계철학사 1》은 전체 3권으로 기획된 대작의 제1권이다. 이정우는 2000년 철학연구공동체인 철학아카데미를 세운 이래 줄곧 철학사 강의를 해 왔는데, 그 강의록이 이 저작의 바탕이 됐다. 전체 3권의 첫 권이라고는 해도, 이 한 권만으로도 200자 원고지 4000장, 840쪽에 이른다. 이정우는 '아시아 세계의 철학'(제2권)과 '근현대 세계의 철학'(제3권)을 펴낼 계획이다. 이 세 권이 모두 출간되면, 한국에서는 처음으로 세계철학사 전체를 포괄하는 저작이 등장하게 된다. 이정우는 초국적 기업 중심의 비인간적 세계화를 넘어 보편성을 지닌 진정한 세계화를 이루는 것이 우리 시대의 과제라고 말한다. 그 과제를 해결할 비전을 찾아내려면 과거로 돌아가 그 시대를 역으로 음미한 뒤 현재로 돌아오는 거시적인 지적 성찰이 필수적이다. 세계철학사 집필은 과거를 경유해 새로운 비전을 찾으려는 노력인 셈이다.

이 저작은 '세계철학사'라는 이름에 진정으로 어울리는 기획의 산물이라는 점에서도 주목할 만하다. 그동안 서구에서 나왔던 세계철학사 저작들은 사실상 서양철학사를 몸통으로 삼은 경우가 대부분이었다. 인도와 중국의 철학 전통에 지면을 할애하더라도, 서양철학사의 '전사' (前史)로 배치할 뿐이었다. 이런 식의 구도는 옛 소련 소비에트과학아카데미의 《세계철학사》에서도 반복됐는데, 이정우는 이런 배치가 '헤겔적 편견'에서 유래한 것이라고 말한다. 헤겔은 《철학사 강의》에서 비서구 지역 철학 전통을 철학사의 전사(프리히스토리prehistory)로 보았으며, 그런 전통은 오늘날 탈근대 철학의 기수인 들뢰즈 철학에서조차 엿보인다는 것이다. "근대 서구인들에게 비서구 지역들은 반드시 '전그리스적'이어야 했다." 이정우는 이런 편견에서 벗어나 인도와 동아시아 철학 전통을 제2권에서 '아시아 세계의 철학'으로 따로 서술한 뒤, 제3권 '근현대 세계의 철학'에서 다시 종합할 계획이다.

진정한 세계철학사를 쓴다는 이정우의 의지는 첫 권의 부제 '지중해 세계의 철학'에서도 확인된다. 이정우는 고대 그리스·로마 철학에서 시작해 서구 중세 철학으로 이어지는 통상의 철학사 서술 방식에서 벗어나, 그리스·로마와 오리엔트(중동) 지역을 아우르는 서술 방식을 구사한다. 고대 그리스에서 이야기를 시작하되 소아시아·근동 지역에서 발원한 유대교·기독교 사상, 그리고 아리스토텔레스 철학을 이어받아 중세 서양의 지적 부흥에 이바지한 이슬람 철학을 포괄해 서술하는 것이다. 이들 전체가 지중해 문화권의 자식들인 셈이다. 제1권은 이렇게 서양 중세 철학을 거쳐 르네상스 시기와 근대 철학 성립기까지를 다룬다.

그런데 세계철학사를 그리스에서 시작하는 것도 서구적 편견의 소산은 아닐까? 이정우는 그리스에서 철학사를 시작하는 섯이 당연하다고 말한다. 왜냐하면 민주주의가 그렇듯이 '철학'이라는 말도 그리스에서 출현했기 때문이다. "민주정과 철학이야말로 그리스 문명이 인류에게 선사한 두 가지 아름다운 선물이다." 이정우는 철학이라는 독특한 사유 양식이 민주주의와 일정한 관련이 있다고 말한다. "전제군주와 일부 귀족계층이 모든 것을 좌우하는 사회에서는 철학이 탄생할 수 없다." 그리스가 일찍이 민주주의를 탄생시킬 수 있었던 것이 그리스 문명이 바다를 중심으로 한 해양 문명이었다는 사실과 무관하지 않다. 육지로 직접 연결되지 않은, 조그만 나라들로 쪼개진 곳에서는 거대권력이 나타나기 어렵다.

또 해양 문명이 무역을 발달시키고 사람들의 '장사 감각'을 키웠다는 사실도 중요하다. "우직하게 땅만 파면 되는 농사와 달리 장사를 하려면 말을 잘하고 계산이 빨라야 한다. 그래서 말, 계산, 화폐가 발달하고 합리적으로 사리를 따지는 문화가 성립했다." 그리스 문명의 이런 특징은 '로고스'(logos)라는 말에 응축됐다. "하나의 단어가 한 문명 전체를 드러내 보여주는 경우가 있는데, 로고스가 바로 그런 말이다." 로고스는 말·계산·비례, 더 나아가 이성·추론을 뜻한다. "그리스 문명은 한마디로 줄여 로고스 문명이다."

그러나 로고스 자체가 철학은 아니다. 철학은 이 세계 너머를 향해 질문하는 데서 시작한다. 그런 질문이 기원전 6세기쯤에 본격화하는데, 이정우는 그것을 정치적 격동과 관련시킨다. 귀족정에서 민주정으로 이행하는 과정에서 빚어진 엄청난 갈등과 혼란과 괴로움 속에서 사람들

흥미로운 것은 이 아르케의 추구가 자연에 대한 탐구로 나타났다는 사실이다. 인도에서는 고(苦)로부터 해방되어 해탈에 이르려 하는 과정에서 '내면 지향'의 철학이 발달했고, 중국에서는 난세를 치세로 바꾸려는 노력 속에서 '사회 지향'의 철학이 발달했다. 반면에 그리스에서는 세계를 합리적으로 이해함으로써 존재의 흔들리지 않는 근거를 찾아내려는 과정에서 '자연 지향'의 철학이 태어난 것이다.

은 허무 의식에 사로잡혔는데, 그 허무의 시대에 철학이 탄생했다는 것이다. 이 혼란한 시대에 어디에도 삶의 근거를 둘 수 없다는 생각 때문에 역으로 사람들은 "참되고 영원하고 필연적이고 보편적인 것"을 필사적으로 추구하게 되는데, 그렇게 삶의 궁극적인 근거를 찾는 과정에서 발견한 것이 '아르케'(arche, 근원·원리)였다.

흥미로운 것은 이 아르케의 추구가 자연(피시스physis)에 대한 탐구로 나타났다는 사실이다. 이 점이 인도·중국 철학과 확연히 구분되는 지점이다. 인도에서는 고(苦)로부터 해방되어 해탈에 이르려 하는 과정에서 '내면 지향'의 철학이 발달했고, 중국에서는 난세를 치세로 바꾸려는 노력 속에서 '사회 지향'의 철학이 발달했다. 반면에 그리스에서는 세계를 합리적으로 이해함으로써 존재의 흔들리지 않는 근거를 찾아내려는 과정에서 '자연 지향'의 철학이 태어난 것이다. 이때 사유의 결정적인 힘이 된 것이 바로 로고스, 곧 "개념화하고 논증하고 논쟁하는 능력으로

서의 이성"이었다. 로고스라는 사유 능력으로 피시스라는 사유 대상을 합리적으로 설명하는 것이 곧 철학이었던 것이다. 그렇다면 이때의 철학은 오늘날의 과학에 더 가까운 것이라고 할 수 있다.

이렇게 사유의 문턱을 넘은 그리스 철학은 5세기에 소피스트들의 활약과 함께, '피시스에서 노모스(nomos)로' 다시 한 번 비약한다. 노모스는 피시스('자연')의 대응 개념인 '인위', 다시 말해 법·규범·관습을 뜻하는데, 이것은 인문사회적 삶이 철학의 대상이 됐음을 알려준다. 이 시기에 민주정에 필요한 변론술·웅변술 따위를 가르치던 소피스트들을 "영혼을 겨냥하는 상품을 팔러 다니는 사람" 곧 '지식 장사꾼'이라고 불렀던 사람이 소크라테스다. 소크라테스가 강조한 것은 주장이나 믿음의 '근거를 대는 것'이었다. 근거가 부실한 믿음, 감정에 호소하는 주장이 판을 치던 시대에 끈질기게 근거를 물은 사람이 소크라테스였던 것이다. 그런 점에서 볼 때 "소크라테스야말로 가장 엄밀한 의미에서 '철학'을 탄생시켰다." 근거를 묻는 것이 소크라테스의 일이었기 때문에 소크라테스가 이끄는 대화는 답 없이 끝나는 경우가 많았다. 특히 플라톤의 초기 대화편에 등장하는 소크라테스가 그런 모습을 보여준다. 소크라테스의 집요한 물음에 사람들은 제대로 답변을 못한 채 떠나버리고, 대화는 거기서 중단된다. 당장 답이 없는데도 끝까지 답을 찾는 노력에서 철학이 태어났으며, 그것은 그대로 시대의 난제를 해결하려는 지적 분투였던 것이다.

민주주의자 소피스트의 재발견

—

《소피스트 단편 선집 1·2》_ 강철웅 엮어 옮김

기원전 5세기 아테네 민주주의를 상징하는 것 가운데 하나가 소피스트의 존재다. 소피스트는 말의 힘으로 작동하는 고대 민주주의 사회에서 변론의 기술, 연설의 기술을 가르치는 사람들이었다. 하지만 서양의 주류 철학은 오랜 세월 소피스트를 말 기술로 대중을 오도하는 지식 장사꾼으로 폄하했다. 소피스트는 진리를 추구하는 철학자들의 적이었다. 고대 그리스 철학 전문가 강철웅(강릉원주대 교수)이 엮어 옮긴《소피스트 단편 선집》은 서양 주류 전통이 배제해 온 소피스트들의 목소리를 충실히 복원하는 저작이자 소피스트에 관한 오랜 통념을 바꾸는 책이다. 프로타고라스부터 크세니아데스까지 16명의 소피스트를 면밀히 추적해 고대 문헌에 나타난 이 사람들의 활동 양상과 저술 내용을 온전히 되살려냈다.

눈길을 끄는 것은 이 선집이 소크라테스에게 한 챕터를 배정했다는 사실이다. 소크라테스는 플라톤에게서 시작되는 서양 주류 철학의 비조에 해당하는 사람인데, 이 철학의 태두를 소피스트 그룹에 포함시켰다는 데서 이 선집의 과감한 역발상이 두드러진다. 소크라테스가 소피스트로 분류될 근거가 아주 없는 것은 아니다. 소크라테스 시대에 벌써 극작가 아리스토파네스는 이 거리의 철학자를 '소피스트'라고 호명하는 풍자극 〈구름〉을 쓴 바 있다. 소크라테스가 소피스트로 묶일 수 있는 더 중요한 근거는 소피스트들이 말로써 설득하는 사람들이었다는 데 있다. 말 곧 '로고스'(logos)야말로 소피스트들을 관통하는 열쇳말이다. 글이 아니라 말로 의견을 피력하고 상대를 설득하는 사람이 소피스트다. 그렇게 보면 평생 한 줄도 쓰지 않고 오직 말만으로 살았던 소크라테스야말로 소피스트의 전형이다. 반면에 이 선집은 소피스트로 분류되던 이소크라테스를 제외했다. 이소크라테스는 말이 아니라 글로 승부한 사람이었다.

소피스트를 소피스트로 만들어주는 것은 로고스다. 이때의 로고스는 '토론'이고 '논변'이며, 논변을 뒷받침하는 '근거'고 근거를 찾는 '이성'이다. 근거를 찾아 들어가 논리적으로 따져 묻는 이성적 사유 능력이 로고스다. 이 선집은 소피스트들이 논쟁에서 승리하는 데 지나치게 몰두함으로써 논변이 궤변에 가까운 지경에 이르렀음도 분명히 지적한다. 이를테면, "강자의 이익이 정의다"라고 주장함으로써 플라톤의 《국가》에서 소크라테스에게 난타당하는 트라시마코스가 그런 사람이다. 하지만 전체로 보면 소피스트들은 논쟁에서 이기는 기술만 가르친 것이 아니라 말의 힘을 숙고하고 성찰하는 면모도 보여주었다. 이 선집은 이런 사실에 주목해 소피스트들을 일종의 철학자로 볼 수 있지 않느냐는 견

"염치와 정의를 모든 사람에게 나눠주시오.
다른 기술들처럼 소수만이 그것을 나눠 갖게 되면
국가가 생겨날 수 없을 테니까. 그리고 염치와 정의를
나눠 가질 능력이 없는 사람은 '국가의 병'으로
여겨 죽이는 것을 내게서 나온 법으로 삼으시오."
염치와 정의를 배반하는 자는 나라를 병들게 하므로
죽여 마땅하다. 이 발언에서 프로타고라스가 지녔던
민주주의 신념의 강도를 가늠할 수 있다.

해를 내보인다.

그런 철학자다운 면모를 가장 분명하게 보여주는 사람이 최초의 소피스트로 꼽히는 프로타고라스(기원전 490~420)다. 프로타고라스는 디오게네스 라에르티오스가 쓴 《유명한 철학자들의 생애와 사상》에 소피스트로서 유일하게 들어간 사람이기도 하다. 플라톤의 《프로타고라스》에는 아테네에서 활동하던 시기의 프로타고라스가 얼마나 인기를 누리며 추종자를 거느렸는지 보여주는 장면이 있다. "우리가 들어갔을 때 앞쪽 주랑을 거닐고 있는 프로타고라스를 보게 됐지요. 그분 바로 뒤로 두 무리가 따르며 함께 거닐고 있었는데 …… 프로타고라스가 가는 길에 한순간이라도 방해가 될까 봐 조심들을 하는 모습이 얼마나 아름답던지!"

프로타고라스의 죽음은 소크라테스와 유사한 데가 많다. 프로타고라스가 아테네에 와서 발표한 첫 저작은 《신들에 관하여》였는데, 이 저작의 첫머리는 이렇게 시작한다. "신들에 관해서 나는 그들이 있는지 없는지 알 수가 없다. 내가 아는 걸 가로막는 것들이 많기 때문이다." 이렇게 불가지론을 주장한 것을 문제로 삼아 아테네인들은 프로타고라스에게 추방 선고를 내리고 프로타고라스 책을 모아 아고라에서 불태웠다. 프로타고라스는 아테네를 떠나 시칠리아로 가던 중 배가 난파해 바다에 빠져 죽었다. 소크라테스가 신성 모독 혐의로 사형 판결을 받은 것과 닮은꼴이다. 이 첫 소피스트가 지식 장사꾼으로서 대중한테 영합하는 활동만 한 것이 아님을 알 수 있는 대목이다.

프로타고라스는 "모든 사물의 척도는 인간이다"라는 명제를 제출한 사람으로 철학사에 길이 남았다. 이때 척도(metron)라는 것은 '판단 기준'(kriterion)을 뜻한다. 인간이 만물을 판단하는 기준이다. 그런데 판단 기준은 사람마다 다르다. 이렇게 기준이 사람마다 다르다면 결국 진리도 사람마다 제각각이라는 뜻이 될 터다. 그리하여 프로타고라스는 '주관적 상대주의'의 대명사가 됐다. 이런 평가를 처음으로 내놓은 사람이 플라톤이었다. 그러나 프로타고라스의 발언을 두루 살펴보면 뉘앙스가 조금 달라진다. 프로타고라스 말의 핵심은 '사람들에게 사물이 드러나는 방식이 각각 다르다'는 데 있다. 동시에 프로타고라스는 그렇게 드러난 것이 모두 똑같이 가치 있는 것은 아니라고 보았다. 어떤 것은 더 유용하고 어떤 것은 덜 유용하다. 이를테면 곡물 재배법은 농부가 더 잘 알고 질병 치료법은 의사가 더 잘 안다. 철학자가 할 일은 사람들에게 유용함을 보는 눈을 열어주는 것이다. 그렇다면 프로타고라스의

'인간 척도론'도 '평등한 세상에서 저마다 자기가 본 것을 진실이라고 주장하지만, 그런 의견을 넘어 더 유용한 것을 찾아 나갈 수 있다'는 뜻으로 새길 수 있다.

분명한 것은 프로타고라스에게 민주주의 신념이 있었다는 사실이다. 프로타고라스는 아테네 민주주의를 이끈 페리클레스의 친구였다. 플라톤의 《프로타고라스》에는 프로타고라스의 연설이 통째로 들어 있는데, 여기서 프로타고라스는 '제우스가 헤르메스를 시켜 인간들에게 염치와 정의를 나누어주었다'는 신화를 끌어들인다. 그 신화에서 제우스는 말한다. "염치와 정의를 모든 사람에게 나눠주시오. 다른 기술들처럼 소수만이 그것을 나눠 갖게 되면 국가가 생겨날 수 없을 테니까. 그리고 염치와 정의를 나눠 가질 능력이 없는 사람은 '국가의 병'으로 여겨 죽이는 것을 내게서 나온 법으로 삼으시오." 염치와 정의를 배반하는 자는 나라를 병들게 하므로 죽여 마땅하다. 이 발언에서 프로타고라스가 지녔던 민주주의 신념의 강도를 가늠할 수 있다.

그리스 고전이 들려주는 정의

—

《아테네 팬데믹》_ 안재원

인류가 산출한 고전은 시간을 건너뛰어 지금 이 시대를 조망하고 우리의 과제를 검토하는 데 필요한 시야를 열어준다. 고전이야말로 사유의 원천이고 생각의 뿌리다. 서양고전문헌학자 안재원(서울대 인문학연구원 교수)의 《아테네 팬데믹》은 그리스 고전기 역사·문학·철학 작품들을 통해 '코로나 대유행'이라는 세계사적 재앙을 들여다보며, 자연적 재앙이 사회적 재앙으로 번져 나가는 것을 막으려면 어떤 정치가 필요한지를 숙고하는 책이다. 이 책에 등장하는 고전은 투키디데스의 《펠로폰네소스 전쟁사》, 소포클레스의 《오이디푸스 왕》, 에우리피데스의 《미친 헤라클레스》, 플라톤의 《국가》 그리고 호메로스의 서사시 《일리아스》다. 흥미롭게도 이 책들은 모두 직간접적으로 역병과 관련이 있다. 이 책들이 '정치적 정의'의 문제를 다룬다는 점도 흥미롭다. 안재원은 이 고전들을 차례로 답사하며 '강자의 이익'이 정의라는 현실주의적 정의관과 '친구를 사랑하고 적을 미워하라'는 배제주의적 정의관을 비판적으로 살피고 올바른 정의의 모습을 찾아 나간다.

안재원이 가장 먼저 펼치는 《펠로폰네소스 전쟁사》는 기원전 431년에 스파르타의 침공으로 시작돼 404년 아테네의 패배로 끝나기까지 27년여의 역사를 서술한 책이다. 전쟁의 터지고 얼마 지나지 않아 이름 모를 역병이 아테네를 덮친다. 투키디데스의 책은 그 역병이 가져온 재앙을 냉정하게 묘사한다. 주목할 것은 이 역병 묘사에 앞서 투키디데스가 아테네 정치지도자 페리클레스의 유명한 '전몰 용사 추도 연설'을 배치했다는 점이다. 페리클레스는 아테네의 '민주주의'와 '법의 지배'와 '자유'를 열거한 뒤 "우리나라 전체가 헬라스 세계의 학교"라고 말하며, 다른 나라에 모범이 되는 이 나라를 지키자고 역설한다. 그러나 페리클레스마저 추도 연설 뒤 역병으로 쓰러지자, 아테네의 정치 질서는 해체되고 나라는 초토화되고 만다. 역병은 5년여 동안 맹위를 떨치다가 서서히 물러나지만, 살아남은 아테네인들은 절도를 잃고 탐욕에 사로잡혔다고 투키디데스는 기록한다. 결국 정치가의 선동에 휩쓸려 시칠리아 원정에 나섰다가 아테네 군대가 몰사하는 참패를 겪는다.

소포클레스의 《오이디푸스 왕》은 이렇게 역병이 아테네를 짓누르던 시기에 상연된 작품이다. 소포클레스가 이 비극에서 이야기하려는 것은 '정치', 그중에서도 '정치지도자의 올바른 리더십'이다. 이 비극은 오이디푸스가 도시를 휩쓴 역병에 근심하는 장면으로 시작한다. 오이디푸스는 역병을 이겨낼 방안을 구하려고 아폴론의 신탁을 청한다. 아폴론은 '선왕 라이오스를 살해한 자를 찾아내 처벌해야만 이 땅을 덮은 더러움(miasma)이 정화될 것'이라고 대답한다. 오이디푸스는 기필코 범인을 밝혀내 '더러움'을 몰아내겠다고 다짐한다. 사건을 조사하던 오이디푸스가 맞닥뜨린 것은 다름 아닌 오이디푸스 자신이 범인이었다는 진실이다. 오이디푸스가 바로 더러움의 원인이었다. 오이디푸스는 진실을 보지 못한 자신의 두 눈을 찌르고, 자기가 한 말에 따라 스스로 추방 길에 오른다. 여기서 안재원은 소포클레스가 '약속을 지키고 법률을 준수하는 통치자' 모습을 부각함으로써 정치지도자에게 가장 중요한 덕목이 진실성과 책임감임을 강조했다고 말한다. 소포클레스에 이어 에우리피데스는 《미친 헤라클레스》에서 외부로 향했던 용기가 내부를 짓부수는 광기로 돌변한 헤라클레스를 보여준다. '적을 미워하고 친구를 사랑하라'는 아테네의 전통적인 정의관이 친구까지 파멸시키는 지경으로 전락할 수 있음을 헤라클레스의 광란을 통해 경고한 것이다.

플라톤의 《국가》는 역병과 전쟁이 아테네를 집어삼키고 수십 년이 지난 뒤 쓰인 저작이다. 역병과 전쟁으로 붕괴한 나라를 재건하고 삶의 기준을 다시 세우려면, 더 나아가 '소수의 행복이 아니라 시민 전체의 행복을 추구하는 나라'를 만들려면 종래의 정의관과는 다른 새로운 정의관이 필요하다는 것이 플라톤의 생각이다. 그 정의를 찾아 플라톤의 시선은 인간의 영혼으로 향한다. 플라톤은 인간 영혼이 이성과 기개와 욕망으로 구성돼 있다고 본다. 이 세 부분이 제구실을 하되 욕망이 멋대로 날뛰지 않도록 제어하는 것, 이것이 바로 영혼이 '자기의 주인'이 되는 길이다. 반대로 욕망이 이성의 통제를 벗어나 쾌락으로 질주할 때 인간은 '자기의 노예'가 되고 만다. 이 영혼의 무질서를 바로잡는 것이 바로 정의다. 영혼의 정의는 국가의 정의로 이어진다. 나라의 구성원들

플라톤은 인간 영혼이 이성과 기개와 욕망으로
구성돼 있다고 본다. 이 세 부분이 제구실을 하되
욕망이 멋대로 날뛰지 않도록 제어하는 것,
이것이 바로 영혼이 '자기의 주인'이 되는 길이다.
반대로 욕망이 이성의 통제를 벗어나 쾌락으로 질주할 때
인간은 '자기의 노예'가 되고 만다.
이 영혼의 무질서를 바로잡는 것이 바로 정의다.
영혼의 정의는 국가의 정의로 이어진다.

이 각각 제 몫을 하며 조화와 균형을 이루는 것이 국가의 정의다. 이렇게 플라톤은 기존의 정의관을 뛰어넘는다.

이 책이 마지막으로 검토하는 것은 호메로스의 《일리아스》다. 이 서사시는 그리스와 트로이의 전쟁을 다루지만, 핵심은 전쟁 자체가 아니라 연민과 화해에 있다고 안재원은 말한다. 《일리아스》의 정점은 사랑하는 친구 파트로클로스가 트로이 총사령관 헥토르의 손에 죽임을 당하자 분노한 아킬레우스가 헥토르와 대결해 목숨을 빼앗는 장면이다. 아킬레우스는 헥토르의 주검을 마차에 매달고 파트로클로스의 무덤 주위를 내달린다. 이 장면을 본 헥토르의 아버지 프리아모스가 적진으로 들어가 아킬레우스에게 아들의 주검을 돌려 달라고 애원한다. 프리아모스의 슬픔을 본 순간 아킬레우스는 마음이 열린다. 가장 사랑하는 이를 잃은 두 사람은 서로 부둥켜안고 오열한다. 《일리아스》는 불구대천

의 원수들이 이렇게 슬픔 속에서 화해하는 것으로 막을 내린다. 인간을 인간 그 자체로 보면 원수도 친구도 다를 것이 없다. 여기서 '친구를 사랑하고 적을 미워하라'는 배제주의적 정의관이 무너진다. 《일리아스》는 인류 최초의 반전(反戰) 문학이다.

고전 읽기를 마친 안재원은 현실로 돌아와 우리 시대가 극복해야 할 네 가지 정치 현상으로 반공주의·지역주의·성장주의·사대주의를 꼽는다. 이 네 기둥의 토대에 있는 것이 '강자의 이익'이라는 현실주의 정의관과 친구와 적을 가르는 배제주의 정의관이다. 안재원은 이 정의관이 남북분단 이래 한반도 현대사를 관통해 왔다며 이 완고한 정의관의 극복을 요청한다. 아테네와 스파르타가 싸우다 공멸한 역사를 되풀이해서는 안 된다는 것, 이것이 이 책의 결론이다.

플루타르코스가 말하는 민주주의

—

《모랄리아》_ 플루타르코스

로마제국 시대의 그리스 작가 플루타르코스(46~120?)는 방대한 저작을 남긴 사람이다. 4세기에 정리된 플루타르코스 저술 목록을 보면 전체 작품이 227편에 이른다. 흔히 '플루타르코스 영웅전'으로 부르는 《대비열전》만 해도 그리스와 로마의 위인 50명의 삶을 상세히 기술한 대작이다. 이 열전 말고도 플루타르코스는 수많은 소론을 썼는데, 그 중 78편이 '모랄리아'라는 이름으로 묶여 현전한다. 서양고대사학자 윤진 충북대 교수가 옮긴 《모랄리아》는 이 작품집 가운데 '지혜'에 관련된 글 다섯 편을 옮겨 묶은 것이다. 연전에 서양고대사학자 허승일(서울대 명예교수)이 '모랄리아' 가운데 교육·윤리에 관한 글 다섯 편을 묶어 옮긴 데 이은 두 번째 '모랄리아' 번역이다.

플루타르코스는 아테네 북부 보이오티아 지방 카이로네이아 출신이다. 그리스 본토가 로마에 복속되고 200년 가까이 지난 뒤에 태어나 그리스어로 작품을 썼기에 '최후의 그리스인'으로 불린다. 플루타르코스는 젊은 시절 아테네로 유학해 플라톤 철학을 공부한 뒤 제국 곳곳을 여행하고 로마로 가서 철학과 수사학을 가르쳤다. 역사·문학·종교·윤리를 포함한 광대한 지식과 뛰어난 언변으로 여러 후원자를 모았다. 40대 중반에 고향으로 돌아가 카이로네이아 최고행정관이 됐고, 오랫동안 인근 델포이 아폴론 신전의 신관을 지냈다. 플루타르코스는 플라톤 철학을 근간으로 삼되 여러 사상을 열린 태도로 받아들여 절충주의적인 면모를 보였다. 자유로운 토론을 중시하고 도덕적 삶에 높은 가치를 두었으며 덕과 관용을 강조했다. 플루타르코스의 저술은 정치지도자들에게 특히 필요한 이런 덕목을 역사 속의 생생한 사례를 들어 이야기하는 것이라고 요약할 수 있다.

이 번역본에서 먼저 눈길을 끄는 것은 맨 앞에 실린 〈7현인의 저녁 식사〉다. 고대 그리스의 일곱 현인들이 한자리에 모여 앉아 만찬을 즐기며 여러 주제를 놓고 토론하는 것이 내용이다. 기원전 7~6세기경에 살았던 일곱 현인이 누구인지는 출전마다 조금씩 다른데, 플루타르코스는 아테네 민주주의에 토대를 놓은 입법자 솔론, 밀레토스학파의 첫 번째 철학자 탈레스를 비롯해 비아스, 피타코스, 킬로, 클레오불로스, 아나카르시스를 일곱 현인으로 내세운다. 플라톤의 대화편 《프로타고라스》를 포함한 여러 문헌은 그 일곱 현인들이 아폴론 신전에 새길 경구를 고를 목적으로 델포이에 모인 적이 있다고 전한다. 플루타르코스는 이 글에서 코린토스의 지도자 페리안드로스가 이 일곱 현인을 초대해 만찬을 베푼 것으로 설정했다. 글의 구성을 보면 〈7현인의 저녁 식사〉는 대화로 이루어진 소설에 가깝다. 이 글은 플루타르코스가 고대의

그때 어느 무지한 시골 사람이 도편, 곧 질그릇 조각을 들고
아리스테이데스에게 다가와서 거기에 아리스테이데스의 이름을
써 달라고 했다. 아리스테이데스가 그 사람에게
"아리스테이데스를 아시오?"라고 묻자,
"아리스테이데스는 잘 모르지만 공정한 자라고들 하는 것이
짜증 나서 그런다"고 대답했다. 아리스테이데스는 입을 다물고
도편에 자기 이름을 써주었다.

여러 사료에서 찾아낸 것들을 기본 자료로 삼아, 플라톤 대화편과 유사
한 방식으로 등장인물들이 발언하고 토론하는 형식으로 이야기를 풀어
나간다.

대화의 소재 가운데 하나는 이집트의 파라오 아마시스가 보내온 편
지다. 편지에서 아마시스는 에티오피아 왕의 황당한 요구를 소개한
다. 에티오피아 왕이 '바닷물을 모두 마시면 자기네 땅을 일부 떼주겠
지만, 마시지 못할 거면 접경지의 이집트 주민들을 철수시키라'는 요구
를 해 왔다는 것이다. 아마시스는 여기에 어떻게 대응하면 좋겠느냐고
묻는다. 현인 가운데 한 사람인 비아스가 '바다로 흘러드는 강물을 먼
저 모조리 막아주면 요구대로 하겠다'고 응수하면 된다고 답하자 참석
자들이 모두 찬동한다. 말도 안 되는 요구에 진지하게 답할 것이 아니
라 그 방식 그대로 받아치면 된다는 얘기다. 이렇게 연회 분위기를 띄우
는 이야기들에 이어, 아테네 민주주의의 기초를 닦은 솔론이 참석한 것

을 고려해 '민중의 지배' 곧 민주정치에 관해 토론하는 장면이 나온다. 먼저 솔론이 "왕이나 참주라도 군주정을 폐하고 시민을 위해 민주정을 실시한다면 최고의 명성을 얻을 것"이라고 운을 뗀다. 이어 모든 시민이 공적인 일에 관심을 품고 정의를 실현하려 힘쓰는 나라에서 민주정치가 꽃필 것이라는 주장을 편다. 솔론의 말을 받아 비아스는 "모든 사람이 참주를 두려워하듯이 법을 두려워한다면 가장 훌륭한 민주정치가 될 것"이라는 견해를 내놓는다. 탈레스는 "사람들이 지나치게 부유해지지도 않게 하고, 지나치게 가난해지지도 않게 하는 것이 민주정치"라고 주장한다. 경제적 불평등 해소가 민주주의의 요체라는 얘기다. 아나카르시스는 '덕과 악덕'에 따른 차등에 초점을 맞춘다. "민주정치가 실시되는 곳에서는 사람들이 모든 면에서 똑같이 존중받는데, 다만 덕과 악덕을 지니는 정도에 따라 더 나은 사람과 더 못한 사람이 구분돼야 한다."

이어지는 글 '왕들과 장군들의 어록'은 플루타르코스가 《대비열전》에서 다룬 바 있는 인물들이 한 말들을 가려 뽑아낸 것들이 중심을 이룬다. 글 전체에 걸쳐 플루타르코스가 강조하는 것은 지도자의 관대함, 열린 마음이다. 그런 사례를 보여주는 일화 가운데 하나를 아테네 민주주의 초기의 정치지도자 아리스테이데스(기원전 530~468)에게서 찾아볼 수 있다. 아리스테이데스는 특정한 당파에 휩쓸리지 않고 독자적인 판단에 따라 정치를 했기 때문에 '공정한 자'라는 별명이 붙었다. 그런 평판을 받는 사람이 아테네 시민들의 충동적 결정으로 '도편추방' 투표 대상이 되고 말았다. 그때 어느 무지한 시골 사람이 도편, 곧 질그릇 조각을 들고 아리스테이데스에게 다가와서 거기에 아리스테이데스의 이름을 써 달라고 했다. 아리스테이데스가 그 사람에게 "아리스테이데스를 아시오?"라고 묻자, "아리스테이데스는 잘 모르지만 공정한 자라고들 하는 것이 짜증 나서 그런다"고 대답했다. 아리스테이데스는 입을 다물고 도편에 자기 이름을 써주었다. 쫓겨날 상황에 놓여서도 기꺼이 절차를 따르는 민주적 지도자의 면모가 드러나는 장면이다. 플루타르코스의 글은 여기까지 이야기하고 끝나지만, 역사는 아리스테이데스가 민회의 투표로 아테네에서 쫓겨남으로써 도편추방제의 부당한 희생자가 됐음을 알려준다. 얼마 뒤 페르시아가 쳐들어오자 아테네 시민들은 아리스테이데스를 추방령에서 풀어주었고, 돌아온 아리스테이데스는 플라타이아 전투에서 아테네 군대의 지휘를 맡아 대승을 거두었다. 민주주의가 지닌 약점과 함께 정치지도자의 덕성을 거듭 생각해보게 하는 일화다.

왕보다 더 자유로운 삶

—

《에픽테토스 강의 1·2》_ 에픽테토스

로마제국 시대의 '후기 스토아철학'을 대표하는 사람으로 세네카, 에픽테토스, 마르쿠스 아우렐리우스가 꼽힌다. 세 사람의 사회적 지위는 저마다 달랐는데, 세네카는 귀족이었고 아우렐리우스는 황제였으며 에픽테토스는 노예 출신이었다. 신분의 격차가 컸지만 에픽테토스(55?~135?)의 철학은 뒤 세대 아우렐리우스에게 심대한 영향을 주었다. 아우렐리우스는 《명상록》에서 "나는 루스티쿠스가 베낀 에픽테토스의 기록들을 빌려 읽었다"고 고백하기도 했다.

에픽테토스가 철학 학교 선생이었다는 것도 나머지 두 사람과 다른 점이다. 에픽테토스 사상이 후대에 남은 것은 제자 아리아노스가 에픽테토스의 강의 내용을 충실히 기록해 책으로 묶어낸 덕이었다. 아리아노스는 에픽테토스 강의록을 모두 여덟 권으로 펴냈고, 그 강의록의 핵심 내용을 정리해 《엥케이리디온》이라는 소책자에 담아내기도 했다. 그 소책자의 원본인 에픽테토스 강의록 가운데 네 권이 지금까지 전한다.

서양 고대철학 전문가 김재홍(정암학당 연구원)이 그 강의록을 《에픽테토스 강의》라는 이름으로 옮겼다. 연전에 《엥케이리디온》 번역과 해설을 묶은 책을 낸 바 있는 김재홍은 이 번역본에서도 방대한 주석과 해제를 달아 에픽테토스 철학의 세계로 독자를 안내한다.

에픽테토스 사상은 이 철학자의 불우한 삶에서 피어난 꽃이라고 할 만하다. 에픽테토스는 소아시아 히에라폴리스에서 기원후 55년 즈음 노예의 자식으로 태어났다. 고대 역사백과사전 《수다》에는 에픽테토스가 "류머티즘을 앓아 다리를 절었다"고 나오는데, 인생의 어느 시점에 질병의 침탈로 불구의 몸이 된 것으로 보인다. 이 불운한 인간은 어린 시절 로마로 팔려 와 네로 황제 비서였던 에파프로디토스의 소유가 됐다. 에파프로디토스는 영민한 노예 소년을 스토아철학자 무소니우스 루푸스에게 보내 철학을 배우도록 해주었고, 뒤에 노예 신분에서도 해방시켜 주었다. 루푸스의 철학은 실용적이고 실천적이었다. 의학 지식이 신체를 돌보는 데 유용하지 않다면 쓸모없듯이, 철학 이론도 영혼을 돌보는 데 유용하지 않다면 쓸모없다는 것이 루푸스의 믿음이었다. 루푸스의 가르침은 에픽테토스 철학이 나아가는 데 결정적 지침이 됐다.

학업을 마친 에픽테토스는 루푸스의 도움으로 로마에서 철학 교사가 됐다. 하지만 1세기 말 도미티아누스 황제가 자신의 통치 방식에 반대한다는 이유로 철학자들을 추방하자 에픽테토스도 로마를 떠나 그리스 서부 해안 도시 니코폴리스로 갔다. 그 도시에 철학 학교를 세운 에픽테토스는 곧 이름이 알려졌고 그곳 시민들의 존경을 받았다. 에픽테토스의 학교에는 많은 학생들이 들어와 기숙사 생활을 했고 고위 관료나 일반 시민도 찾아와 강의를 들었다. 2세기 초에는 하드리아누스 황제가 에픽테토스 학교를 직접 방문하기도 했다. 에픽테토스는 평생 결혼하지 않고 작은 오두막에서 침상과 램프만 두고 살았다.

《강의》는 노년의 에픽테토스가 한 공개 강의를 기록한 것인데, 맨 앞에 붙인 짧은 글에서 아리아노스는 스승의 말을 가능한 한 정확히 옮기려고 노력했다고 밝힌다. 아리아노스 말대로 이 기록에는 선생의 말이 생생하게 살아 있을 뿐만 아니라 선생의 성격과 인품도 그대로 드러나 있다. 에픽테토스는 소크라테스를 철학적 모범으로 삼았는데, 이 강의록도 소크라테스의 문답법을 연상시키는 대화로 이루어져 있다. 그런 이유로 에픽테토스는 당대의 소크라테스로 통했고, 그 강의를 기록한 아리아노스는 소크라테스의 제자 크세노폰을 닮았다 하여 '로마의 크세노폰'으로 불렸다. 에픽테토스의 철학 학교는 전문 과정과 비전문 과정으로 나뉘어 있었다. 이 책은 비전문 강의의 기록이어서 초심자들에게 철학을 훈련하도록 권유하는 것이 주요 내용이다. 여기서 철학은 스토아 철학, 더 정확히 말하면 '스토아 윤리학'이다.

에픽테토스 윤리학의 핵심은 《강의》 제1권의 첫 장에 등장하는 '우리에게 달려 있는 것'과 '우리에게 달려 있지 않은 것'의 구분에서 찾을 수 있다. 이 둘을 나누는 기준점이 에픽테토스가 '프로하이레시스'(prohairesis)라고 부르는 '의지'다. '우리에게 달려 있는 것'이란 우리의 의지에 달려 있는 것, 다시 말해 우리 의지의 통제 안에 있는 것을 말하며, '우리에게 달려 있지 않은 것'이란 우리 의지의 통제 밖에 있는 것을 말한다. 에픽테토스는 의지의 통제 안에 있는 것으로 '이성'을 꼽는 철학이란 우리를 자유로 이끄는 이 이성을 돌보는 일이다.
우리가 좌우할 수 없는 외적인 것을 바꾸려고 발버둥 치지 않고
올바른 이성의 지도를 따라 마음을 다스려 나갈 때 열리는 경지가
'아파테이아'(apatheia, 부동심)고 '아타락시아'(ataraxia, 평정심)다.
이 경지에 이르면 우리는 '왕보다 더 자유로운 삶'을 누릴 수 있다.
그러므로 에픽테토스 철학은 의지에서 출발해 이성을 통과하여
자유에 이르는 길을 제시하는 윤리학이다.

다. 이성으로 통제할 수 있는 것과 통제할 수 없는 것을 나누는 것이 윤리적 삶의 출발이다. 이때 이성의 통제 밖에 있는 것으로 에피쿠로스가 지목하는 것이 재산·명예·지위·신체 같은 것이다. 우리의 의지가 좌우할 수 없는 이런 외적인 것들에 매달려 사는 것이 노예의 삶이다. 반대로 의지가 통제하는 이성에 따라 사는 삶이야말로 진정으로 자유로운 삶이다. 철학이란 우리를 자유로 이끄는 이 이성을 돌보는 일이다. 우리가 좌우할 수 없는 외적인 것을 바꾸려고 발버둥 치지 않고 올바른 이성의 지도를 따라 마음을 다스려 나갈 때 열리는 경지가 '아파테이아'(apatheia, 부동심)고 '아타락시아'(ataraxia, 평정심)다. 이 경지에 이르면 우리는 '왕보다 더 자유로운 삶'을 누릴 수 있다. 그러므로 에픽테토스 철학은 의지에서 출발해 이성을 통과하여 자유에 이르는 길을 제시하는 윤리학이다. 자유야말로 에피쿠로스 철학의 궁극 목표다. 자유는 외적인 것들에 휘둘리지 않는 내면의 자유다.

에픽테토스는 평생 신을 받드는 경건한 삶을 살았다. 우리는 신에게서 와서 신 안에 살다가 신에게로 돌아간다. 그런 뜻을 담아 에픽테토스는 "우리는 우주의 시민이다"라고 공언했다. 우주 안에 우리가 있듯이 신 안에 우리가 있고, 우리 안에 우주가 있듯이 우리 안에 신이 있다. 에피쿠로스의 신론은 초기 기독교 교부 철학에 큰 영향을 주었는데, 두 신론 사이에는 다른 점도 많다고 옮긴이는 말한다. 이를테면 기독교의 구원이 신의 능동적 개입을 통한 구원인 것과 달리, 에픽테토스의 구원은 인간의 자기구원이다. 신이 준 이성의 능력을 발휘해 도덕적 완전성을 구현하는 것이 에픽테토스가 말하는 인간의 자기구원이다.

'암흑의 유럽' 깨운 이슬람 스페인

—

《스페인의 역사》_ 브라이언 캐틀러스

유럽중세사학자 브라이언 캐틀러스(Brian Catlos)가 쓴 《스페인의 역사》는 이슬람이 지배하던 중세 스페인의 정치·종교·문화의 흐름을 새로운 관점으로 서술한 역사서다. 711년 이슬람 군대 지휘관 타리크 이븐 지야드가 지브롤터해협을 건너 이베리아반도를 침공한 시점에서 시작해 8~10세기 우마이야 왕조, 11세기 이후 소왕국이 난립한 '타이파(종파) 체제' 시기를 거쳐 북부 기독교 왕국이 주도한 이베리아반도 통일, 그리고 1492년 반도 통일 이후 잔존하던 무슬림이 모두 쫓겨난 1614년까지, 900년 역사의 파노라마를 그려낸다. 스페인 역사 연구자 김원중이 중세 이슬람 인명과 용어의 난마를 헤쳐 가며 우리말로 옮겼다.

이 책은 중세 스페인 역사 연구에 획을 그은 저작으로 꼽힐 만하다. 전통적인 중세 스페인사 서술은 '레콩키스타'(reconquista, 탈환)를 중심에 두었다. 중세 스페인사가 이슬람 세력과 기독교 세력의 거대한 싸움의 연속이었고, 이 싸움은 기독교 세력이 이슬람 세력을 몰아내고 스페인 전역을 탈환하는 것으로 끝났다는 것이 레콩키스타 관점이다. 이런 '문명 충돌' 역사관에 대한 반동으로 등장한 것이 '콘비벤시아'(convivencia, 공존)를 중심에 둔 서술이다. 이슬람·기독교·유대교가 동거하며 융합의 문화를 꽃피웠다는 관점이다. 이런 관점이 레콩키스타 관점보다 진일보한 것은 맞지만, 캐틀러스는 레콩키스타 관점이든 콘비벤시아 관점이든 역사의 일면을 지나치게 과장한 것이라는 점에서는 다르지 않다고 말한다.

캐틀러스가 내놓는 대안은 '콘베니엔시아'(conveniencia) 곧 '편의'와 '실용'의 관점이다. "중세 스페인은 인종과 종교가 다른 공동체들이 관용이라는 고상한 이상을 위해서가 아니라 '편의'에 따라, 즉 자신들에게 이익이 된다고 생각하는 바에 따라 '함께 모여' 함께 일하는 땅이었다." '충돌'은 문명들 사이에서 벌어지기보다는 같은 문명 안에서 벌어졌고, '관용'도 정치적 이해관계상 쓸모가 있기에 채택되었다는 얘기다. "경쟁자가 같은 종교 공동체의 일원인 경우도 많았고 동맹자가 다른 종교 집단 구성원인 경우도 많았다." 캐틀러스는 이런 관점을 뒷받침하는 최신 연구 성과에 입각해 중세 스페인의 흥망성쇠를 새로운 서사로 구축해 간다.

그렇다면 왜 중세 스페인 역사가 오늘날 관심의 대상이 되는가? 한마디로 줄여, 중세 스페인의 역사를 알지 못하면 '근대 세계'를 만든 유럽 문명을 설명할 수 없기 때문이다. 전통적인 유럽사 서술은 '중세 후기에 고대 그리스·로마가 재발견됐고 그 재발견이 르네상스를 이끌었

지식문화의 고도화는 무슬림 학자와 유대교 학자의 합작품이었다. 플라톤·아리스토텔레스의 철학을 두고 유대인이 무슬림 학자에게서 배우고 무슬림이 유대교 학자에게서 배웠다. "지적 전선은 유대교와 이슬람교 사이가 아니라 플라톤주의자와 아리스토텔레스주의자 사이에 그어져 있었다."

으며 근대 유럽을 낳았다'고 뭉뚱그렸다. 그러나 어떤 경로로 고대 그리스-로마가 재발견됐는지는 묻지 않았다. 그 물음에 답을 주는 것이 바로 '알 안달루스' 곧 '이슬람이 지배하던 스페인'의 지식문화다. 이 스페인 이슬람 문화가 옛 영광을 잃어버리고 '암흑' 속에 잠자던 중세 유럽을 흔들어 깨웠음을 이 책에서 확인할 수 있다.

기억해 둘 것은 중세 스페인의 이슬람 문화가 더 보편적인 아랍·페르시아 이슬람 문명의 영향권 안에 있었다는 사실이다. 바그다드를 수도로 한 압바스 왕조의 이슬람 문명은 8~10세기에 최고조에 이르렀고, 고대 그리스·로마 문명의 유산을 고스란히 받아들여 과학·의학·수학·문학·철학의 꽃을 피웠다. 그 문명의 물결이 서쪽 끝 이베리아반도까지 미쳤다. 당시 스페인 우마이야 왕조는 압바스 왕조를 모범으로 삼았다. 압바스 왕조의 생활문화와 정신문화는 이슬람 세계 전역의 이상이었다. 이슬람 스페인의 궁정인과 상류층은 세련된 중동 문화를 동경해 모든 것을 그대로 모방했다. 페르시아인처럼 격식 있게 행동하고 고급스러운 언어를 쓰고 과학·예술·철학을 논할 줄 아는 것이 '세련' (아답, adab)의 표준이 됐다. 앎을 추구하고 책을 소유하는 것이야말로 아답의 핵심이었다. 이런 문화적 압력 속에서 10세기 우마이야 왕조의 압드 알 라흐만 3세는 수도 코르도바 인근에 거대한 도서관을 갖춘 새 궁전을 지었다. 그 아들 알 하캄 2세는 이 도서관을 세계 전역에서 수집한 40만 권의 책으로 채웠다. 귀족과 학자 들도 왕을 따라 나라 전역에 도서관을 세웠다.

그러나 10세기 이슬람 스페인의 수도 코르도바는 동쪽 압바스 왕조 수도 바그다드의 모조품 단계를 넘어서지 못했다. 그 시절 코르도바 궁정시인 이븐 압드 라비는 25권짜리 방대한 백과사전을 편찬해 그중 한 질을 바그다드 궁전에 보냈다. 백과사전을 본 페르시아인은 콧방귀를 뀌었다. "이것은 우리의 지식이 그곳으로 갔다가 다시 돌아온 것에 지나지 않는다." 그 백과사전은 이슬람 스페인은 거의 언급하지 않았고, 그 지역에서 생산된 책에 관해서는 아예 한 줄도 쓰지 않았다. 이 시기 스페인 지식인·상류층은 '거꾸로 된 오리엔탈리즘' 곧 '동양 숭배'에 젖어 있었다.

하지만 동양으로부터 배우기만 하는 이런 흐름은 머잖아 뒤집혔다. 우마이야 왕조가 끝나고 타이파 시대가 열린 뒤로 이슬람 스페인은 페르시아의 압바스 왕조에서 받아들인 것들을 소화해 새로운 지식문화를 탄생시켰다. 지식문화의 고도화는 무슬림 학자와 유대교 학자의 합작품이었다. 플라톤·아리스토텔레스의 철학을 두고 유대인이 무슬림 학자에게서 배우고 무슬림이 유대교 학자에게서 배웠다. "지적 전선은 유대교와 이슬람교 사이가 아니라 플라톤주의자와 아리스토텔레스주의자 사이에 그어져 있었다." 이런 학문적 공조의 분위기를 타고 12세기에 이르러 이븐 루시드(Ibn Rushd, 라틴명 아베로에스Averroes) 같은 당대 최고의 철학자들이 태어났다.

더 결정적인 것은 바로 이 시기에 라틴 유럽에 막 등장한 대학교에서 이 이슬람 학자들의 사상을 배우려는 열풍이 불었다는 사실이다. 라틴 세계의 지식인들이 선진 이슬람 철학을 번역하는 일에 뛰어들었고, 라틴어로 옮겨진 아랍어 철학서들이 유럽으로 쏟아져 들어왔다. 그런 지식의 바다에서 중세 가톨릭을 혁신한 토마스 아퀴나스 신학이 탄생했고, 이슬람 학문의 견실한 합리주의 토양에서 유럽 르네상스와 17세기 과학혁명의 싹이 솟았다. 근대 유럽이야말로 중세 이슬람의 자식인 셈이다.

인민주권의 뿌리를 찾아서

—

《평화의 수호자》_ 파도바의 마르실리우스

파도바의 마르실리우스(Marsilius Patavinus, 1275~1343)는 서양 고대 사상과 근대 사상 사이에 다리를 놓은 중세 후기의 정치철학자다. 고대 그리스·로마의 정치사상이 마르실리우스의 저술을 통과해 근대 정치 사상으로 이어진다. 《평화의 수호자》(1324)는 마르실리우스 정치사상이 집결된 저작으로 꼽히는데, 중세 라틴어로 쓰인 이 저작이 국내에 처음 으로 번역돼 나왔다.

이탈리아 자유도시 파도바에서 태어난 마르실리우스는 파도바대학 에서 의학을 공부해 의사가 됐지만 후에 철학과 신학을 더 깊이 공부해 파리대학 교수를 지냈고 짧게나마 파리대학 총장을 맡기도 했다. 마르 실리우스의 아버지는 파도바의 공증인이었는데 당시 공증인은 자유도 시의 길드체계에서 비교적 신분이 높은 계층에 속했다. 마르실리우스는 파도바 정치지도자들과 친분이 두터웠던 아버지의 영향으로 어려서부 터 정치 공간과 정치 토론에 친숙했다.

마르실리우스의 지적 성장기와 관련해 또 하나 주목할 것은 당대에 영향력이 컸던 아베로에스 철학에 깊은 감화를 받았다는 사실이다. 본 명이 이븐 루시드인 아베로에스(1126~1198)는 스페인 남부 코르도바 출신의 아랍계 철학자였는데, 아리스토텔레스 철학을 철저히 탐구해 유럽에 전해준 사람이다. 잃어버린 아리스토텔레스를 되돌려준 사람인 셈이다. 아베로에스는 '이중진리론'의 주창자로도 알려져 있는데, '이성 으로 논증된 세속의 진리'와 '계시를 통해 알려진 신앙의 진리'가 충돌 할 경우에 이 둘이 모두 참이라고 보는 것이 아베로에스주의가 말하는 이중진리론의 핵심이다. 종교의 진리와 세속의 진리를 분리해 따로따로 인정해주는 것이다. 마르실리우스는 파도바대학 시절에 아베로에스 철 학과 아리스토텔레스 사상을 익혔다.

마르실리우스가 《평화의 수호자》라는 정치철학적 저작을 쓴 것은 당 대 유럽의 정치 상황과 직접적 관련이 있다. 그 시절 유럽은 신성로마 제국 황제를 지지하는 황제파(기벨린파)와 로마 가톨릭 교황을 지지하 는 교황파(겔프파)로 나뉘어 있었다. 특히 파도바가 속한 이탈리아 북부 는 황제파와 교황파 사이에 갈등이 끊이지 않았다. 교황과 황제라는 이 중권력이 서로 우위에 서려고 싸운 것인데, 11세기에 시작된 그 싸움은 마르실리우스가 활동하던 시기에 교황 요한 22세와 황제 루트비히 4세 사이의 충돌로 나타났다. 당시 청빈을 신조로 삼은 프란체스코 수도회 가 무소유를 주장하며 교황과 맞선 것이 충돌의 계기가 됐다.

루트비히 4세가 프란체스코회를 지지하자, 그러잖아도 황제를 못마 땅하게 여기던 요한 22세는 1324년 루트비히 4세를 파문했다. 루트비히 4세는 즉각 '작센하우젠 호소'를 발표해 교황을 이단자라고 선언했다. 황제와 교황이 서로를 부정하고 적대하는 이 분란의 와중에 교황을 비판하고 황제를 지원할 목적으로 쓴 것이 《평화의 수호자》다. 그러므로 '평화의 수호자'라는 제목은 분란의 원인인 교회와 교황에 맞서는 세속적 정치권력을 뜻하고, 더 직접적으로는 신성로마제국 황제를 가리킨다.

《평화의 수호자》는 크게 두 부분으로 나뉘어 있다. 제1권은 아리스토텔레스의 《정치학》에 대한 주해를 통해 국가의 문제를 다루고, 제2권은 아우구스티누스 신학에 대한 주해를 중심으로 하여 교회의 문제를 다룬다. 그러나 이 두 주제는 따로 떨어져 있지 않고 마르실리우스의 정치철학적 관심 속에 하나로 엮인다. 제1권의 서두에서 마르실리우스는 아리스토텔레스가 국가에 관한 일반적 지식을 잘 서술한 것은 맞지만 아리스토텔레스의 지식만으로는 당대 유럽에서 벌어지는 분란의 원인을 알 수 없다고 말한다. 아리스토텔레스 시대에는 종교권력과 세속권력의 분화와 대결이라는 문제가 발생하지 않았기에 아리스토텔레스 철학만 보아서는 그 문제에 대한 해답을 얻을 수 없다는 얘기다. 마르실리우스의 근본 관심은 교회권력이 세속권력과 갈등을 빚음으로써 평화가 교란되는 사태를 어떻게 해결할 것이냐에 있다.

이 문제를 놓고 마르실리우스는 아베로에스주의를 자신의 관점에 따라 극단화한다. 아베로에스주의의 '이중진리론'은 종교적 진리와 세속적 진리가 충돌할 때 양자가 모두 참되다고 인정함으로써 교회와 국가의 공존을 추구한다. 그러나 마르실리우스는 이런 중립적 태도에 머물

마르실리우스는 세속권력의 단일성을 입증해 가는 과정에서
모든 권력의 토대를 '인민' 또는 '시민 전체'에서 찾았다.
시민 전체로서 인민이 권력의 바탕이며 법을 제정할
근원적 권한을 소유한다고 규정한 것이다.
이런 추상적 이념에서 인민주권과 사회계약이라는
근대 정치사상의 원칙이 자라났다.

지 않고 세속 진리 안으로 종교 진리를 끌어들여 통합하고자 한다. 요
컨대 교회를 국가에 복속시키고자 한다. "도시나 왕국에는 하나의 최고
통치직만 있어야 한다." 교회권력을 세속권력에 복속시키는 방식으로
정치권력을 단일화할 때 평화가 실현될 수 있다는 논리다.

이 논리는 당대에 교회권력 쪽에서 주장하던 '신정론'을 거꾸로 뒤집
은 것이라고 할 수 있다. 신정론이란 신의 대리인인 사제가 종교적 원리
에 따라 세상을 다스리는 것을 뜻한다. 마르실리우스는 이 논리를 역전
시켜, 세속권력이 교회권력을 장악해 하위에 두어야 한다고 주장한다.
또 이 주장을 뒷받침하는 과정에서 교황과 교회에 대한 비판을 쏟아낸
다. 교황청은 이 책을 금서로 지정하고 마르실리우스를 파문한다. 하지
만 이런 금압을 뚫고 이 책의 수많은 필사본이 유럽 각지로 전파돼 읽
혔고, 마르실리우스의 단호한 반교권적 주장은 16세기 종교개혁에 중
대한 이념적 동력이 됐다.

더 주목할 것은 이 책에 담긴 정치철학적 함의다. 마르실리우스는 세속권력의 단일성을 입증해 가는 과정에서 모든 권력의 토대를 '인민' (populus) 또는 '시민 전체'에서 찾았다. 시민 전체로서 인민이 권력의 바탕이며 법을 제정할 근원적 권한을 소유한다고 규정한 것이다. 다만 마르실리우스는 이 권한이 구체적인 입법과 집행 과정에서 시민 전체를 대표하는 소수에게 위임된다고 보았다. 그러므로 모든 권력이 인민에게서 나온다는 규정은 원리적 이념에 지나지 않는다. 하지만 이런 추상적 이념에서 인민주권과 사회계약이라는 근대 정치사상의 원칙이 자라났다. 아리스토텔레스를 비롯한 고대 그리스·로마의 정치사상이 망각의 깊은 잠에서 깨어나 마키아벨리를 거쳐 홉스-로크-루소의 정치사상으로 나아가는 데 마르실리우스가 거점 노릇을 한 것이다.

마키아벨리의 진심

—

《마키아벨리의 꿈》_ 곽차섭

서양사학자 곽차섭은 마키아벨리 전문 학자다. 마키아벨리 연구로 석·박사학위를 받은 뒤 《마키아벨리즘과 근대 국가의 이념》을 펴냈고, 마키아벨리 삶에 관한 권위 있는 전기인 로베르토 리돌피의 《마키아벨리 평전》과 마키아벨리 사상 연구에 획기적 전환을 가져온 존 포칵의 《마키아벨리언 모멘트》를 우리말로 옮겼다. 마키아벨리의 대표작 《군주론》의 이탈리아어 대역본을 내기도 했다. 《마키아벨리의 꿈》은 이렇게 지난 30여 년 동안 마키아벨리에 관한 연구와 번역을 하면서 써낸 논문 열두 편을 묶은 책이다. 마키아벨리의 삶과 저작을 분석하는 글을 비롯해, 마키아벨리즘의 역사를 추적하고 '마키아벨리 공화주의'를 탐사하는 글, 그리고 마키아벨리의 사상에 관한 곽차섭의 새로운 발견을 정리한 글이 한데 모였다.

이 책은 한마디로 줄이면 '마키아벨리의 꿈', 다시 말해 마키아벨리가 가슴에 품었던 이상을 해명하는 책이라고 할 수 있다. 역사상 위대한 저자들 가운데 상당수가 상반된 평가를 받지만, 니콜로 마키아벨리 (Niccolò Machiavelli, 1469~1527)만큼 그 평가가 극단적으로 엇갈리는 사람도 드물다. 악명 높은 권모술수의 주창자라는 낙인이 찍힌 마키아벨리 옆에, 폭정을 참지 못한 열렬한 공화주의자라는 칭송을 받는 마키아벨리가 있다. 그런 엇갈리는 평가를 받게 된 근본 원인은 마키아벨리의 두 주저 《군주론》과 《로마사 논고》가 서로 반대 방향을 가리키고 있다는 데 있다. 《군주론》은 군주가 될 야심을 품은 자에게 악덕을 속삭이는 책처럼 보이고, 《로마사 논고》는 공화국 시민이 자유와 독립을 지켜내는 데 필요한 미덕을 돋을새김한다. 이렇게 상반된 책이 한 사람에게서 나왔다는 것을 어떻게 이해해야 하는가? 이것이 수많은 논쟁을 낳은 '마키아벨리 문제' 혹은 '마키아벨리 수수께끼'다. 이 책은 이 수수께끼를 풀어 가는 책이라고도 할 수 있다.

곽차섭의 관점은 《로마사 논고》를 바탕에 놓고 《군주론》을 비판적으로 독해하는 것으로 요약할 수 있다. 공화주의자 마키아벨리를 프리즘으로 삼아서 《군주론》을 분석하는 것이다. 마키아벨리가 《군주론》을 쓴 것은 14년 동안 제2서기장으로서 봉직했던 피렌체 공화정부가 무너지고 메디치 가문이 실질적 지배자로서 복귀한 직후인 1513년이었다. 마키아벨리는 자신의 경험과 지식을 현실 정치에서 다시 펼쳐 보일 기회를 찾았다. 그 방법이 《군주론》을 집필해 메디치 가문의 유력자 줄리아노 데 메디치에게 헌정하는 것이었다. 말하자면 《군주론》은 피렌체의 지배자에게 자신을 써 달라고 천거하는 자기추천서였던 셈이다. 이 대목에서 곽차섭이 주목하는 것은 《군주론》이 주제로 삼은 '군주'가 '새로

《군주론》은 군주가 될 야심을 품은 자에게
악덕을 속삭이는 책처럼 보이고, 《로마사 논고》는
공화국 시민이 자유와 독립을 지켜내는 데 필요한
미덕을 돋을새김한다. 이렇게 상반된 책이
한 사람에게서 나왔다는 것을 어떻게 이해해야 하는가?
이것이 수많은 논쟁을 낳은 '마키아벨리 문제'
혹은 '마키아벨리 수수께끼'다.

이 국가를 세운 군주', 그중에서도 '외부의 힘으로 국가를 세운 군주'라는 사실이다. 마키아벨리가 《군주론》을 바치려 했던 줄리아노 데 메디치가 바로 이런 군주가 될 사람이었다. 줄리아노의 친형 조반니 데 메디치가 교황 레오 10세로 선출된 뒤 동생 줄리아노를 로마냐 지방의 군주로 삼으려 했던 것이다. 이런 사정을 간파한 마키아벨리가 줄리아노를 염두에 두고 《군주론》을 집필했다는 것이 이 책의 설명이다. 《군주론》의 주인공과도 같은 인물 체사레 보르자가 바로 교황 알렉산데르 6세의 사생아로서 로마냐 지방의 군주가 된 사람이었다. 하지만 줄리아노는 군주가 되기도 전에 급사했고, 마키아벨리의 구상도 물거품이 되고말았다. 이후 마키아벨리는 자신의 본심이 담긴 저작 《로마사 논고》를저술한다.

이런 상황에서 쓴 책이 《군주론》이지만, 이 책이 단순히 군주에게 조언만 하는 책은 아니라는 점이 중요하다고 곽차섭은 말한다. 마키아벨리는 체사레 보르자를 다룬 《군주론》 제7장에 이어 제8장에서 고대 시칠리아의 참주 아가토클레스의 사례를 거론한다. 주목할 것은 체사레 보르자나 아가토클레스나 모두 사악한 수단으로 정적을 제거하고 권력을 장악했는데도 이 두 사람에 대한 마키아벨리의 평가가 아주 다르다는 점이다. 마키아벨리는 아가토클레스를 이렇게 논평한다. "동료 시민을 죽이고 친구를 배반하고 신의도 자비도 신앙심도 내버리는 것을 덕이라고 부를 수는 없다. 이런 방식이 권력을 가져다줄 수는 있겠지만 영광을 가져다줄 수는 없다." 왜 영광을 가져다줄 수 없다는 걸까. 곽차섭은 아가토클레스가 자유공화국을 무너뜨리고 전제군주국을 세운 사람이기 때문이라고 말한다. 아가토클레스의 악행에는 어떤 고귀한 공적 이상도 없었다. 마키아벨리에게 영광은 언제나 '공동체에 대한 헌신'에만 따라올 수 있는 것이었다. 아가토클레스는 사익을 위해 공익을 파괴한 사람이었을 뿐이다. 바로 여기서 마키아벨리의 공화주의적 신념이 드러난다고 곽차섭은 말한다. 마키아벨리가 죽기 직전에 "나는 내 조국을 내 영혼보다 더 사랑한다"고 했던 것도 마키아벨리의 공화주의 신념이 얼마나 강했는지 알려준다.

이 책은 마키아벨리 사상이 서양정치사상사에서 겪은 변화의 경로도 상세히 살핀다. 마키아벨리의 공화주의 사상은 18세기 프랑스 계몽주의자들의 환영을 받았다. 더 주목할 것은 마키아벨리 공화주의가 프랑스혁명뿐만 아니라 미국혁명에도 깊은 영향을 주었다는 사실이다. '건국의 아버지' 가운데 한 사람인 존 애덤스부터가 마키아벨리 공화주의의 열렬한 사도였다. 곽차섭은 마키아벨리 연구의 권위자 존 포칵, 퀜

틴 스키너, 필립 페팃의 저작을 검토한 뒤 공화주의가 '견제와 균형의 혼합정체론'을 제도적 틀로 삼는다는 점을 강조한다. 마키아벨리의 인간관은 《로마사 논고》에서 밝힌 대로 "인간은 사악한 존재이며 틈만 나면 악의를 품는다"는 것으로 요약된다. 인간은 적절히 견제받지 않으면 반드시 부패하기 때문에 제도적 절차로 '정치적 야심'을 제어함으로써 시민의 자유를 보장해야 한다는 것이다. 더 나아가 공화주의 이상은 법과 제도만으로는 구현될 수 없고 반드시 '시민의 덕'과 함께해야 한다고 곽차섭은 강조한다. 자유와 정의는 시민의 적극적인 정치적 참여로써만 지켜질 수 있다는 것이다. 부패한 정부를 탄핵한 촛불시위가 그런 참여의 사례를 보여준다고 곽차섭은 말한다.

'중용'과 계몽주의
—

《인토르체타의 라틴어 중용》_프로스페로 인토르체타 역주

1688년 8월 7일 프랑스 국왕 루이 14세는 중국의 황제 강희제에게 편지를 보냈다. 중국 황제를 "가장 고귀하고 가장 뛰어나며 가장 강력하고 가장 고결한 무적의 군주, 나의 귀하고 선한 친구"라고 부르는, 라틴어로 쓰인 이 편지는 강희제의 도움으로 책 한 권이 출간됐다는 사실을 밝히고 있다. 17세기 동서 문명교류의 한 양상을 보여주는 진귀한 편지라고 할 수 있다.

이 편지에 등장하는 책이 한 해 전 파리에서 예수회 선교사 필리프 쿠플레가 라틴어로 출간한 《중국인 철학자 공자》라는 책이다. 중국의 고전 '사서' 가운데 《중용》《대학》《논어》의 라틴어 번역본과 '공자의 생애', '중국 왕조 연표'를 덧붙이고 '서문'을 앞세운 이 책은 중국 사상의 서양 전파와 17세기 동서 사상 교류를 증언하는 중요한 저작이다. 중국의 사상체계와 서양의 사상체계가 전면적으로 비교된 최초의 문헌으로도 꼽힌다. 그동안 이 책은 쿠플레의 저작으로만 알려져 있었다. 그러

나 서양고전문헌학자 안재원이 펴낸 《인토르체타의 라틴어 중용》은 쿠플레가 낸 책이 사실은 쿠플레의 동료 선교사 프로스페로 인토르체타 (Prospero Intorcetta, 1625~1696)의 책을 저본으로 삼아 편집한 것임을 문헌학 연구 방법을 통해 확증하는 뜻깊은 저술이다. 안재원은 파리국립도서관에 소장된 인토르체타의 '라틴어 원본'의 필사본을 입수해 그 원문을 판독하고, 쿠플레의 《중국인 철학자 공자》와 비교해 쿠플레의 책이 인토르체타의 원본을 편집한 것임을 밝혀냈다. 동서 사상의 전면적인 만남을 보여주는 첫 문헌의 저작권자가 인토르체타였다는 사실이 드러난 것이다. 《인토르체타의 라틴어 중용》은 이 '인토르체타 필사본' 가운데 《중용》 번역본에 해당하는 라틴어 원문을 싣고, 한국어 번역문과 상세한 주해를 붙인 책이다.

시칠리아에서 태어나 28살 때 예수회 사제 서품을 받은 인토르체타는 1659년 동료 쿠플레와 함께 중국에 들어가 선교 사업을 하면서 중국 고전 '사서'의 번역을 기획하고 출판했다. 이 사서 가운데 《대학》과 《논어》는 선임자였던 이그나치오 다 코스타가 먼저 번역했고, 코스타가 죽자 인토르체타가 선임자의 일을 이어받아 《중용》을 번역했다. 인토르체타는 1669년 이 고전 번역본을 인도 서부의 고아에서 활자본으로 출간했다. 쿠플레는 이 고아 활자본을 바탕으로 삼아 《중국인 철학자 공자》를 파리에서 출간했다. 쿠플레본의 편집 과정에서 큰 변화도 생겼다. 인토르체타의 원본에는 《중용》을 번역하면서 쓴 '보론' 여덟 편이 들어 있었으나, 쿠플레는 이 보론을 모두 생략했다. 쿠플레 편집본의 일차 목표가 루이 14세에게 헌정하는 데 있었으므로 《중용》 이해에 방해가 되는 보론을 생략한 것으로 보인다.

그렇다면 인토르체타가 사서를 기획하고 번역한 이유는 무엇일까? 인토르체타가 쓴 서문은 '중국 선교를 희망하는 젊은 예수회 신부들이 중국의 사상을 손쉽게 공부할 기회를 주는 것'이 고전을 번역한 이유임을 알려준다. 더 결정적인 이유는 예수회의 선교 전략과 관련이 있다고 이 책은 말한다. 예수회는 16세기 말 마테오 리치가 중국 선교에 나설 때부터 '적응주의'를 기본 전략으로 택했다. 문명국가 중국에 예수의 복음을 전하려면 그 나라의 문화와 전통을 존중하고 거기에 적응해야 한다고 본 것이다. 그런 적응주의 전략에서 나온 것이 '보유론'이었다. 보유론이란 기독교 사상과 서양의 학문으로 유교의 가르침을 보충한다는 것을 뜻한다. 예수회 선교사들은 유가 경전을 철저히 공부해 중국의 전통 사상과 문화를 잘 이해함으로써, 한편으로는 중국인과 가까워질 수 있는 길을 찾고 다른 한편으로는 유가 경전을 통해 그리스도의 복음을 전할 길을 찾으려 했다. 인토르체타가 《중용》을 번역한 것도 그런 이유였다. 《중용》의 가르침을 통해 기독교를 더 잘 이해시킬 수 있다고 본 것이다.

인토르체타가 《중용》을 번역하도록 자극을 준 더 직접적인 사건도 있었다. 17세기 중국 선교사 집단에서 벌어진 '전례 논쟁'이었다. 예수회는 중국인들이 하늘과 조상에게 드리는 제사를 일종의 문화적 관습으로 이해하고 이 전례를 용인했다. 그러나 뒤늦게 중국 선교에 뛰어든 도미니코회와 프란체스코회 선교사들은 중국인의 전례를 우상 숭배 행위로 보고 예수회의 제사 용인을 비판했다. 전례 논쟁은 거의 100년 동

인토르체타는 《중용》을 라틴어로 번역하면서
로마 철학자 키케로의 용어를 사용했고 《중용》의 내용을
풀이하는 과정에서는 아리스토텔레스 철학을 이용했다.
《중용》 번역이 단순히 문자의 옮김이 아니라
동아시아 사상을 서양 사상으로 옮기는 일이었음을 알려준다.

안 이어졌는데, 로마 교황청은 이 문제를 두고 금지와 허용 사이에서
갈팡질팡했다. 인토르체타는 이런 혼란한 시기에 중국인의 전례가 미신
적인 행위가 아니라 문화적인 행위임을 보증해주는 증거로 《중용》을 제
시하고자 했다. 마테오 리치를 포함해 적응주의 전략을 택한 예수회 신
부들은 중국의 고전에 나오는 천신 '상제'(上帝)가 기독교의 '신'과 같다
고 보았는데, 인토르체타도 그런 관점에 서 있었음은 물론이다.

인토르체타는 《중용》을 라틴어로 번역하면서 로마 철학자 키케로의
용어를 사용했고 《중용》의 내용을 풀이하는 과정에서는 아리스토텔레
스 철학을 이용했다. 《중용》 번역이 단순히 문자의 옮김이 아니라 동아
시아 사상을 서양 사상으로 옮기는 일이었음을 알려준다. 더 중요한 것
은 이 번역 작업을 통해 중국 철학이 서양의 계몽주의 발흥에 영향을
주었다는 사실이다. 독일의 계몽철학자 크리스티안 볼프는 1721년 할
레대학 부총장으로서 행한 연설('중국인의 실천철학에 대하여')에서 《중
용》을 인용해 자신의 계몽사상을 이야기했다. 또 이보다 앞서 중국 선

교사였던 조아킴 부베는 인토르체타가 '라틴어 《중용》'에서 강조한 '이상적인 군주'를 모델로 삼아 1697년 프랑스어로 《강희제 전기》를 썼으며, 철학자 라이프니츠는 이 전기를 라틴어로 번역해 출간했다. 라이프니츠 번역본 서문은 이 책을 "거의 비교할 수 없는 군주의 모범을 제시하는 책"이라고 밝힌다. 중국의 유교 사상이 서양의 계몽군주론에 큰 자극을 주었음을 짐작하게 하는 대목이다.

지성사의 숨은 거인 비코
—

《비코 자서전》_ 잠바티스타 비코

역사철학자 잠바티스타 비코(Giambattista Vico, 1668~1744)는 니콜로 마키아벨리 이후 인문학 분야에서 이탈리아가 배출한 가장 위대한 학자로 꼽힐 만한 사람이다. 그러나 우리의 경우, 최근까지도 비코의 사상은 역사학자들의 저서나 서양사 개론서를 통해 간접적으로 알려지는 데 그쳤다. 지난해 비코의 주저 《새로운 학문》이 서양사학자 조한욱(한국교원대 명예교수)의 성실한 번역으로 한국어본을 얻게 됨으로써 국내에서도 비코 연구의 토대가 마련됐다. 같은 번역자가 옮긴 《비코 자서전》은 이 '지성사의 숨은 거인'의 삶을 비코 자신의 목소리로 안내하는 책이다. 《새로운 학문》이 탄생하기까지 비코의 지적 행로를 그리고 있어 비코 사상의 형성 과정을 비코에게서 직접 듣는 기회를 준다.

비코가 《새로운 학문》을 처음 펴낸 것은 1725년이다. 그러나 그 뒤로도 비코의 이름은 오랫동안 서양사상사에 등장하지 않았다. 망각 속에 묻힌 비코를 되살려낸 사람은 프랑스 역사학자 쥘 미슐레였다. 미슐레는 《새로운 학문》이 세상에 나온 지 거의 100년이 된 1824년 그 책을 발견하고 '비코의 위대한 역사 원리'에 충격을 받아 이렇게 말했다. "내 게는 비코 이외의 스승이 없다." 미슐레는 연구에 매진해 비코에게서 민 중을 역사의 중심에 둔 진보적인 학자의 상을 찾아냈다. 다시 1세기 뒤 비코의 고향 나폴리 출신의 역사가 베네데토 크로체는 《비코의 철학》 (1910)을 저술해 선배 철학자의 삶을 기림으로써 비코가 역사학의 전면 에 등장하는 데 기여했다. 또 마르크스주의 진영 안팎에선 카를 마르크 스가 비코의 사상에 관심을 보인 데서 자극받아 비코와 마르크스의 역 사관을 비교하는 연구도 활발해졌다. 역사는 반복한다는 비코의 독특 한 역사관은 20세기 역사가 슈펭글러의 《서구의 몰락》이나 토인비의 《역사의 연구》의 순환사관으로도 이어졌다.

《비코 자서전》은 비코가 《새로운 학문》을 출간한 뒤 베네치아 유력 귀족에게서 자서전 집필을 권유받아 쓴 것이다. 그 귀족은 당대의 명망 있는 나폴리 학자 8명에게 '학업 과정에 있는 젊은이들에게 도움이 될 수 있도록' 학문적 삶을 기술한 책을 쓰게 했는데, 비코는 몇 번의 사양 끝에 집필 권유를 받아들였다. 특이한 것은 이 책이 자서전인데도 비코 가 제3자의 삶을 기술하듯 자신을 '비코'라고 부르며 객관적 시점에서 자신의 삶을 쓰고 있다는 점이다. 그리하여 이 자서전은 "잠바티스타 비코는 나폴리에서 상당히 평판이 좋던 선량한 부모 사이에서 태어났 다"라는 문장으로 시작한다.

그러나 이 첫 문장의 분위기와는 달리 비코의 일생은 불운이 할퀸 상 처가 아물지 않는 삶이었다. 한국어판 《비코 자서전》에는 비코가 24살 비코의 첫 번째 불운은 일곱 살 때 닥쳤다.
비코의 아버지는 나폴리에서 서점을 운영했다.
책을 좋아하던 어린 비코는 서가에 있는 책을 꺼내려고
사다리를 타고 올랐다가 거꾸로 떨어져
두개골에 금이 가는 중상을 입었다. 실신한 비코는
다섯 시간 만에 깨어났으나 사고의 후유증으로
"점점 우울하고 참을성 없는 사람으로" 변해 갔다.

무렵에 쓴 시 〈절망한 자의 사랑〉이 부록으로 실려 있는데, '쓰라린 고통'과 '비정한 슬픔'으로 점철된 이 장문의 시는 비코의 삶을 요약하는 듯이 보인다. 비코의 첫 번째 불운은 일곱 살 때 닥쳤다. 비코의 아버지는 나폴리에서 서점을 운영했다. 책을 좋아하던 어린 비코는 서가에 있는 책을 꺼내려고 사다리를 타고 올랐다가 거꾸로 떨어져 두개골에 금이 가는 중상을 입었다. 실신한 비코는 다섯 시간 만에 깨어났으나 사고의 후유증으로 "점점 우울하고 참을성 없는 사람으로" 변해 갔다.

비코는 학교생활에 적응하지 못해 결국 홀로 공부하면서 학문의 기초 과정을 마쳤다. 이런 이력 때문에 훗날 비코는 '스스로를 가르친 사람'(autodidascalo)이라는 별명을 얻었다. 20대가 끝날 무렵까지 이 '독학자'는 수많은 학문을 섭렵했는데, 이 책에는 고대 그리스·로마의 철학자·역사가·시인부터 비코 당대의 학자 스피노자와 푸펜도르프까지 무수한 이름이 등장한다. 비코의 공부 영역도 넓어서 형이상학을 비롯해 역사학·기하학·자연학·법학까지 거의 모든 분야를 포괄했다. 이런 공부 덕에 비코는 1699년 나폴리대학의 수사학 교수로 채용됐다. 비코의 삶에서 보기 드문 행운이었다고 할 만하다.

그렇게 빽빽한 지식의 숲을 가로지르는 동안 젊은 비코에게 두 사람이 학문의 안내자로 떠올랐다. 그리스 철학자 플라톤과 로마의 역사가 타키투스였다. "플라톤이 보편적 지식을 통해 이데아를 아는 인간의 덕성을 널리 알렸듯, 타키투스는 행운과 악운의 무한히 불규칙적인 사건들 속에서 실천적인 지혜를 가진 인간이 줄 수 있는 혜택을 조언했다." 플라톤의 철학과 타키투스의 역사학의 결합 속에서 훗날 비코의 독창적인 역사철학이 태어났다.

1723년 비코는 나폴리대학 법학 교수 자리가 비자 공모에 응했지만 탈락하고 말았다. 법학 교수는 수사학 교수보다 여섯 배나 많은 봉급을 받을 수 있는 자리였다. 이 사건은 비코에게 어린 시절의 추락에 버금가는 삶의 추락으로 다가왔다. 하지만 비코는 탐구와 집필을 멈추지 않고 이 불운을 또 다른 도약의 동력으로 삼았다. 마침내 2년 뒤에 필생의 대작 《새로운 학문》이 결실을 보았다.

《새로운 학문》의 원제는 '여러 민족의 공통적인 본성에 관한 새로운 학문의 원리'다. 여기서 비코는 '인간은 인간이 만든 것을 알 수 있다'는 명제를 제1원리로 제시했다. 이것은 데카르트를 비롯한 당대의 학자들이 탐구의 초점을 자연세계에 맞춘 데 대한 비판을 담고 있다. 자연세계는 신이 만들었기 때문에 신만이 궁극적인 원리를 알 수 있는데, 그 세계를 탐구하겠다고 달려드는 것은 어리석다는 얘기다. 반면에 비코는 인간의 사회와 역사는 인간이 만든 것이므로 인간의 지성으로 그 본질을 꿰뚫을 수 있다고 보았다. 그런 원칙에 입각해 역사를 탐구해 들어간 비코는 "인간사의 영원한 속성에 따라서 모든 민족은 흥기하고 정체하고 몰락하는 과정을 겪어 간다"는 결론을 끌어냈다. 순환론적 역사관이 탄생한 것이다. 비코는 이 역사의 전개와 순환에 민중의 힘이 작동하고 있음을 은근히 강조했다.

야만의 형벌을 심판하라

—

《베카리아의 범죄와 형벌》_ 체사레 베카리아

체사레 베카리아(Cesare Beccaria, 1738~1794)의 《범죄와 형벌》(1764)
은 근대 형법의 초석이 된 기념비적 저작으로 꼽힌다. 베카리아는 이 책
에서 자의적인 재판, 비인간적인 고문, 가혹하고 잔인한 형벌을 탄핵하
고 죄형법정주의의 원칙을 세움으로써 형사 사법 제도를 근대 이전과
근대 이후로 나누었다는 평가를 받는다. 이 저작은 18세기에 처음 출간
된 직후부터 당대 계몽주의 사상가 볼테르의 해설문과 함께 읽혔는데,
이번에 한국어로 번역된 《베카리아의 범죄와 형벌》은 볼테르의 그 해설
문을 부록으로 실었다.

이탈리아 밀라노에서 태어난 베카리아는 20살 때 파비아대학에 들어
가 법학을 전공한 뒤 뜻 맞는 지식인들과 모임을 결성해 형사 사법 제
도 개혁을 논의했다. 그 논의의 결과물이 26살 때인 1764년에 출간한
《범죄와 형벌》이다. 수학에 재능이 있었던 베카리아는 이 얇은 책을 수
학 논문처럼 논리적이고 간결한 형식으로 썼다. 하지만 문장들 사이사

이에는 비인간적이고 반지성적인 형벌 제도에 대한 의분과 인간다운 세상을 향한 휴머니즘의 열망이 짙게 배어 있다. 이를테면 다음과 같은 구절에서 《범죄와 형벌》을 쓰는 베카리아의 마음을 읽어낼 수 있다. "(이 글을 썼다는 이유로) 온 인류가 나를 경멸하더라도 기꺼이 받아들이겠다. 인류의 권리와 불굴의 진리를 지지함으로써 폭정과 무지에 희생되는 피해자 중 단 한 명이라도 죽음의 고통에서 구해낼 수 있다면 내게는 큰 위안이 될 것이다."

베카리아의 《범죄와 형벌》은 유럽 계몽주의 정신 속에서 잉태되고 태어난 계몽의 자식이다. 특히 계몽주의 운동의 대표자 볼테르의 《관용론》과 베카리아 저작 사이에는 직접 탯줄이 이어져 있다. 볼테르의 《관용론》은 1762년 프랑스를 뒤흔든 '칼라스 사건'을 고발한 책이다. 프랑스 남부 툴루즈 사람 장 칼라스는 가톨릭교도가 대다수인 곳에서 프로테스탄트교도로 살던 늙은 상인이었다. 어느 날 칼라스의 아들이 목매자살했는데, 이 사건을 보려고 몰려든 군중 가운데 누군가가 '칼라스의 아들이 가톨릭으로 개종하려 하자 가족이 아들을 죽였다'고 소리쳤다. 아무런 근거도 없는 소문은 툴루즈 시민 사이에 퍼져 나갔고 광신의 물결 속에서 칼라스는 체포됐다. 맹신과 편견으로 무장한 재판관들은 증거도 없이 칼라스에게 극형을 선고했다. 칼라스는 수레바퀴에 매달아 사지를 찢어 죽이는 거열형을 당했다. 이 사건을 알게 된 볼테르는 야만적인 재판과 형벌에 분노해 사건의 진실을 파헤치는 글을 써 여론에 호소했다. 사건은 재심에 부쳐졌고 칼라스는 뒤늦게 무죄 판결을 받았다.

볼테르는 1763년 이 사건의 전말을 담은 《관용론》을 출간해 종교 박해를 규탄했고, 볼테르의 필설로 칼라스 사건은 유럽 전역의 관심을 모았다. 베카리아의 《범죄와 형벌》은 바로 그 칼라스 사건과 볼테르 저작이 일으킨 파문 가운데서 집필됐으며, 그 주장의 단호함과 논증의 명료함으로 출간 직후부터 큰 반향을 일으켰다. 볼테르의 《관용론》이 무지와 맹목으로 물든 종교적 불관용에 각별히 주목했다면, 베카리아의 책은 잔혹한 형벌과 자의적인 재판을 비판의 과녁으로 삼았다. 《범죄와 형벌》이 1765년에 프랑스어로 번역되자 이듬해 볼테르는 이 책을 해설하는 글을 펴냈다. 이때부터 볼테르의 해설문이 베카리아의 책과 묶여 함께 읽히기 시작했다. 볼테르와 베카리아가 서로 바통을 넘겨주며 계몽주의 정신을 드높인 셈이다.

《범죄와 형벌》은 법의 기원과 목표를 '사회계약'과 '공리주의'라는 근대적 원리에서 찾는다. 인간이 야만 상태에서 벗어나 인간답게 살기 위해 맺은 사회계약의 산물이 법이며, 이 법은 '최대 다수의 최대 행복'을 목표로 삼아야 한다는 것이다. 또 이 책은 몽테스키외가 제시한 '법의 정신', 곧 "절대적 필요에서 비롯되지 않은 모든 형벌은 압제적이다"라는 일반 원칙을 논의의 출발점으로 삼는다. 이런 원칙에 따라 베카리아는 고문과 사형에 단호하게 반대한다. 고문은 유죄로 입증되지도 않은 피고인에게 육체적 고통을 안김으로써 징벌을 내리는 것이기 때문에 옳지 않다. 더구나 고문을 잘 견디는 자는 죄가 있어도 무죄 선고를 받고, 고문을 못 견디는 자는 아무 죄가 없어도 유죄를 뒤집어쓰게 된다. 그러므로 고문은 어떤 경우에도 정당화될 수 없다. 고문은 야만의 악습일

문장들 사이사이에는 비인간적이고 반지성적인
형벌 제도에 대한 의분과 인간다운 세상을 향한
휴머니즘의 열망이 짙게 배어 있다.
"(이 글을 썼다는 이유로) 온 인류가 나를 경멸하더라도
기꺼이 받아들이겠다. 인류의 권리와 불굴의 진리를 지지함으로써
폭정과 무지에 희생되는 피해자 중 단 한 명이라도
죽음의 고통에서 구해낼 수 있다면 내게는 큰 위안이 될 것이다."

뿐이다.

베카리아가 가장 긴 지면을 할애해 비판하는 것이 사형 제도다. "사형이라는 형벌은 어떤 논리로도 허용될 수 없다. 사형은 공공의 선에 필요하지 않고 유용하지 않은 파괴 행위이며 국가가 국민 한 사람을 상대로 하여 벌이는 전쟁이다." 사형은 법을 탄생시킨 사회계약의 원리에 반한다. 왜냐하면 자신의 생명을 앗아갈 권리를 양도하는 계약을 자발적으로 맺을 사람은 없기 때문이다. 사형은 그 효과를 놓고 보더라도 무익하고 무용하다. 형벌이 잔혹해진다고 해서 범죄 예방 효과가 더 커지는 것은 아니기 때문이다. 오히려 형벌이 잔인해질수록 인간의 정신은 완강해지고 둔감해진다. 과도한 형벌은 압제고 폭정일 뿐이다. 베카리아는 사형의 대안으로 종신노역형을 제시한다. "종신노역형은 사형 못지않게 범죄를 의도하는 자를 제지하는 데 필요한 엄격함을 갖추고 있다."

이 책에서 베카리아는 '장 칼라스 사건'을 염두에 둔 듯 재판관의 자의적인 판결을 다음과 같이 강력한 목소리로 비판한다. "도무지 일어날 것 같지 않은 범죄가 가장 설득력이 약하고 가장 모호한 증거, 심지어는 추측으로 입증됐다. 진실을 묻지 않고 범죄를 입증하는 것이 법과 판사의 중대사라도 되는 양, 아무렇지 않게 결백한 사람에게 유죄 판결이 내려졌다." 어떤 법관도 법에서 정하지 않은 형벌을 정의라는 이름으로 내려서는 안 되며, 어떤 재판도 공익을 핑계로 삼아 법이 정한 선을 넘어서는 형벌을 주어서는 안 된다. 베카리아는 가혹한 형벌은 계몽 이성과 박애 정신에 어긋나며 정의에도 부합하지 않고 사회적 합의에도 반한다고 말한다. 법을 다루는 자들의 편견과 자의로 법과 법정이 어지럽혀지는 것이 베카리아 시대만의 일은 아닐 것이다. 베카리아의 원칙은 법의 정신이 훼손당하는 곳이면 어디서나 여전히 호소력을 발휘한다.

전제군주와 계몽 정신의 만남

—

《예카테리나 서한집》_ 예카테리나 2세

예카테리나 2세(Ekaterina II, 1729~1796)는 프로이센의 프리드리히 2세와 함께 18세기 유럽을 대표하는 계몽전제군주다. 표트르 대제가 세운 러시아 제국의 제8대 황제이자 러시아의 마지막 여성 황제이기도 하다. 《예카테리나 서한집》은 그 예카테리나 황제가 동시대 프랑스 계몽사상가 볼테르(1694~1778)에게 보낸 편지를 엮은 책이다. 유럽 계몽기 지식인과 전제군주의 친밀한 관계를 알려주는 사료이자 예카테리나라는 희대의 여성 권력자의 정신세계를 그려보게 해주는 자료다. 서신 왕래를 통해 형성된 당대 '문필공화국' 또는 '편지공화국'의 실상을 들여다보게 해주는 창문이기도 하다.

예카테리나 2세는 표트르 대제의 강력한 서구화 정책을 이어받아 러시아 제국을 반석에 올려놓은, 말 그대로 '철의 여인'이다. 러시아의 18세기는 표트르가 열고 예카테리나가 닫았다. 아이러니한 것은 러시아를 유럽 최강 제국으로 세운 이 여성이 독일 출신이라는 사실이다. 본명이

'조피 아우구스테 프리데리케 폰 안할트체르프스트'인 이 여성은 프로이센의 작은 공국 슈테틴의 공작 딸로 태어나 16살 때 러시아 황태자와 결혼했다. 러시아 황실 일원이 되자 이름을 러시아식으로 바꾸고 종교도 개신교 루터파에서 러시아 정교회로 바꾸었다. 1761년 남편이 황제(표트르 3세)가 될 때까지 예카테리나는 황궁에 갇혀 살다시피 하며 읽기와 쓰기로 고독을 견뎠다. 그 시기에 계몽사상의 화신과도 같은 볼테르의 글을 읽고 감격해 열렬한 볼테르 지지자가 됐고, 이어 디드로와 달랑베르 같은 다른 백과전서파의 글도 탐독하기 시작했다.

예카테리나는 얌전한 독서가로 끝날 사람이 아니었다. 남편이 황제가 되자마자 예카테리나는 권력자의 본능을 발동해 허약하고 무능력한 남편을 쫓아내고 1762년 스스로 황제가 됐다. 이후 1796년에 세상을 떠날 때까지 34년 동안 러시아의 외교와 내치를 이끌었다. 오스만 튀르크 제국의 무스타파 3세와 벌인 전쟁으로 크림반도를 차지하고 흑해 항로를 확보한 것은 전쟁과 외교를 지휘하는 예카테리나의 실력을 명확히 보여준 사례로 꼽을 만하다. 후대의 러시아 시인 표트르 뱌젬스키(1792~1878)는 "위대한 러시아인(표트르 대제)은 우리를 독일인으로 만들고 싶어 했고, 위대한 독일인(예카테리나 2세)은 우리를 러시아인으로 만들었다"고 표현했다.

예카테리나는 프리드리히 2세와 함께 유럽 편지공화국의 가장 유명한 일원이기도 했다. 러시아 황제의 편지가 쉼 없이 날아간 곳 가운데 하나는 프랑스 계몽사상의 둥지였다. 예카테리나는 즉위 이듬해인 1763년부터 볼테르와 편지를 주고받기 시작해 볼테르가 세상을 떠나기

예카테리나는 볼테르가 《관용론》에서
개신교도라는 이유로 가톨릭교도들에게 핍박받고
죽임당한 칼라스 가족을 변호한 것을 두고 이렇게 쓴다.
"억압당하는 결백한 이들의 수호자가 되는 것은
곧 불멸의 존재가 되는 일입니다.
당신은 인류 공통의 적에 맞서 싸웠어요.
미신, 광기, 무지, 억지, 나쁜 판관,
그리고 각각의 수중에 놓인 권력에 대항해서요."

직전인 1778년 5월까지 왕래를 계속했다. 《예카테리나 서한집》에는 이 시기에 예카테리나 2세가 볼테르에게 보낸 40편 가까운 편지가 실려 있다. 또 이 편지들과 내용상 연관된, 달랑베르나 프리드리히 2세에게 보낸 편지도 함께 들어 있다.

이 편지 모음에서 두드러져 보이는 것은 볼테르와 예카테리나가 서로를 추어올리는 모습이다. 볼테르는 1763년 달랑베르에게 보낸 편지에서 달랑베르가 예카테리나의 초청을 거절한 것을 두고 이렇게 말한다. "아리스토텔레스는 알렉산드로스 대왕을 교육하는 일을 승낙하는 영예를 누렸고 당신에겐 그것을 거절하는 영광이 있다는 차이를 제외한다면, 이 (예카테리나의 초청) 편지는 필리포스 대왕이 아리스토텔레스에게 보낸 것과 비슷합니다." 그런가 하면 예카테리나는 볼테르가 《백과전서》에 쓴 글에 관해 이렇게 말한다. "당신의 '백과사전'을 읽으면서 내가 1천 번이나 말한 것을 계속 반복했습니다. 당신 이전에 이렇게 쓴 사람은 없으며, 당신 이후에 과연 당신 같은 사람이 있을지 무척 의심스럽다고요. 당신의 운문과 산문은 누구도 결코 능가할 수 없을 것입니다."

이 편지에서 두 사람을 엮어주는 '계몽의 정신'은 우선 '관용의 정신'이다. 예카테리나는 볼테르가 《관용론》(1761)에서 개신교도라는 이유로 가톨릭교도들에게 핍박받고 죽임당한 칼라스 가족을 변호한 것을 두고 이렇게 쓴다. "억압당하는 결백한 이들의 수호자가 되는 것은 곧 불멸의 존재가 되는 일입니다. 당신은 인류 공통의 적에 맞서 싸웠어요. 미신, 광기, 무지, 억지, 나쁜 판관, 그리고 각각의 수중에 놓인 권력에 대항해서요." 계몽군주의 '진보성'이 확인되는 대목이라고 할 만하다.

이 서간집에는 예카테리나가 바로 이 계몽군주로서 추진하던 '근대적 법전 편찬'에 관한 이야기가 여러 차례 등장한다. 예카테리나는 1767년 러시아의 법률을 정비해 통일할 입법위원회를 각계각층 사람들로 꾸려 소집하고, 이 위원회에서 해야 할 일을 담은 《교서》를 집필했다. 《교서》에서 예카테리나는 몽테스키외의 《법의 정신》(1748)과 이탈리아 법학자 체사레 베카리아의 《범죄와 형벌》(1764)을 드넓게 인용하고 여기에 황제 자신의 관용 정신을 덧붙였다. 입법위원회는 오스만 튀르크 전쟁으로 법전 완성을 보지 못한 채 해산됐지만, 그 활동의 결과는 러시아의 법률과 행정의 변화로 이어졌다. 편지에서 예카테리나는 《교서》 집필에 쏟은 열정을 강조하며 그 내용을 일부 소개하기도 한다. "사람들 사이에 다양한 신앙이 있는 거대한 제국에서 시민의 평화와 안정에 가장 해로운 잘못은 다양한 종교에 대한 불관용일 것이다."

예카테리나가 이런 관용의 계몽 정신으로 당대의 진보적 사상가들과 교류할 수 있었던 것은 그 시대 계몽군주의 중간자적 성격과 관련이 있다. 계몽군주는 낡은 봉건사회를 극복하고 근대 시민사회로 나아가는 과도기의 존재로서 봉건적인 교회·영주 세력을 제압하고 신흥 부르주아 세력을 끌어모으려 했다. 그런 역사적 지위가 봉건주의를 부정하는 부르주아 계몽 정신에 대한 뜨거운 관심으로 나타났다. 그러나 계몽군주의 목표는 민주주의가 아니라 왕권 강화였다. 계몽군주는 전제군주였다. 예카테리나 2세의 편지에서 계몽전제군주의 그런 이중적 정신을 확인할 수 있다.

과감히 알려고 하라!

—

《계몽이란 무엇인가》_ 이마누엘 칸트 외

'계몽이란 무엇인가' 하는 물음은 18세기 유럽 지식계를 뒤흔든 가장 첨예한 물음이었다. 영국과 프랑스에서 시작된 계몽주의는 18세기 후반 독일에서도 담론의 꽃을 피웠다. 독문학자 임홍배(서울대 교수)가 옮긴 《계몽이란 무엇인가》는 이 시기에 프로이센에서 발화한 계몽 담론들을 시대 흐름에 맞춰 엮은 책이다. 계몽을 정의하는 글들을 앞에 세우고, 계몽의 사회적 실천에 필수적인 '사상과 표현의 자유'를 주장한 글들, 계몽 담론이 프랑스혁명(1789)을 거치면서 사회혁명과 연계되는 양상을 보여주는 글들을 이어서 배치했다. 계몽에 관한 온건한 담론과 급진적 담론을 나란히 보여줌으로써 당대 계몽 담론의 지형을 입체적으로 조망할 수 있다. 이 책에 등장하는 필자는 14명에 이르지만, 주인공을 한 사람만 꼽으라면 독일 계몽주의의 정점이라 할 이마누엘 칸트(Immanuel Kant, 1724~1804)다. 이 책은 계몽에 관한 칸트의 글을 중심에 두고 그 글이 쓰인 맥락과 그 글이 남긴 영향을 보여주는 책이라고 보아도 무리가 없다.

독일 계몽운동의 산실 노릇을 한 것은 1783년부터 1796년까지 발행된 〈베를린 월간 학보〉다. 이 잡지의 발행을 이끈 것은 '계몽의 벗들'이라는 독일 계몽 지식인들의 모임이었는데 당시 프로이센 왕 프리드리히 2세(재위 1740~1786)의 신임을 받던 관료와 학자 들이 이 모임을 주도했다. 프리드리히 2세는 '계몽군주'를 자임하고 사상의 자유를 비교적 넓게 허용하면서 계몽 담론 확산의 후견인 노릇을 했다. 그런 사실에서 〈베를린 월간 학보〉의 기조가 '하향식 계몽'에 있었음을 알 수 있다. 이 잡지가 '계몽이란 무엇인가'를 논의 테이블에 올리게 된 계기는 '성직자들의 혼례 성사'를 둘러싼 논쟁이었다. 기고자 가운데 한 사람이 교회에서 혼례를 치르는 것은 허례허식이므로 폐지해야 한다고 주장하자, 다른 기고자가 나서서 교회가 결혼을 주관해야만 도덕적 타락을 막을 수 있다고 반박했다. 문제는 두 사람이 모두 '계몽'의 이름으로 주장을 폈다는 사실이다. '계몽이 무엇인지'를 먼저 정의하지 않고는 논의가 나아가기 어려워진 것이다.

바로 이런 상황에서 쓰인 것이 칸트의 〈계몽이란 무엇인가 하는 문제에 대한 답변〉이다. 〈베를린 월간 학보〉 1784년 12월호에 실린 이 글에서 칸트는 잡지 주도자들의 계몽관과는 사뭇 다른 주장을 편다. 칸트의 글은 "계몽이란 인간이 스스로의 잘못으로 초래한 미성년 상태에서 벗어나는 것이다"라는 문장으로 시작한다. 이때 미성년 상태란 "다른 사람이 이끌어주지 않으면 자신의 지성을 사용할 수 없는 무능력 상태"를 말한다. 이렇게 계몽을 규정하면서 칸트는 미성년 상태의 원인을 '스스로 지성을 사용할 결단력과 용기의 결핍'에서 찾는다. 이어 저 유명한 문장이 나온다. "과감히 알려고 하라(Sapere aude)! 자기 자신의 지성을 사용할 용기를 가져라! 이것이 계몽의 슬로건이다." 여기서 드러나는 대로 계몽이란 본질상 '자기계몽'이라는 것이 칸트의 생각이다. 인간을 '자율적 주체'로 보는 칸트의 사상이 '계몽'의 문제에서도 그대로 관철되고 있음을 알게 해주는 대목이다.

칸트가 이런 주장을 할 때 그가 가장 먼저 염두에 둔 것은 '종교적 차원의 계몽'이었다. 칸트는 당대 종교가 완고한 교리체계로 신자들을 미성년 상태에 가두고 있다고 생각했다. 성직자가 신자들을 대신해 신자들의 양심과 믿음의 문제를 해결해주는 것이다. 칸트가 보기에, 내 양심을 판단하는 일을 다른 사람에게 맡기는 것이야말로 '미성년 상태'를 가장 극명하게 보여주는 일이다. 국가와 교회는 신자들이 스스로 양심을 지키는 성년의 상태에 이르지 못하도록 막는다. 성직자들은 "그들이 돌보는 가축을 어리석게 만들고, 이 온순한 피조물들이 그들을 가두어 놓은 보행기 바깥으로 한 걸음도 벗어나지 못하도록 주도면밀하게 단속한다." 이렇게 족쇄를 채워놓고 스스로 걷지 못하게 하는 것이야말로 "인간 본성에 어긋나는 범죄"라고 칸트는 단언한다. 칸트가 말하는 '용기'는 바로 이 정신의 족쇄를 시민들이 스스로 깨뜨릴 용기를 가리킨다.

그러면 어떤 방식으로 계몽을 향해 나아갈 것인가? 칸트는 '이성의 사용'을 강조한다. 여기서 칸트가 구분하는 것이 이성의 '공적인 사용'과 '사적인 사용'이다. 이성의 사적인 사용이 자기 직분 안에서 그 직분이 요구하는 대로 이성을 사용하는 것이라면, 이성의 '공적인 사용'은 "학

칸트의 글은 "계몽이란 인간이 스스로의 잘못으로 초래한
미성년 상태에서 벗어나는 것이다"라는 문장으로 시작한다.
이때 미성년 상태란 "다른 사람이 이끌어주지 않으면
자신의 지성을 사용할 수 없는 무능력 상태"를 말한다.
이어 저 유명한 문장이 나온다. "과감히 알려고 하라(Sapere aude)!
자기 자신의 지성을 사용할 용기를 가져라!
이것이 계몽의 슬로건이다."

자의 입장에서 독서계의 모든 공중이 지켜보는 앞에서 이성을 사용하
는 것"을 뜻한다. 이성의 사적인 사용이 '도구적 이성'을 가리킨다면 이
성의 공적인 사용은 '공공적 이성'을 가리킨다. 칸트가 〈베를린 월간 학
보〉에 계몽에 관해 글을 쓰는 행위야말로 이성의 공적인 사용의 전형적
인 사례라고 할 수 있다. 이렇게 이성을 공적으로 사용할 때 인간은 스
스로 계몽을 향해 나아갈 수 있으며, 이때 필요한 것이 '자유' 곧 사상을
표현할 자유다. "자유를 허용하기만 하면 공중은 거의 틀림없이 스스로
를 계몽할 수 있다." 이 대목에서 '사상과 표현의 자유' 옹호자로서 칸트
의 모습이 뚜렷이 드러난다.

칸트의 계몽 담론은 이후 여러 문필가들의 발언을 통해 변형되
고 진화한다. 그런 사실을 칸트 철학의 후계자 요한 고틀리프 피히테
(1762~1814)가 1793년에 쓴 글 〈유럽 군주들에게 사상의 자유를 회복할
것을 촉구함〉에서 확인할 수 있다. 피히테는 칸트보다 훨씬 더 강경하

고 단호한 어조로 '양심의 자유, 사상의 자유, 표현의 자유는 그 어떤 권력도 제한할 수 없는 권리이며 검열에 맞서 진리 탐구에 매진하는 것이 계몽의 과제임'을 역설한다. 이어 1795년 요한 베냐민 에르하르트는 자유를 넘어 혁명이 민중의 권리임을 주장한다. "민중의 혁명이란 민중의 힘으로 성년의 권리, 즉 자립적 주체의 권리를 확보하고 귀족과 민중의 법적인 주종관계를 철폐하려는 시도다." "만약 민중이 스스로를 계몽하려는 것을 누군가 방해한다면 거기에 맞서 봉기할 권리가 있고, 만약 그런 방해가 체제에 기인한다면 그 체제를 철폐할 권리가 있다." 에르하르트의 이런 발언에서 급진화한 칸트의 목소리를 듣기는 어렵지 않다.

진리를 향한 정신의 모험

—

《정신현상학 1·2》_ 게오르크 빌헬름 프리드리히 헤겔

《정신현상학》(1807)은 독일 관념철학 거두 게오르크 빌헬름 프리드리히 헤겔(Georg Wilhelm Friedrich Hegel, 1770~1831)의 청년기 마지막을 장식하는 저작이자 헤겔 철학의 첫 번째 주저로 꼽히는 책이다. 《정신현상학》의 한국어판은 이제까지 헤겔 전문가 임석진(1932~2018)의 번역본이 정본으로 통용돼 왔다. 하지만 이 판본에 대해 헤겔 연구자들 사이에 여러 이의가 제기됐고 새로운 번역본이 필요하다는 주장도 꾸준히 나왔다. 이런 분위기를 타고 이번에 또 다른 헤겔 전문가 김준수(부산대 철학과 교수)가 《정신현상학》의 새로운 번역본으로 임석진 판본에 야심 찬 도전장을 내밀었다. "원본에 충실하고 학문적으로 신뢰받을 수 있는 완전히 새로운 완역을 최우선 목표이자 원칙으로 삼은" 번역본이다. 이로써 《정신현상학》의 한국어판은 임석진본과 김준수본이 경합하는 체제로 들어섰다.

《정신현상학》은 서양 철학의 역사 전체를 통틀어 가장 난해한 저작

가운데 하나로 꼽는다. 따라서 번역자가 어떤 자세로 이 저작에 다가가
느냐, 어떤 방식으로 내용을 이해하느냐에 따라 번역 문장이 크게 달라
질 수밖에 없다. 새 번역본의 옮긴이는 '해제'를 통해 자신의 번역 원칙
을 밝혀놓았다. 우선 임석진본이 가독성을 앞세워 원문을 과감히 풀어
서 옮긴 데 맞서 원문에 충실한 직역을 번역 원칙으로 세웠다고 강조한
다. "원문의 구문론적 복잡성과 의미론적 모호성, 심지어 문법적 오류
까지도 윤색하기보다는 가급적 번역문에서 드러날 수 있도록 문장을
구성했다." 또 기존 번역본이 헤겔 사후 1832년에 나온 제2판을 기준으
로 삼은 것과 달리, 새 번역본은 1807년 헤겔이 직접 펴낸 초판본을 저
본으로 삼았다. 헤겔은 초판이 절판된 뒤 1831년 가을 제2판을 준비하
면서 수정할 대목을 손으로 써 나갔으나 갑작스러운 죽음으로 수정 작
업이 중단되고 말았다. 기존 판본은 이 수정 사항을 본문에 넣었으나,
새 번역본은 헤겔의 수기를 각주로 실었다.

　《정신현상학》이 난해해진 것은 헤겔 사유 자체의 독특함과 심오함이
가장 큰 이유겠지만, 집필과 출간을 둘러싼 복잡한 사정도 내용이 어려
워지는 데 한몫했다. 당시 예나대학 강사였던 헤겔은 정규 교수라는 안
정된 자리를 얻고자 했고, 그러려면 학문적 탁월성을 보여줄 저서를 서
둘러 출간할 필요가 있었다. 헤겔은 출판사와 기한을 정해놓고 《정신현
상학》 집필에 들어갔지만 마감은 끝없이 늦춰졌다. 더구나 이 책을 집
필하던 시기는 나폴레옹이 프랑스 황제로 등극한 뒤 프로이센과 전쟁
을 치르던 때였다. 헤겔이 머물던 예나가 그 전쟁의 격전장이었다. 시간
에 쫓긴 헤겔은 1806년 봄 《정신현상학》 절반에 해당하는 원고를 먼저

애초의 제목 '의식의 경험의 학'과 나중에 바꾼
제목 '정신현상학'은 어떤 차이가 있을까? '의식의 경험의 학'에서
말하는 '의식'은 우리 인간의 의식을 가리킨다.
의식이 온갖 방식으로 자기와 세계를 경험함으로써
마침내 절대지에 도달하는 과정을 그리는 것이
헤겔이 초기에 생각한 집필 구도였다.
그러나 '정신현상학'의 '정신'은 인간의 의식이 아니라
정신 자체, 곧 신의 절대정신을 가리킨다.

출판사에 넘겨 인쇄에 부치고 나머지 절반은 그해 10월에야 출판사에
보냈다. 그리고 난 뒤 '서문'을 새로 써 이듬해 1월 인쇄에 넘겼다. 이렇
게 원고가 채 완성되지도 않은 채 인쇄에 들어간 탓에 그렇잖아도 난삽
한 본문이 더 어지러워졌고, 《정신현상학》 이해를 둘러싸고 여러 쟁점
이 발생했다.

그런 사태를 보여주는 결정적인 것 가운데 하나가 《정신현상학》의 서
두를 채운 두 종류의 머리글이다. 이 두 머리글 가운데 먼저 쓴 것이 '서
론'이고, 나중에 쓴 것이 '서문'이다. 《정신현상학》은 '서문' 다음에 '서론'
이 이어지고 그 뒤로 본문이 시작된다. '서문'과 '서론'을 따로 쓴 것은 집
필 과정에서 헤겔의 생각이 크게 바뀌었음을 보여주는 분명한 사례다.
본디 헤겔은 이 저작의 제목을 '의식의 경험의 학'이라고 잡고 '서론'부터
쓰기 시작했다. 그러나 본문을 써 나가는 중에 내용이 급격히 늘어나 집

필 계획에 들어 있지 않았던 '정신' 장과 '종교' 장까지 포함하게 됐다. 이렇게 분량이 커지고 내용이 확장되자 뒤늦게 책 제목을 '정신현상학'으로 바꾸고 마지막에 '서문'을 새로 써 책 전체의 의미를 부각했다.

그렇다면 애초의 제목 '의식의 경험의 학'과 나중에 바꾼 제목 '정신현상학'은 어떤 차이가 있을까? '의식의 경험의 학'에서 말하는 '의식'은 우리 인간의 의식을 가리킨다. 의식이 온갖 방식으로 자기와 세계를 경험함으로써 마침내 절대지에 도달하는 과정을 그리는 것이 헤겔이 초기에 생각한 집필 구도였다. 그러나 '정신현상학'의 '정신'은 인간의 의식이 아니라 정신 자체, 곧 신의 절대정신을 가리킨다. 이 정신이 인간의 의식을 통해 자신을 드러내고 전개함으로써 절대지에 도달하는 과정을 보여주는 것이 '정신현상학'이다. 경험의 주체가 '인간의식'에서 '정신 자체'로 바뀐 것이다. 다시 말해, 인간의식이 수많은 경험을 거쳐 절대적 앎에 이르는 과정을 그리는 것이 첫 번째 구도였다면, 정신 자체가 인간의식을 통해서 자신을 펼치고 완성하는 과정을 그려 보여주는 것이 두 번째 구도였다. 그렇게 보면 《정신현상학》은 헤겔이 처음 생각한 책('의식의 경험의 학')보다 훨씬 더 장대하고 웅혼한 저작이 된 셈이다.

새 번역본은 임석진본과 비교해보면 거의 모든 문장에서 차이를 보인다. 가령 임석진본은 '서문'의 한 구절을 이렇게 옮긴다. "진리는 곧 전체다. 그러나 전체는 본질이 스스로 전개돼 완성된 것이다. 절대적인 것에 대해 얘기한다면, 이는 본질상 결과로서 나타나는 것이며 종말에 가서야 비로소 그의 참모습을 드러낸다고 해야만 하겠다." 반면에 새 번역본은 같은 곳을 이렇게 번역했다. "참된 것은 전체적인 것이다. 그런데 전체는 오로지 자신을 전개함으로써 스스로를 완성하는 본질이다. 절대적인 것에 관해서는 그것이 본질적으로 결과이며 종착점에서야 비로소 참으로 그것인 바대로 존재한다고 말해야 한다." 김준수본이 원문에 맞춘 번역이라면, 임석진본은 좀더 자유로운 번역이다.

이 인용문에서 얼핏 드러나는 대로, 헤겔에게 진리는 개별적이고 파편적인 앎이 아니라 지난한 도야의 과정을 거쳐 마침내 도달하는 전체에 대한 앎이다. 헤겔 사유의 담대함은 변증법적 방법을 통해 인간 삶의 모든 것을 아우르는 전체를 시야에 넣는다는 데 있다. 동시에 이렇게 전체를 장악한 것만이 진리라는 이 근본 사상은 이후 헤겔 철학에 대한 무수한 도전과 비판을 낳았다.

"내가 어떻게 교회를
믿을 수 있겠는가?"

—

《교리신학 연구》 _ 레프 톨스토이

19세기 러시아의 문호 레프 니콜라예비치 톨스토이(Lev Nikolayevich Tolstoy, 1828~1910)는 신앙의 거인이기도 했다. 톨스토이의 삶은 크게 두 부분으로 나뉜다. 50살이 될 때까지 톨스토이는 세속의 욕망에 찌든 방탕한 삶을 살았다. 그러다 실존을 벼랑으로 몰아붙인 '중년의 위기'가 닥쳤다. 톨스토이는 《참회록》을 쓰고 완전히 새로운 사람으로 다시 태어났다. 톨스토이가 '탕자의 삶'을 접고 '성자의 삶'으로 나아가는 데 가장 믿음직한 길잡이가 된 것이 기독교 신앙이다. 《교리신학 연구》는 톨스토이가 이 삶의 전환기에 쓴 러시아 정교의 '교리신학' 비판서다. 톨스토이의 신앙관을 깊이 알게 해주는 이 책이 우리말로 처음 완역됐다.

톨스토이가 교리신학 비판의 텍스트로 삼은 책은 당대 러시아의 신학자 마카리 불가코프의 《정교 교리신학》이다. 불가코프는 이 책에서 초기 교부 신학 이후 정착된 동방 기독교 교리를 체계적으로 정리해 집대성했다. 톨스토이는 이 교리서를 꼼꼼히 따라가며 그 내용을 조목조목 비판한다. 책의 서두에 나오는 고백을 보면 톨스토이가 처음부터 정교 교리를 비판하는 데 연구의 목적을 두었던 것은 아님을 알 수 있다. "내가 정교회 신앙의 가르침을 연구하게 된 것은 불가피한 일이었다. 정교회와의 일치 속에서 나는 절망으로부터 구원을 발견했다." 그러니까 자신을 구원에 이르게 해준 기독교 신앙을 체계적으로 이해해보려고 교리신학을 연구하기 시작했다가 그 내용이 자신의 믿음과 너무나 동떨어진 것을 발견하고 비판으로 돌아섰다는 말이다.

톨스토이의 비판이 작열하는 곳은 기독교 교리의 핵심이자 기독교 신앙의 기초로 받들어지는 '삼위일체론'이다. 삼위일체론이란 '신은 한 분이지만 그 위격(persona)은 세 분'이라는 것, 다시 말해 성부와 성자와 성령이라는 세 위격이 하나라는 것이다. 톨스토이는 이 삼위일체론이 도무지 인간의 이성으로는 이해할 수 없는 것이라고 말한다. "세 위격으로 된 신, 아버지도 신이고 아들도 신이고 성령도 신이지만 세 신이 아니라 한 신이라는 이 교리는 우리의 모든 이해력을 완전히 넘어선다." 그러면서 톨스토이는 농부들이나 아낙네들에게 삼위일체가 무엇인지 물어보라고 말한다. "열 명 중 한 명도 대답하지 못할 것이다." 톨스토이는 이것이 무지 때문이 아니라고 단언한다. "그리스도의 가르침이 무엇인지 물어보라. 모든 사람이 대답할 것이다." 삼위일체론은 복잡하지도 길지도 않은데 왜 아무도 대답하지 못하는가. "의미를 가지지 않은 것을 알 수는 없기 때문이다."

톨스토이의 비판은 계속된다. 먼저 삼위일체에서 '위격'이라는 말이 정확히 무엇을 뜻하는지 교리신학 전체를 들여다봐도 알 수 없다. 더구나 교리신학은 그 세 위격이 결국 하나라는 것을 납득할 만한 근거를 내세워 증명하지도 않는다. 그저 삼위일체는 '기독교 교리 중에서 가장 이해하기 어려운 것'이며 '신비 중의 신비'라고 주장할 뿐이다. 톨스토이는 삼위일체가 성경에 출처를 둔 것이 아니라, 신학자들이 나중에 정립한 것임을 지적한다. 서기 325년 니케아 공의회에서 아타나시우스가 주장해 처음으로 관철시킨 교리가 삼위일체다. 당시 아타나시우스의 맞수 아리우스는 삼위일체론을 거부하고 '예수는 신의 피조물'이라고 주장했다. 예수의 신성을 부정한 것이다. 아리우스파는 아타나시우스파에게 패배했고 이단으로 떨어졌다.

톨스토이가 아리우스파의 주장에 가깝다는 사실은 예수의 신성을 옹호하는 교리신학을 비판하는 데서 분명하게 드러난다. 톨스토이는 성서의 어느 구절에서도 예수 자신이 신과 동등한 자라고 말한 바가 없음을 강조한다. 물론 예수는 자신이 '신의 아들'이라는 것을 부정하지 않았다. 그러나 동시에 예수는 자신을 '사람의 아들'이라고도 불렀다. 톨스토이는 이 사실이 뜻하는 바를 이렇게 해석한다. 예수는 사람의 아들로서, 다시 말해서 인간으로서 자신을 드러냈을 뿐만 아니라 '신의 아들', 곧 '신의 사랑 속에 있는 자'로 자신을 이해했다는 것이다. '신의 아들'이란 삼위일체론이 주장하는 대로 '처녀 마리아에게서 성령으로 잉태돼 태어난 성육신'이라는 뜻이 아니라, '신의 사랑을 받는 자녀' 가운데 하나임을 뜻한다. 예수만이 신의 아들인 것이 아니라 사람이라면 모두 다 신의 자녀이며, 예수 자신도 그런 사람들 가운데 하나라는 얘기다. "너는 내 사랑하는 아들이다. 내가 너를 기뻐하노라"라는 복음서의 말

"주교와 대주교라고 불리며 비단옷과 비로드 옷을 입고
다이아몬드 성모상을 목에 달고 있는 사람들, 그리고 무슨 성사를
행한다는 구실 아래 민중을 속이고 수탈하는 데
골몰하는 사람들 …… 내가 어떻게 이 교회를 믿을 수 있겠는가?"
톨스토이의 이런 기독교 비판은 러시아 정교회와 화해할 수 없는
불화로 이어졌고, 정교회는 톨스토이 파문으로 답했다.

씀은 그렇게 이해해야 한다. 그러나 기독교 교리는 예수를 신성화함으
로써 예수의 진정한 가르침을 왜곡했고 예수를 잘못 이해하도록 이끌
었다고 톨스토이는 말한다.

톨스토이의 이런 비판은 교회와 성직계급에 대한 단호한 거부로 귀
결한다. 교회가 인간의 건전한 이성으로는 이해할 수 없는 교리를 고집
하는 것은 이런 교리를 통해 민중을 현혹하고 갈취하려는 데 목적이 있
다는 것이다. "주교와 대주교라고 불리며 비단옷과 비로드 옷을 입고
다이아몬드 성모상을 목에 달고 있는 사람들, 그리고 무슨 성사를 행한
다는 구실 아래 민중을 속이고 수탈하는 데 골몰하는 사람들 …… 내가
어떻게 이 교회를 믿을 수 있겠는가?" 톨스토이의 이런 기독교 비판은
러시아 정교회와 화해할 수 없는 불화로 이어졌고, 정교회는 톨스토이
파문으로 답했다.

'교리신학 비판'을 통해 드러나는 톨스토이의 신은 특정 종교나 교파

에만 국한된 신이 아니라 불교도든 이슬람교도든 가리지 않고 인간을 보편적으로 사랑하는 신이다. 톨스토이는 자신이 믿는 이 '사랑의 기독교 신앙'을 따라, 러시아 민중을 억압하는 당대 체제를 비판하고 무소유의 실천으로 나아갔다. 특히 톨스토이의 비폭력 평화 정신은 인도의 간디에게 큰 영감을 주었다. 톨스토이 사상은 우리나라에 들어와 다석 유영모와 함석헌의 기독교 사상에도 짙은 자취를 남겼다.

경제 성장엔 권위주의 정부가 낫다?

—

《정념과 이해관계》_ 앨버트 허시먼

미국 경제학자 앨버트 허시먼(Albert Hirschman, 1915~2012)은 경제학이라는 분과학문에 갇히지 않는 드넓은 학문적 시야를 보여준 걸출한 학자다. 1976년에 펴낸 《정념과 이해관계》는 경제학 울타리를 넘어선 사회사상가로서 허시먼의 역량이 유감없이 발휘된 저작이다. 이 책은 원서가 130여 쪽에 지나지 않는 얇은 책이지만, 컴퓨터 압축 파일처럼 역사와 논리가 정교하게 요약된 저작이다. 서양 근대의 정치경제사상사를 '오컴의 면도날'로 해부하며 최단 거리로 주파한다. 20주년 기념판 서문에서 경제학자 아마르티아 센은 이 책을 "허시먼이 우리에게 남겨준 가장 훌륭한 이론적 기여"이자 "그의 저작들 가운데 최고의 저작"이라고 상찬한다.

허시먼이 이 책에서 살피는 것은 17~18세기 자본주의 발흥기에 서구에서 나타난 정치·경제사상의 변천이다. 이 변천 과정을 소묘함으로써 허시먼은 오늘날 지배적 위치에 오른 주류 경제학의 맹점을 선명하게 보여주려고 한다. 다시 말해, 경제와 정치의 관계에 대한 상투적인 믿음을 깨뜨리는 것이 이 책의 목표다. 이 사상사의 축도를 그려 나갈 때 허시먼이 길잡이로 삼는 것이 '정념'(passion)과 '이해관계'(interest)라는 말이다. 두 단어는 근대 서구사상사에서 정치와 경제의 관계를 설명하는데 핵심이 되는 낱말로 이 책에 불려 나온다. 정치 영역을 지배하는 뜨거운 '정념'이 경제 영역을 좌우하는 차가운 '이해관계'를 통해 제어될 수 있다는 생각이 어떤 과정을 거쳐 형성됐는지를 규명하는 것이다.

이 책은 소유욕·지배욕·성욕을 3대 악덕으로 규정한 중세 기독교의 교의가 근대에 들어와 힘을 잃었다는 데서 시작한다. 그리하여 이 악한 정념들을 어떻게 다스릴 것인가가 사상사의 주요한 문제로 등장했다. 이 시기에 영국 철학자 프랜시스 베이컨은 '정념으로써 정념을 다스린다'는 생각을 내놓음으로써 정념 논의의 새로운 장을 열었다. 베이컨은 《학문의 진보》에서 '짐승으로 짐승을 사냥하고 새로 새를 잡듯이' 한 정념으로 다른 정념을 제어할 수 있다'고 주장했다. 이어 네덜란드 철학자 스피노자는 《에티카》에서 베이컨의 말을 받아 '감정(affect)은 그것과 반대되는 감정을 통해서만 억제될 수 있고 제거될 수 있다'고 선언했다. 정념으로 정념을 제어한다는 발상은 이후 널리 퍼져 계몽주의 시대 저술가들의 글에 틈만 나면 출몰했다.

야생마처럼 날뛰는 악한 정념을 선한 정념으로 조련할 수 있다는 주장이 이렇게 유행하는 가운데, '소유에 대한 욕망'이 '이해관계'라는 옷을 입고 선한 정념의 대표 주자로 등장했다. 이해관계, 다시 말해 '이익에 대한 관심과 욕망'이 다른 모든 악한 정념들을 다스리는 좋은 정념

퍼거슨은 상업을 통해 부유해진 사람들이 '재산을 잃게 될지 모른다는 공포감' 때문에 전제정부의 등장을 용인할 수 있다고 주장했다. 더 나아가 '경제라는 시계'가 안전하게 작동하는 효율적인 정부가 필요하다는 논리로, 사회 안정을 최우선에 놓는 '권위주의 통치'를 불러올 수 있다고 지적했다. 몽테스키외나 스튜어트가 전혀 내다보지 못한 통찰이다.

노릇을 할 수 있다는 발상이었다. 이런 발상을 체계적으로 제시한 사람이 프랑스 정치가 앙리 드 로앙 공작이었다. 로앙 공작은 이렇게 말했다. "국사를 수행할 때에는 폭력적인 정념에 이끌려서는 안 된다. 이해관계가 우리의 행동 규범이 돼야 한다." 로앙이 지목한 폭력적인 정념의 주인공은 국가의 통치자 곧 국왕이었다. 이해관계를 왕조와 국가의 정책에 한정했던 것인데, 이 용어가 영국으로 건너가 집단과 집단 사이에 통하는 개념으로 바뀌었고 나중에는 경제 행위자들을 설명하는 용어로 정착했다. '돈벌이 욕망'이 이해관계라는 이름표를 달고 다른 정념들의 우위에 서게 되는, 패러다임의 일대 전환이 일어난 것이다. 그 전환의 끝에 이해관계는 거칠고 위험한 정념들과 달리 결백하고 온화한 정념이라는 이미지를 아울러 얻었다. 이해관계가 부드러운 방식으로 인간을 지배하고 상업과 산업을 일으키며 사회를 부유하게 한다는 주장이었다.

이런 생각을 정치사상으로 체계화한 사람이 바로 18세기 프랑스 정치사상가 샤를 드 몽테스키외였다. 몽테스키외는 《법의 정신》에서 '정념에 휘둘려 악인이 될 수 있는데도 사람들이 그렇게 되지 않는 것은 이익(이해관계)을 고려하기 때문이다'라고 주장했다. 이어 스코틀랜드 경제학자 제임스 스튜어트는 "근대 경제의 이해관계들은 전제정의 어리석음에 맞서 고안된 가장 효과적인 굴레"라고 응답했다. 이해관계 곧 산업과 상업이 폭정을 제어하고 정치를 발전시킬 것이라는 믿음이었다. 스튜어트는 경제 영역을 '시계의 은유'를 통해 설명하기도 했다. 경제라는 시계는 섬세한 것이어서 함부로 건드리면 망가지기 때문에 권력이 멋대로 주물러서는 안 되며, 고장 난 시계를 고치는 데 장인의 손길이 필요하듯이 경제가 원활히 돌아가게 하려면 그 분야를 잘 아는 사람에게 맡겨야 한다는 것이었다. 이로써 경제가 정치로부터 독립된 영역이자 전문가의 고유한 영역이라는 주장이 처음으로 등장했다.

그러나 몽테스키외와 스튜어트의 주장에는 아주 큰 맹점도 있었다. 이 맹점을 허시먼은 18세기 스코틀랜드 도덕철학자 애덤 퍼거슨의 논의를 빌려와 지적한다. 퍼거슨은 상업을 통해 부유해진 사람들이 '재산을 잃게 될지 모른다는 공포감' 때문에 전제정부의 등장을 용인할 수 있다고 주장했다. 더 나아가 '경제라는 시계'가 안전하게 작동하는 효율적인 정부가 필요하다는 논리로, 사회 안정을 최우선에 놓는 '권위주의 통치'를 불러올 수 있다고 지적했다. 몽테스키외나 스튜어트가 전혀 내다보지 못한 통찰이다. 19세기에 프랑스 정치사상가 알렉시 드 토크빌도 퍼거슨과 유사한 진단을 내놓았다. 토크빌은 《미국의 민주주의》에서 사람들이 사적인 이해관계에만 골몰한다면 "영악하고 야심 넘치는 자가 최고 통치권을 차지하는" 결과를 낼 수도 있다고 우려했다.

허시먼은 "과거를 기억하지 못하는 자는 과거를 반복하게 된다"는 조지 산타야나의 격언을 상기시키면서 이렇게 말한다. "산타야나의 경구는 사실의 역사보다 사상의 역사에 더 잘 들어맞는다." 허시먼이 이 책을 쓰던 1970년대는 케인스주의 정책이 하이에크와 프리드먼의 신자유주의 정책의 거센 공격을 받고 패퇴하기 시작하던 때였다. 이 책이 퍼거슨과 토크빌의 경고를 내세워 하이에크와 프리드먼의 정책을 반박하는 것으로 읽히는 이유다.

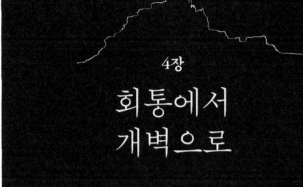

4장

회통에서
개벽으로

한국사상사의 저류, 영성의 힘

—

《조선사상사》_ 오구라 기조

일본의 한국 철학 연구자 오구라 기조(小倉紀藏)가 쓴 《조선사상사》는 외부인의 눈에 비친 한국사상사의 풍경을 조감할 수 있는 책이다. 도쿄대학에서 독문학을 공부한 오구라는 1988년부터 서울대 대학원에서 8년 동안 한국 철학을 연구해 박사학위를 받았다.

《조선사상사》는 한국사상사 전체를 아우르는 통사다. 이 책의 제목에 쓰인 '조선'은 고조선부터 현대까지 한반도 전체 문명을 가리킨다. 그래서 이 책에는 전근대 사상뿐만 아니라 일제강점기의 사상, 해방 뒤 남북의 사상, 21세기 '거리의 철학'까지 등장한다. 더구나 이 책은 사상사의 중심인 종교·철학 사상 말고도 신화·정치·문화 전반에 담긴 사상까지 탐사하는데, 이렇게 조선사상사 전체를 아우르는 책은 일본은 말할 것도 없고 한국에도 없을 것이라고 오구라는 자부한다. 이 책은 한국사상사를 알고자 하는 사람들을 염두에 두고 쓴 일종의 입문서다. 그래서 오구라는 학계의 정설을 중심으로 하여 객관적 사실을 서술했다고 말한다. 그러나 책의 내용으로 들어가면 조선사상사를 보는 오구라의 독특한 관점이 더 도드라져 보인다. 그런 관점이 이 책을 찬찬히 읽어볼 만한 것으로 만든다.

오구라 기조의 관점이 가장 분명히 나타난 곳이 제1장 '조선사상사 총론'이다. 여기서 오구라는 조선사상사 전체를 아우르는 열쇳말로 '순수성'을 든다. 순수성이야말로 일본사상사나 중국사상사와 다른 조선사상사만의 특징이다. 이를테면 일본은 외부에서 들어오는 사상을 브리콜라주(bricolage, 짜깁기) 방식으로 포섭하는 양상이 강한 데 반해, 조선의 경우에는 외부에서 온 사상이 기존 체제를 전면적으로 변혁하는 경향이 강하다. 고려 말기 주자학의 도래나 20세기 서양 사상의 유입을 보면 그런 성격이 분명히 감지된다. 이 책은 이런 순수성 추구가 지정학적 안전 보장 욕구와 연관이 있다고 해석한다. 사상의 순수성을 지킴으로써 중국과 외세에 대항한다는 무의식적 사고가 사상사 바탕에 깔려 있다는 진단이다.

조선사상사의 두 번째 특징은 혼종성(hybrid)이다. 혼종성은 순수성이라는 기본 축에 맞서는 일종의 대항 축이다. 사상의 순수성을 지킨다고 해서 다른 사상이 모두 배제되는 것이 아니라는 얘기다. 이를테면 주자학이 지배적 사상일 때에도 서학이나 양명학이 대항 축으로 존재했으며, 시대를 거슬러 올라가면 고려 이전에는 유·불·도 3교가 공존했다. '순수성 속의 불순성'이라고 할 만한 것이 조선 사상의 특징이라고 이 책은 말한다. 그런데 논의를 사상의 순수성으로 좁히면, 한국사상사에서 이 사상의 순수성은 일정한 사이클을 그린다. 다시 말해, 사

영성이야말로 순수성의 사이클을 관류하는
조선사상사의 진정한 특징이다.
"순수성을 획득하고자 운동하고 있을 때도,
순수성을 유지하고 있을 때도, 순수성이 퇴락해 가는
과정에서도 조선의 사상은 두드러지게 영성을 띤다."
그 영성은 새로운 사상과 함께 거대하게 약동하며
정치사회적 변혁의 힘을 분출한다.

상이 순수성 획득을 지향하여 격렬하게 운동할 때에는 사회 전체가 생
명력으로 약동하고, 이어 그 사상이 지배적 지위를 획득하면 서서히 정
보가 통제되고 사상의 부정적 성격이 강해진다. 마지막에 공동체 전체
의 생명력이 소진하면 어느 순간 새로운 사상이 일어나 혁명적 변화로
나아간다.

바로 이 대목에서 오구라가 주목하는 것이 '영성'이다. 영성이야말로
순수성의 사이클을 관류하는 조선사상사의 진정한 특징이다. "순수성
을 획득하고자 운동하고 있을 때도, 순수성을 유지하고 있을 때도, 순
수성이 퇴락해 가는 과정에서도 조선의 사상은 두드러지게 영성을 띤
다." 이 영성은 "지성으로도 이성으로도 감성으로도 설명할 수 없는 정
신 현상"이기에 영성이라고 부를 수밖에 없다. 그 영성은 새로운 사상
과 함께 거대하게 약동하며 정치사회적 변혁의 힘을 분출한다. 이때 영
성은 기존의 모든 사상을 아우르는 어떤 회통의 정신을 가리킨다. '영성

의 눈'으로 서로 대립하는 사상의 차이를 넘어 전체를 꿰뚫어 보고 통합하는 것이다. 오구라는 그런 영성이 가장 분명하게 나타난 경우로 신라 원효의 불교 사상과 조선 퇴계의 성리학 사상 그리고 수운 최제우의 동학사상을 거론한다.

원효의 사상은 오구라 기조가 말하는 영성의 표본과도 같다. 원효는 《십문화쟁론》에서 불교 여러 종파의 다툼을 넘어서는 '화쟁'과 '회통'의 논리를 설파했다. 이 화쟁과 회통은 '유식'과 '중론'과 '화엄'을 포함한 모든 불교 학설을 아우르고 종합한다. "아마도 이런 종합성과 포월성이야말로 해동 불교의 최고의 영성적 표현이었을 것이다." 모든 것을 포괄하고 하나로 모으는 이런 포월성은 퇴계의 성리학에서도 발견된다. 퇴계의 성리학은 '이기호발설'로 압축되는데, 핵심은 만물을 주재하는 원리인 '이'(理)가 '기'(氣)처럼 능동적으로 움직인다는 데 있다. 오구라는 퇴계가 '이'의 능동성을 강조함으로써 영성의 경지를 보여준다고 말한다. 능동적으로 움직이는 '이'가 '나'라는 주체를 덮침으로써 일종의 영성적인 힘으로 작용한다고 보는 셈이다. 바로 이 영성적인 '이'를 통해 퇴계는 '표면상 주자학만 말하는 것 같으면서도 실은 도가와 불교와 양명학을 포괄한다'고 오구라는 말한다.

나아가 오구라는 원효와 퇴계의 영성이 수운 최제우의 동학사상에서 종합됐다고 본다. 수운의 아버지 최옥은 퇴계 학맥을 이은 경주의 선비였고 그 아버지를 통해 퇴계 사상이 수운으로 흘러들었다. 말하자면 수운은 '퇴계 좌파'였다. 또 원효의 회통 정신은 유교·불교·도교에 서학과 샤머니즘까지 아우르는 동학의 포용 정신으로 나타났다. 동시에 동학은 계급 질서를 깨부수고 제국주의의 침탈에 항거한다는 변혁의 방향성을 19세기 다른 어떤 동아시아 사상보다 선명하게 제시했다. 동학의 영성적 힘은 20세기 한국사상사의 저류가 됐다. 오구라는 동학의 영성이 분출한 사건으로 일제의 침략주의·강권주의에 맞서 조선 민중의 뜻을 표출한 1919년의 3·1 〈독립선언서〉를 든다. "이 선언문은 감성과 지성과 이성으로 쓰인 것이 아니다. 그것들을 포월하는 영성으로 쓰인 것이라고 생각하지 않으면 이해할 수 없다. 오늘날의 일본인도 이 〈독립선언서〉의 숭고한 정신을 영성 차원에서 깊이 음미할 필요가 있다." 오구라는 이 영성이 21세기 오늘의 한국 사상에까지 흐르고 있다고 말한다.

걸림 없는 회통의 사상가 원효

—

《원효의 발견》_ 남동신

원효(617~686)가 우리 역사상 최고의 불교 사상가라는 데는 학계에 이론(異論)이 없다. 원효의 사상에 대한 연구와 저술 활동은 근년에 들어 더욱 활발해지고 있다. 국사학자 남동신(서울대 교수)이 쓴 《원효의 발견》은 원효의 생애와 저술과 사상을 두루 깊숙이 파헤쳐 들여다본 학술서다. 남동신은 이 책에서 종래의 원효 연구를 비판적으로 검토하고 새로운 시각에서 본 원효상을 면밀하고도 과감하게 그려낸다.

원효가 우리 역사가 낳은 최고의 불교 사상가로 꼽히는 이유는 방대한 저술에 담긴 사상의 독창성에 있다. 신라의 '삼국 통일' 시기에 활동한 원효는 70여 부 150여 권에 이르는 저작을 남긴 당대 동아시아 최대의 저술가였다. 원효의 사상이 담긴 저작은 중국과 일본은 물론이고 불교의 원산지인 인도에까지 전해졌다. 그만큼 사상이 독창적이었다. 7세기 후반~8세기 전반 최고조에 이른 동아시아 교학 불교를 이해하는 데서 빼놓을 수 없는 인물이 원효다. 이 책은 원효 사상의 핵심으로 꼽히는 '일심'과 '화쟁'과 '무애'를 유기적으로 엮어 원효의 삶과 생각을 한 줄에 꿰 들어간다.

이 책에서 먼저 눈길을 끄는 것은 원효의 생애와 관련된 잘못된 사실을 바로잡는 대목이다. 흔히 원효는 후배 의상(625~702)과 함께 650년과 661년 두 차례 중국 유학을 시도한 것으로 알려져 있다. 하지만 이것은 의상의 생애를 중심에 놓고 기술한 전기를 오독한 데 따른 것이라고 남동신은 말한다. 원효가 중국 유학을 떠난 것은 650년 한 차례였으며, 이때 고구려 국경에서 간첩으로 오인받아 체포되는 바람에 돌아와야 했다. 원효가 무덤 속에서 잠을 자다 '해골 물'을 마시고 '일체유심조'의 깨달음을 얻은 것도 이 귀국길의 일이었다고 이 책은 말한다.

이 책이 '원효의 발견'인 것은 그동안 학계에서 주목하지 않았던 파계·환속 이후의 원효 삶에도 조명을 비추어 원효의 새로운 모습을 찾아내기 때문이다. 원효의 파계 계기가 된 것은 태종무열왕(김춘추)의 딸 요석공주와 인연을 맺은 일이다. 요석공주가 과부였다고는 하지만, 공주가 출가 승려와 혼인하는 것은 신라 왕실의 허락과 지지가 있지 않고서는 가능한 일이 아니었다. 이런 사정에 비추어 남동신은 원효와 공주의 혼인을 일종의 전략적 제휴로 해석한다. 최초의 진골계 왕실인 당시 신라 왕실이 나라를 안정시키려고 원효를 끌어들였다고 보는 것이다. 원효는 백성들 사이에 신망이 컸다.

더 주목할 것은 원효가 혼인과 함께 환속한 뒤 스스로 '거사'(居士)라고 부르며 세속적 삶 속에서 불교의 진리를 실천했다는 사실이다. 이 시기에 원효가 추구한 불교는 '승과 속이 다르지 않다'는 승속불이의 거사불교라고 할 수 있다. 그때 원효가 모델로 삼은 사람이 대승불교 경전 《유마경》의 주인공인 유마거사였다. 《유마경》 속의 유마거사는 파계에 가까운 자유분방한 행동을 하며 중생을 제도한 사람이다. 《삼국유사》는 원효가 광대가 춤출 때 쓰는 커다란 박을 얻어, '일체에 걸림이 없는 사람은 한길로 생사를 벗어난다'는 《화엄경》의 구절을 따라 이 박을 '무애'(걸림 없음)라고 이름 짓고는 노래하고 춤추며 가난한 사람들을 교화했다고 전한다. 원효는 승과 속을 초월해 중생을 이끄는 무애의 실천가였다.

이 책이 더욱 힘주어 구명하는 것은 원효의 핵심 사상인 '일심'과 '화쟁'이 담긴 대표적 저술 《대승기신론 소·별기》와 《금강삼매경론》을 쓴 배경과 목표다. 남동신이 주목하는 것은 당시 막 쏟아져 나오기 시작한 현장(602~664)의 신역 불경이 일으킨 파문이다. 현장은 17년 동안 인도에 유학한 뒤 645년 돌아와 대규모 불경 번역 사업에 뛰어들었다. 현장의 번역은 새로운 관점 아래 진행됐기에, 새 번역서의 출간과 함께 신역과 구역을 둘러싸고 불교계 내부에서 대립과 갈등이 격해졌다. 이 갈등은 한편으로는 대승불교의 양대 사상인 '중관학'과 '유식학' 사이에서 벌어졌고, 다른 한편으로는 유식학 내부에서 구유식과 신유식 사이에서 벌어졌다. 현장의 신역 불경은 번역되는 대로 거의 동시에 신라에 전해져 중국과 마찬가지로 큰 소용돌이를 일으켰다. 원효가 내세운 '화쟁' 곧 '쟁론을 화해시킴'은 우선은 바로 이 불경 해석을 둘러싼 갈등을 더 높은 차원에서 해결하려는 것이었다. 이때 원효가 밝힌 더 높은 차원이 바로 '일심'(한마음)이다. 일심이라는 통일적 관점으로 서로 다투는 주장

원효가 내세운 '화쟁' 곧 '쟁론을 화해시킴'은
우선은 바로 이 불경 해석을 둘러싼 갈등을 더 높은 차원에서
해결하려는 것이었다. 이때 원효가 밝힌 더 높은 차원이
바로 '일심'(한마음)이다. 일심이라는 통일적 관점으로
서로 다투는 주장들을 화합한 것이다.

들을 화합한 것이다.

원효가 '소'(주석)와 '별기'(해설)를 단 《대승기신론》은 대승불교의 정수를 간명하게 정리한 일종의 개론서다. 원효는 '별기'의 서문('대의')에서 《대승기신론》을 통해 '중관사상'과 '유식사상'을 모두 비판함과 동시에 아우를 수 있다고 선언한다. 《대승기신론》을 빌려 중관과 유식이라는 대승불교의 양대 사상을 종합한다는 포부를 드러낸 것이다. 이어 《대승기신론》에 의거해 만물의 근원을 '일심'이라고 규정하고 일심을 이루는 것으로 '진여문'과 '생멸문'을 제시한다. 진여문은 일심이 본래 그대로 오염되지 않은 채 드러나는 진리의 문을 뜻하며, 생멸문이란 일심이 무명·번뇌에 가려져 생사고락의 육도를 윤회하는 중생의 문을 가리킨다. 진여문과 생멸문은 일심의 두 문이다.

원효의 일심사상이 더 명료하게 드러난 저술은 《금강삼매경론》이다. '금강삼매경론'은 '금강삼매경의 주해서'라는 뜻이다. 남동신은 《금강삼매경》이 원효 당대인 7세기 중엽 신라에서 성립한 '위경'(僞經)이라고 본

다. 위경이라지만 《금강삼매경》은 구역 불교의 거의 모든 사상을 종합한 저작이며, 특히 '반야공관 사상' 곧 중관사상을 기조로 삼은 저술이다. 이 책을 텍스트로 삼아 원효 자신의 일심사상을 펼친 것이 바로 《금강삼매경론》이다. 원효는 이 주해서에서 《대승기신론》을 해석할 때의 관점을 가져와 중관과 유식을 화해시키고자 했다. 다시 말해 《금강삼매경》의 골간인 중관사상에 머무르지 않고, 여기에 대립하는 유식사상을 끌어들여 서로 회통시킨 것이다. 이때 회통의 근거가 된 것이 바로 '일심'이다. 이렇게 원효는 7세기 후반 동아시아를 휩쓴 신역·구역 갈등을 일심사상으로 극복함으로써 한국불교사의 화쟁 전통의 첫머리를 장식했다.

실존의 한계에서 하늘에 묻기

—

《도올 주역 강해》_ 김용옥

《주역》은 동아시아 문명의 바탕을 이루는 경전 가운데 가장 난해한 텍스트로 꼽힌다. 주역에 관해 여러 주해서를 쓴 신유학의 대사상가 주희도 《주역》을 읽고 '정말로 해석하기 어렵다'(最難看)고 했다. 그런데도 이 경전에 담긴 음양론은 동아시아 세계관에 결정적인 영향을 주었고, 고대 이래 동아시아인의 일상을 지배하다시피 했다. 《도올 주역 강해》 는 철학자 김용옥이 쓴 《주역》 해설서다. 김용옥은 지난 2천여 년 동안 동아시아에서 탄생한 주요한 《주역》 해석을 바탕에 깔고서 이 난해한 책을 오늘의 언어로 바꾸어 우리 시대를 이해하는 데 빛을 주는 책으로 빚어낸다.

《주역》이란 '주나라에서 성립한 역'이라는 뜻이다. 이때 '역'(易)은 일차로 변화를 뜻한다. 그래서 서양에서는 《주역》을 '변화의 책'(The Book of Changes)이라고 번역한다. 동시에 《주역》은 점치는 책이다. 주희가 "대저 '역'이란 복서(점) 책자에 지나지 않는다"고 말한 이유도 여기에 있다. 《주역》은 변화의 책이자 변화를 점치는 책이다. 《주역》이라고 부르는 이 책자는 《역경》과 《역전》으로 이루어져 있다. 《역경》은 《주역》을 구성하는 핵심 텍스트이며 《주역》 성립 역사상 가장 오래된 문헌이다. 《역전》이란 공자 이후 이 《역경》을 해설한 권위 있는 논문들을 가리킨다. 〈단전〉〈상전〉〈문언전〉〈계사전〉〈설괘전〉〈서괘전〉〈잡괘전〉 7종이 《역전》을 이룬다. 주희가 '역'이라고 부른 것은 이 문헌들 가운데 핵의 자리에 놓인 《역경》을 가리킨다. 이 《역경》의 내용을 철학적으로 해석한 논문들이 《역전》으로 덧붙여져 현재의 《주역》이 된 것이다.

《주역》은 우주 만물과 인간세계의 변화를 이야기하는 책이다. 이 변화를 설명하는 데 쓰이는 범주가 음과 양이다. 《주역》은 이 두 범주를 조합해 천지의 모든 것을 설명한다. 주목할 것은 이 두 범주가 절대적으로 구별돼 있는 것이 아니라는 사실이다. 양 속에 음이 있고 음 속에 양이 있다. 양이 음으로 바뀌고 음이 양으로 바뀐다. 이렇게 음양이 서로 바뀌어 감으로써 세상 모든 것이 변화 속에 있게 된다. 그러나 이 변화는 일직선의 변화가 아니라 순환하는 변화다. 우주는 끝이 있으므로 그 한계 안에서 모든 것이 무수한 변화를 거쳐 제자리로 돌아오는 것이다. 봄 여름 가을 겨울의 사계절이 순환하는 것과 같다. 한번은 양으로 한번은 음으로 바뀌는 이 '일양일음'의 변화는 우주의 법칙일 뿐만 아니라 인간 세상의 법칙이기도 하다. 이 음양론은 17세기 중국에 온 서방 선교사를 통해 독일 철학자 라이프니츠에게 알려졌고, 라이프니츠는 이 음양론의 영향을 받아 오늘날 컴퓨터 이진법의 기원이 되는 수의 체계를 창안했다.

주역이 발흥한 시기는 동주 시대의 혼란기였다.
세상이 끝없이 어지러웠기에 주역에는 깊은 '우환 의식'이
배어 있다. 세상을 걱정하는 마음으로 어떤 결정을 내려야 할지
알 수 없을 때 기대는 것이 점이라는 방식의 '물음'이었다.
그러므로 점은 실존의 한계 상황, 시대의 한계 상황에서
하늘에 뜻을 묻는 것이라고 할 수 있다.

《역경》은 이 음양의 변화 양상을 점으로써 알아보는 책이다. 그 〈역경〉을 구성하는 기초 단위가 '괘'와 '효'다. 효는 음효(--)와 양효(—)로 나뉘는데, 김용옥은 이 음효와 양효가 각각 남녀의 성기를 상징한다고 본다. 이 두 효가 여섯 개 쌓여 하나의 괘를 이루고, 이 괘가 64개 모여 전체를 이룬다. 가령, 양효만 여섯 개 쌓이면 '건 괘'(첫 번째 괘)가 되고, 음효만 여섯 개 쌓이면 '곤 괘'(두 번째 괘)가 된다. 이렇게 쌓여 이룬 '괘'의 모양을 '괘상'이라 한다. 이 괘상마다 괘의 이름인 '괘명'이 있고, 그 괘를 설명하는 말씀 곧 '괘사'가 따른다. 각각의 괘에는 여섯 개의 효가 있으므로 전체 64괘는 384효로 이루어진다. 이 384개의 효마다 효사가 달려 있다. 특정한 절차를 통해 효를 뽑아내고 그 효에 달린 효사를 읽어 길흉을 알아보는 것이 바로 역점이다. 이 책은 그 절차 곧 점치는 방법도 상세히 알려준다.

그렇다면 점을 친다는 것은 무엇을 뜻하는가? 김용옥은 먼저 '역'은 '기복의 대상'이 아님을 강조한다. "인간의 운명이나 운세라는 것은 내

실존의 문제이지 점으로 해결될 수 있는 것이 아니다." 그렇다면 왜 점을 치는가? 김용옥은 "내 지력이나 노력으로 선택의 기로가 열리지 않는 극한 상황에서 하느님의 소리를 듣는 것"이 점을 치는 이유라고 말한다. 점이 가리키는 효사는 하느님이 내려주는 말씀이다. 이때의 하느님은 어떤 초월적 절대자가 아니라 음양의 기운 속에 운행하는 우주 만물에 깃든 하느님이라고 김용옥은 말한다. 바로 이 하느님과 대화하는 것이 점이다. 주역이 발흥한 시기는 동주 시대(기원전 770~256)의 혼란기였다. 세상이 끝없이 어지러웠기에 주역에는 깊은 '우환 의식'이 배어 있다. 세상을 걱정하는 마음으로 어떤 결정을 내려야 할지 알 수 없을 때 기대는 것이 점이라는 방식의 '물음'이었다. 그러므로 점은 실존의 한계 상황, 시대의 한계 상황에서 하늘에 뜻을 묻는 것이라고 할 수 있다. 사사로움을 넘어선 물음과 응답이었기에, 후대에 역에 대한 해석을 통해 철학적·윤리학적·형이상학적 사유가 자라날 수 있었다.

이 책은 64개의 괘를 그 효와 함께 하나하나 상세히 설명한다. 이 64 괘 가운데 63번째에 놓인 괘가 '기제'(旣濟)이고 64번째에 놓인 괘가 '미제'(未濟)다. 기제란 '이미 건넜다'는 뜻이고 미제란 '아직 건너지 못했다'는 뜻이다. 왜 《역경》의 마지막 괘가 '완료'를 뜻하는 기제가 아니라 '미완'을 뜻하는 미제일까? 역의 세계에는 완전한 종결이 없기 때문이다. 끝은 항상 시작을 품고 있기에 미제가 마지막에 놓인다. "역의 논리에 즉해서 생각하면 기제 다음에 미제라는 것은 이미 끝난 것이 아니라 아직 끝나지 않았다는 것, 즉 이제 다시 시작이라는 뜻을 내포한다." 이미제는 그 표면의 뜻만 보면 긍정적인 것이 아니다. 세 번째 효의 효사는 '정흉(征凶), 이섭대천(利涉大川)'이다. 그 함의를 풀어보면 '흉운을 감수해야만 하는 시대를 만났지만(정흉), 이런 때일수록 큰물을 건너는 모험을 감행해야 이로움이 있다(이섭대천)'는 뜻이 된다. "정흉은 객관적 판단이고 이섭대천은 주체적 결단이다." 역경에 굴하지 않고 모험을 감행해야만 새로운 시대를 열 수 있다는 얘기다. 오늘의 우리를 향해 하는 말로 새겨도 좋을 것이다.

인과법칙 너머, 주역의 원리
—

《주역, 인간의 법칙》_ 이창일

《주역, 인간의 법칙》은 주역 연구자 이창일의 주역 해설서 겸 연구서다. 이창일은 이 책에서 '주역이란 무엇인가'라는 가장 기초적인 질문에 충실하게 답을 해줌과 동시에 주역이라는 동아시아 고전에 대한 야심만만한 새로운 이해를 시도한다. 이 새로운 이해에 다가가는 과정에서 이창일은 다산 정약용(1762~1836)의 주역 해석을 되살려내 탐사하고, 분석심리학 창시자 카를 융(1875~1961)의 설명을 적극적으로 수용한다. 그 결과로 전통적인 주역 해석과는 사뭇 다른 주역 이해의 새로운 지평이 드러난다.

주역은 동아시아 고전 13경 중에서도 가장 난해하고 심오한 책으로 알려져 있다. 이창일은 먼저 '도대체 주역이 무엇인가'라는 질문에 대한 대답에서 이야기를 시작한다. 《주역》을 영어로 '변화의 서'(the Book of Changes)라고 번역하는데, 주역의 핵심을 제대로 짚어낸 번역어라고 이창일은 말한다. 음이 양으로 변하고 빛과 어둠이 교대하는 것, 그 영원한 변화를 포착해 설명하는 것이 주역이다. 주역의 해설서인《계사전》은 "역, 궁즉변, 변즉통, 통즉구"(易, 窮卽變, 變卽通, 通卽久, 역은 끝까지 가면 변하고, 변하면 통하며, 통하면 오래 지속한다)라고 했는데, 이 문장이야말로 변화를 본질로 하는 역을 요약해서 보여주는 구절이다. "인간들이 주역을 알게 된 이래로, 이것(변화)이야말로 주역이 절망에 빠진 사람들에게 용기를 줄 수 있는 간단하지만 강력한 이유가 되었다."

주역은 그 텍스트의 난해함 때문에 중국에서도 오랫동안 방치됐다가 송나라 시대에 소강절(1011~1077)에 의해 재발견됐다고 이 책은 말한다. 소강절이 다시 세운 역학을 기반으로 삼아 동아시아 주역 해석의 정통을 정립한 사람이 주자(1130~1200)였다. 주자의 주역 해석은 형이상학적 성격이 두드러졌다. 주역 64괘 중 첫 번째 '건괘'의 단사인 '원형이정'(元亨利貞)에 대한 해석이 대표적인 경우다. 주자는《주역본의》에서 '원형이정' 네 글자를 각각 춘하추동에 견주고, 나아가 독립적인 가치를 지닌 윤리적 덕목, 곧 인의예지로 해석했다. 이 네 글자가 그대로 우주적·윤리적 원리가 된 셈이다. "원형이정이라는 우주의 형이상학적 원리가 인간에게 내재하면 인간은 인의예지라고 하는 최상의 윤리적 덕목을 지닌 고귀한 존재가 된다."

그러나 이창일은 이렇게 우아한 형이상학적 해석은 주역의 본디 뜻에서 좀 멀리 벗어난 과잉 해석이라고 본다. 이창일은 주역이 '점을 치는 책'이라는 관점을 논리 전개의 거점으로 삼는다. "신에게 어떤 사안에 대해 물으니 신이 답해주면 그 답이 괘의 상징에 서리고, 다시 그 상징을 문자로 해석하는 것이다." 따라서 '원형이정'이라는 건괘의 단사는 점을 친 결과를 써놓은 것이라고 보아야 한다. 그렇다면 원형이정은 원문에 즉해서 "크게 형통하고, 일을 처리하는 것이 이롭다"라는 뜻으로 읽는 게 자연스럽다고 이창일은 말한다.

이 책에서 이창일이 특히 힘주어 설명하고 있는 부분이 다산 정약용의 주역 해석이다. 다산의 주역 해석은 정통 성리학의 주역 이해와 아주 다른 것이었는데, 그 파격성 때문이었는지 전혀 계승되지 않고 묻혀버렸다고 한다. 다산 역학은 정통 역학과 비교해 여러 가지 점에서 결정적인 차이점이 있다. 그 가운데 하나가 '상제'(上帝)라고 하는 초월적인 신적 존재를 상정한다는 점이다. 주자의 경우 '태극'(太極)을 만물의 기원에 놓고 있지만, 그 태극과 태극에서 파생돼 나온 만물 사이에 존재론적 위계가 없는 수평관계가 성립한다. 태극의 분화는 박테리아의 세포분열 같은 것이다. 반면에, 당시 서학의 영향을 받은 다산은 태극을 상제로 이해해 그 상제가 세상 만물을 창시했다고 보았다. 위계적 관점이다. 또 다산은 '역리사법'이라는 독창적인 네 가지 주역 해석 방법을 창안해 정통 역학을 새롭게 고쳐 썼다. 이창일은 이 책에서 정통 역학과 다산 역학의 공통점을 바탕으로 삼고 서로의 장점을 결합해 주역을 해석하는 자신만의 방법을 제시한다.

이 책에서 이창일이 또 하나 역점을 두는 것이 '점'을 어떻게 이해할 것이냐 하는 문제다. 주역은 형이상학이나 윤리학 텍스트이기 이전에 점치는 책이다. 그런데 우리 시대의 '과학적 합리주의'로 보면 점이라는 것은 비합리적 미신으로 비치기 십상이다. 점이 단순한 미신이 아님을 입증하기 위해 이창일이 끌어들이는 사람이 카를 융이다. 융은 50대에

융이 주역 점의 효능을 설명하기 위해 제시한 것이
'동시성 원리'다. 원인이 결과를 낳는다는
인과법칙으로는 설명할 수 없는 어떤 '비인과적인 연결'을
가리키는 것이 동시성 원리다. 신의 뜻을 물으면
신이 점을 통해 뜻을 알려주며, 인간은
점으로 나타난 그 뜻을 해석하는 것이다.

주역을 알게 된 뒤 그 세계에 매료됐으며, 주역 점 치는 법을 잘 알고
있었고 64괘를 모두 외울 정도였다고 한다. 융이 주역 점의 효능을 설
명하기 위해 제시한 것이 '동시성 원리'다. 원인이 결과를 낳는다는 인과
법칙으로는 설명할 수 없는 어떤 '비인과적인 연결'을 가리키는 것이 동
시성 원리다. 점을 쳐서 미래를 아는 것은 인과법칙이 아니라 동시성 원
리로 설명해야 한다는 것이다. 쉽게 말해, 신의 뜻을 물으면 신이 점을
통해 뜻을 알려주며, 인간은 점으로 나타난 그 뜻을 해석하는 것이다.
융은 주역 점의 세계가 바로 그런 세계라고 보았다.

'도덕경'의 비밀 푸는 독법

—

《'도덕경'의 철학》_ 한스-게오르크 묄러

동아시아 문명을 떠받쳐 온 핵심 텍스트 가운데 하나인 《도덕경》은 비밀에 싸인 책이다. 이 텍스트의 수수께끼 같은 내용은 수많은 해석을 낳았다. 그러고도 이 책은 여전히 반쯤만 열려 있다. 《도덕경》을 해석의 어둠에서 꺼내 밝은 햇빛 아래 놓을 길은 없을까? 도가 철학 전문가 한스-게오르크 묄러(Hans-Georg Moeller)가 쓴 《'도덕경'의 철학》은 비유와 상징으로 가득한 이 텍스트의 구조와 내용에 이르는 새로운 해석학의 길을 제시하는 책이다. 노장 철학 연구자 김경희(한국상담대학원대학교 교수)가 우리말로 옮겼다.

묄러는 먼저 《도덕경》이 서론에서 시작해 본론을 거쳐 결론에 도달하는 방식으로 쓰인 책이 아니라는 점을 강조한다. 《도덕경》은 시작도 없고 끝도 없는, 시적인 단편들의 나열이다. 그렇다면 어떤 방식으로 《도덕경》을 읽어 가는 것이 좋을까? 묄러의 제안은 이 책을 인터넷상에서 발견되는 '하이퍼텍스트'로 이해하자는 것이다. 인터넷상의 하이퍼텍스트는 저자를 확인할 수 없는 경우가 많고, 명확한 시작점이 없어서 어떤 항목에서든지 출발할 수 있으며, 링크에 링크가 잇따르면서 여러 방향으로 끝없이 이어진다. 뮐러는 《도덕경》도 이런 하이퍼텍스트와 매우 유사한 방식으로 구성돼 있다고 말한다. 《도덕경》은 1장에서 시작해 마지막 81장에서 끝나는 일직선의 논리적 구축물이 아니라, 단편적인 격언들이 모여 짜인 네트워크라는 것이다. 격언들을 구성하는 이미지들은 주제를 반복하고 변주하면서 이 장에서 저 장으로 건너뛰며 이어진다. 따라서 이 이미지의 연쇄를 따라가며 그 의미를 추적하는 것이 《도덕경》을 읽는 방식이 돼야 한다. 그리하여 통상의 《도덕경》 해설서들이 제1장의 '도가도 비상도'에서 시작하는 것과 달리, 이 책은 텍스트의 구조를 보여주는 데 길잡이가 될 만한 곳에서 시작한다.

뮐러가 출발점으로 삼는 곳이 바로 6장이다. '곡신불사'(谷神不死)로 시작하는 6장의 내용은 이렇다. "골짜기의 혼은 죽지 않는다. 이것을 일러 어두운 여성스러움이라고 한다. 어두운 여성스러움의 문, 이것을 일컬어 하늘과 땅의 뿌리라고 한다." 이 구절은 여러 은유로 가득 차 있으며 각각의 은유들은 다른 장의 구절들로 이어진다. 여기서 뮐러가 먼저 거론하는 것이 '골짜기'라는 은유다. 골짜기는 여러 곳에서 되풀이하여 등장한다. "얼마나 광대한가! 골짜기처럼."(15장) "세상의 골짜기가 되어라. 그러면 항구적 효력이 충분히 갖춰질 것이다."(28장) "큰 효력은 물이 흐르는 골짜기를 닮았다."(41장) "물이 흐르는 골짜기들은 가득 차 있는 상태로 있으려고 하지 않으니, 고갈되면 안 되기 때문이다."(39장) '골짜기'는 산과 산 사이로 흐르는 물을 따라 드넓게 펼쳐진 빈터를 가리킨다. 그 골짜기는 산과 비교하면 낮은 쪽에 있으며, 산의 '가득 차 있음'과 비교하면 '텅 비어 있음'이다. 그 낮은, 비어 있는 넓은 터는 비옥한 생산의 장이다. 골짜기의 '텅 비어 있음'은 다른 장들에서 '풀무'와 '바퀴통'의 이미지로 바뀐다. "하늘과 땅 사이의 공간, 풀무를 닮지 않았는가."(5장), "서른 개의 바큇살이 하나의 바퀴통에 모인다. 그것이 텅 비어 있기에 바퀴의 유용함이 있다."(11장) '텅 비어 있음'은 무언가를 산출하는 힘을 지녔다. "골짜기는 생명의 지칠 줄 모르는 원천이며, 풀무와 바퀴통은 지속적 운동의 지칠 줄 모르는 중심이다."

이 골짜기 이미지가 등장하는 구절들에서 함께 나타나는 것이 물 또는 강의 이미지다. 물은 낮은 곳으로 흐른다. 가장 낮은 곳으로 흐르기 때문에 모든 것을 품고 키워낸다. 이 이미지는 다시 '여성스러운 것'으로 이어진다. "남성스러운 것을 알면서도 여성스러운 것을 지켜라. 세상의 강이 되어라."(28장) 강이 아래로 흐르듯 여성스러운 것도 아래쪽에 있다. 그러나 《도덕경》에서는 낮은 곳에 있는 것이 높은 곳에 있는 것보다 더 위세가 있고 힘도 더 세다." 마찬가지로 '뿌리'도 낮은 곳에, 어두운 곳에 감춰져 있지만 생명을 키워낸다. 뿌리는 식물의 생명을 관장하고 지배하는 '어두운 힘'이다. 이렇게 《도덕경》은 텅 비어 있음과 가득 차 있음, 낮음과 높음, 여성적인 것과 남성적인 것, 음과 양이라는 두 대립하는 것의 통일적 구조를 보여주는데, 이것이 바로 '도'(道)라고 묄러는 말한다. '도'란 대립하는 것들의 통일적 질서다. 이 대립하는 것들 중에서 중심이 되는 것이 '낮은 것, 여성적인 것, 텅 비어 있는 것'이다. '텅 빔'에서 '가득 참'이, '없음'에서 '있음'이 나온다. 이 도의 질서는 생산

'도'란 대립하는 것들의 통일적 질서다.
이 대립하는 것들 중에서 중심이 되는 것이
'낮은 것, 여성적인 것, 텅 비어 있는 것'이다.
'텅 빔'에서 '가득 참'이, '없음'에서 '있음'이 나온다.
이 도의 질서는 생산하고 창출하는 힘 곧 효력을 지닌다.
그것이 바로 '덕'(德)이다. 노자의 텍스트가
도와 덕에 관한 경전, '도덕경'으로 불리는 이유다.

하고 창출하는 힘 곧 효력을 지닌다. 그것이 바로 '덕'(德)이다. 노자의 텍스트가 도와 덕에 관한 경전, '도덕경'으로 불리는 이유다.

우주 만물에 편재하는 도의 질서는 《도덕경》의 정치학에서도 그대로 반복된다고 묄러는 말한다. 물론 우주 만물을 관장하는 도가 언제나 완벽하게 작동하는 것은 아니다. '스스로 그러하게' 곧 자연스럽게 돌아가는 하늘과 땅은 이따금 오작동한다. 홍수나 폭풍 같은 자연재해는 이 질서가 일시적으로 깨졌음을 보여준다. 더 주목할 것은 인간 사회야말로 우주 자연 내부에서 가장 변덕스러운 영역이라는 점이다. 그리하여 이 인간 사회의 질서를 어떻게 유지하고 다스릴 것인가 하는 것이 《도덕경》에서 가장 중요한 과제로 떠오른다. 바로 이런 이유로 《도덕경》의 많은 내용이 통치자의 리더십을 다룬다. 그 통치자가 바로 '성인-군주'다. 이 성인-군주야말로 도의 질서를 따르는 '도의 대리인'이다. 성인-군주는 물처럼 가장 낮은 곳에 처하고 자신의 마음을 '텅 비게 하여' 백성의 마음을 자신의 마음으로 삼는다. 성인-군주는 '비어 있는 중심'이다. 가장 중요한 것은 '무위'(無爲)의 태도다. "줄이고 더 줄여라. 그래서 '아무것도 하지 않음'(무위)에 도달하라."(48장) 그렇게 아무것도 하지 않게 되면, 하지 않는 것이 없게 된다. 이 무위의 리더십이 바로《도덕경》이 성인-군주에게 요구하는 통치술이다. 이렇게 드러내지 않고 나서지 않고 강요하지 않는 자, 다시 말해 지배하려고 하지 않는 자야말로 가장 군주다운 군주. 가장 낮은 곳에 처한 것이 모든 것을 관장하고 지배한다는 '도의 역설'이 정치의 영역에서도 똑같이 성립하는 것이다.

'서', 타인의 마음에 이르는 길

—

《서, 인간의 징검다리》_ 이향준

유학의 역사를 통틀어 가장 중요한 가르침이 무엇이냐는 물음에 누구나 인(仁, 인간다움)을 꼽을 것이다. 그렇다면 유학의 가르침 중에서 두 번째로 중요한 것이 무엇이냐는 물음에는 뭐라고 답할까. 《논어》의 첫머리에 등장하는 학(學)을 꼽을 사람이 있는가 하면, 맹자가 힘써 주장한 의(義)를 꼽을 사람도 있을 것이다. 《서, 인간의 징검다리》를 쓴 이향준(전남대 교수)은 '서'(恕)야말로 유학에서 두 번째 자리에 오를 만한 가르침이라고 말한다. 이 책은 '서'에 관한 최초의 통사적 연구서다.

'서'라는 말은 현대어에서는 '용서'라는 말에 흔적을 남긴 것을 빼면 단독으로 쓰이는 경우는 거의 없다. 하지만 전통 유학에서는 비중이 작지 않은 말이었다. 서를 파자하면 '여심'(如心), 곧 '같은 마음'이 된다. 요즘 말로 하면 공감이나 감정 이입에 해당한다. 이 책은 이 '서'라는 말이 유학사에 등장해서 변천하는 과정을 추적한다. 공자·맹자·순자·주희·왕부지·정약용을 거치며 '서'라는 글자가 지성사 속에서 어떤 운동

궤적을 그렸는지 소묘한다. 특히 이향준은 서의 의미를 현대 철학과 연관 지어 설명하면서 서라는 개념을 오늘의 윤리적 상황에 적용할 수 있음을 입증한다.

'서'라는 말이 유학사에 처음으로 얼굴을 내미는 장면은 《논어》 '위령공' 편 23장에 나온다. 자공이 스승에게 "죽을 때까지 실천할 만한 한 마디 말이 있습니까?" 하고 묻자 공자가 "서"라고 답한 뒤 "기소불욕, 물시어인"(己所不欲, 勿施於人)이라고 부연한다. '내가 원하지 않는 것을 남에게 베풀지 말라'가 '서'에 담긴 뜻인 셈이다. 이 말은 인류 문명권 곳곳에서 발견되는 이른바 '황금률'의 유학적 판본이라고 할 수 있다. 《신약성서》의 〈마태복음〉에서 예수는 '남에게 대접받고자 하는 대로 너희도 남을 대접하라'고 설파했는데, 그 말은 공자의 가르침과 다르지 않다. 다른 사람과 어떻게 더불어 살 것이냐 하는 문제야말로 인류 공통의 절박한 실천적 과제라는 사실이 이 황금률의 보편성에 담겨 있다고도 할 수 있다.

공자가 '서'를 설파한 이래, 공자의 가르침이 왜 정당한지를 입증하려고 처음으로 시도한 사람이 맹자였다. 맹자는 인간의 본성에 측은지심이 있다는 것을 서의 근거로 삼았다. 어린아이가 우물에 빠져 죽으려 할 때 누구나 깜짝 놀라 달려가는 것이 인간의 선천적인 도덕 감정이라는 것이다. 반면에 순자는 맹자의 서에 담긴 약점을 꿰뚫어 보고, 서의 토대를 새로 구축하려고 했다. 인간의 감정에는 측은지심 같은 도덕적인 감정만 있는 것이 아니라 반도덕적인 감정도 있다는 것이 순자의 생각이었다. 그러므로 감정 자체를 보편적 근거로 삼는 것은 위험하다.

이 시기에 서는 '충서'(忠恕)라는 더 큰 담론 속의 일부로 논의됐다.
전통 유학에서 '충'은 대체로 위로 향하는 마음을 뜻하고,
'서'는 아래로 향하는 마음을 뜻한다. 그렇게 '위와 아래'를 가리키던
낱말은 신유학체계 속에서 '안과 밖'을 가리키는 개념으로 바뀌었다.
충이 마음 내부의 근본이라면 그 근본이 외화돼 나타난 것이
서라고 이해한 것이다.

오히려 감정이 도덕적인지 그렇지 않은지를 판별하는 반성적 사고가 중요하다. 맹자의 서가 따뜻한 감정의 서라면, 순자의 서는 차가운 이성의 서라고 할 수 있다.

신유학 시대에 들어와 주희가 완성한 새로운 유학체계, 곧 성리학은 유학 담론을 형이상학의 기반 위에 올려놓았다. 당연히 서 개념도 심대한 구조 변화를 겪었다. 이 시기에 서는 '충서'(忠恕)라는 더 큰 담론 속의 일부로 논의됐다. 전통 유학에서 '충'은 대체로 위로 향하는 마음을 뜻하고, '서'는 아래로 향하는 마음을 뜻한다. 그렇게 '위와 아래'를 가리키던 낱말은 신유학체계 속에서 '안과 밖'을 가리키는 개념으로 바뀌었다. 충이 마음 내부의 근본이라면 그 근본이 외화돼 나타난 것이 서라고 이해한 것이다. 주희에게 서는 인간의 형이상학적 본성에서부터 나타날 수밖에 없고, 나타나야만 하는 '당위의 서'였다. 명말청초의 왕부지는 주희의 서에 맞서 인간 욕망의 다양성에 주목했다. 인간의 욕망은

누구나 똑같을 것이라는 게 주희의 가정이었지만, 왕부지는 인간의 욕망은 각자 다르기 때문에 사람마다 대하는 방식도 달라야 한다고 생각했다. 차이 나는 욕망의 상호 인정을 중심으로 하는 서의 담론체계가 등장한 것이다.

이 서의 개념사에서 특히 주목할 만한 것이 정약용의 경우다. 정약용의 서 담론은 유교 문명권과 기독교 문명권의 만남을 보여주는 유학사의 예외적인 사건이다. 정약용은 한때 서학에 몰두하다 유학으로 돌아간 사람이다. 정약용이 젊은 날 탐독한 책 중에는 서양 예수회 선교사들이 지은 《천주실의》와 《칠극》도 있었다. 예수회는 유학의 '서'를 주로 '용서'의 개념으로 이해했는데, 특히 천주가 인간을 용서한다는 의미로 받아들였다. 정약용은 유학자로서 자기수양과 자기책임의 정신에 입각해 이 용서의 개념을 비판했다. 절대자가 개입해 인간의 잘못을 용서한다는 것은 인간의 '자조주의'에 반한다고 여긴 것이다.

이향준은 이 책에서 '서'가 오류에 빠질 가능성을 살피는 데 많은 지면을 할애한다. 다른 사람의 욕구와 감정은 어디까지나 추정의 대상이지 확증할 수 있는 것이 아니다. 더 심각한 것은 타인의 감정을 읽어낸 뒤에 오히려 그 감정을 악용할 가능성이다. 이런 문제를 이향준은 현대 뇌과학이 밝혀낸 '거울 뉴런'을 이해하는 데도 적용한다. 거울 뉴런은 인간이 타인의 감정을 거울처럼 반영해 마치 자신의 일처럼 인식하는 뇌의 기능을 가리키는 말이다. 거울 뉴런은 성선설의 뇌과학적 근거로 받아들여진다. 그러나 거울 뉴런은 타인의 고통에 대한 공감의 가능성을 보여주는 만큼이나 타인을 더 큰 고통에 빠뜨리는 데 쓰일 가능성도 품고 있다. 고문기술자들이 바로 거울 뉴런의 기능을 악용하는 사람들이다.

인간은 서로 독립돼 있어 타인의 마음을 결코 훤히 들여다볼 수 없다. 상호주관적 합일은 멀고도 힘든 길이다. 그러나 인간은 그 길에 이르려는 노력을 멈추지 않는다. 이향준은 그 길이 쭉 뻗은 대로가 아니라 인간이라는 심연을 가로지르는 징검다리이며, '서'야말로 그 징검다리를 이루는 돌이라고 말한다.

공자 철학으로 기독교 문명에 맞서다

—

《공자와 세계 1~5》_ 황태연

《공자와 세계》는 정치학자 황태연의 다섯 권짜리 대작이다. 황태연은 독일 유학 시기를 포함해 젊은 시절 주로 헤겔·마르크스 같은 서구 정치철학을 연구하다가 근년에는 주역을 비롯해 동아시아 전통 철학을 집중적으로 탐사했다. 《공자와 세계》는 황태연의 이런 공부 이력이 집결된 저작이다. 전체 4부 가운데 1부 '공자의 지식철학'(상·중·하)과 2부 '서양의 지식철학'(상·하)이 먼저 나왔다. 1부와 2부 다섯 권만으로 200자 원고지 1만 장에 이르는 방대한 분량인 데서도 짐작할 수 있듯, 이 책은 공자의 정치철학을 새롭게 재해석해 동서고금의 주요 철학 사상들과 비교한 뒤 공자 사상을 우리 시대의 대안적 보편 사상으로 제출하고자 하는 지적 야심을 깔고 있다.

황태연의 그런 생각은 '패치워크문명 시대의 공맹 정치철학'이라는 이 책의 부제에도 나타나 있는데, 패치워크라는 것은 헝겊 조각을 이어 붙여 만든 천을 뜻하는 바, 우리말로는 '짜깁기'라고 할 수 있다. 모든 문명은 '자기비판적 개방성' 속에서 패치워크 형태로 성장하고 발전한다는 것이 황태연의 근본 발상이다. 황태연은 동아시아 유교 문명권이 세계 5대 문명권 중에서 자기비판성과 개방성이 가장 강한 문명권이며, 그 중심에 유교의 시조 공자가 있다고 말한다.

이 책에서 황태연의 관심은 서구의 기독교 문명에 맞서 동아시아 유교 문명을 대안으로 제시하는 데 있다. 유교 문명이 기독교 문명을 넘어 더 보편적이고 더 인간적인 문명 대안을 제시할 수 있을 것이라는 기대다. 그렇다고 해서 황태연이 무작정 유교 문명을 옹호하는 것은 아니다. 근대 역사를 살펴보면 다른 문명을 적극 수용해 자기 문명을 재창조하는 데 먼저 성공한 것은 기독교 문명이었다. 서구는 17~18세기에 동아시아 정신 문명을 매우 적극적으로 수용해 계몽주의의 꽃을 피웠다. 프랑수아 케네와 애덤 스미스가 공자의 '무위' 사상을 수용해 '자유시장' 원리를 제시하고, 볼테르가 '인'(仁) 사상을 받아들여 근대 시민혁명의 이념을 제시한 것은 이 책의 많은 사례 가운데 일부다.

황태연은 중국에 파견된 선교사들을 통해 유럽으로 들어간 유교 사상이 이렇게 '패치워크 계몽사상'을 형성했으며, 이 계몽사상이 18세기 말 시민혁명을 거쳐 서구 기독교 문명이 동아시아 문명을 능가하게 만든 정신적 동력이 됐다고 말한다. 반면에 동아시아는 정반대의 모습을 보였다. 그것이 '양이'(洋夷), 곧 서양 오랑캐라는 말 한마디에 압축돼 있다고 황태연은 말한다. 서양이 승승장구하던 시기에 동아시아는 서양 사람들을 '서양 오랑캐'로 깔보고 문을 굳게 걸어 잠금으로써 이 지역을 "거대한 '지리산 청학동'"으로 만들고 말았다는 것이다.

황태연은 오늘날 동아시아 혹은 한국의 상황을 '무도동기'(無道東器) 라는 말로 요약한다. 100년 전 서구 제국주의가 쇄도할 때 등장했던 '동 도서기'(동도서기, 동양의 정신에 서양의 기술)를 패러디한 말이다. 동아시 아는 지난 수십 년 사이 산업과 기술에서 엄청난 속도로 서구를 따라잡 아 '동기'(동양의 기술)를 이루었지만 '도'(道), 곧 정신은 찾아볼 수 없는 '무도'의 상황이 되었다는 것이다. 이런 상황을 극복하려면 공자의 사상 을 재해석하여 서구 사상과 소통시키는 것이 필요하다.

여기서 황태연은 서구의 사상을 크게 대륙의 합리주의와 영·미의 경 험주의로 나누어 합리주의를 비판하고 경험주의를 수용한다. 서양 사 상의 주류였던 합리주의의 지성주의는 침략성과 파괴성을 본질적 특성 으로 내장하고 있다고 황태연은 본다. 이 사상이 프랑스혁명과 러시아 혁명을 낳았고, 나치즘·파시즘이라는 반혁명의 뿌리가 됐으며, 20세기 인간 살육과 자연 파괴로 이어졌다는 것이다. 반면에 영국에서 발흥한 경험주의는 합리주의에 비해 훨씬 더 온건하고 겸손하며 중용적인 사상 이라고 황태연은 말한다. 이 경험주의가 공자 철학의 인식론과 "놀라울 정도로 유사하다."

황태연은 공자의 인식론을 '해석적 경험론'이라고 지칭하는데, 그것 은 '경험'을 앞세우고 '생각'을 뒤로하는 인식론적 태도다. 그것을 보여 주는 것이 《논어》의 첫 문장 "학이시습"(學而時習)에서부터 나온다. 황태 연은 학이시습의 '학'은 단순히 배운다는 뜻이 아니라 '경험에서 배운다' 는 뜻이라고 강조한다. 이성적 사유보다 경험적 지식을 앞세우는 것이 황태연이 해석하는 공자의 경험론인 셈이다. 그리하여 서구의 경험주의 근대 역사를 살펴보면 다른 문명을 적극 수용해 자기 문명을 재창조하는 데 먼저 성공한 것은 기독교 문명이었다. 서구는 17~18세기에 동아시아 정신 문명을 매우 적극적으로 수용해 계몽주의의 꽃을 피웠다. 프랑수아 케네와 애덤 스미스가 공자의 '무위' 사상을 수용해 '자유시장' 원리를 제시하고, 볼테르가 '인'(仁) 사상을 받아들여 근대 시민혁명의 이념을 제시한 것은 이 책의 많은 사례 가운데 일부다.

사상과 연대하고 합리주의 사상과는 대결함으로써 공자 철학을 오늘의 패치워크 사상으로 만들어낼 수 있다. 황태연은 "이 패치워킹을 통해 리폼된 공자 철학"을 '공자주의'(confucianism)라고 부른다. 이 공자주의를 서양 철학에 맞세워 체계화하는 작업이 이 저작인 셈이다. 황태연은 이 공자주의를 중심으로 한 동아시아 문명이 세계사적 헤게모니를 쥘 경우, 과거 서구 문명의 침략적 지성주의의 헤게모니가 아니라 덕행과 무위의 '덕성주의 헤게모니'를 이룰 수 있을 것이라고 기대한다.

우화로 전하는 도의 형이상학

—

《장담의 열자주》_ 장담

《열자》는 《노자》《장자》와 함께 도가의 3대 사상서로 꼽히는 고전이다. '기우' '지음' '조삼모사' '우공이산' 같은 유명한 고사성어의 출처가 되는 책이기도 하다. 그 《열자》의 본문 여덟 편을 오늘날의 모습으로 확정하고 처음으로 주석을 붙인 사람이 동진 시대의 학자 장담(張湛, 330~400)이다. 중국 철학 연구자 임채우(국제뇌교육종합대학원 교수)가 번역한 《장담의 열자주》는 《열자》의 본문과 이 본문에 대한 장담의 주석을 우리말로 옮기고 상세한 해설을 단 책이다. 《열자》 본문을 번역한 책은 그동안 여러 종 나왔지만 장담의 주석까지 번역한 것은 이 책이 처음이다.

장담은 위진 시대 현학(玄學, 노자와 장자의 학설)의 최후를 장식한 학자다. 장담의 학문 이력은 왕필(226~249)과 긴밀한 관련이 있다. 왕필은 역사상 최고의 《노자》 해석자로 꼽히는 사람인데, 그 왕필이 장담의 외가 쪽 증조할아버지다. 왕필의 학문이 워낙 깊어 집안의 외가 후손에게까지 영향을 주었던 셈이다. 애초 《열자》는 기원전 1세기 유향이라는 학자가 여러 자료를 정리해 여덟 편으로 편집해 완성했다고 하는데, 장담은 《열자주》 서문에 자신이 《열자》 텍스트를 구하게 된 경위를 상세히 밝히고 있다. 장담의 할아버지(장의)가 《열자》 본문 여덟 편 전체를 소장하고 있었는데 '영가의 난'(311)으로 피란 가던 중에 잃어버리고 두 편만 지켜냈다가, 외가 쪽 다른 소장자들에게서 나머지 편들을 얻어 전체를 다시 짜 맞추게 됐다는 것이다. 그렇게 짜 맞춘 텍스트에 주석을 붙인 것이 바로 《장담의 열자주》다. 그러나 그 텍스트가 애초 유향이 편집한 《열자》와 동일한 것인지는 불분명하다.

열자라는 인물도 안개에 싸여 있다. 열자는 기원전 400년 전후의 전국 시대에 정나라에서 생존한 도가 사상가로 추정된다. 하지만 사마천의 《사기》에 열자 전기가 없어 존재 자체를 의심하는 학자도 있다. 분명한 것은 전국 시대에 편찬된 《장자》에 열자라는 이름이 등장한다는 사실이다. 《장자》 '소요유' 편에 "열자는 바람을 타고 다녔으니, 한번 떠나면 보름이 지난 뒤에야 돌아왔다"고 쓰여 있다. 《장자》의 신화적 서술과 달리 《열자》 본문에 등장하는 열자는 좀 더 현실적인 인물이다. 제1편 '천서'의 제1장은 열자를 이렇게 묘사한다. "자열자(열자의 극존칭)가 정나라 전원에서 산 지 40년이 되었으나 열자를 알아보는 이가 없었다. 나라의 왕이나 공경대부들도 열자를 평범한 사람으로 보았다." 또 《열자》 제2편 '황제'는 열자가 스스로 배움이 부족함을 깨닫고 3년을 문밖에 나가지 않았으며 아내를 위해 밥을 짓고 돼지치기를 공양했다고 서술한다. 성실히 도를 닦는 검소하고 겸손한 사람이 《열자》 속의 주인공이다.

《열자》텍스트에는 존재론·인식론부터 윤리학·인생론까지 철학적 사유가 두루 담겨 있다. '도'가 형이상학적 본체를 이룬다고 본 점에서는 《노자》와 통하고, 여러 우화를 끌어들여 천지와 인간을 이야기한다는 점에서는 《장자》와 통한다. 형이상학적 본체론이 집중적으로 서술된 곳이 제1편 '천서'다. "도는 본래 처음이 없었으니 끝마침이 있겠는가? 도는 본래가 있지 않았으니, 사라짐이 있겠는가? 생성된 사물은 생성되지 않는 존재로 되돌아가고 유형한 것은 무형한 존재로 되돌아간다." 이런 형이상학적 서술에 이어 우화 형식의 이야기가 펼쳐진다. '기나라 사람이 천지가 무너질까 봐 걱정했다'는 '기우'는 사람의 어리석음을 지적하는 이야기로 통용되지만, 《열자》본문을 보면 천지가 '기'(氣)로 이루어져 있고 이 기의 운행 속에서 만물이 제 기능을 한다는 '기의 우주론'을 이야기하려는 것임을 알 수 있다. 이 이야기를 두고 열자는 이렇게 말한다. "천지가 무너지는지 아닌지 나는 알 수가 없으나, 무너져도 한가지요, 안 무너져도 한가지다." 이 말에 장담은 이런 주석을 단다. "만일 무너지지 않는다면 다른 사람들과 함께 모두 무사할 것이요, 무너진다면 다른 사람과 함께 모두 사라지게 될 것이니, 그 사이에 무슨 기뻐하고 근심하고 할 것이 있겠는가?" 기의 우주론에서 시작해 삶과 죽음의 초탈이라는 인생론으로 나아가는 것이다.

'천서' 편에 등장하는 '도둑질 우화'도 눈길을 끈다. 제나라의 부유한 국씨와 송나라의 빈궁한 상씨가 등장인물이다. 상씨가 국씨를 찾아가 어떻게 부자가 됐는지 비법을 이야기해 달라고 하자 국씨가 선뜻 알려

> "내가 도둑질하고 1년이 되자 필요한 것을 얻을 수 있게 됐고,
> 2년이 되자 넉넉해졌고 3년이 되자 아주 풍족해졌소."
> 이 말을 듣고 돌아간 상씨는 닥치는 대로 도둑질하다 잡혀
> 처음에 가졌던 재산까지 몰수당하고 만다.
> 상씨가 국씨를 찾아가 원망하자 국씨가 답한다.
> "당신은 도둑질하는 도를 잃어서 이 지경에 이른 것이구려."

준 것이 '도둑질'이다. "내가 도둑질하고 1년이 되자 필요한 것을 얻을 수 있게 됐고, 2년이 되자 넉넉해졌고 3년이 되자 아주 풍족해졌소." 이 말을 듣고 돌아간 상씨는 닥치는 대로 도둑질하다 잡혀 처음에 가졌던 재산까지 몰수당하고 만다. 상씨가 국씨를 찾아가 원망하자 국씨가 답한다. "당신은 도둑질하는 도를 잃어서 이 지경에 이른 것이구려." 국씨 자신은 하늘의 때와 땅의 이로움을 도둑질해서 곡식을 키우고 집을 지었으며, 땅에서는 새와 짐승을 훔쳤고 물에서는 물고기와 자라를 훔쳤다는 것이다. "저 벼와 곡식, 흙과 나무, 새와 짐승, 물고기와 자라 따위들이 다 하늘이 낸 것이지 어찌 내 소유라고 하겠소. 그렇게 나는 하늘이 낸 물건을 훔쳤으나 재앙이 없었소."

국씨의 말을 납득하지 못한 상씨가 다시 동곽 선생을 찾아가 물으니 이런 답이 돌아왔다. "국씨의 도둑질은 공도로 한 것이라 재앙이 없었지만 그대의 도둑질은 사심으로 한 짓이므로 죄를 얻게 된 거요." 이 본

문에 대해 장담은 이렇게 주석을 단다. "천지의 덕은 저절로 그러할 뿐이니, 무슨 공이니 사니 하는 이름을 나열할 것이 있겠는가? 공·사라는 개념 자체가 성립할 수 없다면 도둑질과 도둑질 아닌 것 역시 아무 차이가 없다." 스스로 그러한 천지의 만물을 가져다 쓴 것이니 '공도'든 '사심'이든 도둑질이라는 데는 다름이 없다는 얘기다. 이 주석에 대해 옮긴이 임채우는 이렇게 해설한다. "하늘을 나는 새 한 마리, 땅 위에 난 풀 한 포기도 본래 인간의 것은 없다. 인간이 지구상에서 사용하는 재화는 모두 허락을 받지 않고 임의로 가져다 쓴 것이 아닌가?" 그 천지의 것을 멋대로 훔치는 도둑질이 도를 넘어 우리 시대의 생태 위기·기후 위기를 낳았을 것이다.

환상에서 깨어나라, 무아의 불교론

―

《붓다의 치명적 농담》·《허접한 꽃들의 축제》_ 한형조

한형조(한국학중앙연구원 교수)는 자신을 "띠풀로 덮인, 동아시아 고전의 옛길을 헤쳐 온" 사람이라고 소개한다. 한형조는 동아시아 고전 세계 중에서 특히 유학과 불교에 관한 연구서를 여럿 냈는데, 2008년에 《조선 유학의 거장들》과 《왜 조선 유학인가》를 펴냈고, 앞서 선불교의 화두를 설명한 《무문관, 혹은 너는 누구냐》를 썼다. 《붓다의 치명적 농담》과 《허접한 꽃들의 축제》는 불교에 관한 일종의 해설서라고 할 수 있다. 2004년부터 2년 반 동안 주간 〈현대불교〉에 강의 형식으로 연재했던 것을 묶었다. 대승불교의 가장 근본이 되는 경전 가운데 하나인 《금강경》을 바탕으로 삼은 불교 강의가 이 책들이다. 육조 혜능이 "달마가 서쪽에서 온 뜻을 담고 있다"고 한 것이 바로 《금강경》이다.

이 책들에서 먼저 눈에 띄는 것이 '별기'라는 말과 '소'라는 말이다. 《붓다의 치명적 농담》의 부제는 '한형조 교수의 금강경 별기'이고 《허접한 꽃들의 축제》의 부제는 '한형조 교수의 금강경 소'다. '별기'(別記)란

경전의 자구 자체에 얽매이지 않고 핵심을 전체적으로 파악해 해설하는 것이고, '소'(疏)란 경전의 문자를 하나하나 뒤쫓으며 주석하는 것이다. 한형조의 표현으로 "경전의 언어를 축자적으로 충실히 따라가는" 것이 소의 방식이라면, "오해와 헛디딤의 위험은 크지만 과감한 해석과 체계를 제시하는" 것이 별기의 방식이다. 원효는 대승불교의 개론서인《대승기신론》에 대해 처음에 '별기'를 썼다가 흡족하지 않아 뒤에 '소'를 다시 썼는데, 한형조도 원효의 선례를 따른 셈이다.

이 책들, 특히《붓다의 치명적 농담》에서 두드러지는 것은 문체다. 한형조의 문장은 통상의 불교 해설서에서 보기 어려운, 톡톡 튀는 발랄한 문장이다. 한형조는 "현재 우리가 쓰고 있는 일상적 언어의 지평 위에서 언설하고자 했다"고 밝혔는데, 불교 언어가 일상성과 현대성을 획득하지 못하면 미래가 없다고 믿기 때문이다. 한형조는 이런 믿음을《금강경》한역본의 역사를 통해 설명하기도 한다.《금강경》한역본은 5세기 초 인도 승려 구마라습이 번역한 것과 7세기 '삼장법사' 현장이 인도에 다녀와 번역한 것 두 판본이 대표적인데, 지금 우리한테 익숙한 것은 구마라습의 번역본이다. 구마라습은 중국 독자들을 배려해 이해와 소통에 중점을 두었고, 현장은 원뜻에 충실한 딱딱한 번역을 택했다. 당대의 언어로 풀어준 것이 구마라습 번역본이 채택된 이유였던 것이다. 한형조는 육조 혜능이 선(禪)의 실질적 창시자가 될 수 있었던 것도 '파격적인 구어 사용'에 있었다고 말한다. "혜능의 이런 과격한 탈전통이 없었다면 중국 불교는 없었을 것"이다.

이어 한형조는 불교의 가르침 속으로 들어가 불교에 관한 흔한 오해

공(空)이란 마음이 비어 있는 상태를 뜻한다.
자기의 이해관심에서 해방된 상태가 공이며,
그때 공은 무아(無我)와 같다.
무아는 내가 본래 없다는 뜻이 아니라
주관적 환상에 집착하는 나로부터 떠난다는 뜻이다.

들을 바로잡는다. 그런 오해 가운데 하나가 '삼계유심, 만법유식'이라는 말에서 드러난다. '삼라만상이 다 마음의 반영이요, 세상 모든 것이 다 의식의 결과일 뿐이다'라는 불교의 가르침은 곧바로 이 세상은 마음이 만든 것일 뿐이라는 생각을 불러일으킨다. 《대승기신론》은 "마음이 일어나면 수많은 세계가 생겨나고 마음이 꺼지면 수많은 세계가 사라진다"고 설한다. 원효는 해골물을 마시고 깨달음을 얻은 뒤 "삼계는 오직 마음이요, 만법은 오직 의식일 뿐이니, 마음 밖에 의식이 없는데 어찌 따로 구하겠는가"라고 노래했다. '이 세계가 실재하지 않는다'는 말로 들리지만, 한형조는 단언한다. "불교는 세계의 실재를 에누리 없이 긍정합니다!"

그렇다면 '오직 마음뿐'이라는 그 모든 말은 뭔가. 불교가 문제 삼는 것은 마음 밖에 따로 존재하는 세계가 아니라, "그 실제를 수용하고 해석하는 인간의 시선"이다. 불교는 객관적으로 존재하는 실재를 법(法)이라 하고, 주관적으로 인식한 세계를 상(相)이라 하는데, 문제는 이 '상'

이 사람마다, 마음마다 다르다는 사실이다. 마음은 사적인 관심과 욕망으로 세계를 왜곡한다. 비유하자면, 중력장이나 블랙홀이 우주 공간을 구부러뜨리듯이, 마음은 각자의 관심·욕망으로 실재를 왜곡한다. 이렇게 주관적으로 왜곡된 상을 우리는 있는 그대로의 세계라고 생각하는 것이다. 한형조는 "각자가 가진 것은 상(相)일 뿐, 법(法)이 아니라는 것, 우리 모두가 자아의 주관적 환상 속에서 그 편견에 의지하며 살고 있다는 것을 화들짝 깨닫는 일"이야말로 가장 시급한 일이라고 말한다. 그 깨달음이 불교의 첫걸음이다. 그리하여 주관적 환상에서 벗어나 세계를 있는 그대로 보는 것을 한형조는 '공'(空)이라고 말한다. 공이란 마음이 비어 있는 상태를 뜻한다. 자기의 이해관심에서 해방된 상태가 공이며, 그때 공은 무아(無我)와 같다. 무아는 내가 본래 없다는 뜻이 아니라 주관적 환상에 집착하는 나로부터 떠난다는 뜻이다. 그렇게 무아 상태가 되면, 우리는 탐욕이나 분노에 휘둘리지 않고 평화를 얻을 수 있다고 한형조는 말한다.

타인의 눈에 비친 내 안의 '부처'
—

《18~19세기 한국문학, 차이의 근대성》_ 이도흠

국문학자 이도흠(한양대 교수)은 원효의 화쟁사상을 마르크스주의를 비롯한 서양 이론과 결합해 '화쟁기호학'이라는 독창적인 텍스트 해석 방법론을 창안한 학자다. 《18~19세기 한국문학, 차이의 근대성》은 이도흠이 세운 이 방법론에 입각해 조선 후기의 사회경제와 문학 작품에서 근대성의 지표를 찾아내고 근대화 양상을 분석하는 저작이다. 눈길을 끄는 것은 본론(제2부)의 분석 작업의 이론적 토대를 상술하는 제1부다. 여기서 이도흠은 기존의 모든 근대화-근대성 담론을 비판한 뒤 '차이의 근대성론'을 정립하고 그 방법론을 상세히 밝힌다.

근대화-근대성 담론의 원형은 '서구 중심의 근대성론'이다. 자본주의 체제와 근대 과학기술, 산업화와 합리화, 국민국가와 민주주의, 개인주의와 휴머니즘 따위의 온갖 근대의 지표들이 선진 유럽에서 먼저 발흥했고 후진 아시아가 이것들을 수용함으로써 근대화를 이루었다는 것이 서구 중심의 전통적인 근대화론이다. 이 이론을 따르면 근대화란 곧 서구화다. 비서구 지역이 서구의 보편을 일방적으로 받아들이고 뒤따름으로써 근대화를 성취한다고 보는 것이다. 이 근대성 담론은 서양과 동양을 '빛과 그림자'로 대립시켜 서양의 온갖 부정적인 것을 동양에 투사한 뒤 서양이 동양을 지배하는 것을 정당화하는 오리엔탈리즘으로도 나타난다. 이 서구의 근대성 담론과 오리엔탈리즘이 일제강점기 이래 국내의 근대화 담론을 지배했다고 이도흠은 말한다. 이 책의 제1부는 이 오리엔탈리즘적 근대성 담론의 여러 변형태들을 해체한다.

이도흠이 해체 대상으로 삼는 근대화론이 일제강점기 마르크스주의 문학이론가 임화의 '이식문화론', 좌파 경제학자 백남운의 '자본주의 맹아론', 해방 후 민족주의자들의 '내재적 발전론'과 '식민지 수탈론', 또 근년에 기승을 부린 우익 경제학자들의 '식민지 근대화론'이다. 이런 근대화 담론들은 서구가 창출한 근대성을 척도이자 모범으로 상정하고 있다는 공통점이 있다. 우리 역사가 조선 후기에 스스로 자본주의적 발전을 해냈는지, 아니면 일제강점기에 들어서야 자본주의적 발전이 본격화했는지 하는 모든 논의가 서구 근대성을 표준으로 삼아 거기에 근접하는가 그렇지 않은가 하는 식으로 접근하고 있다는 것이다. 표면의 논의 방향은 각기 다르지만 서구의 근대화를 근대화의 유일한 길로 보는 동일성 담론에 갇혀 있다는 점에서는 차이가 없다. 그러나 "외부 영향 없이 순수한 내적 발전의 실증을 찾는 것은 헛수고일 뿐이며, 외부의 영향이 있다고 해서 내재적 발전을 부정하는 것은 식민을 정당화하는 이데올로기일 뿐이다."

서구의 근대화를 유일한 기준으로 삼는 이런 동일성 담론은 서구의

아주 가까이 다가가 상대방의 눈동자를 보면
그 눈동자에 비친 내 모습이 보인다.
그 형상이 부처님과 비슷해 눈부처라고 부른다.
'너' 안에 '나'가 있고 '다름' 속에 '같음'이 있는 것이다.
차이의 근대성론은 이렇게 타자에게서 나의 형상을,
그것도 내 본디 모습인 부처의 형상을 본다는
근본 사상에 입각해 있다.

기준과 다른 모든 것을 부정하고 배제하는 오리엔탈리즘적 폭력을 내장한 것들이다. 이도흠은 근대성에는 서구식 근대성만 있는 것이 아니라 무수히 많은 양상의 근대성이 있을 수 있다고 말한다. 그러므로 조선이 이뤄낸 조선의 근대성도 당연히 있을 수 있다. 이때 이도흠이 근대의 지표로 제시하는 것이 '기존 사회의 해체를 지향하여 그 모순을 드러내는 것, 그 양상이 지속적인 것, 미래 사회의 비전을 제시하는 것' 들이다. 이런 기준으로 볼 때 조선 근대성의 명확한 지표를 보여준 문학 텍스트 가운데 하나가 수운 최제우의 《용담유사》다. 이도흠은 이 한글 가사에 담긴 평등과 해방의 정신이 19세기 말 동학농민전쟁 때 '집강소'로 나타났다고 말한다. 양반과 천민이 차별 없이 평등하게 모인 자치 기구 집강소야말로 조선의 근대성을 보여주는 적실한 사례다. 이렇게 이도흠은 기존의 서구 중심의 근대성론에 깃든 동일성 담론을 해체하고 거기서 '차이의 근대성론'을 이끌어낸다. 근대화의 길은 하나만 있는 것이 아니라 수없이 다양하다는 것, 이것이 이도흠의 핵심 주장이다.

더 주목할 것은 이도흠이 제시하는 '차이의 근대성론'의 바탕이 되는 근본 사상이다. 동일성 담론은 차이를 배제하는 담론이다. 그러나 타자와 마주 서지 않는 한 동일성은 구성되지 않는다. '나의 동일성'도 '너의 다름'과 맞부딪쳤을 때에야 성립한다. 이도흠이 강조하는 것은 이 타자가 나의 존재를 구성하는 데 참여한다는 사실이다. 그러므로 흔히 서양의 이분법적 사고방식이 실체화하는 나와 너, 주체와 타자, 제국과 신민, 동양과 서양, 근대성과 식민성은 서로 대립하기만 하는 것이 아니라 서로가 서로를 규정하고 생성시키는 불일불이(不一不異)의 관계를 맺는다. 이 불일불이의 사상을 확고히 틀어쥘 때 서양의 이항대립적 사유를 극복할 수 있다. 서로 대립하는 것들은 단순히 대립하는 것이기만 한 것이 아니라 서로가 서로를 세우고 키우는 대대(待對)의 관계에 있다. 원효의 화쟁은 대립하는 것처럼 보이는 것들, 곧 대대하는 것들을 아울러 더 큰 하나로 회통하는 방법이다. "자신과 타자 사이의 연기적 관계를 깨닫고 대립적인 것을 내 안에 모셔서 하나로 어우러지게 하는 것이 바로 대대이고 화쟁이다."

이렇게 보면 근대화의 길은 어느 한 나라가 타자와 아무런 관련도 없이 홀로 이루어낸 것이 아님을 알 수 있다. 모든 사회 혹은 모든 나라는 서로 영향을 주고받으며 그 속에서 저마다 다른 근대화의 길을 걷는다. 서구가 비서구에 일방적으로 영향을 주기만 한 것도 아니고 비서구가 일방적으로 서구의 영향을 받기만 한 것도 아니다. 서구도 비서구의 식민지를 통해 근대화 동력을 얻었으며 서구 내부 나라들, 이를테면 영국·프랑스·독일도 서로에게서 배우며 저마다 고유한 근대화 경로를 밟았다. 이도흠은 여기서 '눈부처 차이론'을 이야기한다. 아주 가까이 다가가 상대방의 눈동자를 보면 그 눈동자에 비친 내 모습이 보인다. 그 형상이 부처님과 비슷해 눈부처라고 부른다. '너' 안에 '나'가 있고 '다름' 속에 '같음'이 있는 것이다. 차이의 근대성론은 이렇게 타자에게서 나의 형상을, 그것도 내 본디 모습인 부처의 형상을 본다는 근본 사상에 입각해 있다. 그런 시야를 확보할 때 우리는 폭력과 배제의 동일성 사상에서 벗어나 다름을 수용하고 다름에서 배우고 다름과 어우러지는 더 높은 경지에 이를 수 있다. 그 차이를 아우르는 참된 보편성을 원효는 '일심'(한마음)이라고 불렀다.

하이데거와 불교가 만날 때
—
《불안과 괴로움》_ 권순홍

《불안과 괴로움》은 하이데거·불교 철학 연구자 권순홍(군산대 교수)의 신작이다. 권순홍은 10여 년 전 하이데거 철학과 불교의 유식사상을 비교하는《유식불교의 거울로 본 하이데거》라는 저작을 낸 바 있다. 《불안과 괴로움》은 이 전작의 논의를 이어받아 하이데거의 '전기 철학'과 초기 불교의 '사성제'를 비교한다. 전작이 주로 하이데거 철학과 유식불교의 상통점을 밝히는 데 논의의 초점을 맞췄다면, 이번 저작에서는 하이데거 철학과 불교 사상을 맞세워 둘 사이의 같음과 다름을 밝히고 왜 다름이 빚어지는지에 주목한다.

권순홍은 하이데거 전기 철학의 열쇠가 되는 말로 '불안'을 꼽고, 불교 사성제의 핵심이 되는 말로 '괴로움'을 꼽는다.《불안과 괴로움》은 하이데거의 불안과 사성제의 괴로움이 어디에서 만나며 어디에서 갈라지는지를 살피는 책이라고도 할 수 있다. 나아가 이 책은 하이데거와 불교 가운데 어느 사상이 삶의 문제를 풀어 가는 데 더 적실한가 하는 권순홍 자신의 근본 관심사에까지 답한다. 이런 답을 찾아가는 길에 하이데거의 지적 선배라 할 니체의 후기 사상도 함께 살핀다. 그리하여 부제가 가리키는 대로 '하이데거, 니체, 그리고 초기 불교의 4성제'에 대한 비교 논의가 이 책의 텍스트를 이룬다.

권순홍은 먼저 제1부에서 하이데거 전기 철학의 대표작 《존재와 시간》, 그중에서도 불안에 관한 논의에 시선을 모은다. 주목할 것은 권순홍의 해석이 통상의 하이데거 해석과 사뭇 차이를 보인다는 점이다. 그런 차이는 《존재와 시간》에서 이야기하는 불안이 '잠복한 불안'과 '근원적 불안' 두 가지로 나뉜다고 말하는 데서부터 도드라진다. '잠복한 불안'은 인간 현존재의 일상적 실존 바닥에 깔려 나직이 으르렁대는 불안이다. 반면에 '근원적 불안'은 인간의 실존을 뒤흔들며 밀어닥치는 불안이다. 이 근원적 불안이 '세인'(世人, 일상인)의 지배에 사로잡혀 살던 인간을 일깨워 죽음이라는 절대적 사태 앞에 마주 서게 한다. 그리고 이 죽음이라는 절대적 사태를 미리 겪어봄으로써 인간은 세인의 지배에서 벗어나 본래적 실존을 획득한다.

권순홍은 잠복한 불안을 '수평적인 저강도 위협'으로, 근원적 불안을 '수직적인 고강도 위협'으로 묘사한다. 불안이 잠복해 있을 때 우리는 불안의 은근한 압박에 쫓겨 비본래적 일상에 몰두해 살아가지만, '근원적 불안'이 덮치면 그 일상성이 깨져 나가고 우리 삶의 본모습이 날것 그대로 드러난다. 이 '근원적 불안'이 우리를 죽음 앞으로 데려감으로써 본래적 실존으로 깨어나게 한다. 하이데거는 이 '근원적 불안'을 비본래적 실존과 본래적 실존을 가르는 결정적으로 중요한 사태로 이해한다.

하지만 권순홍은 '잠복한 불안'이든 '근원적 불안'이든 불안이라는 점에서는 다르지 않다고 말한다. "불안은 본래적 실존 양태에서나 비본래적 실존 양태에서나 항상 현존재를 감싼다." 더 나아가 권순홍은 인간 현존재가 근원적 불안을 통해 실존의 본래성을 획득하더라도 불안 자체를 극복하는 것은 아니라고 말한다. 불안 자체를 제거하지 않는 한, 어떤 경우가 됐든 불안은 영혼을 잠식한다는 얘기다.

이 대목에서 권순홍은 초기 불교의 사성제로 눈을 돌린다. 붓다가 깨달음을 성취한 날 도달한 것이 '고성제·집성제·멸성제·도성제'라는 사성제의 진리다. 삶이란 괴로움의 연속인데(고苦) 이 괴로움이 왜 일어나고(집集) 어떻게 사라지는지(멸滅) 그 길(도道)에 관한 가르침이 사성제다. 불교의 가르침에서 보면 괴로움은 발생한 원인이 있으므로 인간의 노력으로 없앨 수 있다. 불교는 그 괴로움을 없애는 길로 팔정도, 곧 '여덟 가지 바른길'을 제시한다. 불교에서 말하는 괴로움은 하이데거가 말하는 불안과 통한다. 그러나 불교가 괴로움의 소멸을 이야기하는 데 반해, 하이데거의 철학은 불안의 소멸을 이야기하지 않는다. 그러므로 하이데거 철학을 통해서는 불안의 위협을 피할 길이 없다고 권순홍은 말한다. 왜 불안의 위협을 피할 길이 없는가? 하이데거의 철학에 '번뇌에 대한 통찰이 없기 때문'이라고 이 책은 답한다.

하이데거에게 현존재의 실존은 '던져져 있음'으로 요약된다. 삶 한가운데 던져진 상태에서 그 삶을 살아야 하는 것이 인간의 실존이다. 하이데거는 탄생 이전도 죽음 이후도 논외로 한다. 그러나 불교에서는 사태를 다르게 본다. 삶의 괴로움에는 분명히 삶 이전의 원인이 있고 그

붓다가 깨달음을 성취한 날 도달한 것이
'고성제·집성제·멸성제·도성제'라는 사성제의 진리다.
삶이란 괴로움의 연속인데(고苦) 이 괴로움이 왜 일어나고(집集)
어떻게 사라지는지(멸滅) 그 길(도道)에 관한 가르침이 사성제다.
불교의 가르침에서 보면 괴로움은 발생한 원인이 있으므로
인간의 노력으로 없앨 수 있다. 불교는 그 괴로움을 없애는 길로
팔정도, 곧 '여덟 가지 바른길'을 제시한다.

괴로움을 넘어서는 죽음 이후의 목적이 있다. 권순홍은 불교의 가르침에 기대어 그 원인을 욕망에 붙들려 사는 '갈애'(渴愛)에서 찾고, 그 목적을 괴로움에서 영원히 벗어나는 '열반'에서 찾는다. 우리를 삶의 괴로움속으로 던져 넣는 것이 갈애이니, 이 갈애에서 벗어남으로써 괴로움이 없는 열반에 이를 수 있다는 얘기다. "열반은 범부가 세간에서 청정하게살면서 추구할 수 있는 삶의 최종 목적이다."

그렇다면 왜 하이데거에게는 탄생 이전도 죽음 이후도 사유의 대상이 되지 않는가? 권순홍은 하이데거의 철학이 앞 시대 니체가 그린 역사적 좌표 위에서 사유를 시작했기 때문이라고 말한다. 다시 말해 '신의죽음'이 일으킨 허무주의를 출발점으로 삼은 탓에 '우리는 어디에서 와서 어디로 가는가'라는 물음이 봉쇄됐다는 것이다. 그리하여 하이데거철학에서는 실존의 불안, 삶의 괴로움에서 벗어날 가능성이 막혀버렸다고 이 책은 말한다. "인간은 졸지에 입구도 없고 출구도 없는 불안의 폐

쇄 병동에 갇혔다." 왜 그렇게 볼 수밖에 없는가? "인간의 죽음 바깥에, 가야 할 목적지로서 열반이 없기 때문이다."

하이데거와 초기 불교의 비교 논의는 이렇게 하이데거의 사유를 기각하고 불교의 가르침을 받드는 것으로 귀결한다. 그러나 이런 결론은 권순홍이 불교의 사성제를 진리로서 미리 앞에 세워놓고, 하이데거의 전기 철학을 여기에 맞추어 좁게 해석한 데 따른 것이라는 지적을 받을 수 있다. 또 시인 횔덜린과 함께 니체의 니힐리즘을 비판하며 '내맡김'과 '초연함'으로 나아가는 후기 철학까지 포함해 하이데거 사유 전체를 검토했다면, 불교 사상과 하이데거 사상의 거리는 이 책에 그려진 것보다 훨씬 더 가까워졌을지 모른다.

퇴계냐 율곡이냐

—

《퇴계 vs 율곡, 누가 진정한 정치가인가》_ 김영두

조선 성리학을 대표하는 두 사상가 퇴계 이황(1501~1570)과 율곡 이이(1536~1584)의 정치사상과 정책 방향을 비교해 두 사람의 같음과 다름을 살피는 책이다. 지은이 김영두는 2004년에 《퇴계와 고봉, 편지를 쓰다》를 펴내 선생과 후학 사이에서 벌어진 조선 시대 가장 치열하고 아름다운 철학 논쟁을 소개해준 바 있다. 《퇴계 vs 율곡, 누가 진정한 정치가인가》는 철학 담론 자체를 따지는 것이 아니라, 조선 성리학의 두 거두가 올린 상소문을 비교해 그들이 자신들의 시대를 어떻게 진단하고 어떤 처방을 내놓았는지 검토한다. 이 책이 다루는 상소문은 퇴계의 〈무진육조소(戊辰六條疏)〉와 율곡의 〈만언봉사(萬言封事)〉다.

이 상소문들을 검토하기에 앞서 김영두는 먼저 퇴계와 율곡이 어떤 인연으로 맺어졌는지 이야기해준다. 나이가 35살 차이가 나는 퇴계와 율곡은 사림 정치가 막 본격화하던 시대를 함께 산 동시대인이었다. 또 두 사람은 직접 만나 대화하고 편지를 주고받는 사이였다. 남아 있는 편지만 십수 통에 이른다. 두 사람이 처음 만난 것은 퇴계가 58살, 율곡이 23살 때인 1558년(명종 13년)이었다. 퇴계는 당시 고향 도산에서 후학을 가르치고 있었는데, 율곡이 찾아가 사흘 동안 머물며 함께 시를 짓고 문답했다. 당시 퇴계는 조선 '사림의 종장'으로 존경받고 있었으며, 율곡은 어린 시절에 이미 신동으로 알려진 '빼어난 후배'였다.

퇴계와 율곡은 이때에도 또 이후에도 학문적 논쟁을 벌이지는 않았다. 그러나 두 사람의 성리학 사상에 중대한 차이가 있음이 훗날 분명해졌다. 주자학의 '이기론'(理氣論)을 해석하는 방식이 달랐던 것이다. 퇴계는 '주리론'(主理論)의 주창자로서 영남학파의 태두가 됐고, 율곡은 '주기론'(主氣論)의 입안자로서 기호학파의 비조가 됐다. 이(理)를 중심에 둔 퇴계의 사상과 기(氣)를 앞세우는 율곡의 철학은 조선 후기 수백 년 동안 치열한 논쟁의 대상이 됐다. 퇴계와 율곡의 이런 사상적 차이가 그들이 임금에게 올린 상소문에서도 거의 그대로 드러난다. 퇴계는 원리와 근본을 틀어쥐는 것이 중요하다고 보고, 율곡은 구체적인 방책에까지 관심을 뻗었다.

퇴계는 조정에서 끝없이 불러 관직을 맡기는데도 한사코 사양하고 번번이 물러났다. 퇴계의 마음은 학문과 교육에 쏠려 있었다. 이런 성향대로 퇴계가 임금에게 올린 상소도 아주 적은 편이어서, 〈무진육조소〉를 포함해 모두 다섯 건을 남겼다. 반면에 율곡은 현실 정치에 참여하는 것을 선비의 의무라고 생각했고, 우국충정으로 근심이 가시지 않는 사람이었다. 율곡은 퇴계가 자꾸만 정치 일선에서 물러나는 것을 안타까워했다. 율곡은 자신의 정치관대로 숱하게 상소를 올렸다. 지금 남아 퇴계의 마음은 학문과 교육에 쏠려 있었다.
임금에게 올린 상소도 아주 적은 편이어서,
〈무진육조소〉를 포함해 모두 다섯 건을 남겼다.
율곡은 현실 정치에 참여하는 것을 선비의 의무라고 생각했고,
우국충정으로 근심이 가시지 않는 사람이었다.
율곡은 자신의 정치관대로 숱하게 상소를 올렸다.

있는 것만 해도 59건에 이른다.

〈무진육조소〉는 퇴계의 처신으로 보면 아주 예외적인 글이다. 국정 운영의 원칙과 방향에 대해 폭넓게 의견을 밝힌 유일한 상소이기 때문이다. 〈무진육조소〉란 무진년(선조 1년)에 올린 육조(여섯 항목)의 상소라는 뜻이다. 68살의 노학자가 17살의 어린 왕 선조에게 마음을 다하여 올린 글이 이 상소다. 퇴계는 이 글에서 어떻게 하면 국왕이 성군으로서 자격을 갖출 수 있는지 힘주어 이야기한다. 반면에 긴급히 처리해야 할 국정 문제에 대해서는 마지막 항목에서 간단히 언급하고 그친다. "국왕이 성군으로 성장한다면 그런 문제는 자연스럽게 해결될 수 있을 것이라는 논리"다. 여기서 눈여겨볼 것이 퇴계가 임금과 대신과 대간(사간원·사헌부)을 머리, 배·가슴, 눈·귀에 비유해 삼권의 분립과 조화를 강조했다는 사실이다. "임금은 나라의 머리요, 대신은 배와 가슴이요, 대간은 귀와 눈입니다. 셋은 서로가 있어야 완전해지니 실로 나라가 있는 한 바뀔 수 없는 형세입니다." 임금이 중심에 서되 선비가 함께 정치

를 하는 사림 정치의 이상을 제시하는 것이다.

율곡은 성군이 나와 나라의 근본을 세우는 것이 가장 중요하다고 본 점에서는 퇴계와 생각이 같았지만, 당대의 문제를 적시하고 그 문제를 해결할 방책을 구체적으로 밝힌다는 점에서 퇴계와 달랐다. 〈만언봉사〉가 율곡의 정치사상과 정책 대안을 가장 풍부하고 절실하게 보여주는 글이다. '만언'(萬言)은 '1만자는 되는 말'을 뜻하며 '봉사'(封事)는 '밀봉하여 올린 글'을 뜻한다. 할 말이 많아 그렇게 긴 글을 올린 것이다. '만언봉사'는 선조 7년에 쓴 것인데, '흰 무지개가 해를 꿰뚫는' 변괴가 일어나자 선조가 널리 조언을 구하는 '구언교서'를 내린 데 대한 율곡의 답변이었다. 이 상소에서 율곡은 '괴변'에 대한 진단과 대책을 내놓는 데서 그치지 않고 '일곱 가지 실질'을 거론하고 그 실질에 힘써야 한다고 말한다.

퇴계가 근본을 강조한 것과 다르게, 율곡은 수신(修身)과 안민(安民)을 동시에 강조한다. 임금이 도를 닦고 덕을 쌓는 것과 함께 법령과 제도를 시대에 맞추어 대대적으로 개혁해야 한다고 주장하는 것이다. 정치가·개혁가로서 율곡이 확실히 구체적이고 실천적이었음을 〈만언봉사〉는 보여준다.

척사파와 개화파 사이 개벽사상가들

—

《개벽의 사상사》_ 백영서 외

한국 근현대사의 기점이 되는 19세기 말~20세기 초의 사상 흐름을 양분한 것으로 흔히 개화파와 척사파가 꼽힌다. 근래에 들어와 이 두 세력 사이에서 제3의 노선을 추구한 세력이 주목받고 있다. 개벽파라고 불리는 이들이다. 동아시아 전통의 가치관과 세계관을 비판적으로 계승하면서 서학과 서양의 쇄도에 주체적으로 대응하려고 분투한 세력이 개벽파로 묶인다. 《개벽의 사상사》는 바로 이 개벽파에 주목해 19세기 중반 이래 20세기 후반까지 이 흐름을 이끌어 간 이들의 사상을 살피는 저작이다. 수운 최제우부터 시인 김수영까지 종교 · 정치 · 문학에서 개벽의 발자취를 남긴 인물들이 주인공으로 등장한다. 책의 집필에는 모두 11명의 학자가 참여했다. 이들은 3년 동안 한 달에 한 번꼴로 토론한 뒤 각각 한 장씩 집필했다. 사학자 백영서(연세대 명예교수)가 서문에 밝힌 대로 이 책의 바탕에 깔린 담론 토대는 '근대 적응과 근대 극복의 이중과제'와 그 과제를 실천할 정치적 방법론이라 할 '변혁적 중도주의'

다. 그리하여 이 책은 이중과제 담론과 변혁적 중도주의 담론의 눈으로 개벽파의 사상을 분석하는 책이 됐다.

이 책의 열쇳말인 '개벽'이 우리 근현대 사상사의 핵심 어휘로 등장하는 데 결정적인 기여를 한 것은 두말할 것도 없이 동학과 그 후신인 천도교다. 그래서 이 책은 세 장에 걸쳐 동학 공동체의 개벽사상 전개를 살핀다. 동학의 개벽사상은 수운 최제우의 '다시 개벽'에서 시작해 해월 최시형(1827~1898)의 '후천 개벽'으로, 의암 손병희(1861~1922)의 '인물 개벽'으로 이어진다. 눈길을 끄는 것은 동학 공동체의 주요 이론가 가운데 한 사람인 김형준(1908~1953)의 동학사회주의론이다. 김형준의 동학사회주의는 1930년대에 마르크스주의자들과 벌인 종교 논쟁 속에서 형성됐는데, 다음과 같이 요약된다. '계급사상만으로 계급사회를 지양할 수 없다. 계급사회를 물심일원의 사상으로 극복하자는 것이 수운주의다. 수운주의의 관점에서 볼 때, 유물(물질)과 유심(정신)은 인간 존재의 양면에 불과하다. 물질과 정신은 우주 실재의 두 가지 현상이고 그 뿌리는 하나다.' 김형준은 이 수운주의를 토대로 삼아 동학과 사회주의의 결합의 길을 찾았다. 김형준의 이런 사상 투쟁에서 동서를 아우르려는 개벽파의 의지를 읽어내기는 어렵지 않다.

한반도 근현대 사상사의 흥미로운 점은 동학이 보여준 대로 종교가 변혁 사상 형성에 주도적인 구실을 했다는 사실이다. 서구의 근대 사상이 기독교의 억압에서 벗어나려는 세속화 운동 속에서 성장한 것과 달리, 한반도에선 서양 제국주의 침략에 대응하여 민족종교가 발흥한 것이 이런 차이를 빚었을 것이다. 동학의 개벽사상이 원불교 개벽사상으

한반도 근현대사상사의 흥미로운 점은
동학이 보여준 대로 종교가 변혁 사상 형성에
주도적인 구실을 했다는 사실이다.
서구의 근대 사상이 기독교의 억압에서 벗어나려는
세속화 운동 속에서 성장한 것과 달리,
한반도에선 서양 제국주의 침략에 대응하여
민족종교가 발흥한 것이 이런 차이를 빚었을 것이다.

로 이어지는 것도 그런 양상을 보여준다. 이 책에서는 원불교 2대 종법
사 정산 송규(1900~1962)의 사상에 초점을 맞추어 원불교 개벽사상을
살핀다. 원불교 교조인 소태산 박중빈이 내건 개교 표어, 곧 '물질이 개
벽되니 정신을 개벽하자'를 이어받은 정산의 개벽사상은 영성의 개벽,
일상의 개벽, 국가의 개벽, 윤리의 개벽으로 전개됐다. 특히 동원도리·
동기연계·동척사업의 삼동윤리는 정산의 개벽사상의 중심을 이룬다.
모든 종교가 그 근원에서 보면 하나이고(동원도리同源道理), 모든 인종과
생령이 한 기운으로 연계된 동포이며(동기연계同氣連契), 인류 전체가 세
상을 개척하는 데 힘이 되는 것이므로(동척사업同拓事業) 이런 사실을 깨
달아 대동화합하자는 것이 정산의 삼동윤리다. 이 삼동윤리를 실천 강
령으로 삼아 하나의 세계를 열어 가는 것이 삼동개벽 사상이다.

 이 책에서 개벽사상가로 안창호와 한용운과 조소앙을 거론하는 것도
주목할 만하다. 도산 안창호(1878~1938)는 실력양성론을 주장한 준비

론자로 알려져 있지만, 실제의 도산 사상은 준비론으로 격하할 수 없는 복합적이고 포괄적인 내용을 지녔다. "진정한 독립전쟁의 의사가 있거든 군사에 대하여 지성을 다함과 같이 외교에 대해서도 지성을 다해야 한다"는 말에서 확인할 수 있듯이 도산은 군사적 투쟁을 외면하지 않았다. 다만 도산은 민족 해방을 이루려면 민족 역량의 최대 결집이 필요하다고 보았고, 그러려면 급진 혁명주의나 군사 모험주의에 빠져서는 안 되고 투쟁과 외교와 교육을 아울러야 한다고 생각했다. 도산의 실천 사상은 '변혁적 중도주의'의 선구적인 모습이라고 할 수 있다. 불교사회주의를 주창한 만해 한용운(1879~1944)도 안으로 불교를 혁신하고 밖으로 서양을 수용해 새로운 불교를 모색했다는 점에서 개벽파라고 부를 만하다. 한용운의 개벽사상이 잘 드러난 것이 시집 《님의 침묵》이다.

이 책이 힘주어 서술하는 또 다른 인물은 조소앙(1887~1958)이다. 조소앙이야말로 '근대 적응과 근대 극복의 이중과제'를 깊이 사유하고 '변혁적 중도주의'를 정치적 실천 노선으로 제시한 사상가다. 조소앙은 유불선을 융합한 근대 민족종교, 특히 대종교를 사상의 뿌리로 삼아 동서 사상을 모두 통합하려 했다. 그런 통합 사상 위에 세운 것이 삼균주의다. 삼균주의는 두 차원을 지닌다. 협의의 삼균은 국내적 차원에서 정치·경제·교육의 권리 균등을 가리키며, 광의의 삼균은 개인 대 개인, 국가 대 국가, 민족 대 민족의 균등을 뜻한다. 조소앙은 이 삼균 이념에 입각해 '신민주국' 건설을 목표로 제시했는데, '민중을 우롱하는 자본주의'도 아니고 '무산자 독재를 표방하는 공산주의'도 아닌 '한민족 전체가 참여하는 민주주의'가 조소앙의 정치적 비전이었다. 조소앙은 해방 뒤 좌우합작에 힘쓰다 한국전쟁 와중에 납북됐다. 1956년 조봉암이 남한에서 평화통일론을 제창하자 조소앙은 북한에서 '통일 민주자주 연합정부 수립'을 주장했다. 조봉암처럼 조소앙도 뜻을 이루지 못하고 삶을 마감했다. 하지만 좌절은 좌절로 끝나지 않는다. 북한은 조소앙의 유해를 애국열사릉에 모셨고 남한은 1989년 조소앙에게 건국훈장 대한민국장을 추서했다. 양쪽이 함께 기리는 드문 현대사 인물이다. 그런 점에서 조소앙은 분단체제를 극복하는 변혁적 중도주의의 사상적 자원으로 삼을 만하다고 이 책은 말한다.

실크로드, 한반도 문명의 젖줄

—

《우리 안의 실크로드》_ 정수일

정수일(한국문명교류연구소 소장)은 실크로드학·문명교류학 분야의 세계적인 권위자다. 1992년 《신라 서역 교류사》를 출간한 이래 30년 가까운 세월 동안 《실크로드 사전》, 《해양실크로드 사전》을 포함한 20여 종의 연구서를 펴냈다. 특히 2013년에 펴낸 《실크로드 사전》은 영어로 번역돼 영어권 최초의 실크로드 사전으로 등록됐다. 《우리 안의 실크로드》는 이런 저술 작업을 하는 중에 지난 10여 년 동안 국제학술대회에서 발표한 실크로드학·문명교류학 관련 논문을 한데 모은 것이다. 정수일은 이 책에서 실크로드의 개념을 재정립해 4단계 진화론으로 제시하고 실크로드의 동쪽 종착점을 한반도로 확정하는 것을 목표로 삼는다.

이 책은 먼저 '실크로드'라는 말을 '인류 문명의 교류 통로에 대한 범칭'이라고 규정하고 시작한다. 실크로드는 한나라 때 비단을 수출하던 길을 가리키는 데서 출발한 말이지만, 오늘날 그 의미가 확대돼 문명교류의 통로를 지칭하는 일반 용어로 정착했다. 정수일의 설명을 따르면, 실크로드의 개념은 네 단계를 거쳐 진화했다. 실크로드가 처음 등장한 것은 지금부터 140여 년 전이다. 1877년 독일 지리학자 페르디난트 폰 리히트호펜이 《중국》이라는 책에서 이 말을 최초로 사용했다. 그러나 이때의 실크로드는 고대 중국에서 중앙아시아를 거쳐 서북 인도로 물산이 수출되던 길을 가리키는 말이었다. 리히트호펜은 중국의 주요 수출품이 비단이었다는 데 착안해 그 길을 독일어로 자이덴슈트라세(Seidenstrasse), 곧 실크로드라고 불렀다. 이것이 제1단계 실크로드다.

20세기에 들어와 중앙아시아를 넘어 지중해에 인접한 시리아의 팔미라에서까지 한나라 비단 유물이 발견됐다. 독일의 동양학자 알베르트 헤르만은 1910년 비단 교역의 길을 시리아까지 연장했다. 그리하여 제2단계 실크로드 개념이 탄생했다. 이 비단 유물은 북위 40도 내외의 사막을 따라 점점이 솟은 오아시스에서만 발견됐기 때문에 이 길을 오아시스로라고도 한다. 이어 제2차 세계대전 뒤에는 오아시스로가 로마로까지 연장됐다. 더 나아가 유라시아 대륙 북방 초원지대를 관통하는 북위 50도 초원길과, 지중해부터 중국 동남해안에 이르는 바닷길이 실크로드에 포함돼 이른바 '3대 간선'으로 그 개념이 넓어졌다. 여기에 이 3대 간선을 위아래로 종단하는 5대 지선까지 더해져 실크로드 개념은 제3단계에 이르러 한층 더 풍부해졌다.

정수일은 여기에서 한발 더 나아가 마지막 넷째 단계를 거론한다. 15세기 대항해 시대 개막 뒤 1522년 포르투갈 사람 마젤란이 이끄는 선단이 대서양-태평양-인도양을 거쳐 지구를 일주하는 해로를 뚫으면서 완성된 '환지구로' 단계다. 이 길이 열림으로써 감자·고구마·옥수수·고추·토마토·담배 같은 아메리카의 작물이 세계인의 것이 됐다. 더 중요한 것은 이렇게 뚫린 태평양 해로를 따라 중국의 비단과 도자기가 라틴아메리카로 수출되고 라틴아메리카 은광에서 나온 백은이 중국으로 유입됐다는 사실이다. 15~16세기경 라틴아메리카의 백은 생산량은 전 세계 백은 생산량의 60퍼센트에 이르렀는데, 이 가운데 절반 가까이가 중국으로 들어가 인플레이션을 일으키고 생활상을 변화시켰다. 과거의 오아시스로와는 또 다른 차원의 변화를 안긴 해상 실크로드인 셈이다.

실크로드의 4단계 진화와 함께 정수일은 이 책의 또 다른 목표인 '실크로드의 한반도 연장'을 입증하는 데 공력을 들인다. 그동안 학자들은 통념에 사로잡혀 실크로드의 동쪽 끝을 중국으로 보았다. 하지만 한반도는 선사 시대 이래 육상·해상 실크로드를 문명의 혈관으로 삼아 문화를 살찌웠다. 북방 초원길은 인류 문명의 초기 이동로이기도 한데, 이 길을 따라 한반도에 빗살무늬토기가 전파됐고, 중앙아시아 황금문화대에서 발견되는 금관과 같은 종류의 금관이 신라에서 출토됐다. 해상 실크로드도 다르지 않아서 고대 이집트에서 시작된 거석문화가 인도양과 동남아시아를 거쳐 한반도에 상륙해 세계에서 가장 많은 고인돌 유적을 남겼다. 로마에서 장안으로 뻗은 오아시스로도 압록강을 건너 한반도로 이어졌다.

여기서 정수일은 신라와 서역의 긴밀했던 관계를 유물과 기록을 들어 설명한다. 신라 원성왕(재위 785~798) 때 제작된 경주 성덕왕릉의 '무

불국사 경내에서 출토된 돌십자가와 성모 마리아 소상은
이미 7~8세기에 기독교 종파인 네스토리우스교가 당나라를 거쳐
신라에까지 전해졌음을 알게 해준다. 한반도와 기독교가 신라에서
이미 조우한 것이다. 더 놀라운 것은 그리스·로마의 물품들이
다수 경주 유적에서 발굴됐다는 사실이다. 4~6세기 신라 고분에서는
'후기 로만 글라스'가 다수 출토됐고, 와인잔 풍의 토기가
발굴됐으며, 말머리로 장식한 뿔잔도 나왔다.

인상'은 전형적인 서역인의 모습이다. 또 경주 황성동 돌방무덤에서 나
온 토용 중에는 고깔모자를 쓰고 홀(笏)을 든 서역인의 상이 있다. 이
두 유물은 서역인들이 신라에 들어와 무관이나 문관으로 기용됐음을
알려준다. 또 불국사 경내에서 출토된 돌십자가와 성모 마리아 소상은
이미 7~8세기에 기독교 종파인 네스토리우스교가 당나라를 거쳐 신라
에까지 전해졌음을 알게 해준다. 한반도와 기독교가 신라에서 이미 조
우한 것이다. 더 놀라운 것은 그리스·로마의 물품들이 다수 경주 유적
에서 발굴됐다는 사실이다. 4~6세기 신라 고분에서는 '후기 로만 글라
스'가 다수 출토됐고, 와인잔 풍의 토기가 발굴됐으며, 말머리로 장식한
뿔잔도 나왔다. 그리스·로마 문화에서 뿔잔은 풍요를 상징했는데, 신
라는 그 뿔잔을 받아들여 다양한 형태와 용도로 변형했다.

신라와 서역의 교역은 이슬람 문헌에도 나타난다. 아랍 지리학자 이
븐 쿠르다지바(820~912)는 신라를 "중국 동해에 있는 나라"라고 부르

며 이 나라로부터 비단·검·말안장·도기를 비롯한 열한 가지 품목을 수입한다고 썼다. 또 일본 나라 현에 있는 왕실 유물 창고인 쇼소인(정창원)에 소장된 '매신라물해'(신라 물품 매입 명세서)를 보면 경덕왕 11년(752년)에 42종의 물품을 신라에서 수입했는데, 이 중 7종이 서역이나 동남아의 물산이었다. 신라가 아랍·이슬람 지역과 교역했을 뿐만 아니라 일본과 중개 무역까지 했음을 알려주는 자료다. 동서교류는 고려 시대에도 이어져 아랍 상인들이 한 번에 100여 명씩 배를 타고 개경까지 왔다고 《고려사》는 기록했다. 정수일은 이런 역사적 사실들을 전거로 삼아 실크로드야말로 한반도 문명을 키운 젖줄이었음을 논증한다. 문명은 길을 따라 전파되고 섞임과 혼효 속에서 풍요로워진다는 것을 실크로드의 역사는 생생히 보여준다.

근대 사상의 개척자, 정치의 발견자

―

《논어징 1 · 2 · 3》_ 오규 소라이

《논어징》은 에도 막부 시대 일본 유학의 혁신자 오규 소라이(荻生徂徠, 1666~1728)의 주저다. 《논어징》이 한국어로 완역됨으로써 그동안 주로 2차 문헌을 통해 소개되던 '소라이학'의 진수를 한국어로 직접 맛볼 수 있게 됐다.

오규 소라이는 흔히 앞 세대 이토 진사이(1627~1705), 뒤 세대 모토오리 노리나가(1730~1801)와 함께 에도 시대를 대표하는 사상가로 꼽힌다. 이토 진사이는 《논어》와 《맹자》를 연구하여 주자학을 비판하는 '고의학'을 창시했고 모토오리 노리나가는 《고사기》라는 일본 역사책을 연구해 '국학'을 집대성했다. 소라이는 진사이의 주자학 비판을 더욱 철저하게 밀어붙여 송대 유학과는 아주 다른 독창적인 반주자학 사상을 세운 사람이다.

소라이의 사상을 국내에 알린 저작으로는 일본 정치사상가 마루야마 마사오의 노작 《일본 정치사상사 연구》가 먼저 거론된다. 일본 정치사상 연구에 획을 그은 이 저작에서 마루야마는 소라이를 근대성의 사상적 개척자이자 정치의 발견자로 주목했다. 마루야마는 동서양을 동시에 관조하는 눈으로 송나라 유학의 완성자인 주자를 동시대 서양의 기독교신학자 토마스 아퀴나스와 같은 선상에 놓고, 주자학을 비판한 소라이를 근대 정치사상의 선구자가 된 마키아벨리에 견주었다. 마키아벨리가 도덕과 정치를 분리해 근대 정치학의 토대를 닦았듯이 소라이도 주자학의 도덕 관념에서 벗어나 정치 자체를 발견함으로써 근대성의 싹을 틔웠다는 것이 마루야마가 포착한 소라이학의 핵심이었다.

소라이의 삶 자체도 마키아벨리의 삶과 유사한 면이 있다. 소라이는 도쿠가와 막부 5대 쇼군의 시의였던 오규 가게아키의 둘째 아들로 에도(도쿄)에서 태어났다. 아버지가 쇼군의 문책을 받아 유배를 당하자, 아버지를 따라간 소라이는 유배지에서 주자학을 독학했다. 27살 때 아버지가 사면을 받자 소라이도 에도로 복귀해 유학자로서 활동을 시작했다. 그는 5대 쇼군의 총신이었던 야나기사와 요시야스에게 발탁돼 17년 동안 야나기사와의 정치 고문 노릇을 했다. 1709년 5대 쇼군이 사망하자 야나기사와는 실각했고, 소라이도 관직에서 물러났다. 마키아벨리가 피렌체 공화정에서 14년 동안 관직 생활을 하다 쫓겨난 뒤 《군주론》을 저술했듯이, 소라이도 관직에서 물러난 뒤 저술 작업을 본격화했으며 대표작 《논어징》은 죽는 순간까지 가필을 거듭했다.

소라이는 관직에 있던 시절 주자학적 도덕보다는 막부의 정치적 상황을 먼저 고려하는 관점을 취했는데, 그런 사실을 보여주는 에피소드가 1702년에 에도를 발칵 뒤집어놓은 '46인 사무라이' 사건이다. 주군을

마루야마는 동서양을 동시에 관조하는 눈으로
송나라 유학의 완성자인 주자를 동시대 서양의 기독교신학자
토마스 아퀴나스와 같은 선상에 놓고, 주자학을 비판한 소라이를
근대 정치사상의 선구자가 된 마키아벨리에 견주었다.
마키아벨리가 도덕과 정치를 분리해 근대 정치학의 토대를
닦았듯이 소라이도 주자학의 도덕 관념에서 벗어나
정치 자체를 발견함으로써 근대성의 싹을 틔웠다는 것이
마루야마가 포착한 소라이학의 핵심이었다.

잃은 낭인 46명이 주군의 원수인 기라 요시나카의 저택을 습격해 원수의 목을 벤 뒤 막부의 처분을 기다렸던 것이다. 이 사건은 주군에 대한 가신의 충성이라는 봉건적 주종관계와 막부 통일 정권의 정치적 지배가 충돌한 파장이 큰 사건이었다. 정치 고문으로서 소라이는 이 사태를 충성이라는 사적인 도덕으로 판단해서는 안 되며 천하의 법도를 세운다는 정치적 관점을 앞세워야 한다고 주장했다. 사건은 소라이의 조언대로 사무라이들의 할복 자살이라는 방식으로 종결됐다.

이 에피소드에서 엿보이는 정치 우위의 사상을 《논어징》에서 확인할 수 있다. '논어징'(論語徵)이란 공자의 말씀을 모은 《논어》에 대한 해석들을 '밝히고 검증한다'(徵)는 뜻이다. 소라이는 선진 시대에 성립된 육경에 입각해 《논어》를 해설하면서, 주자의 논어 해설이 불교와 도교에 사로잡혀 있다며 《논어집주》를 반박하고, 이토 진사이의 《논어고의》가 주

자학을 제대로 극복하지 못했다고 혹독하게 비판한다. 이런 비판 작업을 통해 고대 육경으로 돌아가는 과정에서 소라이의 사상은 순자의 학설에 기울어지는 모습을 보인다고 옮긴이들은 말한다. 고대의 육경, 곧 《시경》《서경》《역경》《예기》《악기》《춘추》가 대부분 순자의 문하에서 경전으로 성립됐기 때문이다. 그리하여 맹자의 성선설이 아니라 순자의 성악설이 소라이 사상의 바탕을 이룬다.

더 중요한 것은 《논어》를 해석하는 데서 드러나는 정치적·현실적 태도다. 이를테면 공자가 말하는 '인'(仁)을 '사랑의 이치이며 마음의 덕'이라고 풀이하는 주자와 달리 소라이는 '백성을 편안하게 하는 것'으로 독해한다. 또 '학이' 편의 '남이 알아주지 않아도 노여워하지 않는다'(人不知不慍)라는 주자의 해석을 거부하고 '윗사람이 알아주지 않아도 억울해하지 않는다'라고 풀이한다. 구체적인 정치적 해석인 셈이다. 소라이학은 뒷날 소라이의 제자 다자이 슌다이가 쓴 《논어고훈외전》을 통해 조선의 다산 정약용에게도 전해진다. 다산은 처음에는 소라이학을 괴이쩍게 생각했으나 후에는 "찬란한 문채"를 높이 평가하고 자신의 《논어고금주》에서 깊이 살펴 많은 부분을 취했다. 나아가 "이제 그들(일본 유학자들)의 글과 학문이 우리나라를 훨씬 초월했으니, 참으로 부끄러울 뿐이다"라고 토로하기도 했다. 소라이학의 경지를 가늠해볼 수 있는 평가다.

동아시아 근대 개념어의 뿌리

—

《그 많은 개념어는 누가 만들었을까》_ 야마모토 다카미쓰

동아시아 '근대'는 서양 언어의 번역과 함께 시작됐다. 근대 개막기에 수많은 서양의 개념어들이 동아시아 문화권의 어휘로 들어왔는데, 이 개념어 번역의 최전선에 섰던 곳이 일본이다. 당시 일본의 계몽 지식인들이 앞장서 서양 언어를 번역하고 그 말들이 한국과 중국으로 들어와 근대 어휘를 형성했다. 이 번역어 창출에 가장 큰 기여를 한 사람이 에도 막부 말기부터 메이지유신 시대에 활동한 계몽사상가 니시 아마네(西周, 1829~1898)다. 니시는 철학·과학·예술·문학·심리·기술·이성·권리·의무 같은 오늘날 쓰는 수많은 학문 용어를 창안한 사람이다. 일본의 독립 연구자 야마모토 다카미쓰(山本貴光)가 쓴 《그 많은 개념어는 누가 만들었을까》는 《백학연환(百學連環)》이라는 니시 아마네의 저술을 꼼꼼히 읽어 그 안에서 근대 개념어가 창출되는 과정을 살핀 저작이다.

니시 아마네는 어려서부터 한학에 특별한 소질을 보였으나, 1854년

페리 제독의 내항 이후 세상이 급속하게 변하는 것을 보고 서양 학문을 배우는 쪽으로 방향을 틀었다. 1862년 에도 막부의 명령을 받고 네덜란드로 유학해 3년 동안 레이던대학에서 법학·경제·통계·철학을 배우고 1865년에 귀국했다. 메이지유신(1868) 이후 니시는 교토에 서양 학문을 가르치는 사숙을 열었는데 《백학연환》은 1870년 이 사숙에서 학생들에게 한 강의의 기록이다. 이 책의 지은이 야마모토가 주로 살피는 것은 이 강의록 맨 앞에 등장하는 '총론'이다. 총론에서 니시는 《백학연환》 전체를 아우르며 강의의 얼개를 미리 보여준다. 이 총론은 전체 30쪽 분량에 지나지 않지만, 야마모토는 인터넷 문서고를 샅샅이 뒤져 이 총론에 등장하는 말들의 연원과 배경을 치밀하게 추적한다. 그 추적 과정은 근대 초기에 서양 학문 용어가 어떤 방식으로 이해되고 번역되는지에 관한 세밀한 지도를 그리는 과정이 된다.

이 책이 먼저 주목하는 것은 강의록의 제목인 '백학연환'이다. 백학연환은 오늘날 '백과사전'에 해당하는 말인데, 니시의 강의록은 백학연환이 영어 단어 '엔사이클로피디아'(encyclopedia)를 번역한 것임을 먼저 밝힌다. 이어 엔사이클로피디아의 어원을 찾아 역사를 거슬러 올라가는데, 그 뿌리가 그리스어 '엔키클리오스 파이데이아'(enkyklios paideia)에 있다고 말한다. 또 이 말이 '어린아이를 바퀴 안에 넣어 교육한다'는 뜻이라고 부연하는데, 이 설명은 어딘지 어색해 보인다. 야마모토는 니시의 말이 과연 맞는지 확인하기 위해 이 그리스어의 의미를 살펴 들어간다.

먼저 '파이데이아'를 보면, 이 단어는 '양육·훈육·교육', 나아가 교육의 결과로 몸에 익힌 '교양'이라는 뜻을 함께 거느린다. 또 '엔키클리오

'백학연환'은 니시가 분명히 언어의 뿌리에
관심이 있었음을 보여준다. '서양 언어의 근원은
인도의 산스크리트이므로 요즘에는 산스크리트를 익히는 것이
주된 흐름이다'라고 이야기하는 대목에서
니시의 관심이 확인된다. 니시는 서양 말의 뿌리에 대한 이해를
유학 공부를 통해 터득한 한자어의 본디 의미와 결합해
근대 개념어를 창출했던 것이다.

스'라는 말의 가장 기초적인 의미는 '둥글다'라는 뜻이다. 날마다 태양
이 떠서 둥근 하늘을 가로질러 떨어지는 것을 떠올려볼 수 있는데, 여기
서 파생한 것이 '정기적인·일상적인·통상적인'이라는 의미이며, 여기
서 더 나아가 '일반적인'이라는 뜻이 나왔다. '엔키클리오스 파이데이아'
는 요즘 말로 하면 '일반 교양'을 뜻하는 셈이다. 이 말이 라틴어로 번역
돼 '아르테스 리베랄레스'(artes liberales) 곧 '자유 학예'가 됐으며 그 말
이 근대 유럽어로 정착해 '리버럴 아츠'(liberal arts) 곧 '교양 과목'이 됐
다.

　이 책은 이런 설명과 함께 로마 시대 초기의 사람들이 '엔키클리오스
파이데이아'를 '둥근 고리를 이룬 교양'이라는 뜻으로도 이해했음을 알
아낸다. 니시 아마네는 바로 이런 의미에 주목해 '엔키클리오스 파이데
이아'의 영어식 표현인 '엔사이클로피디아'를 '백학 곧 온갖 학문이 사슬
로 연결돼 있음'이라는 의미로 '백학연환'이라고 옮겼다. '학문 전체를

아우르는 기초적인 교양 쌓기'를 가리키는 말이 백학연환인 것이다.

이 책이 더 주목하는 것은 총론에 등장하는 '학술'(學術)이라는 항목이다. 니시가 '학'과 '술'이라고 옮긴 말은 각각 영어의 '사이언스' (science)와 '아트'(art)에 해당한다. 이때의 '학'은 학문을 뜻하는데, 니시는 강의록에서 "근원과 유래부터 파악하여 그 진리를 알게 되는 것을 학문이라고 한다"고 설명한다. 근원과 유래를 파악해 그 진리를 알아 가는 것이 니시가 말하는 학, 곧 학문이다. 이어 '술'에 대해 니시는 이렇게 말한다. "술이란 규칙을 조직화한 것으로 어느 행위의 수행을 용이하게 하는 데 도움이 되는 것이다." 이어 니시는 '학'과 '술'을 아울러 라틴어 단어를 인용해 가며 이렇게 설명한다. "학에서는 알기 위해 알며(scimus ut sciamus), 술에서는 만들기 위해 안다(scimus ut producamus)."

이 책은 니시의 이 말이 어디서 나왔는지 출전을 찾아 거슬러 올라가다 아리스토텔레스 문헌에까지 이른다. '학'에 해당하는 그리스어 단어가 에피스테메(episteme, 지식)이고 '술'에 해당하는 단어가 테크네 (techne, 기술)인데, 이 에피스테메와 테크네를 처음으로 명확하게 구분한 사람이 아리스토텔레스였다. 아리스토텔레스는 《니코마코스 윤리학》에서 '목수와 기하학자'의 사례를 들어 에피스테메와 테크네가 어떻게 다른지 설명한다. "목수는 무언가를 만드는 일을 하기 때문에 직각을 구하지만, 기하학자는 진리를 알기 위해 직각을 구한다." 목수는 물건, 예를 들어 책상을 만들기 위해 직각을 구하고 기하학자는 진리를 알기 위해, 다시 말해 앎 자체를 알기 위해 직각을 구한다는 것이다. 그리하여 에피스테메가 라틴어 스키엔티아(scientia)를 거쳐 사이언스가 되고, 테크네가 라틴어 아르스(ars)를 거쳐 아트가 됐음이 드러난다.

야마모토는 니시 아마네가 서양 언어의 이런 근원을 다 알고 있지는 않았을 것이라고 말한다. 그러나 '백학연환'은 니시가 분명히 언어의 뿌리에 관심이 있었음을 보여준다. '서양 언어의 근원은 인도의 산스크리트이므로 요즘에는 산스크리트를 익히는 것이 주된 흐름이다'라고 이야기하는 대목에서 니시의 관심이 확인된다. 니시는 서양 말의 뿌리에 대한 이해를 유학 공부를 통해 터득한 한자어의 본디 의미와 결합해 근대 개념어를 창출했던 것이다.

일본 마르크스주의자의 '일본 정신' 비판

―

《일본 이데올로기론》_ 도사카 준

　　도사카 준(戶坂潤, 1900~1945)은 제2차 세계대전 이전 일본 마르크스 주의 운동을 대표하는 이론가 가운데 한 사람이다. 교토대학 철학과와 대학원을 졸업한 뒤 마르크스주의 연구에 뛰어든 도사카는 1932년 동료들과 함께 '유물론 연구회'를 결성해 기관지 〈유물론 연구〉를 펴내며 활동하다가 1938년 치안유지법 위반으로 검거돼 패전 직전인 1945년 8월 9일 나가노 형무소에서 옥사했다. 《일본 이데올로기론》은 도사카가 유물론 연구회 활동에 매진하던 1935년에 펴낸 일본의 지배 이데올로기 비판서다.

　　이 책은 도사카가 서문에서 밝힌 대로 청년 마르크스가 1845~1846년에 쓴 《독일 이데올로기》를 모델로 삼아 쓴 책이다. 마르크스의 이 책은 오랫동안 수고(手稿) 상태로 방치됐다가 1932년에야 처음으로 출간됐다. 도사카가 《일본 이데올로기론》을 펴내기 3년 전이다. 마르크스의 《독일 이데올로기》에는 저 유명한 〈포이어바흐에 관한 테제〉("이제까지 철학자들은 세상을 다양하게 해석해 왔을 뿐이다. 그러나 중요한 것은 세계를 변혁하는 것이다.")가 부록으로 실려 있다. 마르크스는 그 책에서 당시 유행하던 독일의 '진정 사회주의자들' 곧 루트비히 포이어바흐, 브루노 바우어, 막스 슈티르너의 이론을 비판했다. 마르크스의 작업과 유사하게 도사카도 《일본 이데올로기론》에서 '세계의 변혁'을 목표로 삼아 당대에 일본에서 유행하던 사상들을 비판한다.

도사카가 이 책에 실린 글들을 쓰던 1930년대는 일본이 '만주사변'을 일으켜 군국주의·침략주의를 한층 더 노골화하던 시기였다. 이런 극우화 흐름 속에서 '다이쇼 데모크라시' 시대의 자유주의 사상이 위축되고 일본 국수주의 사상이 위세를 키워 가고 있었다. 당연히 제국 일본에 가장 강경하게 맞서던 마르크스주의도 탄압을 받아 위기에 처해 있었다. 이런 상황에서 도사카는 일본 사상계의 두 흐름인 '자유주의 진영'과 '국수주의 진영'을 동시에 겨냥해 비판의 칼을 휘두르며 자신이 옹호하는 마르크스주의 사상을 선명하게 세우려고 했다. 이런 비판을 해 나갈 때 도사카의 눈길은 국수주의 진영보다는 오히려 자유주의 진영으로 더 많이 쏠린다. 자유주의 사상이 국수주의 사상의 발흥에 젖줄을 대줄 뿐만 아니라 '극우 파시즘' 세력의 승승장구 속에서 이 흐름에 빨려 들어가고 있다고 보았기 때문이다.

도사카가 보기에 일본 파시즘을 떠받치는 국수주의 사상은 사상이라고 하기에는 너무 빈곤해서 "절실하게 어리석은 거대한 희비극의 지시문"에 지나지 않는다. 따라서 그 실상을 폭로하는 일은 '지극히 하찮은 일'이지만, 날로 증대하는 영향력 때문에 폭로 작업은 '지극히 중대

한 의무'가 된다. 이 극우 세력이 당시 즐겨 쓰던 말 가운데 하나가 '일
본 정신'인데, 내용을 따져보면 '목소리만 있고 정체는 없는 복화술'이
나 다름없는 말이다. 그런데도 '일본 정신'이라는 말이 퍼져 나가는 것
은 그 텅 빈 말에 국수주의자들이 좋아하는 것이면 무엇이든 담아낼 수
있기 때문이다. 그 일본 정신의 위대함을 주장하는 '일본주의'는 '동양주
의'로, '아시아주의'로 확대된다. 일본 정신이 동양(동아시아)을 넘어 아
시아 전체의 정수라는 주장이다. 문제는 이런 주장이 단순히 주장으로
그치지 않고, 아시아 전체의 지배자가 된다는 침략주의 야망을 정당화
한다는 데 있다. 그런 망상은 마지막에는 세계 정복으로 귀착할 수밖에
없고 그 끝은 일본 '국수'의 몰락이라고 도사카는 예언한다.

일본주의에 이어 해부대에 오르는 것이 자유주의 사상이다. 자유주
의 진영은 극우 일본주의의 발호를 저지해야 할 위치에 있지만, 한편으
로는 일본주의에 사상의 자양분을 주고 다른 한편으로는 그 사상의 유
약함 때문에 일본주의에 무기력하게 굴복하고 만다. 이 책에서 도사카
는 일본 자유주의 철학의 대표자로 도쿄대학 윤리학 교수 와쓰지 데쓰
로(1889~1960)와 '교토학파'의 창시자 니시다 기타로(1870~1945)를 거
론한다. 와쓰지는 진정한 윤리학은 일본에서만 찾을 수 있다는 주장을
폄으로써 일본주의 사상으로 이어질 통로를 마련해주며, '무의 논리' 위
에 선 니시다의 철학은 낭만주의적인 정조로 그 지지자들을 파시즘 사
상으로 이끌 위험이 있다.

이 책에서 도사카의 날카로운 안목은 '상식'과 '계몽'을 이야기할 때
특히 빛난다. 도사카는 상식(common sense)이라는 말의 기원이 아리

여기서 도사카가 더 주목하는 것은
파시즘이 폭주하던 바로 그 시기에 이런 상식들이 패퇴하고
극우의 주장이 상식 위에 군림하는 현상이다.
그런 위태로운 상황을 도사카는 이렇게 묘사한다.
"상식은 오늘날 땅 위의 어느 곳에서도 더는 발견되지 않는다.
상식은 '지하실' 같은 곳에 감금당하고 말았으며
상식의 숨통은 짓눌려 끊어지고 만 것처럼 보인다."

스토텔레스의 '공통감각'(Koiné Aisthésis)에 닿아 있으며, 이 말이 중세를 거쳐 18세기 스코틀랜드 계몽주의 철학자 토머스 리드(1710~1796)의 상식론으로 이어졌다고 말한다. 인간 내부의 공통감각이 사회에서 개인들 사이의 공통감각으로 재해석되면서 사회적 상식으로 정착했다는 설명이다. 하지만 도사카가 보기에 상식은 계급을 초월하는 '공통감각'일 수 없다. 사회에는 부르주아적 상식도 있고 프롤레타리아적 상식도 있다는 것이다. 여기서 도사카가 더 주목하는 것은 파시즘이 폭주하던 바로 그 시기에 이런 상식들이 패퇴하고 극우의 주장이 상식 위에 군림하는 현상이다. 그런 위태로운 상황을 도사카는 이렇게 묘사한다. "상식은 오늘날 땅 위의 어느 곳에서도 더는 발견되지 않는다. 상식은 '지하실' 같은 곳에 감금당하고 말았으며 상식의 숨통은 짓눌려 끊어지고 만 것처럼 보인다." 계몽이라는 것도 상식과 똑같은 위기에 몰렸다

고 도사카는 말한다. 오늘날 '계몽'과 '이성'이 모두 파시즘의 위세에 눌려 자취를 감추고 오히려 극우 이념이 이성을 참칭하고 계몽을 자임하는 지경에 이르렀다는 것이다.

20세기 역사가 보여준 대로 도사카가 신봉한 마르크스주의는 현실에서 패배해 사상의 최전선에서 밀려나고 말았다. 그렇다고 해서 제국주의 일본을 변혁하려고 했던 도사카의 이상까지 패배했다고 할 수는 없을 것이다. 도사카의 시대 비판은 갈수록 극우로 치닫는 오늘 일본 사회의 심장을 해부해 보여준다는 점에서 여전히 현재적이다.

국가와 종교의 불행한 만남

—

《국가와 종교》_ 난바라 시게루

난바라 시게루(南原繁, 1889~1974)는 태평양전쟁을 전후로 한 시기의 일본 자유주의 사상을 대표하는 정치철학자다. 도쿄대학 조교수로 있던 중 유럽 유학을 떠나 런던정경대학·베를린대학·그르노블대학에서 연구했으며, 전후 도쿄대학 초대 총장이 돼 평화헌법 제정에 앞장섰다. 난바라는 일본 사상계의 거두인 마루야마 마사오의 스승으로서 마루야마에게 일본 정치사상을 연구하도록 독려한 것으로 유명하며, 무교회주의를 주창해 김교신·함석헌에게 깊은 영향을 준 우치무라 간조 밑에서 기독교 사상을 배운 사람이기도 하다. 《국가와 종교》는 난바라의 평화주의 정치철학의 핵심이 요약된 대표 저작이다. 이 책의 초판은 태평양전쟁이 한창이던 1942년에 나왔다. 일본 군국주의가 광란의 질주를 하던 때 출간된 셈인데, 이 책에서 난바라는 나치즘을 비판하는 방식으로 일본 군국주의를 에둘러 비판하고 있다.

이 책은 '유럽 정신사 연구'를 통해 '정치와 종교' 혹은 '국가와 신앙'이 어떤 관계를 맺어야 하는지를 난바라 자신의 독특한 관점에 따라 상술한다. 난바라가 보기에 국가와 종교는 서로 합쳐져서는 안 되는 별개의 원리에 근거를 두고 있다. 만약 종교가 국가에 통합되면 종교는 종교대로 그 순수한 기능을 잃어버리고, 국가도 국가로서 올바른 기능을 하지 못하게 된다. 이런 논의를 해 나갈 때 난바라가 종교의 모범으로 삼는 것이 근동에서 발생하고 유럽에서 흥성한 기독교다. 기독교야말로 인간의 보편적 구원의 길을 밝힌 참된 종교라는 것이 난바라의 생각이다. 그러므로 종교와 국가의 관계를 중심에 두고 '유럽 정신사'를 연구하는 것은 특정한 지역의 역사 연구에 그치지 않고 인류 보편의 문제에 대한 탐구가 된다.

난바라가 이 책에서 모범으로 삼는 기독교는 예수가 시작하고 바울이 전파한 '초기 기독교'다. 이 시기의 기독교가 가장 순수한 형태로 '신앙 공동체'의 모습을 보여주었다는 것이다. 이 초기 기독교는 로마제국이라는 억압적인 정치체제 안에서 자라났다. 이 제국은 황제를 정점으로 하여 광대한 지역을 아우르며 '팍스 로마나'(Pax Romana, 로마의 평화)를 제창했지만, 그 안에서 개인들은 원자와 같은 상태로 흩어져 정치적 압제 속에 고통받고 있었다. 기독교가 탄생하기 이전에 이 개인들에게 구원의 길을 제시한 것으로 난바라는 에피쿠로스주의와 스토아주의를 꼽는다. 그러나 이 철학사상은 소수의 교육받은 사람들만이 다가갈 수 있는 것이었다. 기독교는 '신 자신이 이 땅으로 내려와 십자가에 못 박혀 죽음으로써 인간의 죄를 대신 씻었다는 가르침'을 통해 차별 없는 구원의 길을 열었다. 종래의 철학이 '정신의 귀족주의'였다면 기독교

마르크스주의에서 '신의 나라'는 자유와 평등의 공동체인
공산주의 사회로 나타났다. 그러나 난바라는
이 세속화한 '신의 나라'는 기독교 정신을 극히 피상적으로
모방한 것일 뿐이라고 말한다. 마르크스주의의 무신론은
20세기에 들어와 또 한 번의 거대한 반동을 낳았는데,
그 가운데 하나가 나치즘이다. 나치즘은 '민족공동체'를
'신의 나라'로 만들었고, 최고 지도자를 정점으로 하여
고대의 신정국가와 유사한 국가를 세웠다.

의 가르침은 '복음의 평민주의'였다고 난바라는 말한다. 이 기독교에서
모든 기존의 가치가 전복됐다. '이제까지 스스로 현명하다고 했던 자가
현명하지 못한 자가 되고, 가치 없는 자가 가치 있는 자가 되는 세계'를
열어 보인 것이다. 기독교는 무력하고 소외된 자들이 모인 '사랑의 공동
체'였다.

이 초기 기독교는 '신의 나라'의 도래를 선포했는데, 예수가 가르친
'신의 나라'는 보이지 않는 나라여서 오직 믿음을 통해서만 다가갈 수
있다. 그러나 초기 기독교는 세력을 얻어 로마의 국교가 된 뒤로 교황
을 정점으로 한 교회 제도로 굳어지고 말았다. 그 시절 기독교는 이 교
회 제도야말로 이 땅에서 눈에 보이는 형태로 실현된 '신의 나라'이며,
현실의 국가는 '땅의 나라'로서 교회의 지도를 받아야 한다고 주장했다.
그런 세계관을 처음 정립한 사람이 교부철학자 아우구스티누스였으며,

뒤이어 중세 최고의 신학자 토마스 아퀴나스가 이 사상을 신학의 형태로 집대성했다고 난바라는 말한다. 그러나 난바라가 보기에 이런 신학은 초기 기독교 근본 원리를 배반한 것일 뿐이다. 초기 기독교에서 그리스도를 믿는 모든 개인은 직접 신과 연결돼 있었는데, 나중에 신과 인간 사이에 교황과 사제로 구성된 교회 제도가 들어섬으로써 기독교의 참모습을 잃었다는 것이다.

난바라는 16세기 루터의 종교개혁이 이 제도화한 교회에 대항해 '보이지 않는 신의 나라'의 이상을 다시 일으켜 세웠다고 말한다. 그러나 루터의 개혁을 거쳐 탄생한 프로테스탄티즘도 머잖아 중세의 가톨릭과 유사한 길을 걷는다. 중세의 신학이 교회를 우위에 놓고 국가를 통합하는 것이었다면, 프로테스탄티즘에서는 국가가 우위에 서서 교회를 통합했다. 그런 사상을 극적으로 보여준 사람이 루터의 후예 헤겔이다. 헤겔은 절대정신이 현실에서 실현된 것이 국가이며 이 국가는 종교를 아우른다고 보았다. "그 결과로 이제 '신의 나라'는 '사랑의 공동체'라는 본래의 특질을 상실하고 정치적 왕국으로 전락한다."

국가와 종교를 통합한 헤겔의 절대적 관념론은 머잖아 극단적인 반동을 낳았는데, 그것이 헤겔의 변증법을 '유물변증법'으로 뒤집은 마르크스주의였다고 난바라는 지적한다. 이 마르크스주의에서 '신의 나라'는 자유와 평등의 공동체인 공산주의 사회로 나타났다. 그러나 난바라는 이 세속화한 '신의 나라'는 기독교 정신을 극히 피상적으로 모방한 것일 뿐이라고 말한다. 마르크스주의의 무신론은 20세기에 들어와 또 한 번의 거대한 반동을 낳았는데, 그 가운데 하나가 나치즘이다. 나치즘은 '민족공동체'를 '신의 나라'로 만들었고, 최고 지도자를 정점으로 하여 고대의 신정국가와 유사한 국가를 세웠다. 종교와 국가가 다시 한 번 결합한 것인데, 이 나치의 이념이 결국 끔찍한 재앙으로 끝났음을 역사는 보여주었다.

난바라는 이 책에서 종교와 국가를 통합하지 않은 채 '인간의 구원'과 '인류의 미래'를 동시에 보여준 사람으로 칸트를 지목한다. 칸트는 참된 신앙의 장소로 인간 이성이 침범할 수 없는 '물 자체'의 세계를 그려냈으며, 인류가 지향해야 할 궁극의 정치 질서로 '세계공화국'을 제시했다. '신의 나라'의 이상을 이상대로 두면서, 이 세계 안에서 인류가 정치적으로 나아갈 목표를 함께 보여준 것이다. 난바라가 해석한 이 칸트 사상은 뒷날 가라타니 고진이 주창한 '세계공화국'으로 이어진다고 할 것이다.

마루야마 사상의 건축 현장

—

《전중과 전후 사이 1936~1957》 _ 마루야마 마사오

　《전중과 전후 사이 1936~1957》는 20세기 일본 정치사상사학자 마루야마 마사오(丸山眞男, 1914~1996)의 저작이다. 마루야마는 20세기 일본을 대표하는 지식인으로서 '전후 사상의 원점', '전후 민주주의의 이론적 리더'로 불렸으며, 지식계에 '천황'처럼 군림해 '마루야마 덴노(천황)'라는 별명으로 통하기도 했다. 노벨문학상 수상 작가 오에 겐자부로는 마루야마를 가리켜 "일본의 여러 전문 분야의 지식인들에게 '공통의 언어'를 제공해준" 사람이라고 평했는데, 그 평가대로 마루야마는 자신의 영역인 정치학을 넘어 지식계 일반에 깊은 영향을 준 사상가였다.

　마루야마의 지적 활동은 크게 보아 일본 정치사상사에 대한 연구와 정치 · 사회 현실에 대한 이론적 개입이라는 두 분야로 나뉜다. 그의 대표작 가운데 하나인 《일본 정치사상사 연구》(1952)가 전공 분야를 천착한 저작이라면, 《현대정치의 사상과 행동》(1956)은 전후 일본 현실에 대한 비판적 진단을 모은 저작이다. 《전중과 전후 사이》는 마루야마가 도

교제국대학 졸업반이던 1936년부터 1957년까지 쓴 글을 묶은 책이다. 이 시기에 마루야마는 1940년에 도쿄제국대학 조교수로 임용됐다가, 1944년 태평양전쟁 말기에 징집된 뒤 1945년 8·15 패전 이후 학계로 돌아왔다. 이어 1951년 폐질환 진단을 받아 두 차례 폐를 절단하는 수술을 받고 1956년까지 장기간 요양생활을 했다. 바로 이 20여 년 동안 쓴 글들 가운데 먼저 출간된 두 저작에 들어가지 않은 글들이 이 책에 묶였다. 8·15 이전에 쓴 글 25편, 전후에 쓴 글 36편을 합쳐 모두 61편의 글이 수록됐다.

이 책에는 마루야마 자신이 '본점'이라고 표현했던 정치사상사를 다룬 글들과 그가 '야점'이라고 표현했던, 사회 현실에 대한 발언을 담은 글들이 시간 순서대로 실려 있다. 또 문학·영화·음악과 같은 교양 일반에 대한 마루야마의 관심을 엿볼 수 있는 글들도 있다. 글의 형식도 다양하다. 전형적인 논문형 글부터 서평·단상·대화문·강연문·일기문까지 여러 형식의 글들을 망라한다. 이 책에 묶인 글들이 모두 수집된 것은 1957년이었는데, 1976년에야 세상의 빛을 보았다. 잡다한 형식과 내용 때문에 선뜻 내지 못했던 것인데, 출간 이듬해에 제4회 오사라기 지로상을 받은 데서도 짐작할 수 있듯 생각의 깊이와 식견을 확인할 수 있다.

특히 이 책에 실린 글들은 엄격한 학술 논문에서는 느끼기 어려운 마루야마 사유의 현장감을 보여준다는 점에서 흥미롭다. 지적 구조물을 세우는 데 필요한 자재들이 널려 있는 건축 현장의 마루야마를 보는 듯한 느낌을 준다. 마루야마가 사상사 연구를 가리켜 "다양한 성격으로 분장하지 않으면 안 되는 배우의 작업"이라고 말하는 짧은 글이 그런 경우다. 사상이라는 것은 개념이나 논리만으로는 알 수 없으며 사상을 제대로 느끼려면 그 사상을 낳은 사람의 마음속으로 들어가 그 내면을 추체험해야 한다는 얘기다. 배우의 자세로 사상가들의 내적 삶을 생생하게 살아보는 것이 마루야마의 사상 이해 방법인 셈이다.

그런 식의 사상 이해를 통해 그에게 가장 가깝게 다가온 사람이 메이지 시대의 계몽사상가 후쿠자와 유키치다. 마루야마는 말년의 대작 《'문명론의 개략'을 읽는다》(1986)에서 젊은 시절 수없이 반복해 정독한 사상가가 후쿠자와였다고 밝힌 바 있는데, 이 책에서도 여러 번 후쿠자와의 사상을 검토한다. 마루야마가 사상가로서 거의 동일시하는 인물이 후쿠자와임을 확인할 수 있다. 마루야마는 후쿠자와가 남긴 가장 큰 족적을 "모든 형태의 '혹닉'으로부터의 해방"이라는 짧은 문장으로 설명하는데, 후쿠자와의 전용어라 할 '혹닉'(惑溺, 미혹되어 허우적거림)이라는 말 속에 일본 정신의 미성숙과 전근대성이 요약돼 있다고 본다. 이 혹닉 상태에서 거들먹거리는 일본의 미래를 소설가 나쓰메 소세키는《그 후》(1909)에서 "소와 경쟁하는 개구리와 같아서 이제 자네, 배가 터질 것이네"라는 말로 예고했다. 그리고 그 혹닉의 사상적 표현이 태평양전쟁 시기에 일본 지식계를 휩쓴 '근대초극론'이었다.

군국주의적 탈근대론이라 할 근대초극론은, 마루야마가 보기에 근대의 과제도 달성하지 못한 상태에서 근대를 넘어선다고 큰소리치는 일종의 허세다. 마루야마는 그런 허세를 17세기 영국 정치사상가 존 로크의《통치론》을 빌려 비판한다. 로크는《통치론》 1부에서 당대의 반동 사

마루야마는 후쿠자와가 남긴 가장 큰 족적을
"모든 형태의 '혹닉'으로부터의 해방"이라는 짧은 문장으로 설명하는데,
후쿠자와의 전용어라 할 '혹닉'이라는 말 속에
일본 정신의 미성숙과 전근대성이 요약돼 있다고 본다.
이 혹닉 상태에서 거들먹거리는 일본의 미래를
소설가 나쓰메 소세키는《그 후》에서
"소와 경쟁하는 개구리와 같아서 이제 자네,
배가 터질 것이네"라는 말로 예고했다.

상가 로버트 필머의 '왕권신수설'을 통렬하게 공박했다. 로크의 비판은
근대 자유주의와 민주주의의 시발점이 된 명예혁명의 이론적 판본이었
다. 250년 뒤의 일본은 여전히 천황을 신으로 모시는 일본판 왕권신수
설의 나라였다. 그런 천황의 나라가 근대의 초극을 말한다? '어불성설'
이다. 버트런드 러셀은《서양철학사》에서 "영국은 이미 그 단계를 통과
했지만 일본은 아직 그러지 못했다"고 바로 그 일본적 후진성을 지적했
다. 일본의 전후 민주주의가 그 후진성을 제대로 극복하지 못했다는 점
에 마루야마의 비판 작업이 집중됐음을 이 책은 알려준다.

5장

마음과 우주

계시록에서 찾은 새로운 문명 비전

—

《아포칼립스》_ 데이비드 허버트 로런스

데이비드 허버트 로런스(David Herbert Lawrence, 1885~1930)는 20세기 영국 문학을 대표하는 작가다. 《무지개》《연애하는 여인들》《채털리 부인의 사랑》 같은 소설로 우리에게도 친숙하다. 로런스는 이 소설들을 통해 현대 문명을 비판하고 새로운 문명 창출의 비전을 제시했다. 로런스가 말년에 쓴 《아포칼립스》는 이 작가의 문명 비판 사상이 집약된 에세이다. 로런스는 〈소설의 미래〉라는 글에서 철학과 픽션을 소설이라는 형식에 결합하는 것을 자신의 창작 목표로 제시했는데, 로런스가 말하는 '철학'이 소설이라는 형식 밖으로 나왔을 때 어떤 모습일지를 알려주는 것이 이 에세이라고도 할 수 있다.

로런스가 《아포칼립스》를 집필한 때는 결핵합병증으로 죽기 몇 달 전인 1929년 겨울이었다. 그 직전에 친구 프레더릭 카터가 《아포칼립스의 용》이라는 책의 원고를 들고 와 서문을 써줄 것을 부탁했다. 1920년대 내내 아포칼립스 곧 '종말론적 계시 문학'에 관심을 품었던 로런스는 카터의 요청을 받아들여 서문을 쓰기 시작했는데 다 쓰고 나니 책 한 권 분량이 됐다. 그것이 로런스 사후에 출간된《아포칼립스》다. 여기서 로런스는 아포칼립스 문학을 대표하는《신약 성서》의 〈요한계시록〉을 자신의 독특한 시선으로 철저히 분석한다. 〈요한계시록〉은 예수 사후 60여 년이 지난 1세기 말엽에 소아시아 에페소스 사람 요한이 로마제국의 박해를 받아 파트모스섬의 감옥에 8년 동안 갇혀 있을 때 쓴 것으로 알려져 있다. 요한은 이 계시록에 자신을 핍박한 로마제국이 파멸하고 신의 선택을 받은 소수가 천상에서 구원받는다는 환상을 쏟아냈다.

서두에서 로런스는 어린 시절 이 계시록에 물든 기독교가 얼마나 자신에게 혐오감을 주었는지 고백한다. 로런스가 보기에 성경은 두 부분으로 나뉘어 있다. 자기를 비우고 사랑을 실천하라고 가르치는 예수와 바울 같은 성인들의 이야기와 불신자·이교도가 신의 심판을 받아 모조리 멸망한다고 가르치는 〈요한계시록〉의 이야기다. 어린 로런스 주위에 있던 사람들이 믿은 기독교는 바로 이 증오와 복수의 기독교였고, 탄광 광부였던 로런스의 아버지가 바로 그런 기독교인의 전형이었다. 로런스는 이 기독교 종말론에 권력과 영화에 대한 대중의 시기와 질투가 깔려 있다고 진단한다. 요컨대 〈요한계시록〉은 허약한 인간들의 복수심이 만든 책이다. 그러나 훗날 다시 읽은 〈요한계시록〉에서 로런스는 자신을 매혹하는 새로운 것을 발견하는데, 그 새로운 것을 밝혀 가는 것이 이 책의 본론을 이룬다.

로런스가 주목하는 것은 〈요한계시록〉이 요한이라는 사람이 처음으로 창작한 단일한 텍스트가 아니라는 사실이다. 이 책은 수백 년에 걸

입문자가 죽음의 지하세계로 들어가 낡은 자아를 벗어버리고
새로운 자아로 태어나는 과정을 그린 것이
아포칼립스의 원형이라는 얘기다.
여기서 '일곱 봉인의 책'은 인간의 신체를 가리킨다.
이 사태를 좀 더 실감나게 이해하려면 책의 고대적 형태,
다시 말해 파피루스를 둘둘 만 두루마리를 떠올려보아야 한다.
이 두루마리를 세로로 세우면
척추부터 머리까지 우리 신체에 대응한다.

쳐 쓴 여러 종의 텍스트가 누적된 책이다. 그러므로 이 책의 본디 모습
을 찾으려면 마치 고고학자가 고대 도시를 발굴하듯 겹겹이 쌓인 텍스
트의 지층을 파 내려가야 한다. 이 텍스트의 가장 밑바닥에 있는 것이
고대 동방 지역의 이교도 신비주의 텍스트다. 그 고대 저술을 기원전 2
세기의 유대교 종말론자들이 여러 차례 다시 썼고, 마지막에 파트모스
의 요한이 그 텍스트를 자신의 비전에 맞추어 고쳐 썼다. 이 텍스트는
애초에 동방 신비주의 저작이었기에 요한이 고쳐 썼더라도 이교적인 것
이 너무나 많이 남아 있었다. 그리하여 요한 사후에 기독교 편집자들이
텍스트를 삭제하고 바꿔 쓰고 덧칠하여 기독교 예언서로 완성했다. 이
것이 〈요한계시록〉을 보는 로런스의 기본 관점이다.

로런스가 주목하는 것은 바로 이런 무수한 변형 속에 살아남은 텍스
트의 원형, 곧 이교도 신비주의다. 계시록 5~8장에 나오는 '일곱 봉인

의 책'이 그 원형을 가장 명확하게 보여준다. 〈요한계시록〉에서 '일곱 봉인의 책'은 전능한 신이 들고 있는데, 그 일곱 봉인을 하나씩 뗄 때마다 지상에 재앙이 발생한다. 첫 번째로 흰 말을 탄 자가 나와 세상을 정복하고, 두 번째로 붉은 말을 탄 자가 전쟁을 일으키고, 세 번째로 검은 말을 탄 자가 기근을 가져오고, 네 번째로 창백한 말을 탄 자가 죽음을 가져온다. 그리하여 일곱 번째 봉인을 떼면 일곱 천사가 나팔을 불며 나와 최후의 재앙이 터진다. 이런 재난을 통해 세상이 정화된다.

로런스는 이 계시록의 이야기가 고대 신비주의 신앙의 입문 의식을 기독교식으로 변형한 것이라고 말한다. 입문자가 죽음의 지하세계로 들어가 낡은 자아를 벗어버리고 새로운 자아로 태어나는 과정을 그린 것이 아포칼립스의 원형이라는 얘기다. 여기서 '일곱 봉인의 책'은 인간의 신체를 가리킨다. 이 사태를 좀 더 실감나게 이해하려면 책의 고대적 형태, 다시 말해 파피루스를 둘둘 만 두루마리를 떠올려보아야 한다. 이 두루마리를 세로로 세우면 척추부터 머리까지 우리 신체에 대응한다. '일곱 봉인'은 척추 아래부터 머리 꼭대기까지 배열된 우리 의식의 일곱 단계, 곧 '일곱 개의 의식의 문'을 가리킨다. 이 가운데 네 개의 문이 육체의 문이며, 나머지 세 개의 문이 정신과 영혼과 자아의 문이다. 여기에 등장하는 '말'은 인간의식 저 깊은 곳에서 날뛰는 힘을 상징한다. 입문자는 각각의 문을 지나 육체를 죽이고 다시 지하세계로 더 깊이 들어가 정신과 영혼을 죽인다. 그리고 마지막에 자아의 문이 열리면 이 문을 지나 다시 새로운 영혼과 정신, 새로운 육체를 받아 완전히 새로운 나로 재탄생한다.

로런스가 더 주목하는 것은 이 고대 이교도의 서사에 담긴 우주적 인간 이해다. 인간은 개별자가 아니라 '살아 있는 우주'와 연결된 우주적 존재다. "우리와 우주는 하나다. 우주는 거대한 생명체이고 우리는 그 일부다. 태양은 거대한 심장이며 그 진동은 우리의 가장 작은 혈관으로까지 퍼져 나간다." 고대인들에게 우주는 이렇게 인간을 포함한 살아 있는 전체였다. 그러나 현대인들은 과학이라는 합리적 지식으로 우주를 죽은 천체들의 집합으로만 이해한다. 오늘의 우리는 우주를 잃어버리고 미아가 됐다. 로런스는 돈이나 권력 같은 것에 집착하는 왜소한 의식을 죽이고 잃어버린 우주를 되찾아야 한다고 말한다. 우주와 인간의 원초적 관계를 회복하는 것, 이것이 로런스가 말하는 아포칼립스, 곧 현대 문명을 넘어선 새로운 인류 문명을 향한 비전이다.

로런스에게서 찾은 개벽사상

—

《서양의 개벽사상가 D. H. 로런스》_ 백낙청

백낙청(서울대 명예교수)의 활동 범위는 문학평론에서 통일운동까지 드넓게 펼쳐져 있지만, 영문학자라는 정체성이야말로 백낙청 학문 인생의 중심을 이룬다. 영문학자로서 그의 이력의 근간이 되는 것을 꼽으라면 영국 작가 데이비드 허버트 로런스를 빼놓을 수 없다. 《서양의 개벽사상가 D. H. 로런스》는 50년에 이르는 백낙청의 로런스 연구를 총결산하는 저작이다. 이 책과 함께 나온 백낙청의 1972년 하버드대학 박사학위 논문 번역본 《D. H. 로런스의 현대문명관》은 백낙청 사유 여정의 출발지를 살필 수 있는 책이다.

《서양의 개벽사상가 D. H. 로런스》를 관통하는 백낙청의 관점은 책 제목에 들어 있는 '개벽사상'에 있다. 말하자면 이 책은 서양의 자본주의 문명을 극복하려 한 로런스의 분투를 '서양식 개벽사상'으로 이해하고 이 사상을 19세기 동학에서 시작해 20세기 원불교에서 만발한 한반도 후천개벽 사상과 회통시키는 것을 목표로 삼은 야심 찬 저작이다.

백낙청은 마르크스, 니체, 프로이트, 루카치, 하이데거, 데리다, 랑시에르, 바디우 같은 서양의 주요 사상가들을 등장시켜 이들의 사유를 로런스의 사유와 대비한다. 그리하여 이 책은 로런스를 위대한 작가로서 주목하는 것을 넘어 서양의 근대성 자체를 극복하려 한 개벽사상가로서 로런스의 진면목을 드러낸다. 독자는 이 책을 통해서 로런스 사유의 전모를 확인할 수 있을 뿐만 아니라 로런스를 '베이스캠프'로 삼아 형성된 백낙청 사유의 장관을 목격할 수 있다.

로런스는 45년의 짧은 생애 동안 시, 소설, 평론, 에세이를 포함해 전집 40권에 이르는 방대한 저작을 남긴 영문학의 거인이자, 주요 작품에서 범속한 작가들이 따라오기 어려운 독특한 사상을 펼친 천재형 작가다. 그러나 왕성하게 활동하던 시기에 동료 작가들은 로런스를 '생각 없는 사람'으로 낮춰 보기 일쑤였다고 한다. 동시대 영국 시인 엘리엇이 로런스를 두고 "우리가 보통 '생각'이라고 부르는 능력의 부재"를 거론한 것이 대표적인 경우다. 그도 그럴 것이 로런스는 당대 문인들과 달리 탄광촌 광부의 아들로 태어나 어렵게 학업을 마친 노동계급 출신이었다. 엘리엇의 비아냥과 달리, 진실은 로런스가 과감하고도 장대한 '사유의 모험'을 감행한 사람이었다는 데 있다. 로런스는 여러 산문에서 "인간은 사유의 모험가다"라고 언명했고, 소설 《캥거루》에서는 "소설이란 감정의 모험의 기록이기만 해서는 안 되고 사유의 모험이기도 해야 한다"라고 역설한 바 있다.

이렇게 '사유의 모험'을 강조한 사람이라면 소설을 쓰기보다는 철학이나 사상을 직접 연구했을 법한데, 로런스는 끝까지 작가의 길을 걸었다. 그만큼 소설이라는 것이 중요했다는 뜻인데, 로런스는 〈장편소설〉이라는 산문에서 "장편소설이야말로 이제까지 성취된 인간의 표현 형식 중 최상의 것"이라고 단언했다. 또 다른 글에서는 자신의 소설관을 이렇게 표현하기도 했다. "나는 살아 있는 인간이며 …… 이런 이유로 나는 소설가다. 그리고 소설가인 까닭에 나는 내가 성자, 과학자, 철학자, 시인보다 우월하다고 생각한다. 그들 모두는 살아 있는 인간의 각기 다른 부분의 대가들이지만, 그 전체를 결코 포착하지 못한다." 흥미로운 것은 로런스가 상찬한 장편소설에 기독교 성서나 호메로스의 시, 셰익스피어의 작품이 들어 있었고, 때로는 플라톤의 대화편까지 포함됐다는 사실이다. 반면에 당대의 장편소설들은 '죽어 가는 사람의 가래 끓는 소리'로 치부했다. 작가로서 오연한 자신감이 밴 발언이자, 로런스가 살아 있는 인간을 전체로서 그려낸 것만이 장편소설에 값한다고 믿었음을 알려주는 기록이다. 결국 '총체성'이 작품 성패의 관건이라는 이야기인데, 그런 점에서 로런스의 소설론은 총체성에 주목한 루카치의 소설론과 비교할 만하다. 그러나 백낙청은 루카치의 소설론이 당대 세계 모순의 핍진한 재현을 강조했다고 해도, 로런스의 소설론이 보여준 심원한 깊이에는 미치지 못했다고 평가한다.

이 책은 제1부에서 《무지개》와 《연애하는 여인들》을 비롯한 로런스의 대표작들을 경유하면서 로런스가 추구한 사상을 탐사한다. 이어 제2부에서 로런스의 사유가 육성으로 표출된 산문들을 검토해 가며 로런스 사상을 부연하고 확장한다. 로런스 사상의 핵심은 로런스가 1차 세계대전 중에 한 말에서 찾을 수 있다. "나는 새 하늘과 새 땅이 이제 실

"나는 살아 있는 인간이며……
이런 이유로 나는 소설가다. 그리고 소설가인 까닭에
내가 성자, 과학자, 철학자, 시인보다 우월하다고 생각한다.
그들 모두는 인간의 각기 다른 부분의 대가들이지만,
그 전체를 결코 포착하지 못한다."

현될 것을 압니다." 이 '새 하늘과 새 땅'의 비전을 찾는 로런스 사유의
지도를 그려 나갈 때 백낙청이 즐겨 쓰는 방법이 비교와 대조다. 여러
사상가들을 로런스의 상대자로 등장시키는 것이다. 이 사상가들 가운
데 로런스의 시대 비판과 문명 비전에 육박하는 사상가로 거론되는 사
람이 마르크스와 니체다. 니체는 초인을 앞세워 모든 가치의 대전환을
역설했고, 마르크스는 '과학적 사회주의'를 통해 '각자의 자유로운 발
전이 모든 사람의 자유로운 발전의 전제가 되는' 자유의 왕국을 제창했
다. 그러나 이들의 사유도 로런스의 눈이 투시한 인간과 우주의 깊은
곳까지는 미처 들어가지 못했다고 백낙청은 평가한다.

백낙청이 이렇게까지 보는 것은 로런스의 존재론과 진리관이 특출한
데가 있기 때문이다. 로런스는 소설과 산문에서 자주 'being'이라는 낱
말을 사용해 자신의 사상을 표현했다. 이 낱말은 우리말로 흔히 '존재'
로 번역되는데, '우리의 역사적 실존을 통해 드러나고 성취되는 삶다운
삶'이자 '자기다움의 완전한 실현'을 가리킨다. 이런 존재의 실현은 인간

뿐만 아니라 세상 만물에도 부여된 과제라고 할 수 있다. 로런스는 들판의 민들레꽃을 예로 들어 말한다. "푸른 대지 위에서 햇빛을 번뜩이는 작은 태양인 민들레는 유일무이한 천하일품이다. 그것을 지상의 다른 어떤 것과 비교하는 것은 어리석고 어리석고 어리석은 짓이다. 그 자체로 비교가 불가능하며 고유한 존재다." 이렇게 자신의 고유한 참모습을 활짝 꽃피운 상태가 로런스가 말하는 존재(being)다. 그런 의미의 존재(being)를 실현하는 것은 "헤아릴 수 없는 신비에서 출발하여 정의할 수 없는 현존을 이루는 데 달렸다." 로런스는 우리 인간 각자가 이렇게 '헤아릴 길 없는 신비'로 존재한다는 사실이야말로 "사회생활의 모든 거대 기획이 토대로 삼아야 할 사실"이라고 말한다. 로런스가 말한 '존재'(being)는 하이데거가 말한 '존재'(Sein)와 통한다.

다른 말로 하면 이 '존재'는 "남성적인 것과 여성적인 것의 결합이 완성되는 삶의 상태"라고도 할 수 있는데, 바로 이런 상태를 가리켜 로런스는 '진리'라고 표현한다. 이렇게 음양의 조화와 합일에서 진리가 발생한다는 로런스의 진리관은 니체나 마르크스에게서 볼 수 없는, 서양 사유의 한계를 돌파하는 지점이며, 바로 이 지점이 로런스의 사유가 불교 사상, 노장 사상, 후천개벽 사상 같은 동아시아 사유와 만나는 접점이 된다고 백낙청은 말한다. 나아가 로런스는 바로 이 존재론과 진리관에 입각해 자신의 고유한 민주주의론을 제시하는데, 그 민주주의는 단순한 평등이나 자유를 넘어 "열린 길을 가고 있는 영혼과 영혼이 만나는 민주주의"이다. 이 만남은 "영혼들 간의 기쁜 알아봄이요, 위대한 영혼과 한층 더 위대한 영혼들에 대한 더욱 기꺼운 숭배다." 백낙청은 이런 영혼들이 "말하자면 불보살들이며 '길이 열리는 대로 열린 길을 걸어 미지의 세계로' 가는 '도인'(道人)들이기도 하다"고 말한다. 이 도인들의 민주주의가 바로 문명의 대전환을 통해 열리는 후천개벽 세상의 새로운 인간 질서가 될 것이라고 백낙청은 전망한다.

정치적 텍스트로 다시 읽는 '율리시스'

《조이스의 '율리시스' 입문》_ 숀 시핸

제임스 조이스(James Joyce, 1882~1941)는 20세기 모더니즘 소설의 개척자이자 대표자 가운데 한 사람이다. 조이스의 최고작으로 꼽히는 《율리시스》가 그 모더니즘의 도래와 승리를 선언한 작품으로 평가받는다. '의식의 흐름'이라는 기법으로 소설을 이끌어 가는 것은 말할 것도 없고, 언어 자체에 주목하는 새로운 서술 방법과 무수한 문체 실험을 통해 리얼리즘이라는 전통적인 재현 방식을 넘어 소설 창작의 새 차원을 열어젖혔다는 것이 조이스 작품에 대한 통상적인 평가다.

영국의 저술가 숀 시핸(Sean Sheehan)이 쓴 《조이스의 '율리시스' 입문》은 이런 표준적인 독해가 조이스 소설의 한쪽 측면만 부각했으며, 조이스가 자신의 소설을 통해 이야기하려는 정치적 메시지를 놓쳤다고 비판한다. 요컨대 조이스를 '비정치적인 순수한 스타일리스트'로 묘사함으로써 정치적 이념의 멸균실에 박제한 것이 전통적인 조이스 독해법이었다는 것이다. 시핸은 조이스의 작품에 나타난 모더니스트의 실험적 성격을 외면하지 않으면서도 동시에 아일랜드의 식민지 역사와 아일랜드인의 민족주의 투쟁 속에서 작가의 정치적 의식을 읽어내려고 한다.

아일랜드 수도 더블린의 중산층 가정에서 태어난 조이스는 20살 때 대학을 졸업한 뒤 아일랜드를 떠나 이탈리아 트리에스테, 스위스의 취리히를 거쳐 생의 후반기 20년을 프랑스 파리에서 보냈다. 젊은 나이에 이방을 삶의 터전으로 삼은 이런 이력은 조이스를 세계시민주의자라는 단일한 틀로 이해하는 데 빌미를 주었다. 하지만 시핸은 조이스가 조국을 떠나 살면서도 아일랜드의 정치적 상황에 대한 관심을 놓지 않았고, 영국의 식민 지배에 벗어나 아일랜드가 정신적·문화적으로 독립하기를 갈망했다고 말한다. 1907년 트리에스테에서 행한 아일랜드 문학 강연에서 조이스는 '반동 세력을 물리칠 수 있는 정신의 독립'이 필요하다고 강조한 바 있다. 조이스가 말한 '반동 세력'에는 아일랜드 식민 지배를 지속하려는 제국주의 영국뿐만 아니라 아일랜드 내부의 친영파 가톨릭 세력도 포함된다. 시핸은 조이스의 정치 이념을 '자유주의적 사회주의'로 규정하는데, 그런 조이스는 당시 아일랜드 민족주의 세력의 구심체로서 영국 지배에 맞서 독립 투쟁을 이끌던 신페인당을 지지했다.

《율리시스》는 아일랜드의 독립 투쟁이 한창이던 1914년부터 1921년 사이에 쓰였으며, 조이스가 40살이 되던 1922년에 파리에서 출간됐다. 《율리시스》의 시공간적 배경은 1904년의 더블린이다. 1902년 파리로 떠났던 조이스는 어머니의 와병과 죽음으로 고향에 돌아왔다가 1904년까지 더블린에 머물렀는데, 소설 속 1904년 6월 16일은 조이스가 미래의 아내가 될 노라 바너클과 처음 데이트한 날이었다. 소설은 이날 오전 8

시에 시작해 그다음 날 새벽에 끝나는데, 만 하루가 안 되는 이 시간 동안 중년의 유대인 레오폴드 블룸과 예술가를 꿈꾸는 젊은이 스티븐 디덜러스가 각자의 길을 가다 마지막에 합류해 서로를 알게 되는 것으로 종결된다.

'율리시스'라는 제목에서 알 수 있듯이 조이스는 이 이야기를 호메로스의 서사시 《오디세이아》의 구조 속에서 풀어냈다. 이 서사시에서 영웅 오디세우스는 천신만고의 고난을 이겨내고 이타카의 집으로 돌아가 아들 텔레마코스와 함께 침입자들을 물리치고 아내 페넬로페와 만난다. 《율리시스》는 이 서사시의 틀을 빌려와 그 10년의 모험을 더블린의 하루 속에 집약한다. 소설 속 두 주인공은 각기 정체성의 혼란을 겪는 존재들이다. 레오폴드 블룸은 자신이 유대인임을 받아들이기를 망설이는 사람이며, 스티븐 디덜러스도 아일랜드인으로서 자기 정체성이 뚜렷하지 않은 사람이다. 소설 말미에 디덜러스는 영국 병사에게 폭행을 당해 쓰러지는데, 블룸이 그 젊은이를 구해내 자기 집으로 데려간다. 텔레마코스가 아버지 오디세우스와 만나듯, 젊은 디덜러스가 블룸이라는 중년의 유대인을 만나 상징적 아버지로 받아들이는 것이다. 블룸의 집에서 디덜러스는 아일랜드 시를 읊고, 블룸은 《구약 성서》의 〈아가서〉에 나오는 히브리 시를 암송한다. 시핸은 이 장면을 두 사람이 혼란을 이겨내고 각기 자기 정체성을 수용하는 장면으로 해석한다. 동시에 유대인 블룸과 아일랜드인 디덜러스의 만남은 두 사람이 도달한 정체성이 타자를 향해 열린 정체성임을 암시한다. 복고적 국수주의나 완고한 종족주의가 아니라 박해받는 모든 사람을 포용하는 민족주의인 셈이다.

탈식민주의 해석을 거침으로써 조이스의《율리시스》는
아일랜드 민족주의를 둘러싸고 벌인 조이스 자신의
정체성 투쟁이 배어든 정치적 성격의 작품으로 나타났다.
《율리시스》속 오디세우스 모험은 문체를 실험하는
언어의 모험일 뿐만 아니라 민족적 정체성을 찾는
젊은이의 문화적 투쟁이기도 하다.

이 책은 20세기《율리시스》비평사도 간략히 검토한다. 가장 먼저 조
이스의 작품을 주목한 사람은 시인 토머스 스턴스 엘리엇이었다. 엘리
엇은《율리시스》를 '20세기 문학의 길을 바꿔놓을 작품'으로 예견했다.
이어 미국 시인 에즈라 파운드가《율리시스》를 모더니즘 텍스트의 정전
이자 세계시민주의의 승리로 평가했다. 두 사람의 평가를 발판으로 삼
아 1960년대까지 미국 학계가 중심이 돼 '고급 모더니즘을 대표하는 세
련된 비정치적 예술가'라는 조이스 상을 완성했다. 이런 표준화한 조이
스 해석을 깬 것이 1970년대 프랑스에서 발흥한 포스트구조주의적 독
해다. 자크 라캉, 엘렌 식수, 자크 데리다 같은 포스트구조주의자들은
조이스의 문체 실험에 주목해 조이스 소설 언어를 "현실을 반영하는 것
이 아니라 현실을 구성하는 미끄러운 기표"로 해석했다. 그러나 포스트
구조주의의 이런 기호학적 해석은 사회적·정치적 해석의 가능성을 차
단함으로써 작품을 역사의 진공 상태로 밀어 넣는 결과를 빚었다고 시
핸은 비판한다.

이런 편향에 맞서 《율리시스》의 정치적 성격을 새롭게 읽어낸 것이 탈식민주의 해석이다. 1980년대에 등장한 탈식민주의 관점은 '영국의 지배를 받는 식민지 아일랜드'를 중심에 놓고 조이스의 작품을 다시 독해함으로써 조이스 비평의 지형을 바꾸어놓았다. 이 책의 지은이가 지지하는 관점도 바로 이 탈식민주의 독법이다. 탈식민주의 해석을 거침으로써 조이스의 《율리시스》는 언어라는 매체를 실험의 대상으로 삼는 모더니즘 태도가 전면에 나타난 작품일 뿐만 아니라, 아일랜드 민족주의를 둘러싸고 벌인 조이스 자신의 정체성 투쟁이 배어든 정치적 성격의 작품으로 나타났다. 《율리시스》 속 오디세우스 모험은 문체를 실험하는 언어의 모험일 뿐만 아니라 민족적 정체성을 찾는 젊은이의 문화적 투쟁이기도 하다. 이 두 힘 사이의 팽팽한 긴장이 조이스 작품을 전례 없는 예술성의 세계로 끌어올린 것이다.

절대자의 커다란 책 속에서
우리는 각자의 책을 쓴다

—

《질문의 책》_ 에드몽 자베스

에드몽 자베스(Edmond Jabes, 1912~1991)는 파울 첼란, 프리모 레비와 함께 '아우슈비츠가 낳은 작가' 가운데 한 명으로 꼽히는 프랑스 시인이다. 자베스의 이름과 거의 동일시되는 작품이 《질문의 책》《닮음의 책》《환대의 책》인데, 이 대표작 가운데 첫 번째 작품 《질문의 책》이 우리말로 나왔다.

자베스는 영국 식민지였던 이집트에 터를 잡은 유대인 은행가의 아들로 카이로에서 태어났다. 국적은 이탈리아였지만, 문화적으로는 프랑스어권에 속해 프랑스어 학교에서 교육받았다. 일찍 시에 심취해 보들레르와 말라르메의 상징주의 시를 읽고 초현실주의 작가들의 책을 탐독했다. 이집트 땅에서 이탈리아 국적을 지니고서 프랑스 언어와 문화에 젖어 산 것이 자베스의 어린 시절이었다. 자베스는 대학에 들어가지 않고 책읽기와 글쓰기에 전념해 18살 때 《감정적인 환영들》이라는 첫 작품집을 펴냈다. 젊은 시절 자베스는 이탈리아 파시즘에 반대하는 운동에도 열성적으로 참여했다. 이때까지 자베스의 유대인 정체성은 분명하지 않았다.

이 부르주아 작가를 유대인으로 다시 태어나게 한 것이 전후에 덮친 두 번의 충격적인 사건이었다. 첫 번째가 독일 패망 뒤에야 알려진 '아우슈비츠 유대인 학살'이었다. 어떻게 문명세계에서 그런 끔찍한 일이 벌어질 수 있는가? 더 직접적인 타격을 준 것은 1956년 영국과 프랑스의 지원을 받은 이스라엘이 이집트를 침공해 일어난 제2차 중동전쟁이었다. 전쟁이 끝난 뒤 이집트 대통령 나세르는 이집트의 모든 유대인을 추방하라고 명령했다. 자베스는 평생 고향으로 알고 살아온 땅에서 쫓겨나고서야 자신이 유대인임을 받아들였다. 아우슈비츠 비극도 실존적 체험의 문제로 되살아났다. 망명지 프랑스에서 자베스는 자신을 아우슈비츠의 의미를 묻는 작가로 다시 세웠다.

《질문의 책》은 자베스가 그렇게 프랑스에 정착한 뒤 1963년부터 10년에 걸쳐 발표한 일곱 편의 연작을 묶은 책이다. 이 연작 가운데 처음 세 편이 '질문의 책' '유켈의 책' '책으로의 귀환'인데, 이 세 편이 책 전체의 제1부를 이룬다. 이번에 나온 한국어판 《질문의 책》은 이 세 편을 옮겼다. 각 편의 제목이 암시하듯이 이 책은 '질문의 책'이자 '유켈의 책'이며 '책으로 돌아오는 자의 책'이다. 그러나 이 책은 책이라는 말에서 연상되는 책, 그러니까 일관성 있는 문체 속에 펼쳐지는 이야기를 담은 책과는 거리가 멀다. 운문과 산문 사이, 시와 소설 사이에 있는 것이 이 책이다. 희곡처럼 대화가 이어지고 소설처럼 주인공이 등장한다. 의미가 압축된 짧은 아포리즘이 있고 가상의 인물에게서 가져온 인용문들

책(livre)은 삶(vivre)이다.
인간들 각자가 자신의 삶을 살아간다는 것은
각자가 한 권의 책을 써 나가는 것과 같다.
"애야, 처음으로 내가 내 이름을 썼을 때,
나는 꼭 책을 시작하는 느낌이었단다."
이 인용문이 알려주듯이 자기 이름을 처음 쓰면서
자기 삶의 책이 시작되는 것이다.

이 있다.

더 복잡한 것은 이 책의 서사 구조다. 이 작품은 사라 슈발이라는 여자와 유켈 세라피라는 남자의 '사랑 이야기'다. 사라는 절멸 수용소에서 살아 돌아온 뒤 미쳐서 정신병동에 갇히고, 유켈은 사라를 대신해 세상을 떠돈다. 그런데 이 책의 마지막에 사라와 유켈의 사랑 이야기를 쓰는 작가가 유켈 세라피임이 드러난다. 유켈 세라피라는 작가가 사라와 유켈의 이야기를 책으로 써내는 것이다. 그렇다면 작가 유켈 세라피는 실제의 작가 에드몽 자베스를 대리하는 인물일 것이다.

난해한 시들이 대개 그렇듯이, 이 책도 독자의 능동적인 독해를 요구한다. 독자는 단어와 문장이 힐끗 보여주는 의미를 암호문을 풀듯 풀어내야 한다. 그런 수수께끼 가운데 가장 먼저 다가오는 것이 바로 '책'의 의미다. 이 작품을 읽어 가다 보면, '책'이라는 말이 가리키는 것이 인간들 각자가 살아가는 삶임을 알아볼 수 있다. 책(livre)은 삶(vivre)이다.

인간들 각자가 자신의 삶을 살아간다는 것은 각자가 한 권의 책을 써 나가는 것과 같다. "얘야, 처음으로 내가 내 이름을 썼을 때, 나는 꼭 책을 시작하는 느낌이었단다." 이 인용문이 알려주듯이 자기 이름을 처음 쓰면서 자기 삶의 책이 시작되는 것이다. 사라에게는 사라의 책이 있고, 유켈에게는 유켈의 책이 있다.

그러나 책의 의미는 여기서 끝나지 않는다. 각자의 삶만 책인 것이 아니라 이 세상 자체가 커다란 한 권의 책이다. 그렇다면 그 책을 써 가는 작가도 있을 것이다. 그 작가를 이 책은 '주님'이라고 부른다. 주님, 곧 절대자가 쓰는 책이 이 세상, 이 우주다. 사람은 저마다 이 커다란 책의 우주 안에 있다. "나는 책 속에 있다. 책은 나의 우주요, 나의 나라, 나의 지붕이자 나의 수수께끼다. 책은 나의 호흡이자 나의 안식이다." 이 세상은 '주님'이 써 가는 책이다. 그 책 안에 무수한 사람들이 있고, 그 사람들이 각자 책, 곧 삶을 쓴다. 그러나 주님의 처지에서 보면 그 각각의 책들은 주님이 쓰는 책 안에서 주님을 통해 쓰이는 책이다. 주님이 각자의 삶을 통해 세상의 책을 쓰고 있는 것이다. 그러므로 각자가 쓰는 책이 없다면 주님의 책도, 주님의 삶도 없을 것이다. "주님께서 영원히 살아계실 수 있는 것은 인간들의 삶 속에서 계속해서 이어지는 주님의 무수한 삶들 덕분이다."

작가 자베스에게 이 책을 쓰게 한 것은 '아우슈비츠의 충격'이었다. 신이 있다면 아우슈비츠라는 절대적 폭력 앞에서 왜 침묵하는가? 이 물음은 궁극의 물음이어서 대답을 찾을 길이 없다. 이 책은 절대자가 그런 물음으로만 존재할 수 있다고 말한다. 절대자는 오직 윤리적 물음의 극한으로만 존재한다. 절대자는 궁극의 질문이며 이 질문의 메아리 속에서 우리는 '어떻게 살아야 하는가'를 물으며 우리의 삶, 곧 우리의 책을 쓴다.

이 책의 마지막에 자베스는 이렇게 말한다. "인간은 존재하지 않는다. 주님께서도 존재하지 않는다. 오직 세상이 존재할 따름이다. 주님과 인간을 통하여 펼쳐진 책 속에서." 이 말은 이렇게 해석할 수 있으리라. '인간이 없다면 주님도 없을 것이다. 주님이 없다면 인간도 없을 것이다. 인간과 주님이 함께 써 가는 것이 이 세상의 책일 것이다.' 그 책에는 명확한 답이 없지만 우리 각자는 답을 찾아 나아가야 한다. 그 나아감의 끝에서 우리는 우리 자신에게 이르고 주님에게 이른다. 그것이 '책으로 돌아옴'이다. 그 돌아옴은 다시 떠남을 기약한다. "책은 영원히 다시 시작된다."

고통이 있는 한 비극은 계속된다

—

《비극》_ 테리 이글턴

영국의 저명한 비평가 테리 이글턴(Terry Eagleton)은 여든에 이른 나이에도 현역으로 활동하는 다산성의 작가다. 이글턴의 저작은 문학이론을 넘어 문화·정치·이념·종교를 두루 아우른다. 특기할 것은 서로 섞일 것 같지 않은 마르크스주의와 기독교 사상이 이글턴 저술을 떠받치는 이론적 토대라는 사실이다. 이글턴의 관심은 '비극'이라는 문학 장르에도 뻗어 있는데, 이번에 번역된 《비극》은 《우리 시대의 비극론》(2002) 이후 18년 만에 펴낸 두 번째 비극론이다.

이 책에서 이글턴은 '비극은 죽었는가'라는 오래된 물음의 해답을 찾는다. 여기서 말하는 비극은 우선 고대 그리스 아테네 민주정에서 번성한 그 비극을 뜻한다. 기원전 5세기에 아이스킬로스·소포클레스·에우리피데스가 창출한 비극은 서양 문학사를 통틀어 최고의 예술적 성취를 보여준다는 평가를 받는다. 그리스 고전기를 수놓은 이 비극이 예술 장르로서 종말을 고했다는 이야기는 19세기 이래로 수많은 논평가들이 쏟아냈다. 어떤 사람은 에우리피데스의 죽음과 함께 비극 예술이 끝났다고 보고, 어떤 사람은 17세기 셰익스피어·몰리에르·라신 비극 이후 이 예술이 소멸했다고 보기도 한다. 이글턴은 이런 비극 종말론의 대표자로 선배 비평가 조지 스타이너(George Steiner)를 불러내 과연 비극이 죽었는지를 탐문하고 자신의 비극관을 상세히 풀어놓는다.

스타이너는 《비극의 죽음》에서 "진정으로 비극적인 정신은 근대적인 것의 탄생과 더불어 끝이 났다"고 단언한다. 고전 비극은 고귀한 태생의 주인공이 운명의 사슬에 얽매여 몰락하지 않을 수 없는 사태를 그린다. 그런 사태를 보면서 관객은 연민과 공포 속에 카타르시스를 경험한다. 우리 시대는 이런 설정 자체가 성립할 수 없는 시대다. 근대는 과학과 계몽의 세례를 받은 세속주의의 시대이며 부르주아혁명을 거쳐 민주주의와 평등주의가 보편화한 시대다. 이런 시대에 고귀한 신분을 타고난 영웅이 있을 리 없고 삶을 파멸로 이끄는 불가해한 운명이 있을 리 없다. "비극은 고난의 귀족제, 고통의 탁월성을 주장한다." 이 문장은 스타이너가 비극을 고전 비극으로 한정하는 이유를 요약한다.

스타이너는 비극이 왜 더 존속할 수 없는지를 마르크스주의와 기독교 이념에서 찾기도 한다. 비극은 주인공의 돌이킬 수 없는 파멸로 끝나는데, 마르크스주의와 기독교는 모두 희망과 구원을 말한다. 기독교는 죽음 너머 천국의 구원을 보장하고 마르크스주의는 자본주의 너머 지상의 구원을 설파한다. 이렇게 희망의 가능성을 열어놓은 상태에서는 비극이 성립할 수 없다고 스타이너는 말한다. 이글턴은 마르크스주의와 기독교가 희망을 이야기한다고 해서 비극이 성립할 수 없는 것은 아니라고 반격한다. 사후의 구원이 지상에서 인간이 겪는 고통을 없애주지 못한다. "하느님도 괴로움 속에 죽은 사람들이 기쁨 속에 이승을 떠난 것으로 만들 수는 없다." 마르크스주의의 희망도 절망적 고통을 통과해야 하는 것은 마찬가지다. 고통과 슬픔이 있는 한 비극은 끝나지 않는다.

이 대목에서 이글턴은 정신분석학자 자크 라캉과 라캉의 철학적 후계자인 슬라보이 지젝의 비극론도 비판한다. 지젝은 그리스 비극과 아우슈비츠를 비교하며 아우슈비츠 학살을 비극적 사건의 범주에서 제외한다. 지젝이 보기에 비극은 파멸을 통해 '고귀한 정신'을 드러내는 것인데, 홀로코스트는 끔찍한 사건이기는 하지만 "인간의 가능성에 대한 우리의 감각을 고양하는 일은 전혀 하지 않는다." 홀로코스트는 견딜 수 없고 형용할 수 없는 참혹한 사태일 뿐이지 비극적 사건이 될 수 없다. 지젝에게는 언어도단의 사태에서 의미를 찾는 것 자체가 외설스러운 일이다. 이글턴은 지젝의 이런 주장을 받아들이지 않는다. 끔찍한 사건에서 의미를 찾는 것은 무의미한 일도 부도덕한 일도 아니다. 죽음의 수용소를 이성적으로 이해하려는 것은 그 수용소를 만든 이성의 억압적 행태와 한통속이 된다고 주장하는 사람들이 있지만 그렇게 보아서는 안 된다. 합리성은 이런 극악무도한 일을 끝장내는 데도 핵심 역할을 하기 때문이다.

이글턴은 지젝이 그리스 비극의 어떤 대목, 이를테면 '안티고네의 반항'을 무조건 옹호하는 것도 문제로 삼는다. 안티고네는 테베의 왕 크레온의 명령에 맞서 오라비의 주검을 장사 지내겠다고 고집한다. 어떤

안티고네는 테베의 왕 크레온의 명령에 맞서
오라비의 주검을 장사 지내겠다고 고집한다.
안티고네의 이런 행동은 '사춘기 유사 실존주의자'의 반항과
비슷한 데가 있다. 그런데도 지젝은 "자신의 권리에 대한 (안티고네의)
맹목적 고집"을 찬양한다. 이글턴은 이런 절대적 반항이
'좌익 프랑스 사상의 익숙한 특징'이라며
이런 태도야말로 오만한 좌파 엘리트주의라고 일갈한다.

논리도 강압도 안티고네를 주저앉힐 수 없다. 안티고네의 이런 행동은 '사춘기 유사 실존주의자'의 반항과 비슷한 데가 있다. 그런데도 지젝은 "자신의 권리에 대한 (안티고네의) 맹목적 고집"을 찬양한다. 이글턴은 이런 절대적 반항이 '좌익 프랑스 사상의 익숙한 특징'이라며 이런 태도 야말로 오만한 좌파 엘리트주의라고 일갈한다.

이 책이 논증하려는 것은 비극이라는 예술 양식이 오늘날에도 여전히 살아 있다는 명제다. 고전 비극이 그 모습 그대로 현대까지 이어지는 것은 아니다. '고귀한 사람들의 고귀한 정신'이라는 고전 비극의 특징을 기준으로 삼으면, 현대 비극은 분명 비극적이지 못하다. 그렇다고 해서 "아래에서 흘리는 눈물이 높은 데서 흘리는 눈물만큼 쉽게 눈물을 끌어낼 수 없는 것인가?" 이글턴은 19세기 프랑스 소설가 공쿠르 형제의 물음을 다시 묻는다. 이글턴의 대답은 명확하다. 영웅 서사시가 사라졌다고 해서 시 자체가 사라진 것이 아니듯, 근대성은 비극을 소멸시킨 것이

아니라 비극의 성격을 바꾸어 존속시킨다.

영웅이 사라진 시대에는 가장 평범한 사람도 비극의 주인공이 된다. 이글턴은 토머스 하디의 《이름 없는 주드》와 아서 밀러의 《세일즈맨의 죽음》을 불러낸다. 상승의 욕망으로 끝없이 분투하지만 가혹한 환경을 벗어나지 못한 채 비참과 죽음으로 끝나는 이름 없는 주인공들이야말로 현대의 비극성을 드러낸다. 우리 시대에는 보통사람들에게 파우스트적 갈망의 분출이 허락돼 있기에, 그런 갈망이 불러내는 파멸을 누구든 겪을 수 있다. 인간이 해방될수록 그 해방이 낳는 욕망의 보편성이 역으로 인간 자신을 위협한다. 비극은 계속될 수밖에 없다. 그런 관점에서 보면 비극 예술은 세상에 넘쳐나는 비참을 이해하게 해주는 눈이자 인간의 자기파멸 위험을 들여다보게 해주는 창이라고 할 수 있다.

치유와 구원의 동무공동체를 찾아서

—

《비평의 숲과 동무공동체》_ 김영민

철학자 김영민의 《세속의 어긋남과 어긋냄의 인문학》은 짧은 글 100편을 엮은 철학적 에세이 모음이며, 같은 저자의 또 다른 책 《비평의 숲과 동무공동체》는 철학 에세이라는 형식은 같지만 호흡이 조금 더 긴 글들의 묶음이다. 김영민 특유의 진지한 사유가 흐름을 이루어 관통하고 있어서, 두 권으로 된 하나의 책이라고도 할 수 있다.

작가 김영민의 글은 독자에게 초식 동물의 은근과 끈기를 요구한다. 문장들의 뜻을 알려면 소처럼 천천히 저작하고 되새김질해야 한다. 김영민의 독특한 문체는 사유를 촉구하는 듯한 느낌을 준다. 명사든 부사든 단어들은 문장 속에 낯선 모습으로 배치돼 있는데, 김영민의 표현을 빌리면 "모국어를 외국어처럼" 쓰고 "자신의 말을 남의 물건을 대하듯 가만히 대함"으로써 이런 낯섦의 효과를 낸다. 그리고 그런 낯선 문장은 김영민의 사유가 그만큼 관습에서 벗어나 있음을 암시하는 것이기도 하다. '이곳에 들어오는 자 나태를 버려라'라는 명령문이 책머리를 장식하고 있다고 해도 좋을 정도로 완강하게 생각의 관성을 압박하는 문장들이 김영민의 문장들이다. 그러나 일단 그 문장들의 리듬에 익숙해지면 김영민의 사유와 교신하기는 어렵지 않다.

그런 낯선 문장들을 부려 김영민이 말하려는 것은 무엇인가? 김영민은 책들의 제목에 요지를 밝혀놓았다. 《비평의 숲과 동무공동체》에서 김영민이 탐색하는 것은 '비평의 숲'이며 거기서 발견하는 것이 '동무공동체'다. 연전에 펴낸 《동무와 연인》 《동무론》에 이은 '동무론 3부작'의 완결편이 이 책이다. 그렇다면 '비평의 숲'이란 무엇인가? 김영민의 설명들을 모아보면, '비평의 숲'이란 "'공부가 된 생활'과 '생활이 된 공부'가 겹치는 곳", 다시 말해 "비평이 생활과 일치하는 곳"이며 이렇게 비평과 생활이 일치하는 '동무들의 공동체'다. '비평의 숲'의 정체를 알려면 비평이 무엇인지를 알아야 한다. 김영민은 비평을 '화이부동'(和而不同, 화합하되 하나가 되지 않음)과 '화이불류'(和而不流, 화합하되 휩쓸리지 않음)로 설명한다. 동무란 이런 화이부동·화이불류의 비평적 관계를 지속할 때 부르는 이름이며, 그 동무라는 나무들로 이루어진 숲이 비평의 숲인 셈이다.

김영민은 비평을 (심리)상담이나 (정신)분석과 비교해 설명하기도 한다. 김영민이 보기에 상담과 분석은 돈을 주고받고 시간의 제약을 받는다는 점에서 우선 비평과 다르다. 또 상담은 '일방적 조언의 형식'이어서 상담자에게나 내담자에게나 어떤 소외감을 남긴다는 문제가 있다. 그런가 하면 분석은 "'자기를 찾아가는 탐문의 여정'의 형식"을 취하지만, 일종의 자기분석이어서 결국 자기 안에서 맴돌다가 끝나기 십상이다.

김영민이 말하는 신자는
신앙의 대상에 고착돼 교양에 둔감한 자이며
"원리상 그런 공부의 필요성을 부정하는 존재"다.
마지막이 소비자인데, "우리 시대에 가장 보편적이며
중요한 현상"이다. "이 소비자본주의적 무대의 주인공들은
교양을 구매할 수 있다고 믿는 최초의 인간들"이다.

이와 달리 비평은 "상담가의 일이나 분석가의 작업이 아니라 동무로서
의 생활을 말하는 것"이다. 비평은 동무관계다. 김영민은 비평이 "성숙
이 되고, 만남이 되고, 사귐이 되고, 평등이 되고, 자유가 되고, 해방이
되고, 치유가 되고, 구원이 되는 전례 없는 꿈", "숱한 거목들의 화이불
류로 가능해지는 '비평의 숲'이라는 꿈"을 꾼다.

　김영민은 비평의 숲을 이루는 동무공동체를 "인문연대의 미래적 형
식"이라고 부르기도 한다. 다시 말해 동무공동체는 '인문학적 교양'의
공동체이다. 김영민은 '인문학적 교양'이 무엇인지를 그 '적'들을 통해
간접적으로 보여준다. 속물·건달·신자·소비자가 '인문학적 교양의
적'이다. 속물은 인문학을 빌미로 삼아 현실에서 힘이나 돈을 노리는 자
들인데, 대학에서 볼 수 있는 전문가 속물, 출판·매체의 상업주의에 기
생하는 딜레탕트 속물로 나눌 수 있다. 속물이 교양의 자격을 갖춘 속
악한 자라면, 건달은 아예 교양이라는 비용을 내지 않은 채 신분의 상
승을 노리는 자를 가리킨다. 힘들여 교양을 구하지 않고, 교양 있는 척

하며 상승의 기회만 보는 자가 건달이다. 김영민이 말하는 신자는 신앙의 대상에 고착돼 교양에 둔감한 자이며 "원리상 그런 공부의 필요성을 부정하는 존재"다. 마지막이 소비자인데, "우리 시대에 가장 보편적이며 중요한 현상"이다. "이 소비자본주의적 무대의 주인공들은 교양을 구매할 수 있다고 믿는 최초의 인간들"이다. "소비자라는 이름의 이 구경꾼들처럼 교양을 살 수 있다고 착각하거나 혹은 실제로 구매하는 이들은 오직 우리 시대만의 풍경이다."

《세속의 어긋남과 어긋냄의 인문학》에서 말하는 그 '어긋난 세속'이, 말하자면 이런 인문학의 적들이 득실거리는 세상이다. 인문학적 교양의 진정한 '가치'는 '값'이 없어서, 황제나 대기업 총수도 살 수 없는 것이다. 진정한 인문학적 교양은 그 세속을 어긋내는 방식으로 길을 여는 것을 말한다. 세속과 불화하면서 그 고통과 상처를 안고 길을 뚫어내는 곳에 열리는 것이 동무공동체로서 비평의 숲이다. 그 숲은 또한 상처를 '치유'하는 곳이기도 하다.

롤랑의 노래, 역사와 상상력의 직조물

—

《롤랑의 노래》_ 김준한 옮김

《롤랑의 노래(La Chanson de Roland)》는 프랑스 중세 무훈시 가운데 가장 오래된 작품이자 가장 뛰어난 작품으로 꼽힌다. 프랑스 중세 문학을 대표하는 이 서사시가 김준한(고려대 교수)의 번역으로 나왔다. 김준한은 《롤랑의 노래》와 프랑스 중세 문학에 관한 논문 30여 편을 쓴 이 분야 전문가다. 국내에서 《롤랑의 노래》는 현대 프랑스어 텍스트 번역본이 나온 경우는 있지만, 중세 프랑스어로 된 고본(12세기 옥스퍼드 필사본)이 완역된 것은 김준한 번역이 처음이다. 이 번역본에는 김준한의 상세한 주석과 해제가 달려 있어, 이 서사시를 문학 작품으로서 또 프랑스어 고문헌으로서 감상하고 이해하는 데 도움을 준다.

《롤랑의 노래》는 중세 프랑스 문학의 시작을 알리는 텍스트이자 중세 프랑스어의 출발을 알리는 텍스트다. 연구자들은 《롤랑의 노래》가 1080년에서 1100년 사이에 지금의 형태를 갖추었다고 본다. 《롤랑의 노래》가 작품으로 성립한 시기는 오늘날 우리가 아는 프랑스어가 형성되기 한참 전이다. 본디 프랑스어는 이탈리아어·에스파냐어·포르투갈어·카탈루냐어·루마니아어와 함께 라틴어라는 공통 조상에서 갈라져 나온 '로망어군'에 속한다. 로망어는 로마제국 시대에 변방이나 속주 지역에서 쓰던 속류 라틴어를 통칭하는 말인데, 이 로망어가 시간이 흐르면서 지역적 특색이 더해져 남서유럽 각국 언어로 분화했다. 《롤랑의 노래》에 등장하는 프랑스어는 바로 이 로망어라는 태반에서 프랑스어가 떨어져 나오는 역사적 순간을 보여준다. 고대 로망어와 근대 프랑스어의 중간쯤에 속하는 언어인 셈이다. 단테(1265~1321)의 《신곡》이 로망어 이후 근대 이탈리아어의 원형을 보여주듯이, 《롤랑의 노래》는 로망어가 낳은 프랑스어의 첫 모습을 보여준다.

　눈길을 끄는 것은 《롤랑의 노래》의 바탕을 이루는 실제 사건이 독일과 프랑스의 공통 역사에 속한다는 사실이다. 《롤랑의 노래》는 역사적 사실을 날실로 삼고 상상력에서 뽑아낸 허구의 실을 씨실로 삼아 장엄하게 짠 직조물이라고 할 수 있다. 그 역사적 사실이란 프랑크 왕국 카롤링거 왕조의 샤를마뉴(742~814, 카롤루스 대제)의 에스파냐 원정이다. 샤를마뉴 시대에 프랑크 왕국은 서쪽으로 피레네산맥에서 동쪽으로 엘베강에 이르는 대제국을 이루었고, 그 공적으로 샤를마뉴는 로마 교황에게 '서로마 황제' 칭호를 얻었다. 이때까지 프랑스와 독일은 프랑크 왕국에 함께 속해 있었다. 그래서 똑같은 왕이 프랑스에서는 샤를마뉴, 독일에서는 카를 대제라고 불린다. 이때 '샤를마뉴'(Charlemagne)라는 말은 위대한(magne) 샤를(Charle)이라는 뜻이어서 독일어의 '카를 대제'와 의미가 같다.

흥미로운 것은 프랑크 왕국 시기에 프랑크족이 쓰던
게르만어가 3국 분할 이후 동프랑크에만 남고
나머지 지역에서는 로망어로 흡수됐다는 사실이다.
그리하여 서프랑크 언어는 로망어를 거쳐 프랑스어가 됐고,
동프랑크의 게르만어는 독일어로 진화했다.

프랑크 왕국은 9세기 중엽에 샤를마뉴의 손자 세 사람에게 통치권이
나뉘어 넘어간 뒤로 서프랑크(프랑스), 동프랑크(독일), 중프랑크(북이탈
리아)로 분할됐고, 이때 프랑스·독일·이탈리아의 초기 국경이 그어졌
다. 그러므로 샤를마뉴의 원정을 그린 《롤랑의 노래》는 역사적 사실만
보면 프랑스와 독일의 공통 역사에 해당한다. 흥미로운 것은 이 프랑크
왕국 시기에 프랑크족이 쓰던 게르만어가 3국 분할 이후 동프랑크에만
남고 나머지 지역에서는 로망어로 흡수됐다는 사실이다. 그리하여 서프
랑크 언어는 로망어를 거쳐 프랑스어가 됐고, 동프랑크의 게르만어는
독일어로 진화했다. 그러나 샤를마뉴 원정은 아직 언어의 분화가 일어
나기 전, 게르만어가 프랑크 왕국의 공통 언어로 쓰이고 있던 때의 일이
었다. 바로 그런 이유로 《롤랑의 노래》의 원형을 두고 19세기 이래 논란
이 일었다. 먼저 《롤랑의 노래》가 샤를마뉴 원정 직후부터 게르만어로
불리던 노래들이 후에 프랑스어로 엮인 것이라는 주장이 나왔고, 익명
의 음유시인이 11세기에 노래 전체를 프랑스어로 창작했다는 주장이 뒤

이어 나왔다. 이 '11세기 창작설'이 20세기에 민족주의 바람을 타고 더 힘을 얻었다.

실제 역사를 보면 샤를마뉴가 이슬람이 장악한 에스파냐로 원정을 떠난 것은 778년이다. 이때 피레네산맥 롱스보 협곡에서 샤를마뉴의 후위 부대가 바스크족의 습격을 받아 전멸했다. 《롤랑의 노래》에서 주인공 롤랑은 이 후위 부대를 이끄는 기사로 나온다. 노래의 두 번째 주인공은 롤랑을 사랑하는 숙부 샤를마뉴다. 또 롤랑의 의붓아버지 가늘롱이 롤랑의 맞은편에서 이 서사시의 악역으로 등장한다. 가늘롱은 샤를마뉴가 롤랑을 총애하는 데 반감을 품고 에스파냐의 이슬람 세력과 결탁해 롤랑을 제거할 음모를 꾸민다. 그 음모의 결과로 롤랑의 부대가 롱스보 협곡에서 몰살당하고 롤랑도 죽음을 맞는다. 뒤늦게 가늘롱의 음모를 알아챈 샤를마뉴는 에스파냐 군대를 대파한 뒤 가늘롱을 처형한다. 《롤랑의 노래》는 문학적 상상력이 사실을 압도하는 작품이다. 이를테면 이 작품에서 샤를마뉴는 흰 수염이 난 노인으로 나오지만 실제 샤를마뉴가 에스파냐 원정에 나선 때는 30대 중반이었다. 또 샤를마뉴는 조카 롤랑의 죽음에 견딜 수 없는 고통을 느끼며 괴로워하는데, 샤를마뉴가 자신의 누이와 근친상간을 범해 낳은 아들이 바로 롤랑이기 때문임을 텍스트는 알려준다. 그 씻을 수 없는 원죄가 롤랑의 죽음으로 이어졌다는 기독교 윤리관이 밴 플롯인 셈이다.

이 작품은 주인공 롤랑과 친구 올리비에의 우정을 묘사하는 데도 공을 들이는데, 호메로스 《일리아스》의 영웅 아킬레우스와 친구 파트로클로스의 우정을 떠올리게 한다. 올리비에는 롱스보 전투에서 혈투를 벌이다 롤랑과 함께 전사한다. 이 서사시에서 롤랑과 올리비에의 우정이 절실하게 그려진 뒤로 두 사람을 주인공으로 삼은 작품이 창작되기도 했다. 《롤랑의 노래》는 잘 짜인 플롯 안에 전투 현장을 피가 튀는 듯 생생하게 묘사한 데 더해 기사들의 영웅적인 말과 행동을 강건한 문체로 그려낸다. 그런 문학적 성취 덕에 이 서사시는 당대에 여러 나라 언어로 번역되었고 유사한 작품이 그 뒤를 이었다. 《롤랑의 노래》는 중세 프랑스어로 들어가는 관문과도 같은 문헌이자 유럽 서사시 역사에 굵은 매듭을 짓는 작품이다.

파우스트는 구원을 얻었을까

—

《불멸의 파우스트》_ 안진태

《파우스트》는 요한 볼프강 폰 괴테(Johann Wolfgang von Goethe, 1749~1832)가 22살 때 집필을 시작해 죽기 직전에 완성한 필생의 대작이다. 작품을 완성하기까지 무려 60년의 세월이 걸린 셈인데, 그런 공력이 들어간 만큼《파우스트》에는 청년기부터 노년기까지 괴테의 모든 사상이 집결해 있다. 독문학자 안진태(강릉원주대 명예교수)가 쓴《불멸의 파우스트》는 괴테 연구자로서 안진태의 투혼이 응집된, 방대한《파우스트》해설서다.

고전은 깊은 샘물과 같아서 아무리 퍼내도 그 해석의 물이 마르지 않는다. 그렇게 보면《파우스트》야말로 고전 중의 고전이라고 할 만하다. 이 작품은 괴테 사후 처음 출간된 이래 200년 동안 수없이 많은 해석을 산출했다. 그러나《파우스트》라는 샘은 여전히 맑은 물을 뿜어 올린다. 《불멸의 파우스트》도 새로운 해석의 샘물을 맛보게 해주는 책이다. 그 물의 양은 넉넉해서 책의 전체 분량이 1000쪽에 가깝다. 안진태는《파우스트》를 씨줄로 놓고 《젊은 베르테르의 슬픔》《빌헬름 마이스터》《친화력》《서동시집》 같은 괴테의 다른 작품들을 날줄로 삼아 괴테 사상을 종횡으로 엮는다. 거기에 다른 괴테 연구자들과 서구 사상가들의 《파우스트》 해석을 함께 짜 넣어 괴테의 문명관과 역사관을 직조한다.

고전이 대개 그렇듯이 《파우스트》의 줄거리도 괴테의 머리에서 처음 솟아난 것은 아니다. 주인공 파우스트의 역사적 원형은 16세기 초에 독일에서 활동했던 주술사 파우스투스에게서 찾아볼 수 있다. 그 파우스투스라는 인물이 악마와 결탁해서 세상을 떠돌며 기이한 행각을 벌이다 그 악마에게 죽임을 당했다는 전설이 내려온다. 파우스투스 이야기는 뒤에 인형극과 유랑극으로 만들어져 독일 민중들 사이에 유행했다. 괴테도 어린 시절 이 인형극을 보았다고 한다. 파우스투스 전설은 영국으로 건너가 1588년 극작가 크리스토퍼 말로가 《파우스트 박사》라는 이름의 희곡 작품으로 재탄생시켰고, 이 작품이 독일로 역수입돼 파우스트를 널리 알렸다. 파우스트의 이미지에 획기적으로 변화를 준 것은 18세기 독일 작가 레싱이 쓴 《파우스트 단편》이었다. 여기서 레싱은 파우스트를 '앎을 향한 무한한 욕망'을 품은 진취적 인간으로 그렸고, 바로 그 진취성 덕분에 악마에 희생되지 않고 구원에 이르는 자로 살려냈다. 계몽주의의 세례를 받은 파우스트가 탄생한 것이다. 괴테의 《파우스트》는 바로 이 레싱의 파우스트 해석을 이어받아 그것을 심화하고 드넓게 확장한 작품이다.

《파우스트》는 그레트헨이 등장하는 제1부와 헬레나가 등장하는 제2부로 나뉜다. 괴테는 청년기에 쓰기 시작한 제1부를 58살에 완성했으며, 만년에 제2부 집필에 들어가 82살 때 끝을 보았다. 제1부에서 주인공 파우스트는 세상 속으로 들어가 행동하기를 갈망하는 노학자로 등장한다. 철학·법학·의학·신학을 비롯해 모든 학문을 섭렵했으나 여전히 충족감을 느끼지 못하는 파우스트는 행동을 통해 세상 모든 것을 겪어보려고 한다. 파우스트의 그런 심정을 상징적으로 보여주는 곳이 《신약 성서》의 〈요한복음〉을 번역하는 서재 장면이다. 요한복음 첫 구절은 "태초에 로고스가 있었느니라"다. 파우스트는 이 로고스를 '말씀'으로 번역했다가 무언가 만족스럽지 않아 '뜻'으로 옮겨보기도 하고 다시 '힘'으로 옮겨보기도 한다. 마지막에 파우스트가 고른 단어가 '행위'(행동)이다. 그리하여 "태초에 행위가 있었느니라"라는 말은 파우스트의 그 뒤 삶을 이끌어 가는 근본 문장이 된다. 작품 속의 파우스트는 행동하는 인간이다.

파우스트의 내부로 좀더 들어가보면, 그 안에는 반대 방향으로 내달리는 두 가지 욕망이 있음을 알 수 있다. 이 '양극성'을 안진태는 특별히 강조한다. "하늘에서는 더없이 아름다운 별을 원하고 땅에서는 지고의 쾌락을 원하니, 그 요동치는 마음을 달래줄 것이 세상 천지에 어디 있겠습니까?" 도입부 '천상의 서곡'에서 악마 메피스토펠레스가 하는 이 말은 두 방향으로 찢긴 파우스트의 내면을 확연히 보여준다. 하늘의 별, 곧 높은 이상을 지향하면서도 쾌락의 극한까지 가보고자 하는 인간이 파우스트다. 내면이 찢긴 파우스트는 메피스토펠레스와 계약을 맺고 젊은이로 다시 태어나 세상 속으로 나아간다. 그러나 쾌락의 탐닉은 파우스트를 무수한 죄악에 물들게 한다. 제1부에서 파우스트는 순결

"하늘에서는 더없이 아름다운 별을 원하고
땅에서는 지고의 쾌락을 원하니, 그 요동치는 마음을 달래줄 것이
세상 천지에 어디 있겠습니까?" 도입부 '천상의 서곡'에서
악마 메피스토펠레스가 하는 이 말은 두 방향으로 찢긴
파우스트의 내면을 확연히 보여준다. 하늘의 별,
곧 높은 이상을 지향하면서도 쾌락의 극한까지
가보고자 하는 인간이 파우스트다.

한 처녀 그레트헨을 유혹해 아이를 낳게 하고, 그레트헨의 어머니와 오빠를 죽음에 이르게 한다. 결혼도 하지 않은 채로 아이를 낳은 그레트헨은 세상의 비난 속에 정신착란에 빠져 아이를 물에 빠뜨려 죽이고 형장의 이슬로 사라진다. 그런데도 쾌락에 젖은 파우스트는 죄의식 따위는 아랑곳하지 않고 더 큰 행동을 갈망한다. 제2부에서 파우스트는 고대 세계로 들어가 그리스 최고의 미인 헬레나를 유혹해 결혼하는가 하면, 다시 현실로 돌아와 공훈을 세우고 황제로부터 바닷가의 넓은 간척지를 하사받는다.

그 뒤로도 파우스트의 무자비한 행동은 멈추지 않는다. 간척지 개간에 방해가 된다는 이유로 언덕 위에 살던 선한 노부부를 죽이고 집을 불태워버리는 것이다. 이 불길 속에서 '근심'이라는 마녀가 나와 파우스트의 눈을 멀게 한다. 앞을 보지 못하게 된 파우스트는 내면의 눈이 뜨이고 그 눈으로 '자유로운 땅'에서 '자유로운 사람들'과 어울려 사는

유토피아의 환영을 보게 된다. 그 순간을 향해 파우스트는 말한다. "멈추어라, 너 정말 아름답구나!" 메피스토펠레스와 계약을 맺을 때 파우스트는 어떤 쾌락과 기쁨을 맛보더라도 자신은 절대로 만족할 수 없을 거라며, 순간을 향해 '멈추라'고 말한다면 제 영혼을 가져가도 좋다고 약속한 터다. 파우스트는 드넓은 간척지에 자유의 공동체를 세운다는 환상 속에서 죽음을 맞는다.

파우스트의 이런 행보에 대한 안진태의 평가는 이중적이다. 한편으로 파우스트의 모험은 근대 서구 자본주의와 제국주의의 전형을 보여준다. 슈펭글러는 《서구의 몰락》에서 욕망하고 정복하는 파우스트가 현대 유럽 문화의 총체적인 초상화이며, 유럽의 역사가 '파우스트적인 정신'에 집약돼 있다고 말한다. 또 아도르노와 호르크하이머는 《계몽의 변증법》에서 무자비하게 질주하는 파우스트적 이성이 폭력과 독선의 이데올로기를 낳았다며 이런 이데올로기를 "소명과 운명의 신화적 거짓"이라고 질타한다. 이런 평가에 안진태는 공감을 나타낸다.

그러나 다른 한편으로는 파우스트야말로 구원받을 만한 인물이다. 왜냐하면 파우스트는 방황하면서도 열망을 품고 노력하고 추구하는 인간이기 때문이다. "선량한 인간은 비록 어두운 충동에 쫓기더라도 올바른 길을 잃지 않는다." '천상의 서곡'에서 신이 메피스토펠레스에게 하는 이 말은 괴테가 파우스트를 긍정하고 있음을 분명히 보여준다. 작품의 결말에서 하늘로 올라간 그레트헨이 성모 마리아에게 파우스트의 구원을 요청하는 것도 파우스트의 정신이 타락 속에서도 구원받을 만하다고 보기 때문이다.

안진태는 단테의 《신곡》에서 베아트리체가 단테를 천상으로 끌어올리듯이, 하늘의 그레트헨이 파우스트를 이끌어 올린다고 말한다. 작품의 마지막 구절에 나오는 "영원히 여성적인 것"을 안진태는 성모 마리아의 모성성으로 이해한다. 모성성이 결함 많은 인간을 껴안아 구원에 이르게 한다는 것이다. 이런 설명은 앞서 《파우스트》 새 번역본을 내놓은 전영애의 해석과는 차이가 있다. 전영애는 파우스트가 구원을 받았는지는 작품 안에서 확실하지 않다고 말한다. 용서받기에는 악행이 너무 많다는 것이다. 이 문제를 놓고 학계의 논란은 계속되고 있다. 그러나 이런 논란과는 무관하게, 인간 내면에서 벌어지는 선과 악의 투쟁의 드라마로서 《파우스트》는 독자에게 여전히 영감과 울림을 준다.

융 심리학으로 본 파우스트의 무의식

《괴테와 융》_ 이부영

요한 볼프강 폰 괴테의 필생의 대작인 《파우스트》는 문학비평을 비롯한 수많은 분야에서 탐구의 대상이 돼 왔다. 심리학 분야도 예외가 아니다. 특히 분석심리학의 창시자 카를 구스타프 융은 일찍이 《파우스트》를 읽고 깊은 감명을 받아 이 저작에 관해 수많은 논평을 남겼다. 국내 분석심리학 권위자인 이부영(서울대 명예교수)이 쓴 《괴테와 융》은 융의 분석심리학을 '아리아드네의 실'로 삼아 《파우스트》라는 심리학적 미궁을 탐색한 책이다.

《파우스트》는 절망에 빠진 늙은 철학자 파우스트가 악마 메피스토펠레스와 계약을 맺고 다시 젊어져 감각과 욕망과 야심이 시키는 대로 온갖 모험을 하는 드라마다. 이 모험을 분석심리학의 눈으로 볼 때 가장 주목해야 할 것이 '대극의 갈등과 합일'이라고 이 책은 말한다. 대극이란 선과 악, 빛과 어둠, 남성과 여성처럼 서로 대립하는 양극을 말한다. 인간의 무의식이 무수한 대극적 관계를 품고 있듯이, 《파우스트》의 드

라마도 수많은 대극관계를 동력으로 삼아 진행된다는 것이다. 그 대극
관계는 프랙털 구조처럼 작은 대극에서 큰 대극까지 여러 층위로 이루
어져 있다. 파우스트가 사랑에 빠지는 여성 주인공들, 그러니까 제1부
의 그레트헨과 제2부의 헬레나는 파우스트의 무의식 속 여성성인 '아니
마'를 상징한다. 마찬가지로 그레트헨과 헬레나에게 파우스트는 그들
의 무의식에 깔린 남성성 곧 '아니무스'를 가리킨다. 이 대극은 긴장과
갈등의 관계에 있지만, 온전한 인격을 형성하려면 대극은 하나로 통합
돼야 한다.

《파우스트》의 가장 큰 대극은 파우스트와 메피스토펠레스의 관계에
서 나타난다. 분석심리학의 눈으로 보면 메피스토펠레스는 파우스트의
자아가 감당하기 어려워 무의식 속으로 묻어버린 열등한 인격, 곧 '그림
자'에 해당한다. 이 그림자는 엄청난 악마적인 힘을 지니고 있어서, 서
재 안에서 우울증에 빠져 허우적대다가 자살까지 생각하는 파우스트를
일으켜 세워 거대한 모험을 감행하게 한다. 이 악마적 힘을 지닌 그림자
가 자아와 융합해 제3의 정신으로 다시 태어날 때 인격이 온전해진다고
융은 말한다. 이 힘의 긍정적 성격을 보여주는 것이 메피스토펠레스가
파우스트를 처음 만나 자기를 소개하는 대목이다. "항상 악을 원하지만
언제나 선을 창조해내고 마는 힘의 일부분입죠." 악이야말로 선의 동력
이라는 얘기다.

극의 '서곡'에서 하늘의 '주님'이 하는 말은 파우스트와 메피스토펠레
스의 동행이 '대극의 합일'을 궁극적인 목표로 삼고 있음을 미리 알려준
다. "인간은 노력하는 한 방황하는 법이다." "선한 인간은 비록 어두운

충동 속에서도 무엇이 올바른 길인지 잘 알고 있다." 악마적 힘을 승화시켜 더 높은 차원의 목표에 이르리라는 예언인 셈이다. 이런 목표는 파우스트가 하는 말에서도 확인할 수 있다. "인류 전체에게 주어진 것을 내 내면의 '자기'로 음미해보려네. …… 나 자신의 '자기'를 온 인류의 자기로 확대하려네." 파우스트는 온갖 것을 경험해 인류 전체를 자기 안에 품고 동시에 자신의 자아를 인류 전체로 확대하겠다는 목표를 제시한다. 여기서 파우스트가 말하는 '자기'(Selbst, self)는 우리의 표층적 의식인 자아(Ego)를 뛰어넘어 무의식 전체를 의식과 통합해 이루는 '전체 정신'을 가리킨다. 융은 이렇게 의식과 무의식을 통합해 온전한 전체를 이루는 것을 '자기실현'이라고 불렀다. 《파우스트》의 드라마는 이 궁극의 목표를 향해 무의식 깊은 곳으로 들어가는 모험이라고 할 수 있다.

그런 자기실현의 과정은 온갖 위험으로 가득 차 있다. 우리의 의식은 이카로스처럼 하늘로 치솟다가 한순간에 땅바닥으로 내동댕이쳐지기도 한다. 세상 모든 비밀을 꿰뚫어 본 것만 같아 의기양양해진 파우스트가 "아니, 내가 신이 아닐까?" 하는 대목이 그런 상승과 추락을 보여준다. 파우스트는 자신이 신과 같은 사람이 됐다고 착각하는데, 분석심리학에서는 이것을 '자아팽창'이라고 부른다. 무의식이 급격히 활성화하면서 자아가 거대하게 부풀어 오르는 것이다. 그러다 다음 순간 자아의 바람이 빠져나가자 비참하게 외친다. "나는 신들을 닮지 않았다! 나는 쓰레기더미를 파헤치는 벌레와 다르지 않다." 이렇게 신과 벌레 사이를 오가는 것이 인간 정신의 운동이다. 융은 이렇게 극단을 오가는 정신의 동요를 '에난티오드로미'(Enantiodromie)라는 용어로 설명하기도 했다.

파우스트는 자신이 신과 같은 사람이 됐다고 착각하는데,
분석심리학에서는 이것을 '자아팽창'이라고 부른다.
무의식이 급격히 활성화하면서 자아가 거대하게 부풀어 오르는 것이다.
그러다 다음 순간 자아의 바람이 빠져나가자 비참하게 외친다.
"나는 신들을 닮지 않았다! 나는 쓰레기더미를 파헤치는
벌레와 다르지 않다."

에난티오드로미란 '대극의 반전'을 뜻하는데, 자아의식이 한편으로 치우치게 되면 무의식에서 그 반대 극이 똑같이 강력하게 형성돼 자아의식을 사로잡게 되는 현상을 가리킨다. 이런 '대극의 반전'을 통해 균형을 잡게 된 자아는 한걸음씩 대극 통합을 향해 나아간다. 그러나 이 조절 기능이 제대로 작동하지 않으면 자아팽창이 극한에 이르게 되고 풍선이 터지듯 파멸로 끝나고 만다.

괴테는 《파우스트》에서 주인공의 영혼을 구제해 천상으로 이끌어 올린다. 하지만 융은 파우스트가 걸어간 길이 진정한 자기실현의 길에 미치지 못한다고 보았다. 파우스트는 바다를 막아 넓은 간척지를 만들면서 "자유로운 땅에서 자유로운 백성들과 살고 싶다"고 꿈을 이야기하지만, 그보다 앞서 죄 없는 노부부 필레몬과 바우키스를 죽이고 그 악행을 끝내 참회하지 않는다. 젊은 날 《파우스트》를 읽고 '파우스트와 메피스토펠레스가 내 안에 들어와 나와 하나가 되는' 체험을 한 융은 훗날 "마치 나 자신이 두 늙은이를 죽이는 것을 도와주기라도 한 것 같은

죄책감을 느꼈다"고 털어놓았다. 《파우스트》는 '자아'가 '자기'에 이르는 과정을 그린 자기실현의 드라마이지만, 그 실현은 온전하지 못하다. 이 책의 저자 이부영도 융과 마찬가지로 극의 결말에 강한 유감을 드러낸다. "《파우스트》는 아직 끝난 이야기가 아니며, 파우스트가 진정한 자아로 재탄생하려면 다시 죽고 살아나기를 되풀이해야 할 것이다."

광기 속에 피워 올린 창조의 불꽃
—

《횔덜린 서한집》_ 프리드리히 횔덜린

프리드리히 횔덜린(Friedrich Holderlin, 1770~1843)은 불행한 시인의 전형이다. 시와 문학에 삶의 전부를 바쳤으나 생전에 빛을 보지 못하고 정신착란 속에 긴 유폐의 삶을 살다 세상을 등진 사람이다. 20세기에 들어서야 이 불행한 시인의 문학세계가 재발견됐고 횔덜린은 독일 현대시의 선구자이자 독일 민족을 대표하는 시인으로 떠올랐다. 《횔덜린 서한집》은 이 시인의 영혼이 쏟아내는 동경과 탄식과 절규를 담은 편지 모음이다. 횔덜린 작품을 번역하고 횔덜린 평전을 쓴 독문학자 장영태 (홍익대 명예교수)가 횔덜린의 편지 316통 가운데 문학사적 가치가 높은 127편을 골라 옮겼다.

횔덜린은 두 살 때 아버지를 여의고 네 살 때 어머니의 재가로 의붓 아버지 밑에서 자랐다. 하지만 그 아버지마저 아홉 살 때 세상을 떠났 다. 목사의 딸이었던 어머니는 아들이 성직자가 되기를 바랐다. 18살 횔 덜린은 어머니의 뜻을 따라 튀빙겐신학교에 입학했다. 이 학교에서 장

차 독일 관념철학의 거두가 될 헤겔·셸링과 우정을 쌓았다. 횔덜린은 대학 시절 시문학에 인생을 걸기로 마음먹고 목사의 길을 포기했다. 이후 횔덜린 일생은 시인의 삶을 사는 데 필요한 정신의 자유와 독립, 그리고 생활인으로서 필요한 생계 방편의 확보 사이 모순과 충돌로 점철됐다.

횔덜린의 삶을 관통하는 것은 시문학이지만, 이 서한집은 횔덜린이 당대 철학에도 깊은 관심이 있었음을 알려준다. 헤겔에게 보낸 1795년 편지는 그 시절 막 지식계의 총아로 떠오른 피히테의 저작을 읽고 얻은 깨달음을 이야기한다. 횔덜린의 철학적 관심은 "주체와 대상 간의 대립, 우리 자신과 세계 사이의 대립"을 극복할 원리를 찾는 데 있었다. 횔덜린은 칸트 철학을 두고는 이렇게 말한다. "칸트는 이집트의 무기력에서 사색의 자유롭고 고독한 광야로 민족을 이끌어내고 성스러운 산으로부터 힘찬 법칙을 가져온 우리 민족의 모세다." 횔덜린은 독일 계몽주의-이상주의 철학에서 자아와 세계의 분열을 극복하고 조화로운 이상을 실현할 길을 찾아내려 했다.

이 서한집은 횔덜린의 시선이 당대 정치적 변동을 면밀히 살폈음도 알려준다. 대학 시절 프랑스대혁명(1789년)을 목격한 횔덜린은 이 혁명을 인간 자유의 실현을 향한 거대한 투쟁으로 받아들였다. 1793년 동생에게 보낸 편지는 이렇게 말한다. "자유는 언젠가 오기 마련이다. …… 계몽의 씨앗들, 인류의 교양을 위한 개별자들의 조용한 소망과 노력이 널리 퍼져 나갈 것이고 더 강해질 것이다." 그러나 혁명은 혼란에 빠져 끝내 좌초하고 말았다. 횔덜린은 요한 고트프리트 에벨에게 보낸 편지

실러에게 쓴 편지들에서 횔덜린은 실러 앞에서 한없이 작아지는 마음과 함께 실러의 인정과 지지를 받고자 하는 마음을 되풀이하여 내보인다. "선생님 앞에 섰을 때 저의 심장은 너무도 작게 움츠러들었습니다. 그리고 선생님 곁을 떠났을 때도 그 마음을 추스를 수가 없었습니다. 저는 이제 처음 땅에 심긴 한 그루 초목처럼 선생님 앞에 서 있습니다. 한낮에 그 초목을 보호해주셔야 합니다."

에서 '혁명의 재림'을 이야기한다. "모든 발효와 해체는 새로운 유기화로 이어집니다. 소멸은 없습니다. 세계의 청춘은 우리의 분해로부터 다시 돌아오게 됩니다." 횔덜린의 문학은 인류의 이상을 향한 포기할 수 없는 희망을 시어로 표현한 것이라고 할 수 있다.

횔덜린은 문학을 통해 독일 구원과 세계 구원의 길을 발견하고자 했다. 그러나 횔덜린이 떠맡은 시인의 삶은 고통과 궁핍을 감내하는 자기희생의 삶이었다. 대학을 졸업한 횔덜린은 생계를 마련하려고 가정 교사직을 찾아 이곳저곳 전전했다. 1798년 동생에게 보낸 편지에서 횔덜린은 토로한다. "너는 나의 모든 불행의 뿌리를 알고 있느냐? 나는 나의 온 마음이 매달려 있는 예술을 위해 살고 싶다. 그래서 나는 사람들 사이를 이리저리로 오가며 일하지 않으면 안 되는 것이다. 예술은 거장들은 먹여 살리지만 도제들을 먹여 살리지는 않는다." 이 편지에서 횔덜린은 이런 말도 한다. "우리는 시인이 살 만한 기후에 살고 있지 않다.

열 그루 초목 가운데 한 그루도 제대로 성장하지 못하고 마는 것이다."

시인의 길을 걷기 시작하던 시기에 횔덜린에게 가장 중요한 사건은 당대 독일 고전주의 문학의 기수였던 프리드리히 실러(1759~1805)를 만난 일이었다. 1793년 실러는 이 젊은 시인에게 첫 번째 가정 교사 자리를 마련해주기도 했다. 실러에게 쓴 편지들에서 횔덜린은 실러 앞에서 한없이 작아지는 마음과 함께 실러의 인정과 지지를 받고자 하는 마음을 되풀이하여 내보인다. "선생님 앞에 섰을 때 저의 심장은 너무도 작게 움츠러들었습니다. 그리고 선생님 곁을 떠났을 때도 그 마음을 추스를 수가 없었습니다. 저는 이제 처음 땅에 심긴 한 그루 초목처럼 선생님 앞에 서 있습니다. 한낮에 그 초목을 보호해주셔야 합니다." 1799년 횔덜린은 문학 잡지를 창간해 창작과 생계를 동시에 해결할 계획을 세웠다. 출판업자 슈타인코프는 한 가지 조건을 걸어 동의했는데, 독자의 관심을 끌 유명인사의 글을 확보해야 한다는 것이었다. 횔덜린은 용기를 내 실러에게 기고를 요청했으나 실러는 거절로 답했다. 꿈이 몽상으로 끝나고 말았다.

실러의 거절은 그렇잖아도 위태로웠던 횔덜린의 정신을 벼랑으로 몰아갔다. 앞서 횔덜린은 프랑크푸르트의 공타르 집안 가정 교사로 있던 시절, 젊은 안주인 주제테 공타르와 사랑에 빠졌다. 횔덜린은 주제테를 소설 《휘페리온》의 여주인공으로 삼기도 했다. 하지만 파국은 예정된 것이었다. 이루어질 수 없는 사랑은 섬약한 정신을 더 위험한 곳으로 몰아넣었다. 횔덜린은 일자리를 찾아 스위스와 프랑스를 떠돌았으나 균형을 잃은 정신은 한곳에 오래 머물지 못했다. 1802년 '중병에 걸렸다'는 주제테의 마지막 편지가 횔덜린에게 도착했고 이어 주제테의 부고가 닥쳤다. 이때 처음 정신의 혼란이 착란의 징후를 보였다. 친구 뵐렌도르프에게 보낸 편지에서 횔덜린은 "아폴론이 나를 내리쳤다"고 썼다. 그러나 광기가 어른거리던 이 몇 년이야말로 시인의 창조성이 최고조에 이른 시기였다. 횔덜린은 〈빵과 포도주〉〈회상〉〈귀향〉〈라인강〉 같은 걸작을 썼다.

1806년 9월 가까스로 버티던 정신이 무너졌고 횔덜린은 튀빙겐의 정신병원에 갇혔다. 이듬해 《휘페리온》의 애독자였던 성구 제작자 에른스트 치머가 횔덜린을 자기 집으로 데려갔다. 횔덜린은 치머의 집 옥탑방에서 36년을 더 살았다. 횔덜린의 편지들은 광기 가까운 곳에서 살던 시인이 벌인 기나긴 투쟁과 그 투쟁 속에서 피워 올린 푸른 창조의 불꽃에 대한 선명한 기록이다.

토마스 만의 바그너 경탄

—

《바그너와 우리 시대》_토마스 만

《마의 산》의 작가 토마스 만(Thomas Mann, 1875~1955)은 20세기 독일 문학을 대표하는 소설가다. 이 거장은 26살에 발표한 대작 《부덴브로크가의 사람들》로 일찍이 명성을 얻었는데, 이 작품을 떠받친 사상적 지주가 19세기의 세 독일인, 곧 철학자 쇼펜하우어와 니체 그리고 음악가 리하르트 바그너(Richard Wagner, 1813~1883)였다. 쇼펜하우어 · 니체의 의지철학과 바그너의 음악 사상은 말년까지 토마스 만의 작품세계를 규정한 힘이었다. 《바그너와 우리 시대》는 세 사람 가운데 특별히 바그너에게 바치는 찬가를 담은 글 모음이다. 1902년부터 1951년까지 만이 쓴 에세이와 편지글을 한데 묶었다. 이 글들 가운데 특히 1933년 2월 바그너 50주기를 맞아 발표한 에세이 〈리하르트 바그너의 고난과 위대함〉은 완결성을 지닌 바그너론으로서 이 책의 중심을 이룬다.

바그너는 20년에 걸쳐 완성한 4부작 〈니벨룽의 반지〉를 비롯해 〈트리스탄과 이졸데〉 〈뉘른베르크의 장인가수〉 〈로엔그린〉 〈탄호이저〉 같은 빛나는 작품으로 음악사에 획을 그은 작곡가다. 바흐나 베토벤처럼 서양음악사는 바그너 이전과 이후로 나뉜다. 바그너는 전통 오페라를 혁신해 음악과 연극이 긴밀하게 결합된 '음악연극'(Musikdrama, 악극), 곧 '종합 예술'로 재탄생시켰다. 더 의미심장한 것은 바그너가 19세기 한가운데서 현대 음악의 첫발을 내디뎠다는 사실이다. 〈트리스탄과 이졸데〉(1859)에서 바그너는 반음계의 불협화음을 끌어들인 파격적인 선율로 두 남녀 주인공의 불안과 고통에 찬 마음을 표현했다. 조화롭게 흐르는 소리의 물결을 휘저어버리는 돌덩이 같은 반음계가 20세기 음악을 예고한 것이다.

젊은 시절 바그너는 격렬한 성격대로 정치혁명의 소용돌이에 몸을 던진 사람이기도 했다. 1849년 드레스덴 봉기에 참여했던 것인데, 체포 위기를 면한 바그너는 12년 동안이나 독일 바깥을 떠돌아야 했다. 그런가 하면 이 음악가는 분열된 독일의 통일을 열망한 강력한 민족주의자이기도 했다. 바그너는 그 민족주의를 작품 속에 심어 두기도 했는데, 그 때문에 바그너 음악은 히틀러 시대에 나치의 선전 도구가 되기도 했다. 이 책을 쓴 토마스 만은 마흔 무렵까지 민주주의를 불신하는 문화적·정치적 보수주의자였다. 그러다 제1차 세계대전으로 독일제국이 패망한 뒤 보수주의 세계에서 빠져나와 진보적 민주주의자로 거듭났고, 나치의 박해를 피해 바그너처럼 긴 망명 생활을 했다. 그 망명 직전에 발표한 글이 바로 〈리하르트 바그너의 고난과 위대함〉인데, 여기서 만은 바그너의 민족주의가 나치의 폭력적·반동적 민족주의와는 성격이 다른 정신적·예술적 민족주의임을 강조한다.

젊은 시절 바그너의 정신은 프루동과 바쿠닌의 아나키즘 사상, 포이어바흐의 유물론 사상 같은 당대 여러 사상의 집합소였다. 그런 정신에 결정적 충격을 준 것이 1854년 망명지 스위스에서 겪은 '쇼펜하우어 체험'이었다. '방황하는 독일인' 바그너는 쇼펜하우어의 《의지와 표상으로서의 세계》를 읽고 처음으로 자신의 마음을 이해해주는 철학을 만났다. 쇼펜하우어야말로 바그너 자신의 음악 정신을 명확하게 설명해주는 철학적 대변인이었다. 바그너는 쇼펜하우어를 "내 고독에 주어진 하늘의 선물"로 받아들였다.

쇼펜하우어는 바그너와 니체를 부자 관계나 다름없는 친밀한 관계로 묶어준 매개자이기도 했다. 바그너를 만나기 전, 대학생 니체는 쇼펜하우어 저서를 읽고 격렬한 감흥 속에 이 철학자의 사도가 된 터였다. 바그너가 먼저 쇼펜하우어에게 열광했고, 뒤이어 니체가 쇼펜하우어 철학에 빠진 채로 바그너에게 매혹됐다. 바로 그 패턴이 토마스 만에게서 반복됐다. 10대 때 쇼펜하우어 철학에 도취한 만은 바그너 음악과 니체의 철학에 빨려 들었다. 만은 쇼펜하우어가 말하는 '의지', 곧 세계의 모든 것을 창출하고 지배하는 의지가 '에로스적인 것'이라고 말한다. 의지는 온갖 갈등과 분열과 고통을 만들어내는데, 그것은 짐승들의 세계에서 암컷을 차지하려는 수컷들의 싸움과 유사하다. 그런 에로스적인 의지로 흠뻑 젖은 작품이 〈트리스탄과 이졸데〉다.

이 책은 바그너 음악에 대한 토마스 만의 경탄 모음이라고 불러도 좋을 책이다. "바그너는 예술적 잠재력으로 보아 유례없는 존재였고 아마도 예술사 전체를 통해 가장 위대한 재능의 소유자였을 것이다." 만은

> "바그너는 예술적 잠재력으로 보아 유례없는 존재였고
> 아마도 예술사 전체를 통해 가장 위대한 재능의 소유자였을 것이다."
> 만은 괴테의 말을 끌어들이기도 한다.
> "자신의 종(장르)에서 완전한 것은 모두 자신의 종을 넘어서
> 무언가 다른 것, 비할 바 없는 것이 돼야 한다."
> 바그너가 오페라에서 이룬 것이 바로 이 '종의 초월'이다.

괴테의 말을 끌어들이기도 한다. "자신의 종(장르)에서 완전한 것은 모두 자신의 종을 넘어서 무언가 다른 것, 비할 바 없는 것이 돼야 한다." 바그너가 오페라에서 이룬 것이 바로 이 '종의 초월'이다. 오페라라는 장르를 뛰어넘어 완전히 다른 것을 창조한 것이다. 만은 바그너가 앞 시대 대가들에게 경탄을 바쳤다는 사실도 강조한다. 바그너는 베토벤이나 셰익스피어를 향해 놀라움의 탄성을 멈추지 않았다. 경탄하는 마음은 나 자신을 압도하는 존재를 향한 마음이고 그 존재를 들여다보고 거기서 나를 발견하는 마음이다. 경탄이 없는 곳에서 예술은 탄생하지 않는다.

토마스 만에게 경탄만 있는 것은 아니다. 만은 바그너라는 빛의 그림자도 비껴가지 않는다. 바그너의 명예욕, 터무니없는 사치, 만인의 사랑을 받으려는 야망, 완성된 음악보다 질이 떨어지는 저술의 허술함을 지적할 때, 균형감을 놓지 않으려는 만의 의지를 읽을 수 있다. 만은 바그너 비판의 선구자인 니체를 자주 끌어들인다. 니체는 바그너를 만나고

8년이 지난 뒤 쓴 《바이로이트의 리하르트 바그너》에서 처음 바그너 비판을 시작한 뒤, 정신이 온전했던 마지막 해에 쓴 《바그너의 경우》에 이르기까지 쉬지 않고 '옛 사랑'을 비판했다. 만은 니체의 그 비판을 "뒤집힌 기호를 이용한 찬양"이라고 진단한다. 니체는 바그너의 마지막 작품 〈파르지팔〉을 두고 '바그너가 십자가 앞에 무릎 꿇었다'고 비난했는데, 만은 이런 비판도 수용하지 않는다. 기독교 요소는 바그너의 앞선 작품에도 분명히 나타나 있고 〈파르지팔〉은 그 앞선 작품들에 담긴 종교적 요소가 마침내 완성된 형태로 나타난 것일 뿐이다. 니체의 바그너 비판이 거꾸로 된 바그너 찬양이듯이, 만의 바그너 비판도 비판의 가면을 쓴 찬양임을 느끼기는 어렵지 않다.

근대에 맞선
동아시아 문학가들

—

《동아시아 서사와 한국소설사론》_ 임형택

임형택(성균관대 명예교수)은 우리 한문 문학을 전공 분야로 삼은 한 문학자이자 조선 시대 국문소설과 20세기 근대 소설 분야에 연구 역량을 쏟아 온 국문학자다. 《동아시아 서사와 한국소설사론》은 50여 년에 걸친 임형택의 학문 활동을 총괄하는 저작이다. 15세기 김시습의《금오신화》부터 조선 후기 한문소설과 근대 전환기 신소설, 1920년대 이후 근대 소설까지 500년 우리 소설사를 전체 6부의 방대한 분량에 담았다. 임형택의 학문 시야와 성취를 한눈에 볼 수 있는 책이다.

눈여겨볼 것은 이 책이 한국소설사론만 다루는 것이 아니라 '동아시아 서사'에도 주목하고 있다는 점이다. 임형택은 제1부에 이 주제를 천착한 글 두 편을 실어 총론으로 삼았다. 한국·중국·일본·베트남을 아울러 동아시아 한자문화권으로 설정하고 이 문화권의 서사 양식을 비교해 검토하는 글이다. 임형택은 입론의 편의를 위해 한국과 중국으로 영역을 한정하고 자신의 관심사인 소설 분야에 초점을 맞춘다. 특히 한문이라는 공통 문어를 공유하던 한국과 중국에서 근대 전환기를 거치며 문학 언어가 각각의 민족어로 개별화하는 과정에 주목한다.

먼저 전근대 시기의 두 나라 서사 양식을 비교하는 방편으로 끌어들이는 것이 17세기에 쓰인 김만중의 소설 《구운몽》과 18세기 청대 소설 《홍루몽》이다. 두 작품은 각각 전근대 시기의 조선과 중국을 대표하는 소설로 꼽힌다. 흥미로운 것은 두 작품이 모두 '몽'으로 끝난다는 사실이다. 《구운몽》은 주인공이 꾸는 꿈을 액자로 삼아서 그 안에서 벌어지는 일을 그리며, 《홍루몽》은 액자 구조는 아니지만 "처음부터 모두 다 꿈이던 것을 세인들의 어리석음 비웃지 말라"는 말로 이야기를 닫음으로써 작품에 그려진 파란만장한 인생이 온통 꿈일 뿐이라는 것을 암시한다. 이야기의 틀이 유사한 셈이다. 그러나 주인공의 성격은 아주 다르다. 《구운몽》의 주인공 양소유가 유교문화의 전형적인 출세지향형 인물인 데 반해, 《홍루몽》의 주인공 가보옥은 공명과 충효를 떠벌리는 자들을 '봉록을 훔치는 좀벌레'로 치부하는 반시대적인 인물이다. 두 주인공의 이런 성격 차이가 이야기를 아주 다른 양상으로 끌고 간다.

이렇게 전근대 시기에 소설 양식이 흥성하기 시작했다고 하더라도 조선이든 중국이든 본령은 '시문 위주의 정통문학'이었다. 소설이 문학의 중심부로 진입한 것은 근대 전환기 이후의 일이다. 임형택은 이 전환점이 된 시기를 한국은 3·1운동 이후로, 중국은 5·4운동 이후로 본다. 1919년 거의 동시에 발생한 이 민족사적 사건과 함께 문학에서 대변화가 일어났다. 임형택은 이 시기 한국과 중국을 대표하는 소설로 루쉰의 《아큐정전》과 염상섭의 《만세전》을 든다. 두 작품은 모두 중편 규

프롤레타리아 문예운동을 이끌던 홍명희는
1927년 좌우파 통합단체 신간회를 발의해 주도했는데,
이 신간회 활동 시기에 집필을 시작한 것이《임꺽정》이다.
《임꺽정》은 좌우를 아우르려는 작가의 실천적 의지가
문학으로 표출된 것이라고도 할 수 있다.

모인 데다 똑같이 1920년대 초에 집필됐다.《아큐정전》이 근대 공화주
의 혁명인 신해혁명의 좌절을 뼈저리게 성찰하는 작품이라면,《만세전》
은 3·1운동의 사회적 배경을 암울한 화폭에 담은 작품이자 민족 현실
을 발견함으로써 자아를 재정립해 가는 일종의 성장소설이다.

두 작품은 공통점만큼이나 차이점도 분명하다.《아큐정전》은 제목
부터가 도발적이다. '아큐'라는 주인공은 주거부정의 날품팔이에다 결
함투성이 인간인데, 제목은 그런 인간의 '정전'을 쓴다고 선언하는 꼴이
다. 정전이라는 말을 패러디함으로써 전통에 정면으로 맞서 승부를 걸
어보겠다는 '조반'(造反)의 작가의식이 두드러진다. 임형택이 특별히 주
목하는 것은 이 소설이 구어체인 백화문으로 쓰였다는 사실이다. 소설
이라는 주변부 문학을 백화문이라는 민중어로 축조해 유가적 '문화장
성'을 허물어뜨리는 무기로 삼는 것이다.

《만세전》도 전통에 대한 비판과 부정의 정신을 내세운다는 점에서는
《아큐정전》과 다르지 않다. 하지만《아큐정전》이 백화문을 앞세워 전통

문학과 맞대결하는 것과 달리 《만세전》은 문학적 전통과 직접 대결하지는 않는다. 오히려 이 작품은 애국계몽기에 등장한 국한문혼용체를 계승해 소설 언어로 삼는다. 임형택은 그 이유를 국한문체가 전근대의 한문체에 대항하는 근대 계몽기의 문체적 대변자였다는 사실에서 찾는다. 국한문체에 담긴 계몽주의 정신을 《만세전》이 이어받고 있는 것이다. 그러나 국한문체는 《만세전》이 출간된 직후부터 한글 전용의 국문체로 급속히 바뀌었다. 임형택은 당시 문인들의 사상이 계몽주의를 넘어 더 급진화한 것이 이런 변화를 이끌었다고 해석한다. 사상의 변화가 문체의 변화로 이어졌다는 얘기다. 계몽운동이 낳은 국한문체가 계몽운동의 낙후화와 함께 단숨에 퇴출당한 것이다.

이 책에서 또 하나 주목할 것은 염상섭의 다른 장편소설 《삼대》와 홍명희(1888~1968)의 대하소설 《임꺽정》에 대한 탐구다. 《임꺽정》은 1928년부터 1939년까지 신문에 연재됐고, 《삼대》는 1931년에 발표됐다. 《임꺽정》의 작가 홍명희는 먼저 정치적 활동으로 주목을 끈다. 프롤레타리아 문예운동을 이끌던 홍명희는 1927년 좌우파 통합단체 신간회를 발의해 주도했는데, 이 신간회 활동 시기에 집필을 시작한 것이 《임꺽정》이다. 《임꺽정》은 좌우를 아우르려는 작가의 실천적 의지가 문학으로 표출된 것이라고도 할 수 있다. 임형택은 《임꺽정》의 성취를 이렇게 평한다. "《임꺽정》은 민족문학의 위대한 성과다. 그 민족문학적 성격은 계급문학에 대척적인 것이 아니라 새로운 차원의, 사회주의 이념을 수용한 현실주의 민족문학이다."

임형택은 염상섭의 《삼대》도 《임꺽정》과 유사한 방식으로 적극적으로 평가한다. "자본주의에 대한 부정의 뜻을 담고 있되, 사회주의에 공감하면서도 추종하는 입장은 아닌 …… 어떤 중간파적 태도를 보여준다." 염상섭은 1930년대에 문학이 가야 할 길을 '중정(中正)의 길'이라고 밝혔다. 곧 '우로 후퇴하지도 않고 좌로 편향되지도 않는' 길이다. 임형택은 이 《삼대》의 작가에게서 근대에 적응함과 동시에 근대를 극복하려는 '리얼리즘의 작가 정신'을 읽어낸다. 그렇게 보면 한국과 중국에서 근대 문학의 최고 수위에 오른 루쉰과 홍명희와 염상섭이 모두 이념적 극단에 치우치지 않으면서도 근대를 둘러싼 난제를 돌파하려는 문학적 투혼을 보여주었다고 할 수 있을 것이다.

새로운 문명의 아침을 꿈꾼
모더니즘 시인

—

《김기림 연구》_ 김유중

김기림(1908~1958?)은 1930년대에 서구 모더니즘 문학사조를 이 땅에 소개하고 그 모더니즘의 영향 속에서 창작 활동을 한 일제강점기 모더니즘 운동의 기수다. 그런가 하면 해방 정국에서 왕성한 정치적·문학적 활동을 하다가 한국전쟁 직후 납북돼 긴 세월 금기의 영역에 갇혔던 인물이기도 하다. 김기림의 문학과 사상에 대한 연구는 1988년 '월북 문인 해금' 이후에야 본격화했다. 그러나 그 후로도 김기림 연구는 모더니즘 운동 시기에 집중돼 있었고, 해방 뒤의 활동은 상대적으로 조명을 받지 못했다. 국문학자 김유중(서울대 교수)이 쓴 《김기림 연구》는 이런 연구 관행에서 벗어나 모더니즘 시기부터 해방 정국까지 김기림의 문학과 사상과 활동을 입체적으로 살핀 연구서다. 특히 김유중은 해방 뒤 활동을 모더니즘 시기에 형성된 사상 속에 일관성 있게 파악함으로써 김기림 문학 전모를 한눈에 볼 수 있는 시야를 제공한다.

김기림의 대표작으로 꼽히는 시는 1930년대 중반에 발표한 〈기상도〉

다. 그동안 〈기상도〉는 문학적 완성도가 그리 높지 않은 작품, 심지어
는 실패한 작품이라는 평가를 받아 왔다. 그러나 김유중은 이런 평가가
〈기상도〉에 담긴 세계관과 문명관을 깊이 들여다보지 않은 성급한 독
해의 결과라고 지적한다. 〈기상도〉를 제대로 평가하려면 이 작품의 바
탕에 깔린 시인의 시대 인식과 역사의식을 명확히 보아야 한다. 특히 이
작품의 핵심 모티프를 이루는 '태풍'의 의미에 대한 선명한 이해가 필요
하다. 그런 이해를 거쳐서 다시 볼 때 이 작품은 시인이 자신의 모든 역
량을 쏟아부어 완성한 "회심의 역작이자 일생일대의 야심작"으로 드러
난다.

〈기상도〉는 전체 7부 426행의 대작이다. '기상도'란 시시각각으로 변
하는 기상 상황을 알려주고 미래를 예측해 보여주는 지도를 뜻한다. 이
기상도의 이미지로 시인이 이야기하려는 것이 국제 정세의 변화 양상,
특히 '근대'라는 시대가 이룬 문명의 향방이다. 시의 묘사는 태풍이 몰
려오기 전의 여유로운 상황에서 시작해 태풍이 몰아치고 지나간 뒤의
상황으로 끝난다. 태풍은 남태평양에서 북상해 '아시아 연안'을 강타하
는 것으로 그려지는데, 김유중은 이 태풍을 전쟁, 곧 다가올 세계대전
으로 해석한다. 당시 김기림은 자본주의 세계체제가 1929년 대공황을
기점으로 하여 몰락을 향해 나아가고 있다는 인식 속에서 국제 정세를
보았고, 자본주의 위기가 제국주의 열강들 사이의 전면전, 곧 세계대전
을 통해서 붕괴로 이어질 것이라고 예측했다. 근대 문명이 자기모순의
격화로 파멸할 수밖에 없다는 문명관 속에서 작품을 쓴 것이다.

더 흥미로운 것은 〈기상도〉가 이런 몰락과 파멸에 대한 예고로 끝나

지 않는다는 사실이다. 마지막 제7부 '쇠바퀴의 노래'는 태풍이 문명을 휩쓸어버린 뒤에 열리는 새로운 시대의 이미지로 채워져 있다. 그런 이미지 가운데 하나가 "태풍이 짓밟고 간 깨어진 메트로폴리스에/ 어린 태양이 병아리처럼 홰를 치면 일어날 게다"라는 시구다. 병든 문명이 쓸려 나간 자리에 새로운 문명의 아침이 오리라는 전망이다. 김유중은 당시 김기림이 모더니즘에만 빠져 있었던 것이 아니라 마르크스주의 역사 철학에도 깊이 관심을 보였기 때문에 이런 전망을 내놓을 수 있었다고 말한다. 김유중의 이런 해석은 김기림이 모더니즘 운동을 벌이던 시기에도 모더니티 곧 근대성을 긍정하기만 한 것이 아님을 암시한다. 그리하여 1930년대 말이 되면 김기림은 모더니즘의 한계를 지적하고 그 사조를 극복해야 할 것으로 선언하게 된다. 이런 사상적 시야를 품고 있었기에 많은 지식인들이 1940년대에 일제에 투항한 것과 달리 김기림은 고향 함북 경성으로 돌아가 침묵으로 자신을 지켰다고 김유중은 말한다.

이 책은 〈기상도〉에 나타난 김기림의 문명관과 역사관이 해방 직후 정치적·문학적 실천으로 이어졌음도 알려준다. 김기림은 해방과 함께 좌파 계열 조선문학가동맹에 참여하고 서울시위원장으로 활동한다. 이 시기 김기림의 사상적 지향이 어떤 것이었는지는 1946년 2월 〈우리 시의 방향〉이라는 전국문학자대회 강연문에 나타나 있다. "오늘 전후의 세계는 '근대'의 결정적 청산을 가져오지 못하고 있다. 우리는 이 땅에서 '실패한 근대'의 반복을 보아서는 안 될 것이다. …… 세계사의 새로운 시대는 이 땅에서부터 출발하려 한다. 또 출발시켜야 한다." 근대 문명

이 책이 다시 그려낸 초상을 통해 김기림은
서구 모더니즘에 심취한 예술가가 아니라 제국주의의 파멸과
식민 지배의 종말을 예견한 문명비평가이자 근대의 악폐를
극복한 새로운 민족국가 건설을 당대의 과제로 삼아
행동한 실천적 지식인이었음이 선명하게 드러난다.

을 보는 〈기상도〉의 관점이 해방 뒤 활동으로 이어져 있음을 알 수 있
는 대목이다.

　더 중요한 것은 이 시기에 김기림이 중도 좌파의 지도자 여운형과 함
께 좌우 통합 노선을 걸었다는 사실이다. 당시 김기림은 좌우 양파가
힘을 합쳐 민주주의 혁명을 이루고 민족국가를 건설하는 것을 가장 중
요한 정치적 과제로 보았다. 이 문제와 관련해 김유중이 주목하는 것이
김기림의 민족 개념이다. 김기림은 좌익과 우익이 상대를 향해 '반민족'
이라고 비난하던 당대의 혼란을 극복하려면 민족이라는 범주를 명확히
규정할 필요가 있다고 보았다. 김기림의 해법은 민족의 중심에 '인민 대
중'을 놓는 것이었다. 민족 구성원의 절대다수를 차지하는 '인민 대중'이
야말로 새 시대를 열어 나갈 민족의 중추다. 동시에 김기림은 이 민족의
범주에서 매국·매족을 일삼은 친일파와 인민을 지배·착취하는 특권
층을 배제해야 한다고 주장했다. 악질 친일파와 소수 특권층을 제외한
인민 대중의 나라가 김기림이 꿈꾼 새 나라였던 것이다. 그러나 여운형

이 1947년 7월 암살당함으로써 좌우 합작 노선은 길을 잃었고 김기림의 정치적 활동도 힘을 잃었다. 여운형 장례식장에서 김기림은 추도시를 읽었다. "그러기에 당신의 이름과 함께 인민이 부르는 만세 소리는/ 가슴과 배짱에서, 아니 발톱에서부터 머리끝까지 울려 나왔다/ 당신은 벌써 당신 자신이 아니요/ 모-든 인민의 당신이었다."

이 책이 다시 그려낸 초상을 통해 김기림은 서구 모더니즘에 심취한 예술가가 아니라 제국주의의 파멸과 식민 지배의 종말을 예견한 문명 비평가이자 근대의 악폐를 극복한 새로운 민족국가 건설을 당대의 과제로 삼아 행동한 실천적 지식인이었음이 선명하게 드러난다. 김기림은 "우리 지성사와 문학사에 영원히 기억되어야 할" 인물이다.

자력, 근대 과학혁명의 비밀

—

《과학혁명과 세계관의 전환 1·2》_ 야마모토 요시타카

야마모토 요시타카(山本義隆)는 독학으로 놀라운 업적을 쌓은 일본의 과학사 연구자다. 2003년 출간한 《과학의 탄생》에서 시작해 《16세기 문화혁명》(2007)을 거쳐 2014년 펴낸 《과학혁명과 세계관의 전환》이 야마모토의 명성을 높인 과학사 연구의 걸작이다. 이 세 종의 책 가운데 《과학의 탄생》과 《16세기 문화혁명》은 2005년과 2010년에 각각 번역·출간된 바 있다. 근대 과학사 연구의 완결편에 해당하는 3권짜리 대작 《과학혁명과 세계관의 전환》은 2019년 제1권이 번역된 데 이어 두 번째 권이 한국어로 나왔다. 제3권까지 나오면 야마모토의 근대 과학사 3부작이 완역되는 셈이다.

1941년 태어난 야마모토는 1960년 도쿄대학 물리학과에 입학했다. 당시는 '안보투쟁'이 한창이던 때였는데, 야마모토는 정치에 관심을 두지 않고 수학과 물리학 공부에만 몰두했다. 변화는 1964년 대학원에 진학한 뒤 일어났다. 정치에 눈을 뜬 야마모토는 박사과정 3년 차에 베트

남전쟁 반대 투쟁에 참여했다. 이어 급진 좌파 학생운동단체 전공투(전학공투회의)의 도쿄대 의장을 맡아 '도쿄대 투쟁'을 이끌었다. 1969년 체포돼 수감 생활을 한 야마모토는 출감 후 박사과정을 중퇴했다. 동료들 사이 평가로만 업적이 결정되는 학자 세계가 싫었기 때문이라고 한다. 대학 밖으로 나간 야마모토는 재야에서 연구 활동을 계속했고 2000년대에 들어와 근대 과학사 연구를 담은 대작을 잇달아 내놓았다. 2011년 후쿠시마 원전 사고가 난 뒤에는 《후쿠시마, 일본 핵 발전의 진실》《나의 1960년대: 도쿄대 전공투 운동의 나날과 근대 일본 과학기술사의 민낯》《일본 과학기술 총력전: 근대 150년 체제의 파탄》 같은, 일본 현실을 날카롭게 비판하는 저서도 내놓았다.

야마모토의 근대 과학사 3부작은 '왜 유럽에서 근대 과학이 탄생했는가'라는 자신의 오래된 물음에 답하는 방대한 저작이다. 그 답변의 출발점이 되는 《과학의 탄생》은 '17세기 과학혁명'이 어떤 경로로 이루어졌는지 추적하는 책이다. 야마모토의 초점은 '힘 개념의 등장'에 맞춰져 있다. '힘 관계'로 자연세계를 보기 시작한 것이 결정적인 도약점이 됐다는 것인데, 야마모토가 그 기초로 제시하는 것이 '자력'의 발견이다. 서로 떨어져 있는 사물을 끌어당기는 보이지 않는 힘이 있음을 알려주는 것이 자력이었다. 1600년 윌리엄 길버트가 《자석론》에서 지구가 자력을 지닌 일종의 거대한 자석이라는 사실을 처음 밝혔다. 이어 1609년 요하네스 케플러는 태양이 자력과 같은 힘으로 행성을 잡아 둔다고 주장해 논의를 확장했다. 케플러의 주장을 이어받아 아이작 뉴턴이 1687년 《프린키피아(자연철학의 수학적 원리)》에서 천체들 사이의 힘, 곧 중력이

케플러는 《신천문학》에서 관측 자료를 통해 태양의 행성이
달걀 모양의 타원운동을 하며, 근일점에서 속도가 높아졌다가
원일점에서는 속도가 느려진다는 사실을 밝혔다.
천체의 타원운동을 설명하려면 새로운 동역학이 필요하다.
그 힘을 찾아내 만유인력 법칙으로
제시한 사람이 뒤 세대 뉴턴이었다.

라는 개념을 끌어냈다. 자력의 보이지 않는 힘을 통해서 중력이라는 또
다른 보이지 않는 힘을 찾아낸 것이 17세기 과학혁명을 낳은 것이다.

근대 과학사 3부작의 두 번째 책인 《16세기 문화혁명》은 17세기 과
학혁명을 예비한 16세기의 문화적 지각 변동을 탐사하는 책이다. 그동
안 과학사 책들은 14~15세기 르네상스를 통해 고대 과학이 부활했고
이것이 17세기 과학혁명으로 이어졌다고 기술하고 끝났다. 야마모토의
책은 빈 공간처럼 남아 있던 16세기를 들여다보고 거기서 17세기 혁명
의 토대를 찾아낸다. 이 책에서 특히 야마모토가 주목하는 것이 장인·
화가·상인·선원 같은 일하는 사람들이다. 고급 인문주의 교육을 받지
않은 이 평범한 사람들이 생활 현장에서 실험과 관측으로 자연 현상을
탐구하고 그 결과를 책으로 펴냈던 것인데, 17세기 과학혁명은 이 사람
들이 일으킨 문화혁명을 동력으로 삼은 것이었다. 히말라야산맥의 높
은 봉우리들이 5000미터에 이르는 고원 위에 솟아 있듯이 17세기의 천
재들, 곧 갈릴레이·데카르트·뉴턴과 같은 물리학의 거인들은 이 평범

한 사람들이 일으킨 지각 변동 위로 솟은 산이었던 것이다.

근대 과학사 3부작을 완결하는 《과학혁명과 세계관의 전환》은 전작들의 논의를 보완하고 확장하는 저작이다. 르네상스 시기에 고대 우주론과 천문학이 부활한 뒤, 15세기 중반에서 17세기 초반에 이르는 150여 년 동안 천체 연구에서 벌어진 드라마틱한 세계관의 변혁을 면밀하게 살핀다. 이 시기 한가운데 있는 것이 1543년에 출간된 코페르니쿠스 필생의 작품 《천체의 회전에 관하여》다. 코페르니쿠스의 그 책은 천동설에서 지동설로 우주관의 일대 전환을 일으킨 저작으로 알려져 있다. 코페르니쿠스 이전에 유럽인의 천체관은 지구를 중심으로 하여 천체가 원운동을 한다는 아리스토텔레스의 자연학과 프톨레마이오스의 천문학의 지배를 받고 있었다. 코페르니쿠스는 이 고대 천체론을 해체하고 태양을 중심으로 하여 천체가 회전한다는 새로운 이론을 제시했다. 여기서 핵심은 지구가 태양 주위를 도는 행성의 하나라는 주장이다. 이렇게 지구가 우주의 중심에서 벗어나게 되면 전통 세계관은 허물어질 수밖에 없다. 이로써 아리스토텔레스의 우주론, 곧 지구를 중심으로 하여 천체들이 돌고 그 외곽을 단단한 천구가 둘러싸고 있다는 우주론이 붕괴하고, 수학적으로 계산하고 눈으로 관측하는 새로운 천문학이 전면에 등장하게 됐다.

그러나 코페르니쿠스의 새 이론이 모든 것을 혁파한 것은 아니었다. 고대 학자들처럼 코페르니쿠스는 천체가 완전한 '등속원운동'을 한다고 생각했다. 천체가 똑같은 속도로 태양을 원의 형태로 돈다고 본 것이다. 60여 년 뒤 케플러는 《신천문학》(1609)에서 관측 자료를 통해 태양의 행성이 달걀 모양의 타원운동을 하며, 근일점에서 속도가 높아졌다가 원일점에서는 속도가 느려진다는 사실을 밝혔다. 이 발견은 모든 것이 완벽한 대칭을 이루고 있다는 고대 이래 자연학적 관념을 해체했다. 천체의 타원운동을 설명하려면 새로운 동역학이 필요하다. 다시 말해 타원운동을 일으키는 보이지 않는 힘을 설정해야 한다. 케플러가 암시한 그 힘을 찾아내 만유인력 법칙으로 제시한 사람이 뒤 세대 뉴턴이었다. 근대 과학혁명은 15세기 이래 150여 년 동안 이루어진 세계관의 전환 속에서 시작됐던 것이다.

중력 법칙을 탄생시킨 과학의 성서

—

《프린키피아》_ 아이작 뉴턴

아이작 뉴턴(Isaac Newton, 1642~1727)은 "과학사에 대적할 자가 없는 거인"(스티븐 호킹)이라는 칭송을 받는 근대 물리학의 혁명가다. 앞 시대 갈릴레오 갈릴레이와 요하네스 케플러의 탐구를 이어받아 지상의 물체운동과 천상의 행성운동을 하나로 꿰어 설명하는 만유인력의 법칙을 세운 사람이 뉴턴이다. 우주의 칙령과도 같은 그 법칙을 수학적으로 입증하는 뉴턴의 저작이 1687년에 출간된 《자연철학의 수학적 원리 (Philosophiae Naturalis Principia Mathematica)》다. 과학혁명의 기념비와도 같은 이 저작이 《프린키피아》라는 이름의 새 번역으로 출간됐다. 애초 라틴어로 쓰인 이 책은 뉴턴 사후 앤드루 모트가 영어로 번역했는데, 한국어판 《프린키피아》는 이 영역판을 저본으로 삼았다.

생애 초기만 보면 뉴턴은 물리학자가 될 형편이 아니었다. 농부였던 아버지는 뉴턴이 뱃속에 있을 때 세상을 떠났고 어머니는 자식 교육에 아무 관심이 없어 어린 아들을 농장으로 내보내 허드렛일을 시켰다. 다행히 외삼촌의 도움 덕에 뉴턴은 공부를 계속할 수 있었고 1661년 케임브리지대학에 입학했다. 1665년 흑사병이 케임브리지를 덮치자 뉴턴은 고향에 돌아와 2년 동안 머물렀는데, 이 시기에 물리학·천문학·광학·수학에 관한 뉴턴의 위대한 이론들이 꼴을 갖추었다. '사과가 떨어지는 것을 보고 중력을 알았다'는 그 유명한 사건도 이 시기에 일어난 일이다.

케임브리지로 귀환한 뉴턴은 박사학위를 받고 이 대학의 수학 교수가 됐다. 전환점은 1682년에 찾아왔다. 이해에 하늘에 혜성이 나타났는데, 뉴턴의 후배 에드먼드 핼리가 혜성의 궤적을 계산하다가 답을 구하지 못해 뉴턴에게 자문을 구했다. 뉴턴은 "혜성의 궤적은 원뿔곡선"이라고 단언했다. 중력 법칙을 이용해 혜성의 움직임을 이미 계산해 놓은 터였다. 놀란 핼리는 비용은 자신이 댈 테니 그 원리를 책으로 써 출간하라고 다그쳤다. 그리하여 집필을 시작해 3년 만에 완성한 것이 근대과학의 성서가 된 《프린키피아》다. 이 책의 맨 앞에 핼리가 뉴턴에게 바치는 헌시가 놓여 있는데 그 시는 이렇게 끝난다. "신성한 힘으로 마음을 가득 채운 자/ 어느 누가 뉴턴보다 더 가까이 신에게 다가갔으랴."

《프린키피아》는 세 권으로 이루어진 대작이다. 1권과 2권에서는 수식을 사용해 물체의 운동에 관한 명제를 증명하고, 3권에서 이 명제를 이용해 행성과 혜성과 달의 운동을 포함해 태양계의 체계를 설명한다. 1권을 시작하기에 앞서 뉴턴은 먼저 '정의'와 '공리'를 제시하는데, 여기에 등장하는 공리가 뉴턴의 세 가지 운동 법칙, 곧 관성의 법칙, 가속도의 법칙, 작용–반작용의 법칙이다. 이 세 법칙을 토대로 삼아 뉴턴은 제1권에서 중력의 법칙을 이끌어내고 그 중력이 '거리의 제곱에 반비례함'을 입증한다.

이어 2권에서 '유체역학'을 정밀히 검토하는데, 물이나 공기 같은 매질 속에서 움직이는 물체의 운동을 설명하는 것이 유체역학이다. 이 유체역학 논의를 통해 뉴턴은 당대에 정설로 통하던 르네 데카르트의 '소용돌이 가설'을 논박한다. 데카르트는 에테르라는 신비한 물질이 우주 공간을 가득 채우고 있어서 그 에테르가 거대한 소용돌이를 일으키기에 행성이 회전운동을 한다고 주장했다. 그러나 소용돌이 가설은 행성의 운동과 혜성의 운동을 동시에 설명할 수 없다는 치명적인 약점이 있다. 혜성은 목성·토성 같은 행성들과는 아주 다른 모양으로 움직이는데다 목성이나 토성 근처에 이르러서도 이 행성들과는 다른 속도로, 다른 방향으로 날아간다. 만약 에테르가 소용돌이쳐서 행성의 운동이 일어난다면 같은 공간에서 혜성과 행성은 같은 속도로, 또 같은 방향으로 움직여야 할 것이다. 이런 사실을 소용돌이 가설은 설명할 수가 없다. 그렇다면 다른 설명 방법이 필요하다. 여기서 뉴턴이 제시하는 것이 바로 중력이다.

당대의 소용돌이 가설은 물체가 크든 작든 서로 떨어진 상태에서는 작용을 주고받을 수 없다는 기계론적 믿음을 바탕에 깔고 있었다. 그런데 뉴턴은 모든 물체에는 힘이 있고 그 힘은 거리가 아무리 멀더라도 다른 물체에 즉각 미친다고 보았다. "중력은 모든 방향에서 아주 먼 곳까지 작용하며 거리가 멀수록 거리의 제곱에 반비례하여 작아진다." 뉴턴은 이 중력의 법칙을 이용해 태양계의 모든 현상을 설명했다. 여기서

"자연 현상에서 신의 존재를 유추하는 것도 분명히 자연철학의 일부다." 뉴턴이 중력의 배후에 신이 있다고 믿었음을 짐작하게 하는 대목이다. 야마모토의 책은 '자연철학의 수학적 원리'가 '자연철학의 신학적 원리'에 토대를 두고 있다고 말하는데, 뉴턴의 고백은 이런 주장을 뒷받침한다.

눈여겨볼 것은 뉴턴이 중력을 행성운동을 일으키는 힘으로 제시하면서도 그 중력이 어디에서 비롯했는지 그 근원에 대해서는 침묵한다는 사실이다. "중력은 실제로 존재하며, 일정한 법칙에 따라 하늘과 바다에서 일어나는 모든 운동을 좌우하고 있다. 우리는 이 사실을 아는 것으로 충분하다."

그렇다면 뉴턴은 그 중력이라는 아이디어를 어디서 얻었을까? 일본의 과학사가 야마모토 요시타카가 쓴 《과학의 탄생》이라는 책은 중력에 대한 뉴턴 생각의 출처를 알려주는 역사적 설명을 제시한다. 핵심은 이것이다. '중력이라는 아이디어는 자력의 원격 작용 현상이 일으키는 연상 작용에서 나왔으며, 그 배후에는 당대에 큰 세력을 떨친 연금술이나 점성술 같은 마법적인 사고가 있었다.' 자력이 보여주듯 거리를 뛰어넘어 작용하는 어떤 신비적인 힘이 있다는 믿음이 당대 물리학자들에게 영향을 주었기에 중력이라는 개념이 탄생할 수 있었다는 얘기다.

야마모토의 설명대로 뉴턴은 연금술과 신비학을 오래 탐구했고 신학에도 깊은 관심을 품은 경건한 종교인이었다. 이 책에서도 뉴턴은 신에 대한 찬탄으로 결론을 채운다. "태양계처럼 우아한 체계가 만들어지려면 '현명하고 강력한 존재'의 손길이 반드시 필요하다. 그 전능한 존재는 만물의 주인으로서 모든 것을 다스린다." 이어 뉴턴은 말한다. "자연현상에서 신의 존재를 유추하는 것도 분명히 자연철학의 일부다." 뉴턴이 중력의 배후에 신이 있다고 믿었음을 짐작하게 하는 대목이다. 야마모토의 책은 '자연철학의 수학적 원리'가 '자연철학의 신학적 원리'에 토대를 두고 있다고 말하는데, 뉴턴의 고백은 이런 주장을 뒷받침한다. 신비주의적이고 초과학적인 믿음에서 근대 과학 정신의 총화와도 같은 위대한 작품이 탄생했다는 것이야말로 아이러니가 아닐 수 없다.

우주는 팽창하고 다시 수축하는가

—

《빅뱅의 질문들》_ 토니 로스먼

우주는 정말 빅뱅으로 탄생한 것일까? 빅뱅으로 탄생했다면 빅뱅 이전에는 무엇이 있었을까? 다중우주는 존재하는 것일까? 대답하기 어려운 이런 막막한 물음은 보통 사람들만 묻는 것이 아니다. 우주에 관해 전문적으로 연구하는 물리학자들도 이런 물음을 안고 우주의 존재를 해명하려고 한다.

《빅뱅의 질문들》은 이런 물음에 대한 답을 찾아 평생을 걸어온 미국의 이론물리학자 토니 로스먼(Tony Rothman)의 최신 저작이다. 로스먼은 사람들이 흔히 묻는 물음 열다섯 가지를 통해 우주론 최전선에서 벌어지는 일을 압축적으로 설명해준다.

우주론은 138억 광년에 이르는 광대한 우주의 구조와 역사를 대상으로 삼는다. 특히 지난 수십 년 동안 우주론 연구자들은 우주 탄생 직후의 사태에 연구 역량을 쏟아부었다. 우주가 태어나 1초가 지나기 전의 짧은 시간이 우주의 비밀을 간직하고 있다고 보기 때문이다. 현대 우주론의 이론적 발판은 1916년 아인슈타인의 일반상대성 이론이 제공했다. 당시 아인슈타인은 우주가 정지해 있다고 믿었다. 하지만 1929년 천문학자 에드윈 허블이 우주가 팽창하고 있다는 사실을 발견함으로써 아인슈타인의 주장은 오류로 드러났다. 우주가 그렇게 팽창하고 있다면, 우주 팽창을 시작하게 만든 최초의 사건이 있을 것이다. 이것이 빅뱅 이론의 출발이다. 1940년대에 처음 나온 빅뱅 가설은 1964년 우주배경복사(CMBR)가 관측됨으로써 우주론의 정설로 등장했다.

우주배경복사는 빅뱅 이후 얼마 지나지 않은 시점에 방출된 빛을 말한다. 이 빛이 우주의 끝 전체에 고르게 분포돼 있다. 그런데 이 우주배경복사는, 정확히 말하면 빅뱅 후 38만 년이 지난 시점에 퍼져 나간 빛이다. 그 이전 상태의 초기 우주는 너무나 뜨거워 물질이 원자를 이루지 못하고 양성자와 전자로 나뉘어 뒤엉킨 '플라스마' 상태에 있었다. 이 상태에서는 빛 알갱이 곧 광자가 플라스마 밖으로 빠져나가지 못한다. 자욱한 안개 속에서 손전등의 빛이 안개를 뚫지 못하는 것과 비슷하다. 초기 우주의 온도가 3000도까지 내려가 양성자와 전자가 원자로 결합한 뒤에야 빛이 튀어 나갈 수 있었다.

이 우주배경복사가 완벽하게 균일하다면, 다시 말해 밀도의 차이가 전혀 없다면 별과 은하가 만들어질 수 없다고 물리학자들은 말한다. 1992년 코비(COBE) 망원경이 우주배경복사의 온도를 측정해 그 측정 값을 우주의 지도로 그려냈다. 10만분의 1 정도로 미세하게 온도 차이가 나는 그림이었다. 이렇게 온도 차가 확인됨으로써 우주 초기 상태에서 별이 만들어질 수 있음이 입증됐다. 이로써 빅뱅 이론은 우주론의 표

우주에 관한 이 모든 물음은 '궁극의 물음'으로 귀착한다.
"왜 아무것도 없지 않고 무언가가 있는가?"
수천 년 동안 인류가 물었던 물음이며
17세기 독일 철학자 라이프니츠가
정식화하여 물었던 물음이기도 하다.

준 모형으로 확립됐다. 하지만 여정은 여기서 끝나지 않았다. 빅뱅 이론은 해결해야 할 많은 문제를 안고 있다.

우주의 역사를 거슬러 탄생의 영점으로 돌아가보자. 그 영점에 이르게 되면 우주의 온도와 밀도는 무한대로 올라간다. 이걸 '빅뱅 특이점'이라고 부른다. 이런 특이점 상태에서는 "상대성 이론의 모든 방정식이 불타버린다." 어떤 물리법칙도 통하지 않는 것이다. 그래서 우주 팽창을 설명하려면 탄생 직후 어떤 시점의 급속한 변화를 상정하는 것이 필요하다. 그런 이유로 등장한 것이 '인플레이션 이론'이다. 빅뱅 직후 '10의 36승분의 1초'에서 '10의 32승분의 1초' 사이에 우주의 크기가 '10의 27승 배' 커졌다는 것이 인플레이션 이론이다. 눈 깜짝할 새 팝콘이 우주만큼 커진 셈이다.

이 인플레이션 이론에서 나오는 것이 다중우주론이다. 우주 시초에 인플레이션이 일어나면, 그 인플레이션이 '양자장 요동'을 일으켜 '딸 거품'을 일으킨다. 이 '딸 거품' 곧 '하나의 인플레이션에 뒤이어 일어나는 무수한 인플레이션'이 다중우주를 만들어낸다는 가설이다. 닭이 알을 낳듯이 우주가 끝없이 태어난다는 것이다. 그러나 다중우주론은 그야 말로 머릿속 생각일 뿐이다. 원시 우주에서 인플레이션이 일어났다는 증거도 발견되지 않은 터에 다중우주론은 더욱 희박한 추측일 뿐이다. 인플레이션이든 다중우주든 가설의 영역을 넘어서지 못하는 것이다.

이런 상황에서 지난 10여 년 사이에 인플레이션의 대안으로 힘을 얻기 시작한 것이 '되튕김(bouncing) 우주론'이다. 로스먼은 이 이론을 설명하는 데 많은 지면을 할애한다. 통상의 빅뱅 이론은 우주가 무에서 탄생해 현재 크기로 진화했다고 말하지만, 되튕김 우주론은 이런 '직선적인 우주관'을 부정하고 '순환적인 우주관'을 제시한다. 우주가 팽창을 거듭하다 어느 수준에서 반대로 수축하기 시작해 처음 상태로 되돌아 간다는 것이다. 그 최초 상태에서 다시 급팽창이 일어나는데 이것이 '되튕김'이다. 이런 설명을 따르면, 우주 탄생의 특이점을 설정할 필요가 없기에 특이점이 야기하는 '무한대' 문제가 일어나지 않는다.

되튕김 이론에서는 이 되튕김이 빅뱅 특이점 직전, 그러니까 '플랑크 규모'의 길이와 시간에서 일어난다고 본다. 우주의 크기가 '10의 33승분의 1센티미터', 그리고 특이점에 이르기 직전인 '10의 43승분의 1초' 때에 다시 팽창이 시작된다고 보는 것이다. 그런데 이런 플랑크 규모는 너무나 작아서 그 사태를 설명하려면 양자역학과 일반 상대성 이론을 동시에 적용하는 '양자중력 이론'이 필요하다. 문제는 일반 상대성 이론은 중력을 다루는 이론인 데 반해 양자역학은 중력을 배제하는 이론이라는 점이다. 이렇게 상충하는 두 이론을 통일하려는 것이 '끈 이론'과

'고리 이론'이다. 두 이론 모두 '플랑크 규모'에서 벌어지는 일을 해명하려는 것이지만, 이 이론들도 가설 수준을 넘어서지 못하고 있다.

로스먼은 현재까지 등장한 이론들로는 우주 최초의 사건은 설명되지 않으며 가까운 시간 안에 설명할 수도 없을 것이라고 말한다. 우주론 탐구는 답할 수 없는 문제의 난마를 헤쳐 나가는 작업이다. 우주에 관한 이 모든 물음은 '궁극의 물음'으로 귀착한다. 그 물음을 로스먼은 책의 마지막 줄에 써놓았다. "왜 아무것도 없지 않고 무언가가 있는가?" 이 물음은 수천 년 동안 인류가 물었던 물음이며 17세기 독일 철학자 라이프니츠가 정식화하여 물었던 물음이기도 하다. 이 궁극의 물음 앞에서 과학과 철학의 경계는 지워진다.

우주는 의식체인가

—

《당신이 우주다》_ 디팩 초프라 · 미나스 카파토스

우주의 탄생과 진화는 수수께끼로 가득 차 있다. 상대성 이론과 양자역학이 등장한 이래 100여 년 동안 물리학은 그 수수께끼를 풀어보려고 분투했지만 우주는 비밀의 문을 여전히 열어주지 않고 있다. 우주의 미스터리를 해명하려는 현대 물리학의 표준 모델에 문제가 있는 것은 아닐까? 미국의 저명한 대체의학 전문가 디팩 초프라(Deepak Chopra)와 양자물리학자 미나스 카파토스(Menas C. Kafatos)가 함께 쓴 《당신이 우주다》(2017)는 물리학의 표준 모델과는 전혀 다른 패러다임으로 우주의 실상을 설명하는 책이다. 두 사람이 제안하는 우주는 '살아 있고 의식하며 스스로 진화하는 우주'다. 초프라와 카파토스는 현대 과학이 이룬 성과를 받아들여 그 한계와 모순을 검토한 뒤 자신들의 대안적 우주론을 제시한다.

우주를 설명하는 패러다임은 크게 보아 세 단계를 거쳤다. 가장 오래된 것이 기독교 성서에 나오는 창조론이다. 초월적인 신이 무에서 우주를 창조했다는 신화다. 이 전통적 창조론은 18세기 유럽 계몽주의 시대에 '이신론'으로 바뀌었다. 이신론이란 창조주로서 신을 상정하되 이 신이 우주라는 자동기계를 작동시키고 떠났다는 이론이다. 신은 정밀한 시계를 만들어놓고 잊어버린 시계공과 같다. 이 패러다임을 대체한 현대 물리학은 우주가 빅뱅으로 태어나 우연의 연쇄를 거쳐 진화했다는 무작위 패러다임에 입각해 있다. 우주에는 아무런 의미도 목적도 없고, 생명의 탄생이나 인간의 출현도 우연이 일으킨 사건일 뿐이다. 그러나 이 패러다임으로는 설명되지 않는 현상이 너무도 많다. 그러므로 우주를 제대로 이해하려면 표준 모델을 뛰어넘는 새 패러다임이 필요하다는 것이 이 책의 출발점이다.

초프라와 카파토스는 먼저 우주 자체의 '객관적 존재'를 문제 삼는다. 우리의 '소박한 실재론'의 눈으로 보면 세상과 우주는 우리 인간과 무관하게 그 자체로 존재한다. '장미꽃의 아름다움'을 예로 들어보자. 들판의 장미꽃은 아름답다. 그러나 장미꽃의 아름다움은 따지고 보면, 우리의 눈에 '아름답게' 보일 뿐이지 그 자체로 아름다운 것은 아니다. 이런 사태는 색깔·질감·시간·크기 같은, 우리가 오감으로 느끼는 모든 것에 적용된다. 우리는 우주가 무한히 크다고 생각하지만 우주 자체의 눈으로 보면 큰 것도 작은 것도 아니다. 우리는 빛이 밝음을 준다고 생각하지만 그것은 광자가 우리 망막을 통과해 밝음의 작용을 일으킨 결과일 뿐이지 빛 자체가 밝은 것은 아니다. 우주 안의 모든 것은 우리 인간과 관계를 맺은 상태에서 우리에게 그런 모습으로 드러날 뿐이다.

이 책에서 더 깊이 따져보는 것은 양자세계의 모습이다. 양자의 일종인 광자는 파동과 입자의 두 특성을 지니고 있어서 관측자가 무엇을 관측하려 하느냐에 따라 파동으로도 나타나고 입자로도 나타난다. 물리학자 존 아치볼드 휠러는 말한다. "양자 현상은 입자도 파동도 아니다. 관측을 하기 전까지는 물질적으로 정의할 수 없다." 또 다른 물리학자 프리먼 다이슨은 좀 더 충격적인 말을 한다. "실험실의 원자는 이상한 것들이다. 무생물이 아니라 스스로 움직이는 활성체처럼 행동한다. 이들은 양자역학의 법칙에 따라, 예측할 수 없는 방식으로 둘 중 하나의 가능성을 선택한다." 소립자 자체가 마치 마음이 있는 것처럼 존재 상태를 선택한다는 얘기다. 이 말을 어떻게 이해해야 할까?

표준 물리학은 우주가 빅뱅으로 태어난 뒤 수많은 무작위적 우연의 중첩을 거쳐 별과 은하를 만들고 생명을 탄생시키고 인간을 낳았다고 설명한다. 그러나 우주의 진화를 보면 도무지 있을 것 같지 않은 사건들이 진화의 단계마다 무수히 개입돼 있다. 빅뱅 직후의 혼돈 상태를 보자. 이 상태에서 입자는 나타나는 즉시 반입자를 통해 소멸했다. 이 둘의 수가 일치했다면 우주는 존재할 수 없었을 것이다. 다행히도 입자가 반입자보다 10억 개 중 한 개꼴로 더 많았다. 그 극소의 차이가 지금의 우주를 만들어냈다. 이런 기이한 우연은 우주의 초기 팽창, 초신성의 폭발, 생명의 탄생, DNA 형성에서도 어김없이 되풀이됐다. 이런 우연의 연쇄를 통해 우주의 탄생이 인간의 출현에까지 이를 가능성은 얼마나 될까? 초끈 이론의 추정을 빌리면 그 확률은 원숭이 100마리가 멋대로 타자를 쳐 셰익스피어 전집을 똑같이 써낼 가능성보다 100만 배나 낮다. 무작위 우연의 중첩이라는 표준 이론의 설명력은 여기서 힘을 잃

우연의 연쇄를 통해 우주의 탄생이
인간의 출현에까지 이를 가능성은 얼마나 될까?
초끈 이론의 추정을 빌리면 그 확률은 원숭이 100마리가 멋대로
타자를 쳐 셰익스피어 전집을 똑같이 써낼 가능성보다
100만 배나 낮다. 무작위 우연의 중첩이라는 표준 이론의
설명력은 여기서 힘을 잃어버린다.

어버린다.

그렇다면 다른 가능성은 없을까? 이 책에서 주목하는 것이 '미세조정'(fine-tuned)이라는 물리학 이론이다. 우주가 진화의 단계마다 스스로 미세한 조정을 거쳤기에 기적과 같은 일들이 벌어질 수 있었다는 이론이다. 우주는 단계마다 상황에 맞게 자기를 스스로 조절함으로써 진화의 고비들을 넘겼다. 이 말은 우주가 자기조직화를 수행하는 시스템이라는 것을 뜻한다. 수많은 세포로 이루어진 인체가 자기조직화의 전형적인 사례다. 우주가 인체처럼 자기조직화를 수행한다는 것은 그 우주가 생명 활동을 하는 실체임을 함의한다. 또 생명 활동을 한다는 것은 우주에 어떤 형태의 '의식'(consciousness)이 있음을 뜻한다. 자기를 스스로 조직해 가는 우주는 의식을 갖추고 생명 활동을 하는 단일체인 셈이다. 그렇다면 인간은 어떤 존재일까? 이 책의 설명을 따라가면, 인간은 우주의 의식 활동이 낳은 가장 고등한 의식체, 우주 의식이 가장 높이 발현된 생명체로 나타난다. 인간은 우주 진화의 모든 역사를 응축

한 존재다. 그렇다면 그 인간을 자기 안에 우주를 품은 작은 우주라고 부를 수 있을 것이다. 또 그렇다면 그 작은 우주가 큰 우주를 알아 가는 것은 우주의 자기인식, 다시 말해 우주가 자기 자신을 인식해 가는 과정이라고 할 수 있을 것이다. 이것이 이 책이 우주와 인간의 관계를 설명하는 새로운 방식이다.

현대 우주론의 주류는 '우주 의식' 패러다임을 받아들이지 않는다. 그러나 넓게 보면 이 패러다임은 스피노자—셸링—헤겔—베르그송—하이데거로 이어지는 근대 형이상학의 우주론에서 멀리 떨어져 있지 않다. 이런 사실을 감안하면 이 책의 논의는 물리학(physics)과 형이상학(metaphysics) 사이에 이해의 다리를 놓는 작업이라고도 할 수 있을 것이다.

6장

지혜의
시대

지혜가 다스리는 세상을 향해
—

《문명의 대전환을 공부하다》_ 백낙청 · 창비담론 아카데미

창비담론 아카데미는 '한반도와 한국 사회의 변혁과 문명적 전환을 위한 담론을 더 심도 있게 연마하자'는 취지로 마련된 공부 모임이다. 《문명의 대전환을 공부하다》는 1기 모임의 결과물인 《변화의 시대를 공부하다》에 이어 두 번째로 펴낸, 이 아카데미 2기 모임의 성과물이다. 여러 분야의 전문가 · 연구자가 한자리에 모여 발제하고 토론하고 결론을 끌어내는 과정이 다큐멘터리처럼 집약돼 있다.

이 모임의 공부 주제는 한마디로 말해 '백낙청 담론'이다. 참가자마다 백낙청 담론에 대한 이해 수준엔 차이가 있지만 담론의 주창자인 백낙청 자신이 직접 참여해 공부 내용을 강평하고 보충하고 참가자들과 문답함으로써 토론이 흩어지는 것을 막고 논의를 집약해 공부 모임에 값하는 결실을 냈다. 특히 텍스트를 바르고 깊게 읽는 훈련은 이 모임의 두드러진 특징이라고 할 수 있다. 백낙청 자신이 이런 말을 한다. "학문세계의 진지전에서 승리하려면 결국 학문적으로 더 우수해야 한다고

봅니다. 다시 말해서 더 넓고 깊게 보면서 학적으로 더욱 엄밀해야 한다고 생각합니다." 공부하는 사람이라면 누구나 가슴에 새겨 둘 말이다.

백낙청 담론은 다양하게 펼쳐져 있어서 얼핏 보면 서로 관련이 없는 것처럼 보이기도 한다. 논리적으로 구성된 학술서적으로 담론 전체를 보여주는 것이 아니라, 시대의 상황 변화에 그때그때 개입하여 논문과 대담의 형식으로 담론을 제출해 왔기 때문일 것이다. 하지만 대나무들이 각기 따로 서 있는 듯이 보여도 뿌리를 들여다보면 하나로 연결돼 있듯이, 백낙청 담론도 공통의 뿌리에서 자라 나온 것이라고 봐야 한다. 문학론부터 체제론·변혁론·문명론을 거쳐 지혜론까지 내적인 일관성을 지니고 있는 것이 백낙청 담론이다. 참가자 백영서의 말대로 백낙청 담론의 바탕에는 "도식화할 수 없는 안 보이는 체계가 있다." 나아가 백영서는 "체계가 있어야 한다는 게 사상가의 중요한 요소"라면서 그런 점에서 보면 백낙청이 "우리나라에 드문 사상가 중 한 사람"이라고 말한다. 물론 체계를 갖추었다고 해서 모두 사상가라고 할 수는 없고, 깊고 넓은 체계로써 사유가 일이관지할 때 사상가라는 이름을 얻을 수 있을 것이다. 바로 그런 점에서 백낙청 담론은 백낙청 사상의 표현이라고 해도 좋을 것이다.

공부의 주제 가운데 하나인 '이중과제론'은 '근대 적응과 근대 극복의 이중과제'를 가리킨다. 한편으로는 근대, 곧 '근대 자본주의 체제'에 적응하면서 다른 한편으로는 이 근대를 극복하는 것이야말로 우리 시대의 이중과제다. 그런데 '적응하면서 극복한다'는 이중과제가 '형용모순' 아닌가 하는 생각이 들 수도 있다. 참가자 중 한 사람도 이런 의문

백낙청은 말한다.
"우리가 지향하는 자유롭고 평등한 사회라는 것 ⋯⋯
결국 그것은 지혜로운 민중이 스스로를 다스리는 세상,
그런 의미에서 지혜가 다스리는 세상이 되어야 함은 명백합니다."
지혜란 다른 것이 아니라 삶과 세계를 전체로서 통찰하는 것,
그리하여 삶과 세계가 나아갈 방향을 바르게
제시하는 것이라고 할 수 있을 것이다.

을 제기하는데, 백낙청은 "감당하면서 동시에 극복하는 노력을 한다는 게 논리적으로 전혀 모순될 게 없다"고 답한다. 백낙청의 설명대로 '적응과 극복'은 형용모순의 관계에 있다고 할 수 없다. 형용모순이란 '네 모난 동그라미'처럼 애초에 성립될 수 없는 모순을 말한다. 적응과 극복이 모순관계에 있는 것은 맞지만, 처음부터 불가능한 기획이 아님은 분명하다. '적응과 극복'은 다른 말로 하면 헤겔이 말한 '아우프헤붕' (Aufhebung)의 내용이라고도 할 수 있다. '버리고 간직하고 끌어올리는 것'이야말로 변증법적 지양의 핵심 아닌가.

공부의 두 번째 주제인 '문명전환론'은 이중과제론에 비해 논의가 명료하게 흘러가지는 않는다. 하지만 '개벽론'에 초점을 맞추면 문명전환론의 얼개를 그려보는 데 어려움이 없다. 문명전환론이란 한마디로 요약하면, 이중과제를 수행함으로써 기존의 문명을 새로운 문명으로 바꾼다는 얘기다. 우리 근대사에서 이런 문명전환의 비전을 제시한 것이

바로 '후천개벽' 사상이다. 동학(천도교)-증산교-원불교로 이어지는 민족종교가 19세기 말~20세기 초 서세동점의 시대에 제시한 비전이다. 백낙청은 이 세 종교 가운데 특히 원불교의 개벽론에 주목한다. 원불교의 개교 이념인 '물질이 개벽되니 정신을 개벽하자'는 표어야말로 근대 적응과 근대 극복의 이중과제를 요약하는 말임과 동시에 문명전환의 길을 앞서서 비춘 등불이었다고 보는 것이다.

여기서 특별히 주목할 만한 것이 백낙청의 '지혜의 등급' 담론이다. '지혜의 위계' 혹은 '지혜의 등급'이라 하면 민주주의·평등주의 시대를 살아가는 지금의 사람들에겐 당장 거부감을 불러일으키기 쉽다. 그러나 백낙청은 민주주의·평등주의가 제대로 구현되려면 '지혜의 등급'은 반드시 필요하다고 말한다. 왜 그런가? 평등주의 이념에 따라 지혜조차 모두 평등한 것으로 취급되면 "애물들이 설쳐대는 난장판"이 되고 말기 때문이다. 이것이 민주주의의 맹점이기도 하다. 고대 아테네의 민주주의가 곧잘 중우 정치나 폭민 정치로 전락한 이유도 여기에 있을 것이다. 근대 민주주의도 민주주의라는 이름의 파시즘이나 보나파르티슴(Bonapartisme)으로 떨어진 경우가 많았다. 만인평등을 원리로 삼는 원불교가 《정전》에서 지자본위·지우차별을 강조하는 것은 지혜에 등급이 있음을 명확히 받아들여야만 평등주의가 온전히 실현될 수 있다고 보기 때문이다. 백낙청은 말한다. "우리가 지향하는 자유롭고 평등한 사회라는 것 …… 결국 그것은 지혜로운 민중이 스스로를 다스리는 세상, 그런 의미에서 지혜가 다스리는 세상이 되어야 함은 명백합니다."

지혜란 다른 것이 아니라 삶과 세계를 전체로서 통찰하는 것, 그리하여 삶과 세계가 나아갈 방향을 바르게 제시하는 것이라고 할 수 있을 것이다. 이 삶과 세계가 얼마나 넓게, 얼마나 깊게 통찰되느냐가 지혜의 등급을 가르는 기준이 될 것이다. 하지만 지혜의 등급이 중요하다 해도 그 등급이 고정되는 것은 경계해야 한다. 백낙청도 지혜의 질서가 "역동적이고 가변적인" 것임을 강조한다. '지혜의 등급' 담론은 실천 과정에서 위험을 수반한다. 지혜의 등급을 앞세우다 보면 평등주의와 민주주의가 위협받을 수 있기 때문이다. 반대로 민주주의와 평등주의를 강조하면 지혜가 괄시당하는 '애물들의 세상'으로 떨어지기 쉽다. 지혜와 평등은 모순관계에 있음이 분명하다. 그러나 진실로 소중한 것을 얻으려면 이 모순 속에서 모순을 뚫고 나가는 수밖에 없다. 모순이야말로 삶의 실상이자 삶의 비밀이다. 그 모순에 담긴 절실한 진실성을 포착하고 구현하는 것이야말로 지혜의 몫이다. 이 책을 낳은 창비담론 아카데미의 공부 모임이 바로 그 지혜의 길 닦기를 모범적으로 보여준다. 지혜를 연마하는 이런 공부 모임이 더 많아질수록 우리의 민주주의도 더 풍요롭고 성숙한 것이 될 수 있을 것이다.

4·3, 마음의 분단이 낳은 비극

—

《인문학, 정의와 윤리를 묻다》_ 전병준 외

《인문학, 정의와 윤리를 묻다》는 인천대 인문학연구소가 펴내는 'INU 후마니타스 총서' 세 번째 권이다. 미국의 신학자 테드 제닝스를 비롯해 국내외 학자들이 쓴 글이 묶였다. 이 글들 가운데 가장 눈길을 끄는 것은 철학자 김상봉(전남대 교수)이 쓴 〈폭력과 윤리: 4·3을 생각함〉이라는 글이다. 제주 4·3사건의 폭력적 양상에 주목해 그 폭력을 윤리적으로 성찰한다. 특히 이 글이 '항쟁 폭력'의 윤리적 정당성 문제를 숙고하는 것은 다른 4·3 관련 글에서는 찾아보기 어려운 시도다.

이 글은 4·3이 '이름을 붙이지 못한 사건'이라는 사실에서 시작한다. 제주시 4·3평화공원 안 4·3기념관 바닥에 흰 비석이 누워 있다. 아무 것도 새겨져 있지 않아 '백비'라고 불린다. 그 백비 옆 표지판은 "봉기, 항쟁, 폭동, 사태, 사건 등으로 다양하게 불려 온 제주 4·3은 올바른 역사적 이름을 얻지 못하고 있다"고 백비로 남은 연유를 밝혀놓았다. 물론 이 사건에 대한 공식적인 규정은 있다. "4·3사건이라 함은 1947

년 3월 1일을 기점으로 하여 1948년 4월 3일 발생한 소요 사태 및 1954년 9월 21일까지 제주도에서 발생한 무력 충돌과 진압 과정에서 주민들이 희생당한 사건을 말한다." 2000년 제정된 4·3특별법에 명시된 정의다. 그러나 4·3이 그 사건의 정체성을 보여줄 참다운 이름을 찾지 못한 채 공백으로 남아 있는 것은 사실이다.

김상봉이 주목하는 것은 사건이 벌어지는 동안 두 세력 사이에 펼쳐진 폭력의 양상이 이 사건을 설명하는 글마다 얼버무려져 있다는 점이다. 남로당 무장대의 관점에서 쓴 글이든 군경 토벌대의 관점에서 쓴 글이든 마찬가지다. 분명한 것은 4·3 기간에 너무나도 많은 폭력이, 그것도 비무장 민간인을 대상으로 한 잔혹한 폭력이 저질러졌다는 사실이다. 물론 폭력의 절대적 크기로만 보면 군경 토벌대와 우익단체들의 폭력이 압도적으로 컸다. "1948년 제주도를 생지옥으로 만든 진짜 폭도는 남로당 무장대가 아니라 그들의 봉기에 원인을 제공한 서북청년단원들, …… 일제 때보다 더 악질적으로 동족에게 행패를 부린 친일 군경이었다고 말할 수밖에 없다."

이런 객관적 사실을 명시하면서도 김상봉은 또 다른 사실, 곧 무장대의 폭력이 4·3을 이해하는 데 빠져서는 안 될 요소라고 말한다. 왜 그런가? 토벌대의 폭력이 광범위하고 잔악했다는 것은 분명하지만, 무장대도 토벌대에 맞선 전투 행위보다 비무장 민간인 학살에 더 몰두했다는 점에서 토벌대와 크게 다르지 않았기 때문이다. "그러니까 양쪽 모두 무기를 든 전투원이 아니라 비무장 민간인들을 습격하고 학살하는 것이 주되게 수행한 군사 작전이었던 것이다." 이런 민간인 학살은 일종의 '증오 폭력'이라고 할 수 있다. 상대방에 대한 증오 때문에, 상대방과 연결된 민간인들을 폭력의 표적으로 삼았던 것이다. 그것이 남로당 무장대의 봉기를 단순명료하게 국가폭력에 맞선 항쟁으로 이해하기 어렵게 한다.

김상봉은 여기서 '항쟁 폭력'의 정당성을 판별하는 기준을 찾아 우리 근현대 항쟁의 역사를 검토한다. 근현대사의 무장항쟁 가운데 동학농민전쟁이나 5·18광주항쟁은 확고한 정당성을 인정받은 경우다. 김상봉은 이 두 항쟁을 범례로 삼아 무장항쟁이 정당성을 얻으려면 세 가지 조건이 갖춰져야 한다고 말한다. 첫째, 국가의 악이 용납할 수 없는 수준에 이르러야 한다. 비무장 시민을 공격의 대상으로 삼는 것이다. 둘째, 이상적인 나라를 항쟁의 목표로 제시해야 한다. 새로운 나라, 새로운 공동체를 지향하는 것이다. 셋째, 폭력의 사용에서 내적인 절제와 규율을 지켜야 한다. 이렇게 볼 때, 4·3항쟁은 용인할 수 없는 국가폭력에 맞서 일어섰다는 점, 남한 단독 선거를 반대하고 통일 조국 건설을 지향했다는 점에서 앞의 두 요구를 충족시킨다. 그러나 무장대가 폭력의 윤리성을 지키지 못하고 "이 나라 무장항쟁의 역사를 꿰뚫고 있는 비길 데 없는 고귀한 도덕성"을 외면했다는 점에서 세 번째 기준 밖에 있다고 김상봉은 말한다.

이 대목에서 김상봉은 평화로운 공동체였던 제주도를 피로 물들게 한 '증오 폭력'이 어디서 발원했는지 따져 묻는다. 우리 근현대사의 민중항쟁의 고유한 특성은 '혁명과 종교의 합일'을 보여주었다는 데 있다. 동학농민전쟁도 3·1운동도 '혁명과 영성의 합일'에서 나왔다. 그렇게

우리 근현대사의 민중항쟁의 고유한 특성은
'혁명과 종교의 합일'을 보여주었다는 데 있다.
동학농민전쟁도 3·1운동도 '혁명과 영성의 합일'에서 나왔다.
그렇게 하나였던 혁명과 영성이 공산주의 운동이 들어온 뒤로
분리됐다. 1920년대 후반에 종교적 민족주의와
반종교적 마르크스주의가 좌우합작의 신간회로 만났으나,
1931년 신간회 해산 뒤 '종교'와 '혁명'은 반목의 길을 걸었고
이것이 해방 뒤 좌우분열의 씨앗이 됐다고 김상봉은 말한다.

하나였던 혁명과 영성이 공산주의 운동이 들어온 뒤로 분리됐다. 1920
년대 후반에 종교적 민족주의와 반종교적 마르크스주의가 좌우합작의
신간회로 만났으나, 1931년 신간회 해산 뒤 '종교'와 '혁명'은 반목의 길
을 걸었고 이것이 해방 뒤 좌우분열의 씨앗이 됐다고 김상봉은 말한다.
8·15 직후 평양 중심의 기독교인들이 대거 월남하고 이들 가운데 한경
직 목사가 세운 영락교회가 서북청년단의 본거지가 됐으며 이 서북청년
단이 제주도민 학살에 앞장선 것이 그런 역사를 말해준다. 기독교와 공
산주의의 반목이 증오를 낳고, 증오가 4·3을 낳았던 것이다. 그러므로
"분단은 해방 이후 시작된 것이 아니고 멀리는 3·1운동 이후 또는 신
간회 해체 이후 …… 생각의 차이 때문에 서로 미워하기 시작했을 때"
시작됐다.

김상봉은 제주 4·3이 압제에 대한 저항이었으며 새로운 나라를 지

향하는 봉기였다는 점에서 정당성을 지닌다는 것을 거듭 분명히 밝힌다. 그러나 남로당 무장대가 피워 올린 봉홧불은 적에 대한 분노와 증오의 화염이었고, 그리하여 무장대의 폭력은 적들이 행한 악에 자기들의 악을 보태는 것으로 귀결하고 말았다. "이렇게 양쪽에서 쌓이는 악행으로 민중의 순수한 항쟁의 의지는 배반당했으니, 이것이 4·3의 비극이다." 4·3을 생각한다는 것은 '마음의 분단'이 낳은 이 비극 앞에 마주 서는 것을 의미한다. "4·3은 우리의 갈라진 마음을 비추는 거울이다." 4·3을 생각한다는 것은 이 거울 앞에서 우리 자신의 분열상을 되돌아보는 것을 뜻한다. "그런 성찰을 통해 마음의 증오와 분열을 넘어설 때 비로소 참된 화해와 통일로 나아가는 길이 열릴 것이다." 이것이 김상봉이 고심 어린 논의 끝에 내리는 결론이다.

민주공화국이라는 시대정신

—

《다음 국가를 말하다》_ 김상봉 · 박명림

우리 시대와 나라를 깊이 걱정해 온 실천적 철학자 김상봉(전남대 교수), 한국 민주주의의 역사를 성찰하고 새 길을 모색해 온 정치학자 박명림(연세대 교수). 《다음 국가를 말하다》는 역량 있는 두 학자가 우리 사회의 미래를 어떻게 열어 갈 것인가를 두고 함께 숙고한 결과를 모은 책이다. 신문에 편지 형식으로 매주 번갈아 연재한 글을 묶고 내용을 보완했다. '공화국을 위한 열세 가지 질문'이라는 부제에서 알 수 있듯, 두 학자는 지금 여기의 시대정신이 '참된 공화국의 건설'이라는 데 공감하면서, 왜 공화국이 시대정신인지, 도대체 공화국이 무엇인지, 그 공화국을 어떻게 형성할 것인지 찬찬히 따져 들어간다. 학문 분야의 차이가 두 사람 글에 다른 분위기를 입히기도 하고, 또 세상을 보는 시선의 차이로 각론에서 이견을 보이기도 하지만, 참된 공화국이라는 과제 상황을 대하는 태도의 진지함은 같은 모습이다.

두 학자가 공히 공화국을 위한 사유의 거점으로 삼는 사람이 씨알의 사상가 함석헌임을 이 책은 보여준다. 김상봉은 "이 땅의 민주화운동사 또는 민중항쟁사 속에서 발효된 지혜에 기대어 새 나라의 밑그림을 그리려 했다"며 "내겐 그 가운데 첫째가는 지혜의 원천이 바로 함석헌이다"라고 말한다. 박명림도 "현대 한국에서 개인과 전체에 대해 함석헌보다 더 깊이 고민한 사상가는 드물다"며 함석헌의 가르침을 인용한다. "모든 시대는 제 말씀을 가진다. 시대의 말씀은 전체의 말씀이다. 그러므로 시대의 말씀은 민중의 입에서 나와야 한다." 그렇다면 지금 이 시대의 말씀은 무엇인가. 박명림은 "좋은 공화국"이라고 단언한다.

왜 하필이면 '좋은 공화국'이 '시대의 말씀', 곧 시대정신인가. 그 질문에 답하는 과정에서 김상봉은 나라 혹은 국가에 대한 진보파의 진지한 탐구가 부족했던 이유를 먼저 따져본다. 김상봉이 보기에, 마르크스주의를 비롯한 고전 사회주의 이론이 국가를 소멸해야 할 대상, 다시 말해 마침내 사라질 필요악으로 본 것이 "바람직한 국가에 대한 상상을 억압해 온 주요 원인"이었다. 그러나 나라는 소멸될 수 없을 뿐만 아니라, 인간은 폴리스적 동물이라고 한 아리스토텔레스의 말대로 존재의 조건이다. "우리는 나라를 스스로 형성함으로써 그 주인으로 자유를 누리거나 아니면 국가의 노예로 살거나 둘 중 하나를 선택할 수밖에 없습니다." 그렇다면 우리가 만들어 가야 할 공화국은 어떤 공화국인가? 김상봉은 민주주의에 기반을 둔 공화국, 한마디로 줄여 '민주공화국'이라고 말한다. "민주국가가 모두에 의한 나라라면, 공화국은 모두를 위한 나라라고 할 수 있습니다." '모두에 의한, 모두를 위한' 나라가 민주공화국이다.

"인간은 누구도 자기 혼자서는 자기가 될 수도,
자기를 형성할 수도 없습니다."
나는 오직 너와의 인격적 만남을 통해 내가 된다.
"이처럼 내가 오직 너와 만나 우리를 이룸으로써만
나를 형성하고 실현하는 활동을 가리켜"
'서로주체성'이라고 부를 수 있다.

박명림은 민주공화국 이념이 담긴 헌법 제1조의 역사를 추적하여 그 사상의 깊은 뿌리를 드러낸다. 박명림은 먼저 2008년 촛불항쟁 때 수십만 시민들이 "대한민국은 민주공화국이다"를 외치면서 헌법 제1조가 법전에서 나와 국민 속으로 들어왔다고 말한다. 그것은 헌법 정신이 "추상에서 구체로" 도약하는 순간이었다. 그런데 여기서 박명림은 중요한 사실 하나를 이야기한다. '민주공화국'이라는 이념이 1919년 4월 제정된 대한민국 임시헌장에 처음 명시돼 면면이 계승됐다는 사실이다. 그 헌장에 "대한민국은 민주공화제로 함"이라고 한 이래 단 한 번도 바뀜 없이 1948년 제헌헌법을 거쳐 현재까지 이어지고 있는 것이다. 더 중요한 것은 그 민주공화국의 내용이 자유주의나 자본주의에 반대하는 이념, 다시 말해 '국가사회주의' 성격이 두드러진 민주공화주의였다는 사실이다. 자유주의·자유민주주의는 아이러니하게도 자유를 극심하게 탄압한 유신헌법에 와서 처음으로 헌법에 등장했다고 박명림은 알려준다. 따라서 자유민주주의야말로 건국 정신이라고 주장하는 보수 세력은 '진정한 건국 정신'을 왜곡하고 있다. 박명림은 민주주의와 공화주의가 제대로 만나 그 이상을 구현해야 할 때이며, 그런 만남을 위한 '공준'이 헌법 제1조라고 말한다.

박명림은 한 걸음 더 나아가, '더 많은 물질을 향한 투쟁'을 넘어 '좋은 영혼을 위한 투쟁'이 필요함을 강조한다. 박명림이 보기에 좋은 영혼 없이 좋은 시민 되기는 불가능하고, 좋은 시민 없이 좋은 공화국 만들기도 불가능하다. 따라서 "좋은 영혼이 되기 위한 투쟁은 좋은 공화국을 위한 투쟁이다." 김상봉은 자신이 창안한 개념인 '서로주체성'으로 '좋은 영혼들의 공화국'을 설명한다. "우리 모두에게는 자기 자신이 되는 것이 하나의 과제인 바, 한갓 가능성으로서의 인간성을 현실적으로 실현하는 것은 우리 자신에게 맡겨진 몫입니다. 그런데 인간은 누구도 자기 혼자서는 자기가 될 수도, 자기를 형성할 수도 없습니다." 나는 오직 너와의 인격적 만남을 통해 내가 된다. "이처럼 내가 오직 너와 만나 우리를 이룸으로써만 나를 형성하고 실현하는 활동을 가리켜" '서로주체성'이라고 부를 수 있다. 그렇다면 참된 공화국이란 서로주체성이 실현된 공동체를 가리키는 말일 것이다.

민중과 시민의 한반도 역사

—

《한국학 학술용어》_ 한국학중앙연구원

《한국학 학술용어》는 한국학 연구의 거점 구실을 하는 중요 용어 가운데 열여덟 가지를 뽑아 정리한 일종의 논문 모음이다. 항목마다 그 분야 전문 학자들이 용어의 정의부터 학술적 정립 과정과 남은 쟁점까지 두루 심도 있게 서술한다. 한국학·한민족 같은 기초 용어를 비롯해 전통·근대·실학·민중과 같은 한국의 역사와 전통을 이해하는 데 필요한 개념들을 소개하고 있을 뿐만 아니라, 현대 한국을 아는 데 필수적인 근현대사의 학술 연구 흐름도 해당 항목을 통해 상세히 서술한다.

이 책에서 눈여겨볼 대목은 근현대사의 학술적 쟁점을 살핀 후반부다. 19세기 말 이후 식민·해방·분단·전쟁을 거친 지난 100여 년은 한국사에 전례 없는 격동기였으며, 오늘의 한국 사회를 낳은 고통스러운 출산의 시간이었다. 특히 일제강점기는 한국학 또는 한국사 연구에서 지우기 어려운 학문적 상처를 안긴 시기였다. 이 책은 이 시기에 형성된 '식민사학'을 정면으로 응시한다. 역사학자 이만열은 '식민사학'을 "일제의 조선 침략을 정당화·합리화해주고, 식민 정책을 뒷받침해주는 어용적 성격을 농후하게 지닌 연구"라고 규정한 바 있다. 이 항목을 집필한 역사학자 전우용은 식민사학의 핵심 내용을 '타율성론'과 '정체성론'으로 요약한다. 한민족이 고대 이래로 줄곧 주위의 큰 세력에 휘둘렸으며 오랫동안 정체 상태에 놓여 있었다는 것이다. 일제 어용 학자들은 이런 전제 위에서 식민사학을 구축해 근대화에 앞선 일본이 낙후한 조선을 지배하는 것이 역사의 순리라는 인식을 식민지에 주입했다. 식민지 백성의 의식을 짓누른 이 식민사학은 해방 뒤에도 한국인의 정신세계에 낙인처럼 남아 오랫동안 지워지지 않았다.

하지만 일제의 식민사학에 맞서 자주적인 역사학을 세우려는 한국인들의 노력도 끊이지 않았다. 일제강점기 때 《조선상고사》를 쓴 신채호는 강렬한 민족주의적 관점에 입각해 고대사를 재해석해 일제의 타율성론에 맞섰으며, 백남운은 《조선사회경제사》를 저술해 정체성론을 비판했다. 이런 역사학의 반격은 해방 뒤, 특히 4·19혁명 뒤 민족의식의 재각성과 함께 사학계의 큰 흐름으로 나타났다. 이 책은 이런 반식민사학 연구를 '내재적 발전론'으로 명명한다. 내재적 발전론은 타율성론과 정체성론을 반박하는 차원에서 한국사를 내적 발전의 역사로 이해했다. 이 흐름은 1961년 역사학자 이기백이 《국사신론》을 출간하면서 시작돼 1970년대까지 주류를 형성했다. 하지만 내재적 발전론은 '서구 모델의 적용, 이론의 결핍, 지나친 실증 의존, 민족적 자부심의 과장된 표현' 따위의 한계를 노출했다. '내재적 발전론' 항목을 집필한 역사학자 이영호(인하대 교수)는 이 한계를 극복한 역사학 연구로 1980년대에 등장한 민

> 김동춘은 서구 시민사회가 부르주아계급의 이해관계 속에서
> 탄생한 것과 달리, 한국의 시민사회는 국가권력의 억압에 맞서
> 투쟁하는 과정에서 형성됐음을 강조한다.
> 더 주목할 것은 국가에 대항하는 한국 시민사회의 역동성이다.
> 그런 역동성이 폭발한 것이 2002년 이후 정치적으로
> 중요한 변곡점을 만들어낸 '촛불시위'다.

중사학을 주목한다. 조선 후기 이후 민란과 항쟁을 주도한 민중을 근대
형성의 주체로 인식하기 시작한 것인데, 민중의 발견은 우리 역사학의
도약이라고 평가할 만하다.

민중이라는 변혁 주체는 한국 현대사에서 오랜 민주화 투쟁을 거쳐
시민이라는 새로운 성격의 주체로 이어졌다. '시민사회' 항목을 쓴 사회
학자 김동춘(성공회대 교수)은 서구 시민사회가 부르주아계급의 이해관
계 속에서 탄생한 것과 달리, 한국의 시민사회는 국가권력의 억압에 맞
서 투쟁하는 과정에서 형성됐음을 강조한다. 1987년 6월 항쟁 이후 시
민사회는 여러 시민사회단체의 결성과 함께 급속히 성장했다. 더 주목
할 것은 국가에 대항하는 한국 시민사회의 역동성이다. 그런 역동성이
폭발한 것이 2002년 이후 정치적으로 중요한 변곡점을 만들어낸 '촛불
시위'다. 특히 2008년의 미국산 소고기 수입 반대 시위는 축제와 놀이로
서 시위 문화를 창조했으며, 2016년의 촛불시위는 현직 대통령을 탄핵
시키며 전례 없는 강도로 시민사회의 힘을 보여주었다. 이렇게 학문과

실천 양면에서 한국 사회는 지난 100여 년의 질곡과 굴절을 넘어 일제의 식민 지배와 식민사학이 남긴 낙인을 씻어냈다.

그러나 여전히 극복하지 못한 과거의 유산도 있는데, 이 책은 한반도의 남과 북을 가르는 분단이라는 상처에 주목해 '분단체제'라는 항목에서 이 문제를 거론한다. 이 항목을 집필한 이종석(세종연구소 수석연구위원)은 해방 직후 한민족 가운데 누구도 분단을 용인하지 않았고 당연히 분단 상태가 곧바로 해소되리라고 기대했다는 사실을 상기시킨다. 그러나 한반도 민중의 염원과 달리 남북분단은 한국전쟁을 거친 뒤 체제로 굳고 말았다. 한반도 분단 상황을 분단체제로 개념화하고 분단체제론으로 발전시켜 온 학자는 문학평론가 백낙청이다. 그러나 분단체제론도 이 이론에 앞선 학술적 논의 속에서 탄생했음은 물론이다. 분단체제론의 선구자 구실을 한 것이 역사학자 강만길이 주장한 '분단시대'다. 강만길은 1978년 《분단시대의 역사인식》에서 분단 극복이라는 강한 실천적 의식 속에서 '해방 후 시대'를 분단시대로 명명했다. 백낙청은 1980년대 사회구성체 논쟁을 겪으며 '남과 북을 별개의 분석 단위로 삼아서는 한국 사회 현실을 총체적으로 진단할 수 없음'을 절감하고, 분단 모순에 주목해 분단체제론을 내놓았다. 세계 자본주의 체제 아래서 남한과 북한이 별개의 국가이면서 동시에 상호의존적인 적대적 체제를 이루고 있음에 주목한 것이다. 이종석은 분단체제론이 민주적이고 자주적인 사회를 완성하는 데 분단체제 극복이 필수적이라는 사실을 인식시켰으며, 우리의 현실과 과제를 설명하는 힘 덕에 1980년대 변혁이론들이 대다수 사멸한 뒤에도 유용한 이론으로 남았다고 평가한다.

이지원(대림대 교수)이 집필한 '한국학' 항목은 분단체제론이 지닌 문제의식의 연장선에서 '한국학이 남북을 아울러 한국 근현대사의 역사적 과제를 풀어 가야 한다는 과제를 안고 있다'고 진단하고, 지구촌에 남아 있는 유일한 냉전 잔재인 비무장지대(DMZ)를 넘어설 때 한국학은 21세기 평화학으로서 세계에 기여할 수 있을 것이라고 전망한다.

현대사 만든 지식인들의 육성

—

《그해 봄날》_ 김언호

출판인 김언호(한길사 대표)가 쓴 《그해 봄날》은 한국 현대 지성사·
사상사의 종단면을 보여주는 책이라고 할 만하다. 유신체제의 한복
판인 1975년 '자유언론' 투쟁을 벌이다 동아일보사에서 해직된 김언호
는 이듬해 한길사를 창립해, 중단된 자유언론 운동을 출판문화 운동으
로 이어 간다. 이후 40여 년 동안 책을 만들면서 현대사의 걸출한 지식
인들과 각별한 인연을 맺는다. 이 책에는 김언호가 '현인'이라고 부르
는 지식인 16명의 초상이 생생히 돋을새김돼 있다. 종교인 함석헌·강
원용·안병무, 언론인 송건호·리영희, 역사학자 이우성·이광주·이이
화·최영준, 사회과학자 김진균·신영복, 문화예술인 윤이상·이오덕·
박태순·최명희, 그리고 정치인 김대중이 그들이다. 정치인으로 유일하
게 이 책에 이름을 올린 김대중을 김언호는 우리 역사를 통관하며 민족
통일의 비전을 제시한 역사사상가, 20세기를 회고하고 21세기를 전망
한 문명비평가로서 주목한다.

이 책의 특징은 김언호의 주장보다 등장인물들의 목소리가 도드라진다는 점이다. "이 책은 내가 쓴 것이지만, 내 개인의 것이 아니다. 나는 현인들의 육성을 충실히 받아 적는 기록자이자 전달자가 되고자 했다." 책의 제목이 《그해 봄날》인 것은 김언호가 이 인물들과 세상을 향해 책으로 발언하자고 의기투합하던 시기가 공교롭게도 봄날인 때가 많았기 때문이다. 1980년 '서울의 봄' 때 김언호는 함석헌 전집을 기획했고, 김대중의 '옥중편지'를 편집했으며, 송건호가 참여한 '지식인 134인 시국선언'을 신군부 몰래 등사했다. 이 일화가 가리켜 보여주는 대로, 이 책에 등장하는 인물들의 발언이 집중된 시기는 우리 현대사의 기나긴 혹한기와도 같았던 군사 독재 시절이다. 말이 갇히고 글이 탄압받던 때에 말을 하고 글을 쓰려면 비상한 용기가 필요했다. 이 책 주인공들의 발언에 역사의 무게가 실리는 것은 이 발언들 하나하나가 그런 용기 속에서 나온 신념의 언어였기 때문이다.

이 책의 첫머리를 장식하는 인물은 '씨알의 사상가' 함석헌(1901~1989)이다. 김언호는 부산에서 고등학교에 다니던 시절 잡지 〈사상계〉를 탐독하면서 함석헌의 글을 만났다. 1961년 5·16군사정변 직후에 함석헌은 〈사상계〉에 '5·16을 어떻게 볼까'라는 글을 썼다. "혁명은 민중의 것이다. 민중만이 혁명을 할 수 있다. 군인은 혁명 못 한다. 어떤 혁명도 민중의 전적인 찬성과 지지와 참가를 받지 않고는 혁명이 아니다." 박정희 쿠데타군의 총칼이 번득이던 시절에 함석헌은 5·16정변을 4·19혁명과 비교하며 가짜 혁명이라고 일갈했다. "그때(4·19)는 맨주먹으로 일어났다. 이번엔 칼을 뽑았다. 그때는 믿은 것이 정의의 법칙,

너와 나 사이에 다 같이 있는 양심의 도리였지만, 이번에 믿은 것은 연알(총알)과 화약이었다. 그때는 대낮에 내놓고 행진했지만, 이번엔 밤중에 몰래 했다."

기독교를 젖줄로 삼아 형성된 함석헌의 역사관은 일제강점기 때부터 민족의식으로 뚜렷했지만, 사상이 깊어지면서 자신의 혼을 키운 기독교라는 틀마저 넘어섰다. 《뜻으로 본 한국역사》 '넷째 판에 부치는 말'에서 함석헌은 이렇게 고백한다. "우리 역사가 고난의 역사라는 근본 생각은 변할 리 없지만 내게는 이제 기독교가 유일한 참 종교도 아니요, 《성경》만이 완전한 진리도 아니다. 모든 종교는 따지고 들어가면 결국 하나요, 역사철학은 《성경》에만 있는 것이 아니다." 함석헌은 씨알이 만들어 가는 역사의 '뜻'을 묻고 찾았다. "그 뜻을 찾아 얻을 땐 죽었던 돌과 나무가 미(美)로 살아나고, 멀어졌던 과거와 현재가 진(眞)으로 살아나고, 서로 원수 되었던 너와 나의 행동이 선(善)으로 살아난다. 그것이 역사의 앎이요, 역사의 봄이다."

김언호는 이 책에서 함석헌의 그 뜻을 잇는 사람으로 민중신학자 안병무(1922~1996)를 꼽는다. 한신대 교수를 지내다 유신 정권의 마수에 걸려 해직당한 안병무는 1980년대에 김언호가 《함석헌 전집》(전 20권)을 만들 때 주도적으로 참여했다. 그 전집의 제18권은 함석헌의 편지들로 채워졌는데, 여기엔 1950~1960년대 독일 유학 중이던 안병무에게 보낸 편지 40여 통이 들어 있다. 시대와 역사를 신학적으로 사유하던 안병무에게 충격으로 다가온 사건이 1970년 11월 전태일의 분신이었다. "신학 하는 사람들은 이른바 공부하고 연구하는 것을 사회로부터 하나

함석헌은 씨알이 만들어 가는 역사의 '뜻'을 묻고 찾았다.
"그 뜻을 찾아 얻을 땐 죽었던 돌과 나무가 미(美)로 살아나고,
멀어졌던 과거와 현재가 진(眞)으로 살아나고,
서로 원수 되었던 너와 나의 행동이 선(善)으로 살아난다.
그것이 역사의 앎이요, 역사의 봄이다."

의 권리로 인정받은 자들이다. 그러나 죽어 가고 있는 사회를 인식하고 그 밑에 신음하는 민중을 볼 수 있는 눈이 없었다. 전태일은 노동력을 착취당하면서 영양실조로 죽어 가고 있는 민중을 정확히 바라보고 각계에 호소했으나 이 사회는 카프카의 '성'처럼 그에게 차단돼 있었다. 그는 육탄으로 이 굳은 성을 폭파하는 방법을 선택할 수밖에 없었다." 죽은 전태일이 산 안병무를 일깨워 민중신학자로 거듭나게 했다. 투옥과 고난의 가시밭길이 이 신학자 앞에 놓였다. 1993년 안병무는 한길사에서 펴낸 《안병무 전집》(전 6권)에 이렇게 썼다. "나의 삶에, 나의 사상에 결정적 전기(轉機)는 '민중'이 내 마음의 주인으로 정좌하는 바로 그것이었다. 마침내 역사의 담지자를 만난 것이었다." "수난의 도상에서 민중과 만나면서 나는 오랫동안 거미줄같이 나를 휘감았던 서구적 사고의 틀에서 해방될 수 있었다. 지금까지 못 만난 예수를 나는 만나게 되었다."

김언호가 기획하고 펴낸 책으로, 1980년대를 뒤덮은 변혁의 불길에

풀무 노릇을 한 《해방전후사의 인식》(전 6권)을 빼놓을 수 없다. 이 책 첫 권의 권두 논문 〈해방의 민족사적 인식〉을 쓴 이가 현대사 연구를 개척한 언론인 송건호다. 이 논문에서 송건호는 말한다. "민족의 참된 자주성은 민중이 주체로서 역사에 참여할 때에만 실현되며, 바로 이런 여건 하에서 민주주의가 꽃핀다." '민족'과 '민중'이라는 말이 역사의 뒷길로 밀려난 것만 같은 시대지만, 모든 사람이 나라의 주인으로 평등하게 사는 세상을 만들자는 이 민족·민중 지식인들의 열망과 투혼이 밴 문장들은 책의 표지를 뚫고 함성처럼 울려 나온다.

동북아시아 평화로 가는 길

—

《한반도와 일본의 미래》_ 강상중

《한반도와 일본의 미래》는 재일한국인 2세로 태어나 일본에서 활동하고 있는 정치학자 강상중의 저작이다. 강상중은 와세다대학을 다니던 1972년 한국을 방문해 자신의 존재를 새롭게 인식한 뒤 일본 이름을 버리고 본명을 쓰기 시작했다. 독일에서 정치사상사를 공부하고 돌아와 재일한국인으로는 처음으로 도쿄대학 정교수가 됐다. 이후 일본 정치에 대한 날카로운 분석으로 시대를 대표하는 비판적 지식인으로 자리 잡았다. 《한반도와 일본의 미래》는 한반도의 화해와 평화를 열망하는 일본 속 한국인으로서, 심각한 교착 상태에 빠진 한국과 일본의 관계를 복구할 방안을 궁구하는 책이다. 강상중은 일본에서 일본어로 활동하는 학자로서 일본 사회를 향해 한반도와 일본의 관계 개선이 왜 필요한지 이해시킴과 동시에, 한국인이라는 정체성을 지닌 지식인으로서 한국 정부를 향해 한반도 평화 진전을 바란다면 한-일 관계 악화를 방치해서는 안 된다고 조언한다.

강상중은 거시적인 관점에서 한국전쟁 발발 이후 70여 년 동안 유지된 '분단체제'가 그 '종말의 시작 단계'에 들어섰다는 진단과 함께 이 책을 시작한다. 2018년 평창겨울올림픽을 기점으로 하여 세 번이나 연거푸 열린 남북정상회담과 사상 최초로 열린 북-미 정상회담이 그 '종말의 시작'을 알리는 사건들이다. 2019년 2월 하노이 북-미 정상회담이 결렬된 이후 교착 국면이 길어지고 있지만, 넓은 시야에서 보면 분단체제 해체의 과정은 되돌릴 수 없는 단계에 들어섰다는 것이 강상중의 믿음이다. 그러나 한-일 관계로만 좁혀서 보면, 두 나라는 갈등의 연속 끝에 '전후 최악'이라고 할 정도로 극심한 불신과 반목을 겪고 있다. 강상중은 분단체제 해체와 한-일 관계 악화라는 두 흐름 사이에 필연적인 연관까지는 아니더라도 무시하지 못할 구조적 관련이 있다고 진단한다. 이 책은 두 흐름 사이에 그런 관련이 맺어지게 된 지정학적 배경을 살피면서 한-일 양국이 이 악순환에서 벗어나 호혜의 관계를 회복할 길을 찾는다.

강상중은 논의를 펴 나가기에 앞서 한반도를 둘러싼 동북아시아의 최근 역사를 꼼꼼히 되짚는다. 강상중이 역사적 검토의 출발점으로 삼는 것이 '북한은 왜 핵 개발에 매달리게 됐나'라는 물음이다. 빌 클린턴 행정부 때부터 버락 오바마 행정부 때까지 북-미 교섭의 역사를 살펴보면, 북한이 원한 것은 '핵무기 보유' 자체가 아니라 '체제 안전 보장'이었음을 알 수 있다. 체제의 안전을 보장받는 가장 확실한 길은 미국과 평화협정을 맺고 국교를 수립하는 것이다. 북한이 도널드 트럼프 행정부에 기대를 걸고 정상회담에 나선 것도 이런 이유였다. 한반도 남쪽으로

빌 클린턴 행정부 때부터 버락 오바마 행정부 때까지
북-미 교섭의 역사를 살펴보면,
북한이 원한 것은 '핵무기 보유' 자체가 아니라
'체제 안전 보장'이었음을 알 수 있다.
체제의 안전을 보장받는 가장 확실한 길은
미국과 평화협정을 맺고 국교를 수립하는 것이다.

눈을 돌려보면, 문재인 정부 이전까지 북-미 협상을 가장 적극적으로
뒷받침하고 남북 관계 개선을 향해 매진한 것은 김대중·노무현 정부였
다. 그러나 이 시기는 미국에서 강경 보수파로 정권이 뒤바뀐 시기이기
도 했다. 그 때문에 북-미 관계는 답보 상태를 벗어나지 못했다. 더구나
노무현 정부를 이은 이명박·박근혜 정부는 애써 쌓은 남북 관계의 공
든 탑을 무너뜨렸다. 남북 관계와 북-미 관계가 다시 전진의 가속 페달
을 밟기 시작한 것은 문재인 정부가 들어선 뒤, 특히 2018년 이후다.

공교롭게도 바로 이 시기에 한-일 관계는 최악을 향해 내달렸다. 물
론 두 나라 관계가 틀어지기 시작한 것은 이명박 정부 때였고 박근혜
정부에서도 차가운 관계는 계속됐지만, 한-일 관계가 전례 없는 대결의
수렁에 빠진 것이 2018년 이후인 것은 사실이다. 이해에 2015년 '일본
군 위안부 합의'에 따라 설치된 '화해치유재단'이 해산됐고, 한국 대법원
이 '강제징용 피해자 배상 판결'을 내렸다. 한-일 관계에 결정적 타격을
입힌 것은 2019년 여름에 일본 정부가 한국을 '화이트국'(수출 절차 우대

국)에서 배제하기로 결정하고 한국 정부도 여기에 맞서 보복 조처를 내린 일이었다. 강상중은 양국 관계가 이렇게 되기까지 문재인 정부가 사태 악화를 막으려 적극적으로 노력하지 않은 것은 분명한 외교적 실수라고 지적한다. 남북 관계를 진전시키고 북-미 협상을 촉진하려면 한반도를 둘러싼 이웃나라를 협력자로 끌어들여야 하는데, 이 지점에서 미숙함을 보였다는 것이다. 김대중 정부가 남북정상회담에 앞서 일본을 방문해 당시 오부치 게이조 총리와 '한-일 파트너십 공동선언'을 하고, 일본을 한반도 문제의 우군으로 삼았던 것을 잊지 말았어야 한다는 지적이다. 아베 총리는 남북이 가까워지고 협력하는 분위기가 커지는 것에 위기감을 느끼고 이런 흐름을 훼방 놓는 듯한 모습을 보였다. 그런 일본을 다독여 한반도 평화가 일본에 득이 된다는 점을 설득해야 했지만, 한국 정부는 이런 노력을 충분히 하지 않았다. 강상중은 "문재인 대통령에게는 '지일'(知日)이 필요하다"고 단호히 말한다.

나아가 강상중은 일본 정부에도 시대의 흐름을 지혜롭게 읽을 것을 권고한다. '한반도의 반영구적 분단'을 전제로 한 '현상 유지 정책'에 매달려서는 동북아시아 평화에 이바지하지 못하고 주변부로 밀려날 수도 있다는 것이다. 여기서 강상중은 2019년 여름 남-북-미 세 정상이 판문점에서 만난 직후에 일본이 '화이트국 배제'를 결정한 사실을 상기시킨다. 한반도의 급속한 평화 진전을 일본에 대한 위협으로 보고 화이트국 배제라는 난데없는 보복의 칼을 들이민 것이 아니냐는 의심이다. 이런 조급한 대응이 자해적 결과를 빚고 말았음은 이후의 시간이 보여주었다. 강상중은 일본 정부가 한국 내부의 '남남갈등'을 이용하고 보수파를 지원하는 모습을 보이는 것도 현명한 처사가 아니라고 지적한다. 보수파 박근혜·이명박 정부 시절에 한-일 관계가 뒤집혔고, 김대중·노무현 정부 시절에 두 나라가 '전후 최고의 관계'에 이르렀음을 기억해야 한다는 것이다. 일본 정부는 남북의 화해와 통일로 한반도가 중국과 가까워지고 휴전선이 대한해협으로 내려오게 될 것이라고 우려하고 있지만, 그런 걱정이야말로 기우다. 미국과는 안보로 묶이고 중국과는 경제로 묶여 있다는 점에서 한국과 일본은 지정학적 이해관계를 공유하고 있다. 강상중은 지금 일본 정부에 필요한 것은 북한 핵 문제를 해결하고 북-미가 관계 정상화를 이루는 것이 동북아시아 평화의 토대가 되며 일본의 평화로 이어진다는 사실을 깊이 인식하는 것이라고 강조한다.

왜 전범국 일본은 면죄받았는가

—

《샌프란시스코 체제를 넘어서》_ 김영호 외

전후 동아시아 국제 질서를 규정한 '샌프란시스코 체제'가 구축된 지 70년이 지났다. 샌프란시스코 체제란 제2차 세계대전 전범국 일본이 미국을 비롯한 전승국과 '샌프란시스코 강화조약'을 체결함으로써 성립한 체제를 말한다. 이 조약은 1951년 9월 48개국이 서명해 이듬해 4월 발효됐다. 《샌프란시스코 체제를 넘어서》는 샌프란시스코 조약 자체에 내장된 문제들과 샌프란시스코 체제가 일으킨 문제들을 낱낱이 밝히는 논문 모음이다. 동북아평화센터(소장 김영호)가 중심이 돼 2016년부터 2019년까지 네 차례 열린 국제회의에서 발표된 논문들과 이 기획에 맞춰 새로 쓴 논문들을 모았다. 샌프란시스코 체제의 성립과 그 체제가 동아시아 질서에 끼친 영향 그리고 동아시아 시민사회의 대응과 관련해 하나같이 중요한 쟁점을 담은 논문들이다. 논문 필자로 한국, 일본, 미국, 오스트레일리아의 학자 22명이 참여했다. 샌프란시스코 체제의 문제점을 지적하는 글들은 간간이 나왔지만 이 체제의 성립과 전개와 귀결을 총체적으로 파헤쳐 살핀 저작은 이 책이 처음이다.

샌프란시스코 강화조약은 최종 체결까지 6년이라는 긴 시간이 걸린 조약이다. 김영호는 이 조약이 체결될 때까지 일본에 대한 미국의 태도가 세 단계를 거쳐 바뀌었다고 말한다. 첫 번째 시기(1945~1947)에는 전범국가 일본을 해체하는 데 중점을 두었지만, 두 번째 시기(1948~1949)에 미-소 냉전 체제가 들어서자 소련을 배제한 채 일본과 단독 강화를 맺는 방향으로 돌아섰다. 이어 세 번째 시기(1950~1951)에 중국 본토에 사회주의 체제가 수립되고 한국전쟁이 일어나자 일본을 냉전과 반공의 최전선에 선 파트너로 삼았다. 일본은 최대 전범국의 지위에서 벗어나 미국의 동아시아 전략의 최대 동맹국이 됐다. 그리하여 전쟁범죄자 대다수가 면죄부를 받고 전후 일본 재건의 주역이 됐다.

샌프란시스코 조약 체결 과정에서 불거진 문제는 이것만이 아니다. 주목할 것은 일본의 침략과 지배로 가장 큰 피해를 당한 한국과 중국이 이 조약 체결의 당사자로 참여하지 못했다는 사실이다. 한국은 남북이 분단돼 있어 남한이 참여할 경우 북한도 참여할 것이라는 이유로 배제됐으며, 대만과 본토로 나뉜 중국도 대표성에 문제가 있다는 이유로 제외됐다. 일본 침략의 최대 피해국이 조약의 주역이 되지 못하고 만 것이다. 그런데도 이렇게 성립한 샌프란시스코 체제는 동아시아 질서를 규율하는 틀이 돼 한국을 속박했다. 이를테면 1965년 한-일 국교정상화 때 맺은 '청구권 협정'이 샌프란시스코 조약에 의거했다. 그 뒤로 일본은 청구권 협정의 문구를 빌미로 삼아 일제강점기 한국인 피해자들에 대한 배상 책임이 없다고 버티고 있다. 한국이 참여한 적도 없는 조약이 한국의 발목을 잡는 꼴이다.

더 결정적인 것은 샌프란시스코 조약이 역사 문제와 영토 문제를 해결하지 않은 채 묻어버렸다는 사실이다. 일본의 식민지 지배에 관한 책임 문제를 불문에 부침으로써 '위안부 문제'나 '징용자 문제'를 해결할 길을 틀어막은 것이다. 미국은 일본을 반공과 냉전의 파트너로 삼는 데만 골몰했지 아시아의 다른 나라들이 일본의 침략으로 입은 피해를 따지고 그 죄를 묻는 데는 관심을 두지 않았다. 이 책에서 미국은 동아시아를 지배하려는 의도 아래 일본과 다른 나라들 사이 영토 문제를 봉합했다는 혐의를 받는다. 그 대표적인 사례가 독도다. 애초 미국은 강화조약 준비 초기에 독도를 한국의 영토로 명시했다. 하지만 이 문구는 최종 조약에서 사라지고 말았다. 독도뿐만 아니라 남중국해의 스프래틀리 군도(난사군도)와 파라셀 군도(시사군도)도 처음엔 중국에 귀속될 영토 목록에 들어 있었으나 나중에 모호하게 처리되고 말았다. 이 문제를 지적한 일본 학자 하라 기미에(캐나다 워털루대학 교수)는 미국이 냉전 전략에 따라 이 섬들이 한국과 중국에 귀속되는 것을 막으려 했다며 이렇게 말한다. "강화조약의 모호한 자구들은 부주의 탓도 실수 탓도 아니었다. 오히려 그런 문제들은 의도적으로 미해결인 채로 남겨진 것이었다." 미국이 영토 분쟁과 역사 분쟁을 일으킬 소재를 일부러 남겨 둠으로써 동아시아 국가들의 다툼을 부채질하고 '분할 지배'에 이용했다는 지적이다.

이렇게 해서 성립한 샌프란시스코 체제는 전후 수십 년 동안 동아시아를 규정하는 국제 관계의 틀이 됐다. 그러나 한국을 비롯한 동아시

미국은 일본을 반공과 냉전의 파트너로 삼는 데만 골몰했지
아시아의 다른 나라들이 일본의 침략으로 입은
피해를 따지고 그 죄를 묻는 데는 관심을 두지 않았다.
이 책에서 미국은 동아시아를 지배하려는 의도 아래
일본과 다른 나라들 사이 영토 문제를
봉합했다는 혐의를 받는다.

아 나라들의 민주화와 인권의식 신장은 이 체제에 일대 타격을 가했다.
일본군 위안부 피해자들과 강제징용 피해자들의 증언과 소송이 잇따랐
다. 샌프란시스코 체제가 봉쇄했던 역사 문제가 전면에 등장함으로써
이 체제의 내적 모순이 극심해지고 한-일 관계는 최악의 수준으로 후퇴
했다. 샌프란시스코 체제를 넘어서 동아시아에 새로운 공동의 질서를
세워야 할 이유가 한층 더 절실해진 것이다. 그러나 다른 한편으로 흔
들리는 샌프란시스코 체제를 더 큰 차원에서 복원하려는 움직임도 빨
라지고 있다. 미국과 일본이 오스트레일리아와 인도를 끌어들여 만든
안보협의체 쿼드(QUAD)가 그런 움직임을 보여준다. 중국 포위를 목표
로 하는 이 쿼드 체제를 두고 이종원(와세다대학 교수)은 '샌프란시스코
체제 2.0'이라고 부른다. 샌프란시스코 체제를 대체하는 더 확장된 판본
이라는 얘기다.

　주목할 것은 이 쿼드 체제를 주도하는 것이 일본이라는 사실이다. 미

국의 보호 속에 성장한 일본 극우 세력은 '중국 포위' 명분으로 동아시아를 대결로 몰아넣어 과거의 영광을 되찾을 길을 열고자 한다. 그러므로 지금 동아시아는 샌프란시스코 체제를 넘어서 앞으로 나아가느냐 아니면 과거의 냉전 질서로 역행하느냐 하는 갈림길에 놓여 있다. 일본의 극우 세력과 미국의 패권 세력이 이끄는 쿼드 체제가 전면화할 경우 남북의 화해와 평화의 길은 더욱 멀어질 수밖에 없다. 이 책은 동아시아 시민·인민이 힘을 합쳐 이 시대 역행의 흐름을 저지하고 '동아시아 공동체'를 향해 나아가야 한다고 강조한다.

중국 현대사 100년의 분투

—

《중국현대사를 만든 세가지 사건》_ 백영서

중국 현대사를 어떻게 볼 것인가. 일반인뿐만 아니라 전문가들 사이에도 견해가 극명하게 엇갈리는 문제다. 중국현대사학자 백영서가 쓴 《중국현대사를 만든 세가지 사건》은 백영서가 수십 년 동안 이 분야를 연구해 세운 관점으로 이 물음에 답하는 책이다.

백영서는 자신의 관점을 '100년의 변혁'이라는 말로 요약한다. 이때 '변혁'이란 "특정 모델로 가는 직선적 진화 과정이 아니라, 새롭고 알려지지 않은 무엇인가로 가는 변화"를 가리킨다. 다소 모호한 이 말의 함의를 명료히 하자면, 백영서가 이 책 서술의 기본 틀로 삼는 '이중과제론', 더 정확히 말하면 '근대 적응과 근대 극복의 이중과제' 담론을 들여다볼 필요가 있다. 이중과제론은 근대의 특성을 긍정적 가치로 보는 근대주의와 근대성을 부정적으로 보는 탈근대주의의 이분법을 넘어서 제3의 시각으로 근대를 이해하는 담론이다. 근대의 특성에는 성취해야 할 것과 부정해야 할 것이 함께 들어 있으므로, 근대에 적응하려는 노력과 근대를 극복하려는 노력이 동시에 이루어져야 한다는 것이 이중과제론의 핵심 논지다. 근대 적응과 근대 극복이라는 과제를 '이중적인 단일 기획'으로 이해하는 것이다. 바로 이런 관점에서 중국 현대사를 근대 적응과 근대 극복을 향한 '100년의 변혁'으로 고찰하는 것이 이 책이다.

눈길을 끄는 것은 이 책의 서술 방식이다. 백영서는 중국의 100년 현대사를 연대순으로 나열하지 않고, 그 역사 전개에 중대한 전환점이 된 세 시기를 부각하는 방식을 택했다. 5·4운동이 일어난 1919년, 중화인민공화국이 선포된 1949년, 그리고 톈안먼(천안문) 사건이 벌어진 1989년을 중국 현대사의 결정적인 순간으로 이해하는 것이다. 그리하여 이 책은 이 세 시기를 이정표로 삼아 각각의 시기마다 중국 인민의 '근대 적응과 근대 극복'의 노력이 어떤 방식으로 실행됐는지를 추적한다.

흥미로운 것은 이 책이 조망하는 세 사건이 모두 톈안먼 광장을 중심 혹은 거점으로 삼아 일어났다는 사실이다. 1919년 일어난 5·4운동은 톈안먼을 저항의 상징으로 만든 가장 중요한 첫 번째 사건이라고 할 수 있다. 이 운동이 발생한 원인으로 지목되는 것이 당시 베이징 군벌 정권의 반민족적 외교 정책이다. 제1차 세계대전 종결 뒤 파리강화회의가 열리자 중국 민중은 독일이 차지하고 있던 산둥 지역 이권을 되돌려 받을 것으로 기대했다. 하지만 베이징 정권은 앞서 맺은 비밀조약에 따라 이 이권을 일본에 넘겨주기로 약속한 터였다. 이 사실이 알려지자 군벌 정부에 대한 민중의 분노가 폭발했다. 5·4운동의 시작이었다. 시위를 이끈 것은 대학생들이었다. 첫날 시위가 폭력 양상을 띠자 경찰이 시위대를 진압하고 학생들을 체포했는데, 이 소식이 전국으로 퍼져 각계 민

승리의 경험 이후 대학생들의 내면에서
'사회변혁적 자아'가 형성되고, 변혁의 이상에 불타는 젊은이들이
직업혁명가로 변신하기 시작했다. 이 혁명가들이
1921년 중국공산당을 결성하고 혁명의 길로 들어섰다.
5·4운동을 이끈 '신청년'이 중국공산당의 주도 세력이 되고
'이중과제' 수행의 주체로 떠오른 것이다.

중운동으로 번졌다. 군벌정부는 마지못해 외교 실책을 물어 관료 셋을 파면했다. 학생이 중심이 되고 전국의 각계 민중이 연대해 정부의 굴복을 이끌어낸 것이다. 여기서 백영서가 특히 주목하는 것이 학생들의 변화다. 이 승리의 경험 이후 대학생들의 내면에서 '사회변혁적 자아'가 형성되고, 변혁의 이상에 불타는 젊은이들이 직업혁명가로 변신하기 시작했다. 이 혁명가들이 1921년 중국공산당을 결성하고 혁명의 길로 들어섰다. 5·4운동을 이끈 '신청년'이 중국공산당의 주도 세력이 되고 '이중과제' 수행의 주체로 떠오른 것이다.

이 책이 두 번째 중대한 변곡점으로 꼽는 것이 1949년 중화인민공화국 성립이다. 백영서는 여기서 중화인민공화국 초기의 '신민주주의론'과 '혼합경제체제'에 특히 주의를 기울인다. 톈안먼 광장에서 열린 중화인민공화국 창건 축하 행사에는 공산당 간부들뿐만 아니라 '민주파' 지도자들도 함께했다. 그때 선포된 것은 사회주의국가가 아니라 '인민공화

국'이었다. 국기인 오성홍기에 그려진 큰 별은 공산당, 그 둘레의 작은 별 네 개는 노동자·농민·소부르주아지·민족부르주아지를 상징한다. 중화인민공화국이 '민주적 계급연합 국가'를 지향한다는 뜻이 담겼다. 마오쩌둥이 제창한 '신민주주의'는 그런 의미의 인민민주주의였다. 이 시기에 새 중국이 지향한 경제체제도 사회주의 경제체제가 아니라 사회주의와 자본주의가 섞인 '혼합경제체제'였다. 혼합경제를 기반으로 삼아 계급연합의 민주주의를 발전시켜 사회주의로 가는 길을 연다는 것이 건국 초기의 구상이었다. 말하자면 '근대 적응과 근대 극복의 이중과제' 전망을 중국 지도부가 품고 있었던 것이다. 하지만 1950년대 중반 중국이 미국 주도의 세계체제에서 완전히 배제된 뒤, 연합정부와 혼합경제가 패퇴해 사회주의 건설이라는 단일 과제로 해소되고 말았다. 또 이때부터 중국이라는 국민국가의 성격에서 '해방적 측면'보다는 '억압적 측면'이 두드러지기 시작했다고 백영서는 말한다.

1989년 봄의 톈안먼 사건은 그해 4월 15일 후야오방 전 총서기의 타계에 대한 추도 분위기에서 시작돼 6월 4일 계엄군의 시위대 강제 해산으로 끝난 사건이다. 이 사건을 주도한 이들은 5·4운동과 마찬가지로 베이징의 대학생들이었다. 시위가 고조되던 시기에 열린 5·4운동 70돌 기념식에서 학생들은 자신들의 활동이 "5·4운동 이래 최대의 애국운동"이라고 선언했다. 시위 말기인 5월 30일에는 '민주의 신' 상을 제막한 뒤 "민주의 신! 70년 전 우리의 선배들은 일찍이 너의 이름을 높이 불렀다"고 '민주의 신 선언'을 낭독했다. 백영서는 톈안먼 사건을 중국 지도부의 개혁·개방 추진 이후 다시 불거진 '이중과제' 상황에서 일어난 사건으로 이해한다. 개혁·개방 뒤 '근대 적응' 과정에서 청년·학생과 지식인들 사이에 서구를 모델로 한 근대성 지표들을 추종하려는 욕구가 급상승했고, 여기에 중국혁명의 전통에서 나온 '사회주의적 민주' 곧 '근대 극복'에 대한 열망이 함께 분출하며 일어난 것이 톈안먼 사건이었다는 것이다. 그런 점을 염두에 두고 보면 이 사건은 근대 적응과 근대 극복의 이중과제를 수행할 주체가 잠시 나타난 순간, '군중 자치의 순간'으로 볼 수 있다. 백영서는 톈안먼 사건에 깃든 이 이중과제를 얼마나 잘 수행하느냐, 나아가 이 과제를 수행하는 데 중국 인민의 민주적 참여가 얼마나 보장되느냐에 중국공산당의 성패가 걸려 있다고 전망한다.

민족은 근대의 산물이 아니다

—

《민족》_ 아자 가트 · 알렉산더 야콥슨

1980년대 이후 역사학계에 가장 뜨거운 쟁점이 된 것이 '민족(nation) 과 민족주의(nationalism)' 문제다. 민족과 민족주의가 언제 탄생했느냐 를 두고 벌어진 논쟁은 유럽 사학계에서 시작돼 국내 학계에서도 격렬 한 공방을 낳았다. 민족이 유구한 전통을 지닌 것이라는 '전통주의' 시 각은 민족이 정치적 · 경제적 근대화, 다시 말해 프랑스혁명과 같은 국 민혁명과 자본주의의 지구적 확산의 산물이었다는 '근대주의' 시각의 거센 공격을 받고 한동안 역사의 퇴물 취급을 받았다. 마르크스주의 역 사학자 에릭 홉스봄의 《만들어진 전통》《1780년 이후의 민족과 민족주 의》, 베네딕트 앤더슨의 《상상된 공동체》가 그런 공격의 선봉에 선 저작 이었다. 그러나 민족이 근대의 산물이라는 이 근대주의자들의 주장은 머잖아 다시 격렬한 반격에 휩싸였다.

이스라엘 역사학자 아자 가트(Azar Gat)가 동료 알렉산더 야콥슨 (Alexander Yakobson)과 함께 쓴 《민족(nations)》은 근대주의에 대한 전통주의 반격의 종합판이라고 할 만한 저작이다. 이 책은 근대주의자들이 어떤 점에서 오류를 범했는지 조목조목 짚어내고 인류사 초기에서부터 오늘에 이르기까지 전체를 아우르며 민족이라는 실체가 형성돼 변모해 온 과정을 거시적 관점에서 상술한다. 특히 근대주의 역사학자들이 주로 유럽의 근대사를 중심으로 삼아 민족 개념의 형성을 설명하는 '유럽중심주의' 오류를 저질렀다고 지적하며 시야를 지구 전체로 확대해 아시아와 아프리카 전역에서 민족의 역사를 살핀다. 이런 드넓은 조명을 받아 '민족'은 국가가 탄생하는 역사의 초기 단계에 이미 형성돼 정치적으로 커다란 힘을 발휘했으며 근대에 들어와 그 함의가 깊어지고 기능도 커진 것으로 나타난다.

이 책은 근대주의적 민족 이해가 폭증하게 된 원인 가운데 하나를 20세기 파시즘과 나치즘의 창궐에서 찾는다. 공교롭게도, 민족과 민족주의를 근대의 발명품으로 해석한 일군의 역사학자들, 곧 한스 콘, 카를 도이치, 어네스트 겔너, 에릭 홉스봄이 모두 파시즘으로 고통을 겪은 유대계 이주자들이었다. 이 책은 이 학자들이 젊은 시절 민족주의 광기 속에 입은 상처가 민족과 민족주의를 근대적 상상력의 산물로 이해하는 데 깊은 영향을 주었다고 말한다. 그리하여 이 근대주의자들은 민족주의의 탄생을 국가 엘리트들이 대중의 의식을 조작해 동원한 결과로 설명했다. 민족과 민족주의를 국민 통합의 이데올로기 도구로서 창조해냈다는 것이다. 이 책은 이런 '도구주의'의 허점을 날카롭게 지적한다. "일방적인 하향식 민족 선동 모델은 날이 하나뿐인 가위나 한 손으로 손뼉 치기만큼이나 어리석은 일이다." 대중의 민족 정체성 없이 민족주의 선동은 먹히지 않는다는 얘기다.

이 책은 이 일군의 근대주의자들이 민족이라는 쟁점을 잘못 이끌어간 데는 '인식론적 오류'도 한몫했다고 말한다. 민족에 대한 근대주의 이론을 선도한 학자들은 주로 마르크스주의자나 자유주의자들이었는데, 이들에게는 민족을 통시적·전체적으로 볼 수 있는 인식의 틀이 없었다는 것이다. 그 결과로 이 학자들은 '눈먼 사람 코끼리 만지기' 설화가 알려주는 대로 코끼리의 일부를 만져보고는 그것을 전체로 그려내는 잘못을 저질렀다. 자유주의적 인식론의 토대인 '개인'이나 마르크스주의적 인식론의 토대인 '계급'으로는 민족 형성의 근본 바탕을 볼 수 없다. 이런 인식론적 맹목을 이 책은 이렇게 요약한다. "개념화할 수 없는 것은 눈에 보이지 않는다. 설령 그것이 방 안의 코끼리라고 할지라도 말이다."

이 책은 민족이라는 단위는 개인이나 계급으로 환원할 수 없는 인간 실존의 조건에서 태어난 것임을 강조한다. 인간은 본성상 모여 살 수밖에 없고 혈연적으로 가까운 것에 친밀감과 연대감을 느낄 수밖에 없다. 이런 인간 본성의 발현 속에서 이미 선사 시대 때부터 인간은 친족 단위, 부족 단위, 종족 단위로 결합을 키워 가며 공동체를 이루었다. 그리고 국가가 형성될 때 이 종족 단위는 강력한 정치적 힘으로 등장했다. 국가와 종족은 변증법적으로 서로 영향을 주면서 민족을 형성했다. 이런 역사적 사정을 살펴보면 민족은 이미 근대 이전에, 더 정확히 말하면 역사 시대 초기의 국가 형성과 함께 존재해 왔다. 여기서 쟁점으로 떠오르는 것이 전근대 왕조국가를 어떻게 볼 것이냐다. 근대주의자들은 왕

민족과 민족주의를 근대의 발명품으로 해석한 일군의 역사학자들,
곧 한스 콘, 카를 도이치, 어네스트 겔너, 에릭 홉스봄이
모두 파시즘으로 고통을 겪은 유대계 이주자들이었다.
이 책은 이 학자들이 젊은 시절 민족주의 광기 속에 입은 상처가
민족과 민족주의를 근대적 상상력의 산물로 이해하는 데
깊은 영향을 주었다고 말한다.

조국가는 근본적으로 민족 없는 국가라고 주장하지만, 이 책은 왕조국
가도 백성 곧 민족이 바탕을 이루고 그 위에 왕조가 들어선 것, 다시 말
해 '민족과 결합한 왕국'으로 이해한다. 이 책은 이런 사실을 동아시아
와 한반도의 경우를 들어 설명하기도 한다. 한국의 경우를 보면 늦어도
10세기 고려 시대 때 민족적 통일 위에 왕조국가 체제가 구축됐다는 것
이다.

근대주의자들은 민족 형성의 본질적인 계기로 근대 정치혁명이 낳은
'평등한 시민권'과 '인민주권'을 강조한다. 그러나 이미 군주주권 시대,
곧 왕조 시대에도 민족이 국가의 기틀을 이루고 있었다는 사실을 고려
하면, 인민의 평등과 주권은 민족 형성의 본질적 계기가 될 수 없다고
이 책은 말한다. 인민주권은 민족이 근대적 형태로 변형되고 민족의식
이 더 깊어지는 계기가 됐을 뿐이다. 인민주권과 대중 정치가 민족 정체
성을 낳은 것이 아니라, 반대로 민족 정체성이 인민주권과 대중 정치를
낳았다는 것이다.

민족과 민족주의 형성의 전체 역사를 보면, 지배계급이 이데올로기적 동원을 위해 민족과 민족주의를 근대의 특정 시점에 발명했다는 근대주의자들의 주장이야말로 일종의 이데올로기적 해석임이 분명해진다고 이 책은 말한다. 민족주의는 민족이 억압의 상태에 있을 때에는 해방의 힘으로 작용하며 민족 구성원의 민주화·자유화의 기폭제가 된다. 동시에 민족주의는 공격적·배타적 표출로 세계사의 재앙이 되기도 한다. 이 책은 민족주의의 이 양면을 함께 볼 것을 권하면서, 민족주의가 지닌 긍정적인 힘을 키우고 부정적인 힘을 제어하려면 민족과 민족주의가 어떤 경로를 거쳐 형성됐는지 바르게 이해하는 것이 중요하다고 강조한다.

심장지대를 장악하라

—

《심장지대》_ 해퍼드 존 매킨더

해퍼드 존 매킨더(Halford John Mackinder, 1861~1947)는 현대 지정학의 창시자 가운데 한 사람으로 꼽히는 영국의 지리학자다. 매킨더의 지정학적 사유가 응집된 대표작은 제1차 세계대전 종결 직후인 1919년에 출간한 《민주주의의 이상과 현실》이다. 이 저작에서 매킨더는 자신의 지정학적 상상력의 핵심을 이루는 '심장지대'(Heartland)라는 개념을 상세히 설명하고 세계 전체를 아우르는 전략적 지정학을 장대한 시야로 펼쳐 보였다. 한국어로 출간된 《심장지대》는 매킨더의 이 대표작을 제1부로 삼고, 이 저작의 원형을 이루는 1904년 영국 왕립지리학회 강연문 〈지리학으로 본 역사의 추축〉과 제2차 세계대전이 한창이던 1943년 미국 국제관계 잡지 〈포린 어페어스〉에 기고한 '지정학의 세계와 평화의 길'을 묶어 제2부로 삼아 번역한 책이다. 매킨더 지정학의 형성과 발전을 조망할 수 있다. 미국과 중국의 전략적 갈등으로 지정학에 대한 관심이 커지고 있는 때에 현대 지정학의 원형을 살펴볼 기회를 준다는 점에서 주목할 만하다.

매킨더가 심장지대라고 부르는 개념을 이해하려면 먼저 '세계도' (World-Island)라는 개념을 알아 둘 필요가 있다. 매킨더는 15세기 말에서 16세기 초 콜럼버스·마젤란의 지구 항로 발견 이후 400년 사이에 인류의 인식 속에 지구 전체를 아우르는 세계 지도가 들어섰다는 데서 시작한다. 이 세계 지도를 놓고 보면 유라시아가 하나의 거대한 대륙임이 확연히 들어온다. 매킨더는 여기서 한 발 더 나아가 아프리카도 유라시아와 연결된 초거대 대륙의 일부를 이룬다고 말한다. 이런 시야에서 보면 지중해는 유라시아·아프리카 대륙 내부의 작은 바다이고, 아프리카 남단의 희망봉은 유라시아·아프리카 대륙의 아래로 길게 뻗은 거대한 곶의 끝머리에 지나지 않는다.

여기서 매킨더는 지리적 상상력의 날개를 한 번 더 펼친다. 흔히 5대양이라고 부르는 바다는 지구 전체를 둘러싼 하나의 커다란 대양이고 유라시아·아프리카 대륙은 이 대양 위에 떠 있는 아주 큰 섬이라고 볼 수 있다. 바로 이렇게 이해된 유라시아·아프리카 대륙을 가리켜 매킨더는 '세계도'라고 부른다. 또 그렇게 보면 이 세계도, 곧 유라시아·아프리카 대륙 바깥의 남북 아메리카나 오스트레일리아(호주)는 이 큰 섬 옆에 붙은 상대적으로 작은 섬일 뿐이다. 영국과 일본이 섬나라이듯이 남북 아메리카나 오스트레일리아도 섬나라라는 것이다. 실제로 20세기 초 인구 규모로 보면, 북아메리카든 남아메리카든 영국·일본과 큰 차이가 나지 않았다.

이 '세계도', 곧 유라시아·아프리카 대륙 한복판에 펼쳐진 광대한 땅

매킨더의 지리적 상상력을 자극하는 것 가운데 하나는
5세기 훈족의 유럽 침입이다. 몽골 초원에서 일어난 훈족은
동유럽을 뚫고 들어와 서유럽을 휩쓸며 이 지역에
지각 변동을 일으켰다. 이 역사적 경험을 염두에 두고
매킨더는 말한다. "동유럽을 지배하는 자가 심장지대를 호령하고,
심장지대를 지배하는 자가 세계도를 호령하며,
세계도를 지배하는 자는 전 세계를 호령할 것이다."

이 매킨더가 '심장지대'라고 부르는 곳이다. 심장지대는 시베리아 삼림
지대와 중앙아시아 초원지대 그리고 흑해 북부 대평원을 아우른다. 이
광대한 지역은 북쪽으로는 북극해로 막혀 있고 남쪽으로는 히말라야·
힌두쿠시산맥과 드넓은 사막지대로 막혀 있다. 이 지역에 뚫린 곳이 있
다면 동유럽으로 난 대평원뿐이다. 매킨더가 이 지역을 '심장지대'라고
부르는 것은 이 유라시아 복판을 누가 장악하느냐에 따라 세계사의 판
도가 결정된다고 보기 때문이다.

눈여겨볼 것은 매킨더가 서 있는 곳이 서유럽, 더 좁히면 영국이라는
사실이다. 심장지대가 그토록 중요하게 다가오는 것도 이 거대한 땅이
동유럽과 맞닿아 있고 동유럽은 다시 서유럽으로 이어지기 때문이다.
매킨더의 지리적 상상력을 자극하는 것 가운데 하나는 5세기 훈족의 유
럽 침입이다. 몽골 초원에서 일어난 훈족은 동유럽을 뚫고 들어와 서유
럽을 휩쓸며 이 지역에 지각 변동을 일으켰다. 동유럽이 관문이었던 셈

이다. 이 역사적 경험을 염두에 두고 매킨더는 말한다. "동유럽을 지배하는 자가 심장지대를 호령하고, 심장지대를 지배하는 자가 세계도를 호령하며, 세계도를 지배하는 자는 전 세계를 호령할 것이다."

이런 지리적 상상력을 발동할 때 매킨더가 마음에 품는 또 하나의 구도가 '해양 세력 대 대륙 세력'이다. 지난 5000여 년의 역사를 관통해서 보면, '대륙 세력이 바다를 지배하느냐, 아니면 해양 세력이 육지를 에워싸느냐'로 역사의 판도가 정해졌다는 것이 분명해진다. 역사의 초기에는 대체로 대륙 세력이 대세를 장악했다. 고대 그리스를 보면 북쪽에서 내려온 종족이 그리스 본토에 자리를 잡은 뒤 에게해를 지배함으로써 패권을 잡았다. 로마도 이탈리아 본토를 거점으로 삼아 지중해를 복속해 내해로 만들었다. 그리스든 로마든 대륙 세력이었다는 점에서는 다르지 않다.

매킨더가 꼽는 해양 세력의 대표자는 대영제국이다. 영국은 바다를 통해 대륙을 에워쌈으로써 세계를 손아귀에 쥐었다. 영국의 뒤를 이어 유사한 경로를 밟고 있는 것이 미국이다. 반면에 독일과 러시아는 전형적인 대륙 세력이다. 유럽사는 이 해양 세력과 대륙 세력의 경쟁과 충돌의 역사였다. 매킨더가 심장지대에 주목하는 것도 독일이라는 대륙 세력이 심장지대를 차지해 배후에 자원과 식량의 든든한 기지를 둠으로써 해양 세력을 제압할 가능성이 있다고 보기 때문이다. 이런 발상은 매킨더가 1904년의 왕립지리학회 강연문에서 일본의 예를 들 때 더 분명하게 드러난다. 만약 일본이 중국을 장악하고 러시아까지 쓰러뜨린다면 '세계 자유를 위협하는 황화(yellow peril)'가 현실이 되리라는 것이다.

매킨더의 관심은 해양이 됐든 대륙이 됐든 모든 위협적인 힘을 다스려 세계 평화를 이룰 국제 전략을 수립하는 데 있다.

매킨더의 저작은 100여 년 전에 쓰인 것이어서 오늘의 상황에서 보면 어긋나는 대목이 적지 않다. 그러나 세계 전체를 아우르는 매킨더의 지정학 통찰은 이후 전략가들의 지정학적 탐구와 행동에 심대한 영향을 주었다. 미국의 국제전략가 즈비그뉴 브레진스키의 《거대한 체스판》도 유라시아 대륙을 조망하면서 미국 패권을 지킬 지정학적 전략을 제시한다는 점에서 매킨더 저작의 직계 후손이라고 할 만하다. 새뮤얼 헌팅턴의 《문명의 충돌》도 매킨더에게서 영감을 얻었음이 분명하다. 나아가 매킨더가 거론한 일본을 중국으로 바꿔보면, 오늘날 '인도-태평양 전략'을 짜는 미국의 전략가들이 무슨 생각을 하는지 짐작하기 어렵지 않다.

브라만 좌파와 상인 우파

—

《자본과 이데올로기》_ 토마 피케티

'피케티 패닉'. 경제학자 폴 크루그먼은 2014년 토마 피케티(Thomas Piketty)의 《21세기 자본》이 일으킨 충격을 이렇게 표현했다. 크루그먼의 말대로 피케티는 이 책 한 권으로 세계 경제학계에 풍파를 일으켰다. 2013년 출간 이후 《21세기 자본》은 30여 개 언어로 번역돼 전 세계에서 200만 부 넘게 팔렸다. 800쪽에 이르는 두꺼운 경제학 책이 이렇게 열광적인 반응을 일으킨 것은 전례를 찾기 어려운 일이다. 마치 반세기 전 프랑스 철학자 미셸 푸코의 《말과 사물》이 출간되자마자 '아침 빵'처럼 팔려 나갔던 것을 떠올리게 한다. 이로써 피케티는 우리 시대의 경제적 불평등 현상을 고발하는 가장 힘 있는 경제학자로 등장했다.

피케티의 《21세기 자본》은 1980년대 이후 서구 사회에서 경제적 불평등이 지속적으로 확대됐음을 통계적 방법으로 입증하고, 이대로 가면 과거의 세습자본주의가 도래할 것이라는 어두운 전망을 내놓았다. 동시에 이 책은 이런 암울한 미래를 막으려면 최고 80퍼센트에 이르는 누진소득세를 시행하고 국제적 연대를 통해 세계자본세를 도입함으로써 '사회국가'(복지국가)를 만들어야 한다고 제안했다. 그러나 이런 제안이 먹히지 않았기 때문일까? 피케티는 《21세기 자본》 출간 이후 6년 만에 더 강력하고 야심 찬 저작을 지구촌 사회에 들이밀었다. 《자본과 이데올로기》다.

《자본과 이데올로기》는 《21세기 자본》보다 500쪽이나 부피가 늘어나 전체 분량이 1300쪽에 이른다. 이 책의 가장 큰 특징은 경제에 머물러 있던 시야를 역사와 정치로 확대했다는 데서 찾을 수 있다. 피케티는 유럽의 역사를 뼈대로 하고 여기에 유럽 식민지였던 지역과 아시아 지역의 역사를 포괄해 그야말로 지구적 시야에서 불평등의 역사적 전개 양상을 살핀다. 특히 이번 책에서 피케티는 불평등이라는 문제의 본질을 알려면 경제 영역을 넘어 정치를 알아야 하며, 정치행위자들의 사고를 규정하는 이데올로기에 주목해야 한다고 강조한다. 유사 이래 모든 사회는 불평등한 사회였으며, 이 사회들은 저마다 불평등을 정당화하고 합리화하는 이데올로기를 지녔다는 것이다. 이 이데올로기가 정치적 행위를 지배하고 정치 행위는 경제에 직접적인 영향을 준다. 그리하여 이 책은 역사학과 정치학 그리고 이데올로기론을 포괄한 독특한 경제학 책이 됐다. 책의 제목이 '자본과 이데올로기'인 이유다.

이 책의 내용 가운데 일부는 출간되기 전부터 널리 알려졌는데, '브라만 좌파와 상인 우파'라는 대립항으로 우리 시대의 정치를 설명하는 것이 대표적인 사례다. 이 대립항의 함의를 풍부히 이해하려면 피케티와 함께 역사를 거슬러 올라가보는 것이 필요하다. 피케티는 1789년 프랑스혁명 이전의 구체제를 특징짓는 '삼원사회'를 들여다본다. 피케티의 표현을 따르면, 삼원사회란 오라토레스(기도하는 자들, 사제), 벨라토레스(전쟁하는 자들, 귀족), 라보라토레스(노동하는 자들, 평민)라는 세 계급으로 이뤄진 사회를 가리킨다. 이 세 계급 가운데 사제와 귀족이 지배계급을 이루고 평민이 피지배계급으로서 경제적 생산을 담당한다. 프랑스 구체제가 전형으로 보여주는 이 삼원사회는 지구촌의 다른 전근대 사회에서도 넓게 확인된다. 프랑스혁명은 이 삼원체제를 무너뜨리고 만민이 법적으로 평등한 근대 사회를 열었다.

그러나 혁명이 창출한 '평등 사회'는 경제적으로는 극심한 불평등 사회였다. 불평등은 19세기 내내 커져 20세기 초에 극한에 이르렀다. 피케티가 《21세기 자본》에서 표현한 비율(r〉g)을 이용하면, 이 시기에 민간 자본 수익률(r)은 국민소득 성장률(g)의 6배에 이르렀다. 자본으로 얻는 수익이 노동으로 얻는 수익을 압도한 것이다. 이 시기를 프랑스 문예사조에서는 '벨에포크', 곧 아름다운 시대라고 부르지만 자본가와 부유층에게만 '아름다운 시대'였던 셈이다. 이런 극단적 불평등은 양차 세계대전과 대공황을 겪는 중에 국가가 강력한 누진소득세를 시행하면서 급속히 완화됐다. 미국에서 뉴딜 정책이 등장한 것도 이 시기였다. 2차 세계대전이 끝난 뒤 30여 년에 이르는 '자본주의 황금기'에 미국과 영국에서 누진소득세는 80~90퍼센트에 이르렀고, 경제적 불평등을 알려주는 '피케티 비율'은 2~3배까지 낮아졌다. 그랬던 것이 대처·레이건의 '보수혁명'과 연이은 공산주의 체제 몰락 이후 피케티 비율은 다시 솟아올라 20세기 초와 유사한 상황으로 돌아갔다.

브라만 좌파가 사민주의 계열 정당을 지지하는
고학력층을 뜻한다면, 상인 우파는 전통적으로 보수당을
지지해 온 자본가와 부유층을 가리킨다. 피케티는 1970년대까지
주로 노동자계급을 지지 기반으로 삼았던
사민주의 계열 정당이 점차로 고학력자를 대변하게 되면서
'브라만 좌파'로 변질했다고 말한다.

피케티는 1980년대 이후 이렇게 불평등이 커지는 데 정치가 결정적인 역할을 했으며 이 정치에서 '브라만 좌파와 상인 우파' 체제가 가동됐다고 말한다. 브라만 좌파가 사민주의 계열 정당을 지지하는 고학력층을 뜻한다면, 상인 우파는 전통적으로 보수당을 지지해 온 자본가와 부유층을 가리킨다. 피케티는 1970년대까지 주로 노동자계급을 지지 기반으로 삼았던 사민주의 계열 정당이 점차로 고학력자를 대변하게 되면서 '브라만 좌파'로 변질했다고 말한다.

브라만 좌파는 상인 우파와 어떤 동질성 혹은 유사성을 공유한다. "브라만 좌파는 학문에서 노력과 능력을 믿는다. 상인 우파는 사업에서 노력과 능력을 믿는다. 브라만 좌파는 학력, 지식, 인적 자본의 축적을 지향한다. 상인 우파는 화폐, 금융자본의 축적에 의거한다." 물론 브라만 좌파와 상인 우파의 이해관계가 항상 일치하는 것은 아니다. 브라만 좌파는 자신들의 관심사인 교육 제도와 문화예술의 재원을 조달하

기 위해 세금을 높여야 한다고 주장함으로써 상인 우파와 갈등을 빚기도 한다. 그러나 브라만 좌파가 주장하는 세금 인상은 일정한 선을 넘지 않는다. 브라만 좌파와 상인 우파는 교대로 정권을 장악하거나 때로는 공동으로 집권하기도 한다. 이런 양상은 근대혁명 이전의 삼원사회에서 나타난 사제-귀족 지배체제의 복사판에 가깝다.

이런 엘리트 지배체제에서 하층민을 대변해줄 정당은 사라지고 만다. 피케티는 지배체제에서 밀려난 하층민이 우익 포퓰리즘의 먹잇감이 되고 있음을 강조한다. 이 하층민들은 자신들의 잠재적 경쟁자인 이주민들에 대해 적대적이다. 이 새로운 삼원체제가 해체되지 않는 한, 토착민(네이티브)만의 평등주의와 이방인의 폭력적 배제를 근간으로 하는 극우 포퓰리즘 바람은 점점 더 커질 수밖에 없다.

불평등이 극단화한 이 삼원사회를 극복하려면 어떻게 해야 하는가? 피케티는 참여사회주의와 사회연방주의를 대안으로 제시한다. 참여사회주의는 자본의 '사회적 소유'와 '일시적 소유'를 핵심으로 한다. 사회적 소유란 독일에서 일부 시행하고 있듯이 종업원들이 기업권력을 나누어 소유하는 것을 말한다. '일시적 소유'란 강력한 누진소유세를 시행해 자본이 세습되지 않고 당대에 그치도록 하는 것을 가리킨다. 나아가 이 누진세로 모은 세금을 활용해 국가가 모든 25살 성인에게 일정액의 자산을 지원함으로써 직업인으로서 미래를 준비할 수 있도록 해야 한다. 마지막으로 피케티는 이런 사회 변화를 위해 국가들이 연대하는 '사회연방주의'를 제창한다.

이런 대안은 얼마나 실효성이 있을까? 피케티는 "자본주의와 사적 소유를 넘어 참여사회주의와 사회연방주의에 기반을 둔 정의로운 사회를 수립하는 것은 가능하다"고 확신에 차서 이야기한다. 이런 말을 할 때, 또 사회를 종합적으로 분석할 때, 피케티는 자본주의 착취체제를 통렬하게 고발했던 《거대한 전환》의 칼 폴라니의 모습에 가까워진다. 《21세기 자본》의 피케티보다 좀더 급진적인 피케티가 《자본과 이데올로기》의 피케티다. 그만큼 우리 시대의 난제가 크다는 뜻일 것이다.

민주주의의 미래

—

《민주주의란 무엇인가》_ 고병권

훌륭한 책은 독자의 뇌를 흔들어 깨운다. 뉴런에 충격을 가해 깜짝
놀라게 한다. 새로운 생각이 담긴 훌륭한 책은 독자를 사유의 새 길로
이끈다. 책을 읽다가 독자는 문득 자기가 낯선 길로 들어섰음을 깨닫게
된다. 훌륭한 책은 문장들을 외우고 싶다는 욕구를 불러일으킨다. 책을
통째로 외우고 싶다는 욕구를 느끼게 한다면 그 책은 틀림없이 훌륭한
책일 것이다. 결정적으로, 훌륭한 책은 독자의 대결의식을 불러일으킨
다. 무모하다면 무모한 대로 도전해보고 싶다는 욕구, 맞붙어 겨루어보
고 싶다는 욕구를 들쑤신다면, 그 책이야말로 훌륭한 책이다. 고병권의
《민주주의란 무엇인가》가 바로 그런 책이다. 충격을 가하고, 흔들어 깨
우고, 사유를 자극하고, 문장을 외우게 하고, 도전함으로써 더 많이 배
우게 만드는 책이다. 이 책의 머리말 첫 문장부터가 베껴 쓰고 싶다는
욕구를 일으킨다.

"책은 민주주의와 같다. 그것은 하나의 이견이다. 뭔가를 제안하든

반박하든 책은 차이를 표명한다. 따라서 책을 쓰는 일은 민주주의를 요구하며 민주주의를 실천한다."

고병권의 책은 관성에 저항하는 새로운 사유로, 새로운 사유를 껴안은 힘찬 문장들로 이루어져 있다. 고병권은 민주주의가 동의를 조직하는 일이 아니라 이견을 제출하고 차이를 생산하는 일이라고 단언한다. 이 책이 상식과 통념에서 저만큼 벗어난 내용을 품고 있을 것임을 직감케 하는 언명이다. 140쪽이 채 안 되는 이 작은 책은 '민주주의란 무엇인가'라는 물음을 던지고 그 답을 찾아가는 책이다. 그 길은 낯선 길이어서 이제껏 우리가 알고 있던 민주주의와는 사뭇 다른 풍경의 민주주의가 펼쳐진다. 독자는 민주주의에 대한 새로운 발상, 새로운 정의를 만나게 된다. 말하자면 이 책은 민주주의라는 정치 제도의 작동 방식을 알려주는 단순한 개념 설명서가 아니라 근대 정치의 핵심 원리를 뿌리에서부터 검토하여 민주주의 상을 재구축하는, 선도 높은 정치철학적 사유의 실험장이다.

이 책은 세 편의 글로 이루어져 있다. 각각의 글은 민주주의와 관련해 우리가 당연하게 수긍했던 전제들을 비판한다. 첫 번째 글에서 고병권은 민주주의에 관한 가장 오래된 통념을 문제 삼는다. 즉 민주주의란 '다수자의 지배'를 뜻한다는 그 통념이 의문의 대상이 된다. 쉽게 말해, 민주주의 하면 우리는 국민투표와 다수결부터 떠올린다. 고병권은 민주주의의 발생지인 고대 그리스로 돌아가 그 말의 뿌리를 더듬는다. 민주주의의 그리스어 데모크라티아(demokratia)는 '민중'을 뜻하는 데모스(demos)와 '힘'을 뜻하는 크라토스(kratos)의 합성어다. 따라서 데모크라티아는 다수자의 지배·통치를 뜻하기 이전에 '데모스의 힘'을 뜻한다.

그런데 민주주의에는 다른 정체들에서는 볼 수 없는 원리상의 난점들이 있다. "민주주의에서 데모스는 통치자이자 피치자이다. 즉 다스리는 사람들이 또한 다스림을 받는 사람들이다. …… 그들의 복종은 그들의 자유가 결정한 것이다. 지배자인 데모스가 누구인지를 결정하는 것도 데모스 자신이다. 즉 민주주의는 통치자와 피치자, 자유와 복종, 주체와 객체가 한 존재에게 동시에 머무는 매우 역설적인 체제인 것이다." 고병권은 민주주의 원리에 내재한 이런 곤란과 역설에서 민주주의를 긍정할 이유를 발견한다. 고병권이 여기서 검토하는 것이 플라톤의 '민주주의 조롱'이다. 고병권이 보기에 플라톤의 민주주의 조롱에는 민주주의 본질에 대한 정확한 진단이 담겨 있다. 따라서 그 조롱을 뒤집으면 민주주의의 진면목이 드러날 수 있다. 플라톤은 《국가(Politeia)》에서 민주정체를 다음과 같이 비판한다.

"민주정체에서는 어떤 권위도 존중되지 않는다. 피통치자들이 통치자처럼 굴고, 여성들은 남성들과 같은 지위를 갖는다. 노인들은 권위를 포기하고 젊은이들을 흉내 낸다. 스승들은 학생들에게 아첨하고 학생들은 스승들을 조롱한다. 외국인과 이방인이 자국 시민과 동등한 지위를 갖는다. 심지어 동물들조차 길을 갈 때 자유롭고 당당하게 걷는 버릇이 들어 길을 비켜서지 않으면 들이받으려고 한다. 모든 게 이런 식으로 자유가 넘친다."

플라톤의 민주주의 조롱은 오늘날에도 민주주의를 비하하는 사람들에게서 유사한 어투로 심심찮게 들을 수 있는 말이다. 플라톤은 이렇

훌륭한 책은 독자의 뇌를 흔들어 깨운다.
뉴런에 충격을 가해 깜짝 놀라게 한다. 새로운 생각이 담긴
훌륭한 책은 독자를 사유의 새 길로 이끈다. 책을 읽다가 독자는
문득 자기가 낯선 길로 들어섰음을 깨닫게 된다.
훌륭한 책은 문장들을 외우고 싶다는 욕구를 불러일으킨다.
책을 통째로 외우고 싶다는 욕구를 느끼게 한다면
그 책은 틀림없이 훌륭한 책일 것이다. 결정적으로,
훌륭한 책은 독자의 대결의식을 불러일으킨다.

게 누구나 제멋대로 자유를 누리는 민주주의를 '아르케가 없는 정체'라고 비판하는데, 여기서 아르케(arche)란 '지배'(지배자) 또는 '근거'(원리)를 뜻하는 말이다. 고병권은 플라톤의 이 비판으로부터 민주주의가 '지배 없음' 그리고 '근거 없음'을 본질로 삼고 있다는 사실을 끌어낸다. 이때 '지배 없음'이라는 의미에서 '아르케 없는 민주주의'는 '정체(polity) 없는, 정체 아닌 민주주의'라고 번역할 수 있다. 그리고 정체가 아닌 민주주의는 데모크라티아의 원뜻 그대로 '데모스의 힘'을 뜻한다. 어떤 정체가 됐든, 심지어 군주정이나 귀족정에서도 데모스의 힘이 작동할 때 거기에는 민주주의가 있는 것이다. 따라서 이 경우 민주주의는 제도라기보다는 제도에 대응하는 힘의 표출이라고 해야 할 것이다. 이것이 고병권이 플라톤을 뒤집어 발견한 민주주의의 독특한 모습이다.

고병권은 또 플라톤의 비난을 역으로 수용해 민주주의를 '근거 없음'

의 정체라고 규정하는데, 여기서 근거는 어떤 자격이나 출신이나 바탕 같은 것을 의미한다. 민주주의는 그런 근거를 거부하는 정체다. "거기서 모든 것들은 근거 없이 원초적으로 평등하며, 어떤 자격이나 조건 없이 서로 부딪치고 어울린다. 나는 여기서 민주주의를 발견한다. 민주주의에서는 지식도, 재산도, 혈통도, 성별도, 심지어 숫자도 다른 어떤 것을 억압하거나 배제할 근거가 되지 못한다. 민주화 투쟁이란 그런 근거들이 전혀 근거 없는 것임을 폭로하는 일이다."

요약하자면, 민주주의란 결국 아르케 없는 사람들, 곧 기반도 근거도 불분명한 사람들이 평등하게 모여 데모스의 힘을 행사하는 것을 뜻한다. 고병권은 이 새로운 규정에 의거하여 민주주의를 '소수성의 정치'에 연결시킨다. 민주주의는 원리상 다수의 지배가 아니라 소수적 존재들의 힘을 가리킨다. 고병권은 수적인 '다수'로 모든 걸 결정하는 정체를 민주주의라고 부른다면, 민주주의 이념이란 기껏해야 한 사회를 지배하는 통념에 지나지 않을 것이라고 말한다. "나는 통념에 맞선 소수의 투쟁이야말로 민주화 투쟁에 합당한 이름이지, 다수 의견을 이유로 그것을 제압하는 게 민주주의라고 생각하지 않는다."

이 책의 첫 번째 글이 이렇게 민주주의의 어원을 따져 그것이 '데모스의 힘'을 뜻함을 밝혀낸다면, 두 번째 글은 근대 민주주의의 세 가지 핵심 원리인 '주권', '인민'(국민), '대표'(대의, 표상)를 비판적으로 검토한다. 여기서 고병권은 '인민(국민)주권'이 완성되는 과정을 추적한 뒤, 그 인민주권 체제가 매우 독특한 성격을 지녔음을 보여준다. 인민(국민)은 전체 주권자로서는 절대권력을 지녔지만, 개별적 존재로서는 한없이 무력한 존재다. "주권자로서 인민은 참으로 신성하고 전능하지만 개별적으로는 참으로 무기력하고 무능하다. 전능함과 무력함이 함께 모인 곳, 그곳이 스스로를 민주주의라 자부하는 국민주권 체제다."

이어지는 질문이 과녁을 정통으로 겨냥한다. 어떻게 전능한 인민과 무력한 인민이 동시에 존재할 수 있을까. 그 비밀을 푸는 열쇠로 고병권이 찾아내는 것이 바로 '대표' 혹은 '대의'라는 매개다. 영어 단어 레프리젠테이션(representation)은 우리말로 '대표' '대의' '표상' '재현'으로 옮겨진다. 인민주권은 그 자체로 자신을 드러낼 수도 없고 자신의 힘을 행사할 수도 없다. 인민과 주권의 힘을 대표하고 대행하는 것이 필요하다. 그것이 바로 대의제다. 고병권은 대의제야말로 근대 정치, 근대 민주주의의 핵심 고리라고 말한다. 흥미로운 것은 민주주의가 먼저 등장한 뒤 그것을 대신 실현하는 것으로 대의제가 도입된 것이 아니라 그 반대가 진실이라는 사실이다. "대의제는 민주주의를 실현하는 방식으로 발명된 것이 아니다. 오히려 근대 민주주의야말로 대의제의 하나로 등장했다고 해야 한다."

그 적절한 사례를 1770년대 미국의 연방주의자들에게서 발견할 수 있다. '대의제 민주주의'라는 말을 처음으로 사용한 사람은 《페더럴리스트 페이퍼》의 저자 가운데 한 사람인 알렉산더 해밀턴이었다고 한다. 그런데 이 시기에 연방주의자들은 대의제와 (순수) 민주주의를 서로 반대되는 말로 사용했다. "그들은 대의제가 민주주의의 유일한 형식이라고 말하지 않고, 민주주의를 할 수 없기 때문에 대의제를 해야 한다는 취지로 말했다." 연방주의자의 한 사람인 제임스 매디슨은 "순수 민주주의는 파벌의 악영향에 대한 해결책을 제시할 수 없고" 다수의 폭정을 저지할 수 없으므로, 민주주의보다는 대의제를 해야 한다고 주장했다. 그래서 인민주권이 원칙이기는 하지만 보조적 예방 조처로서 대의제가 반드시 따라야 한다고 생각했는데, 흥미롭게도 그것을 '공화주의'라고 불렀음을 이 책은 알려준다. 매디슨의 공화주의는 대의제 민주주의를 뜻하는 말이었던 것이다. 이렇게 대의제 민주주의는 순수 민주주의에 맞서 순수 민주주의를 대체하는 정치 제도로 등장했다.

고병권은 이렇게 근대 민주주의의 삼각형이 형성되는 역사를 검토하고 난 뒤, 그 삼각형을 이루는 인민(국민), 주권, 대표(대의)가 모두 극복해야 할 대상임을 강조한다. 인민주권이 공고한 곳에서는 국민과 주권 바깥의 존재들, 예를 들어 난민이나 '불법체류자'나 이주노동자 같은 존재들이 자기 권리를 주장할 수 없다. 또 대의제가 민주주의로 행세하는 곳에서는 '불법체류자'들처럼 대표(대의)되지 못하는 사람들은 존재하면서도 존재하지 않는 익명의 존재, 비국민으로 남을 수밖에 없다.

세 번째 글에서 고병권은 시선을 한국으로 돌려 우리 시대의 민주주의 문제를 살핀다. 고병권이 논리적 대결의 상대로 삼는 것은 정치학자 최장집의 '민주화 이후의 민주주의' 이론이다. 최장집은 자신의 저서 《민주화 이후의 민주주의》를 "민주화 이후 한국 사회가 질적으로 나빠졌다"는 아주 도발적인 문장으로 시작한다. 한국 사회는 아직도 민주화 과정에 있으며, 선진 민주국가들과 달리 근대 민주주의에 온전히 도달하지 못했다는 것이다.

최장집의 주장 가운데 특히 주목할 것이 대규모 사회운동 출현에 대한 부정적 견해다. 최장집은 사회운동의 출현을 한국 민주주의가 제도로서 성숙하지 못했음을 보여주는 단적인 증거로 이해한다. 최장집은 민주주의를 '절차민주주의' 단계와 '실질민주주의' 단계로 구분하는 것에 비판적이지만, 고병권이 보기엔 최장집 역시 어떤 단계론을 지니고 있다. '운동으로서의 민주주의' 단계와 '민주주의의 제도화' 단계가 그것이다. "그가 볼 때 2000년대 민주화를 요구하는 대중의 재등장은 한국 민주주의가 살아 있다는 증거라기보다는 오히려 한국 민주주의가 아직도 안착되지 못했다는 증거, 다시 말해 한국 민주주의의 실패를 보여주는 증거였다." 최장집은 '제도들이 작동한다면 운동의 필요성은 그만큼 작아진다'고 생각한다. 그러므로 중요한 것은 사회경제적 갈등을 반영하는 정당 시스템을 정착시키고 그 시스템을 통해 갈등을 해결함으로써 사회경제적 평등을 실현해 가는 것이다.

고병권이 최장집을 비판해 들어가는 지점이 바로 이곳이다. 최장집은 '민주화 이후'의 민주화운동이 어떤 새로운 주체를 낳고 있는지, 그 운동의 구체적 양상이 어떻게 달라졌는지, 더 나아가 민주주의 이념은 어떤 변화를 겪고 있는지, 한마디로 말해 '민주화'가 어떤 단절과 변화를 겪고 있는지 도무지 알려고 하지 않는다. "그가 새로 나타난 대중운동을 그저 '퇴행'이라고 부르는 것은 그것을 과거와 동일한 운동이라고 단정하기 때문이다." '민주화운동의 재출현'을 '낡은 것으로의 퇴행'이라고 보는 것이야말로 최장집 이론의 한계를 보여준다. 민주주의 이행에 대한 최장집의 관념, 즉 민주주의는 운동에서 제도로 발전한다는 생각이 문제인 것이다.

여기서 고병권의 최장집 비판을 좀더 밀고 나가보자. 내가 보기에 최장집 민주주의론의 결정적인 지점은 운동과 제도를 대립·극복 관계로 설정하는 곳에 있다. 그리고 이 결정적 지점이야말로 최장집 민주주의론의 결정적 결함으로 작용하는 지점이다. 진실은 최장집의 견해의 반대편에 있을 것이다. 다시 말해, 민주주의 운동과 민주주의 제도는 대립관계가 아니라 보충관계 혹은 평행관계라고 보아야 할 것이다. 운동은 제도를 만들어내고 개선하는 현실적 힘으로 작용한다. 제도가 기관이라면 운동은 그 기관을 가동하는 연료인 셈이다. 그러므로 아무리 민주주의 제도가 발전한 이른바 선진 민주국가라고 하더라도 거기에는 언제나 민주주의를 확장하고 심화하는 운동이 있기 마련이다. 또 운동이 없다면 언제라도 민주주의는 후퇴할 수 있다. 민주주의 제도가 제도로서 제대로 작동하기 위해서라도 운동은 필요하다. 최장집은 운동과 제도를 상호부정관계에 있는 것으로 봄으로써 운동이 나타나는 곳마다 민주주의의 퇴행이나 위기를 본다. 이런 최장집의 인식은 2008년의 촛불시위 국면에서 그 운동의 지속을 위험한 현상으로 간주한 데서 명확하게 드러났다. 최장집의 인식과는 반대로 촛불시위는 한국 민주주의가 '데모스의 힘'을 통해 생동하고 있음을 입증한 획기적인 사건이었음이 분명하다.

다시 고병권의 논의로 돌아가자. 이 책에서 고병권은 최장집의 민주주의론을 마냥 부정만 하지는 않는다. 고병권은 최장집이 제기한 '민주화 이후의 민주주의'라는 설정 자체가 '민주주의는 민주화가 된 후에도 계속 문제가 된다'는 매우 중요한 통찰을 담고 있다고 그 의의를 일부

인정한다. 다만 최장집의 논의가 발전주의적 프레임에 갇혀 있다는 게 문제다. 그렇다면 '민주화 이후에도 민주주의가 문제가 된다'라는 명제의 진정한 중요성은 어디에 있는가. 고병권이 보기에 핵심은 '민주주의는 완성될 수 없다'는 사실에 있다. 요컨대, 민주주의는 언제라도 실패할 수 있고 그때마다 번번이 다시 민주화 투쟁을 요구한다. 이 대목에서 고병권은 자크 데리다의 말을 인용한다. "이러한 실패는 …… 이른바 서양 민주주의 국가들 중에서 가장 오래되고 가장 안정된 민주주의 국가를 포함하는 모든 민주주의를 특징짓는 것이다."

데리다는 《마르크스의 유령들》에서 바로 그런 의미의 민주주의를 '도래할 민주주의'라고 부른 바 있다. 데리다의 민주주의는 실패할 때마다 다시 돌아와 다시 시작하는 민주주의이고, 매번 자신을 갱신하는 민주주의이며, 끝없는 투쟁을 통해 기존 민주주의를 바꿔 가는 민주주의다. 민주주의가 실패할 때마다 '데모스의 힘'이 번번이 다시 등장해 개입한다. 그것이 데리다가 말하는 '도래할 민주주의'다.

고병권은 세 번째 글 후반부에서 '대의민주주의'를 놓고 다시 한 번 자신의 고민을 드러낸다. 고병권이 보기에 1980년대 운동과 2000년대의 운동은 '대의제' 문제로 명확하게 갈린다. "80년대의 민주화 시위는 한마디로 진정한 대표(대의·표상, representation)를 찾는 운동이었다. 주지하다시피 87년 운동의 대표적 구호는 '직선제 쟁취'였다. 참된 정치적 대표(대의)로서 직선 대통령, 운동의 참된 대의기구로서 민주노조와 학생회, 여론의 참된 대의기구로서 언론의 민주화운동 등이 당시 민주화운동이 낳은 주요 성과였다."

그랬던 것이 2000년대 들어 사태가 아주 달라졌다. 1980년대 민주화의 성과인 대의기구들이 2000년대의 문제들을 다루는 데 무능하다는 것, 심지어는 2000년대의 대중에게 불신과 공격을 받고 있다는 것이 2000년대의 달라진 정치적 풍경이다. "나는 한국 사회에서 대의제가 덜 발달했다기보다는 대의제의 발달과 대의제로부터 대중 추방이 동시에 일어났다고 생각한다. 대의제가 발달했지만, '대의제 프레임에 속하지 않는 사람들'도 많아졌다." 비정규직 노동자가 그런 사람들이다.

이어 고병권은 최장집을 염두에 두고 있음이 분명한 다음과 같은 말로 대의제 강화론을 비판한다. "대의제 강화만이 민주주의의 유일한 길인 듯 말하는 것은 현 체제에 대한 대중들의 저항운동이 지닌 민주주의적 가치를 절하시키는 효과를 낸다." 고병권은 대의제 강화론이 민주주의 운동을 오히려 위축시킬 수도 있음을 경고한다. "18세기 연방주의자들이 대의제를 순수 민주주의에 대한 방어적 개념으로 사용했듯이, 대의제 강화론은 민주주의를 체제 안정화 시각, 다시 말해 넓은 의미에서의 공안(치안)의 시각에서 다룰 위험을 내포하고 있다. '선진 사회에서 아직도 길거리 운동이냐'는 식의 공안 논리가 배어들 수 있다는 말이다."

여기서 다시 확인되듯이 고병권과 최장집의 결정적 차이는 '대의제'에서 드러난다. 최장집은 대의제를 강화해 완성하는 일이야말로 민주주의의 과제라고 보지만, 고병권은 민주주의 열망은 대의제를 강화하는 방식으로는 실현할 수 없다고 본다. 더 나아가 고병권은 우리 시대의 민주주의는 대의제를 넘어선 곳에 있다고 암시한다. 그러나 만약 고

직접민주주의의 현장에서조차도
어떤 목소리가 결국 집단적 대표성을 얻는 것은
자연스럽고도 불가피한 일이다.
대의제를 완전히 극복한 세계를 창안하는 것은
삶의 원초적 조건을 초월하지 않는 한
불가능한 일이 아닐까.

병권의 주장이 대의제 극복론에 다가가 있다면, 그것은 최장집의 대의제 강화론이 지닌 문제와 유사한 종류의 문제를 지녔다는 지적을 피하기 어려울 것 같다. 최장집의 대의제 강화론이 민주주의 운동의 긍정적 기능을 무시한 이론적 편향이듯이, 고병권의 대의제 극복론도 대의제의 긍정성 또는 불가피성을 외면하는 또 하나의 편향일 수 있다. 우리 시대의 민주주의 과제는 말할 것도 없고 민주주의라는 것 자체가 언제라도 제도와 운동의 상호보충 속에서 전진한다고 보아야 하지 않을까. 제도를 강화하기 위해서도 대중의 민주주의 운동은 필요하며, 운동은 제도가 보장하는 공간을 활용할 때 한층 수월하고도 효과적으로 이루어질 수 있을 것이다.

여기서 고병권의 대의제 비판 자체를 문제로 삼아볼 수도 있다. 대의제를 불신하고 부정하는 고병권의 관점이 원리적으로 문제가 없는 것은 아닐까, 만약 고병권이 대의제라는 형식을 극복 가능한 것으로 본다면 거기에는 어떤 편견이 개입돼 있기 때문이 아닐까 하는 의문이다.

내 생각을 밝히자면 대의, 대표, 표상은 삶의 조건이다. 여기서 가라타니 고진이 '언어를 쓰는 인간 존재의 비극성'에 대해 성찰하는 《언어와 비극》의 주장을 떠올려보는 것도 좋겠다. 가라타니는 인간이 언어를 쓰는 한, 언어가 지닌 다의성 혹은 모호성 때문에 타자와의 커뮤니케이션에서 착오가 발생하고 그 착오로 인해 삶이 비극적인 것이 된다고 말한다. 요컨대, 커뮤니케이션의 실패는 우리 삶이 우회할 수 없는 근원적인 조건이라는 것이다.

커뮤니케이션에 실패하는 이유가 언어의 모호성에 있다고 한 가라타니의 발언에 주목해보자. 말의 모호성 때문에 청자는 화자의 말뜻을 정확하게 해석하는 데 실패하고 만다. 그런데 따져 들어가보면, 언어의 그 모호성은 언어가 지닌 '표상성'이라는 조건에서 기원하는 것으로 보인다. 표상성이란 달리 말하면 대표성이고 대의성이다. 말은 대상과 일대일로 대응하지 않는다. 여러 가지 유사한 사건이나 사태를 하나의 말이 대표하는 것이다. 대상은 여럿인데 그것을 표상하는 단어는 하나인 것이다. 바로 그 비대칭에서 모호성이 발생하는 것이다. 이때 청자는 화자가 사용한 말이 무엇을 뜻하는지를 놓고 언제나 주관적 해석을 개입시키지 않을 수 없다. 우리는 하나의 단어, 혹은 하나의 문장이 유사한 일군의 사건 또는 사태를 표상하고 대표한다는 그 언어적 사실 안에서 살아갈 수밖에 없다. 언어의 모호성을 해석하고 또 해석에 실패하는 그런 삶의 조건이, 말하자면 언어의 감옥이고 표상의 감옥이다.

이것이 가라타니가 말하는 언어의 비극성에서 얻어낼 수 있는 교훈이다. 우리가 그런 비극적인 언어를 가지고 사유하고 소통할 수밖에 없다면, 우리는 커뮤니케이션 실패의 불가피성을 삶의 조건으로 수락하고 그 조건 위에서 조금이라도 더 정확하게 의미를 전달할 수 있도록 언어의 운용에 더 정성을 들이는 수밖에 없다. 이 생각을 조금 더 확장해보면, 대의 또는 대표라는 것을 우리 삶의 근본 조건이라고 보는 것도 무리한 일은 아니게 된다. 언어 현실에서 발견되는 표상성(대표성)은 우리 삶의 보편 조건이다. 직접민주주의의 현장에서조차도 어떤 목소리가 결국 집단적 대표성을 얻는 것은 자연스럽고도 불가피한 일이다. 그런 점에서 우리에게 대의제는 회피하거나 우회하기 어려운 존재 조건으로 다가온다. 대의제를 완전히 극복한 세계를 창안하는 것은 삶의 원초적 조건을 초월하지 않는 한 불가능한 일이 아닐까. 우리가 할 수 있는 일은 대의제라는 그 한계를 끊임없이 치받는 일, 그럼으로써 대의제의 한계를 조금씩 밀고 나가는 일, 그리하여 우리의 직접적 목소리가 조금이라도 더 구현될 수 있도록 공간을 넓히는 일이 아닐까.

고병권의 민주주의론에는 유토피아를 향한 그리움이 배어 있는 듯하다. 그 자신은 '유토피아'라는 단어를 결코 수용하지 않겠지만 말이다. 그러나 고병권의 주장을 처음부터 끝까지 다 긍정할 수 없다 하더라도, '데모스의 힘으로서의 민주주의'를 다시 강조하는 결론의 문장들을 읽으면서 그 문장이 지닌 힘과 신실한 주장이 일으키는 파토스에 호응하지 않기는 어렵다. 고병권은 말한다. "민주주의는 좋은 목자를 고르는 일이 아니라, 대중이 양떼로 전락하지 않는 일일 것이다. 삶을 가꾸는 능력이 없을 때 대중은 삶을 지배하는 권력에 자신을 의탁할 수밖에 없다. …… 그렇게 되면 민주주의의 운명은 결국 엘리트의 힘에 의존하게 되고, '데모스의 힘'이 아니라 '엘리트의 힘'이 민주주의의 역량을 나타내게 될 것이다. …… 지배와 명령의 거부가 또 다른 지배와 명령의 발생으로 이어지지 않는 삶의 형식, 복종과 의탁이 아니라 자기지배와 자기배려가 이루어지는 삶의 형식, 복종이 아닌 평등한 협력을 통해 큰 힘이 발생됨을 알려주는 삶의 형식을 발명하는 것이야말로 민주주의를 발명하는 것이라고 할 수 있다."

| 도서 목록 |

1장 사유의 숲길

《탈합치》, 프랑수아 줄리앙 지음, 이근세 옮김, 교유서가, 2021

《우연성, 아이러니, 연대》, 리처드 로티 지음, 김동식 · 이유선 옮김, 사월의책, 2020

《너는 너의 삶을 바꿔야 한다》, 페터 슬로터다이크 지음, 문순표 옮김, 오월의봄, 2020

《아리스토텔레스의 악어》, 미셸 옹프레 지음, 변광배 · 김중현 옮김, 서광사, 2022

《수학 예찬》, 알랭 바디우 지음, 박성훈 옮김, 길, 2022

《철학을 위한 두 번째 선언》, 알랭 바디우 지음, 박성훈 옮김, 서용순 감수, 길, 2022

《전쟁 일기》, 루트비히 비트겐슈타인 지음, 박술 옮김, 인다, 2022

《비트겐슈타인 새로 읽기》, 이승종 지음, 아카넷, 2022

《우리와의 철학적 대화》, 이승종 지음, 김영사, 2020

《그라마톨로지》, 자크 데리다 지음, 김성도 옮김, 2010

《현상학 입문》, 단 자하비 지음, 김동규 옮김, 길, 2022

《사랑의 현상학》, 헤르만 슈미츠 지음, 하선규 옮김, 그린비, 2022

《신유물론 입문》, 문규민 지음, 두번째테제, 2022

《폭력이란 무엇인가》, 슬라보예 지젝 지음, 정일권 · 김희진 · 이현우 옮김, 난장이, 2011

《상식을 넘어선 현실계》, 니콜라 플루리 지음, 임창석 옮김, 에이투스, 2022

2장 생각의 요새

《사회적 체계들》, 니클라스 루만 지음, 이철 · 박여성 옮김, 노진철 감수, 한길사, 2020

《아르키메데스와 우리》, 니클라스 루만 지음, 김건우 옮김, 인다, 2022

《지그문트 바우만》, 이자벨라 바그너 지음, 김정아 옮김, 북스힐, 2022

《이해사회학》, 막스 베버 지음, 김덕영 옮김, 길, 2023

《대표》, 모니카 브리투 비에이라 · 데이비드 런시먼 지음, 노시내 옮김, 후마니타스, 2020

《정치적 낭만주의》, 카를 슈미트 지음, 조효원 옮김, 에디투스, 2020

《자유주의와 그 불만》, 프랜시스 후쿠야마 지음, 이상원 옮김, 아르테, 2023

《몸 테크닉》, 마르셀 모스 지음, 박정호 옮김, 파이돈, 2023

《저주받은 몫》, 조르주 바타유 지음, 최정우 옮김, 문학동네, 2022

《문화와 사회를 읽는 키워드》, 레이먼드 윌리엄스 지음, 짐 맥기건 엮음, 임영호 옮김, 컬처룩, 2023

《포스트모더니즘, 혹은 후기자본주의 문화 논리》, 프레드릭 제임슨 지음, 임경규 옮김, 문학과지성사, 2022

《단일한 근대성》, 프레드릭 제임슨 지음, 황정아 옮김, 창비, 2020

《화이트》, 리처드 다이어 지음, 박소정 옮김, 컬처룩, 2020

《엘렌 식수》, 이언 블라이스 · 수전 셀러스 지음, 김남이 옮김, 책세상, 2023

《해러웨이, 공 – 산의 사유》, 최유미 지음, 비, 2020

《상상적 신체》, 모이라 게이튼스 지음, 조꽃씨 옮김, 비, 2021

《연대하는 신체들과 거리의 정치》, 주디스 버틀러 지음, 김응산 · 양효실 옮김, 창비, 2020

3장 사상의 기원

《조로아스터교의 역사》, 메리 보이스 지음, 공원국 옮김, 민음사, 2020

《구약 읽기》, 크리스틴 헤이스 지음, 김성웅 옮김 문학동네, 2022

《처음 만나는 구약성서》, 장 루이 스카 지음, 박요한 옮김, 가톨릭대학교출판부, 2023

《그리스인 이야기 1 · 2 · 3》, 앙드레 보나르 지음, 양영란 · 김희균 옮김, 강대진 감수, 책과함께, 2011

《세계철학사 1》, 이정우 지음, 길, 2018

《소피스트 단편 선집 1 · 2》, 강철웅 엮어 옮김, 아카넷, 2023

《아테네 팬데믹》, 안재원 지음, 이른비, 2020

《모랄리아》, 플루타르코스 지음, 윤진 옮김, 한길사, 2021

《에픽테토스 강의 1 · 2》, 에픽테토스 지음, 김재홍 옮김, 그린비, 2023

《스페인의 역사》, 브라이언 캐틀러스 지음, 김원중 옮김, 길, 2022

《평화의 수호자》, 파도바의 마르실리우스 지음, 황정욱 옮김, 길, 2022

《마키아벨리의 꿈》, 곽차섭 지음, 길, 2020

《인토르체타의 라틴어 중용》, 프로스페로 인토르체타 역주, 안재원 편역주, 논형, 2020

《비코 자서전》, 잠바티스타 비코 지음, 조한욱 옮김, 교유서가, 2020

《베카리아의 범죄와 형벌》, 체사레 베카리아 지음, 김용준 옮김, 볼테르 해설, 이다북스, 2022

《예카테리나 서한집》, 예카테리나 2세 지음, 김민철 · 이승은 옮김, 일다, 2022

《계몽이란 무엇인가》, 이마누엘 칸트 지음, 임홍배 옮김, 길, 2020

《정신현상학 1 · 2》, 게오르크 빌헬름 프리드리히 헤겔 지음, 김준수 옮김, 아카넷, 2022

《교리신학 연구》, 레프 톨스토이 지음, 허선화 옮김, 뿌쉬낀하우스, 2020

《정념과 이해관계》, 앨버트 허시먼 지음, 노정태 옮김, 후마니타스, 2020

4장 회통에서 개벽으로

《조선사상사》, 오구라 기조 지음, 이신철 옮김, 길, 2022

《원효의 발견》, 남동신 지음, 사회평론아카데미, 2022

《도올 주역 강해》, 김용옥 지음, 통나무, 2022

《주역, 인간의 법칙》, 이창일 지음, 위즈덤하우스, 2011

《'도덕경'의 철학》, 한스-게오르크 묄러 지음, 김경희 옮김, 이학사, 2021

《서, 인간의 징검다리》, 이향준 지음, 마농지, 2020

《공자와 세계 1~5》, 황태연 지음, 청계, 2011

《장담의 열자주》, 장담 지음, 임채우 편역, 한길사, 2022

《붓다의 치명적 농담》《허접한 꽃들의 축제》, 한형조 지음, 문학동네, 2011

《18~19세기 한국 문학, 차이의 근대성》, 이도흠 지음, 소명출판, 2022

《불안과 괴로움》, 권순홍 지음, 길, 2022

《퇴계 vs 율곡, 누가 진정한 정치가인가》, 김영두 지음, 역사의아침, 2011

《개벽의 사상사》, 강경석 · 김선희 · 박소정 · 백영서 · 이정배 · 장진영 · 정혜정 · 조성환 · 허남진 · 허수 · 황정아 지음, 창비, 2022

《우리 안의 실크로드》, 정수일 지음, 2020, 창비

《논어징 1 · 2 · 3》, 오규 소라이 지음, 함현찬 · 임옥균 · 임태홍 옮김, 이기동 감수, 소명출판,

2010

《그 많은 개념어는 누가 만들었을까》, 야마모토 다카미쓰 지음, 지비원 옮김, 메멘토, 2023

《일본 이데올로기론》, 도사카 준 지음, 윤인로 옮김, 산지니, 2020

《국가와 종교》, 난바라 시게루 지음, 윤인로 옮김, 소명출판, 2020

《전중과 전후 사이 1936~1957》, 마루야마 마사오 지음, 김석근 옮김, 휴머니스트, 2011

5장 마음과 우주

《아포칼립스》, 데이비드 허버트 로런스 지음, 문형준 옮김, 비, 2022

《서양의 개벽사상가 D. H. 로런스》, 백낙청 지음, 창비, 2020

《조이스의 '율리시스' 입문》, 숀 시핸 지음, 이강훈 옮김, 서광사, 2022

《질문의 책》, 에드몽 자베스 지음, 이주환 옮김, 한길사, 2022

《비극》, 테리 이글턴 지음, 정영목 옮김, 을유문화사, 2023

《비평의 숲과 동무공동체》, 김영민 지음, 한겨레출판, 2011

《롤랑의 노래》, 김준한 옮김, 휴머니스트, 2022

《불멸의 파우스트》, 안진태 지음, 열린책들, 2020

《괴테와 융》, 이부영 지음, 한길사, 2020

《횔덜린 서한집》, 프리드리히 횔덜린 지음, 장영태 옮김, 읻다, 2022

《바그너와 우리 시대》, 토마스 만 지음, 안인희 옮김, 포노, 2022

《동아시아 서사와 한국소설사론》, 임형택 지음, 소명출판, 2022

《김기림 연구》, 김유중 지음, 월인, 2022

《과학혁명과 세계관의 전환 1·2》, 야마모토 요시타카 지음, 박철은 옮김, 동아시아, 2023

《프린키피아》, 아이작 뉴턴 지음, 박병철 옮김, 휴머니스트, 2023

《빅뱅의 질문들》, 토니 로스먼 지음, 이강환 옮김, 한겨레출판, 2022

《당신이 우주다》, 디팩 초프라·미나스 카파토스 지음, 조원희 옮김, 김영사, 2023

6장 지혜의 시대

《문명의 대전환을 공부하다》, 백낙청·창비담론 아카데미 지음, 창비, 2018

《인문학, 정의와 윤리를 묻다》, 테드 W. 제닝스·김상봉·전병준·정영훈·조홍준·진태원 지음, 박성훈 옮김, 후마니타스, 2020

《다음 국가를 말하다》, 김상봉·박명림 지음, 웅진지식하우스, 2011

《한국학 학술용어》, 한국학중앙연구원 지음, 한국학중앙연구원출판부, 2020

《그해 봄날》, 김언호 지음, 한길사, 2020

《한반도와 일본의 미래》, 강상중 지음, 노수경 옮김, 사계절, 2021

《샌프란시스코 체제를 넘어서》, 김영호·이태진·와다 하루키·후더쿤·알렉시스 더든·하
　　　라 기미에 엮음, 메디치미디어, 2022

《중국현대사를 만든 세가지 사건》, 백영서 지음, 창비, 2021

《민족》, 아자 가트·알렉산더 야콥슨 지음, 유나영 옮김, 교유서가, 2020

《심장지대》, 해퍼드 존 매킨더 지음, 임정관·최용환 옮김, 글항아리, 2022

《자본과 이데올로기》, 토마 피케티 지음, 안준범 옮김, 문학동네, 2020

《민주주의란 무엇인가》, 고병권 지음, 그린비, 2011

생각의 요새 — 사유의 미로를 통과하는 읽기의 모험

2023년 8월 9일 초판 1쇄 발행

- 지은이 ──────── 고명섭
- 펴낸이 ──────── 한예원
- 편집 ──────── 이승희, 윤슬기, 양경아, 김지희, 유가람
- 본문 조판 ──────── 성인기획
- 펴낸곳　교양인
　　　　　우 04015 서울 마포구 망원로6길 57 3층
　　　　　전화 : 02)2266−2776 팩스 : 02)2266−2771
　　　　　e−mail : gyoyangin@naver.com

ⓒ 고명섭, 2023
ISBN 979−11−93154−07−6　03800